广东戏剧文库

优秀剧作选

1949-2019

稀有剧种卷

GUANGDONG XIJU WENKU
YOUXIU JUZUO XUAN
XIYOUJUZHONGJUAN

（第1册）

广东省艺术研究所
主编

中国戏剧出版社
CHINA THEATRE PRESS

图书在版编目（CIP）数据

广东戏剧文库．优秀剧作选．稀有剧种卷：1949-2019 /
广东省艺术研究所主编．-- 北京：中国戏剧出版社，2020.10
ISBN 978-7-104-04860-2

Ⅰ．①广… Ⅱ．①广… Ⅲ．①地方戏剧本－作品集－
广东－当代 Ⅳ．①I236.65

中国版本图书馆CIP数据核字(2019)第173502号

广东戏剧文库·优秀剧作选·稀有剧种卷（1949—2019）

责任编辑：肖　楠　曹　静
责任印制：冯志强
校　　对：张爱华

出版发行：中国戏剧出版社
出 版 人：樊国宾
社　　址：北京市西城区天宁寺前街2号国家音乐产业基地L座
邮　　编：100055
网　　址：www.theatrebook.cn
电　　话：010－63381560（发行部）　010－63385980（总编室）
传　　真：010－63383910（发行部）

读者服务：010－63387810
邮购地址：北京市西城区天宁寺前街2号国家音乐产业基地L座

印　　刷：保定市铭泰达印刷有限公司
开　　本：787mm×1092mm　1 / 16
印　　张：46.125
字　　数：782千字
版　　次：2020年10月　北京第1版第1次印刷
书　　号：ISBN 978-7-104-04860-2
定　　价：288.00 元（全3册）

编委会名单

序　言

为全面贯彻党的十九大和习近平总书记重要讲话精神，坚持以习近平新时代中国特色社会主义思想为指导，充分发挥广东戏剧在广东文化大省建设中的作用，促进广东戏剧观念、戏剧实践的发展，繁荣广东戏剧事业，推动广东戏剧事业走在全国前列，值中华人民共和国成立七十周年之际，在广东省文化和旅游厅的领导下，广东省艺术研究所自2018年开始启动《广东戏剧文库 · 优秀剧作选（1949—2019）》丛书出版工程，将广东戏剧70年来（1949—2019年）的剧目进行梳理、总结，现结集出版。

《广东戏剧文库 · 优秀剧作选（1949—2019）》由广东省文化和旅游厅策划，广东省艺术研究所承担组织编选工作。按照广东省文化和旅游厅的统一部署，由全省各演出院团报送剧本，我们聘请省内的戏剧专家、学者30余人，按照艺术质量与社会影响双重标准，将1949—2019年70年间历届省级以上戏剧赛事获得剧本奖的剧目、在市场演出中经久不衰的剧目、名家演出的代表性剧目、经专家推荐论证在现当代较有价值和意义的剧目甄选出来。自2018年开始，历时两年，我们从征集到的近2000个剧本中挑选出200多个，交由中国戏剧出版社出版。

《广东戏剧文库 · 优秀剧作选（1949—2019）》分8卷共25册，包括粤剧卷（8册）、潮剧卷（4册）、广东汉剧卷（2册）、雷剧卷（2册）、稀有剧种卷（含正字戏、白字戏、西秦戏、花朝戏4个剧种，3册）、客家山歌剧卷（2册）、韶关戏曲卷（含粤北采茶戏和乐昌花鼓戏2个剧种，1册）、话剧卷（3册）。

该剧作选所选录的剧本，就戏曲部分而言，既有经过整理的传统戏，如粤剧《白蛇传》《秦香莲》《审死官》，潮剧《荔镜记》《苏六娘》《告亲夫》，广东汉剧《齐王求将》，正字戏《张飞闯辕门》，白字戏《白罗衣》，西秦戏《辕门罪子》等；又有现当代新编写的历史剧，如粤剧《关汉卿》《昭君公主》《袁崇焕》，潮剧《辞郎洲》《陈太爷选婿》《东吴郡主》，广东汉剧《白门柳》，西秦戏《留取丹心照汗青》等；更有全新创作的现代戏，如粤剧《土缘》《驼哥的旗》《刑场上的婚礼》，潮剧《老兵回乡》《赠梅记》，广东汉剧《热嫁冷婚》，雷剧《抓阄村长》，梅县山歌剧《漂流的新娘花》《等郎妹》，粤北采茶戏《人生路》等。除戏曲剧目外，我们也留了3册的篇幅，用来收录广东70年来的优秀话剧剧本。所选剧本基本上比较真实地反映了广东戏剧70年来的剧目生产概况，比较完整地呈现了广东戏剧人在党的文艺方针指引下持续努力的轨迹，这对于今后的研究和创作而言，无疑是一份珍贵的参考资料，意义颇大。

鉴于时间跨度长、资料浩繁，编辑经验有限，书中错漏在所难免，祈请读者、方家批评指正。

《广东戏剧文库·优秀剧作选（1949-2019）》编委会

2019年3月

目录

正字戏

白字戏

正字戏剧本全部由陆丰市正字戏传承保护中心提供
白字戏剧本全部由海丰县白字戏艺术传承中心提供

换乌纱

（根据正字戏传统提纲戏《包公审白面虎》改编）

改编：陈春淮

剧本重新整编：彭美英　谢怀城

人　物　表

包　拯　　洪洞县县令
蔡元振　　平阳知府
高　琼　　潼关总帅
潘　良　　节度使、潘奉父
潘　奉　　豪门恶少
余三姑　　平阳府佳丽
王　省　　余三姑的丈夫
素　云　　潘奉婢女
陈招吉　　余三姑表兄
陈余氏　　陈家庄姑母
张　龙　　包拯的护卫
赵　虎　　包拯的护卫
白面虎　　屠户
中军、都事、秀英、秀英父、地方、牛横
旗牌、衙役、将校、家丁、婢女等

序　幕

[潘奉强抢民女秀英、杀死秀英父。

[收光。

第一场　恶少横行

[潘府后花园。

[灯全亮，潘府花园，众丫环扶潘奉上。

潘　奉　（唱）　豪门贵苗，
未登仕途先显耀，
郡县官绅皆让避，
黎庶更如畏豹彪。
强似戴乌纱，
听命当朝。
叹只叹！
未得倾城佳人共鸳帐，
思量恨难消！

[家丁甲持书上。

家丁甲　启禀公子，潼关节度使老爷有家书回来。（递书）

潘　奉　（接书，念）朝廷近又任寇准为相。各州府县，多用能吏，抑制豪强。潼关总帅高琼，两次表彰洪洞县包拯，可见端倪。你不该诓我起兵，捉拿余三姑下狱，其夫告状至平阳府，高琼亲决此案，判还余三姑。哎喳，我花了几多的心机，到头来余三姑这绝代佳人被王省这厮独占而去，难道就这样白白干休不成。家丁，出去打听王省夫妻下落何处。

家丁甲　是！

潘　奉　慢！叫西门白屠户来。

家丁甲　是！

潘　奉　王省呀王省！我潘奉如拗不过你，就不是潘奉。

[两家丁抓秀英、素云上。

家丁乙　禀公子！素云偷开后花园门，给秀英逃跑被俺抓住。

潘　奉　（勃然大怒，逼视秀英）你这不识抬举的贱辈，带你回府你竟几次寻死，如今还满脸泪痕，妄图逃跑，分明是记仇于心，就好你会记仇，就让你记深些吧！

[潘奉恶狠狠地掐秀英。秀英咬潘奉手。潘奉怒，拔剑杀死秀英。

潘　奉　哈哈哈！真真该死！（发现素云在悲泣，更怒，逼视素云）哼！你这贱婢，叫你看管她，劝她回心转意，你竟敢私开后花园门，放她逃跑，你也不想活了！（又举剑欲刺）

素　云　（急惊）哎！

[家丁甲上。

家丁甲　禀公子白屠户到。

潘　奉　（稍思）吩咐，把这贱婢，用麻绳捆绑，装进麻袋等待今晚三更时刻，连同秀英尸骸，拖到荒郊掩埋。

素　云　哎冤枉！冤枉啊……

[家丁拖素云、抬秀英尸体下。

潘　奉　家丁王省夫妻下落何处，可曾探听？

家丁甲　现在余三姑姑妈家中。

潘　奉　叫西门白屠户来。

家丁甲　是！（下）

[白面虎上。

白面虎　（念）赌场失利屠场蹇，未知何日运兴昌？小屠商白面虎叩见公子。（施礼）

潘　奉　少待。

白面虎　公子，何事呼唤？

潘　奉　白面虎，本公子待你如何？

白面虎　若无公子资助，焉有今日的屠场生意？

潘　奉　山东王省你可认得？

白面虎　认得。

潘　奉　实言相告，因余三姑，被王省这厮争去。此恨难消！探得他夫妻，宿于陈家庄陈招吉家中。你若能混进其家，暗把王省杀却，自当重报。

白面虎　这个……

潘　奉　事若成功，待我禀报家严，赏你个旗牌官，另赏银子五十两。教你一生享受不尽。

白面虎　这个……（旁白）且住。想我虽为屠商，终是下人，行凶一时，却换来一生享受不尽，永为上人，这何乐而不为？（稍思）哈哈哈！这是天使我飞黄腾达了！（对潘奉）既蒙公子信任，我自当尽力为公子效劳。只是事成之后，公子莫要食言。

潘　奉　本公子一言既出，驷马难追。你试言如何行事？

白面虎　公子附耳来……（与潘奉耳语）

潘　奉　好！小心行事。

白面虎　是。

潘　奉　倘若不慎被执？

白面虎　自己承当。

潘　奉　够称心腹。

白面虎　告辞。（欲下）

潘　奉　慢！须取王省首级为凭。

白面虎　这……得有一把锋利的朴刀。

潘　奉　这个容易。吩咐，取朴刀来。

家丁乙　是。（即递朴刀与潘奉）

潘　奉　干完此事，即还朴刀。（丢刀）

白面虎　（接刀）是。

［收光。

第二场　屠户寄庄

［陈余氏庭院。

［陈余氏持灯前导，陈招吉搀扶着醉得像泥人一样的王省上。余三姑后跟。

陈余氏　（唱）　　堪叹世道多坎坷，红颜择配惹风波。

余三姑 （唱） 多谢姑母表兄相厚待，盛情挚意不忘怀。

陈招吉 表妹，今晚表妹夫就交给我服侍。你在这房子安宿。

余三姑 （唱） 表兄照料实周到，如此打扰心不安。

陈招吉 表妹说哪里话来呵！

（唱） 常言姑表是至亲。亲上…… 又怎能……

又怎能当外人！

陈余氏 别啰嗦，快扶你表妹夫进房安宿。

陈招吉 是。

[陈招吉扶王省下。

陈余氏 （指另一边）侄女，你就进去安宿吧。

余三姑 是。

[陈余氏下。余三姑秉烛进“房”下。

[三更。白面虎持木桶、朴刀，贼头贼脑上，发觉另处有人走来，隐下。

陈招吉 （念） 夜深更阑静沉沉，

越思花容越痴心！

趁此刻，装王省，

偷香窃玉把娇亲。

[陈招吉敲门。白面虎蹑足上，放下木桶，挨近陈招吉背后。

余三姑 （内声）外面敲门是谁？

陈招吉 （装斯文声）王省……

[白面虎举刀砍陈招吉。

[收光。

第三场 庸吏审案

[平阳府衙堂。

[灯亮。衙役甲上。

衙役甲　（对内）禀老爷，百姓告状。

蔡元振　（内声）问他可是告潘奉的？如是告潘奉的，叫他免告罢了。

衙役甲　小人问过，不是告潘奉的。

蔡元振　（内声）伺候。

衙役甲　伺候。

[四衙役上，站列，蔡元振懒洋洋地缓步踱上。

[四衙役喊：“唷”！！！

蔡元振　（无可奈何地）咳！

（唱）　钦点黄堂。

赴任平阳已几年。

叹民风刁猾，诉讼繁多。

搅得我头痛心闷烦！

更何堪权贵如云，

动辄常忌惮，

尤是状告潘奉如雪片！

（夹白）　我治又无法治，这管又管不了……

（唱）　只好不闻不理任骂怨，

似此世有虎狼嗥，

我后无靠山智术短，

委实难把这四品官吏担当！

衙役，不是告潘奉的，告的又是什么状？

衙役甲　是人命案。

蔡元振　（一怔）哎呀呀！人命关天又是大案！又是大案！

咳！自到此地赴任以来，就潘奉一案，已是够理的了，加上不是张三杀人，就是李四放火，什么案情都有，今天又有人命案。咳！真倒霉！（不得已地）吩咐，升堂。

衙役甲　是。

[衙役分两边站列。蔡元振入座。

蔡元振 来，传告状之人上公堂。

衙役甲 告状之人上公堂。

[地方、陈余氏、王省上。

陈余氏 老爷伸冤！

王　省 生员参见府尊大人！

蔡元振 吁！岂不是王省？王省怎么又是你来告状，难道高王爷判决之案又节外生枝了么？

地　方 老爷，此遭王省不是原告，是被告了。

蔡元振 哦，他是被告。

王　省 不！我是原告。

陈余氏 我是原告！

王　省 我是原告！

蔡元振 （拍惊堂木）嘟嘟嘟！你们都是原告，难道叫老爷我当你们的被告不成？

王　省 这……

蔡元振 谁是原告？

陈余氏 老身陈余氏。

蔡元振 陈余氏，你有何冤情？诉来。

陈余氏 老身有状词在此，请老爷看来。

蔡元振 有此案情。地方。

地　方 在。

蔡元振 陈招吉何时被杀？

地　方 昨晚三更时候。

蔡元振 首级已无踪？

地　方 是。尸骸近旁有王省头巾，请老爷看来。

蔡元振 庄门？

地　方 闭着。

蔡元振 庄上可来有其他人客？

地　方 白天有城里白面虎来买猪，晚上只有王省夫妻。

蔡元振 白面虎以往可曾去过陈家庄？

地　方 常来常往。

蔡元振 他与陈招吉可有宿怨？

地　方 没有。

蔡元振 近日招吉可曾与庄上之人结仇？

地　方 未曾。

蔡元振 嗯，好，你且退下。

地　方 是。

蔡元振 王省。

王　省 生员在。

蔡元振 住口！早当你是良善之辈，却原来是凶恶之徒！夤夜到陈家庄杀人害命，既有物证，公堂之上，何不招来！

王　省 老爷，生员有诉！

蔡元振 杀人凶犯，还有什么可诉？啊！

王　省 哎，老爷呀！

（唱）　王省熟读圣贤书，颇晓法度和礼义；

招吉与我是亲无宿怨，无端杀人悖情理。

蔡元振 这么说来，招吉不是你杀的？

王　省 不是我杀的。

陈余氏 难道老身杀死自己的儿子，陷害你不成？

王　省 绝无此理！

蔡元振 既无此理，那招吉又是谁杀的？

王　省 这个……

蔡元振 住口！既有物证，又言语吱唔。看来不用大刑，你是不招。人来，将王省重板四十！

王　省 老爷冤枉！冤枉……

[衙役拖王省下，打击乐作行刑效果。（内声）一十！二十！三十！四十！

[衙役复拖王省上。

蔡元振 王省刑法难挨，还是从实招来的好。

王　省 老爷，生员实无行凶，打死不招。

蔡元振 如再不招夹棍你更难熬。

王　省 你真是蔡黑天！

蔡元振 住口，竟敢冒渎本府，人来，夹棍侍候！

王　省 冤枉！冤枉……

余三姑 （内）冤枉……

[余三姑闯上，发现王省，急趋前扶住王省。

余三姑 唉！夫呀……

王　省 唉！妻啊……

蔡元振 哎喂！你们尽是饭桶，饭桶！连个妇道人家都管不了！王省跪下，大胆女裙衩！竟敢擅闯公堂，阻止用刑还不赶快报名受罪！

余三姑 民女余三姑。

蔡元振 你就是惹得潘奉公子，闹得满城风雨的余三姑？

余三姑 正是奴家。

蔡元振 （旁白）有闻此女文武双全，果然名不虚传。高王爷秉公，将你判归王省，你因何引他，到陈家庄杀人？

余三姑 唉，老爷容诉呵！

（唱）　只因姑妈疼我如亲生，随夫归梓往辞行。

表兄苦苦挽留宿，故有夜宿该庄庭……

蔡元振 为何未过一晚，就闹出人命事故来呢？

余三姑 老爷呀！

（唱）　当晚夫醉表兄伴他眠。

我独宿，

半夜忽闻敲门声……

蔡元振 哦！有人敲门。是谁？

余三姑 （唱）　悄声报说是王省……

蔡元振 是王省？

余三姑 （唱） 哪知开门不见人，
连连呼唤没答应。
跨出发现身被杀，
有尸无首血淋淋！
急把姑妈来呼唤，
夫到方知遭戮乃是招吉身。

蔡元振 陈余氏，三姑此说可实？

陈余氏 是实。

蔡元振 既然是实，王省酒醉在内，招吉被杀在外，何以见得凶手就是王省？

陈余氏 我儿尸骸近旁有王省头巾，就可证实。

王　省 哎呀！府尊大人，我委实酒醉在床，外边之事，一点不知呀。

陈余氏 那你的头巾，因甚会落在我儿尸骸近旁？

王　省 我怎知道呀！

余三姑 老爷，我夫若有行凶杀人，焉有留下头巾招罪？大人详察！

蔡元振 这……

陈余氏 老爷，王省无来无此祸，王省一来，未过一夜，招吉遭人杀害，不是王省行凶，还有谁人！

蔡元振 这个……哎呀！
（唱） 听诉言，搅得我五内如麻乱！
我元振，
本非能吏少学识，
偏偏疑难大案频频缠！
（夹白）若说凶手是王省……

王　省 府尊大人，人命关天，非同小可。你切莫冤枉好人哪！

余三姑 大人，杀人害命，岂是文弱书生所为？

蔡元振 是啊！（唱）
王省乃属文弱书生辈，
岂能如此暴戾无状？

尤是有尸无首更奇怪，

倒教我难决断……

（对陈余氏）陈余氏，你且先回去，本府自当严惩凶手，为你报仇。

陈余氏 全靠老爷作主！

余三姑 姑妈……

陈余氏 唉！儿呀……

余三姑 （痛苦地）唉！天哪……

家　丁 （内声）报呀！潘奉公子到。

蔡元振 （震惊）（唱）

听闻言暗思量，

王省、余三姑（唱）

因何此刻潘奉临公堂？

蔡元振 （唱）　莫非是痴情未断，

闻王省枉法要把旧案重翻，

王　省 （唱）　似此豺狼当道，

善良百姓唯呼天。

余三姑 （唱）　倘若潘奉再逞强，

潼关再求高王爷伸冤。

蔡元振 （唱）　凶杀案未断权贵又压场，

顷刻好歹孰难料。

人来，把王省、余三姑带下。

衙役甲 是。

[衙役带王省、余三姑下。

蔡元振 有请潘公子。

[两家丁引潘奉上。

潘　奉 （唱）　天使王省顶当替罪羊，

情仇有报心暗欢。

更喜误杀之案有归结，

免忧机关泄露受牵连。
我当促其速定案，
乘机占三姑，杜绝祸根源。

蔡元振 潘公子到来，请坐。

潘　奉 告坐。

蔡元振 潘公子光临敝衙，究为何事？

潘　奉 有闻王省行凶杀人，特来观审。

蔡元振 哦，原来为此。

潘　奉 府尊大人，王省画供没有？

蔡元振 还未画供。

潘　奉 行凶杀人，多属无赖之徒。不用大刑，难使招认！

蔡元振 噢，是。

潘　奉 大宋律典有载：杀人偿命。府尊大人当按律定罪。以明国法！再不能为其所惑了！

蔡元振 这个……

潘　奉 有我父作靠山，还虑什么呢？

蔡元振 噢……

潘　奉 人来，拿过纹银三百两！

蔡元振 且慢。公子，拿银何来？

潘　奉 大人为国执法，劳心费神。些些薄资，聊表敬意。

蔡元振 不不不！元振身受国恩，当图报效。请公子收回。

潘　奉 收之何妨？

蔡元振 收之有愧。

潘　奉 就好，就请府尊大人提审凶手。

蔡元振 好！公子请坐。人来，把王省等带上公堂。

衙役甲 是。

王省、余三姑 叩见老爷。

潘　奉 王省呀，不想你也有今日啊！

余三姑、王省 都是由你这恶魔迫害所至。

潘 奉 府尊大人，执法须严。请动大刑！

蔡元振 这个……

潘 奉 哼！如此无能，还审什么犯，结什么案，简直是蠢吏！嘻嘻！余三姑，我的美人呀！我看，你还是……

余三姑 呸！（唱）你卑鄙凶残。

前日抢亲遭惩，

图报怨诓父动兵，

捕我入牢房。

今朝痴心还不死，

你多行不义必暴亡！

素 云 （内声）冤枉！冤枉呀……

蔡元振 哎呀！一案未了一案又来！我的头呀……（捧头颓坐）

［素云闯上，潘奉一见，大惊盯住素云。

素 云 青天老爷伸冤呀！

潘 奉 （旁白）她是人还是鬼？却还活着！（逼视素云）素云！你这贼婢，竟敢私离府第，乱闯公堂，王法何在？

［潘奉拔剑刺素云。三姑急挺身挡住。

余三姑 住手！（逼视潘奉）

（唱） 朝廷设公堂，

为的是执法保民安。

潘奉你竟敢蔑视王法，

专擅公堂，你心目中岂有朝廷命官？

潘 奉 哈哈哈！什么王法，什么朝廷命官，在潘公子身上不顶用！

余三姑 （大怒）潘奉你……

潘 奉 三姑，王省如今身陷法网，欲生已难。事关你终生荣辱，本公子实为你操心啊！

余三姑 （怒斥）无耻！（对素云）妹子，你有何冤枉就向府尊大人诉来。

素　云　（犹豫、惧怕）这……

余三姑　不怕！诉来，诉来！

[素云几度欲趋前陈诉，都被潘奉慑住。

[蔡元振见潘奉恶狠狠地盯住自己，害怕。

蔡元振　（为难，只得结巴巴地趋近潘奉，低声地）潘公子，你究竟是干些什么事呀？

潘　奉　这就要看你的耳朵啦！本公子横竖我什么都不怕。看你这官儿如何管我？（转对素云）还要看你这小梅香有多大的本事！（傲然坐下）

蔡元振　（感到无能为力，无可奈何地趋近素云，低声地）素云，世道就是这样，老爷做得了主的，你就诉；这做不了主的……你……你就别……别诉！（拂袖转身俯首慨叹）

余三姑　（愤慨地）什么做得了主，做不了主，横竖有冤就诉！素云，快诉！快诉！

素　云　（绝望地）唉！秀英呀！你要冤沉九泉了！

[素云哭着奔下。

余三姑　府尊大人，我夫冤案，你要明断啊！素云！素云……（随后追下）

潘　奉　府尊大人，目下我府第梅香犯上作乱，私自潜逃，我要回府处置。王省谋杀陈招吉之案，你得从速定罪；若有徇情枉法，将在爹尊跟前告你一状，摘掉你的乌纱帽！吩咐，速把素云抓回府第！

家　丁　是！

[家丁、潘奉随后追下。

[蔡元振目瞪口呆。静场片刻。

都　事　老爷……

蔡元振　（始悟）噢……咳！

都　事　老爷！被告该打发才是。

蔡元振　人来，把王省权且收监。

王　省　府尊大人，你切莫冤枉好人哪！

蔡元振　哎呀！（唱）

　　　　这黄堂本来已难当。

　　　　适才之官当更难！

一边是招吉遭谋杀；

一边是王省叫喊受屈冤；

一边是潘奉逼定王省罪；

一边是素云蕴冤怀怨出衙堂。

公堂上嘈嘈嚷嚷，

嚷嚷嘈嘈乱嘈嘈！

教我怎……怎，怎开交！

这是非曲直良歹善恶稀里糊涂难分辨！

都　事　老爷，有闻洪洞县令包拯，善断难案，执法不阿。何不请他前来协助勘察？

蔡元振　（恍悟）是啊！我几乎忘了！洪洞县包拯，自赴任以来，善断疑案，铁面无私，为百姓所称颂。他与我既有同乡之谊，又有师生之分。嗯！我当请他前来协助勘察。都事，持老爷名帖，到洪洞县请包拯过府衙来。

都　事　是。（都事持名帖下）

蔡元振　唉！

[蔡元振摇头，叹息下。

[收光。

第四场　踏勘抗命

包　拯　（内声）左右，开道！

众皂隶　（内声）有！

[四皂隶、张龙、赵虎引包拯上。

包　拯　（唱）　进士及第标皇榜，

初任洪洞父母官。

平生愿：除奸恶，消匪祸，

伸正义，把民安。

昨夜晚捕快们追缉强盗，

荒郊拾回麻袋锄头与朴刀，
朴刀铸有潘府号。
又有血渍泥土来沾染，
听说府衙有人起诉谋杀案，
犹恐这些物具有牵靠。
未仕承蒙府尊先教诲，
今朝得为师辈分忧走一遭。

[收光。

[平阳府偏堂。

[灯亮。蔡元振忧心忡忡，不安地踱来踱去。

蔡元振 （唱） 实指望，包拯协助勘疑案，
有谁知，再引来冤案大如山！咳！

[包拯上，后跟张龙、赵虎。

包　拯 （唱） 陈庄勘察心中明，
凶手并非王省那弱书生。
速请府尊审疑案，
是非曲直当分明。

包　拯 参见府尊大人。

蔡元振 （长叹）哎……

包　拯 呵！大人，因何长叹？

蔡元振 包拯，适才潼关潘大人部文下来，押解王省过府去受审。呵！

包　拯 怎说！王省……

蔡元振 已被押走。

包　拯 押走几久？

蔡元振 刚刚押去。

包　拯 人来！速速赶上，夺回王省！

蔡元振 （急阻）且慢！（告诫地）包拯，岂不闻“上命难抗”岂可唐突冒犯？

包　拯 大人！（唱）

包拯只知秉公执法，

哪管什么“上命难抗”！

吩咐张龙、赵虎！

张龙、赵虎 有！

包 拯 （唱） 快把王省夺回转，

天大事情咱包拯承当！

张龙、赵虎 是！（奔下）

[张龙、赵虎解王省上，押下，旗牌、解差追上。

蔡元振 哎呀！

旗 牌 （咆哮地）这还了得！蔡知府，你竟敢违抗潘大人，夺回囚犯。

蔡元振 呀吔！

旗 牌 你……你是不要乌纱帽了！

蔡元振 哎，元振不敢。

旗 牌 你不敢，是哪个胆大包天叫的？

包 拯 包拯！（正气凛然，目光炯炯）

旗 牌 （不觉生畏）是你。

包 拯 是。回去禀告你家节度使，就说，是包拯要夺回王省，是包拯要把案情办明。

旗 牌 你敢做！

包 拯 就敢当！

旗 牌 你得提防！（旗牌、解差下）

蔡元振 哎呀！包拯，你要闯祸了！

包 拯 要为民做主，闯些祸，又有何妨。

蔡元振 哎呀！你此是明知山有虎……

包 拯 对！偏向虎山行！

蔡元振 咳！包拯，你毕竟是初登仕途，未经挫折，不明就里。这宦海生涯，本府是历尽沧桑，见尽覆车之鉴，多少能吏，就因触犯权贵，落得遭贬的遭贬，囚禁的囚禁，丢前程的丢前程，有的还……包拯呀，你要引以为戒才是啊！

包 拯 大人，律法与前程孰轻孰重？

蔡元振 这……难道你就不怕坐牢丢乌纱么？

包　拯 包拯坐牢丢乌纱事小，这草菅人命事大！

蔡元振 哦！照你所说，难道陈家庄踏勘已明？

包　拯 凶手并非王省。

蔡元振 哦！

包　拯 大人，潘奉与王省不是有宿怨么？

蔡元振 是有宿怨。

包　拯 王省犯案后潘奉一再推波助浪……

蔡元振 莫非图报私怨。

包　拯 从一些蛛丝马迹看来，恐怕还另有文章。

蔡元振 还有什么文章？

旗　牌 （内声）报呀！潘大人有手谕到。

蔡元振 （对包拯）哎呀！包拯啊，我实为你担心呵！有请。

［旗牌持手谕上。

旗　牌 （傲慢地）潘大人有言，若敢违抗，当定你渎职之罪！（递手谕）请了。（下）

［蔡元振诚惶诚恐地阅手谕。

包　拯 大人，潘大人有何指教？

蔡元振 （松了一口气地）咳！我当有什么祸事，原来是潘大人因事回府要你我过府去听候。

包　拯 噢，看来是非遵谕不可。

蔡元振 是啊！不然俺就是蓄意犯上了！

包　拯 倘若节度使一味专擅违律，包拯决不盲从！

蔡元振 仕途艰险呀包拯，凡事都不可任性。须知俺的命运荣辱全在上司之掌啊！人来，打轿过潘府。

［收光。

第五场　豪门辩理

[潘府庭院。

[灯亮，行音乐。蔡元振、包拯上。

蔡元振　（念）进得侯门心忐忑。

包　拯　（念）心中坦荡自泰然。

将　校　（内声）潘大人出堂，外边侍候！

[四将校、四侍女先后上，站列。潘良慢条斯理地上。潘奉旁随。

潘　良　（念）　出镇边陲已几春，
威望日高慑辖郡。
属僚畏我如畏虎，
煊赫未逊帝王尊。

蔡元振、包拯　参见大人。

潘　良　免礼。蔡知府，日来老夫在潼关，接着陈家庄陈余氏状词，故下文提王省问罪。你因何反复无常，抗命夺回凶手？！

蔡元振　此是……

包　拯　包拯所为，与府尊毫不相干。大人向包拯示问可也。

潘　良　（盯视蔡、包冷笑）包知县，你的胆子可不小啊！

包　拯　依法办案。

潘　良　好个依法办案。你可知抗命犯上……

包　拯　罪在不赦。

潘　良　明知故犯，更是罪加一等！人来，与我摘了包拯的乌纱！（坐下）

包　拯　且慢！大人，且容包拯分诉，诉得无理，再究罪未迟。

潘　良　诉来。

包　拯　听道！

（唱）　俺朝律典载分明，
大案须经三审六问方能定，

切不可轻率定案，草菅人命！
此案经卑职查勘，
尚须复审深究……

潘　良　此是为何？

包　拯　（唱）　只为另有瓜葛生。

潘　良　哦！有另生瓜葛？

包　拯　（唱）　故甘冒抗命风险，
留下王省把案办明。

潘　良　什么另生瓜葛，陈家庄邻里都说王省是凶手，难道这都是谎言？

潘　奉　（恶毒地）包拯呀！你究竟得了余三姑多少的贿银啊？

潘　良　哼！须知道受贿枉法，罪不容诛！

蔡元振　哎呀！大人，卑职所知，包拯并无受贿。

包　拯　包拯若有受贿，甘受剐罪。

潘　良　刚才你说此案有另生瓜葛？究竟是什么瓜葛？

包　拯　这……

潘　良　快讲！

潘　奉　包拯，你此案另生瓜葛，就该讲明啦！

潘　良　既容你讲，你就得把另生瓜葛的案情讲明；如若讲不明，当按律究罪！

包　拯　这个……
（唱）　我若把查勘蛛丝马迹来明讲，
此地系虎穴，
虎穴泄密必生变。
倘若真凶走漏真凶遁，
王省受剐俺也遭牵连；
若不把查勘来述讲，
顷刻就被降罪愆，
叫我怎开交！

蔡元振　（唱）　我实为包拯惶急不安！

潘　奉　（幸灾乐祸）哈哈哈！包拯，既容你讲，因何即时噤若寒蝉？

包　拯　（犹豫）罢了！

（唱）　　权把查勘密情来述讲，

我自会应变伏凶顽！

蔡元振　包拯，你就该说呀！

包　拯　大人，当晚王省足趾布履，招吉尸体近旁却是带血渍的草鞋之迹，此是另生瓜葛一也。

潘　良　二呢？

包　拯　招吉遭杀后，首级即刻无踪，陈家庄寨门围墙下又发现似草鞋足迹。此是另生瓜葛二也。

潘　良　三呢？

包　拯　听说当日还有穿草鞋之人进庄买猪。此是另生瓜葛三也。

潘　奉　（一怔）谁为见证？

包　拯　庄内地方可作见证。

潘　良　包拯，照你所说，此案非复审不可？

包　拯　是。

潘　良　蔡知府，尊意如何？

蔡元振　既然有蛛丝马迹，就该复审深究，缉拿真凶归案。

潘　良　就好！限期三天，缉拿真凶归案。

蔡元振　（愣住）三天？

潘　良　若逾期，当心你们的前程！

[潘良拂袖下，将校、侍女等随下。潘奉经一番思索，得计下。

蔡元振　（一时不知所措，既担心又着急）哎哎！包拯，期限如此紧迫，怎生是好？

包　拯　（胸有成竹）哈哈哈……

[收光。

第六场　能吏惩恶

［平阳府衙堂。

［灯亮，衙役站列。包拯、蔡元振上。

蔡元振　（念）疑犯已缉心稍安。

包　拯　（念）且看真凶露形藏。

包　拯　人来，带白面虎！

［衙役押白面虎上。

白面虎　叩见大人。（跪）

包　拯　你可是屠户白面虎？

白面虎　是。

包　拯　抬起头来。

白面虎　有罪，不敢抬头。

包　拯　叫你抬头，只管抬起来。

白面虎　谢老爷。（抬头）

［包拯、蔡元振审视之后，互换眼色。

包　拯　白面虎，你可曾知罪？

白面虎　（一怔）老爷，有罪不是小人，是那持刀欲杀我的大汉！

包　拯　你休要假装老实了，我来问你，八月三十晚，你干了甚等样事呀？

白面虎　（吃惊，狡猾地）八月三十晚小人并无外出，哪有干什么事！

包　拯　人来，传素云上公堂。

衙　役　素云上公堂。

［素云上。白面虎见素云，大惊。

素　云　叩见老爷。（跪）

包　拯　白面虎你可曾认得她？

白面虎　（佯装不认）老爷，小商人并不认得她。

素　云　白屠户，你听！

（唱）　八月三十四更天，

荒郊之上……

白面虎　（急接唱）

我曾救了一娘子……噢，我想出来了！

大概就是此娇娘。

素　云　不！你还……

包　拯　（止住）好了。白面虎，刚才你说八月三十晚并未外出，因何会于四更天在荒郊救了素云？

白面虎　这……老爷容回，因邻居的猫儿来偷吃我猪油，被我活活打死。我是去埋死猫的！

包　拯　哼哼！你埋的不是死猫！啊！

白面虎　（大惊，装硬）老爷不信，我带衙役荒郊挖出来看。

包　拯　既是埋死猫，为何用潘府的朴刀挖土啊！？

众衙役　（喊威）啊！

白面虎　（惊慌）我哪有带……带什么朴刀。

素　云　你没带朴刀，当时你割断我身上的麻绳，就是用朴刀。

白面虎　这……

包　拯　你抬头观看！

[包拯出示朴刀，白面虎仰视。

包　拯　这就是你当晚挖土用过的朴刀。

白面虎　（仍狡猾）唉！我哪有用过朴刀！

包　拯　张龙、赵虎！带他两人往那晚强亲之处去挖取证物。

张龙、赵虎　是。

白面虎　（旁白）完了！完了！好厉害的官儿！

[两衙役、张龙、赵虎带白面虎、素云下。

包　拯　大人，首级如挖出，文章就在这把朴刀上。

蔡元振　哦！照你看来，凶手若是白面虎，那此案又要牵扯到潘……

包　拯　有道是“水落石出”。你就看下去吧！

张　龙　禀老爷，在那里挖出一个木桶，木桶里面有一个人头。请老爷看来。（示桶）

[蔡元振、包拯同时审视。

包　拯　白面虎，你杀人害命，铁证如山，还有何话可说！

蔡元振　再不从实供招，夹棍侍候！

众衙役　喳！

白面虎　（惊恐）哎，老爷，小人愿招。

包　拯　快讲！

白面虎　小人不敢随便杀人，是有人指使我的。

包拯、蔡元振　谁人指使？

白面虎　潘奉公子。

蔡元振　（拍惊堂木）住口！哇哈！你竟敢端出潘公子来吓唬本府！

白面虎　小人不敢乱说。实是潘奉公子指使我到陈家庄杀王省，谁知却误杀了陈招吉。大人恕罪！

包　拯　这样说来，这颗首级就是陈招吉的了？

白面虎　正是。

包　拯　人来，将首级送到陈家庄，叫陈余氏去辨认。

衙　役　是。

[衙役持木桶下。

蔡元振　白面虎，潘奉当真指使你去杀王省？

白面虎　若有谎言，甘受剐罪。

包　拯　他因甚要指使你去杀王省？

蔡元振　对！他因甚要指使你去杀王省，你快快与我讲个明明白白。

白面虎　只因余三姑被王省争去。他怀恨在心，故又遣我去杀他。

包　拯　白面虎，你敢不敢与他当面对质？

白面虎　敢！还有那朴刀可作证据。

包　拯　好。人来，将白面虎带下去画供。

[衙役甲带白面虎下。蔡元振示意其他衙役下，蔡、包各离座。

包　拯　大人，至此，案情不就大白了么？

蔡元振　（忧心忡忡地）唉！不想这宗人命案又要追缉到潘奉身上！

包　拯　噢！大人莫不是有些胆怯？

蔡元振　唉，包拯呀！

（唱）　潘良骄横你知详，

虎口拔牙难免遭虎伤。

包　拯　这样说来，律法只能绳民，不能管官？律条之上因甚要载上“王子犯法与庶民同罪”？

蔡元振　包拯，如今当官的都学会“乌龟术”。

包　拯　此话怎讲？

蔡元振　该缩头时且缩头。

包　拯　哦！

蔡元振　（唱）　你只知执拗套律论法，

这宦海啊滋味未试尝。

包　拯　依你之见？

蔡元振　依我之见判王省无罪，将白面虎处斩，以偿陈招吉一命。此案就此了结啦。

包　拯　那潘奉呢？

蔡元振　就别要管他啦！

包　拯　那秀英父女二命之案呢？

蔡元振　唉，包拯也别要去管他了！

包　拯　请问大人，朝廷设俺府县二吏，所为何事？

蔡元振　执法安民！

包　拯　为民父母官，不能为民做主，与民申冤，岂不是有渎职之罪么？！

蔡元振　这……

包　拯　我的蔡大人呀！

（唱）　岂不闻为官不与民做主，

枉受朝廷爵禄恩。

若不敢抑强锄暴正国法，

朝廷失民心，
俺亦挨骂，
受怨遭轻蔑黎庶更难得安宁。
忆当初寒窗苦读，
您叫我为民做主把身挺，
您诲我执法扬善报朝廷；
您也曾唾骂徇私枉法吏，
您还为受害黎民写状词。
今倒叫我叛道离经，
此是甚缘因？
包拯虽然官卑职小，
却未敢玩忽职守，
枉法徇情。
俺不应畏势惧贵负民望，
俺不应违法渎职违朝廷！
我的蔡大人呀！
莫畏虎狼啸，须怜羔羊命！
赢得正气扶社稷，
方不负男儿志凌云！

蔡元振 哎呀！

（唱） 听包拯一片言，
不由我内疚暗羞惭！
想当初，
未步青云豪言易夸讲，
哪知一蹈宦海啊！
暗礁遍布多风浪，
行之险又难！这乌纱啊……
乃是十年寒窗心血所换，

岂可冒险来蛮干？

包　拯　大人当今朝廷所崇所抑，难道你会不知不成？！

蔡元振　（有所领悟）是啊！

（唱）　当今是任用能吏抑豪强，

晚辈包拯已然受表彰。

我为他师表，

岂可颟顸怯弱，怕虎怕狼……

罢了！我当挺起腰杆干一场！

人来！齐集刑具侍候！

[众衙役执刑具上，站列，蔡元振振作精神入座，挥笔欲写签票，猛见桌上刚才潘良所下藩文，怔住。

蔡元振　（念）："潼关总帅节度使藩文"（手中笔不觉坠下，越思越胆怯）这……这倒是我差矣！哎，包拯呀！别的豪强好对付，这潘奉……

包　拯　他父势大难惩办。

蔡元振　对啦！哎喂！包拯，前年我因审理一宗民案，牵扯到潘奉身上，险遭潘良免职。这蛟龙之须是拔不得的呀！

包　拯　这样说来，潘奉还是不要去管他？

蔡元振　对啊！包拯，你真是识时务者识时务也！

包　拯　不！不！包拯决不做此违心之事。大人请！

[包拯欲走。

蔡元振　（急拦）且慢！包拯你意欲何往？

包　拯　上潼关请高王爷做主。

蔡元振　慢着！

（唱）　事到头来不由己……

罢了！硬着头皮试一试！

（郑重地）包拯，今天若审潘奉，有如捕虎捉狼，须得加倍小心！

包　拯　大人宽怀，卑职自有伏他之法。

蔡元振　切不可鲁莽造次。

包　拯　难免依法施行。

蔡元振　如何来审他？

包　拯　可传他进府，当他之面，审问牛横与白面虎，铁证跟前怕他不认。

蔡元振　好虽好，我总有点怕，稍时还是由你来审问。

包　拯　卑职当不负府尊之托。

蔡元振　好！人来，持老爷名帖，请潘奉公子过府来叙话。

衙　役　是。

蔡元振　……叙话！

[衙役持名帖下。

蔡元振　（一想起潘奉将临受审，不禁打个寒噤）包拯，今天结案我可有一比。

包　拯　比作什么？

蔡元振　比作羔羊谋虎皮。

包　拯　不！是鳄鱼入铁网！

[衙役上。

衙　役　禀大人，小人刚出衙门，就遇着潘公子了！

蔡元振　（胆怯地）包拯，他来了。

包　拯　有请。

衙　役　有请。

[潘奉上，后跟家丁。

潘　奉　（唱）　正欲登衙相奚落，

却遇府县送帖请我临。

限期三天今已满，

有求于我可料定。

有闻老白潜逃无踪影，

包拯再能也难逞。

此遭王省死罪难逃脱，

蔡、包将遭题参丢前程。

只是祸证未绝心悒怏，

料想牛横杀虎功必成。

我今大摇大摆府衙进，

定辱府、县把威逞。

包　拯　潘公子到来，请坐。

潘　奉　告坐。

[包拯、蔡元振与潘奉分宾主就座。

潘　奉　三天的期限已满，本公子特来看看你们所缉真凶。

包　拯　就好，人来！

衙　役　在。

包　拯　先带牛横。

衙　役　是。

[潘奉蓦地一怔。衙役下，押牛横上。

包　拯　牛横！是谁叫你暗杀白面虎？从实招来！

牛　横　这……（潘奉狠盯牛横）

包　拯　快讲！

牛　横　是潘公子。

潘　奉　住口！狂徒胆敢乱诬公子。看剑！

[潘奉拔剑刺牛横，包拯挡住。

包　拯　潘公子，这里是朝廷命官执法之地，岂容你随便行凶杀人？人来，带白面虎！

[潘奉又一怔，继而泰然自若。衙役押白面虎上。

白面虎！你说误杀陈招吉一案，是有大势头之人指使？谁人指使，从实招来！

白面虎　是潘……

包　拯　是潘狼，还是潘虎？

白面虎　潘奉公子！

潘　奉　住口！公堂之上，竟敢连出狂徒来乱诬公子……

[潘奉拔剑刺向白面虎，张龙、赵虎急趋前挡住，衙役押白面虎下。

包　拯　潘公子，你已身犯大罪，还是放老实些好。

潘　奉　呀呸！什么身犯大罪？（冷笑）哼！我明白了，原来是你们预先买嘱这两个狂徒，设下圈套来陷害于我。

蔡元振　哎呀！潘公子，决无此理！

潘　奉　你们竟敢在太岁头上动土。是吃了豹子胆！

蔡元振　哎，公子！不要生气，有话慢慢来商量嘛！

潘　奉　就好！既敢相害，我就奉陪。我若怕恁，就不是潘奉！今天倒要看看恁们这两个屁官有多大的神通！

[潘奉随手搬椅子坐于正中。

包　拯　（大怒）潘奉！

潘　奉　包拯！

包　拯　潘恶贼……

潘　奉　包黑头……

包　拯　住口！你有欺压良民、残杀无辜之罪，还敢擅闯公堂，无视朝廷命官！

蔡元振　包拯，姑念公子初犯。

包　拯　快快滚开，若不滚开，休怪无情！

潘　奉　呀呀呸！恁这区区芝麻官，有什么稀罕！可惜！可惜本公子不高兴，我若高兴，还要闯上而摆下！就连这中堂，我也要坐上一坐！

[潘奉纵身跃坐于公案桌上。

蔡元振　（战战兢兢）哎！潘公子，请息雷霆之怒！有话俺慢慢商量，（转身对包拯）哎呀，包拯！我讲过，慢慢说嘛！

包　拯　（怒不可遏）张龙、赵虎！

张龙、赵虎　有！

包　拯　把潘奉与我轰下去。撞鼓升堂！

[“紧吹鼓”的牌子。张龙、赵虎趋前轰潘奉，潘奉赖着不走，张龙、赵虎迅速即抓住潘奉左右臂，强拖下来，包拯请蔡元振入座，潘奉举手打元振，元振退缩，包拯大怒，逼视潘奉，转身扶着蔡元振入座。

包　拯　（唱）　怒发冲冠！

如此专横跋扈世罕见！

（夹白）潘奉贼子呀！

黎民告你之状叠积如山！

近又残杀秀英父女，活埋素云，

暗遣凶手杀王省，

致使招吉遭丧亡。

还放肆公堂，

辱打朝廷命官！

一桩桩，一件件，

血债累累，罪恶滔天！

（白）大宋有国法，岂容你横行直闯，

（唱）　无法无天！

叫左右！

（白）先打他五十大板。

（唱）　惩凶残！

潘　奉　谁敢！

蔡元振　哎……（欲阻）

包　拯　打！

[张龙、赵虎抓潘奉，潘奉扬拳就打，张龙、赵虎制住潘奉，拖下。衙役执板跟下。包拯趋前监打。

[打击乐作急促行刑效果。

内　声　一十！二十！三十！四十！五十！

[张龙、赵虎推潘奉上，潘奉发狂似的霍地爬起，欲推倒公案，衙役，包拯挡住，元振急躲。潘奉随手举案桌印打元振，元振接住，龟缩一旁。张龙、赵虎复抓住潘奉。包拯复扯元振入座，元振推辞，包拯力促，元振战战兢兢地捧印斗欲入座，潘奉举脚踢元振，元振惧怕溜走，包拯拂袖斥退潘奉，复请呆呆发抖的蔡元振入座，元振只好把印斗递与包拯。包拯一手高举印斗，一手拉蔡元振入座。

包　拯　（唱）　不由人无名火起三千丈！

如此专横跋扈，

黎民焉得不受殃？

（白）我岂能坐看国法遭践踏？！

我岂容罪魁凶手逞凶残？！

叫左右！

再打他一百铜棍不放宽！

[张龙、赵虎再拖潘奉下。打击乐作急促行刑效果。

[张龙、赵虎复拖潘奉上，潘奉已气绝。

张　龙　（见潘奉不动弹，趋前俯身一摸）禀老爷，潘奉已杖死！

包拯、蔡元振　（惊）怎说！

张　龙　潘奉已杖死！

[静场。蔡元振战战兢兢地与包拯离坐，趋前摸潘奉鼻子。

蔡元振　（沮丧地）果然下地府去了！尸扶下！如今怎……怎生是好！（急得团团转）

包　拯　他是罪有应得！苍生之幸。

蔡元振　苍生幸是幸。可俺呢……俺……呢……哎呀，包拯！我讲过啦！勘审潘奉，不可鲁莽，更不能凭血性。你全不听我话，怒火一起，就不管天有多高，喝令衙役，噼噼啪啪，一五一十，七打八打，将潘奉打死！

[蔡元振仓惶地搓手寻思解决办法。

包　拯　大人，这是为民除害！

余三姑、素云　他死有余辜！

蔡元振　怎奈潘奉还未画供。潘良岂肯罢干休？

包　拯　大人，包拯既主决，当由我承担！

蔡元振　唉！此案无你，就会冤枉好人。怎好叫你独力承担？我自有道理。

[蔡元振下，拿两条绳子上。

蔡元振　包拯，这条我自己先来带上，（自套绳子）这一条就给你带啦！（为包拯套绳子）

包　拯　大人，此是何意？

蔡元振　这叫作自缚请罪。上潼关求高王爷做主了！

余三姑、素云　俺愿做人证！

蔡元振 唉，包拯呀！

(唱) 祸福与死生，决此潼关行。

包 拯 (唱) 但不畏权势，才显铁铮铮！

[收光。

第七场 结案换冠

[潼关帅堂。

[灯亮。中军上。

中 军 (念) 巍巍总帅堂，貔貅列两边。

号令无敢逆，辖将又管官。

俺！潼关总帅高王爷中军。只因辽兵蠢蠢欲动，高王爷出城巡视警戒。节度使代理总帅处理军务。来，发点，报鼓，鸣金！大开中门。

["吹鼓"牌子。将校，站列，潘良上，入座。

潘 良 (念) 高坐帅堂威凛凛，号令如山神鬼钦。

家丁甲 (内声) 报呀……

潘 良 (急问) 府中出了什么事故?

家丁甲 公子被平阳府、洪洞县诓进衙堂受审。

潘 良 怎讲!

家丁乙 (内声) 报呀……

潘 良 (急离坐) 何事?

家丁乙 公子被平阳府、洪洞县活活杖死了!

潘 良 哎呀……我儿啊……(昏厥)

蔡元振 (内声) 报呀! 平阳府蔡元振……

包 拯 洪洞县包拯……

蔡元振、包拯 有手本参谒王爷。

家丁甲、家丁乙 老爷! 老爷……

潘　良　（苏醒）唉！儿呀……

将　校　启禀节度使老爷，平阳府蔡元振、洪洞县包拯，有手本参谒。

潘　良　（切齿）快拿进来！

将　校　是。

潘　良　慢！暂容他们参谒，然后才治其妄杀我儿之罪。可惜高琼不在，高琼若在，好让他看看能吏的真面目！人来，传他们带本各持手本参谒。

将　校　传下！平阳府蔡元振、洪洞县包拯各持手本叩门参谒。

蔡元振、包拯　（内声）来也！（上）

蔡元振　（唱）　诚惶诚恐上潼关，
　　　　　　　　帅堂犹如阎王殿！

包　拯　（唱）　执法安民伸正气，
　　　　　　　　身临法地心不寒。

蔡元振　包拯！我老怕节度使在里面。

包　拯　俺一有理，二有据，三有法，何怕节度使官势！

蔡元振　唉！如今，只好听天由命就是了！传上！平阳府蔡……

包　拯　洪洞县包……

蔡元振、包拯　有手本参谒王爷。

［蔡元振、包拯趋入。

蔡元振、包拯　参见王爷。（呈手本）

［将校收手本。

潘　良　平阳府、洪洞县！

蔡元振、包拯　（怔住，仰视）帅堂之上是……

潘　良　潘良。

包　拯　潘大人，高王爷他……

潘　良　他出城巡视警戒，帅堂暂委老夫代理。

包拯、蔡元振　啊……

潘　良　老夫下文，三天期满，即押真凶潼关处决。因何带本来参谒？

包　拯　只因潘奉……

潘　良　（切子之仇，不容说下去）我儿怎么样？

包　拯　欺压良民……

潘　良　住口！（蔡元振颓然跪倒，包拯把他拉起）说什么欺压良民，分明你们蓄意与老夫作对，存心来杖死我儿……

蔡元振　哎呀，大人，无此理！无此理！

包　拯　大人，你要详察！详察！

潘　良　还有什么可详察！我来问你，我儿可曾画供？

包　拯　尚未画供。

潘　良　未画供，就致责而死。这是哪条律法所定呀？！

包　拯　大人，卑职有陈情书在此。容分诉！容分诉！

潘　良　你们杖死我儿，还有什么可分诉呵！

（唱）　见仇吏怒火冲天！
　　　　骂声狗官太荒唐！
　　　　胆敢滥用刑法不尊上：
　　　　毒打我儿一命亡，
　　　　今日自缚请罪悔已晚……
　　　　叫左右！
　　　　推出处斩莫迟延！

[将校欲推元振、包拯出。

蔡元振　哎，这下完了！

包　拯　且慢！

潘　良　犯官还有何言？

包　拯　请问大人，俺府、县二吏，所犯何罪，致判斩刑？

潘　良　这个你自己明白。

包　拯　莫非是杖死你儿之故。

潘　良　既知何必多问！

包　拯　事出有因。你因何不问原委，不容分诉，随便斩杀朝廷命官？

潘　良　这……

包 拯 如此专擅，于法有乖！

潘 良 住口！死到临头，你还敢饶舌讪上？！

包 拯 请问大人，这里是什么所在？

潘 良 总帅公堂。

包 拯 总帅公堂乃是朝廷号令执法之地，当有朝廷命官伸诉之处！

潘 良 这……上司跟前你还敢刁言强辩！

包 拯 律法尚容死囚临刑分诉，何况朝廷命官乎？

潘 良 （语塞）哎呀！

（唱） 包拯他言词锋利据理力争，

驳得我无言可对满面羞惭！

难道我堂堂一品大使，

却被这小小县令白顶撞。

难道皇令在手，

却报不了杀子仇冤？

不提子仇犹则可！

一提子仇气炸胸膛！

不杀他何以慑众为高官！

（白） 来呀！与我押出斩！

蔡元振 哎，这下真的完了！

包 拯 哈哈哈……

潘 良 包拯！你发笑何来？

包 拯 笑你这堂堂节度使！

潘 良 笑我哪桩？

包 拯 身居高位，不律己遵典，报效朝廷，还纵子为恶，连朝廷命官都敢随便斩杀！

潘 良 （暴跳如雷）与我押出斩！斩！斩！

幕 后 （唱） 七尺男儿头顶天，

执法安民死无憾。

余三姑、素云 冤枉……

高 琼 （内声）刀下留人！

[高琼戎装策马上。余三姑、素云从另一方上。跪下比手势恳求平反冤案保清官。高琼示意三姑、素云下。

军 事 高王爷回来。

[潘良出座，接高琼入帅堂，各就座。

潘 良 高王爷回来，卑职有失远迎。莫怪！

高 琼 节度使，平阳府蔡、洪洞县包所犯何罪，致受斩刑？

潘 良 滥用刑法，杖死我儿。

高 琼 你儿因甚会遭杖责？可知详细案情？

潘 良 不知。

高 琼 既未细勘详审，怎可枉杀朝廷命官？近本藩接到来自平阳郡状告潘奉的状词多张。罢了！就待本藩亲审此案。传下！擂鼓升堂。

[“吹鼓”牌子。高琼入座，潘良旁座。

高 琼 传下！平阳府蔡、洪洞县包押上来！

[将校押蔡元振、包拯上。

蔡元振、包拯 拜见王爷。（跪）

高 琼 松绑。

[将校为蔡元振、包拯松绑。

高 琼 起来答话。

包 拯、蔡元振 谢王爷！（起身，侍立）

高 琼 平阳府蔡、洪洞县包。

包 拯、蔡元振 卑职在。

高 琼 节度使之子受杖责而死，可是实情？

包 拯、蔡元振 是实情。

潘 良 既是实情，杀人就该填命。来，与我押出斩了！

高 琼 慢！节度使，本藩既回帅堂，就无须你代劳了。

潘 良 高王爷，我儿之死，你该为其昭雪呀！

高　琼　本藩定当秉公而审，依法施行。平阳府蔡、洪洞县包，潘公子究犯何罪，致受杖刑？

包　拯　王爷，卑职有陈情书在此。请王爷观看。（递书）

高　琼　（接过陈情书，念）

潘奉横行平阳郡，
残杀秀英父女成冤魂；
又欲活埋丫环素云女。
图杀王省泄怨恨，
谁知误杀陈招吉，
王省蒙冤险丧身，
凶手乃是白面虎，
卑职踏勘才查明。
捕缉真凶获铁证，
请来潘奉亲对质，
他妄图灭口欲杀人……

潘　良　（怒极）包知县，此案……

包　拯　铁证如山！

潘　良　铁证在哪里？

包　拯　（掏出供状）此是杀人凶手白面虎供状（递与将校）。此是牛横供状（递与将校）。还有一干人证物证，稍时当见。

高　琼　（阅供状，大怒）哎，这还了得！（对潘良）节度使！令郎所为，你可知否？

潘　良　这……卑职一点不知。

高　琼　包知县，适才因何不作申诉？

包　拯　潘大人不容。

潘　良　难道我儿活该被违法杖死不成？

高　琼　包知县，如何杖死潘奉？你讲！

包　拯　王爷呀！（唱）

潘奉踢公堂，

府尊急躲藏。

朝廷庄严扫地尽!

国法遭践，我心中如着枪!

为护王法平民愤，

急令杖责惩凶顽!

高　琼　（点头赞许）做得对！做得对！

包　拯　接（唱）讵料潘奉一再践王法，

致遭刑杖身丧亡。

潘　良　唉！儿呀……

高　琼　如此无法无天，还大闹公堂，杖得痛快!

潘　良　高王爷，可是我儿还未画供的啊!

包　拯　就因他未画供啊!

（唱）　俺才有自缚请罪，

移案上潼关。

伏望王爷细勘察，

秉公明断!

高　琼　好呀！（唱）

好一个赤胆刚正的包知县!

小小官吏敢于执法抑豪强。

堪叹本朝少斯吏，

致使权贵跋扈践律章。

安得天下官吏如包拯，

清廉刚正，执法不阿，

为民除害把邦安。

平阳府、洪洞县官复原职。

蔡元振、包拯　谢王爷!

高　琼　即传一干人证案犯上帅堂。

蔡元振　是，传下，一干人，人证案犯上帅堂。

[张龙、赵虎押白面虎、牛横、陈余氏、余三姑、素云上。

众　叩见王爷。（跪）

张　龙　禀王爷，此是潘奉杀人的凶器。（递朴刀）百姓告潘奉的状词。（递大叠状词）

高　琼　（接过朴刀观看）节度使，这些你我可要好好细看。吩咐两旁肃听，本藩决案批语。

中　军　两旁肃静，王爷决案批语。

高　琼　（边挥毫边念）王省无辜遭屈，免罪复其功名。余三姑挺身为夫鸣冤，扶助弱女，其情可嘉。素云仗义告状，卑尤胜尊。陈余氏虽有诬告王省之过，姑念其丧子，免予责罚。牛横为虎作伥，特判劳役三年。白面虎贪赏行凶，误杀陈招吉，国法难容，特判斩刑！潘奉欺压良民，残杀无辜，还大闹公堂，目无王法，致受杖责而死。死得当该！大宋藩王高裁决。吩咐，按本藩裁决施行。

众　谢王爷！

[将校押白面虎、牛横、陈余氏愧悔含悲出公堂。余三姑、王省、素云随后跟出，搀扶、抚慰陈余氏下。

潘　良　（不服地）王爷，被卑职看起，此判有偏！

高　琼　怎见得？

潘　良　府、县二官，滥用刑法杖死我儿，因何不予究罪？

高　琼　你儿身为罪魁祸首，还大闹公堂，目无朝廷律章，依法该杖，死有余辜！府、县何罪之有？

潘　良　在此与你相争无益，我要你上朝面圣！

高　琼　你待怎讲？

潘　良　上朝面圣。

高　琼　（不屑地）叫潘良！哈哈哈……本藩出镇潼关，万岁赐有尚方宝剑，满城官员，由升由降，任斩任放！你身为大臣，不思律己遵典，却纵子为恶，徇私枉法，专擅骄横。今日还敢与我入朝面圣，哪有天子给你见？目前，本藩就要先革你之职！吩咐，将潘良革职，赶出帅堂！

[将校摘下潘良金冠，赶出帅堂，潘良羞惭，颓丧下。

高　琼　蔡知府！

高　琼　哼！你身为知府，不该畏恶如虎，置国法于不顾。有渎职守，应受惩处降为洪洞县令。包知县力助平阳府勘破难案，执法不阿，敢抑豪强，实堪嘉奖升为平阳知府。

包　拯　哎呀！王爷，卑职不敢当！

蔡元振　王爷，元振才疏学浅，胆小无能。该降！该降！包拯精明干练，胆识过人。该升！该升！

高　琼　是啦，贤能当举。包拯，你就毋须过谦了！

包　拯　（再推辞）哎……

蔡元振　包拯这才合适。

高　琼　两人当堂互换乌纱印绶。

［蔡元振、包拯互换乌纱印绶。

后台合唱　一个是执法不阿擢升黄堂，
一个是胆小无能愿降知县。
为官须与民做主，
至今黎民犹颂包青天。

［幕下。

［剧终。

张飞闯辕门

剧本整理：陈春淮

人 物 表

张　飞　　桃园结义老三
关　公　　桃园结义老二
刘　备　　主公、桃园结义老大
孔　明　　刘备军师
赵　云　　常山赵子龙
刘　封　　太保
关　平　　少年英雄
夏侯惇　　曹丞相麾下大将
李　典　　夏侯惇手下大兵
于　禁　　夏侯惇手下大兵
刘军众将军、众士兵、曹军众士兵

第一场　起兵攻刘

于　禁　俺，于禁。

李　典　俺，李典。

于　禁
李　典　夏侯都督兵伐新野，一旁侍候。

夏侯惇　（念）　雄兵十万似怒潮，
将军威名天下标；
挥师要把新野踹，

捉拿孔明表功劳。

俺，夏侯惇，在曹丞相麾下为大将。只因刘备新得孔明，徐元直先生夸说此人有经天纬地之才，是咱不服，故此在丞相跟前，讨兵攻伐新野，捉拿刘备、孔明。传令下！

众军士 有！

夏侯惇 大兵向新野进发。发炮启程！

众军士 有！

[众同下。

第二场 任贤抗曹

[张飞，关羽上。

张　飞 （唱） 恨孔明，太嚣张，
年幼无知装模作样。

关　羽 （唱） 此儒生，太狂妄，
竟敢自比春秋乐、管。

张　飞 二哥，俺大哥为了一个村夫，不惜三顾茅庐，却受这村夫诸般刁难。今初下山来，身无一功半绩，大哥又以师礼待之，弟实不服。

关　羽 是，想俺兄弟相处多年，尚且尊敬大哥，孔明出身卑微，又兼胎毛未退，黄口未干，竟敢受大哥诸般厚敬，关某也不服。

张　飞 连二哥你都不服？这就好了。今曹兵来犯，你我往大堂，看大哥如何打算，看那诸葛亮如何调兵。

关　羽 是，看他如何遣将。

[张飞，关羽下。

[刘备上。

刘　备 （唱） 三顾茅庐得卧龙，
无限喜慰在心中。

但顾汉室得兴复，

了却刘备平生愿。

[孔明暗上。

刘　备　咳！俺备虽幸得孔明，此后运筹帷幄有人，怎奈新野兵微将寡，倘一朝彼兵到来，如何抵挡？

孔　明　主公毋须忧虑。

刘　备　啊，是先生。咳！敌我兵力如此悬殊，叫备怎不耽忧？

孔　明　主公休操心。近俺已招募民兵数千人，足以御敌。曹操如若遣将来犯，亮自有破敌之计。

刘　备　全赖先生。

[刘备、孔明同坐。探子上。

探　子　报！曹操遣夏侯惇带兵十万，来攻新野。

刘　备　再探。

探　子　是！（下）

刘　备　哎！先生，果不出所料。如今曹兵势大，如何抵挡？

孔　明　主公宽怀。夏侯惇虽系名将，但急功好胜。亮早知其人。此来管教他化为灰粉而归。

刘　备　噢……

[张飞，关羽上。

张　飞　（念）大堂试探破曹计。

关　羽　（念）笑看竖子掌兵戎。

[关羽向内窥望，见孔明与刘备对坐，孔明神色泰然。

关　羽　哼，大哥乃汉室宗亲，儒生竟敢妄居上座。好不可恨！

张　飞　哦！孔明还坐了大位呀？（向内窥望）哎！好不可恼！

[关羽、张飞趋入。

张　飞、关　羽　参见大哥！

刘　备　二位贤弟一旁坐下。

关　羽　谢大哥。

张　飞　(用扇子挡住孔明视线，向刘备努嘴) 大哥，诸葛亮有什么才学，你这样敬重他，太过分了！

刘　备　三弟休得鲁莽。备得孔明，如鱼得水。勿复多言。(转身坐下)

张　飞　哎……(无可奈何，只可向孔明发泄) 喂！孔明呀，你好自在哪！如今曹兵来犯，不要在此装聋作哑呀。

刘　备　三弟，愚兄正与先生共商破敌之策。你且一旁坐听。

张　飞　大哥！古道“水来土掩，兵来将挡”。就是厮杀，何策可商？你既说“得了孔明，如鱼得水”。如今就该叫水去破曹啦！

孔　明　(微笑) 主公，曹兵此来，用水破不得，须用火才能破得。

张　飞　(大怒) 孔明，我呀呸！某家讲水，你就道火。偏偏与老张斗气。哎哟！好不可恼！(挥拳欲打)

刘　备　(急阻) 哼，休得无礼！(挽关羽、张飞趋出)

关　羽　大哥，孔明不过一介书生，向居隆中，未闻世事，这调兵遣将之事，非同等闲。慢道三弟不服，恐诸将也不服呵！

张　飞　弟不服他，阿哥。

刘　备　二位贤弟，记得司马徽对我说过，伏龙凤雏，得一人可安天下。今先生初到新野，即为我勤政操兵，此正是大贤之所为。二弟切不可轻慢。

关　羽　大哥差矣！难道打天下，倒赖书生？

张　飞　是呀！俺等哥弟，游荡半生，没有这村夫，也能得过。

刘　备　岂不闻“决胜千里外，运筹帷幄中”？愚兄勇仗二弟，智仗孔明。休得多言。

张　飞　哎喳喳喳！二哥，大哥偏袒孔明。你我且去饮酒，看诸葛亮如何调兵？

关　羽　嗳，不可。三弟，虽不服儒生，但大敌当前，还须以江山为重。

张　飞　你不去，阿弟自去。(愤然下)

刘　备　哎！三弟……

[刘备无可奈何，只得与关羽趋进。

刘　备　先生，三弟莽撞，刚才出言冒犯。望乞海涵。

孔　明　亮颇知三将军性情，哪敢见怪。

刘　备　先生，曹兵犯境，可速遣将破之。

孔　明　诚恐三军易遣，大将难调。

刘　备　待备拜先生为军师。哪个不服，军法从事。

孔　明　谢主公。

刘　备　传令下，辕门点将侍候。

孔　明　卧龙初得雨。

刘　备　大业一时兴。

[刘备、孔明、关羽同下。

第三场　拜师醉闯

[敲点，紧吹鼓，再敲点，慢吹鼓。

[二道幕启：现将台。

[刘封上。

刘　封　（念）　文通武也通，

文武韬略在胸中；

若问某家名和姓，

太保是刘封。

孔明先生辕门点将。一旁侍候。

[关平上。

关　平　（念）　少年英雄不可当，

擒龙捉虎当平常；

举手要攀天上月，

哪怕蟾宫高万丈。

俺，关平。孔明先生辕门点将。一旁侍候。

[赵云上。

赵　云　（念）　将军浩气贯霓虹，

手执长枪立大功；

若问某家名和姓，

常山赵子龙。

孔明先生辕门点将。一旁侍候。

军士甲 （内）主公到。

赵　云 相迎。

[军士、将校引刘备、关羽上，赵云等迎入。

刘　备 子龙将军，先生可曾来到？

赵　云 尚未到来。

刘　备 先生若到，报我知道。

赵　云 谨记。

[刘备、关羽下。

[孔明乘车上。

孔　明 （念）初离茅庵，定计破曹。

刘军甲 先生到。

赵　云 先生在上，末将赵云参礼。

孔　明 将军免礼。左右，下车。（下车）素闻将军忠勇，此后亮点将，不可离开左右。

赵　云 末将谨记。

孔　明 主公可曾来到？

赵　云 等候多时，先生请等候。（对内）禀主公，先生到。

刘　备 （内声）动乐相迎。

[刘备、关羽上，率同众将出迎孔明。

[众同进。

孔　明 主公，亮来迟，幸勿见怪。

刘　备 好说。先生，今日众将齐集，专等先生到来遣将破曹。

孔　明 只恐亮才疏年幼，难当此重任啊。

刘　备 先生休得推辞，请上前接印。

[“拜帅场”完毕。刘备下。

[孔明登台点将。

孔　明　（念）　手执军令登将坛，

雄兵勇将列两旁；

茅庐定下三分策，

联吴拒曹兴汉邦。

蒙主公授亮重任，今日辕门点将。左右，军师有斩令，把它挂贴辕门。

军士甲　遵命。

[二军士“贴榜”。

孔　明　子龙将军听令。

赵　云　奉命。

孔　明　亮有宝剑一口，坛台前面槐树，与我砍下一株，满营将士，如有不遵调遣者，照槐树施为。

赵　云　得令。（叱头）军师令下！满营将士，如有不遵调遣者，照坛台前槐树施为！

[众应。赵云下坛台砍下“槐树”。

[张飞上，关目。

张　飞　（念）　头戴乌纱一字巾，

一心要把汉刘兴；

坛台拜师咱不服，

要扯村夫出辕门。

俺，张飞字翼德。兄弟三顾茅庐，请来一个诸葛村夫，今曹兵来犯，大哥拜他为军师，这村夫竟昂然而受，没有写下十二简帖来参拜老张，教导他调兵遣将。待我闯进辕门，看他如何调兵，看他如何遣将。（刚欲举步闯进，猛见辕门前贴有“斩令”，乃停住）哦呵！那边怎么挂了一张孤魂榜。但不知写些什么，待我看来。（看榜）“大汉总统兵马军师诸葛……”总统兵马军师诸葛……我呀呸！你这村夫，初进汉营，全无寸尺之功便称起大汉军师来了，还敢写出来压在三爷头上。岂得相容，待老张拿笔把它改为“无用小辈村夫孔明”。慢！看在大哥面上，暂容他称上一时。（再看榜）哦呵！下面还有几行字，不知写些什么，待我再看来。

（念）“为兴刘，破曹事……”哈哈哈，这就通啦！俺等三兄四弟，今日一刀，明日一枪，都是为兴刘破曹。嗳，写得通！通就该赏。要赏些什么……有了，赏他一大碗酒。（猛抬头，有所发现地）哎喳喳，下面怎么还有几行“斩”字？但不知要斩哪些罪人？待我再看来。

（念）“烧毁民房者斩；弓不上弦者斩……”这通呀！刀不出鞘，弓不上弦，如何杀敌？斩得好，斩得妙。孔明你写得对，待我再看来。

（念）“临阵退缩者斩；私自饮酒者斩”私自饮酒者斩！诸葛亮我呀呸！俺大哥尚不敢戒老张的酒；你这村夫，初下山就要来戒老张的酒。岂得相容，待我将这行字撕下……（想）慢，看在大哥之面，权且将他恕饶。（又有所发现地）哎喳喳，那边还有“斩”字，怎么都是斩？但不知斩来公道不公道，等我再看来。

（念）“擂鼓不战者斩；鸣锣不退者斩；私逃回乡者斩；擅闯辕门者斩……”擅闯辕门者斩！（大怒，叱头）哎哟，诸葛村夫！难道报子上辕门去报军情，一个被你拿去斩，二个被你拿去杀，杀多了，我大哥的江山就完了！你那样好斩，老张偏要闯上坛台，看你敢斩不敢斩，敢杀不敢杀！

（唱） 泼村夫，好不猖狂呀！
待老张闯上坛台，
看你如何把咱来布摆。
若敢触我怒怀，我就把他，
扭将下来，扯他出去，
辕门之外。我挡，我挡挡！
挡住辕门不让他上坛台。

（刚欲闯进辕门，见孔明高坐，众兵士喊威，只好趸下来）哎哟！那诸（葛）亮把俺汉家人马调列两旁，他坐在中军里，倒有些些的威风。嗳！俺大哥拜他为军师，然有他之人多，有某之人少！（稍思）罢了！待老张回转后帐中，饮个酩酊大醉，披我的乌牛甲，骑的乌骓马，手持丈八矛枪，闯进辕门，装了一个子，看诸葛亮你敢斩不敢斩，敢杀不敢杀！（下）

孔　明　大将出辕门。

[关平，刘封趋出。

孔　明　与我擂鼓三通。

[擂三通鼓。

军士甲　三通鼓齐。

孔　明　大将进辕门。

刘军甲　大将进辕门。

[关平、刘封趋进。

孔　明　两旁肃听，军师点将。左营。

众军士　齐。

孔　明　右营。

众军士　齐。

孔　明　前营。

众军士　齐。

孔　明　后营。

众军士　齐。

孔　明　关平。

关　平　在。

孔　明　刘封。

刘　封　在。

孔　明　长枪手赵云。

赵　云　在。

孔　明　丈八矛枪张飞。

军士甲　未到。

孔　明　去哪里?

军士甲　后帐饮酒。

孔　明　这等时候还在饮酒。去催来。

军士甲　领命。（下）

孔　明　再点将。青龙偃月刀关……

关　羽　在。

孔　明　（起立）二将军坐下。（略停）丈八矛枪张飞。

刘军乙　未到。

孔　明　可曾催过？

刘军乙　已催过。

孔　明　摆齐队伍。

［众兵将结队亮群相。

孔　明　（略停）再点将，丈八矛枪张飞。

刘军乙　未到。

孔　明　张飞！

刘军乙　未到。

孔　明　（怒）大胆张飞，连点三次不到。岂得相容，赵云将军听令。

［刘封急下。

赵　云　奉令。

孔　明　（念）　　军法无情不徇私，

　　　　　　　　　赐你宝剑斩张飞。

［刘封、刘备暗上。

刘　备　（急插口）慢！先生，若斩三弟，恐有损桃园结义之情。望军师将他恕饶。

孔　明　违犯军令，不斩，众将不服。

众军将　（跪下）众将皆服。

刘　备　望军师准保。

孔　明　既然如此，看在主公及众将分上，死罪当饶。

刘　备　谢军师。

［众军将起立。

孔　明　只是难饶责罚。

刘　备　如何责罚？

孔　明　罚他上坛台，亲口悔罪。方肯恕饶。

刘　备　小校，速叫你三爷进辕门请罪。

刘军甲　遵命。（向内）三爷，军师要点将，请你进辕门。

[内未应。

刘军甲　（大声地）三爷呀！军师要点将！……

张　飞　（内应）来呀……

[刘军甲吓跑，张飞踉跄上。

张　飞　好酒，好酒呀！（关目）

（念）　忽听辕门高叫怒气冲！

闯上坛台逞威风！

好酒！好酒呀！（关目）我刚才在饮酒，忽听辕门高声大叫，怎么叫得那样吵耳。不知为着何事？待我闯进辕门看过。

[张飞踉跄绕场。"雁儿落"吹打牌子。关羽、赵云分别从左右趋出辕门扶住。

关　羽　三弟。

张　飞　（定睛一看）二哥。

赵　云　三爷。

张　飞　（又看赵云）啊，老四。

赵　云　三爷，方才去哪里？

张　飞　后帐饮酒。

赵　云　这等时候，还饮什么酒？

张　飞　不饮酒干啥事？

关　羽　（故意激之）那孔明要点将。

张　飞　点什么将？

赵　云　军师要点卯。

张　飞　点什么卯？大哥？

关　羽　主帅不用点。

张　飞　二哥？

关　羽　点过。

张　飞　老四你……

赵　云　也点过。

张　飞　（伸拳、叉腰）

关　羽　你？

张　飞　谅他不敢点到三爷来。

赵　云　也点过。

张　飞　什么？他竟敢点到三爷头上来？

关　羽　连点三次不到，要把你处斩。

张　飞　哦！我不杀他，他竟敢斩我？

赵　云　好在主公讨保，才赦了你。

张　飞　我怕他不赦。

关　羽　赦了死罪，难免责罚。

张　飞　如何责罚？

关　羽　罚你上坛台，亲口悔罪，方肯恕饶。

张　飞　如若不然？

关　羽　前罪难赦。

张　飞　（大怒）二哥，老四，借恁的口，传我之言，叫那死牛村夫爬到三爷跟前，说道：三爷呀！饶命，饶命。方肯恕饶他。

赵　云　如若不然？

张　飞　恼得我性情一起，闯上坛台，先骂他一句小王八，然后一拳！（作拳打势）一足！（作足踢势）

关　羽　（故意地）大哥拜他为军师。你敢骂他？

张　飞　骂他就骂他，难道怕他？

赵　云　怎好打他？

张　飞　打他就打他，难道惧他？

关　羽　一同来去见他。

张　飞　我不去。

关　羽　不去，你就怕他！

张　飞　哎喳喳，不去我就怕他？

关　羽　不去，你就惧他！

张　飞　哎喳喳！不去我就惧他？怕他，惧他……哎哟，不要来激我。你去，我来！

［关羽、赵云先进，张飞随后闯入，军士甲忙拦。

军士甲　三爷，要报……

张　飞　报什么？

军士甲　报军令。

张　飞　报你的屁令！

军士乙　三爷，要报……

张　飞　报什么？

军士乙　报辕门。

张　飞　报你的屁门！

［张飞闯至帐前，拉架装势屹立于台中。

孔　明　台下站者是谁？

张　飞　（先后拉开肩上靠旗，从空隙处背窥孔明）我呀呸！喂！你要当我汉家军师，你是没带眼睛呀！不知无敌将军张爹爹！

孔　明　啊，原来是张……三爷呀？

张　飞　既知张三爷，何不下坛台相迎？

孔　明　张飞，住口！犯我军令，不低头认罪，还敢昂立坛台！

［军士喊“唷”！

张　飞　孔明，呀呸！俺们三兄四弟，今日一枪，明日一刀，才有这块坛台地皮可站。难道去站你的肚皮呀！

孔　明　（怒）张飞！

张　飞　（也怒）孔明！

孔　明　（更怒）莽将！

张　飞　（大怒）毛道！

孔　明　张飞！

［众军士喊“唷”！

张　飞　孔明！

孔　明　（念）张飞不必逞威风，

［众军士喊“唷”！

孔　明　调兵遣将众皆同。

［众军士喊“唷”！

孔　明　两旁俱是有名将，

［众军士喊“唷”！

孔　明　你今怎敢不服从！

［众军士喊“唷”！

孔　明　众将，与我推出辕门！

［众军士喊“唷”！

张　飞　村夫，我呀呸！

（念）　孔明不必絮叨叨，

且听三爷表功劳；

曾破黄巾兵百万，

虎牢关前逞英豪。

（唱）　泼村夫，

不会行兵只会讲，

不会厮杀只会辩。

我恼呀！

恼得我气昂昂，

待某家闯入中军帐……

［张飞挥拳欲闯上，左边为刘备所阻，右边为赵云所拦。

（接唱）　若不是看着大哥刘玄德，

四弟赵子龙，

一只手扭住他衣带，

不杀村夫咱也不姓张！

刘　备　三弟太横！

张　飞　哎！（接唱）大哥道咱横……！

赵　云　三爷太蛮!

张　飞　哎!(接唱)四弟道咱蛮;

他道咱横,他道咱蛮,

岂容那泼村夫高坐在将台上,

谈今论古数黑论黄,

调兵遣将把威风显。

枪来!(军士不理睬,更怒,接唱)

老张乃堂堂一虎将,

岂受这村夫调遣?

越想怒火越上胸膛!

这气怎能受,

不如回范阳。

岂慕他衣锦还乡!

赵　云　主公,三爷逃回范阳去了。

刘　备　先生,三弟逃回范阳,待我与二弟去劝他回来。

孔　明　主公自便。

刘　备　(念)桃园结义情深厚。

关　羽　焉能中道各西东?

孔　明　子龙将军听令。

赵　云　奉令。

孔　明　附耳来。

赵　云　谨记。

(念)　军师跟前受密令,

欲请三爷破曹兵;

我今上马去追赶,

定要把他说回营。

[将校引赵云下。

孔　明　(念)　张飞不愧一虎将,

只是秉性太刚强；
山人略施小计策，
管教翼德转回还。（下）

第四场　醉奔泄愤

［二幕前。

［张飞上。

张　飞　（唱）　醺醉朦胧往前驰……（过场下）

［军士引刘备、关羽上。

刘备、关羽　（唱）催马要赶三弟归。（军士引刘备、关羽下）

张　飞　（唱）　怒冲冲把村夫来恨！
你这无知小子，
不过区区田舍儿，
一向只晓耕田锄地，
念几本“之乎者也”他娘的书，
这样的人儿好掌兵权，
咱老张好为仙师！
泼村夫，不自量，
还敢装腔作势触犯我张飞，
越想越生气……

好酒！好酒呀……

［顿觉头晕眼花支撑不住。“呕吐”，用矛枪拄地站住。

［鼓边、锣边密密轻敲，作响“风声”效果，张飞被“风”吹得酒醒一大半。

张　飞　咦，这里是什么所在呀？（左顾右望）老张怎么会跑到此处来……（想）啊，是了！刚才诸葛亮在辕门点将，是咱不服，到后帐饮个酩酊大醉，又闯上辕门与他吵闹，负气之下，奔走出哎！如今呢……

张　飞（唱）　若要逃回范阳去，

亲朋询问有何词？

数载兄弟共聚义，

倘若一旦各东西，

世人定要讥笑老张不争志。

堂堂大丈夫，立誓扶刘兴汉，壮志未酬，岂能半途归回？还是回新野，与二位哥哥共创大业吧！哎，不可。适才在中军帐里与那孔明大闹，既出走，又回去，反反复复，岂不是笑破人口……哎！

（唱）　只落得孤零零，

进退两难心恓惶……

难道大哥、二哥不来追咱回营房？

[张飞回首眺望，望不到有人追来，失望，生气。

张　飞（接唱）莫不是有了孔明而忘却我老张……

[内响号角。

张　飞（唱）　忽听后面喊声催。

但只见灰尘滚滚，人马纷纷。（料定是刘备、关羽追来，一时又骄傲起来）想必是大哥二哥赶来是真，谅你破曹，怎能少我老张这员虎将！哼，大哥会偏宠孔明，待老张来刁难他一回，以泄满胸愤气。

（接唱）登上小丘等他临。

[军士引关羽、刘备上。

刘备、关羽（唱）见三弟，登小丘，速赶上，莫停留。

刘　备　三弟，请下来，愚兄有话对你说。

张　飞　早当是谁，原来是朋友哥来呀。朋友哥，请啦！请啦！

刘　备　嗳！三弟，兄弟之情，说什么朋友。

张　飞　你有了诸葛亮，没有俺老张，岂不是朋友？

刘　备　三弟，愚兄没有此事。请下来相见。

张　飞　我不下去！

关　羽　你之心，哥甚知，怎可因负气而忘了白马乌牛。

张　飞　嗳，二哥呀！（下高处）

（唱）　你道咱忘了白马乌牛，
咱也曾对天盟誓，
愿结手足义，
扶汉兴刘，生死同休，
并无虚谬。
只因受不得那村夫的气，
一时难消受。
故此要去也难留。

刘　备　三弟，你顿忘了金兰咒！

张　飞　（唱）　咱若忘了金兰咒，
怎有住马停鞭等你临？

关　羽　你须以汉室社稷为重呵！

张　飞　二哥呀！

（唱）　汉室社稷何用俺老张，
孔明一人已足够。

刘　备　三弟，何必苦苦不服孔明。你不念刘备扶汉之心，也须念桃园结义之情；愚兄纵有不是，大敌当前，也不能弃兄而去。听我相劝，还是回去破曹才是呵！

张　飞　（唱）　听大哥一片言，
老张愤气消了一大半；
若回去那村夫要来调遣，
心儿里委实不愿……

［将校引赵云上。

张　飞　（旁白）老四他也赶来了。（对赵云）老四，你赶来何事？

赵　云　来请三爷回去破曹。

张　飞　可是那村夫派你来相请的？

赵　云　你违犯军令，还敢要军师相请。

张　飞　他不请，我不回去。

赵　云　你不回去？

张　飞　不回去！

赵　云　你身为大将，强敌当前，私自逃出，众将议论纷纷……

张　飞　议论什么？

赵　云　议论你临阵退缩，莫非怕死！

张　飞　我怕死？

赵　云　不怕死，就该回去。

张　飞　我不回去！

赵　云　不回去就是怕死！

张　飞　哎哟！不回去就是怕死……

赵　云　你真的不回去，赵云便要……

张　飞　你便要怎样？

赵　云　便要为军师执行军令：一箭射你这违令负义人！

张　飞　反了！反了！连老四你也听那村夫之话，翻脸不认阿哥。好呀！你敢射，老张来做挡箭牌，你就射来！

赵　云　好呵！（取弓箭）

（唱）　军令如山……（暗咬掉箭头）定将你射死！

[赵云搭箭挽弓欲射，张飞着慌。

刘　备　（趋前急阻）子龙将军箭下留情！

[赵云示弃掉箭头的箭条，刘备方悟，乃后退，赵云开弓。

张　飞　（欲避不及）哎呀……（以为中箭，手往腹部一摸）

赵　云　（暗笑）三爷，末将不但弃了箭头，弓响箭还不发呢。

张　飞　呵！老四你弃了箭头，弓响箭还不发呀？可见老四有情义。

赵　云　此是军师所嘱，三爷须知先生之情。听末将相劝，还是回去破曹。

张　飞　老四呀，破曹只有那诸葛亮破得，老张无能，破不得。

赵　云　三爷，众将齐集，在专等你。

张　飞　哦！众将齐集，在专等我？

赵　云　是。

张　飞　好啦！就叫那诸葛打头阵。

赵 云 （故意地）哈哈哈！果然不出军师所料。

张 飞 他料我什么？

赵 云 他料你必是惧曹兵势大，胆怯而逃。

张 飞 我胆怯？

赵 云 你不胆怯，方才末将假意射你一箭，你都怕得连忙逃避，何况夏侯惇十万人马，你哪能不走？

张 飞 哎呀！老四，你太小视阿哥了。老张在百万军中，尚且不怕，何惧那夏侯惇十万人马！待我回去生擒夏侯惇给你看。

刘备、赵云、关羽 如此，就一同回去吧。

张 飞 回去是回去，老张是不受那村夫调遣的。

刘 备 三弟，你一个人不听调遣，众将也可不听将令。岂不是误了大事？

赵 云 三爷，主公之言甚是。且看这一阵胜负如何吧。

张 飞 罢了！

（唱） 岂容曹兵把威逞，

回去且看村夫行兵高明不高明。

大哥呀！

夏侯惇兵来毋须忧，

同仇敌忾齐上阵。

誓杀他一个片甲不留。

刘备、关羽 （唱）这才是桃园结义好兄弟。

[将校、军士引刘、关、张、赵下。

[闭二幕。

第五场 遣将立赌

[二幕前。

[将校侍立，孔明上。

孔　明　（念）施展袖里乾坤手，定破曹兵服张飞。

内　声　报呀，主公回归。

将　校　禀军师，主公回归。

孔　明　相迎。

［孔明趋出。赵云、关羽、刘备上，孔明迎刘等趋进。

孔　明　主公，三将军可有回归？

刘　备　仗先生之力，三弟已来在帐外候命。望先生看备薄面，容他立功赎罪。

孔　明　只要三将军愿听调遣，亮哪敢胡责。

刘　备　望先生用心遣将。

孔　明　主公宽怀，亮当用心调兵遣将。传令下，众将辕门听令！

［“吹鼓”。二幕启：现将台景。孔明登将台，众将参礼站列。张飞上，大摇大摆趋入。

孔　明　子龙将军听令！

赵　云　奉令。

孔　明　命你为先锋，带兵五百，引夏侯惇至博望坡，只许败，不准胜。

张　飞　（旁白）哎喳喳，哪有上阵只许败不准胜之理！

赵　云　（闻言愕然）先生，赵云一向未逢敌手。焉能向敌示弱？

孔　明　将军！

（唱）　你休欲多言，（递锦中囊）

锦囊一个带身上，

照计行事不得违，

须知胜败不在刀枪上。

赵　云　得令。

［赵云趋出欲下，张飞跟出急阻。

张　飞　老四，你不要听那村夫的鬼语，待阿哥跟你一道去，把夏侯惇擒回来。

赵　云　三爷，军师没令，末将不敢从。（下）

张　飞　哎！老四去了。看村夫请我不请我。（进辕门）

孔　明　关平、刘封听令。

关平、刘封 奉令！

孔　明 关平你带火箭手一千，埋伏在博望坡西边山谷，待曹兵一至，即令火箭齐发。刘封带兵一千，看博望坡火起，即封住博望谷山谷，用滚木雷石打他，阻其归路。一旁听亮嘱咐呵！

（唱）　小将军，把心坚，
　　　　切莫因敌众而踌躇，
　　　　切莫因取胜而松战，
　　　　鼓三军奋勇把敌歼。

关平、刘封 得令。

[关平、刘封趋出，张飞又跟出。

张　飞 侄儿，待阿叔与你同去。

关平、刘封 三叔，军师没令，不可自为。（下）

张　飞 哎哟！大将不点，小将先调。好不气煞老张！（趋进）

孔　明 二将军听令。

关　羽 奉令。

孔　明 二千人马，到潺陵渡口，用沙袋装沙，把水闸住。等曹兵过河之时，放水淹死曹兵。

关　羽 但未知军师，俺待俱去厮杀，你自己如何作为？

孔　明 我与主公，坐守城池，专等众将军得胜回来庆功。

关　羽 呵……（起身，旁白）他倒也自在！（趋出，下）

张　飞 （忍耐不住）喂！诸葛亮呀！众将俱都去了，老张这员虎将怎么还不调遣？难道要留下来保你的性命不成！

孔　明 （有意激他）张飞，诸葛亮所以不遣你，只因你是个莽将。

张　飞 我是虎将！

孔　明 可惜你这虎将，难负重任。

张　飞 喂！你是没有耳朵呀，不闻老张战无不胜。

孔　明 我这次用兵，却不以勇取胜。

张　飞 不以勇取胜，难道不用厮杀，曹兵就得败来呀？

孔　明 可是你鲁莽不服军令，恐误大事。

张　飞　（急于要出马，不得不示弱）只要你快些遣我去厮杀，老张愿服军令。

孔　明　如此，向前听令。

张　飞　奉令。

孔　明　带兵五百，到许昌大道埋伏……

张　飞　慢！自古伏兵只有藏于小路，哪有伏于大道？

孔　明　亮料夏侯惇必从许昌大道而走。

张　飞　倘夏侯惇人马不从那里而走，你叫我去等个鬼呀？

孔　明　我料定他是从那里而走。

张　飞　如若没有？

孔　明　如若没有……山人这颗帅印输与你。

张　飞　好，我就去。（欲趋出）

孔　明　慢！若夏侯惇兵败从这里经过？

张　飞　我便把他擒回来。

孔　明　倘若擒不到？

张　飞　擒不到……输你一瓮酒。

孔　明　一瓮酒怎顶得上这颗帅印？

张　飞　输你一头牛。

孔　明　也顶不上。

张　飞　（稍思）罢了！输你这颗首级。

孔　明　口说无凭。

张　飞　来立赌状。

孔　明　哪个作证人？

张　飞　我大哥作证人。

孔　明　好，便请主公作证。

刘　备　嗳，都是为了破曹，何必如此。

张　飞　如此才能见高低。

孔　明　好，就来写。

张　飞　好，来写。

［孔明、张飞各写赌状，交给刘备。

孔　明　听令。

张　飞　奉令。

孔　明　带兵五百，前往许昌大道埋伏。

张　飞　得令。（欲趋出）

孔　明　慢！听亮嘱咐呵！

（唱）　此去切莫任性，
照计而行功必成。
一切须审慎，
灭敌兵，擒敌将，全凭这一程！

张　飞　（很厌烦，勉强地）得令。

刘　备　三弟，军师叮嘱须紧记。

张　飞　（不服地）知道了。

孔　明　主公，后营备宴，等众将奏捷。

刘　备　全凭先生妙策。（虑曹兵势大，心绪不安背地里叹一气）唉……

[孔明、刘备下。

第六场　诱敌蹈火

[二幕前。

[赵云率兵上，绕场。

[二道幕开，三道幕前，夏侯惇率于禁、李典引兵上。

夏侯惇　来将岂不是赵云？

赵　云　然也，何不下马求生？

夏侯惇　你随刘玄德，有如孤魂随鬼。劝你下马投降，免得一死！

赵　云　我要取你的首级！

[开打。赵云诈败下。夏侯惇挥兵追赶，于禁急阻。

于　禁　慢！都督，赵云英勇，那么易败，须防埋伏呵！

夏侯惇　新野兵仅数千，纵有千面埋伏，又何惧哉！快些与我追赶。（驱兵追下）

[刘军引刘封、关平上，分头埋伏。

[赵云引夏侯惇兵上。厮杀，赵云又诈败下，夏侯惇挥兵追赶。关平箭手齐发，火起，曹兵绕场逃窜。右畔刘封以滚木雷石打。曹兵逃下。夏侯惇、于禁、李典再绕场，混战，惇等败下。

刘　军　曹兵败走。

关平、刘封　回营交令。（率兵下）

第七场　水淹曹兵

[刘兵引关羽上，扎在鼓畔。夏侯惇率兵上。

曹兵甲　禀都督，有大河阻住。

夏侯惇　查看可有渡船竹筏。

曹兵甲　容查。（查看）禀都督，没有渡船竹筏。

夏侯惇　下去打探水势。

曹兵甲　领命。（下水试探）都督，河不深，人马可以渡过。

夏侯惇　如此兵马渡河而过。

[曹兵、于禁、李典、夏侯惇先后渡河，下。

关　羽　开闸放水。

[曹兵、于禁、李典、夏侯惇遭水淹，下。

刘　军　禀二爷，淹死曹兵一大半。

关　羽　回营交令。（众下）

第八场　莽将纵敌

[军士引张飞上。

张　飞　（唱）　许昌大道埋伏大半天，

为何还不见曹兵败到？

三军，你们可曾望见曹兵？

刘军甲 没有望见。

张　飞 这毛道分明是在胡猜乱料。哈哈哈！诸葛亮呵！

（唱）　且看俺老张把你从将台上拉倒，

堪笑他军师当不上一天。

哎呀！糟了！想必是村夫忌老张得功，故意把咱遣到这里养神。哎喳喳！这还了得，我不免赶到博望坡，先杀个痛快，然后才回去与他算账。左右，与杀回去！（想）慢！倘夏侯惇兵马真是败从这里来，岂不是白白被他逃走……

刘军甲 三爷，前面有一小股曹兵败来。

张　飞 果有曹兵败来？

刘军甲 是！

张　飞 可看得真？

刘军甲 看得真！

张　飞 哎呀！诸葛亮果然有些厉害。快准备！（引军从弦畔下）

［曹兵引夏侯惇、于禁、李典狼狈上。

夏侯惇 （唱）　得胜猫儿威似虎，

败兵鸾凤不如鸡。

都怨自己把孔明小视，

到如今只剩下百余残兵败卒。

曹兵甲 禀都督，这里有两条小路一条大道，可通往许昌。要从哪条路而走？

夏侯惇 孔明多谋，小路恐有埋伏，兵从大道而走。

曹兵甲 领命。

［曹兵引夏侯惇等绕场。张飞率军上，阻住去路。夏侯惇等人目瞪口呆。

张　飞 哈哈哈！夏侯惇我的儿呀！三爷等你好久了。看杀！

［开打，张飞打夏侯惇下马。

夏侯惇 哎！张三爷，你乃堂堂有名之将，不该制胜于无备。俺虽被擒，却不服你。

张　飞　不服，就再上马交锋。

［夏侯惇上马，再开打，又被张飞打下马，一把抓住。

张　飞　夏侯儿呀！如今可服三爷？

夏侯惇　不服！

张　飞　（大怒，一摔，夏侯惇跌下）连擒两次还不服，难道要三爷擒你一百次才服么？

夏侯惇　你既英雄，不该乘人之困。咱今天厮杀了一日，人困马乏，怎能与你对敌？若能留给一箭之地，容俺人马吃饭之后，那时你能擒得我，才愿拜服。

张　飞　我呀呸！你休想骗我而逃。

夏侯惇　大丈夫光明磊落，哪有欺骗之理？若要这样拿我，未免见笑于天下。

张　飞　（稍思）好，谅你走不脱。小校取弓箭来。

［刘军甲递弓箭给张飞，张飞挽弓搭箭射出。

张　飞　夏侯惇，如今三爷留一箭之地与你，可快些去埋锅造饭，三爷等你交战。

夏侯惇　好，你等着。（与于禁、李典等下）

张　飞　哈哈哈！夏侯惇如今变成笼中鸡，网内鱼。稍时待老张拿他来当酒肴。

［刘军甲发现前面火起，急禀。

刘军甲　三爷，夏侯惇焚树断路，逃走去了！

张　飞　哎呀！（急引军冲下）

［起“三脚鼓”。

张　飞　（唱）　老张中计！（“水波浪”锣鼓。刘军引张飞冲上）

咱好不糊涂，好不鲁莽！

如今给敌漏了网，活活气煞咱老张！

（懊丧地）收兵回营。

［张飞倒拖矛枪与军士垂头丧气下。

［灯暗。

第九场　负荆请罪

[孔明、刘备上。

孔　明　（念）　博望坡上火光起，

刘　备　（念）　先生妙计世间稀。

[两人各归座。

孔　明　主公，博望坡的火攻已奏效，可等诸将回营报功。

刘　备　先生神机妙算，纵管乐复生难及也！

孔　明　嗳，主公过奖了。

张　飞　（内声）扫兴！（上）

（唱）　扫兴回营，

痛悔于心！

恨老张有眼不识英杰，

恨老张糊涂放走敌人，

悔不该不听军师叮嘱，

悔不该轻藐大贤喝酒把蛮逞。

到如今，

方知书生虽小本领大，

教老张又佩服又羞愧追悔不及，

似此如何进去交令……

赵云、关羽　（内声）走！

张　飞　哎！那厢老四、二哥必是报功来了。老张失计归回，有何面目与他相见？（避下）

[赵云、关羽上。

赵　云　（念）　火攻破曹兵，

关　羽　（念）　报捷进辕门。

[赵云、关羽趋入帐，张飞悄悄上，探身窥内。

赵云、关羽 主公、军师在上，末将（关某）回来交令！

孔　明 可见二位将军之能，亮把二位功劳记上。

张　飞 （顿足）唉！老张不但无功，反而负罪。（懊丧）

关平、刘封 （内声）走！

张　飞 （望）哎！我那二位侄儿也报功来了。真是羞煞老张！（欲避下）

[刘封、关平上。

刘封、关平 （发觉张飞欲避）三叔！

张　飞 （已避不及，不好意思地）啊！二位侄儿。

刘　封 三叔，你因何在这辕门外躲躲藏藏？

张　飞 这个……（羞愧，想用话顶住，一时想不出）唔……

刘封、关平 （互视，揣摩，摸不着头绪）三叔可曾报了功？

张　飞 （更难堪）还……未曾。

刘封、关平 诸将个个都回来报功，三叔先回，怎么不报？

张　飞 恁先进去，阿叔随后就来。

刘封、关平 如此侄儿告退了。（欲进）

张　飞 （急拉住）慢！（郑重地）我嘱咐你，进帐千万莫提阿叔在此。

刘封、关平 谨记。（趋入）父（伯）王、军师在上，小将回来交令。

孔　明 好，功劳记上。

[张飞长叹，欲进。

孔　明 主公，稍时夏侯惇必被三将军擒到，须准备美酒为他庆功。

张　飞 哎！慢道夏侯惇，连他部下的兵卒都没有拿一个，这……这怎能进去见他呢？进去不得，进去不得！（欲下）哎！难道违犯军令就能逃避了事吗？我好逃避，以后诸将违犯军令也好效尤。大哥江山岂不是完了！（想）嗳！大丈夫，敢做敢当，我得进去见他。

[张飞欲进，觉得不妥，下，自缚背荆上。欲进还有些踌躇，后俯首而进，孔明等见状一怔。

张　飞 （跪下）叩见军师。

孔　明 （急问）三将军，如此回营，莫不是夏侯惇擒不到么？

张　飞　（沉痛地）是。

孔　明　（失望）啊……莫非他人马未从许昌大道而走？

张　飞　却也有。

孔　明　既然有，夏侯惇因何擒不着？

张　飞　唉，军师呀！

（唱）　我有口难言，
都怨我鲁莽上敌当，
给他焚树断路逃回去。
因此上只得自缚请罪，
请先生把罪来降！

孔　明　（有些激动）哎哟……（忙压抑下去）张飞呀！

（唱）　你身为一大将，
把军令当儿戏其理不当。
亮也曾用言语临行叮嘱，
你竟全然不管。
致如今夏侯惇漏网而去。
诸葛亮策略落空不打紧，
只可惜白白漏掉敌人一员大将！

刘　备　三弟啊！

（唱）　都是你秉性鲁莽太刚强，
不服军师的神机妙算；
如今犯了罪当知悔改，
速求军师把你恕饶。

张　飞　哎！

（唱）　一席话责得我哑口无言。
又痛又急五内如着枪！
我逆抗军令，放走敌将，
罪大如天！
他那里不敢把罪降，

我这里越加惶恐不安……

罢了！

倒不如一死弥罪愆！

［张飞急拔旁军士所佩之刀欲引颈自刎，刘备、赵云急趋前扯住。

刘　备　三弟！你不能如此轻生啊！

众军将　（跪下）求军师将三爷恕饶。

刘备、关羽、赵云　望军师准保！

孔　明　亮颇知三将军深明大义，求之尚且不易，哪能因此而轻率加罪？恕三将军无罪！

众军将　谢军师！（起立）

张　飞　哎，军师，我老张有此大罪。如此轻饶，心实难安。

孔　明　三将军休得难过，虽然偶尔有些过失，但俺军还大获全胜，理当与众将一同庆功。以后还有立功的机会，不必气馁。待亮给你亲解其缚。（为张飞解缚弃荆）望将军以后切莫执性行事。

张　飞　以后再敢，请先生砍我的脑袋！

刘　备　（取笑地）三弟，日后愿可听军师调遣？

张　飞　大哥，日后军师就是遣我去赴汤蹈火，我也不辞！

孔　明　愿将军以汉室社稷为重。

张　飞　是。

刘　备　先生，今日大获全胜，稍时才来犒赏三军。

孔　明　主公，夏侯惇此败，曹操必不肯干休。莫教诸兵将放松操练，须提防曹兵卷土重来。

众　人　是。

［幕下。

［剧终。

稀有剧种卷·正字戏

辕门射戟

剧本整理：陈春淮

人 物 表

吕 布	东汉末年名将，汉末群雄之一
刘 备	蜀汉开国皇帝、政治家，桃园结义老大
关 羽	汉末三国时期蜀汉名将、武圣，桃园结义老二
张 飞	汉末三国时期蜀汉名将，桃园结义老三
袁 术	淮南太守
韩 胤	汉末时期人物，袁术部下
陈 纪	东汉末年袁术部将，曾任九江太守
纪 灵	袁术帐下将领
乔 蕤	袁术帐下将领
陈 兰	袁术帐下将领
雷 博	袁术帐下将领
孙公佑	汉末时期人物，刘备部下

校 尉、红 军、乌 军等

袁 术 玉玺在我手，可图九五尊。袁术，字公路，前日大会诸侯，我当了管粮官，诸侯大散之后，我得了许多粮草，只因前日孙伯符起兵，为报父仇向我借了许多粮草，以玉玺为当。如今我得了玉玺，在这里屯兵养马，可算得兵精粮足，不日大业可图也。

探 子 报，张飞饮酒大醉，吕布连夜夺了徐州，刘备兄弟退居小沛。兵微将少，粮库空虚，请主公定夺。

袁　术　再探！大耳儿呀刘备，前日在公安界口使我损兵折将，如今你失了徐州兵少粮缺，末日将到了。传令，起兵攻打小沛。

韩　胤　慢，主公，日前尔约吕布合攻刘备许他金帛粮马，至今未与。若要攻打小沛，大兵必从徐州界口经过，倘若吕布出面阻拦，岂不误了大事。于卑职之见，主公修书一封，命人送与粮马，以结其心，叫他网开一面，按兵不动，则刘备可擒，先擒刘备，后图吕布徐州可得也。

袁　术　先生言之有理，此差还是烦劳先生亲走一遭，待我准备粮马，备信一封，面见吕布。人来，笔砚侍候，先生，书信咐托，小心去也。先生去了，等候回音。

吕　布　量少非君子，无毒不丈夫。俺，吕布，字奉先，前日遭曹贼所败，往徐州相投。恨张飞不容，幸有刘备收留，让居小沛，后因刘备出征，张飞吃酒大醉，鞭打我岳父及士卒，我连夜袭夺徐州。刘备攻回，我也让了小沛与他兄弟居住，未知外帮诸侯有何变动了。

旗　军　禀先生，到了。

韩　胤　下马，通传。

旗　军　里面何人在？

校　尉　何人到来，何事？

旗　军　有劳禀上，袁术太守遣韩胤求见温侯。

校　尉　稍待，禀温侯。

校　尉　袁术命韩胤求见。

吕　布　准见。

校　尉　是，温侯准见。

韩　胤　拜见温侯。

吕　布　先生免礼。

韩　胤　谢温侯。

吕　布　韩先生，尔主失信于我，你可知否？

韩　胤　是……我主失约，皆因公事繁忙，望温侯见谅。

吕　布　哼！今见我何来？

韩　胤　卑职奉了主上之命，带书一封，请温侯观看。

吕　布　呈上。看来，先生，尔主书信写着带有粮马金帛到来，现在哪里？

韩　胤　外厢侍候。

吕　布　粮马栏下检点，金帛推进。

韩　胤　是，粮马栏下检点，金帛推进来。

吕　布　先生如此厚礼，俺布岂不受之有愧。

韩　胤　温侯何出此言，还请笑纳。

吕　布　人来，金帛推进去。先生，尔主书信布已看得明白，封皮口写个准字，回见尔主，叫他自可放心，随时起兵攻备，布当助一臂之力。

韩　胤　如此，多谢温侯，告辞，请了。

吕　布　外厢待候。袁术大兵一发，刘备兵力少粮缺，嘿嘿，丑张飞呀！看你如今英雄在哪里？豪杰在何处了？

韩　胤　叩见主公。

袁　术　免礼。先生，事情如何？

韩　胤　主公，吕布收了礼物，还说愿助主公一臂之力，主公当可放心起兵。

袁　术　如此甚好。先生辛苦了，退下，这一遭要点何将出马？有了，点将不如激将。传令下：军中有能才之将，带兵十万攻打小沛城，捉杀刘、关、张成功归回，一功当十，大堂讨令！

旗　军　领令，主公令下：军中人有能才之将，带兵十万踏平小沛城，捉杀刘、关、张成功归回，一功当十，大堂讨令！

纪　灵　英雄猛似虎，披挂赛天神。俺，纪灵，忽听主公军令辕门高叫，有能才之将带兵踏平小沛城捉杀刘、关、张成功归回，一功当十。某家听着有如“蛟龙顿锁”，向大堂看来，主公在上，某，打躬稽首。

袁　术　稍待。

纪　灵　谢主公。

袁　术　来者岂不是纪将军，孤无点尔名字，身披甲胄何来？

纪　灵　主公，军令辕门高叫，有能才之将带兵十万攻打小沛，捉杀刘、关、张成功归回，一功当十，可是真的？

袁　术　是真的，将军问之何来？

纪　灵　主公，既是真的，待末将出阵如何？

袁　术　就准将军出马，将军向前听令。

纪　灵　奉令。

袁　术　慢！

纪　灵　慢何来？

袁　术　纪将军，刘备善于用兵，况有关张兄弟之勇，前日公安一战尔已吃了大亏，损兵折将回来，尔还是不要出马，待我另点别将去吧。

纪　灵　主公呀主公！前日公安一战，是某家一时骄兵，致使损兵折将，此遭刘备失了徐州，兵少将缺，我定擒他为二将报仇，如再战败我愿首级挂高杆。

袁　术　将军，有道是：强中自有强中手，英雄自有英雄敌，刘、关、张非等闲之辈，还是待我另点别将吧。

纪　灵　怎讲，主公呀主公，何长他人志气，灭自己威风？！某在麾下阵阵当先，哪阵落后？况刘备此时已好比“平阳猛虎”“浅水蛟龙”，铜造金刚，铁打罗汉，犹如笼之鸡，网中之鱼，早擒则早杀，晚擒则晚诛。

袁　术　纪将军。

纪　灵　主公。

袁　术　爱将。

纪　灵　明君。

袁　术　喂，哈……

纪　灵　喂，哈……

袁　术　比得好，比得妙，不愧是一员骁将。将军前来听令，带兵十万，捉杀刘备，得胜回来加封加赏，纪将军，宜战则战，宜守则守，徐州吕布，我已与他联盟，嘱咐谨记，小心去吧。

纪　灵　得令！

袁　术　刘备呀刘备，这一遭你死无葬身之地了。

陈　纪　英雄猛似虎，披甲赛天神，三军齐威勇，一啸定乾坤。俺，陈纪。纪将军点将，俺等侍候。

乔　蕤　五更披挂起，战到日落西，四路同兵马，未见太平时。俺，乔蕤。纪将军点将，俺等侍候。

陈　兰　将军勇猛人称强，拳头一击豆腐烂。俺！陈兰。纪将军点将，俺等侍候。

雷　博　将军勇猛人称强，拳头一击豆腐烂。俺！雷博。纪将军点将，俺等侍候。

纪　灵　俺，纪灵，奉主公之命，带兵十万踏倒小沛，捉杀刘、关、张，为诸将报仇雪恨，传令！发炮启程。

刘　备　狼心狗肺吕奉先，骁夺徐州太不良，有朝兵马重整好，定要和他较一场。俺！刘备，字玄德，前日兵征淮南，不想三弟鲁莽贪杯，失了徐州，今退居小沛，兵少粮缺，想起实是挂虑也。

军　士　报！纪灵带兵十万，来攻小沛，请主公定夺。

刘　备　怎讲，再探！

张　飞　纪灵呀纪灵，尔有何能，敢寻俺作对，俺张飞出马，尔死在眼前了。仁兄，纪灵兵到，兄弟与他拼了。

孙公佑　请慢，主公，纪灵有十万之众，俺兵少将缺，怎可与他硬拼，不如听我之言，纪灵要从徐州经过，主公修书一封，待我面见吕布，求他解围，想那吕布也知前日主公宽让之处，况小沛与徐州乃唇齿之帮，或肯与俺解危。

张　飞　公佑呀呸，黄巾百万也遭俺兄弟所破，纪灵不过十万之兵，何用写书求人乎？

刘　备　三弟休要发恼，古云，兵来将挡，恁兄弟下去磨利刀枪，为兄自有主张。唉！站在矮檐下，不得不低头。人来，笔砚侍候。公佑，烦尔带书信面见吕布，向他权衡利害。

孙公佑　主公放心，待末将前往说之。

[二幕前。

俺，孙乾，字公佑，奉主公之命，前往徐州界口求吕布解累卵之危，打马走上。内面何人在？

校　尉　是谁，到来何事？

孙公佑　有劳禀上温侯，孙乾求见。

校　尉　稍待，有请温侯。禀温侯，外厢孙乾求见。

吕　布　准他来见。

校　尉　是，温侯准见。

孙公佑　叩见温侯。

吕　布　免礼，公佑，尔主之危可知乎？

孙公佑　知……，袁兵来攻小沛，今末将到来，欲请温侯做俺主泰山之靠，以救倒悬之急，不胜之幸也。我主有书信到来，请温侯观看。

吕　布　如此，书信呈上，下去待茶。待我看来，且住了，刘备书信中求我解纪灵攻打小沛之危。想俺前日已收了袁术粮马金帛，应承攻备，我若作刘备之靠，袁术岂不要道我金收楼拆，忘约失信啊！哎呀不好，我还是助袁兵攻打刘备为好。哎呀不妙，真使我左右为难了罢了！唇破齿寒，还是助刘备为好。公佑上来。

孙公佑　温侯。

吕　布　公佑，尔主书信布已看得明白，请回禀尔主，俺布愿助一臂之力。

孙公佑　谢温侯，告辞了。

吕　布　哎，俺两家都应承了，少时两家兵马一到，俺这徐州界口岂不是变为杀人场。罢了，（想）待我带兵往界口观其动静。人来，带马侍候。

纪　灵　刘备呀刘备，前日无故寻俺主作对，公安一战，杀俺两员大将，不想今日退居小沛，兵微将寡力孤势单，我今定要拿你为二将报仇。刘、关、张与我拿住。

张　飞　纪灵呀呸，休要耀武扬威，老张在此，尔挑选几十名大将与俺见个高低。

吕　布　慢！这里是俺布所管之处，岂容恁两家撕杀，各各收起刀枪。

纪　灵　温侯呀！尔不肯我下手，我来问你。

吕　布　问那椿？

纪　灵　尔与我主如何交关？

吕　布　这……

纪　灵　尔置我主于何地？

吕　布　这个……纪将军之言，我也明白，不如这样，容俺布讲情，宽缓日子，然后有个公论给你。

纪　灵　这……宽缓多久？

吕　布　三天，三天之后有个公论给你。

纪　灵　三天之后若无公论呢？

吕　布　若无公论么，但由恁两家撕杀。

纪　灵　若无公论，由俺两家撕杀，尔莫悔今朝之言啊。

吕　布　一言既出，驷马难追。

纪　灵　也好，看在温侯金面，暂且容限，尔请稍待。大耳儿呀刘备，若无温侯讲情，立斩不饶，今留恁兄弟多活两三天，然后拿尔千刀万斩，回转，传令收兵。

吕　布　哈……，纪将军十万大兵压境，吓得刘备浑身发抖，好像向俺布下跪模样。哈哈……，俺布看着，不得不相谓了，回转。（圆场入帐）且住，三天之后，若无公论，两家就要撕杀，叫我有何主意？（想）有了，不如发了请柬，叫他两家辕门会宴，待布从中与他等讲和。有理。人来，笔砚侍候。（写）左右听令，各提请柬请刘、纪两家三天后辕门会宴。

二　尉　得令！

吕　布　请柬送去了，待俺布进去与公台先生商量计策，若听从和解则罢，若不听，俺布就来个坐山观虎斗。这正是：鹤蚌两相争，渔翁双得利。

纪　灵　辕门赴宴去，其中意难猜。俺，纪灵，三日前徐州界口吕布讨限，今三天期限已到，又发帖请宴，究是何故？（想）莫不是吕布联备拒抗纪灵，若是拒俺，那当初就不该收我主粮马金帛，这不是。（揣摩）莫不是助纪灵拒刘备，若助我，三日前就该容我下手，却因何要容限呢？这也不是。这也不是，那也不是，真真使我费猜疑了。罢了，（想科）期限已到，看他有何公论。左右，此去辕门会宴，吕布若助俺则罢，若敢助刘备，恁等先斩吕布，后拿刘、关、张。传令下，兵发徐州界口。（袁兵引纪灵等下）

吕　布　（点绛唇）

纵横寰宇，虎吞徐郡。

战虎牢，天下扬名。

（念）　身披袍甲点点金，

威风凛凛冽辕门。

大吼一声山摇动，

管教刘纪各罢兵。

俺！吕布，字奉先。淮南袁公路命韩大夫押粮马金帛贿赂于我，要我隔岸观火。刘备又命公佑带书求我解围。我想丑张飞屡次与我作对，本欲让袁兵将他摆布，唯恐徐州与小沛唇齿相连，若为袁兵所得，久必为我后患。故才出兵徐州界口，辕门摆设筵宴，邀请刘、纪两家到此解和。哼哼！只是太便宜了丑张飞！

军　士　（内报）报呀！

校　尉　（站出）何事？

军　士　（内报）刘使君到。

校　尉　请等。（入跪）启禀温侯，刘玄德到。

吕　布　动乐相迎！（下高台）

校　尉　（起立）动乐相迎！

［吹“大开门”牌子。军士引刘备、张飞上。

刘　备　（念）为解兵危兴汉室，矮门檐下权低首。

吕　布　使君驾到，有失远迎。莫怪。

刘　备　好说，来得冲撞。温侯海涵。

吕　布　好说，好说。（吕布窥察刘、张神色，见刘备愁锁双眉，忧心忡忡，乃点头；见张飞圆睁环眼，昂首屹立，不觉大怒）刘使君，玄德公啊！

刘　备　吕温侯。

吕　布　（怒，视张飞，盛气凌人）目下之危，你可知乎？

刘　备　伏望温侯鼎力相助！

张　飞　（愤愤地旁白）哼，家奴太嚣张啊！

吕　布　（高傲地）哈哈哈！玄德公，你且放宽心。你之事，既为布之事，纵有天大事情，自有我吕奉先一力担待，只是将来，切莫忘今朝之情！哈！哈哈！哈哈哈……

张　飞　（忍无可忍地）哎哟……（欲发作，刘备丢眼色示意不可造次）

［纪灵趾高气扬地率众军趟马“跳角”上。

纪　灵　（念）　加鞭奔辕门，赴宴观动静。

校　尉　（急报）禀温侯，纪灵到。

[吕布急出迎。纪灵闯进，见刘备在内，转身走，吕布急趋前抓其臂，张飞持矛欲刺，刘备急扯住。刘、纪双方，剑拔弩张。

纪　灵　温侯啊！你莫不是助刘备拒我纪灵？

吕　布　这不是。（抓着纪灵之臂，边说边把纪灵拉前拉后，纪灵像不倒翁似的前俯后仰）

[张飞："大哥放手！"

[雷博："哎咋咋！"

纪　灵　既不是，莫不是助纪灵拿刘备？

吕　布　也不是。（照前科）

[雷博："陈将军下手！"

[陈兰："未可！"

纪　灵　这不是，那不是，为何窝藏刘备兄弟在内？

吕　布　休得多问，请进辕门！

纪　灵　大耳儿呀！前日公安界口杀俺荀政、胡业两将。不想也有今日徐州之失，如今你力单势孤，怎挡俺淮南十万大兵？料你插翅难飞！传令！刘备与我拿住。

张　飞　（大怒）纪灵，呀呸！张三爷不稀罕你这些残兵败卒！容你挑选几十员出来，与老张战个高低！

雷　博　丑张飞！雷将军也不稀罕你这乌龟！

张　飞　（大喝）来也！（举矛刺过去，雷急后退）

吕　布　（怒，拔剑挡住）呸！我是请你两家来饮宴，不是请你两家来厮杀。快与我罢刀枪！吩咐，酒宴摆开！

[吹"大开门"牌子，将校分别摆筵宴。

（余忿未消地对纪灵一边）可恼！（对张飞一边）呸！

张　飞　哎哟……家奴好威风啊！

吕　布　（唱"大鼓花"）辕门设筵宴……请！请！哈哈哈……（接唱）非别端，专请二君把和谈，饮宴后，各回还，不得在此动刀枪。

来！请再饮玉液琼浆。

纪　灵　（大怒，接唱前腔）

听闻言，不由人气冲牛斗！
我岂能与刘备解和共觞？
我岂能纵虎归山，
让大耳儿侥幸脱逃……
誓擒他回淮南！

（白）吕温侯！纪灵只知奉命擒拿刘备，解和之事，以后才议。传令！与我下手！

张　飞　纪灵，呀呸！别在此扑扑跳。要战就出辕门去，战我三合马得住，老张服你。

雷　博　丑张飞，看雷将军擒你！（雷博持枪趋前，张飞举矛就刺，雷博急退）

吕　布　不得妄动！（急趋从筵前出）纪将军啊！今日之事，不管如何，就是要和。各各罢兵回去！

雷　博　（不服，旁白）哪等容易！

张　飞　（对雷博）喂，来战呀！

纪　灵　吕温侯，你请帖写着："攻打小沛之事，自有公论。"请问温侯，是何公论？

陈　兰　请问是何公论！

雷　博　请问是何公论！

吕　布　解和就是公论。

陈　兰　哼！

雷　博　（旁白）他娘的公论！

纪　灵　温侯啊！为擒刘备之事，我主花了几多粮马金帛，难道温侯你会不知？！不成，这样轻易罢兵，你置我主于何地？！

吕　布　这……

纪　灵　你与我主如何呢？

吕　布　唔……

纪　灵　传令！下手！

陈　兰　咋！（欲冲过去）

雷　博　咋！（欲冲过去）

吕　布　且慢！（挡住）纪将军，定要下手？

纪　灵　定要下手！

吕　布　不容讲和？

纪　灵　不容讲和。

陈　兰　对！不容讲和。

雷　博　对！不容讲和。

吕　布　好！人来，抬出方天画戟来。

纪　灵　（不解地）吕温侯，缘何拿出方天画戟来？

吕　布　方天画戟要为你两家解和。

纪　灵　温侯，方天画戟岂不是兵器？

吕　布　是。

纪　灵　兵器只适用于交锋对垒。岂能用于解和？

吕　布　今日解和，非用此画戟不可。

纪　灵　此是如何说？

吕　布　将此画戟插在辕门一百五十步之处。我拈弓搭箭一射！上不射，下不射，射中此小戟眼。恁两家罢兵回去。

张　飞　（不服，同时旁白）那样好箭法！

雷　博　（不服，同时旁白）那样好箭法！

纪　灵　倘若射不中呢？

吕　布　这个……任由恁两家厮杀。

纪　灵　哦，射不中，任由两家厮杀。

吕　布　任由两家施为。

纪　灵　任由两家施为……言之有信。

吕　布　绝无反悔。

刘　备　哎，倘射不中，如何是好……

纪　灵　（稍思之后）好，你就射来。

吕　布　好，待射。

纪　灵　且慢！

吕　布　为何？

纪　灵　容商量。

吕　布　与谁商量？

纪　灵　口和心。

吕　布　好，去思量来。

纪　灵　（旁白）且住。吕温侯说什么要射戟为俺两家解和。一百五十步那样远……小戟眼那样小……（边说边望）望，就难望分明，那样好妙手，一箭就被他射中……不可能，不可能。其中究是怎的……（横眼见刘备在向吕布恳求相助）对了！莫不是温侯空做人情与刘备，暗助我纪灵成功？（思）是也！是也！想温侯前日得我主粮马金帛之贿，有约在先。绝无助刘备之理喂！列位将军呀！恁等要多带麻绳，少带刀枪，稍时看吕温侯射戟不中恁等将刘备兄弟一个一个缚将过来，回淮南见主公表功。

陈　兰　是啦！是啦！

雷　博　是啦！是啦！

纪　灵　吕温侯啊！大丈夫，一言既出……

吕　布　驷马难追。

纪　灵　绝无反悔？

吕　布　绝无反悔！

纪　灵　好，你就射来！

吕　布　左右！将此方天画戟抬出辕门之外，数一百五十步插住。

［二将校抬戟趋出后，下。

［大尾序吹打牌子。所有将校、军士、大将“双龙出水”趋出去观看吕布射戟。

［吕布弃袍存甲挽着纪灵、刘备趋出，将校递弓与吕，吕接弓做科，关目。刘备不放心地再三恳求吕要尽力相助。吕布向刘备表示有把握，示意宽心。

［吕布执弓箭出辕门眺望，望到插在一百五十步的“画戟”，不禁一怔，抬头见顶上青天，乃用弓箭向天祷拜。“风入松”牌子，吕布括弓搭箭射科。敲击乐作射中效果。

吕　布　中了！

纪　灵　（顿足）哎呀……果然被射中小戟眼！

刘　备　谢苍天！

吕　布　（一把抓臂膊）纪将军呀！

纪　灵　（前俯后仰，欲挣脱）吕……吕温侯！

张　飞　（大笑）哈哈哈……

吕　布　我的纪将军！

纪　灵　吕温侯！

吕　布　奉先今日辕门射戟，我弓开似秋月行天，箭去似流星坠地。射中了小戟眼，你已亲眼看见了？

纪　灵　是是，是我亲眼看见。温侯你堪称神箭手！

吕　布　（得意地）堪称神箭手？

纪　灵　堪比列国养由基。

吕　布　堪比列国养由基？

纪　灵　是，堪比得。

吕　布　堪比得。

纪　灵　堪比得。

吕　布　哈哈哈！（边抓边说）我的纪将军！

纪　灵　（摇摇晃晃）吕……吕温侯。

吕　布　今天辕门射戟，非布之能，都是天啊……

纪　灵　（借机发泄，双关地）嘿嘿，都是天啊！

吕　布　都是地啊……

纪　灵　嘿嘿，都是地啊！

吕　布　天地助布成功。看酒来！

［吕布甩开纪灵，灵摇晃倒退几步，吕布大笑。将校捧酒上，吕布接过，招手请纪灵、刘备同饮。纪灵欲拔剑于地，然后佯作饮状。刘备，吕布各饮酒状。

吕　布　纪将军，如今射戟得中，又饮了解和酒，该得罢兵了。

纪　灵　哦！射戟明白，就该罢兵回去？

吕　布　当然。

纪　灵　（踌躇）……...

吕　布　快些！

纪　灵　（不得已地）好好，来罢兵。（扫兴地边走边比着“恰恰被吕布射中”的动作）

陈　兰　纪将军，射戟之事，莫过你知我知，主公在淮南不知。

雷　博　纪将军，射戟之事，莫过你知我知，主公在淮南不知。罢兵回去，必被主公降罪。射戟是小事。好毁的！

纪　灵　（又振作起来）哦！射戟是小事，主公在淮南不知。好毁的？

陈　兰　是！好毁的。

雷　博　是！好毁的。

纪　灵　恁要毁？

陈　兰　俺要毁！

雷　博　俺要毁！

纪　灵　大家齐心？

陈　兰　大家齐心？

雷　博　大家齐心？

纪　灵　大家齐就来毁。（拔出腰剑）吕温侯，射戟是小事，我主在淮南不知。和不得！传令！刘备与我拿住！

吕　布　（大怒，急拔腰剑挡住）什么呀？我射戟是小事，恁等要毁？

纪　灵　要毁！

陈　兰　要战！

雷　博　要战！

吕　布　好，要战就来。左右！取方天画戟来！（将校抬出戟）刘备兄弟听着！恁等莫动刀枪。自有温侯担待。哎哟！袁兵呀！既然坚持要战。好啦！我一生是宜战不宜和的。谁好战，放马过来，与吕温侯比个高低！（纪灵等面面相觑）喂！来战呀！（吕布挥舞画戟，直逼袁兵）

纪　灵　（惊）收兵！收兵！（吕布威逼袁兵）

吕　布　哎哟！好不可恼！好不可恼！呸！

[吕布画戟直拄跟前，纪灵刚欲把剑插进剑鞘，被吕布一喝。持剑之手颤抖插不进鞘口，差一点被剑刃戮中手指。

纪　灵　(战战兢兢地)叫恁等收兵就收兵啦!

吕　布　(怒不可遏转身对纪灵等)哼哼!恁敢反悔!好不大胆!

[张飞示意军士吆喝，军士，“呸!”

[陈兰，雷博大怒，欲冲杀过去，纪灵急止之，把剑插入鞘里。

纪　灵　(用力掮吕布)温侯……

吕　布　(掮退纪灵，藐视)呸!

纪　灵　吕温侯，(吕布不理)吕温侯啊!

吕　布　纪将军。

纪　灵　吕温侯。

吕　布　纪将军。

纪　灵　哈哈!

吕　布　哈哈!

纪　灵　哈哈哈……

吕　布　(轻蔑，生气地)哈哈哈……

纪　灵　(尴尬)……

张　飞　(大笑)哈哈哈!

雷　博　(大怒)哈哈哈!

纪　灵　(只得忍耐)是是是!吕温侯，你老人家辕门射戟，为俺两家解和，谁敢反悔呢?只是纪灵是奉命来的。解和之事，主公在淮南不知。他花了几多粮马金帛，如今漫道要擒拿他兄弟，连他部下一兵一卒都没有一个。叫我怎生回去复命?吕温侯呀!您老人家要去揣摩!

吕　布　这样?

纪　灵　是。

吕　布　(略思)奉先做事来明去白，决不难为于你。人来，笔砚侍候。

[“风入松”牌子。吕布转身写书。纪灵在吕布写书之际，对着刘备趾高气扬地比手画脚要擒他，吕布转身扎住纪灵臂膊。

吕　布　纪将军，书已写好，带回淮南见你主。若依书解和便罢；如敢不依，纪将军呀！管教淮南玉石俱焚！（甩开纪灵，递书）书交代，快收兵回去！

纪　灵　（接书）如命。来收。（愤愤地对着刘备，欲发作又不敢，对军士）吩咐！此书锁在箱内不可遗失！

军士甲　是。

纪　灵　（见张飞圆睁环眼站在一旁）哎哟！丑张飞呀！太便宜了你！如无温侯射戟解和，定要挖你双眼来当灯笼吊！（向吕布挤眉弄眼，吕布趋近）吕温侯呀！纪灵施礼！

吕　布　（扶起）纪将军，施礼何来？

纪　灵　吕温侯，你看，那丑张飞双眼贼八贼八将你来盯住……

吕　布　（回头果见张飞圆睁环眼，大怒）纪将军，你有何求？（纪灵与吕布耳语，犹豫）这……

纪　灵　这既显示了淮南兵威，又让刘备知道您的人情厚厚。

吕　布　嗯，好。你就讲来。

纪　灵　大耳儿呀，刘备！前日公安界口使俺损兵折将。今日你势穷力短，有如笼中之鸡，网内之鱼，如无温侯射戟解和，定要擒回淮南，千刀万剐！哎呀，丑张飞！你双眼贼八贼八将我盯住。太便宜了你！如无温侯射戟解和，定要挖你双眼来当灯笼吊！剥你的皮来当鼓打！打开牛耳听来！

（念）　淮南飞来十万兵，
　　　　吓得刘备失精神。
　　　　张飞可比王八蛋，
　　　　温侯脚下保残生！

传令！兵回淮南！

[张飞几次欲发作，刘备竭力制止。

[纪灵、陈兰、雷博、袁兵出辕门，吕布跟出，拍纪灵肩，纪灵转身与吕布“破棚”“紧尾声”牌子。吕布纪灵“亮相”“笑鼓”，纪灵抖靠旗得意下。

[刘备望着纪灵等下，往额上抹下一把汗，忙趋前向吕布施礼。吕布扶住。“风入松”牌子。

刘　备　温侯鼎力，使备化险为夷，感激不尽！

吕　布　些些微劳，何足挂齿？玄德公受惊了，待布摆酒压惊。

刘　备　小沛人心惶惶，我要回去安顿民心。

吕　布　如此待布护送。

刘　备　岂敢。温侯请了！

吕　布　玄德公请。

刘　备　（念）鲲鹏脱罗网，太空再翱翔。

［军士引刘备下，张飞欲下，突然转身向吕布虚弄一枪，下。

吕　布　（大怒，暴跳如雷）哎哟！丑张飞呀！我吕奉先辕门射戟，与你兄弟解危，你竟如此可恶。早知如此，就让纪灵拿去挖眼剥皮！哎哟……好不可恼！好不可恼……呸！提起丑张飞，越提越恼，越提越恨！哎哟……好不可恼！好不可恼……呸！丑张飞岂不是小人。刘备知道我的人情就好。气他怎的？丑张飞啊……，懒去睬你！呸！

（念）　不是奉先穿杨箭，
　　　　刘备难逃目下殃。

［剧终。

稀有剧种卷·正字戏

罗成夺元

整理：庄良炉

人 物 表

杨　林	靠山王，奉旨领兵镇守登州
将　官	杨林部下
封德仪	扬州科场主考官
杨殷岳	杨林之子、太保
杨赛花	杨林之女、郡主
秦　琼	隋末唐初名将，勇武过人
程咬金	唐朝开国名将
罗　成	与秦琼是表兄弟，精通枪法
李世民	秦王
徐茂公	唐朝初年名将、军师
狐狸仙姑	天平山修炼
雄阔海	隋唐第四猛将
甄翟儿	定阳王刘武周先锋
王　勇	举子
伍云召	举子
左　雄	举子
王　勇	举子
飞　钹	举子

举子、旗军若干

杨　林　（坐棚）　老夫逢年玉寿春，百斤囚龙任我抡。

杀人犹如风摆柳，斩将擒王定乾坤。

老夫杨林字虎臣，隋主驾下。官拜靠山王之位，奉旨领兵镇守登州，可恨西魏反贼，东进五关。吾今设下扬州夺元绝户之计，要将这帮反贼所除，但不知道天意助我如何也。

探　子　报！

杨　林　所报何事？

探　子　天下举子来齐。

杨　林　再探，且住了。天下反贼来齐，老夫自有主意，人来，传将官一名上来！

旗　军　将官一名上来。

将　官　来了，叩见靠山王。

杨　林　稍待。

将　官　谢靠山王，未知靠山王，叫末将出来有何差遣？

杨　林　向前来听令。

将　官　奉令。

杨　林　带尔本部，准备地雷火炮，硫磺火硝往到科场悄悄默默埋下，小心去。

将　官　得令（下场）

杨　林　传封德仪先生上来。

旗　军　封德仪先生上来。

封德仪　来了，叩见王爷。

杨　林　稍待。

封德仪　叩谢！未知王爷有何吩咐？

杨　林　先生，扬州夺元日期将至，老夫要你挂为主考官，前往招选奇才，你意下如何？

封德仪　王爷有命，卑职当从就是。

杨　林　当从就着，尔附耳上来。（耳语）

封德仪　得令。（下场）

杨　林　你看。此遣唯恐科场杀者不尽，不免遣出我儿殷岳并同我女赛花，带兵前去把守扬州大道东西两路，捉杀反贼，言者无差。吩咐，传太保、郡主上来。

旗　军　太保，郡主上来！

杨殷岳
杨赛花　来了，父王在上，孩儿拜参。

杨　林　稍待！

杨殷岳
杨赛花　叩谢！未知父王叫孩儿出来有何吩咐？

杨　林　我儿我女呀，想当日时节，为父设下扬州夺元之计，要为朝廷除却反贼，又要为尔伯父报仇雪恨。今要恁兄妹各带本部人马扎住扬州大道东西两路，斩草除根，未知恁兄妹意下如何？

杨殷岳、杨赛花　父王有命，孩儿当从来去！

杨　林　当从就着，向前听令，各带人马小心去！

杨殷岳、杨赛花　得令。（下场）

杨　林　老夫遣将明白，待我亲带人马往龙鳞山埋伏，准备斩草除根，这正是：明枪容易躲，暗箭最难防。

将　官　俺，乃差使也，奉靠山王之命带兵前往科场掩埋火硝，众军士行上。

旗　军　是！禀将军，到此科场。

将　官　将火药四处埋下。

旗　军　是，兄弟呀，下手咯！（做科）禀将军埋得明白。

将　官　回转复命。

狐狸仙姑　（拉山，唢呐吹朝天主）俺，狐狸仙姑，天平山修炼，奉紫阳真人法旨，说道扬州科场有真命天子在内，要我往科场淹没引火之物，即刻走上，（科）到此就是科场，待我法术来。（做科）淹没明白，回转复命。

李世民　秦王李世民，奉父王之命，往扬州考夺武元，众兵行上。

[下场，火炮鼓，甄瞿儿点降、瓦岗将、众举子点半降。

列位请啊，恁等可曾来齐（众：来齐）既然来齐，宗主大人未到，俺等侍候。

旗　军　（内白）宗主大人到！（出封德仪登台）

封德仪　奉命选贤才，举子纷纷来，科场来考夺，威名扬四海。俺，封德仪，靠山王之命，这里扬州科场挂为主考，列位举子，恁等可有来齐？（众：来齐）既是来齐，各展武艺，考夺魁首，若能夺着头名魁首，你邦可称为“国首”，朝廷必加封赏，各个展起武艺当场比来。

甄翟儿 慢，众位举子请啊。我乃山后所来，定阳王刘武周先锋甄翟儿，这头名魁首把我所得，大家意下如何？

众 武艺未比，当场不让其输。要比过。

甄翟儿 好，放马过来。

[一举子与甄翟儿打开，甄翟儿杀举子。

[伍云召与甄翟儿打开，伍云召杀甄翟儿。

[左雄与伍云召打开，左雄杀伍云召。

[秦琼与左雄打开，秦琼杀左雄。

[飞钹与秦琼打开，秦琼败起。

[王勇与飞钹打开，王勇杀飞钹。

[举子与王勇打开，王勇败起。

[罗成与举子打开，后与众举子伍应场，罗成杀众举子。

罗 成 科场哪个不服，放马过来，与我比个高低。

众 英雄！

罗 成 我英雄！

众 好汉！

罗 成 我好汉！嘈哈……..

封德仪 武盖科场，哪里所来，姓甚名谁？

罗 成 西魏所来，罗成字仕信。

封德仪 可见罗成英雄，武盖科场，称为“国首”，众将备酒与罗英雄启壮雄威。

旗 军 是。（取酒与罗成）

罗 成 叩谢（接酒）

封德仪 看枪。（封德仪臬枪，罗成杀死封德仪，众下场）

雄阔海 俺，雄阔海，来这扬州开科夺元，打马走上。

[绕场，撬铜闸，众人出城，雄阔海在与李世民回礼时放铜闸压倒。

秦　琼　哎呀，秦王殿下，此处未可久留之地，请秦王殿下回转而去。

李世民　好！众位小心。

众　请了！

秦　琼　表弟、列位兄弟，杨林老贼夺元之计非比寻常，俺等有武从此而展，俺等先下手为强，后下手遭殃，恁等齐齐，杀上。

杨赛花　（拉山）俺，杨赛花。奉父王之命，带兵把守西路，捉杀反贼，当为哀家这么兵强马壮，你等齐齐，你等齐齐，带马。（合水与罗成打开、诈败）且住，反贼武艺略略做得，尔叫我有何主意……有了，不免待我取出飞刀，将他所除，众将扎住一旁，好汉你来。（使飞刀做科至死，狐狸与罗成破棚）

秦　琼　表弟此遭你杀了奸女九尾狐，可为俺公父报了一仇，咬金向前听令。

程咬金　奉令！

秦　琼　回转搬兵，小心去。

程咬金　得令。（下场）

秦　琼　列位兄弟呀，有道：打虎亲兄弟，上阵父子兵。此遭杨林老贼见面，我叫恁杀则杀，除则除，杀上。

杨殷岳　（拉山）俺，杨殷岳奉父王之命，带兵把守东路，捉杀反贼，您等齐齐，您等齐齐。马来。（绕场分）

旗　军　报！

杨殷岳　报何军情？

旗　军　郡主却被反贼所杀！

杨殷岳　怎讲？！

[倒包与秦琼大开，杨殷岳败落场。

[火炮鼓，程咬金点降引兵下场。

[杨殷岳出场敲鼓，杨林出。

杨　林　我儿，慌忙何事？

杨殷岳　事情不好了！

杨　林　哪事不好？

杨殷岳　我妹却被反贼所杀去了。

杨　林　怎讲，（望门）可恼扫兴，老夫设下夺元之计，要将这帮反贼所除，我费了几多的心血，今来反遭其害，好不可恼扫兴，可恼，可气！谋事在人，成事在天，天不顺人，怎奈他何，哎呀咋咋……马来！（上马绕场，火炮鼓，两兵合水，罗成与杨林打开，压板桌前，秦琼与杨殷岳大开，秦琼诈败与罗成会意，罗成诈败下场，王勇杀军下场，杨殷岳与秦琼下马锏，罗成与杨林下马枪）

罗　成　表兄，杨林老贼被我下马枪杀死了。

秦　琼　表弟英雄，那杨殷岳被表兄的杀手锏打死了。

罗　成　表兄好汉。

秦　琼　表弟英雄。

秦　琼
罗　成　喟哈哈哈……

秦　琼　你看，此遭杨林老贼被俺所除，为公父报了仇，表弟又夺得头名魁首，人马得胜，打起得胜鼓回转交令！

徐茂公　神机妙算腹内藏，山人行兵鬼难防。我今定下三分策，管教他兵心胆寒。山人徐勣，号茂公，前日列位兄弟，扬州夺元，未知事情如何，稍坐便是。

众　叩见军师！

徐茂公　列位兄弟免礼。

众　叩谢！

徐茂公　元帅，扬州夺元事情如何？

秦　琼　军师容回，扬州夺元，我表弟罗成夺了头名魁首，杨林老贼被俺所除，人马得胜，回转交令。

徐茂公　恁们兄弟英雄，除去杨林老贼，夺了头名魁首，这事军威大振，正好趁此机会，推翻隋主无道，重整朝纲，拯救百姓，列位将军劳苦，后厅摆宴，犒赏三军！

[剧终。

稀有剧种卷·正字戏

许田射猎

陆丰市正字戏传承保护中心整理

人　物　表

程　昱　东汉后期至三国时期曹魏谋士、名臣、将领

曹　操　东汉末年杰出的政治家、军事家、文学家、书法家，曹魏政权的奠基人

汉献帝　东汉王朝末代皇帝

伏　后　汉献帝之妻

伏　完　老国丈

刘　备　蜀汉开国皇帝、政治家，桃园结义老大

关　羽　汉末三国时期蜀汉名将、武圣，桃园结义老二

张　飞　汉末三国时期蜀汉名将，桃园结义老三

董　承　国舅

徐晃、曹洪、李典、马腾、庙祝、老虎、白兔、花鹿、御林军、宫娥、旗军等

程　昱　柳阴春试马，虎帐夜谈兵。俺！程昱字仲德，在曹主公部下为其谋士，主公今早带了刘备上朝见驾，至今未回，未知事情如何了！

军　甲　主公到！

程　昱　相迎。主公，上朝见驾事情如何？

曹　操　带刘备上朝见驾，封刘备为宜城亭侯左将军，宣宗族卿到来对族簿，刘备论来乃一十七代，献帝一十八代，封他为其当朝皇叔。

程　显　有这样？难道主公呢？

曹　操　老夫依旧相位。

程　显　主公呀，被卑职看来，汉帝此遭立刘备为皇叔，封宜城亭侯左将军之职，主公呀，日后汉帝多用刘备，不用主公哦。

曹　操　老夫最怕就是太尉杨彪，被俺罚回田里，其他者有谁？

程　昱　主公，何不称尊呢?

曹　操　嗯，恐怕文武不服。

程　昱　主公，不如依卑职之言，你上朝侍驾，请主郊外游猎，满朝文武举止如何？

曹　操　嗯，来人，打轿上朝。

军　乙　外厢侍候。

程　星　你看，主公上朝而去，卑职侍等回音。

献　帝　日出东头照国中，先王掌上玉芙蓉，太平天子朝龙阙，五色云端驾卧龙。寡人汉主献帝在位，接掌汉室江山，只因当日时节，曹卿曾在白门楼上，绞死吕布，还带了刘备入朝，与见寡人，他与吾同宗一派，来对了族簿、刘备乃是一十七代，寡人乃一十八代，论将起来，就是寡人的王叔，吾御笔亲封，封他为宜城亭侯，左将军之职，俺朝能得良臣，该是洪福齐天了。

曹　操　上朝见主万岁！

献　帝　曹卿平身！

曹　操　谢吾王。

献　帝　受墩来！曹卿，今日上朝，有何朝事商量?

曹　操　臣奏吾王，今天下太平，请君王西郊围猎。

献　帝　这……哎，曹卿，吾想今乃是初春下苗，游猎非正道乎！

曹　操　万岁君王，非为担心，四时实佳，以武纵横天下，志鹏四海何不尊乎?

献　帝　把卿家说起，游猎就是正道？也好，寡人准奏！曹卿！

曹　操　在!

献　帝　传寡旨意，叫文武百官，曹家将士，刘关张哥弟并同御林军等，保护寡人，西郊游猎，不得逆令。

曹　操　领旨。传旨。文武众公，御林军，曹家将士、刘关张兄弟，西郊游猎。不得违令!

献　帝　随寡退朝！汉主献帝，今日带众公人等，往郊外游猎，曹卿过来。

曹　操　在！

献　帝　传寡旨意，今文武百官，御林军，曹家将士，刘关张哥弟人等，保寡身旁，郊外游猎，一总可有到齐？

曹　操　传旨下，文武众公，曹家将士，御林军、刘关张兄弟一总可有来齐？

众　来齐！

曹　操　禀君王，人马来齐。

献　帝　既然众公人等来齐，传寡旨意，俺驾从大南门而出，发炮三声起程。

曹　操　传下，人马西郊游猎，从大南门而出！

众　啊！

军　报，驾到许田。

曹　操　禀君王，驾到许田。

献　帝　驾到许田？曹卿，传寡旨意，马上将射飞禽，步下卒捉猛兽，各打有獐鸦兔鹿，封赏有银牌一面。

曹　操　领旨！传旨马上将射飞禽，步下卒伏猛兽。打有獐鸦兔鹿，各赏银牌一面。

众　将　明白！马来！（伏虎，朝见君王）

献　帝　可见曹家将士，能伏了猛虎，各赏银牌一面，猛虎抬下。

军　启禀万岁得知。（白兔朝驾）

献　帝　有白兔来朝。

刘　备　启奏君王，白兔来朝，等待吾身下来去射白兔陪驾。

献　帝　皇叔，你今日要射这白兔？

刘　备　是呀。

献　帝　寡人准奏，你上来听旨。

刘　备　奉旨！

献　帝　前去射白兔朝驾小心去。

刘　备　领旨，吩咐侍候。臣奏万岁，为臣射了白兔朝驾。

献　帝　可见，可见皇叔一箭能射中白兔，寡人将皇叔你可有一比啊！

刘　备　比作什么呢？

献　帝　比作列国养由基的神箭手，比他有十倍。

刘　备　慢着慢着，君王奈何比得那样高？

献　帝　堪比得！平身一旁。

军　　　禀万岁得知，花鹿朝驾！

献　帝　有花鹿来朝。众公，如今有花鹿来朝，你待寡亲人射花鹿到来相陪众公。

曹　操　为臣保驾。

献　帝　吩咐与寡龙驹马侍候！

曹　操　慢！一朝天子，没有射鹿之威，臣接主金钺翎箭替主射来。

刘　备　金钺御箭，众公呀，万岁一箭能射对花鹿，这是俺朝之幸，若还君王到来，应该三呼万岁呀！

伏　完　不错，稍时君王到来，俺等齐齐三呼万岁。

刘　备　等万岁来。

众　臣　恭喜恭贺，恭贺君王能射花鹿，此乃是俺朝洪福齐天，我主万岁万岁万万岁！

曹　操　众公平身！

关　羽　仁兄，曹操受了众人三呼万岁，为弟拿起偃月刀要将他所杀，你乃何横眼视之？

张　飞　怎讲？曹操曹操，胆敢受众人三呼，可惜我慢到，我若是先到，我定不相容你了。

刘　备　三弟三弟呀，有道隔壁有耳，这窗外岂无人？这桩事情沉在肺腑，有朝时日，杀奸报仇雪恨，恁等各听在耳。

伏　后　头戴紫金冠，身穿锦凤袍。脚踏狮子履，出在帝王家。本后伏后，与吾王龙凤配合，君王带众文武百官，西郊围猎，到今未回，未知事情如何了？

武　士　君王到！

伏　后　君王回来，（相迎）君王呀万岁，西郊围猎今进宫而来，乃何如此模样？

献　帝　梓童，事该不好了。

伏　后　哪事不好？

献　帝　我的御妻呀梓童，想今日，满朝文武众公人等，保寡人前去西郊游猎，最不该就是曹操这贼，在众公面前来受了三呼万岁呀！

伏　后　怎讲？曹操呀乱臣，如此大胆，受了众卿三呼万岁，实是不忠臣子了！万岁呀君王，曹操乱臣竟在众公面前受了三呼万岁，这贼不除，久久是俺朝的祸根哦！

献　帝　御妻说得有理，想国贼如此专权，这人若是不除就是寡人的祸根，眼前御妻你有何妙策将他所除呢？

伏　后　目前还是要来设计为妙！

献　帝　忙中无计。

伏　后　分开来想。

献　帝　高者来为。

伏　后　有何主意，君王难道你可有计策？

献　帝　寡人今朝龙心慌乱，并无计可施。

伏　后　万岁听臣妾表章，不如君王你咬破龙指头写下血诏，命人带出外海寻找诸侯回朝除奸。

献　帝　这个…… 御妻这计，算为上策。（吩咐宫娥）与寡人香案侍候。我的先祖啊高皇，想当年你在生之日，来打平了汉室江山，有几多良臣武将保你身旁。如今轮到儿孙，来却被曹操欺藐，现无奈他何，今欲写下血诏，通齐外海诸侯回朝除这奸贼。先皇先皇，你知道不知道？朕闻人伦之大，父子为先；尊卑之殊，君臣为重。近日曹贼弄权，欺压君父；结连党伍，败坏朝纲；敕赏封罚，不由朕主。朕夙夜忧思，恐天下将危。卿乃国之大臣，朕之至戚，当念高祖创业之艰难，纠合忠义两全之烈士，殄灭奸党，复安社稷，祖宗幸甚！破指洒血，书诏付卿，再三慎之，勿负朕意！建安四年春三月诏。

御妻，如今血诏写好，御妻，要派何人去得？

伏　后　这？万岁，想臣父乃是三朝元老，托孤老臣，你将这桩事情教咐他人就好。

献　帝　可见，可见御妻忠心，你不必在此，权时退下。

伏　后　臣妾告退。

献　帝　宫娥，传寡旨意，宣老国丈进宫。

宫　娥　万岁有旨，老国丈进宫！

伏　完　领旨，臣进宫见主万岁！

献 帝 国丈平身!

伏 完 谢吾王万岁！臣启奏我王，宣臣进官，有何朝事商议？

献 帝 老国丈呀!

伏 完 臣在!

献 帝 寡人今早前去郊外游猎，却被曹贼如此专权，竟在众公面前受了众人三呼万岁，寡人想这贼不除，久是俺朝的祸根，我回宫之后，与梓童商量，今写下血诏，欲要命老国丈你带走，通齐外海结连诸侯，回朝除奸啊！

伏 完 且慢！

献 帝 慢何来呢？

伏 完 万岁君王！想这曹贼，受了众公三呼万岁实是眼无主上，以下犯上。这人不除，就是俺朝的祸根，适才龙言开出，要其为臣，带了血诏，往到外海边疆找寻忠良，此担太重。为臣年纪老了，恐怕有误君王大事，望吾王要另选贤才！

献 帝 我的先祖高皇，你在生之日，有良臣保你身旁打平天下，今轮到儿孙，乃被曹贼欺藐，无人替我分忧，先祖呀，你知道不知道了？

伏 完 哎咋！

宫 娥 启奏万岁，老国丈跪倒尘埃!

献 帝 国丈呀，你乃何跪倒尘埃呢?

伏 完 万岁，古道为人臣子，食君之禄，当报君恩，今吾王你，受曹贼相欺，亏为臣乃是三朝元老，不能为国分忧，臣有万死了!

献 帝 国丈呀，适才皆是寡人有心无力，言语太重，你何须计较，国丈你忠心，非寡不知，你当平身起来。

伏 完 谢万岁！

献 帝 罢，既然你老人家年纪老了，也不委这重任，你当回府去吧！

伏 完 谢吾王施恩! 呀万岁!

献 帝 你乃何去而复回？

伏 完 回禀万岁得知，为臣虽是无能，为国分忧，我一时想起还有一人能替主排难分忧。

献　帝　老卿，难道是谁？

伏　完　别人此任担者不来，为臣想起董承国舅，腹内多才，又是为官清正，也是君王至亲，听臣表章，你宣董承国舅进宫而来，要他带血诏，往到外海必定能寻忠良回朝除奸！

献　帝　老国丈言来有理，可见国丈忠心了，国丈你当回府去吧！

伏　完　如此，为臣告退。

献　帝　梓童上来。

伏　后　来了。万岁事情如何？

献　帝　御妻，想你父进官而来，我将这事要教导他人，谁知他说年纪老了，不敢前往，后来他还与我举荐一妥当之人。

伏　后　难道俺家父亲举荐何人？

献　帝　该是俺至戚，董承国舅。

优　后　董承国舅，君王，想其董承国舅与韩暹、杨奉当年曾在西都三救驾的功劳，难道君王你可有赏赐他人？

献　帝　这？还未曾赏赐他人的功劳。

伏　后　既然未曾赏赐，君王你将其血诏交付臣妾，你待臣妾将其折后，绣在龙袍玉带之上，你将这红袍玉带，赏赐与董承国舅得功。

献　帝　可见御妻设的实为妙策，依计而行，血诏交付你身，你用心绣来。

伏　后　我皆知道，君王请退！宫娥，与吾准备玉带并同针线来，好不苦呀！

献　帝　御妻，难道血诏你可藏的明白？

伏　后　君王，藏得明白了，有请君王看来。

献　帝　如此，寡人观来，御妻，难道血诏被你藏在哪一边呢？

伏　后　君王，难道连你都看之不出？

献　帝　寡人都看之不出呀。

伏　后　看来皆是俺朝洪福齐天了！臣妾将它绣在这一边。

献　帝　可见御妻，针工如此的妙法，连寡人都看之不出，有劳御妻与寡人戴下。

伏　后　是！

献　帝　御妻你也劳苦了，不必在此。权时退下。

伏　后　臣妾告退!

献　帝　吩咐宫娥，传寡旨意，宣董承国舅进宫。

宫　娥　领旨。万岁有旨，董承国舅进宫。

董　承　领旨。臣进宫见主万岁。

献　帝　卿家平身。

董　承　谢君王。启奏君王，宣臣进宫，有何等事情？

献　帝　董国舅，寡人今日宣你进宫，非为别事，寡人今日要往祖庙行香，要你进宫伴驾左右。

董　承　万岁要驾临祖庙行香，为臣保驾前往?

献　帝　如此，国舅忠心，国舅代我传出旨意：叫御林军四十名保护祖庙行香。

董　承　臣当领旨，万岁旨下，御林军四十名保护龙驾往太祖庙行香。

御林军　明白!

献　帝　龙辇侍候。

军　万岁到!

董　承　启奏万岁，今日太祖庙行香明白，请主回宫。

献　帝　国舅想其寡人在这里祖庙行香明白，观看这里风气凉爽，欲要在这里祖庙打顿一时。

董　承　有这样？如此为臣伴驾。

献　帝　国舅算来实为忠心了，国舅呀，寡人要问你，这里祖庙左边三个肖像是何公的呢？

董　承　哦，万岁呀，若论左边三个肖像该是萧、张、陈，叫作“三杰”图啊！

献　帝　这话从何讲起呢?

董　承　回禀万岁，若论“萧、张、陈”三杰图，“萧”就是萧何丞相，“张”就是张子房先生，“陈”就是陈平大夫，当年保护高祖南征北讨，东荡西驰，打就了汉室乾坤，后来将他的肖像挂在这里太祖庙，年年同配“春秋”二祭，以表他的忠良啊！

献　帝　如此，算来该是俺朝开国良臣。

董　承　是。

献　帝　国舅呀。

董　承　万岁。

献　帝　这里右边八个肖像是何公？得什么功劳呢？

董　承　回禀万岁，若论右边八个肖像叫为“八俊”呀！

献　帝　何为“八俊”？

董　承　若论“八俊”就是那车前将樊哙，王陵、灌婴，陈武，柴武，周勃，岑邑，薛欧，这叫为“八俊”。想当年他保护高皇，也是南征北讨，东荡西驰，打就了汉室的江山，功高寰宇，故而将他肖像安在这里祖庙，一年配“春秋”二祭，祀表忠良。

献　帝　是，算来就是俺朝的良将了，国舅呀！寡人再来问你，俺汉室建基以来轮到寡人，有几多代，几多年位呢？

董　承　这个？回禀万岁得知，自从当年那高皇帝芒锡山斩白蛇起义，三年灭秦，五年破楚，得有二十八宿保护龙驾，捍立汉室基业，传到汉平王，该有一十二帝，被王莽所篡，算将起来有二百余年之久，这叫为西头一个汉呀，后来之间那光武帝，他得有良臣武将，除灭了王莽苏献，白水村起义，轮到万岁今日算起也有一十二帝二百余年的基业，东西两汉数将起来有四百余年的基业了。

献　帝　被国舅说将起来，东西两汉分合有二十四帝四百余年的天位？我的先祖呀高皇，你在生之日，有如此的良臣武将保护你打平江山，轮到儿孙，今日却被曹操欺藐，无人替我分忧。先祖先祖，你怪儿孙不得了。

御林军　启禀万岁得知，国舅跪倒尘埃。

献　帝　我的董国舅呀。

董　承　万岁！

献　帝　你乃何跪倒尘埃。

董　承　万岁呀君王，想其为臣食朝俸禄，当报君恩，我主有难，为臣不能替主排难分忧，为臣万死有罪了！

献　帝　国舅，你当忠心，寡人无怪，平身起来。

董　承　谢万岁！请万岁回宫。

献 帝 国舅，想孤王这遭，龙心寸乱，欲要在这里祖庙再打坐一时。

董 承 如此，为臣再来伴驾。

献 帝 可见国舅忠心，受墩来，国舅。

董 承 万岁！

献 帝 想当年时节你同韩暹、杨奉西都三救驾这桩功劳，当年寡人龙心皆乱。没有及时到来赏赐于你，今来查了功劳簿，才知道这桩功劳还未赏赐国舅。今日寡人欲要将这红袍玉带来赏赐国舅你去得功。

董 承 且慢！万岁，为人臣子，食朝俸禄报君恩，这是应该的，为臣不敢领受。

献 帝 国舅言道差了，寡人即尽有功该赏，有罪必罚。今日寡人将这红袍玉带在这里祖庙位所，亲手赐给国舅得功。

董 承 如此谢万岁！

献 帝 吩咐御林军！

军 万岁！

献 帝 与寡脱下红袍玉带赏赐国舅。

军 领旨！

董 承 谢万岁赐为臣红袍玉带。

献 帝 国舅平身。

董 承 万岁，如今为臣要告驾回府。

献 帝 国舅今日伴驾多时，恐怕府第，尊夫人有些悬念，你不堪在这，寡人欲在这里祖庙打坐一时，你不堪陪驾。回府去吧！

董 承 为臣告驾回府。

献 帝 国舅转来。

董 承 万岁，为臣要告驾回府，你叫为臣，倒转何事？

献 帝 我的董国舅呀！

董 成 万岁！

献 帝 寡人今日将这红袍玉带赐给你身，如比千斤的重担一般，国舅，你回府之后，须要着意着意。

董 承 为臣告驾回府。

献　帝　如今我将红袍玉带，赐给国舅，这遭若是机关没有泄破那就千好万好，倘若是有一差二错者，慢道国舅他性命难保，连寡人的江山，岂不是要从此而去。一朝天子，做事怎好胡思乱想不成，古人道说，成事在天，谋事在人，天不助人，如此奈何！吩咐，打斩回宫。

军　领旨！

曹　操　野花不种年年有，枯草未除岁岁青，俺老夫受了众人三呼万岁，佞臣要来陷害俺身，带众刀斧手，把守东华门。若是搜没血诏，犹言则可，若是搜出血诏，你看俺的匣中宝剑锋利不锋利，传下，把守东华门。

军　明白！来，丞相把住东华门，向前见礼。

董　承　哦好，曹丞把住东华门，你去俺就来！是曹丞相，请上，董承来请见一礼。

曹　操　不用！董国舅。

董　承　曹丞相。

曹　操　从哪里来？

董　承　是从宫中而来。

曹　操　乃进宫中干啥事？

董　承　万岁有诏，驾游太祖庙行香，他宣臣保驾往太祖庙行香。

曹　操　君王召你太祖庙行香，乃何不来相招老夫陪君，莫不是有诈?

董　承　无诈！无诈！丞相呀，是呀，万岁当看丞相你身公事繁忙，不敢打扰于你，故而就没有宣你呀。

曹　操　这样？董国舅呀，想太祖庙行香，岂行明白吗?

董　承　太祖庙行香明白，侍君好久，日色中午，宜恐府中夫人在彼悬念，故而告驾回府。

曹　操　你当归回。

董　承　如此谢丞相。

曹　操　转来，董国舅呀，叫你回，好比箭离弓弦，要你倒转，好比逆水行舟，莫非有诈?

董　承　无诈！无诈！丞相容回，回府意急来往前该是顺步，我要倒转而来，该是逆步，故而迟慢，我身无诈。

曹　操　倒转是逆步？董国舅呀！

董　承　丞相。

曹　操　俺在朝，平日侍驾，没有看你身上穿的红袍，这红袍是哪里来，你其内有诈？

董　承　无诈，无诈。丞相容回，这一领红袍该是万岁刚刚所赐给我的。

曹　操　你都有功劳，赏赐红袍给你，莫不是其中有诈？

董　承　无诈！丞相呀。这领红袍万岁所赐，岂不是当日韩暹、杨奉并同俺董承西都三救驾，万岁公事忙忙，都没有赏赐功劳，今日翻开了功劳簿，方知道当日西都救驾之功，才有将这红袍玉带赏赐给俺呀！

曹　操　国舅呀，当日西都救驾，乃是建安初年，今乃是建安四年，方赐给你，其中有诈！

董　承　无诈！丞相呀，万岁驾游祖庙，翻开了功劳簿，方知道这一桩功劳，到今才来赏赐于我呀！

曹　操　什么？打开这功劳簿，才能想得到西都三救驾这桩功劳？这样？此番属西都三救驾，给你红袍到来赏赐呀？国舅呀，今将这红袍相送老夫，这事可好吗？

董　承　慢着，丞相，万岁所赐的红袍玉带，怎好来转送给丞相之理，你若要者，你等俺回转府第，我新夫人好针指，叫她绣造一领，给你到来穿戴可好呀？

曹　操　国舅呀，要你红袍相送老夫，你都不当依，其内有诈。

董　承　丞相，你身中意，如此，我就将红袍来相送。

曹　操　多谢！国舅呀！

董　承　丞相！

曹　操　这领红袍将它相让给俺，被老夫穿将起来可会长？

董　承　不会长！

曹　操　可会短？

董　承　也不会短！

曹　操　刚刚合穿？

董　承　刚刚合穿。

曹　操　刚刚合穿？国舅呀，你这领袍绣，这么样新呀！

董　承　丞相呀，此领袍绣是我新夫人绣造，她会保管收藏，故而就这样新啊！

曹　操　什么？你这领袍绣，你家夫人好收藏呀，不长不短，刚刚合穿？

董　承　是量身所造绣的呀！

曹　操　嗯，国舅，今你的红袍相让给俺，君子不夺人家之爱，今朝将红袍当还你身，与你儿戏也！

董　承　如此，谢丞相。

曹　操　左右，红袍脱下！

军　是！

曹　操　董国舅啊。

董　承　曹丞相。

曹　操　想满朝文武，看老夫如何？

董　承　丞相呀，满朝文武看丞相堪比得那当年周公摄政、伊尹扶商一般。

曹　操　非也非也！莫不是王莽、董卓之故。

董　承　不是不是！堪比得周公摄政，伊尹扶商呀！

曹　操　堪比得？

董　承　堪比得。

曹　操　董国舅啊，俺乃是同僚为官，今后不好相陷害，若有此事，被老夫查出，你看我的匣中宝剑锋利不锋利。

董　承　不敢不敢，同僚社稷，不敢设计相谋害。丞相呀，到今日色也中午了，宜恐府中夫人倚门而望，我是要回府来去，另日才准备礼物，登门答谢丞相。

曹　操　国舅，打搅的好久，如今请往到府第来去，摆酒长饮一回。

董　承　另日才会。

曹　操　这样？你当归回。

董　承　谢丞相。请了！

曹　操　董承呀！好得搜之没有，搜有者，我的宝剑难容，呸！观看董承脸带忧容，恐怕有诈，来早命了曹洪把守东华门，出入者都要搜查，搜有这事定不相容，俺等归回，走退！

［幕下。

［剧终。

蟠桃赴会

整理：庄良芦

人　物　表

玉皇大帝	曹国舅
王母娘娘	李铁拐
四海龙王	韩湘子
九天圣母	何仙姑
神农帝君	蓝采和
北斗星君	吕洞宾
南斗星君	张果老
文昌帝君	刘海蟾
齐天大圣	汉钟离
公曹甲	麻　姑
公曹乙	太阳公公
桃花女	太阴娘娘
鸟　仙	金　童
加冠仙童甲	玉　女
加冠仙童乙	孔　雀
花　鹿	黄　蜂
白　猿	魁　星
小猴甲	小猴乙

汉钟离 吾是钟离仙，练就芭蕉镇魍魉，
一年一度蟠桃会，恭祝天下太平年。

李铁拐 吾乃铁拐仙，善度众生似疯癫，
三月初三蟠桃会，国泰民安大吉昌。

吕洞宾 吾是吕洞宾，五百年前进士身，
仙缘有分练宝剑，斩魔除妖登天庭。

张果老 吾是果老仙，一日吃酒醉三天，
今日众仙来赴会，合境恭祝丰收年。

曹国舅 吾是曹国舅，莽袍玉带吾不受，
玉皇赐我金玉板，上山下海不犯愁。

韩仙子 吾是韩仙子，吹起玉箫绕寰宇，
灵霄宝殿蟠桃会，风调雨顺太平时。

荷仙姑 吾是荷花仙，惩恶扬善下凡间，
今日蟠桃来赴会，福禄寿全子孙贤。

蓝采和 吾是蓝采和，花篮提起不扬波，
今日蟠桃齐赴会，满载荣归财宝多。

汉钟离 众位仙君请了，大家可曾来齐？

众 来齐。

汉钟离 既然来齐，一年一度蟠桃大会，俺八仙年年居先，今年缺少活宝，怎甘落后，俺等齐齐来去找寻活宝，献上灵霄宝殿，赛宝赴会，大家驾起云端。

众 好，驾起云端。

孔　雀 吾是孔雀，灵山修炼，只望来日得道正果，今值一年一度蟠桃会，吾想要前往赛宝赴会，可是没有活宝，探明花鹿炼有番天玉印，不免来去与他相借宝印赴会，行上。

花　鹿 百兽山中勤修炼，只望来日登西天。俺，花鹿，百兽山中修炼，有朝一日，修成正果。喜登极乐，方遂心愿也。

孔　雀 道友啊久见。

花　鹿 原来是道友到来，请坐。

孔　雀　谢坐。

花　鹿　孔雀道友，亲临敝洞，有何指教？

孔　雀　指教二字不敢当，有一事要与尔商量。

花　鹿　何事？

孔　雀　只因一年一度蟠桃会，众神仙佛赛宝灵霄殿，我今缺少宝贝，有闻道友尔宝贝甚多，且炼有番天印，出世厉害，意欲与尔相借此宝前往赴会，未知尊意如何？

花　鹿　哦，原来如此，一年一度蟠桃会将至，我正想用此番天印前去赴会，请道友另寻别处就是。

孔　雀　如此说来，尔是不肯相借了？

花　鹿　是啊，别桩事尚可商量，只是这番天印是我炼就的功果，怎能轻易相借？更何况我又没有其他宝贝，请尔另寻别处便了。

孔　雀　我诚心好意与尔相借，尔这样不近情，把我看起尔是“圆毛久久是圆毛”。

花　鹿　住口，借是我的情，不借是我的本分，尔怎好出口相骂，把我看来，尔也不外是“扁毛久久是扁毛”。

孔　雀　圆毛是圆毛。

花　鹿　扁毛是扁毛，看打。

黄　蜂　俺，黄蜂，山川修炼，以求来日西天正果，待我展翅飞翔。（内喊）且住，后面怎么有喊杀声，待我一旁看来。

孔　雀　叩见师兄。

黄　蜂　慌忙何事？

孔　雀　师兄，容禀，今年我想去赴蟠桃大会，过洞与花鹿借宝，他不借便罢，还破口大骂，骂俺是扁毛之辈，不是好东西。

黄　蜂　怎讲，花鹿，尔有多大本事，敢出口相欺，其理不顺了，（十二神）后来怎讲。

孔　雀　后来我和他理论，他不讲理，被他追杀到此。

黄　蜂　不要慌，站在一旁，待我与他理论。

花　鹿　孔雀哪里走，喔，原来是黄道友来，有礼。

黄　蜂　还礼，这等慌忙何事？

花　鹿　黄道友有所不知，可恨孔雀不该，要去赴会缺少宝贝，来与我借宝，我只有番天印也要去赴会，他见我不肯相借，就破口大骂，尔看有没有此理？

黄　蜂　恁等借与不借俺不理恁，只是尔出口骂俺扁毛不是好东西，把俺看起，尔圆毛也不是好东西。

花　鹿　哎咋，看来尔扁毛助扁毛，看打。

齐天大圣　世称猴祖孙悟空，
随师取经建奇功，
横扫妖魔传美名，
灵霄殿上显神通。
俺，齐天大圣，昔年曾闹天宫，水府，后来保师求经，扫尽妖魔，如来封我斗战胜佛，遨游四海山川，惩恶扬善，待我驾起云端。且住，后面有喊杀之声，待我一旁看来，噢，来者岂不是花鹿，慌忙何事？

花　鹿　原来是大圣，有礼了。

齐天大圣　罢了，所为何事？

花　鹿　大圣有所不知，只因如此这般，后面追杀而来。

齐天大圣　怎讲呀，黄蜂、孔雀如此所做，欺辱太甚了。

黄　蜂
孔　雀　哦，原来尔是圆毛助圆毛了。

花　鹿　尔扁毛……

黄　蜂
孔　雀　尔圆毛……

齐天大圣　变，看杀……

文昌帝君　本座文昌帝君，司职人间科考，今逢一年一度蟠桃会，回登天庭赴会，驾起云端。（内喊）且住，来到这里，后面有喊杀连天，不知何故，魁星一旁看来。

孔　雀
黄　蜂　原来是帝君尊驾到来，俺来稽首。

文昌帝君 昊天金阙，您等慌忙何事？

黄　蜂 帝君容禀。（急三枪）

文昌帝君 哦，原来都是为着玉帝赛宝之事，何用伤了和气，待本座与恁等解和就是，一旁等候。

黄　蜂 帝君做主。

齐天大圣、花鹿 原来帝君到来，俺来稽首。

文昌帝君 昊天金阙。

齐天大圣 帝君请一旁，看杀。

文昌帝君 且慢，大圣、花鹿息怒，恁们吵闹之事本座已明白了，有道冤家宜解不宜结，待本座来与恁两家解和。

众 如何解法？

文昌帝君 恁们各各施展道法，变成一吉祥字，本座带恁等前去赴会，到时就有恁等好处。

齐天大圣 孔雀，黄蜂，要和还是要挫，我大圣平生是宜战不宜和的。

文昌帝君 大圣不要逞强了，大家都是为玉帝赴会之事，要以和为贵。

众 那就听帝君的，和为贵，各显神通吧。

文昌帝君 好个“爵、禄、封、侯”。（下场）

齐天大圣 且住，赴会赛宝将至，我要用何宝参赛？有了，王母瑶池蟠桃，定能赛过众神佛，待我来去盗取就罢。

白　猿 我乃白猿，奉王母之命，看守桃园，行上。（圣偷桃）打住，何方盗贼？

齐天大圣 不是盗贼。

白　猿 哦，原来是大圣。

齐天大圣 哦，我道是谁，原来是白猿，请了……

白　猿 大圣请了，请问到桃园有何贵干？

齐天大圣 噢，是这样也，一年一度蟠桃会将至，众神仙前往灵霄宝殿赛宝，我想俺的宝贝往年都赛过了，今年缺少宝贝，故而来借此仙桃赴会。

白　猿 哦，是这等，尔要来摘取蟠桃，可有禀明王母？

齐天大圣 未曾。

白　猿　既未有王母旨意，那就不可乱取了，我乃是奉王母之命看守蟠桃的啊。

齐天大圣　哦，原来你是奉命看守蟠桃，多有得罪，多有得罪。

白　猿　好说好说，你走吧。

齐天大圣　唉，白猿啊，白猿啊，只因我一时借不到宝贝，望你高抬贵手，蟠桃借我来去赴会，赴会明白即刻送还。

白　猿　不可……，王母怪罪下来，我可担当不起啊。

齐天大圣　王母又不知晓，尔正好做个顺水人情给我，赛宝明白，即刻送还，倘若玉帝龙颜大悦，嘉奖于我，嘿嘿……我还要还尔个大大人情呢。

白　猿　不成……，借桃赴会，王母哪有不知之理，到时，王母追责，天条律法，尔不是不知，轻者伏刑，重者罚下人间受苦，大圣尔休妄想了。

齐天大圣　如此说来，尔是当真不肯借给我了。

白　猿　实难从命。

齐天大圣　尔可知俺大圣厉害？

白　猿　尔有甚等厉害？

齐天大圣　听来：自幼生来手段高，飘洋过海灵台山。

菩提祖师老仙长，七十二变震英豪。

玉帝龙王三分惧，阎王魍魉见我逃。

佛祖封号斗战胜，威震寰宇美猴王。

白　猿　我道有什么稀罕，尔能翻能变，也逃不过佛祖的五指，佛祖是看尔保师取经，历尽磨练，皈依我佛，才封个斗战胜给尔，尔今口若悬河，把我看起，尔踹俺的脚迹还不够呢？

齐天大圣　那尔有什么功果？

白　猿　我不说量尔不知，尔听来。人间五福寿为高，高悬寿帐寿中豪。鹤鹿同春增延寿，寿比南山万古标。

齐天大圣　哈哈，说到天花乱坠，我以为有什么厉害，尔只不过行了一点母孝。

白　猿　父母是乾坤，难道要孝敬别人，我行我母孝就能感动天地，能成正果，不比尔皈依我佛还劣性不改，泼性依在，难怪玉帝给尔个弼马温。

齐天大圣　哎呀……气煞我也，看打（圣诈败，猿跟下，圣再上场盗桃，两小猴抬桃

下，猿跟上场发现桃被盗）

白　猿　哎呀，中计了，蟠桃被盗，速报王母知道，（绕场请王母）王母娘娘有请。

王母娘娘　白猿慌忙何事。

白　猿　桃园的仙桃被大圣盗走去了。

王母娘娘　何时被盗？

白　猿　刚刚盗走。

王母娘娘　尔且退下，金童玉女，速去追来。（圣上场闻声下场，王母跟过场。八仙上场倒包与大圣合水）

汉钟离　噢，来者岂不是大圣，哪里来？

齐天大圣　噢，原来是列位仙君到，幸会……，钟离老仙请站前来。（与钟离耳语）

汉钟离　啊，尔去做贼当强盗啊。

齐天大圣　为了玉帝赛宝赴会之事，老仙头与俺美言几句……

汉钟离　若非看着玉帝通明大会之事，我就不理尔了。

齐天大圣　嘿嘿……多谢多谢。

汉钟离　站在一旁，等王母娘娘驾到。（王母上）王母娘娘驾到，俺八洞大仙稽首。

王母娘娘　众仙免礼，泼猴哪里去？

汉钟离　王母，何事发恼？

王母娘娘　恨这泼猴，未禀我身，胆敢偷去仙桃，尔看该训不该训。

汉钟离　未禀偷盗，实是不该，按律当训，只是……

王母娘娘　怎样？

汉钟离　王母，还请您老人家念着大家都是为了玉皇大帝的通明大会，宽宏大量，容俺八仙讲个情，饶了大圣这一遭吧。

众　请王母娘娘宽宏大量。

王母娘娘　也罢，看着众仙金面，那就饶他一遭吧。

汉钟离　谢娘娘，大圣，王母娘娘宽宏大量，饶恕尔了。向前赔个不是。

齐天大圣　是，谢王母娘娘恕饶。

王母娘娘　谢八仙保。

齐天大圣　谢八仙保。

众 好说了。

王母娘娘 大圣，蟠桃如何出世，尔可晓得？

齐天大圣 请王母娘娘指教。

王母娘娘 蟠桃三千年开花，三千年结果，三千年桃熟，九千余年成正果，刨开还有千子万孙。

齐天大圣 谢娘娘赐宝，赴会明白送还尔老人家。

汉钟离 王母娘娘，一同前往赴会。

王母娘娘 好，一同前往。

南斗星君 （文点降）南斗注生。

北斗星君 北斗注寿。

南斗星君 天地人间。

北斗星君 无私无偏。

南斗星君
北斗星君 玉皇大帝登殿，朝房侍候。

玉皇大帝 南天对面是北天，昆仑山上挂茅庵。

有人晓得真前世，不是佛来也是仙。

御寡，玉皇大天尊，玄穹高上帝，总管天、地、人三界，察理三界良歹善恶，今辰乃是一年一度蟠桃大会，众神、仙、佛赛宝，御寡命公曹、桃花女往南蟾部洲打探人间善恶事，因何到今未回，众神将，大开南天宝阙门。

众神将 南天门大开。（出公曹桃花女拉山）

桃花女 公曹、桃花女见驾，愿陛下圣寿无疆！

玉皇大帝 昊天金阙。

桃花女 圣寿无疆。

玉皇大帝 公曹、桃花女，命汝等往南蟾部洲，察看人间善恶事如何？

桃花女 启奏陛下，人间善恶察看明白，今有《太平表》一道奏上。

玉皇大帝 奏来。

桃花女 容奏。（“泣颜回”节）

玉皇大帝 表章呈上。

桃花女 请陛下御览。（“泣颜回”节）

玉皇大帝 御寡看来，（读《太平表》内容）览表明白，贵地子民，尊礼守法，乐善好施，和邻睦里，敬老爱幼，其情可嘉。御赐：南斗注生，北斗注寿，老者添福寿，小孩保安康，读书中金榜，买卖进钱庄，五谷丰登，百业昌盛，人口平安，财丁兴旺，四时无灾，大吉大昌。（“泣颜回”清）

齐天大圣 叩见玉皇，圣寿无疆。

玉皇大帝 昊天金阙。

齐天大圣 圣寿无疆。

玉皇大帝 大圣，今年何宝来献？

齐天大圣 回陛下，有仙桃来献。

玉皇大帝 仙桃是何出世？

齐天大圣 仙桃有大大的奥秘。

玉皇大帝 有何奥秘？

齐天大圣 仙桃，三千年开花，三千年结果，三千年桃熟，共凑九千余年，仙桃刨开，内中还有“千子万孙”。

玉皇大帝 如此，何不献来。

齐天大圣 容献。（抱桃抱子科）（吹奏小孩啼声）

玉皇大帝 好个“千子万孙”。（“泣颜回”清）

文昌帝君 叩见玉皇，圣寿无疆！

玉皇大帝 昊天金阙。

文昌帝君 圣寿无疆。

玉皇大帝 文昌帝君，今年有何宝来献？

文昌帝君 回陛下，我有爵、禄、封、侯来献。

玉皇大帝 何不献上。

文昌帝君 容献。（献“爵禄封侯”条幅）

玉皇大帝 好个“爵禄封侯”，（“风入松”节）

王母，何宝来献？

王母娘娘 合境平安来献。

玉皇大帝 何不献来？

王母娘娘 合境平安走动。（一仙童提“合境平安”条幅上场）

玉皇大帝 好个“合境平安”，（“风入松”节）龙王，何报来献？

四海龙王 风调雨顺来献。

玉皇大帝 好个“风调雨顺”，（“风入松”节）圣母，何宝来献？

九天圣母 满载荣归来献。

玉皇大帝 何不献来？

九天圣母 容献“满载荣归”走动。（一仙童提“满载荣归”条幅上场）

玉皇大帝 好个“满载荣归”，（“风入松”节）神农帝君何宝来献？

神农帝君 五谷丰登来献。

玉皇大帝 何不献来？

神农帝君 容献，“五谷丰登”走动。（一仙童提“五谷丰登”条幅上场）

玉皇大帝 好个“五谷丰登”，（“泣颜回清”节）四斗星官何宝来献？

南斗星官 连升三级来献。

玉皇大帝 何不献来？

南斗星官 容献，连升三级走动。（一仙童提“连升三级”条幅上场）

玉皇大帝 好个“连升三级”（“泣颜回清”节）公曹、桃花女何宝来献？

公曹、桃花女 国泰民安来献。

玉皇大帝 何不献来？

公曹、桃花女 容献，“国泰民安”走动。（一仙童提“国泰民安”条幅上场）

玉皇大帝 好个“国泰民安”，（“泣颜回清”节）八洞大仙何宝来献？

八　仙 有赤绩夜明珠来献。

玉皇大帝 夜明珠，是何出世？

八　仙 夜明珠采撷了天上日月星辰之皓光，风晴雨露之润泽，日来香气宜人，夜来光芒四射。可吞可吐，凡人一见，永无灾难。

玉皇大帝 何不献来？

八　仙 容献。（汉钟离献宝）

玉皇大帝 好个“精、神、魂、灵”之瑞祥。（“急三枪”）

众 玉皇，何宝来献？

玉皇大帝 御寡有麻姑晋酒来献。

众 何不献上？

玉皇大帝 “麻姑晋酒”走动。（麻姑奉酒上场，“笛吹套”）

麻　姑 麻姑晋酒。圣寿无疆！

玉皇大帝 好个“麻姑晋酒”、酒晋长生。（“风入松”节后鹤鸣声。麻姑驾鹤入场，击乐“火炮鼓”刘海跳角）

刘海蟾 刘海生来有仙根，曾师纯阳吕洞宾。

玉帝将我亲封过，五湖四海活财神。

俺，蟾蜍翁刘海，福泉得宝，金钱一块，能变千万。今日蟠桃赴会，灵霄殿赛宝，立刻走上。（绕场）刘海见玉皇，圣寿无疆。

玉皇大帝 昊天金阙。

刘海蟾 圣寿无疆。

玉皇大帝 刘海蟾，今年赛宝赴会，尔因何来迟呢？

刘海蟾 回陛下，我遨游海底，福泉之中，得有金钱一块，前来赴会。

玉皇大帝 金钱如何出世？

刘海蟾 容禀。（念）

福泉之水出金蟾，行走步步生金钱。

一变十来百千万，多福多财撒人间。

玉皇大帝 何不献来？

刘海蟾 容献。（取五谷杂粮，金钱作法，奏“千秋岁”节）

玉皇大帝 好个“刘海撒金钱”（“千秋岁”节）（玉帝向台下撒“五谷金钱”）

一撒“风调雨顺”，

二撒“国泰民安”，

三撒“黎民昌盛”，

四撒“大吉大昌”。（刘海接撒向台下观众）

赛宝赴会明白，各各吟诗一首上来。

众 玉皇请先，俺等随后。

玉皇大帝 天开地辟吾居先，日月高照万古传。

王母娘娘 犹如桃熟三千岁。

四海龙王 四海升平福禄全。

九天圣母 五福临门生紫气。

神农帝君 丰衣足食太平时。

南斗星君 禄享千盅官一品。

文昌帝君 金榜题名步丹墀。

齐天大圣 合境幸福丁财添。

公曹、桃花女 寿比南山万万年。

汉钟离 吾居蓬莱仙居好。

吕洞宾 游玩山水并川岛。

张果老 平生三岁学玄流。

曹国舅 学过长生天不老。

李铁拐 山中花草锦延绵。

韩湘子 金阙花开花蕾连。

何仙姑 聚仙赴会朝元阙。

蓝采和 采和花篮献蟠桃。

玉皇大帝 好个“采和花篮献蟠桃”。（奏“本士”，出日、月循环）

众神、仙、佛、赛宝赴会明白，请各回洞府，单留八仙与寡同拜天地。

[剧终。

稀有剧种卷·白字戏

白罗衣

编剧：蔡锦华　张坚城

人　物　表

徐继祖
陶　大
郑娇鸾
苏　云
苏　母
朱大娘
徐　能
张　四
范　三
中　军
小　尼
院　子
衙役、刀斧手、强盗、群众若干

第一场　杀　江

[明代、深秋、夜晚。

[长江，黄天荡；江水茫茫，风浪声声。

[徐能、范大、张四、陶大等乔装驾小船上。

陶　大　员外，看前面乃是一艘官船，风浪太猛，不劫也罢。

徐　能　若是那苏云的官船，只要他进这黄天荡，我就要他的命！

[徐能挥手，众躲下。

[两船夫划船，载苏云、郑娇鸾及众衙役上。

郑娇鸾　（唱）　江夜茫茫，

回首京都在何方？

[一阵江风袭来，苏云将白罗衣爱抚地披在郑娇鸾身上。

苏　云　夫人，江面风寒，小心着凉。

郑娇鸾　啊？白罗衣，白罗衣……

苏　云　夫人为何落泪啊？

郑娇鸾　官人……

（唱）　见罗衣，好叫我心情激荡，

思婆婆，赠罗衣情谊深长。

望你常效白罗素质，

清正为官，除暴安良。

你今查案扬州去，

异乡不必在朝房。

倘若顽凶权势大，

何时正理得伸张！

苏　云　夫人放心，你来看——

（唱）　险滩难阻长江水，

波浪还弹正气章！

赢得此情人共仰，

方酬壮志谢苍穹。

衙役甲　禀老爷，江面风浪太大，船只难以行进。

苏　云　前面杂草丛生，两岸悬崖峭壁是何所在？

船夫甲　乃是黄——天——荡！

船夫乙　人道黄天荡，无风三尺浪！

郑娇鸾　哎呦……

苏　云　（搀扶）夫人，看你近两天来，身子越觉沉重，恐怕分娩在即，只是船上不方便，加上风浪又大，如何是好？

郑娇鸾　官人不必忧虑……

[徐能带着范三、张四等强盗跳上官船。

船夫甲　什么人？

张　四　船家的朋友。

[众衙役护住苏云、郑娇鸾。

苏　云　谁叫你等擅自跳上官船？来，将他们绑了！

徐　能　（急忙闪出，奸笑）哈哈哈……

苏　云　清平世界，朗朗乾坤，竟敢劫持官船，还不与我报名受死！

徐　能　（露出真相）你道我是何人？

张　四　扬州太岁，鼎鼎大名——

范　三　徐能，徐员外你还不知晓？

苏　云　原来你就是作恶多端的扬州徐能？

徐　能　苏云呀，苏云，前日有人将我告到刑部，你受理此案，欲置我于死地，幸得我义兄尚书化解，徐某才得免于罪。可是你目无尚书，竟向皇帝请命，特来扬州寻我罪证。（冷笑）哈哈哈……今日在这黄天荡内，落在我手，你死命难逃，难逃死命了！

苏云、郑娇鸾　（二人同）哎呀！

郑娇鸾　（唱）　闻强暴，出此言，
如同霹雳响晴天，
如今身落贼圈套，
化险为夷难上难。

苏　云　（唱）　我今一去难回转，
（白）　妻呀——
（唱）　养儿重担托你肩！

郑娇鸾　（唱）　盼只盼——

苏云、郑娇鸾　（同唱）有朝一日雪沉冤！

徐　能　来呀，摘下乌沙，解除官袍，搜出金印！

［陶大暗上，接官印，急藏。

［苏云悲愤之极，作“甩发”科。

苏　云　（唱）　怨气冲霄，

骂声强盗罪滔滔。

勾结官府屡作恶，

欺压良民乱法条。

他日朝廷若闻悉，

料你法网难遁逃。

［徐能气极，拔刀杀死苏云，将苏云扔下江去。

郑娇鸾　哎呀——

（唱）　山崩地陷，

夫君顷刻离人间。

夫你惨死强盗手，

夙愿未偿心岂安！

回头怒把狂徒骂，

天诛地灭难容宽！

为夫报雪弥天恨，

我要咬你肉来吃你肝……

［徐能气急败坏将郑推倒在地，欲打。

张　四　妇人晕过去了。

范　三　待我送她一刀……

徐　能　慢……（上前）好一个标致的娘子！（一思）张四、范三，将这妇人带回府去，走！

［徐能下，张、范扶郑娇鸾下。

陶　大　唉，又是一场冤——孽呀……

［灯光渐灭。

第二场　追　亲

［二幕前。

［陶大持灯，领徐能上。

徐　能　（念）人逢喜事精神爽，月到中秋分外明。

（作酒醉状）咱家杀了苏云，为王尚书做了一件大事，又得了一位标致美貌的娘子，今日特办了酒宴，请来许多兄弟，一来庆功，二来贺喜。酒宴已散，不如到磨房会一会那新得的娘子。陶大带路。

陶　大　是。

［陶大掌灯搀扶徐能走“圆场”。

［二幕开，徐府磨房。

徐　能　（示意陶大回避，陶大下，徐能迫不及待地进门）娘子，娘子。（推门，进）

［郑娇鸾坐在磨盘上，不理睬徐能。

徐　能　娘子，你我昨日是仇敌，今日是亲人了……（郑不理睬）娘子，你那书呆子是一个穷酸官，你嫁给他永世难有出头之日。只要你随我心愿，我保你富贵无穷。来来来，随我洞房去也——

郑娇鸾　（愤怒地）呸！

（唱）　狼嚎鬼叫，
忍不住怒火心头烧。
我夫被你杀害了，
又来迫婚罪难饶！
拼将一死除奸刁——

［郑氏操起灯台掷向徐能，徐急躲逃出。郑急关门。徐欲再度推门时，朱大娘提饭盒上。

朱大娘　老爷——

徐　能　哦，原来是做工的朱大娘。到此作甚？

朱大娘　是管家陶大吩咐我来跟磨房中的娘子送饭的。

徐　能　陶大，你多管闲事！（指郑）她不从我亲事，还用灯台伤我。我马上要送她上西天，让她与苏云相会黄泉，还送饭作甚！

朱大娘　老爷，有道是“大登科，金榜题名，小登科，洞房花烛”。这婚亲之事须要妇人欢欢喜喜才是。如今她丈夫已死，加上又饥又寒，怎肯从你婚事呢。

徐　能　依你之见呢？

朱大娘　还是相劝为好。

徐　能　（一思）好，就命你送饭说亲。事成之后，重重有赏，若是不成……（逼）老夫让你二人命丧黄天荡！（下）

[朱大娘无可奈何地叩门。

朱大娘　唉，为富不仁无人性，妇人苦命受欺凌。（叫门）娘子开门来。

郑娇鸾　（警觉地）你是何人？

朱大娘　我是府中的厨子朱大娘，给你送饭菜来了。

郑娇鸾　我——不要饭菜！休想叫我开门！

朱大娘　娘子，（暗示地）就是遇到天塌下来的事也得想办法活呀！你想想，不吃饭怎有精神想办法，娘子，我也是妇道人家，有啥心事，你我说说，又有何妨？

郑娇鸾　那徐能呢？

朱大娘　已经回房去了。

郑娇鸾　待我开门。

[郑娇鸾开门。朱大娘进。

朱大娘　娘子，饭菜在此。

郑娇鸾　大娘，想我生死难料，腹中又有苏家娇儿，哪有心思用饭……

朱大娘　（同情地）娘子，看你也是良家之妇，通情达理之人，不知是何缘故落在这磨房之中？

郑娇鸾　大娘啊——（悲愤地诉说）

（唱）　我夫苏云为官廉清，
爱民嫉恶恨徐能。
徐能设计黄天荡，
害我夫君丧幽冥。

又夺我身迫亲事，
横行霸道豺狼性。
与他拼命何所惜，
可怜苏家绝香丁。
苍天不佑忠良后，
只求一死随夫行。

朱大娘 （唱） 一席话激起我悲泪淋淋，
原来是徐贼又在胡乱行。
我家被害仇未报，
又见忠良遭冤情，
怎不叫人恨难平！
劝夫人，莫轻生，
定要保住腹中小生灵。
要为苏云鸣冤屈，
还要设法逃出虎狼坑。

郑娇鸾 可是，如今我深陷囹圄，又有身孕，无人相助，只怕难以逃出这虎狼之地啊……

朱大娘 这……（横下心来）
罢，罢，罢！徐能见我劝亲不成，定会加害于我，倒不如送她逃生，也算我良善一生。娘子，我送你从后门逃走。

郑娇鸾 （急拜）多谢朱大娘！

朱大娘 走！

[朱大娘领郑娇鸾作逃走科，下。

[急落幕。

第三场　舍　儿

［二幕外。

［紧接前场，深夜。郊外。

［徐能、张四、范三、陶大等连夜追寻。

徐　能　快、快、快追！

（徐能等追寻下）

［二幕启。

［夜色沉沉，涧水绕山，乱石纵横，草木丛生。

［徐能等内喊：“追呀——快追”。

郑娇鸾　（唱上）

耳边忽闻人声吼，

定是徐能追来到。

朱大娘　（接唱）

绕过山间羊肠路，

急忙速往江边逃。

［二人圆场，朱大娘跌倒。

郑娇鸾　大娘，您……

朱大娘　夫人别管我了，你身怀六甲，分娩在即，速速逃生要紧。

郑娇鸾　大娘体弱多病，无家可归，叫我忍心不下，还是一同逃生吧。

徐　能　（内声）追呀，追上有赏！

［郑娇鸾、朱大娘“望门”科。

朱大娘　（发现古井）呵——

郑娇鸾　大娘，我扶你走。

朱大娘　老身走不动了，不能连累你呀……

郑娇鸾　不，是我连累了你。

朱大娘　也是，你去折一数枝，与我做拐杖如何？

郑娇鸾 亦好。(寻树枝下)

朱大娘 郑夫人去了，我……(走至古井边，看)

(唱) 见顾江，心似浪狂，

势迫无奈寻归场。

念我朱氏，一生孤苦难当。

自幼饥寒相逼，早丧爹娘。

落在徐家为奴，

挨骂挨打受尽风霜。

今日为救郑氏娘子，

只能落得投井身亡。

我身屈死成冤鬼，

定掠徐能见阎王。

[朱大娘脱下绣鞋放在路边，投井。

郑娇鸾 (急上，发现)大娘，大娘……

徐　能 (内声)快追！快追！追上重赏！

郑娇鸾 (焦急地)哎呀——(腹痛难忍)一时腹痛难忍，想是娃儿就要出世，如何是好……苦呀……

[徐能等内声紧急渐近，郑娇鸾急忙隐入草丛。

[徐能等搜寻上，陶大发现郑娇鸾，有意引开，转向。

陶　大 那边，那边……

徐　能 (急切)快追……

张　四 禀老爷，路旁发现一只绣鞋。

范　三 (急思)定是从此路逃走……追！

[徐能等追下。

[静场。娇儿啼哭。

郑娇鸾 (内唱)一阵昏迷苏醒，

(上唱)且喜娇儿已出生。

(白)啊，是个男娃儿，生来眉清目秀，真像他父亲啊。(娃儿哭)儿啊，休哭，休哭。野地风寒，待为娘解下白罗衣与你包体。（娃儿又哭）休哭休哭啊……

（唱）　闻儿哭声声，
心里暗吃惊。
只怕险未脱，
母子二命活不成。
唉，儿啊——
你若随娘就毙，
靠谁昭雪冤情？
倒不如将手指咬破，
舍在路旁，死里逃生！
欲舍心不忍，
不舍又不行。
天啦，你叫我如何是好？
呼天天不应，问地地不灵。
罢，罢了，我苦命的儿啊！
莫怪为娘心肠狠，
骨肉分离贼酿成……

（咬指：舍儿，欲离又回……）

儿啊，再让为娘看你一眼吧。我苦命的儿呀，为娘去了——（下）

徐　能　（折回，上场）陶大，再往这条路上追去。

陶　大　（看草丛不见郑娇銮，闻娃儿哭丧声）哎呀，这荒郊小道怎么有婴儿啼哭？（寻找，自语）啊，是个男娃，定是郑……（急中生智藏下罗衣）老爷，我说你真有福气！

徐　能　娘子未追上，何福之有？

陶　大　你——瞧。

徐　能　（惊喜，接细观）啊，是个男娃！

陶　大　老爷，你要小心哟。

徐　能　奇怪呀，女孩儿有人抛，怎么男娃儿也有丢呢？莫不是那娘子……

陶　大　（急接）老爷，常言道：妇人生子如过劫，那娘子若刚产下娃儿，动荡尚不得，还能逃得了！

徐　能　这……

范　三　（与张四急上）禀老爷，小人亲眼看见那逃走的小娘子——

徐　能　（急问）她在哪里？

范　三　投江自尽了。

徐　能　你们这些无能之辈！……

陶　大　老爷，依老仆看来，这是天赐的洪福呀！

徐　能　哦，莫非老天怜我年近半百，纵有三妻四妾，却无子嗣？

陶　大　对对对！老仆昨夜梦见送子娘娘对我言道，徐府老爷心肠慈悲，至今尚无子嗣，不日赐他一儿传后。

徐　能　如此说来这是天意——了！

陶　大　老爷，您不是常说，人伦可逆，天意莫违。

徐　能　好个“天意莫违”。（忽思）也罢，陶大，此儿既是天赐与我，承宗继福，要不取名徐继祖，交你抚养，日后若能长大成材，老爷自有重赏。可是，你要像这些年来服侍我那样，真心抚养孩儿呀！

陶　大　老爷，老仆虽无才，但事该怎么做心里还是明白的。老爷尽管放心，老仆一定真心抚养孩儿。

徐　能　这就好，此事千万不可对人多言！

陶　大　遵命。

[徐将儿交陶大，下。众随下。

陶　大　（念）　羊羔无奈藏狼窝，
　　　　　　　　只怕吉少凶事多。

唉……

徐　能　（内声）陶大，抱好孩儿，快跟上啊。哈哈哈……

[陶大忧虑重重，下场时不断地环视四周，以期发现郑娇銮……

[幕徐落。

第四场　寄　衣

［距前场十六年后，初春。

［山东直隶涿州，苏家村。

［苏母拎水桶从茅舍上。

苏　母（唱）　沉沦苦海惨难挨，
日夜沉浮思梦哀。
不见苏云和媳妇，
哪堪泪眼对灵牌。

苏云，儿呀；娇娇銮，媳妇！（擦试灵牌）你夫一去十六载，音信全无，想必客死他乡，老娘望断秋水，设下这两座灵牌，以寄哀思……苏云啊，媳妇呀，为娘出去汲水，霎时就回，你们好好地替为娘看——门。（悲哀地下）

陶　大（内喊）公子，随我来。

［陶大引徐继祖上。

徐继祖（唱）　进京赶考辞严亲，
紧催马匹一身轻。
遥瞻客路三千里，
原随长风达帝京。

小生，徐继祖，年方弱冠，志在青云。且喜幸中乡魁，今日进京赶考，一路行来，口干舌燥。养父。

陶　大　公子。

徐继祖　前面是何所在？

陶　大　直隶涿州境界。

徐继祖　养父，我一时口干舌燥，这里又是荒村野外，无水解渴如何是好？

陶　大　公子，你看，前面井边有一老妇汲水而来，等她到此借水如何？

徐继祖　就依养父。

［徐下马，陶观察四周。

[苏母拎水桶上，体力不支，头晕介。

[徐、陶急扶。

徐继祖 老妈妈醒来，老妈妈醒来……

苏　母 （渐醒，惊觉地）啊，啊，儿呀儿，你回来了，回来了……为娘朝思暮盼，你回得正好，来，来，来，快随为娘回家去吧。

徐继祖 妈妈，小生乃是进京的举子，他是我养父，想必妈妈认错人了。

苏　母 怎么，你，你，你不是我儿苏云。哎呀天呀，他为何竟与我儿一模一样？

（唱）　老眼昏花看不明，
　　　　错了他人作亲生。
　　　　忙上前，把礼敬，
　　　　相公莫把怨气生。

徐继祖 老妈妈，你偌大年纪，慢说叫我一声孩儿，就是一声孙儿又有何妨。

苏　母 相公过谦了，过谦了。请问，你等可是迷失路途？

徐继祖 只因一时口干舌燥，意欲讨水解渴。

苏　母 好一个知书达理的举——子。相公，大哥，随我这里来。

（唱）　细观相公心疑动，
　　　　容貌与我云儿好相同。
　　　　愈看愈像儿他少年样，
　　　　怎说我在梦魂中。

徐继祖 老妈妈，可到家了？

苏　母 哎呀，走过了，走过了。

徐继祖 （见茅屋）啊。这就是老妈妈的家。

苏　母 见笑，见笑。相公，大哥请进。

徐继祖 请。

陶　大 请。

[陶大绑马，徐进门，碰头。

苏　母 碰坏状元头了。

徐继祖 好彩头！妈妈说“碰坏状元头”，这是一个好彩头。

[三人进门。坐介。

苏　母　请问相公姓甚名谁，家住哪里？

徐继祖　小生徐继祖，扬州义津人氏。今乃大比之年，正欲进京求名。（做口渴状）

苏　母　哎呀，老身只顾闲话，未于备茶。

徐继祖　这清水就好。

苏　母　不好不好，出门之人吃了冷水是容易生病的。请稍坐一时，老身就去烧水。

徐继祖　有劳了。

陶　大　有劳了。

苏　母　失陪了。（背躬）俨然与我儿一样。

唉，娇儿呀……（哭，拭泪下）

徐继祖　啊？（惊异）老妈妈见了小生，为何唉声叹气，眼中流泪……（看灵牌苏云、郑娇銮之灵位……

陶　大　（惊讶，自白）啊，看来这就是苏……

[母捧茶上。

苏　母　山中苦茶，二位莫怪。

徐继祖　有劳了。（饮茶）

陶　大　有劳了。（饮茶）

徐继祖　老妈妈，小生有事不明，敢向老人家动问？

苏　母　相公请讲。

徐继祖　这灵牌所供之先辈，是老妈妈何人？

苏　母　相公啊。（悲哀地）

（唱）　家门不幸苦难言，

话到伤心老泪涟。

我儿携妻办案扬州去，

一十六载不见回还。

逢人打听无消息，

想必早已离人间。

儿父病死黄泉路，

老身独守草屋盼儿还，
盼得满头是白发，
盼得双眼泪流干。
故立灵牌悼骨肉，
欲招亡魂归家园。

徐继祖 如此说来，你的儿与儿媳至今生死不明，待小生进京代为查考。

苏　母 查考？若能如此，老身永不忘怀。只是你们素不相识，如何查考？

徐继祖 是呀，这就为难了。

苏　母 （急想）啊，徐公子，老身家中藏有一件白罗衣，交与相公与我儿苏云相认，岂不是好。

徐继祖 好好好，请妈妈到来。

陶　大 （旁白）哦，又有一件白罗衣……

苏　母 （取衣上）这是一件男衣，还有一件女衣，我赠媳妇他们带去了！

徐继祖 看来，这一对白罗衣来历不小！

苏　母 徐公子啊——

（唱）　告相公，听我言，
提起罗衣话儿长。
念儿子，生前为官清正，
政绩桩桩非寻常，
皇上念其清淡苦，
特赐罗衣一对表忠良。
苏云上京赴任日，
我赠罗衣表衷肠，
愿他们常效白罗素质，
克己奉公，莫负圣恩。
谁知此心付流水，
怎不叫人断柔肠。

徐继祖 （唱）　听罢言，实可伤，心难平静思潮狂。

莫非世道太险恶，

善无善报反遭殃。

小生若得青云志，

定为社稷除暴安良！

苏　母　（感激地）徐公子……

徐继祖　老妈妈……（赠银）

（唱）　劝老妈妈莫伤心，

此银暂且度光阴。

日后寻得令儿、媳，

催他回来奉娘亲。

[苏母交衣，徐继祖接衣。

徐继祖　养父，将这白罗衣小心收藏。

陶　大　是。

[陶大接衣，作“一时无语”介，同情感慨地自语。

婆孙相会不相识，

但愿骨肉早团圆。

[陶大带马，徐继祖上马。

[苏母含泪送别。

第五场　庵　遇

[距前场两年后。

[苏州附近一庵堂。

[郑娇銮手持经书上。

郑娇銮　（唱）　钟鼓沉沉响庵堂，

何方施主来烧香。

扼下心头无限恨，

权把庵堂细点装。

小　尼　（上）师姐，你的深仇大恨有日可报了。

郑娇銮　此话从何说起？

小　尼　巡按大人今日要到这里烧香。

郑娇銮　巡按大人？

小　尼　师姐，风里和我施化回来时，行人都说江南来了巡按，是个爱民如子的清官。

郑娇銮　不知可是真的。

小　尼　真的！

郑娇銮　如此说来，机会难逢。

小　尼　是呀。机会难逢。你看，巡按大人来了。

［吹鼓手引徐继祖、陶大等上。

徐继祖　（念）　一举名登龙虎榜，

扬鞭巡察到江南。

郑娇銮　请大人到庵堂用茶。

［徐继祖、陶大等进。小尼下取茶。

［郑娇銮见徐继祖后，惊讶，疑思。

［徐坐定，小尼捧茶上，郑娇銮奉茶。

（小尼下）

郑娇銮　（惊讶地）……（细观徐继祖）

徐继祖　（不解地）多谢道姑。

（唱）　庵堂内，敬香茗，

道姑接待倍真诚。

为何顿时失常态，

兢兢战战，战战兢兢。

郑娇銮　（接唱）

见大人，惊又喜，

忙举步，复迟疑。

观那大人容貌，
恰似儿父少年时。
想娇儿，哪有这等福气，
生死存亡尚不知，
罢、罢、罢……
宁愿冒死把冤告，
今日不告待何时。

大人，为小尼伸冤呀！

众旗牌 哦——（呼堂威）

徐继祖 （示意众退下）道姑，你乃出家之人，何冤之有？

郑娇銮 我有十八载的沉冤！

徐继祖 十八载的沉——冤？

郑娇銮 正是。

徐继祖 本官容你将冤请一一诉来。

郑娇銮 大——人——啊！

（唱） 血海沉冤！
未曾开口泪潸潸，
我夫君，本是朝廷一命官，
当年为惩豪霸，
请命扬州查案，
黄天荡里遭谋害，
身葬狂澜。

徐继祖 清平世界，劫杀朝廷命官，这还了得！起来，慢慢讲。

郑娇銮 （唱） 夫被杀死妻被劫，
身困樊笼惨难言。
幸得朱氏仗义搭救，
只亏她被迫丧黄泉。

徐继祖 又害一个无辜重创，实在无法无天了！

郑娇銮 （唱） 妾身怀孕有十月，
逃命途中生一男。
狂徒步步追得紧，
罗衣包儿弃路边。

徐继祖 后来如何？

郑娇銮 （唱） 拼将一命投江死，
谁知死里逃生遇渔船。

徐继祖 既然死里逃生就该告官。

郑娇銮 （唱） 凶手有钱又有势，
控告更比上天难。
州县衙门不讲理，
反遭迫害苦万端。
苦万端，恨绵绵，
改名换姓藏尼庵。
今望大人开明镜，
昭雪沉冤恩如天。

徐继祖 （唱） 听罢言，怒气生，
豪富为绅作不仁。
贪官助虐为民暴，
可怜她，
一十八载冤情未得伸，
而今本院巡察江南地，
绝不容狼狈为奸欺良民。

道姑，你姓甚名谁，哪里人氏？

郑娇銮 妾身郑娇銮，直隶涿州人氏。

徐继祖 哦，郑娇銮？这名字似曾闻说，你夫叫什么名字？

郑娇銮 姓苏，名云。

徐继祖 怎说？你夫就是直隶涿州的苏云么？

郑娇銮 正是。

徐继祖 啊……如此说来，两年前井边借水岂非无缘？……我说苏妈妈，倘若这老道姑所说确实真情，你媳妇就有着落了，只可怜你的儿子含冤九泉了。老道姑，你可晓得凶手的名字？

郑娇銮 凶手就是徐能！

徐继祖 （一震）徐能哪里人氏？

郑娇銮 义津人氏。

徐继祖 可是那扬州义津的徐——能吗？

郑娇銮 正是那扬州义津的徐能！

徐继祖 （震惊）

（唱） 一路上状子不少，
郑氏她她把徐能告，
心似礁岩击狂涛！
想我父亲，平生荣贵，
却为何，背天逆道，
为非作恶罪滔滔。
莫不是同名共姓世间有，
意在恨我严法条。
混浊难分鲢与鲤，
水落石出待明朝。

老道姑，本院执法如山，不论恃强为暴，或是挟私诬告，都要严办不赦的呀！

郑娇銮 草民不敢挟私诬告。

徐继祖 罢了，你这案子关系重大，可补写状子，三天之后即送本衙。

郑娇銮 遵命。

徐继祖 好。打道回府。

陶　大 老爷有命，打道回府。

[众下。

[郑娇銮目送。关幕。

第六场　告　状

[二幕前。前场三天后。

[徐能、张四、范三上。

徐　能　锦上添花儿荣照。

张、范　洋洋得意做官亲。

旗　牌　（内白）按院大人回府！

徐　能　动乐相迎！

[徐继祖、陶大等上。

徐继祖　爹爹。

徐　能　孩儿。

[开二幕，巡按府大堂。

[众进入，分坐。

徐　能　我儿此番巡查辛苦了。

徐继祖　倒也无妨，只是有一疑案要在父亲台前请教。

徐　能　是何等疑案让孩儿为难？

徐继祖　案倒不难，只是那被告之人……

徐　能　是皇亲？

徐继祖　不是。

徐　能　是国戚？

徐继祖　也不是。

徐　能　既然如此，儿有尚方宝剑，先斩后奏，还有何难处？

徐继祖　这难处么……

[幕后击鼓声传来。

旗　牌　（急上）禀大人，外面有一道姑击鼓鸣冤。

徐继祖 本院有要事办理，叫她改日投告。

旗　牌 遵命。（欲下）

徐　能 且慢。孩儿，不如宣她进府，老夫正想亲见孩儿审案执法，以安为父关切之怀。

徐继祖 好，就依父亲。来，升堂，带击鼓人。

旗　牌 是。（对内）宣击鼓人上堂。

[郑娇銮持状纸上。

徐继祖 面朝外跪，将状纸上所写之词仔细诉来。

郑娇銮 冤屈如天！具告状人郑氏娇銮，直隶涿州人氏，为劫杀朝廷命官案，状告扬州徐……能！

众旗牌 哦……（喊堂威）

徐继祖 老道姑不用害怕，只管如实诉来！

郑娇銮 容诉：小民郑娇銮配夫苏云，我夫原系刑部给事，为受理扬州员外徐能恃强为暴案件，得罪刑部王尚书，因王尚书乃徐能义兄，欲化解此案，我夫据理与争，龙廷请命扬州查案。夫妻乘船行至黄天荡时，不料徐能率贼上船，不但杀死随行衙役，还将我夫苏云杀死，抛尸江中。又强迫我与他成亲，幸得朱大娘舍身相救，这才逃出虎口。小民四处告官，谁知官衙惧怕徐能，因此含冤一十八载，今闻按院大人巡察到此，故冒死告状，伏望昭雪沉冤，依法惩恶，为民报仇！

徐　能 （气急）住口！简直是一派胡言。罪该万死，我儿，将她砍了！

徐继祖 父亲，稍安勿躁，老道姑，你可是挟私诬告？

郑娇銮 不敢。

徐继祖 可是受人唆使？

郑娇銮 不是。

徐　能 可有凭证？

郑娇銮 冤妇身受其害，就是凭证！

徐　能 哈哈哈哈，我儿！她无凭无证，分明是诬告之罪！

徐继祖 诬告之罪？

徐　能　正是。

郑娇銮　冤枉呀！

徐继祖　哎呀……

（唱）　若说郑氏来诬告，

犹如驱羊入虎牢。

若说父亲是案犯，

十八年旧案谁知晓？

［徐继祖思考，静场。

［张四、范三暗上。

张、范　员外，如何处置？

徐　能　大人正在犯难。

范　三　这有何难，将她砍了就好！

徐　能　不可！

徐继祖　（上前）父亲，今日之事你看如何是好？

［继祖示意衙役下，并将郑带下。

张　三　小人有一计。

徐继祖　哦，计将安出？

范　三　此案不可张扬出去，速将道姑带进三堂，将她乱棍打死，此案岂不暗自消了。

张　四　好计！

徐继祖　好计？

徐　能　妙计！

徐继祖　好个妙计？！

（唱）　请抬头，看分明，

仪门内坐着包文正。

仪门外，麒麟前，

乃是法地刑事厅。

王法条条，

条条王法不容情，

司法犯法，罪加一等，
莫道把她打死无对证。
墙有风，壁有耳，
头上三尺有神灵。
修身若不为凶恶，
何惧萧何律法商君刑！
此案日后再审！

[徐继祖气愤地下。

[关二幕。徐能、张四、范三出二幕外。

张　四　员外，黄天荡旧案大人有意支持原告，如何是好？

徐　能　黄天荡一案的物证官印早已命陶大毁掉，这人证……

张　四　就只有陶……

徐　能　（噤口）小声些。

范　三　（小声地）员外不是说过吗？姓陶的胆小忠直，多年来服侍员外不敢怠慢，是老管家，自己人……

张　四　有道知人知面不知心，有防无患啊！

徐　能　有理。张四，命你即修书一封，速送刑部王尚书。“入门笑”——按老规矩。

张　四　遵命。

徐　能　范三，附耳上来……

[范三点头会意。

[追光收。

第七场　考　陶

[苏州按院府衙，徐继祖书房。

[徐继祖持状纸边看边上。

徐继祖　（唱）　看状纸，如痴呆，

徐能杀人是无赖。

要为庶民除暴害，

难免徐能一命赴泉台，

论情要把徐能父亲救，

论法就该情丢开！

老道姑状告一十八载沉冤，本院今年正当一十八岁，想当年徐能劫杀命官之时，本院才刚刚问世呢……如今老道姑郑娇鸾冒死告状，其中岂无缘故？

（唱） 原告她，舍死不避难，

被告他，不认定案难。

左难右难，

难坏我这江南巡按。

（看状）“具告状人郑氏娇銮，配夫苏云。”苏云？老妈妈呀——

（唱） 忆当年路过苏家庄，

妈妈侍茶情意长。

临别寄衣有拜托，

嘱我代寻她儿郎。

老妈妈，想不到你的儿子竟是死在我父徐能之手，如今你叫我哪里寻，哪里去找？唯有你的儿媳郑娇銮……那老道姑若真是……

［陶大送茶上。

徐继祖 （自语）若真是郑——娇——銮，徐能，徐能就是那罪该万死的强盗！

［陶大闻言惊异，失手打碎茶杯。

徐继祖 啊，养——父，为何这样大惊小怪将茶杯打碎？

陶　大 （支支吾吾）老仆一时失手，想是老不中用了。

徐继祖 老人家，你要（试探地）小心了，再取茶来……（观察）

陶　大 （出门，自语）原以为黄天荡一案石沉大海，看来苍天有……

［陶大欲下。

徐继祖 （出门）养父你……

陶　大 （紧张）老个这就去取茶，去取茶……（快下）

徐继祖 陶大跟随徐能数十载，定知一二，方才见他支支吾吾，看……（急思）嗯，我自有道理，养父送茶来！

陶　大 （内应）来——了！（上，进门）大人用茶。

［陶大放下茶杯即走时。

徐继祖 养父。

陶　大 （退回）大人。

徐继祖 养父，往日你见了本院从不回避，今日放下茶杯就走，莫不是有什么心事在怀？

陶　大 无有什么心事。

徐继祖 好。本院今日闲暇无事，你我闲聊几句可好？

陶　大 这……

徐继祖 养父，你侍奉我父徐能数十年，这徐府上上下下，前前后后，定知一二。

陶　大 老仆略知一二。

徐继祖 养父，你自幼进府，可曾见过徐老夫人？

陶　大 未曾见过。

徐继祖 那徐老爷呢？

陶　大 见过。

徐继祖 徐老爷是个好人还是坏人？

陶　大 是个好人。

徐继祖 俺家老爷万贯家财是祖传还是白手起家？

陶　大 这……是白手起家。

徐继祖 可有为官？

陶　大 不曾为官。

徐继祖 可是经商？

陶　大 不曾经商。

徐继祖 一不为官，二不经商，眼下这万贯家财是哪里来的？

陶　大 这个……

徐继祖 不要这个。

陶　大　那个……

徐继祖　不要那个。

陶　大　这个那个……

徐继祖　不要这个那个，有话快快讲来！

陶　大　这——

徐继祖　讲……

陶　大　（见逼）罢！罢！罢！哎呀徐大人，徐员外徐能，勾结刑部王尚书，收买地方官府，占人土地，霸人财产，强买强卖，包揽官司，才有今天这万贯家财！

徐继祖　哎呀——原来他、他他他、他是一方恶霸！

陶　大　人称鼎鼎有名的扬州太岁！

徐继祖　怪不得本院一路而来，民怨沸腾，状如雪飞！我再来问你，十八年前黄天荡劫杀朝廷命官，你可知晓？

陶　大　老仆全知！

徐继祖　好！好！好！只要你如实讲来，本院与你担待。若有半点差池，本院绝不宽恕！你要如实地讲来呀！

陶　大　（激情地）大——人——呀！

（唱）　你的，
你的生父是苏云。
你的，
你的生母是郑氏！

郑继祖　养父，此话从何说起？

陶　大　（唱）　徐能作恶罪昭彰，
人称太岁霸一方。
占人土地夺家产，
包揽官司造民殃。
你父刑部任给事，
爱民如子名传扬。
请命扬州查案犯，

官船来至黄天荡。
徐能受命王尚书，
杀死苏云尸抛江。
抢回郑氏迫亲事，
害得朱氏投井亡。
郑氏怀孕满十月，
逃走途中产下一儿郎。
咬破儿指留证据，
罗衣包儿弃路旁。
徐能不知娃儿谁家弃，
拾儿回府继香烟。
命我养儿十八年，
此儿就是徐巡按。
我今详情都说出，
老个良心可对天。
一桩桩，一件件，
对你说，对你言。
请大人，速决断，
执国法，雪民冤。
老仆沉默十八载，
今日里和盘托出死也甘！

徐继祖 你敢作证！

陶　大 愿做人证！

徐继祖 那物证呢？

陶　大 物证有两件，一件是苏云官印，现藏扬州府内。

徐继祖 那二件呢？

陶　大 凭着老仆的判断，既然包娇儿的是女罗衫，那男罗衫就是那苏妈妈你的祖母托你进京查询的那一件。

徐继祖 哎呀呀——养父，有劳你速回扬州将女罗衫与官印快快取来。让本院查对！

陶　大 遵命。（欲走）

徐继祖 慢，此案关系重大，白日不便行动，只有黑夜而行，养父，你要一路小心呀！

[陶大急下。

徐继祖 （悲哀地）哎，我那冤死的爹爹……

[徐继祖突然收声。

[切光。

第八场　拦　杀

[接前场数日，月夜。

[苏州城郊外。

[范三持刀隐藏在路边。

范　三 （上）　风高宜放火，

月黑好杀人！

奉了徐员外之命，暗杀陶大，这几日不见他，想必回扬州去了，此处乃是必经之路，不免在此埋伏了！

[陶大背罗衣等物，回苏州交物证。

陶　大 （走边）

（念）　快马奔腾，

取得罗衣官印转回程。

范　三 （暗上）看刀！

[范三追杀陶大，开打。

[陶大危急时，徐继祖派来的将范三擒获，救陶大下。

[关幕。

第九场　堂　审

[紧接前场，按院府衙。

[徐继祖“升堂”“站门”。

徐继祖　（念）　本院巡江南，
丹心照青天。
执法如山重，
害民作恶不宽容！
来，传徐能、张四上堂！

[旗牌引徐能、张四上。

徐　能　我儿，为父正在后堂饮酒，传我上堂何事？

徐继祖　你命范三暗杀陶大所为何来？

徐　能　绝无此事。

徐继祖　范三有供词在此。

徐　能　逆子，竟敢冤枉为父制造冤案，我要上诉朝廷，将你治罪！

徐继祖　养父陶大上堂对质！

院　子　陶大上堂！

[陶大走上。

陶　大　徐能。

徐　能　你为谁作证？

陶　大　黄天荡劫杀命官的人证就是我，物证也在此……

徐　能　（飞起一脚）该死的陶大！

[陶大闪过。

徐继祖　将徐能绑了。

[刀斧手绑徐能。

徐继祖　可恼！
（念）　无法无天实狂妄，

胆大任性害忠良。
少时辕门三声炮，
定叫尸首两分张。

陶　大　（念）　大人乃是苏家子，
认贼作父十八年。
一颗忠心昭日月，
才有亲仇分当堂。

徐　能　徐继祖分明是我徐家子，你说是苏家子，有何为证？

徐继祖　来，有请郑娇銮上堂。

院　子　郑娇銮上堂。

［郑娇銮急上。

徐继祖　（迎上）母亲……

郑娇銮　（看徐继祖手指）这是咬破的手指，（看陶大亮出的罗衣）这是包儿的罗衣。娇儿……

［母子痛苦介。

徐继祖　（归座）　徐能恶贼！
（念）　公仇私恨冤一场，
人证物证两俱全。
若要本院饶你命，
除非一天两太阳。

徐　能　（念）　你今虽操生杀权，
我乃通官一霸天。
你欲借公报私仇，
招你到京你可敢？

徐继祖　你待怎讲？

徐　能　招你到京！

徐继祖　休想！来呀，徐能作恶累累，害民杀官，公堂行凶，将他推出斩了！

［刀斧手欲押徐能。

中　军　（内喊）且慢——刑部公文到！

徐继祖　这……有请！

［中军手持公文上。

［徐继祖迎进。

中　军　参见大人。

徐继祖　免了。中军到此有何公干？

中　军　奉刑部王尚书之命，要提徐能一案进京察审，这有提审公文，请大人观看。

［中军递公文，徐继祖观公文。

徐继祖　哦，中军，徐能作恶累累，害民杀官，公堂行凶，人证物证俱全，何须提调京都察审？

中　军　此乃刑部之命，望大人遵从。

徐　能　按院公报私仇，徐能不服！

中　军　（对徐能）此话怎讲？

徐　能　（气急地）那审我的按院就是苏云之子，他不回避就是公报私仇！

中　军　（对徐继祖）大人，此案既是关系大人本身，应该听从刑部的提审。

徐继祖　这……

中　军　徐能若是你的仇人，你不听刑部之命，擅自问斩，只恐公报私仇之名，对大人不利啊！

徐继祖　这公报私仇么……（为难）

徐　能　（自觉有理，得意起来）喂哈，喂哈哈哈……

徐继祖　（一思）也罢，将徐能、张四暂押死牢！

［众人突然惊讶，静场片刻。

陶　大　大人，徐能不杀民愤难平！

郑娇銮　徐能不杀，死者不瞑！

陶　大　徐能不杀，天意不允！

众　人　民愤不平！死者难瞑！天意不允！

徐继祖　这、这、这……

（唱）　　徐能不杀民愤大，

刑部公文胡乱来。

尚书敢助害民贼，

昧心枉法太不该。

中　军　你说王尚书敢助害民贼，胆大包天！

徐继祖　王尚书命徐能劫杀官船，有范三供词在此，也是陶大亲耳所见的。

陶　大　是！当时还有张四在场。

徐继祖　案发之后，徐能即命张四修书一封，速付刑部，向王尚书求助，张四，从实招来！

张　四　这……

徐继祖　张四，本院执法严明，你老实交代，从轻发落。你不民罢，有范三供词在此！

张　四　我招，我招，徐能还命我交书之时，按老规矩送给王尚书一批贵重礼物，并黄金一百两。

徐继祖　可恼！可恼！仗权营私枉法！

中　军　大人，王尚书虽有此事，可是他位极群臣，一人之下，万人之上！你若像初生牛犊不怕虎，只恐乌纱丢、头也断啊！

徐继祖　呸！

（唱）　有理何惧权势压，

猛虎挡道也敢搬！

官若徇私民有怨，

执法犯法罪难宽。

既是杀人把法犯，

血债要用血来还！

平冤昭雪除民害，

纵然是丢乌纱、抛头颅，

我也心甘！

刀斧手，将杀官害民、作恶多端的徐能即刻斩、斩、斩！张四收监。

［二斩手推徐能下，二衙役推张四下。

内　声　斩！

[起音乐，众欢呼。

[陶大引苏母上。

[苏母与郑娇銮相会。

[徐继祖一一拜过。

众　人（合唱）　善恶到头终有报，

且看罗衣庆团圆！

[全剧终。

崔君瑞休妻

编剧：陈春淮

人　物　表

崔君瑞	丹阳县令
王　卞	义　仆
郑月娥	崔君瑞之妻
苏金英	苏宰相之女
郑金禧	郑月娥之兄
苏　铠	宰　相
春　花	苏府丫环
梅　香	苏府丫环
师　爷	丹阳县师爷

解差、衙役、将校（若干）

第一场　郊　遇

［幕启：江南荒郊春景。

［王卞身背包袱持雨伞上。

王　卞　（唱）　风轻云淡雀嬉翔。

王卞探亲到丹阳。

我好似出笼鸟儿把翅展！

郑金禧　（内声）唉！天哪……

王　卞　（雷响）唉啊！真是天变一时，人变一世呀！

（接唱）旷野里是谁叫地呼天？（举目四望）

[郑金禧沮丧地垂头匆匆上。

郑金禧　（唱）　人到绝处无所恋，

堪把满腹珠玑葬汪洋！（奔下）

王　卞　（有所发觉地）哎，不好了他……他投水啦！（奔下）

郑月娥　（内声）兄长！兄长……

[郑月娥奔上，后跟梅香背着包袱。

郑月娥　（唱）　寻找兄长步匆忙！

茫茫旷野奔何方？

我夫不该拒借盘缠，把他来轻贱。

俺私取蓄银一百两，

赠与兄长春闱上帝乡。

兄长！兄长……

[郑月娥、梅香从另一方奔下。

[王卞搀扶郑金禧从另一方上。

王　卞　（边走边说）哎呀呀！你这哥儿呀，看你斯文秀气，该望蟾宫折桂才是，怎好跑到水晶宫里去捉虾哪！

[郑月娥、梅香上。

梅　香　（发现王卞）夫人你看！……

郑月娥　（喜）哎，兄长！为妹赶来啦……

郑金禧　贤妹……

郑月娥　兄长……

郑金禧　（合唱）一见贤妹自羞惭。

郑月娥　一见兄长心头酸。

郑金禧　文人落魄最难堪！

郑月娥　兄长，因何浑身湿淋淋？莫非……

郑金禧　为兄一时愤不欲生，投河自尽，好得这位大哥搭救。

郑月娥　哦！大哥尊姓贵名？

王　卞　我乃苏州宰相苏相国的仆人王卞。

郑月娥　感戴王大哥救俺兄长一命之恩！（深深一揖）

王　卞　哎，不敢当！

郑月娥　兄长，这有蓄银一百两，你留作路途之资吧。

[郑金禧接银。

郑金禧　（愤慨地）哎哟！崔君瑞呀……

崔君瑞　（内声）夫人……

郑金娥　哎呀！崔君瑞赶来。兄长，可快躲藏！

[郑月娥、梅香、郑金禧分下。

王　卞　（一旁自言自语）"崔君瑞"这名字因什这样熟耳？

[两衙役、崔君瑞上，环顾周围，发现王卞。

崔君瑞　（上下打量王卞，旁白）此人好生面善。是在哪里见过……（揣摩）

王　卞　（端详崔君瑞，旁白）啊，原来是他。

崔君瑞　你这人……

王　卞　（风趣地）火烧猪头——熟面熟面，对吗？

崔君瑞　是呀！在哪里会过！

王　卞　大比之年在俺王主考官府第会过。

崔君瑞　（恍悟，不屑地）响，你就是王恩师的仆人王卞。

王　卞　你就是中了二甲进士的……崔老爷。

崔君瑞　是。哎，刚才你可曾看见一妇道家并一寒儒从此经过？

王　卞　这……未曾。

崔君瑞　奇怪！明明有人看见她是从这里赶来。怎么不见？人来，周围查看来。

衙　役　是。（分下）

崔君瑞　王卞，因什到此来？

王　卞　丹阳探亲。

崔君瑞　谁？

王　卞　宗亲老爷。

崔君瑞　（觉得突然，环顾）王卞，你称呼谁？

王　卞　当然是你啦。

崔君瑞　荒唐！老务姓崔，你姓王。论何宗亲？

王　卞　你忘啦！记得当初金榜未揭晓时，你与俺主考官老爷不是在府第论起王姓宗亲吗？

崔君瑞　响……（顾左右，神秘地）王卞，当年王大人府第论宗亲一事，人前你就未可多嘴乱说！

王　卞　……知道。

崔君瑞　其它，也得守口。

王　卞　是。

［衙役上。

衙　役　禀老爷，不见夫人、寒儒踪影。

崔君瑞　哼！郑金禧呀，你不念郎舅之亲，反帮蛮百姓写状诬告本县师爷，还敢来向我借盘缠赴试。妄想！人来，奔东北方寻来！

［众欲寻，郑月娥出，拦阻。

崔君瑞　原来夫人在这里，难道你又想暗赠钱物给那郑金禧。

郑月娥　我每日苦守家中，哪有半点钱物赠人，难道你就不让我看看兄长。

崔君瑞　看看兄长倒是可以，若是暗地相助于他，休怪我不客气。

师　爷　（内声）老爷！老爷……（奔上）

崔君瑞　师爷，赶来何事？

师　爷　朝廷有圣旨来。

崔君瑞　哦！朝廷有圣旨来？

师　爷　朝廷召老爷往明州府赴任。

崔君瑞　（大喜）真的？

师　爷　焉敢说假。

崔君瑞　（得意大笑）哈哈哈……

师　爷　鄙人恭喜老爷荣升！（深深一揖，挨近，低声地）老爷，你是高升了，但这里的积案甚多，须如何处理？

崔君瑞　这……

师　爷　近日刁民又拿救济粮来大做文章。此事……

崔君瑞　俟钦差离去才议。夫人，随我速回府衙，打点行装，往明州赴任，人来，速回县衙。

[衙役、师爷、郑月娥、崔君瑞下。

[郑金禧上。

郑金禧　（慨叹）老天！难道我郑金禧是棵铁树，永无开花之日！

王　卞　噢！郑金禧就是你。

郑金禧　（奇怪地）恩人，你何时知道我名？

王　卞　刚才从那崔老爷的骂言中听到。

郑金禧　他又在骂我？

王　卞　听说你帮百姓写状诬告县衙师爷，可有此事？

郑金禧　崔君瑞和师爷吞没救济粮，勒索百姓，全是事实。何谓诬告？

王　卞　郑秀才，刚才有人来说，令妹夫已调升明州知府。

郑金禧　（愤愤地）咳！好人受欺凌，赃官污吏却荣升，这是什么世道！何况那崔君瑞狗男子，当初是俺爹悉心教读，才有你今日官诰身荣；我先父去世，家境贫寒，向你求借赴试路费，不肯相借，这犹罢了，反而恶语伤人，出言侮辱！他日我若高中，定让他三步一拜、五步一跪地游街示众，以雪此耻！

王　卞　是啊，为此轻生，实不划算，我的秀才呀！

（唱）　有道是明珠不怕污水浸，
怀才何惧恶语伤？
王卞自小豪门听使唤，
曾听官宦讲先贤：
蒙正曾无片瓜福，
后居相位百僚上；
韩信忍受胯下辱，
赢得个登台拜帅统兵将。
愿君仿效先贤勤自勉，
争得个金榜题名天下扬。

郑秀才，王卞虽卑微无家，却喜与人分忧。如今俺只能省却一些探亲盘缠相赠（掏银），此几两碎银，请秀才收下。（递与金禧）

郑金禧 哎，王大哥，你的厚意金禧领受。银子实实不敢受领！

王　卞 还是收下吧！（牵金禧之手，塞给“碎银”）

郑金禧 王大哥，此真是“千里送鹅毛，物轻情意重呀”！

王　卞 好说了。

郑金禧 谢王大哥！他日高中时，当报此恩情。

王　卞 哎呀，秀才！我不是那等样人。来日你得高中，只要看得起俺下等人就好了！郑秀才，就此告别。请了！

郑金禧 王大哥……

[王卞背起包袱向郑金禧告别下。

郑金禧 好一个王大哥啊！

[切光。

第二场　逐　卞

[二幕前。

[一月后。

[崔君瑞沮丧地上。

崔君瑞 （唱）　官运不亨，

赴任遇劫搁航程。

为脱困境，

寄妻吴江王氏店，

苏州寻觅救星行。（绕场）

[王卞从另一方上。

王　卞 （念）　奉了相爷命，

街坊买物走一程。

[崔君瑞与王卞相逢。

崔君瑞 （意外地）哎！你岂不是……王卞？

王　卞 （也意外地）崔老爷，你不是往明州赴任了吗，怎么会单独到此来？

崔君瑞 王卞，你可知道苏相国府第？

王　卞 我就是他的仆人呀。

崔君瑞 你怎么又成了苏相国的仆人？

王　卞 在京时，苏相爷喜欢我。王大人就把我送过苏府佣工。

崔君瑞 （大喜）这太好啦！（一时亲热起来，诚恳地）王大哥，烦你引我去见苏相爷好吧？

王　卞 你因何独自到此找他？

崔君瑞 这……咳！只因赴任遇盗，金银细软连同印绶遇劫。

王　卞 哦！却有此事，你的夫人呢？

崔君瑞 现寄吴江客店。

王　卞 这样讲来，却是好大的祸事了！

崔君瑞 相爷跟前，烦大哥帮言，说一二。以后自当重报！

王　卞 这……（旁言）常言"见难不帮非君子"。如今穷困也得帮一帮。（对君瑞）崔老爷既有求于老相国，王卞帮到的当帮。

崔君瑞 多谢大哥。

王　卞 随我来。

[王卞引崔君瑞下。

[二幕启：相府厅堂。

[春花上。

春　花 （向对面招手）王卞哥过来。

[王卞上。

王　卞 春花妹何事？

春　花 前日你引来的那崔老爷……

王　卞 怎地样？

春　花 老相爷真的把小姐招赘于他了。

王　卞　（感到惊奇）哦……咳！我明明说他有前妻，相爷却不信！

春　花　相爷说他前妻遇盗投江身殁。

王　卞　不！是现寄吴江客店。

春　花　如此说来，他果真有前妻？

王　卞　是啊！

春　花　小姐虽然钟情于他，但心中却又念及此事，于是叫我再向你探询。

王　卞　王卞从来讲一是一，相爷偏不信。奈何！

春　花　卞哥，人不是你推荐的，好歹他们自受。管他则甚！

［春花下。

王　卞　是啊！非干己，莫劳心。管他则甚！

［传出崔君瑞的咳嗽声。

王　卞　（鄙弃地）哼，如此朝廷命官！（后悔地）咳！我帮错人了！

［王卞怏怏地下。

［崔君瑞得意洋洋地上。

崔君瑞　（唱）　鸿钧运转喜开颜！

否极泰来有靠山。

人生处世当机变，

覆雨翻云乾坤转。

荷蒙老爷厚爱，招赘相府，虽未择吉完婚，却是名分已定。只是王卞这厮，诸多作梗，实是可恨！王卞来！

［王卞上，窥察君瑞神态，心里明白。

王　卞　崔爷，何事呼唤？

崔君瑞　崔爷问你。

王　卞　哪事？

崔君瑞　崔爷入赘苏府，你可有损？

王　卞　无损？

崔君瑞　可有失。

王　卞　无失。

崔君瑞 既是无损无失，你因何要作梗打岔？

王　卞 崔爷，相爷询问，我自然是照你的话说。何谓作梗打岔？

崔君瑞 我明明说“夫人被迫投江身殁”，你怎么说是“夫人现寄吴江客店？”你呀！打岔人家姻缘，雷公一响，无处躲藏！

王　卞 是啊，听说雷公有两个。

崔君瑞 荒唐！雷公哪有两个？

王　卞 有！一个无眼，一个有眼，卞须防无眼的。你得防有眼的！

崔君瑞 （怒）住口！奴才竟敢反唇相讥！

王　卞 （笑嘻嘻地）崔爷，我不过说句笑话，你却如此当真？

崔君瑞 （旁唱）　他嘻嘻笑笑耍俏皮，
　　话里带刺把我讥。

王　卞 （旁唱）怪不得丹阳百姓咒骂他，果真腹内尽藏脏东西。

崔君瑞 （唱）　我已反客为主居上位，
　　你敢作怪就惩处。

王　卞 （旁唱）　今是亲识庐山真面目，
　　耳边犹响金禧痛骂词。

春　花 （内声）王卞哥，老相爷呼唤。

王　卞 就来。

[王卞下。厅堂一片寂寞。

崔君瑞 （唱）　霎时厅堂静悄悄，
　　不由心潮澎湃思良多。
　　只怕丹阳百姓再肇祸，
　　又恐露现发妻郑月娥……
　　哎！
　　时过境迁怕什么！
　　弃妇途穷怎临此地掀风波，
　　想当今仕途显达仗依附，
　　那苏相门生权贵多。

欲图高位得仗此瓜葛，
况又撇却糟糠得嫦娥。
最可笑金禧这书呆，
只知埋头苦读，
不谙世故时务，
只落得前科不第遭坎坷。
怎比俺呵！仕途畅通县升府，
又是老相乘龙得众和。（一时眉飞色舞）
从今后，不怕宦海多风波，
青云直上稳是君瑞我！

［苏金英上，后随春花。

苏金英 （唱） 轻移莲步出厅堂，
举目观看我崔郎，
仪表英俊潘安貌，
此是天赐美良缘！
暗思忖，王下一向道真语，
他说崔郎妻荆底细当不谎。
崔郎倘真前妻在，
将来岂不生麻烦……

崔郎……

崔君瑞 哦！小姐出来。请坐。

苏金英 崔郎同坐。

［崔君瑞、苏金英同坐，金英示意春花下。

苏金英 崔郎，还虑印绶遭劫之事否？

崔君瑞 小姐，有道官凭印，兵从令。印绶未补，怎不忧虑？

苏金英 哎，这何须多虑呢！我爹已代申奏朝廷，陈明原委。谅可补付。

崔君瑞 全仗岳翁鼎力回天。

苏金英 崔郎，你前妻尚存。还敢瞒我！

崔君瑞 （一怔，强作镇定）小组，你怎么又听信王卞谎话！

苏金英 这次不是他说的。

崔君瑞 谁说的？

苏金英 这……不必明讲。

崔君瑞 此话明明出自王卞之中，你怎么老是据此穷究？难道奴才之语倒比朝廷命官之言可信？

苏金英 这……

崔君瑞 小姐，此事干系君瑞的前程、性命。难道好拿来当儿戏不成？

苏金英 你当真前妻不存？

崔君瑞 当真前妻不存。

苏金英 你无骗我？

崔君瑞 小姐不信，我敢当天赌咒。

苏金英 （信以为真）想不到王卞却会撒谎。

崔君瑞 哼！果是奴才撒谎欺主！

苏金英 怪呀！王卞怎么变了？

崔君瑞 小姐，有道善说人非者，便系是非人。小姐莫为小人捉弄而贻笑于人。

苏金英 是。

崔君瑞 请小姐进闺房憩息。

[苏金英下。

崔君瑞 且住了！当年我为争金榜有名，曾巴结王主考官，与之论起王姓宗亲，并私送贿礼……这些事情曾为这个奴才所知。如今又……这……这还得了！（搓手想计）有了，适才岳丈对我说，他欲与友人赴镇江游览。府内之事委托我料理，不免如此如此，将他……（稍思）是理。等他来。

[王卞上。

王　卞 （念）姑爷呀，老相爷已偕友往镇江畅游去了。这府内之事，叫我帮帮料理每日餐膳。请姑爷可多吩咐。

崔君瑞 （蓄意寻找借口）这样讲来，你岂不是要当起管家来了！

王　卞 不！不！老相爷只叫我帮帮而已。王卞不敢有非份之想。

崔君瑞　（进一步发挥）常言欲知心腹事，全凭口中词。你既图当管家，也好！就成全你，这苏府内内外外之事，就交与你去料理好了！

王　卞　哎，姑爷！我王卞实无此野心。你如据此生疑，免我帮了。

崔君瑞　（予以歪曲发挥）什么呀，你就不听使唤，不当奴才了！

王　卞　哎！不……不……

崔君瑞　（不容分说）我的天呀！这奴才竟然目无家主。府内之人听着，王卞竟敢瞧不起相府乘龙……

王　卞　哎，姑爷！当官之人要有口德呀！

崔君瑞　哼！越讲越放肆……听着，王卞赶出去！

王　卞　且慢！（一本正经地）姑爷，你讲什么？

崔君瑞　把你赶出。

王　卞　（耐着性儿）这是开玩笑的，还是讲真的？

崔君瑞　谁与你开玩笑！

王　卞　（火了）这就没那么容易！

（唱）　卞来佣工已三年，

诚实勤劳受赞扬。

无端借故相撵逐，

与你相国跟前把理讲！

崔君瑞　（怒）大胆王卞！竟敢冒渎家主。真是无法无天！人来，与我赶……

王　卞　慢！我要明来明去，等相爷回来，辨明是非曲直。

崔君瑞　我要你今天走，若不走……

王　卞　（至此方恍悟）啊，我明白了！

崔君瑞　你明白什么？

王　卞　怕我揭……

崔君瑞　（心虚地）你快与我住口！你快与我住口……

王　卞　哼！你的臭底子终有一天会端出来！

崔君瑞　一派胡言乱语！

王　卞　好了！既已明白，我自己走。

[王卞昂首走出，下。崔君瑞若有所思，一时茫然……

[幕下。

第三场 惊 变

[二幕前。

[王卞上。

王 卞 （唱） 离却苏州门，
举目无亲。
想姑妈迁居吴江少帮手，
择投姑妈客栈来安身。

[王卞绕场。郑月娥上。两人相遇。

郑月娥 （认出王卞，大喜）来者岂不是王卞大哥!

王 卞 正是王卞。你……你是?

郑月娥 丹阳郑氏月娥呀!

王 卞 哎！阿奶呀……阿奶生悲悯！苦红首钢。
（唱） 一见中途竟遇。

郑月娥 恩人喜开颜！王善良。

郑月娥 王大哥，前日丹阳荒郊巧遇，今又在此重逢。真是千里有缘?

王 卞 是啊！却是有缘。

郑月娥 大哥，你可有一位姑妈在吴江开客栈?

王 卞 有。人家叫王大娘的就是。

郑月娥 正好！今天你姑妈赠些碎银叫我到苏州找你……

王 卞 找我?

郑月娥 是，你在苏州佣工，两月前可曾看见我夫到苏府拜谒苏相爷?

王 卞 这……却也有。

郑月娥 这样讲来，他一定是在苏府住下?

王　卞　是。

郑月娥　大哥，因何沉吟？

王　卞　那……，唉……（摇首）

郑月娥　看来大哥是有为难之处。

王　卞　唔……

郑月娥　既有为难之处？我也不敢勉强。大哥，后会有期，请了！（欲走）

王　卞　阿奶！

郑月娥　（转身）大哥，有何为难之处？无妨实说。

王　卞　他……他……他……

郑月娥　（猜疑地）他怎么样？

王　卞　（唱）　他入赘相府招婿郎！

郑月娥　怎说！他……竟然入赘苏府……（一时气愤地）哎哟！崔……（铜版画一转思，复冷静下来）难道相府千金甘屈妾房不成？

王　卞　非也！

（唱）　他说前妻遇盗投江亡。

郑月娥　哎呀……（晕厥）

王　卞　（着急地）阿奶！阿奶……

郑月娥　（唱）　骤闻此言魂飞天！（苏醒）

哎哟，负心人崔君瑞呀！

（唱）　客地撇妻重　昧天良！（绝望地）

天呀……

王　卞　哎呀！

（唱）　听她哀叫一声天，

不由王卞生矜怜！

郑月娥　王大哥，今我遭弃异乡，无依无靠，请你为我出个主意！（跪）

王　卞　（茫然地）要我出个主意……（搓手寻思）

有了。阿奶，趁苏小姐尚未与他拜堂成亲……

郑月娥　哦！还未拜堂。

王　卞　待我带你找苏小姐倾吐衷肠。真情一露，生米就不会被煮成熟饭。

郑月娥　对！我若见他，料他是会回心转意！

王　卞　阿奶，阿卞正是为此事被崔君瑞赶出的。

郑月娥　哦！原来大哥已先为俺吃了大亏。

王　卞　是说了本心话。本来欲往姑妈相投，却在此处相遇阿奶。

郑月娥　此去俺夫妻若能团聚，必定报答于你。

王　卞　哎，不不！我还是先带你去苏府吧，随我来！

［王卞、郑月娥绕场。

［二幕启：相府厅堂。

王　卞　阿奶，这座府第就是苏府。

郑月娥　哦！这就是苏府。

王　卞　阿奶，你要先见崔爷，还是要见苏小姐？

郑月娥　那就先见苏小姐。

王　卞　这……就好。权等一时，待我先进去看看。

郑月娥　是。（下）

［王卞探身窥望里面。春花上。

王　卞　（喜）春花！春花……

［春花发现王卞，趋出。

春　花　哎！王大哥，几天没见到你啦，跑到哪里去呀？

王　卞　我来问你，姑爷可在府第？

春　花　姑爷外出会友，尚未回来。

王　卞　造化！烦你进去禀告小姐，说阿卞要见她。

春　花　好，随我来。

［春花趁入。王卞尾随躲在一旁。

春　花　小姐有请！

［苏金英上，梅香后跟。

苏金英　春花，有何事情？

春　花　王卞哥回来。

苏金英 哦，是阿卞回来？

春　花 是。

苏金英 今在哪里？

[王卞趋近黄金英。

王　卞 唉！小姐呀……（跪下）

苏金英 起来。

[王卞站起。

苏金英 阿卞，这几天，因何连个影子都没有看着？

王　卞 小姐，难道不知我被崔爷赶出不成？

苏金英 哦！他赶你出去？

王　卞 是。

苏金英 他赶你为那桩？

王　卞 这……不外是多嘴讲出他到室的根底。

苏金英 （怪责地）怪你要撒谎！

王　卞 小姐，阿卞所说，句句是实。

苏金英 你分明是撒谎！

王　卞 阿卞特为此事而来……（与金英耳语）

苏金英 （吃惊）当真？

王　卞 她已来在府外。

苏金英 怎说！

（唱）　闻此言，怒满腔！

冤家果然隐真把我骗。

唉，崔郎呀！

我爹严峻忌谎言，

定然究罪拆鸳鸯！

这……这便是如何是好……

王　卞 （唱）　窥金英，含怒颜，

不知此刻怎思量？

但愿她心如我心，

免使阿奶受苦失依傍。

苏金英 （唱） 我若把她来拒挡……

不好啊！

她会归怨于我恶名扬。

唉！

都怪王卞帮弃妇，

弄得我进退两难无主张……

唉！崔郎竟来瞒骗俺父女！如今既然其前妻到来，论起是奴的姐姐。阿卞，速带小姐请她进来相见。

王　卞 （欣喜地）是！（背白）谢天谢地！小姐与我同心，阿奶有靠山了？

［王卞趋出，向内招手，郑月娥上，王卞与月娥耳语。

郑月娥 如此说来，苏小姐却是贤淑好心呀！

王　卞 快随我进去。

［王卞、郑月娥趋入。

王　卞 小姐，她就是崔爷的前夫人……

郑月娥 郑氏月娥。

苏金英 论起就是姐姐。请上，受妹一礼。（作揖）

郑月娥 一礼奉还。（施礼）

苏金英 （见其衣衫褴褛）梅香，带奶奶闺房更衣。

春花、梅香 是。

苏金英 姐姐，可随她们下去。

郑月娥 谢小姐！

［春花、梅香引郑月娥下。

苏金英 阿卞，适才听你所言，姐姐被冤家寄在吴江你姑妈店中？

王　卞 是。

苏金英 唉！看她形容憔悴，衣衫褴褛，堂堂夫人，落得这般光景，委实可怜！

王　卞 （高兴得跳起来）是啦！小姐，你我都是同副肠肚！阿卞就是看她可怜，才有带她到苏州来。咳！非亲非眷，何必！这叫作“狗咬老鼠——多管闲事”！

苏金英 阿卞，你确是爱管闲事！

王　卞 （喜极）如此，阿卞就放心了。小姐，你真是好小姐！好姑娘！你如此贤淑好心，来年必产麟儿！

苏金英 如今你要留，还是要去？

王　卞 有道“好马不吃回头草”。

苏金英 既然如此，就由你所愿吧。

王　卞 好，就此告辞。（欲趋出又止）小姐，我还得进内与阿奶告别，看她有何言词转达姑妈。

苏金英 这……好，你就下去与她告别。

王　卞 （感到欣慰）嗨！卸下一块大石了。

[闭二幕。

第四场　休　妻

[二幕前。

[崔君瑞几分醉意，洋洋自得地上。

崔君瑞 （唱）　适才会友吟诗酒令猜，
席上诸君把我夸一回。
道我温文尔雅风流相，
才气横溢可望位列三台。
岳翁增光彩，
我也得意回。
忖思月娥寄店近三月，
料是必遭撵逐赴泉台。
忆想已往结发旧恩爱，
却又心酸暗伤怀……

哎!

她若走上黄泉路,

君瑞方把心头大石抛大海。

举步走入后庭院……(趋入)

[二幕启:相府庭院。苏金英在独坐出神。

崔君瑞 呀!

(唱)见小姐凝眸含怒为何来!

[崔君瑞蓦地揣摩,不解,不由迟疑。

崔君瑞 (讨好地)哈哈!小姐,今天会友,诸君皆夸我一番。

苏金英 夸你哪样?

崔君瑞 不外是仪表才学。

苏金英 (发泄地)可惜!可惜你那超人之技还未为人所知;不然,他们更会大加赞扬。

崔君瑞 (觉得话里有话,不安地)我有什么超人之技呀?

苏金英 难道你自己不知?

崔君瑞 委实不知。

苏金英 真的不知?

崔君瑞 真的不知,请小姐明言。

苏金英 崔郎,你出去之后,奴获有一个宝贝。

崔君瑞 既称宝贝,就是十分珍贵?

苏金英 是。它贵在能照出人心真伪!

崔君瑞 (不禁一怔)哦……

苏金英 你敢不敢看它一眼呀?

崔君瑞 我问心无愧,怎的不敢看。

苏金英 那好!你眼睛先闭住,叫你睁开你再睁。

[崔君瑞忐忑不安地闭上眼睛。

苏金英 春花来!

[春花上。

春　花　小姐，何事呼唤？

苏金英　附耳来……（与春花耳语）

春　花　遵命。（下）

［春花引月娥上。

苏金英　崔郎，你睁眼看看！

崔君瑞　（睁开眼睛，发现对面站着郑月娥，几乎不相信自己的眼睛，急揉眼再看）哎呀……

（唱）　突见发妻在眼前，
　　　　如雷击顶魂飞天！

郑女娥　（唱）　一见冤家怨火燃！
　　　　你撇得我身好凄凉！

崔君瑞　（唱）　月娥因何得到此？
　　　　难道是天神调她到此间！

苏金英　（唱）　审观此情与此景，
　　　　不由我又愤又恨又心伤！

崔郎，你没想到吧，姐姐竟会到此而来？

崔君瑞　（一时惊慌失措，不知如何说好）她……她……是……

苏金英　你的前妻。

郑月娥　郑月娥。

崔君瑞　你……不是投河丧命了吗？

郑月娥　（克制地）我哪有投河？难道你是昏了不成！

崔君瑞　这……唉！人死会复生。这……这……就奇了啊！

苏金英　（冷冷地）王下谎言却变成实话。这就更奇了！

崔君瑞　（一怔）哎！小姐……

苏金英　（不由分说）你毋须多说了！姐姐，你们无妨在此倾诉衷肠。为妹下去即来。

［苏金英下。春花随下。静场片刻。

郑月娥　相公，你能想到月娥会到苏州来寻你相会吗？

崔君瑞　这……这……（左右窥望，低声地）你是怎得到此的呀？

郑月娥 我的崔郎啊!

（唱） 你休心慌张，
且听为妻诉端详。
自君罹难苏州往，
妾在吴江心挂悬，
怕君穷途挨饥渴，
怕君影只受轻贱；
怕君再遭不测祸，
怕君志短沉河江。
日忧夜虑把君盼，
心如油煎难入眠。
几度乱发忘理呈疯态，
三餐汤饭难下咽!
谁知你……
谁知你琵琶别抱忘旧爱，
客地撇妻受熬煎!
你岂可花言巧语把人骗，
忘了你是父母官一员!
望君顾念昔日旧恩爱，
莫效王魁弃妻遭天谴!

崔君瑞 哎呀……

（唱） 月娥她倾吐了肺腑辛酸言，
字字句句拨动我心弦!
叹昔日孤飞鸿雁情易断，
到如今雌雁骤至意缠绵!
一时难割旧时爱，
五内如焚泪涟涟!（拭泪，猛一转思）

哎，我何其傻呀!想金英既已把她纳认，料必宽宏大量。我何不央其出面讲情，求得岳翁允俺团圆。（一时兴奋）是理！是理！

（唱） 那时节我有妻妾美且贤，

祸孕福兮孰料却有这一天！

[崔君瑞环顾一下周围。

崔君瑞 （担心地）小姐小姐……（低声地对郑月娥）唉！贤妻呀，为夫受招苏府，实出无奈。你全然不想，为夫金银印绶遭劫，依仗谁来解脱困境？只有依仗苏相。他既有垂爱之心，我岂可却其美意而失泰山之靠！

郑月娥 这……

[苏金英突然趋出，春花后跟。

苏金英 姐姐适才听你倾诉衷肠，实堪赞叹！崔郎，你的隐衷，奴也知了。

崔君瑞 还望小姐鼎力相为！（施礼）

苏金英 如今教我有何主意么……看来唯有由奴向爹进言就是了。

崔君瑞、郑月娥 （感激地）多谢小姐！

崔君瑞 小姐，你姐姐是谁带来的？

苏金英 王卞。

崔君瑞 （意外地）哦！是他。

苏金英 姐姐请到奴闺房歇息。奴即与崔郎商量如何妥善安置。

郑月娥 谢小姐。

春　花 是。

[春花引郑月娥下。

崔君瑞 （结结巴巴）小姐，如今之事，全仗小姐相为！

苏金英 （冷冷地）你叫我如何方法？

崔君瑞 （不禁茫然）这……（目瞪口呆）

苏金英 （慢条斯理地）要为她，为你，还是为我？

崔君瑞 这……当然要为小姐。

苏金英 住口！

（唱） 口骂冤家怒冲天！

竟敢把俺父女来欺骗。

谋求一朝再登青云路，

即要撇奴续旧弦。

狼子野心已显露。

我即往镇江哭告父膝前！

[苏金英欲趋出。崔君瑞急扯。

崔君瑞 小姐！君瑞生命前程全系于你。怎敢把心扭偏？你若不信，君瑞当天盟誓。（跪）皇天后土共鉴：我崔君瑞如敢负却小姐……雷劈天火烧！（起立，对金英）小姐，我与你跪下了……（跪）

苏金英 好啦！好啦！既然如此，你就安排好你前妻来。

崔君瑞 （俯首帖耳地）如此处置，全听小姐。

苏金英 前妻是你的，你要怎么安排就怎么安排。

崔君瑞 （唯唯讷讷）如命！如命！

[苏金英下。

崔君瑞 （惶恐万状）咳！如今叫我如何安排……哎哟，就怪王卞！偏要与我作对。岂得相容，王卞来！

王　卞 （内声）来了！

[王卞上。

[王卞见君瑞满面怒容，预感不妙。

王　卞 哦！是崔爷叫我。

崔君瑞 奴才看打！

[崔君瑞执刑条打王卞。

王　卞 （扯住）且慢！不问青红皂白，见面就打，打我何来？（推来）

崔君瑞 呸！

（唱）　奴才太猖狂！

竟敢挟怨把我陷！

王　卞 陷你什么？

崔君瑞 你带谁来苏府？

王　卞 哦！是为这个。

崔君瑞 奴才！你说该打不该打？（欲打）

王　卞 慢！姓崔的，你听！

（唱）　世上道路都朝天，
　　　康庄羊肠由择蹿。
　　　你走你的当官弃妻路，
　　　我蹿我的奴才乐善道，
　　　你我从来各走各，
　　　管我扶困太胡闹！

崔君瑞 （大怒）哎呀！

（唱）　气得我浑身发抖……
　　　狗奴才你定死这遭！

[崔君瑞举刑条狠抽王卞，两人互扯。郑月娥上。

郑月娥 （不解地）相公、大哥……

王　卞 （推开君瑞）去你的！

郑月娥 王大哥这是为何？

王　卞 这……这问他！（指君瑞）

郑月娥 （趋近君瑞）崔郎，你因何拷打王大哥？

崔君瑞 这……因他……好……好事！

王　卞 （怒眼向天）喂！蓝蓝的，你是天吗？是天，就应该有眼，无眼，就不是天！

崔君瑞 （怒指）你……

王　卞 （也怒指）你……

[静场片刻。郑月娥益是惶惑。

郑月娥 （唱）　见他们同露怒容不明言。
　　　所为何故令人费思量……
　　　难道说是因此行而启衅！
　　　缘何小姐相矜怜？
　　　缘何崔郎不翻脸？

王　卞 （唱）缘何君瑞敢与小姐唱反腔？

崔君瑞 （唱）如何教我怎么收场……

郑月娥 相公，王大哥的为人，非你所晓呵！

（唱） 他虽然身卑言轻听使唤，

却是善良正直立地顶天！

妾身若无大哥相扶助，

焉能到此会君诉衷肠？

望夫君，弃刑条，敛怒容，

拜谢王大哥的功恩理当先。

王　卞 （仰天苦笑）哈哈！想我王卞，并非有意施恩，也不望酬报，莫过心存恻隐，谁知却落得个刑条加身！老天，难道这就是我应得的报应不成！？

郑月娥 却有此事！

崔君瑞 （不得不厚着脸皮，委婉地）唉，贤妻！为夫本当留卿在此等候圣命，怎奈……

郑月娥 怎奈什么？

崔君瑞 （吞吞吐吐地）怎奈这里……

郑月娥 小姐尚且容得，难道你就容不得！

崔君瑞 这……（哑巴吃黄连似地）唉！唉！……我实有难言之隐。还望贤妻体谅！体谅！

郑月娥 （气愤，痛心地）哎呀！这样说来，王大哥却是为我挨刑……（愤极）崔君瑞！你……你呀！

（唱） 你天良丧尽心已变！

却用谎言伪语来乔装，

假意虚情今自破，

原形毕露狰狞肮脏！

你呀！……你你你！

你忘恩负义，贪享荣华，

你是衣冠禽兽狼心肝！（绝望，痛苦万状）

唉！郑月娥，你好苦命啊……

王　卞　（急趋前抚慰）阿奶且止悲伤！且止悲伤！

[幕后合唱：早当郎俊心亦俊，

谁知俊郎腹如狼！

崔君瑞　难道这是我错吗？这是我差吗？

[崔君瑞双手抱头颓蹲下去，激烈思想斗争。

[后台合唱：正是人貌易择心难择，

红颜就怕错嫁薄幸郎！

崔君瑞　（霍然站起）不！我不会差！我不会差！

（唱）　世人皆往高处走，

荣华艳福谁不恋？

人生匆匆一过客，

眼前消受胜神仙！

郑月娥，实对你讲，君瑞既已入赘苏府，就是苏府的人。这里只能容我，不能容你，天命注定，你我就此各西东了。你还是及早走！走！走！

郑月娥　（痛苦欲绝，索性地）好吧！姓崔的，就待郑氏月娥成全你吧！

[郑月娥欲奔下。

王　卞　（急阻）慢！阿奶何往？

郑月娥　唉！想俺遭此不幸，做人何益？！不如死了干净！

[郑月娥又欲奔下。

王　卞　哎！阿奶！你轻生不得，待阿卞帮你！

崔君瑞　王卞！胆敢带此丐婆来哄骗小姐，冒认本官，人来……把他们赶出去！

王　卞　呀呸，呀呀呸！（明知不可收拾，不容说下去）阿奶，看来鬼窟难容人。

崔君瑞　走！

[郑月娥沮丧地趋出。王卞后跟。

王　卞　崔君瑞雷公要打你呀！（转身吐口沫）呸！

[切光。

第五场 告 状

[二幕前。

[王卞上。

王 卞 (唱) 义愤填膺离鬼窝。

世道混浊人情恶！

[郑月娥手持白纸上。

郑月娥 唉！王大哥，那些写状人一听是苏府乘龙，却不敢下笔。

王 卞 (感慨地)官官相护的世道，连王法都成了空话！(猛一转思)有了！听说白纸可以告青天。夫乃妇之天。白纸可以告得。

郑月娥 到哪里去告！

王 卞 大官大官告，小官小官诉。眼前先到苏州府衙告他一状。

春 花 (内声)王大哥……

[春花背包袱上。

春 花 王大哥，苏小姐送有一百两银子在此。叫你先送阿奶回原籍，待崔爷酒醒，才慢慢劝他回心转意。银子请收起。(递包袱)

王 卞 这……(犹豫未接)

郑月娥 (也觉得不可理解)怎么苏小姐还会送银来？大哥，赠银不好收。

王 卞 阿奶，不要费了苏小姐的好意。俺就用她的银子来告他的老公。告倒有余再还她。收！(接过包袱)

春 花 (环顾)王大哥，你附耳来……(与王卞耳语)

王 卞 (气愤)却有此事？

春 花 是。恁得当心！王大哥，请！

[春花下。

郑月娥 王大哥，这丫环与你说些什么？

王 卞 这……实说亦无妨。崔君瑞面善心恶。他已先命管家带三百两纹银贿赂苏州知府，要他防止阿卞带你去控告崔君瑞。

郑月娥 （失望）哦……如此说来，告状却是枉然了！

王　卞 阿奶，我就不信，只要有钱有势，连王法都管他不着！常言“有理走遍天下，无理寸步难行！”黑就是黑，白就是白。难道黑白可以颠倒不成？走到府衙告状去！

[王卞、郑月娥绕场。

（后台合唱）

心中火一团，
见难就扶帮；
她冤如己怨，
憨仆王阿卞。

[二幕启：舞台左侧是苏州府衙外门一角。

王　卞 阿奶，到此就是府衙，可进去击鼓鸣冤。

郑月娥 （犹豫）这……王大哥，官官相卫，古为皆有。何况……

王　卞 哎，是怕什么呀！行贿者多是无理。这正好表明阿奶实是受害。还有俺王卞可为你作证。

郑月娥 好！大哥请待等。

[郑月娥进府衙，下。鸣鼓。

王　卞 呀！（唱）衙内堂鼓咚咚响，
衙外阿卞细思量：
若是枉法来护恶，
设官岂不等于养豺狼？

（猛一转思）哎呀，我忘啦！还有苏金英三百两贿银在里面……

（唱）倘真遇上贪赃吏，
王卞岂不受牵连……

[衙役上。

衙　役 传王卞！

王　卞 就来。

[衙役下。

王　卞　（唱）　忽听衙役传王卞。

不由心中暗慌张！

平生从未公堂进，

一时胆战心惊脚抖颤！

哎！

事到头来不由己，

好歹吉凶总由天！

［王卞进府衙，下。

内　声　大胆王卞！意敢带乞丐婆来哄骗苏小姐，冒认朝廷命官为夫；还包揽词讼。好不刁恶！人来，与我杖责四十！

［衙向内声："一十、二十、三十、四十！"

内　声　将王卞轰出堂去！

［衙役推王卞、郑月娥出府衙，各扑倒，郑月娥旋即爬起，急趋前扶起王卞。

王　卞　哎呀……

（唱）　打得我疼痛难熬！

想不到帮人帮到公堂挨刑杖！

咬牙举首问青天：

难道人世就是这般样？！

郑月娥　（难过地）王大哥，天下乌鸦一般黑。我不敢再连累你了！（欲走）

王　卞　慢！阿奶欲何往？

郑月娥　想我这苦命人，今遭冤家所弃，欲告无门，迟早必死。不如快些自尽，以免在世受苦累人！（欲走）

王　卞　转来！唉，我的阿奶呀！

（唱）　你休泄气莫悲伤。

王卞身虽卑贱骨硬坚！

别看刑杖加俺狠又酷，

却激起俺的义愤涌满腔！

虽然是官场漆黑世道险，

常言水有清浊，官有赃廉；
我不信王法全部成虚幻，
官宦尽都是枉法贪赃！
府衙败诉上省告。
省告不倒京都拦轿诉一场。
王卞情愿乞讨来帮你，
直待阿奶冤恨得伸方甘愿！

[关二幕。

郑月娥 （深受感动）王大哥，你有这等好心，没齿不忘！只恐以卵碰石，枉费心机！

[台内一阵人声嘈杂。

王　卞 （有所发觉地）阿奶，你看那厢一堆人在面墙仰观。未知有观些什么？待我前去看来。（下）

郑月娥 唉！王大哥的正直义气，真是天下少有！

[王卞上。

王　卞 阿奶，好了！原来那堆人在看告示，说朝廷派有巡按来巡察九州。明天将抵苏州江天驿。也许苍天开眼，会有清官到来。你仍是手持白纸前去告状。

郑月娥 还劳大哥指引。

王　卞 随我来。

[王卞、郑月娥下。

第六场　会　驿

[二幕启：江天驿巡按衙堂。两旁将校站列。

[郑金禧驸马装扮上。

郑金禧 （唱）身受皇命离帝乡。
中状元，招驸马，夙愿超偿。
江南安民振吏治，

心犹惦恩人王阿卞。

咳！回想当日未第境遇，实是感慨！未出京时，新任丹阳县令呈表入朝，说县衙师爷慑于国法民愤，已供出前任县令崔君瑞如何使他吞没救济粮，如何贪赃枉法。朝廷委我审理此案，并勘查其遇盗失印之事。是俺命解差到丹阳押解那师爷到苏州听审。哼，崔君瑞呀！你胡作非为，终有今日！昔日王卞大哥求命解囊之恩，贤妹赠银之情，将是报答时候了！

[鼓声急促。

将　校　禀按爷，有妇人击鼓。

郑金禧　必有冤情。传击鼓人上堂。（入座）

将　校　击鼓人上堂！

[郑月娥手持白纸上。

郑月娥　叩见老爷。（跪）

郑金禧　下跪妇人，莫非要来告状？

郑月娥　正是。

郑金禧　是口诉，还是状词？

郑月娥　是状词。

郑金禧　呈上来。

[将校接过郑月娥所呈的白纸递与郑金禧。

郑金禧　（奇怪地）怎么一张白纸？

郑月娥　白纸告青天！

郑金禧　哼！青天岂能告得？显系疯妇。赶出！

衙　役　喳！（欲赶）

郑月娥　且慢！老爷，我告的是夫天呀。

郑金禧　哦，你告的是夫天，莫非告夫不仁？

郑月娥　正是。

郑金禧　怎么声音这么熟耳？你姓甚名谁，家乡哪里，配夫何人？

郑金娥　我姓郑名月娥，江南仪真郡人氏，配夫崔君瑞。

郑金禧　（一震，忘其所地地）哎呀！我的……左右，你等暂且退下。

[将校等下。

郑金禧 哎！我的贤妹呀！

郑月娥 （仰望，发现金禧，喜出望外）哎！兄长呀！

[郑金禧扶起月娥。

郑金禧 （同唱）一见贤妹泪潸潸！数月不见憔悴颜！

郑月娥 （同唱）一见兄长泪潸潸！数月不见兄当官！

郑金禧 贤妹，为兄得中榜首，受招驸马，曾驰报与你，谁知你既不在明州，又不在丹阳，如今却在这里江天驿与妹重逢。真是喜从天降！

郑月娥 唉！为妹看到兄长身居皇宫之贵，无比欣慰；一想为妹遭受不仁所弃的苦楚，顿生悲伤！

郑金禧 贤妹，原来你是遭崔君瑞所弃！

郑月娥 是。

郑金禧 这是为何？

郑金娥 那崔君瑞赴任遇盗，中途弃我，入赘苏府豪门。

郑金禧 崔君瑞，好贼子！

（唱） 闻此言，怒满腔！

贼子丹阳渎职罪累累，

今又恣意撤妻犯律章！

钦命在我手，

定要按律严究他罪愆！

（白）贤妹，贼子现在哪里？

郑月娥 现为苏相乘龙。

郑金禧 如此说来，你是到达苏府了？

郑月娥 是。

郑金禧 你可曾会见王卞恩人？

郑月娥 为妹若无王恩人力帮，怎得到此与兄相会！

郑金禧 他现在哪里？

郑月娥 在外厢等我。

郑金禧 人来，（将校等上）与我动乐迎接王恩人！

[大唢呐奏“吹鼓”牌子。将校等上，站列。郑月娥、郑金禧趋出。

[王卞上，见巡按跟出，惊，欲溜下；月娥赶上扯住，与王卞耳语。王卞大喜，定睛细看，果是金禧，遂扑向金禧，狂跳；金禧携王卞进衙堂，欲分宾主坐下；王卞再三欲旁待，金禧不依，硬按王卞坐下。

王　卞 （触及伤处哎唷……站起抚屁股）

郑金禧 王恩人，莫非挨刑之故？

王　卞 是啊。唉……

郑金禧 恩人，你是“劲草能顶疾风卷”呀！

王　卞 哎，不敢当。

郑金禧 恩人请坐。

王　卞 叩谢。

[王卞坐下，见两旁将校侍立，局促不安。

郑金禧 王恩人，当初若无你相救，金禧焉有今日？

王　卞 是啊！当初我就说过，你应望蟾宫折桂才是，岂好……（忙咽下去）

郑金禧 王恩人，尽管说下去。

王　卞 如今果真高中榜首，还招驸马，今又得会令妹。阿卞实在欢喜呀！

郑金禧 都是王恩人所帮！大哥，你还为俺贤妹操劳挨刑。实是可敬！本按到此，当为阳丹百姓及贤妹雪恨。

王　卞 （不以为然地）难道你敢触动苏相？

郑金禧 怎的不敢？（严肃地）我一有国法律条！（将校喊威）二有尚方宝剑！（将校喊威）

[王卞大惊，怆惶地从椅上跌下，惶恐万状。

郑金禧 （忙扶起王卞）哎，恩人受惊了。大哥，这是公堂派头，犯法之人才害怕。你毋须惊恐。

王　卞 哦！（对月娥）阿奶，如何呀！终有这么一天了！

将　校 禀老爷，老宰相苏铠前来接风。

郑金禧 王大哥、贤妹暂且退下。

王　卞、郑月娥　是。

[王卞、郑月娥下。

郑金禧　老宰辅来，金禧有失远迎，莫怪！

苏　铠　好说，老朽一闻驸马莅临敝地，即从镇江赶回来接风，只是来迟了。驸马海涵！

郑金禧　好言。老宰辅，有闻令千金招有一婿……

苏　铠　是啊。便是赴任遇盗的新任明州知府崔君瑞。有关他遇盗失印之事，老夫已代早奏朝廷，请求察核补发。未知圣意如何？

郑金禧　朝廷正要我勘理此事。

苏　铠　这就好了！

郑金禧　老相国，你可知道崔君瑞前日丹阳任职之咎否？

苏　铠　（一怔）这个……却未知。

郑金禧　就好，稍时待丹阳县衙师爷当面亲述其弊政。老相国，你知道崔君瑞与我什么相亲？

苏　铠　哦！他与驸马却有亲呀？

郑金禧　他的草头结发就是我的胞妹。

苏　铠　哦！

郑金禧　我妹刚才来衙堂告他弃旧迎新之罪。

苏　铠　（一震，惊讶地）却有此事？

郑金禧　当然是有。

苏　铠　他说前妻已亡过，哪来原配？

郑金禧　好，贤妹、王大哥上堂，来！与我击鼓升堂。（入公案座）

[王卞、郑月娥上。苏铠发现王卞，比手势叫他至身旁蓦地询问。

郑金禧　贤妹，那边坐着就是苏相国。可向其陈诉衷肠。

郑月娥　郑驸马胞妹，崔君瑞原配，你呀！

（唱）　你不该乱招奴夫为东床！

你不该错聩朦胧受蒙骗！

你不该怂恿他弃妻作歹，

使俺郑氏月娥受熬煎！

王　卞　老相国！

（唱）　当时若信王卞语，

怎致酿成此萧墙？

须知真词多出下人口，

官话往往荒唐把人骗。

苏　铠　哎呀！

（唱）　听此言，惊讶恼怒心茫然！

不想君瑞竟敢撒谎把我骗，

恨不得顷刻痛骂他一场！

转思名分已定难易变，

还须尽力为婿脱罪愆。

驸马，老夫确受君瑞蒙骗。祈望鉴谅！

郑金喜　老相爷既是受崔君瑞蒙骗，本官不咎。

苏　铠　驸马，崔君瑞虽犯律条，看在老夫分上，从……从轻惩处。

郑金禧　看在老相爷分上，只按罪论处就是了。

苏　铠　谢驸马！

郑金禧　本按即派解差随老相国回府，押解崔君瑞到这里江天驿问罪。

王　卞　（迫不及待地）王卞向驸马公讨这个解差来做。（跪）

郑金禧　好！本按就命王卞为解差。大哥请起来。

[王卞站起。

郑金禧　老相国，须知本按是替天惩恶。且不可徇私抗拒啊！倘敢徇私抗拒，休怪本按无情！

苏　铠　苏铠不敢。

[郑金禧挥毫写手谕。

王　卞　（旁白）哎，果真老相国怕驸马三分。

郑金禧　王大哥，本按命你，押解崔君瑞到江天驿，照此手谕行事。（递手谕）

王　卞　（阅手谕，高兴地跳了起来）是！

［切光。

第七场　惩　崔

［二幕前。

王　卞　（内唱）

受命押犯喜冲天，

［王卞异常高兴地持棍欢跳上，亮相。

且看我淋漓痛快，

痛快淋漓，

谴责折磨黑心官儿道路上！（面内）犯官，听号令！

［崔君瑞身犯人服被枷带锁沮丧地上。

王　卞　一、二、三拜！

［崔君瑞不大愿意也很不习惯地欲拜不拜。

王　卞　（认真地）你拜不拜呀？（举棍欲打）

［崔君瑞不得已地勉强一拜。

王　卞　一、二、三、四、五跪！

［崔君瑞犹豫了一会勉强地跪下单膝。

王　卞　（认真地）那只也与我跪下！（举棍打）

［崔君瑞无可奈何地再跪下另一脚。

王　卞　（一看崔君瑞那副狼狈相，不禁好笑）想不到身为奴仆的王阿卞，却做起押管黑心官儿的“官”来了！（高兴地）王阿卞过篇了！王阿卞过篇了！哈哈哈……

（唱）　往日里任使唤身卑言也轻，

到今朝四品黄堂却来听我令：

要他拜，他就乖乖拱手又躬身；

要他跪，他就以膝跪倒暗哽咽。

似这样贵贱颠倒，尊卑倒颠，

真是一寸光阴一寸金！

崔君瑞 （颓丧而又无可奈何地）唉！想不到身为朝廷命官的崔君瑞，却落得个遭受奴才胚来惩罚折磨！唉，我崔君瑞倒霉了！崔君瑞倒霉了！

（唱） 往日里为县令公堂审案威凛凛，

到今朝带枷锁任仆摆布不敢吭声。

似这样乾坤倒转，尊卑倒颠，

一刻有如一年的光阴！

百　姓 （内声）王卞哥，这连路跪拜的犯人好难堪哪！他何等样人呀？

王　卞 你们不晓得呀？他就是入赘苏府的新任明州知府崔君瑞啊！

百　姓 （内声）官儿却不小呀，因甚会受此惩罚？

王　卞 你们要问这个……也好！就来个百姓审官吧！（装模作样地）升——堂……唷！

[内百姓笑声。

王　卞 你们是笑什么啊！难道只好官审百姓。百姓就不好审官吗？

百　姓 （内声）对！逢场作戏，审审何妨？

王　卞 姓崔的，听见吗？百姓要审你了。跪下。

[崔君瑞迟疑、犹豫。

王　卞 你要跪不跪？不跪……（举棍欲打）

[崔君瑞只得跪下。

王　卞 犯官，你身犯何罪？得从实招来！

[崔君瑞低头不语。

王　卞 哈哈！不会讲话。这倒像做猴戏了。却也好！就与崔君瑞来做做猴戏吧。喂！姓崔的，如今你是“哑巴捶胸”——心苦难说了！你不说，我会责。前日我说过，终有一天会端出你的臭底。如今都好是在大庭广众。这就更妙！大家听道！

（唱） 此官江南仪真人。

进士出身，曾在丹阳任县令。
为求官，他不认祖宗易原姓；
为了官，他贪赃枉法敲诈良善人；
攀权贵，他撇却结发赘豪门；
恃官势，他媚上欺下藐六亲！
不信且看今天崔君瑞，
身败名裂挨罚惩！

百　姓　（内声）哦，原来这样。活该！

王　卞　姓崔的，听见没有？起来！

[崔君瑞起立。

后台合唱：王卞真是行，奴仆却已把官惩。

[王卞频频向周围拱手谕。

崔君瑞　唉！
（唱）　抨语如刀剁我心！
满腔羞惭恨地无门……

王　卞　（唱）　老天啊！
今天你总算开了眼睛！
使不义之徒得到恶报应。

崔君瑞　（唱）　老天啊！
官宦贪赃弃旧不止我，
因什他人逍遥我遭惩？

王　卞　（唱）　主管时刻的神祇啊，
请你逗一逗此际的，
好让阿卞对这狗官儿，
多叱几声跪拜令。

崔君瑞　（唱）　到如今，
船到江心补漏晚，
只缘欲壑难填平！

唯求此际光阴匆太缓，

尽快推过此难堪的罚惩。

百姓后台合唱：官儿从来多神气，

如今却成形秽人！

[崔君瑞捧手遮面。

王　卞　（唱）　面对此情与此景，

越思越高兴，越想越欢欣！

越思越想越是笑呀笑吟吟！

哈哈！哈哈！哈哈哈……

崔君瑞　（唱）　面对此情与此景，

越思越哀叹，越想悲越生，

越思越想是痛伤心！

唉！唉！唉……（哭）

王　卞　哎，哎，竟哭了！喂，姓崔的，你是哭什么呀？

崔君瑞　（更伤心大哭）……

王　卞　哈哈！这哭，也是报应，往昔你笑得太多了，如今就得哭来抵！这叫作“檐前滴水”——点点滴滴无差池！

崔君瑞　（低三下四地）王卞……哥。（王卞不理）王……卞哥呀。

王　卞　（使性地）你这是烂螃蟹——无膏！

崔君瑞　（厚着脸皮，结结巴巴地）唉，王大哥！

王　卞　（一本正经，摆起架势）是解差爷啦。

崔君瑞　（无奈地）解差爷，自起解到这里，连路跪拜，实在难受，讲个人情，容我步行前去好么？

王　卞　也不行！

崔君瑞　这……人众之处免跪拜，无人之处才拜跪。行了吧？

王　卞　这是为何？

崔君瑞　咳！王……解差爷，想我本乃民之父母官，遭此惩罚，大庭广众，体面何存！？

王　卞　哼，你呀！你还有什么体面啊！

（唱）　是人，才把体面讲究，

衣冠禽兽，何存体面与耻羞！

崔群瑞　（摇首）唉……

王　卞　崔君瑞，你仅遭此轻轻折磨，就感到难受。我来问你，以往你之所作所为，阿奶、郑秀才、丹阳百姓，还有阿卞，都吃了好大的苦头，你会难受吗？

崔君瑞　这……

王　卞　既有当初，必有今朝！来！还是乖乖服从解差押管。再听号令。跪步走！

［崔君瑞无可奈何跪行几步即瘫倒。

王　卞　喂喂！你这种人呀！捞银、享乐，作威作福就强，仅跪行几步，就瘫倒。当渣滓还不合格！怎比我王卞呀，能仆、能官；能屈、能伸。可惜那皇帝老兄不识人，若封我做大官，岂容恶人横行，官吏贪赃！

崔君瑞　可惜做官的滋味你还未尝。

王　卞　什么滋味，捞银、享乐的滋味吗？我呀呀呸！

崔君瑞　可惜……

王　卞　少啰嗦，听号令。跪步……

崔君瑞　（惊怕）哎呀，解差爷啊！我的膝盖已磨破，实在受不了！求你别罚跪步，求求你发发慈悲，可怜可怜我吧！（频频叩头）

王　卞　这……就是你心黑所致。你可知你腹内所装俱是臭屎啊！

（唱）　你头戴乌纱管黔首，

为人师表你当求。

为此贪赃抛结发，

刁民效尤反诘你羞不羞？

崔君瑞　这……咳！（摇首，长叹）

王　卞　（唱）　如今你恶行已尽明。

心肺俱烂空存躯身！

你只晓当官图享受，

只晓巴结奉迎望高升；

焉晓关心民困，体察民情！
你只沉醉新人笑，
不闻旧人悲哭声！

后台众声：王卞说得是呀！

（唱） 此类人心黑魂脏难为吏，
为吏势必理图福民殃妻儿！

王　卞　喂！听见吗，百姓唾弃你了！

崔君瑞　是！是！王大哥，我知错了！向你赔不是。（叩头）请求我宽容一时，我就是死做鬼也知道你的人情！

王　卞　这……（旁白）咳！看他这副可怜相，心却软了半截。（对崔）也罢！就宽容你一时。起来！

崔君瑞　谢解差爷。（起立，抚摩膝盖）哎唷……

王　卞　姓崔的，如何呀？当初若听阿卞之话，何致今日之祸？

崔君瑞　（一时又神气起来）王卞，你知道驸马与我什么相亲？

王　卞　这……

崔君瑞　驸马是我的姻舅啊！你知道不！此去他必念在郎舅之情，宽恕于我。一路之上，你还是多照应才是。

王　卞　（火了）什么呀！刚宽容你一时，就神气起来啦！你呀！你真是本性难移！想当初，我就是不识善伪，引狼入室，吃了苦头。看来你就是死做鬼，也难改变。还得拖磨！

崔君瑞　阿卞呀！看你的意思，莫非要报前仇？

王　卞　唔，既报前仇，也要教训你这赃官，你看如何呀？再多话……

[王卞挥舞木棍——在这里可以用土话做些适当的打诨插料。

崔君瑞　（发泄地）唉！真是龙游浅水遭虾戏！

王　卞　不！是蜈蚣跌地遇公鸡。

崔君瑞　哼！奴才欺主世间罕！

王　卞　呔！钟馗押鬼分该当！

崔君瑞　（无可奈何地）唉，老天亡我！

王　卞　老天亡你就有眼！我们既演钟馗押鬼。鬼有鬼步。鬼步走。走！一二三拜！

[崔君瑞跳步走。

恶人善横行，与我横步走！一二三四五跪！

[崔君瑞横走，摔跤。

横行必摔跤，这叫作罪有应得！哈哈哈……

后台合唱　弯弯曲曲人生路，

恩怨荣辱各自编。

官宦心黑遭唾弃，

扬善惩恶，正气在人间。

[全剧终。

稀有剧种卷·白字戏

江海沧桑

编剧：李向钦

人　物　表

冼怀礼　　归安县县令
丁　氏　　冼怀礼夫人
石超文　　村民
冼月华　　冼怀礼之女
吴仕德　　盐商
吴三跟　　盐商师爷
李　良　　班头
石　越　　石超文之兄
菱　香　　冼府梅香
轿夫、衙役、侍卫、路人等

序幕

[清康熙年间。

[两广沿海地区归安县。

[幕启——灯光渐渐亮，江海晒盐场上，两棵弯曲椰树交叉在一起，仿佛诉说着他们的艰难和坎坷，他们延伸着、向着大海奋力地延伸着，海风扑面，涛声阵阵。海浪声、海鸥声、风声甚至雨声……（上述效果声出现二个八拍后）天籁般童谣音乐歌声从天际飘来……

[舞台中央设一用三根树枝支撑起来的吊锅正热气腾腾，两小孩围着吊锅、努力吹着奄奄一息的火苗的剪影，天真无邪，笑声不断……

白鹭鸶，

飞过篱，

飞到盐町角，

去衔鱼，

衔鱼好煮汤，

两个团仔去烟墩。（舞台上整个沙滩睡满了舞者，随着童谣歌声的出现，舞者的双手翩翩起舞……）

[节奏轻快渔歌风的音乐响起，众舞者晒盐作业，形成轻快优美的晒盐舞蹈。（时空向后推进数年）

[在群舞中，突显出儿时的伙伴成了如今的两少年，一手执算盘、腰缠褡裢，一手执书本，随众起舞，各自动作。

[在舞蹈中两少年突然变成两个青年才俊（通过舞者的围起，亮出一手执算盘的吴仕德，一手执书本的冼怀礼——两人一段双人舞）。

[执算盘青年将褡裢送执书本少年，并目送他远行。

[执算盘青年独自打算盘起舞，另一空间出现五人的算盘舞，当五人和青年汇合时，青年扯下衣服摇身化为吴仕德上。

[以上呈现以写意为主，转折以下为虚实结合，音乐也随着改变。抬轿舞蹈开始，诙谐幽默、轻松快乐、洋洋得意！

一

[吴三跟和四轿夫用算盘似轿棍、算盘声和木棍的挤轧声，声响效果和音乐声协调并出，抬吴仕德……送礼的路上，主人和随从显得格外得高兴……

吴仕德 （唱） 盐业专营凭手腕，（哎呀依嗬嘿）

聚财谋利靠眼光，（依哟喂）

见风使舵巧运作，敢作敢为富一方。（哎呀依嗬嘿）

[舞台上方的吊杆缓缓下，出现大小远近，后花园窗口“图案”——上下舞台面推出芭蕉假山。

吴三跟 禀老爷，县衙到了。（欲传……）

吴仕德 我来，义兄吴仕德求见知县大人！

[冼怀礼、丁氏上。

冼怀礼 （喜出望外）夫人，是义兄到了，是义兄到了，（喜庆的背景音乐起）义兄啊啊——

吴仕德 贤弟啊啊啊啊（二人痛哭转笑）哈哈哈哈！

二人清唱：（由慢到快）

白鹭鸶，
飞过篱，
飞到盐町角，
飞到盐町角，
去衔鱼……（旁人为之动容）

[两人相拥。再次相拥痛哭……音乐显得是那么地纯朴。

冼怀礼 义兄！

吴仕德 贤弟！

冼怀礼 一别二十载，往来唯有书信，愚弟甚是挂念，本该登门拜谢，没想到你倒先来了。

吴仕德 贤弟刚调任归安，公务繁忙，为兄过来也是一样的。

冼怀礼 义兄啊。（夫妻俩亲自端一太师椅让义兄坐下，夫妻二人礼拜）

（唱） 怀礼当年家贫寒，
欲赴春闱少盘川，
幸蒙义兄相资助，
一举侥幸名题榜。

吴仕德 自家兄弟，别说客气话。再说贤弟饱读圣贤书，乃有识之士，理当为官。（丫环端一椅上，二人同坐）

冼怀礼　惭愧啊。

（唱）　四书五经虽读透，
可惜梯短难攀高，
守职尽忠谋政事，
怎奈何宦海浮沉难出头。

吴三跟　（结巴）太太太爷，俺家老老老爷与当今总督关系非同一般，日后待他替太爷美美美言美言，太爷荣升就指指日可待了。我唱歌比说话更顺……

吴仕德　多嘴。

冼怀礼（喜）喔，如此为弟的前程就指望义兄了。（跪拜，吴扶起）

吴仕德　好说好说，咱兄弟互相牵挽，日后贤弟平步青云，为兄也可沾光沾光啊。贤弟啊！你猜猜义兄给你带什么来了？（随从拿上）

冼怀礼　让我猜猜……

二　人　海鱼汤！喝完海鱼汤你我情更长！哈哈哈哈（海鱼汤呈上）师爷啊，快把贺礼呈给夫人。

吴三跟　（笨手笨足从怀中掏出银票）夫人，请收起。

丁　氏　这是……（接过银票一看，大吃一惊）啊！白银五百两。

冼怀礼　（惊愕地掉下手中的海鱼汤）什么？白银五百两！义兄，这礼太重了，收不得，收不得。

[冼怀礼亲手递还银票时，被吴仕德从中拦住。

吴三跟　（结巴）太爷跟俺家老爷亲兄弟一、一、一般……

吴仕德　（打断）什么一般？！亲如兄弟！贤弟，钱银乃身外之物，休要在意。

冼怀礼　（手拿银票犹豫）这……这……这……这（声音由低到高“打击乐数板起……”）

丁　氏　老爷，不可啊，

（数板）　老爷清贫已习惯，
书香门第美德传，
赠资赴考恩未报，
再受重礼心何安。

吴仕德 贤弟媳！我与贤弟桑梓情深手足，这东西就更无论你我了。对吧，贤弟。

冼怀礼 义兄，我……

丁　氏 （眼望冼怀礼手中的银票）老爷……

冼怀礼 今日俺兄弟多年未见，夫人快去备点酒菜。

丁　氏 （惊愕）是！

［丁氏带着惊恐目光、步伐错乱地下……

冼怀礼 如此多谢义兄了。

吴仕德 哈哈哈哈！（二人清唱：白鹭鸶，飞过篱，飞到盐町角……）哈哈哈！贤弟，不知你如何看待禁海迁界之事。

冼怀礼 这禁海迁界么……所禁之处居民流离失所啊。

吴仕德 贤弟啊！

（唱）　遭迁界盐业糟糕，
巧疏通独留江海一口，
许人晒盐我办盐厂，
买卖专营利丰厚。（音乐延续）

冼怀礼 义兄又精通盐业营运之道，真是财运亨通啊！

吴仕德 但也要贤弟你鼎力相助才行。

冼怀礼 哦？

吴仕德 贤弟，如今省城的盐价高涨，如若能使沿海居民不做浅海捕捞作业，不准开垦沙田，所有迁民皆为我晒盐担盐……

吴三跟 （结巴）将邻县流入难民，一、一、一律赶往盐厂担盐，给、给给、给碗饭他们吃，也、也算是搭救他们。

冼怀礼 义兄，怀礼初到归安，尚未造福于民，就做此损民之举，不妥不妥，不可。［欲下……

吴三跟 知县大人！（叫住）俺家老爷对你恩情不薄，就是滴水之恩你也应该……

冼怀礼 师爷见谅，使不得，真的使不得。（再次欲下）

吴三跟 （不结巴）太爷，有条官路，瑞州知府刘大人不久后便要升迁，俺家老爷若替你往上打打打点打点，到时这官缺……

冼怀礼 （无语，停下、人定格）

吴仕德 （紧接）贤弟如此墨守成规，到时为兄如何替你往上打打打点、说话！（似乎也有一点结巴、也欲下）

冼怀礼 （清唱）白鹭鸶……

吴仕德 （停下）飞过篱……

二　人 飞到盐町角……暗转……

[撤上场景（童声起）

白鹭鸶，

飞过篱……

飞到盐町角……

[江海盐场，破船推出，吊杆放下枯树草棚。

[转舞蹈音乐，众盐民动作悲惨沉重的晒盐舞纯舞段。

[收光。

二

[情景和舞蹈在这里有机地呈现……

[流浪迁民，衣衫褴褛，被吴三跟及衙役赶往盐厂担盐。

[老者含泪卖女，女儿痛哭声中被买者带下，老者仰天长哭。

[冼怀礼忧心地在情景和舞蹈中（唱腔音乐可用情景和舞蹈），李良跟随。

冼怀礼 （男高低声二重唱） 一派荒凉入眼来，

生灵涂炭心悲哀，

义兄（盐商）步步相迫诱，

利欲熏心强禁海。

沿途惨状一幕幕，

心内有愧我（他）却难呀难主裁。

[怀礼和李良发现摔倒的舞者上前欲扶，众舞者用惊恐目光、逃避与躲闪，形

成两个方正对峙，突然听到画外音众舞者慌乱逃离。

幕内声 大胆刁民，竟敢越界捕鱼，杀！（急促的音乐起）

冼怀礼 李良，快！你我速去看看。

李　良 遵命。

[两人匆匆下。

[石超文、石越惊慌匆匆上。

石　越 贤弟快跑。

石超文 兄长快跑。

[两衙役追上。

衙　役 大胆刁民，哪里逃，追！

[追赶科。

石　越 弟弟，你先走，哥来挡。

石超文 不，哥，要走一起走。

衙　役 哪里走，快追。

[衙役追上，石越推开石超文，跟衙役打斗。

[石越被刺。音乐停。大静场。

石超文 （哭）哥……

[不顾一切冲过去，抱住其兄。

石　越 （奄奄一息）弟弟，好好读书，代为哥哥照顾母亲……（死去）

石超文 （悲痛欲绝）哥……（起身拼命）还我哥命来。

衙　役 大爷我今天送你上西天！（举刀欲砍）

[李良上。

李　良 住手。

[衙役没听见也没收手。反而加倍地凶恶、杀红眼，把李良推到一边，冼怀礼冲上用身体护着石超文，衙役一刀砍下……

李　良 （急切地）知县大人！危险……（举在空中的大刀突然停止，衙役扭头一看，发现大人，丢刀跪地）

衙　役 大人！小的该死。（说完慌忙逃下）

冼怀礼 李良迅速捉拿，严惩不贷。

李　良 是。（下）

石超文 知县大人？狗官还我兄长命来。（拾起衙役的刀奋力砍去，冼怀礼一回合躲过，当看到石越尸体时停下步伐，石超文举刀欲砍，发现冼怀礼不躲反而砍不下去，反手把刀朝自己的腹部刺去……大喊）娘！文儿对不起你了！（冼怀礼发现冲上夺刀）

冼怀礼 小兄弟这是何苦啊！为何不听禁令，越界下海？

石超文 （痛哭地嘶喊）禁令？这是什么禁令啊？昏官呀！

（唱，音乐节奏要快）

有海不能捕鱼获，

有地不能耕作田，

官商交结施暴政，

问你如何读圣贤。

今日替天将你骂，

陪兄一道赴黄泉，

视死如归无惧怕，

虽到阴曹也申冤。（音乐停）

（举刀自杀，李良上发现，误以为要杀大人）

李　良 大胆！（几个回合将石超文制服倒地）这是知县大人。

石超文 （挣扎地大喊）知县大人。不顾百姓死活的官，管你是什么“猪”县狗县，（视死如归）我呸！

李　良 你！（抽出绳子欲绑）

冼怀礼 李良。这后生大义凛然，或能成大器，放了。

李　良 回去吧，好好把你兄长埋了。（下段前奏音乐起，抒情）

[石超文含泪拖着哥的尸体沉重地下，礼、良目视着。

冼怀礼 李良啊！这后生把我骂个鲜血淋漓，你怎么看？

李　良 （单腿跪地）大人呀！百姓实在是苦啊！（哭泣）

冼怀礼 （全身一震，欲倒，李良扶住）

（唱） 一句百姓实在苦，
怀礼心中难自在。
后生小辈声声骂，
羞愧阵阵扑面来。
民不聊生官不管，
挨骂如何不应该。
非是漠然视不见，
触目惊心亦自知。

（叹气）唉！（欲坐下休息）

[吴三跟带一群打手上：“我们抓人他却放人”，“狗官！”

吴三跟 狗官！喔不。太太太爷怎么能对违令刁刁民心慈手软，俺家老爷……

冼怀礼 （喝住）住口！本县自有分寸，岂用你这……

吴三跟 我我是按你的条文来来办事、你反反反……了。

冼怀礼 你……（气晕）

吴三跟 反口了。

李　良 太爷、太爷。（冼怀礼倒地）

[敲打乐：一群打手高兴地舞蹈并把冼怀礼抬起，定格切光。

[吊杆景上，在下场后推出第一木质墓碑。（声效响起）一声寂寞的钟声从远处传来“咚”，一群乌鸦惊叫。

三

[凄凉的女声哼鸣起……

女声合唱 雾霭沉沉，
山风凄凄，
西郊小道路崎岖。

[上场中推出第二木质碑……时空在流动中转换。

[石超文肩扛锄头上，一头挂有蜡烛和纸钱。其中两座坟有三三两两的人在祭拜，白色的招魂条显得很凄惨。

石超文 （唱） 荒冢堆堆埋新骨，
苦蝉阵鸦空悲啼，
流尽眼中泪，
阴阳两分离，
若是手中有利剑，
定斩人间恶权势，
苦叹无力报兄仇，
上山修坟明心志。

（白）哥啊！（哭着下，第三座木质墓碑推出）

[音乐转，丁氏内唱：

不辞劳苦山庙行，

[丁氏、冼月华、菱香手提竹篮上。

丁　氏 （二重唱）要用诚心感神明，
额头叩破我也愿，
只求老爷（爹爹）早康宁。

冼月华 母亲，前面有棵大松柏，不如到那稍作休息。

菱　香 是啊，夫人！你可别累倒了。

丁　氏 华儿、菱香，这乃荒郊野外，还是赶路要紧。

冼月华 （同声）是。

菱　香 （同声）是。（乌鸦声响起，紧张的音乐响起）

[三人慌忙赶路（圆场），两饥民（圆场）跟上，眼瞄菱香手中竹篮，过来就抢。三人大吃一惊，菱香闪躲。

菱　香 夫人小姐小心，有劫贼有强盗！

[两饥民再抢，把夫人、菱香推倒在地，竹篮被抢，两饥民坐地上，打开竹篮拿起牲礼就吃……

冼月华 大胆贼子，牲礼也敢抢，难道就不怕山神爷降罪？

饥民甲 人都快要饿死了，（嘴里叼着肉）还管什么山神地神降罪，（眼瞧冼月华）大哥，这小姐身上必有玉镯金钗等好物。我们一不做二不休，抢了，离开这鬼地方。

饥民乙 （用眼神指示甲）抢了。离开这鬼地方。

[抢科。紧张的音乐继续，冼月华被两饥民左右开弓，夫人、菱香呼救，月华被逼上悬崖。

[石超文冲上。拿起锄头左右开弓，两饥民被吓退，月华惊恐地抱着石块。超文占据上方对峙着。

石超文 光天化日，无法无天。

饥民甲 这年头乌天暗地的。

饥民乙 无法也无天？

[打斗科。

[饥民冲上抢掉石超文手中的锄头，石超文打不过，被打下，饥民提起锄头朝月华冲去，超文反身抱住两饥民的脚，饥民举起锄头朝超文的双手打去，丁氏三人大呼不可。打斗中，石超文被两人伤了手臂。音乐停，静场。

[石超文倒地。

饥民甲 大哥，流血了。

饥民乙 别惹出大事来，快走。

[两人逃去。丁氏三人走近石超文。

冼月华 公子！（捧起双手）哎呀！公子伤口正在流血。

[冼月华掏出香绢为石超文包扎。

石超文 谢谢小姐。（二人对视，一惊！月华双手一收，香绢已绑在超文手上）哎哟！

冼月华 对不起！请问公子尊姓大名，哪里人氏？

石超文 姓石，这世道太乱，你们还是快快回家去吧。今日就此别过，后会有期。（欲下）

菱　香 石公子，俺家老爷乃知县大人，会好好报答你的。

石超文 （站住）知县大人？（气）你们真是那狗官的家眷？

冼月华 我与公子素不相识，为何骂我父亲？

石超文 告辞了。(拂袖欲走)

冼月华 公子请慢，请告详情。

石超文 不说也罢。(欲走)

冼月华 （用激战法）男子汉吞吞吐吐，告辞也罢，就此别过。(下)

石超文 （气）你父衙门杀我兄长！

丁　氏 （吃惊）哎！

冼月华 胡说，父亲为人善良，怎会与你有杀兄之仇。

石超文 （冷笑）好个为人善良。

（数板）　他惨无人道禁海禁渔，

命衙役杀人罪大滔天，

我兄捕鱼谋生计，

惨遭杀害太无天理。

冼月华 （不信）不！不！父亲他不会做出这等事。(哭)

丁　氏 （吃惊）哎咋！

（唱）　听他言，暗吃惊，

担心之事终发生。

[音乐间奏，二人围着蹲在地上的超文……

冼月华 （唱）　看他悲愤气欲绝，

事理如何来说清。(音乐延续到下面的道白)

[李良内喊“夫人”上。李良不知道三人遭遇劫贼。

李　良 夫人可好？

丁　氏 （激动地）李良，刚才碰上劫贼，幸得这位公子相救。

李　良 （向石超文）谢谢公子（一看）公子是你呀！(高兴的叩拜，石超文闪开不理。李良似乎明白了)，那天你失兄之痛，李良感同身受。

[石超文扛起锄头不理走下场。

李　良 公子，你真的误会了。

石超文 （停下）我误会了？(气不打一处来）那天衙役杀害我兄，你们袖手不加制止，难道还要我叩谢你们不成！

[二个男人快速地争吵起来，由慢到快……

李　良　那天只因我们晚到了一步，你兄长才……唉！你且细细想来，若非太爷及时制止，恐怕公子也命丧刀下了。

石超文　（仿佛回到那时的情景，超文此时的主观视点放大）不……不……

丁　氏　公子，听你谈吐，应为读书之人，我来问你？你要报家仇还是要解救苍生？

石超文　此话何讲？

丁　氏　我夫君命人杀你兄长，你就亲手杀他妻妾，家仇可报。

众　人　使不得，使不得！

石超文　何谓解救苍生呢？

冼月华　请爹爹上陈民苦，求朝廷废除暴令。

石超文　太爷为何没能上书力陈民苦？

冼月华　这个……（欲言又止）

丁　氏　此刻若有一碗海魚汤给他尝尝……或许能……

石超文　海魚汤？！

丁　氏　对！

石超文　喔……（思索）如能力陈民苦，我愿再冒险捕渔。

冼月华　公子切不可蛮行。

石超文　夫人，晚辈要借一碗魚汤解开知县大人的心结，唤醒知县大人的良知，求他上书朝廷，冒犯各位了！告辞了。

[匆忙下。

冼月华　公子，公子！千万千万小心啊！（追上前去目眺石超文远去）

[随着超文远去的身影，舞台造型：月华在前，其他三人在后，视线随着圆场流动起来。时空转换，木质墓碑升起和撤下，舞台全空，女子群舞，金莲慢移，随风起舞，其他三人隐去。

[冼月华依然举目期盼，低头思虑。

[切光。

四

内　幕　（合唱）　五彩云霞挂在天边，

南风吹皱了绿水一池，

枝头麻雀吱喳地叫，

心上人此时在何地。

[月华卸掉风衣。转场室内，第一场的吊景降下，桌椅推上。

冼月华　（唱）　今日里父亲病情见好转，

月华我轻松了情绪。

忽听见门外黄狗声声吠，

未知可是他前来送鱼。

怜悯他失兄之痛，

担心他越界捕渔。

求上苍施好生之德，

保佑他平安归来如期。

内幕声　小姐，公子来了，公子来了。（音乐转喜庆）

冼月华　（喜）快快请他进来！

[菱香、石超文上。

石超文　见过小姐。

冼月华　公子免礼！

石超文　小姐，趁这黄花鱼新鲜，快快煮汤送知县大人尝尝。

冼月华　如此菱香快去，喔，还要弄些好吃的让公子充饥。

菱　香　知道了（羞月华），公子请随我来。

[两人下，月华高兴地蹦了起来。

冼月华　爹爹来呀！爹爹来呀！（音乐转唱）

[丁氏、冼月华上前搀扶冼怀礼上。

丁　氏　有何喜事呀？！

冼月华 爹爹的病好些了蛮。

冼怀礼 （唱）嗨！老病生死寻常事，

助纣为虐心不宁。

心有纠结病难好，

如何慰解度余生。

冼月华 爹爹请坐。

[冼怀礼坐下，月华一旁扇风。

[菱香捧鱼汤上。

菱　香 （一旁小声喊）小姐，鱼汤煮好了。

[冼月华接过海鱼汤，用口吹凉。（欲喂）

冼月华 爹爹，来尝尝。（被怀礼挡开）

冼怀礼 淡水鱼汤吧，为父……

冼月华 （撒娇）爹爹你尝尝嘛。

冼怀礼 好好，女儿这等孝心，爹爹来尝尝就是。

[月华用汤匙给爹爹尝一口，发现味道奇佳。接过汤碗又喝了几匙。

冼怀礼 好味道，好味道啊！（意象空间，清唱：白鹭鸶，飞过篱，飞到盐町角，飞到盐町角，去衔鱼……在舞台的上场口，有两小孩正在煮鱼汤）

[旁人可以随怀礼视线直接看那两小孩，都为之动容。

（唱） 往日的美味今又尝，

怎不叫人口水吞。（又喝了几匙）

（白）人间美味，人间美味啊！

（唱） 想我南海家乡好，

千帆竞发鱼满仓，

真教人不辞长居滨海地。

（叹气）唉！（拉回现实空间，音乐加快）

（唱） 只是眼前暴政人断魂，

万顷沧波舟楫绝，

百姓再没羡鱼心。

何时重有安宁日，
又见袅袅炊烟小渔村，
拜望朝庭察民苦，
还民太平一乾坤。（举匙沉思）

冼月华 爹爹——

冼怀礼（突然一想）不对啊，女儿，哪来的海鱼？

冼月华 这——（石超文早在一旁，冲上）。

石超文 见过知县大人。

冼怀礼 （一怔）你！？

石超文 正是晚辈，再次违禁下海。

冼怀礼 你好大胆，不以你兄之死为戒，竟敢再三违禁下海。（情绪激动，咳嗽不已）

石超文 太爷息怒，晚辈只是想让大人尝尝那海鱼汤味道。

冼怀礼 那又如何？

石超文 太爷啊！（音乐节奏要快）

（唱） 海产丰富江海滨，
惨遭禁令为何因？
老爷应知民生苦，
何不上奏据力陈。（转慢）

冼怀礼 （唱） 眼前后生虽仗义，
却不晓人之苦处。
非是我不为民请命，
思虑重重口怎启？

（白）唉！老夫身微言轻，上书朝廷于事无补。

石超文 太爷乃堂堂县令，理当为民请命解忧，救百姓于水火之中！（其他人左右都担心）。

冼怀礼 别再多言，回去吧！

石超文 太爷若不答应，（跪下）超文就长跪于此！

冼怀礼 你！

石超文 太爷啊！（一老一少思想上的冲突，其他人隐去。节奏加快，两追光追二人）

（唱） 官府麾兵禁海以来，
地空其民死者万千。

冼怀礼 （唱） 老夫亦知百姓苦，
只是有心无力口难开。

石超文 （唱） 罄竹难书迁民惨，
你视如蝼蚁良知何在？

冼怀礼 （唱） 老夫我的官职才七品，
试问能有多能耐？

石超文 （唱） 官有大小责无轻重，
袖手不理太不该。

冼怀礼 （唱） 老爷我为官免你教，
不知天高地厚一毛孩。

石超文 （唱） 小姐夸你为官好，
我看你却是自私怕事官一个。

冼怀礼 你！人来！

[李良上，音乐加快。

李　良 太爷！

冼怀礼 将这狂妄的小子拿下，收监候审。

李　良 这？

冼月华 爹爹不可，昨天我和母亲到山神庙为爹爹祈福，途中被歹徒抢夺，幸得这公子相救，母亲和我才能脱险。

丁　氏 老爷，这后生心系苍生疾苦，冒死下海捕鱼，是要借海鱼汤进言，请老爷三思。

冼怀礼 李良，可有此事？

李　良 千真万确！

冼怀礼 这……

丁　氏 老爷，妾身求你了！（跪下，冼如月随着也跪）

冼月华 爹爹，女儿求你了！

冼怀礼 夫人女儿，你们这是……这是衙门公事，你们休得插嘴。李良！带下。

丁 氏 老爷！难到你忘了家父的“横渠四句”吗？（音乐停，静场）

画外音 （长老的声音出）“为天地立心，为生民立命，为往圣继绝学，为万世开太平”。

冼怀礼 （吃惊）哎咋！（站起，过去扶丁氏）夫人请起，这些年来老夫疲于仕途奔波，忘了恩师丁尤之事，有愧于夫人了。

丁 氏 （含泪）老爷，今百姓生不如死，老爷你非是不知。然而你却因受人恩惠之故，为一己升官晋爵而思虑，明知禁海令殃民，却甘为暴政强执法鞭。别说是为天地立心，就连为自立一颗无愧于天地的良心都没有了。

冼怀礼 （羞愧难当）哎乍！（一阵昏眩，倒坐在椅上）

丁 氏 （吓得起身，众人）老爷，你怎么啦？（冼月华也起身上前）

冼怀礼 夫人，怀礼这个官当得太累了。（丁氏示意众人下去）

丁 氏 心地无私天地宽，为官者只要上无愧于苍天，下无愧于庶民，当官就不累了。夫君啊！

（唱） 我也曾盼君平步青云垂心愿，
我也曾巴望妇随夫贵耀人前，
风光在世谁不想，
只是天意人心古难全，
问君这眼前禁海惨状怎入眼，
问君这眼前人哀哀相求为哪桩。
夫君非傻亦非呆，
却为何听不进半句苦劝。

冼怀礼 （唱）夫人含泪声声劝，
字字句句是忠言，
震我心肝撼肺腑，
若再执迷太汗颜。
悠悠浮沉二十载，

官崖陡峭实难攀，

怎可违心任沉溺，

转舵回航一帆悬。

（白）夫人，老夫算是想通了，官再小也应为百姓做点实事，明天就去求见义兄……

丁　氏　你义兄那份贺礼……？

冼怀礼　退回去，早就该退回去！夫人呀，我今天方知拿人家的手软，求人家的心软。

丁　氏　夫——君！（夫妻相拥）

冼怀礼　（对内）把那后生松了。

李　良　是！

石超文　（冲上跪下）太爷以民为本，造福百姓，功德无量，只是……

冼怀礼　只是什么？

石超文　只是那盐商哪会理会百姓生死！

冼怀礼　（把握地）会的！回去吧。

石超文　谢太爷！（舞蹈音乐起，酒宴音乐）

[月华、丁氏分开造型隐去。海边仅留两棵椰树，一群似乎是吴仕德家的歌伎和吴仕德，一段饮酒舞（酒杯舞）。

[在天幕下盐民晒盐劳作起舞，动作拖冗，神情凝重地过场。形成强烈对比。

[冼怀礼在舞蹈和盐民中穿梭，两种状况让他触目惊心……

[收光。

五

[众盐民雕像般造型立于舞台两侧。吴仕德和众女在下场门嘻酒……

[冼怀礼、李良上。

冼怀礼　（唱）　大病初愈天气清，

是非对错已分明。

路有饿死心有愧，

人间何处有太平。

[众盐民下。

（白）义兄！义兄？

吴仕德 喔，是贤弟到了，（醉意地）来——喝两杯？

冼怀礼 不必了，今日过来只想同义兄商榷事宜，完了就要告辞。

吴仕德 贤弟，为兄这里好酒好菜，有什么事情俺兄弟可边食边谈。

冼怀礼 义兄，怀礼一路目睹迁民惨状，怎咽得下你那珍馐美味。

吴仕德 喔……（眼珠一转，示意众女下，留两兄弟对峙，后有李良、三跟）贤弟，为兄近日来生意太忙，不周之处，请多加包涵。

吴三跟 是——是——是啊，知县大人，如若有何应急之需，尽管开口，不必绕弯抹角。

冼怀礼 （不理三跟，对仕德）怀礼想解除江海港口浅海捕捞之禁令，疏导迁民开垦沙田种养，以解民困。（静场三秒）

吴仕德 哈哈哈哈！贤弟何时也怀忧国忧民起来了啊，贤弟啊！

（唱） 承蒙贤弟相助，

为兄才有现在，

有福兄弟分享，

往来切莫疑猜。

今年盐利颇丰，

正好乘机累财，

人逢财运不易，

良机错失不再。（音乐不断）

（白）如此大好时机，贤弟怎可说这泄气之话。

冼怀礼 义兄！不可！一定要复渔复耕，边界得展，民有生计，才能……

吴仕德 哎！（打断，接唱。两兄弟直接矛盾开始，这场戏就是两个男人的较量、两个兄弟的对抗、两个儿时伙伴的情感撕裂……两随从暗处理）

（唱） 你可知这生意来之不易。（节奏加快）

冼怀礼 （唱） 你可知百姓如活在火海。

吴仕德 （唱） 贤弟请看盐场内，

迁民生计我也有安排。

冼怀礼 （唱） 邻县迁民闻讯相拥往，

缺粮生病死者可哀。

吴仕德 （唱） 大势如此非你之过，

闭只眼来帮兄台。

冼怀礼 （唱） 闭眼尽是民惨景，

扪心自问良心何在?

二人合 （白）义兄！贤弟！你要为我想想！不——！（两人慢慢闪开）

吴仕德 （唱） 看来他，（同时两个声部轮唱）

已铁了心无情可讲。

冼怀礼 （唱） 看来他，

财迷心眼胡作乱来。

吴仕德 （同唱）莫非他已忘却旧日兄弟情怀。

[节奏缓了下来，时空闪回过去，另一空间出现两青年送别情景，纯朴加真诚。现实时空的两人可以步入两青年中去观察，年轻的吴仕德可以看见现在的吴仕德，年轻的怀礼看着现在的冼怀礼。四人都笑着摇头。

[童谣响起：白鹭鸶，飞过篱，飞到盐町角，去衔鱼……

吴仕德 贤弟啊!

（唱） 想当初，海边结义曾盟誓，

苟富贵，莫相忘，

为兄一直铭记住。

冼怀礼 （唱） 患难相助情谊重，

你经商来我入仕，

吴仕德 （唱） 正好兄弟联手创辉煌。（时机、音乐节奏转快）

贤弟莫要心太软，（两青年无法理解他俩怎么会争吵）

自毁前程于一旦。

冼怀礼 （唱） 毁前程，亦情愿，

头撞南墙心也安。

你且顾你的暴盐利，

怀礼自行上书不求人。（两青年点头，认可怀礼的做法，感叹地隐去）

吴仕德 （气愤）你敢！（像两只公鸡一样）

冼怀礼 （斩钉截铁）我敢！

吴仕德 你要三思喔！

冼怀礼 我意已决。

吴仕德 义——弟啊。

冼怀礼 义——兄。

吴仕德 （气急败坏）书呆子！

冼怀礼 （愤怒）臭盐商！

吴仕德 （同声）你！

冼怀礼 （同声）你！

[两人各自冷面朝一边。

（幕内唱）棠棣之花萧萧落，

道不同兮路陌然。

[气氛尴尬，李良、吴三跟各自急忙上。

吴三跟 （吴仕德到一边）老、老——爷，若他上书，事情必必必闹——大，（对吴德耳语、阴险狠毒地）你——你看如何？

吴仕德 就这么办，要快。

李 良 太爷，（掏出银票）这银票？

冼怀礼 （接过银票）义兄，怀礼俸银够用，请义兄收回，告辞了。

[怀礼见吴仕德不接，把银票往空中一甩。大笑："哈哈哈哈"。轻轻松松飘逸而下。此时空中满台飘落下的却是"冥币"。

吴仕德 （气愤到了极点）你、你、你！（对三跟）速速修书一封，送往总督大人。

吴三跟 是！（满面狡黠）

[海边，晒盐舞出现，似乎比前几次的人更多，显得更加沉重。突然远处传来一声锣声“哐”众舞者冲上去观望，三跟领一衙役上，众舞者后退。

[“哐”“哐”(衙役)：传总督令，冼怀礼任归安县令期间，不思报效朝廷，反而同情迁民，执朝廷禁令不力，即令免去县令一职，回家务农，永不录用。“哐”……往远处。

[上场门推一简陋的茅棚上，下场门推出用三根木棍扎起的吊锅，一米高，两边两石头，可供人休息而坐。

六

[舞者围在一起议论起来。幕后唱。

[怀礼、丁氏、香奴、李良身穿素装在舞蹈中穿梭，冼怀礼神情落寞，由丁氏搀扶着……

[香奴手拿一些家当跟后面。

[众舞者四处躲闪。海浪声、海风声交织一起。

冼怀礼 （唱） 闻噩耗，心冷冰，
强忍悲痛蹒跚行。(这里出场要有间奏)
老妻搀扶相依伴，
风雨不改糟糠情。

(白)夫人哪，我好糊涂啊！连那后生都能看得清楚，那奸商、贪官自然是不理会百姓疾苦的，而我却迷茫其中。

丁　氏 老爷！(海浪声大作)

冼怀礼 我好悔啊！(丁氏和香奴扶怀礼茅棚前坐下)

（唱） 我好悔乱世入士乱投靠，
百无一用是书生。

我好悔在位不为民办事，
至黜方想恤民情。
枉费了十年寒窗苦读，（起身）
辜负了恩师教诲启明。
空怀了半生鸿鹄之志，
愧对了贤妻嘱咐叮咛。

（白）我好恨啊！（晕晃）（夫妻相拥，海风声起）

（唱） 只可惜浮生苦短无复始，
空悲叹梦醒一夕已百年。
夫人啊！早知官场多险恶，
咱何不男耕女织早樵晚渔。
恨自己欲壑难填无慎独，
恨奸商唯利是图无情义，
恨上司不听不问乱任免，
恨"朝廷"禁海迁界无天理。

画外音 为天地立心，为生民立命……呀！（怀礼外化，寻找声源）

（唱） 呀！横渠四句耳边重响起，
问自己读的什么圣贤书。
碌碌一生惶惶无终日，
到头来两手空空如是，
没办成一事、没置立一业、
没晋升一官、没著作一书，
纵使当初不离故土执教鞭，
此时也是满园芬芳遍桃李。

（白）哎！冼怀礼啊冼怀礼，你太可悲了！（晕晃）

[怀礼站不住踉跄跌倒在三根木棍的吊锅边，用手抓住木棍用力撑着，他的心已经无力了……

丁　氏 老爷，老爷，你要撑住呀！

[冼月华、石超文上。

冼月华 爹爹，爹爹，你怎么了？

石超文 知县大人？

冼怀礼 老夫已不是知县了。

石超文 这、这是为何？

丁　氏 刚刚被免去县令之职。

石超文 哎呀！大人，都是超文害了你啊！（下跪）

冼怀礼 （痛苦）老夫无能为力，有愧于你，有愧于归安百姓啊！

石超文 大人为了归安百姓连官都丢了，还有何愧。

冼怀礼 （上前扶起）起来吧，后生仔，老夫命该如此！

石超文 大人啊大人，晚辈愿为百姓再去一搏。

冼怀礼 事已至此，还有什么可搏的呀！

石超文 请大人写奏章一本，待晚辈带往省城求见督抚。

冼怀礼 你乃一介平民，督抚爷岂是你说求见就能见的啊！

[众人扶怀礼进茅棚里休息……

石超文 （扼腕长叹）唉！

[突然鞭炮声大作，鼓乐齐鸣。（事件）

冼怀礼 （在茅棚里问）为何鼓乐喧天、鞭炮声声？

丁　氏 （出棚）是啊，李良，去看看，何事喧哗？

李　良 是……

[李良下去，锣鼓声画外音出现。

[李良匆忙上。

李　良 禀太爷，这……（吱吱唔唔）无……无什么事情。

冼怀礼 那为何吞吞吐吐？

李　良 太爷……

[众人茅棚里扶出怀礼。

冼怀礼 到底发生了什么事情？

李　良 真的没事。

［示意众人把怀礼扶进茅棚。

冼怀礼 没事就好，没事就好。（转身欲进棚）

幕内声 狗官被免，万民同庆，狗官被免，万民同庆。

［有节奏地喊出，怀礼他听得明白，背身不断地颤抖，摇摇欲坠，转身倒地。

冼月华 爹爹！

众　人 太爷！

［石超文、李良将冼怀礼扶上一石头上坐下。

丁　氏 （动情地）怀礼！

［冼怀礼咳嗽几声，咳出血来。

众　人 老爷。

冼月华 爹爹！血、血！（哭出声）

丁　氏 （悲痛地）老……爷！

冼怀礼 夫人，扶我起来。

丁　氏 老爷！（忍着伤心）事理日后自当大白。

冼怀礼 （沉痛）生前事既难以担当，身后评又何以计较，好、好啊！

（唱）　雁过留声人留名，

前事留与后人听。

生死贵贱转眼过，

遗臭万年最甚惊。

一事无成周遭骂，

放牛还比当官赢。

此身转过万念绝，

诽誉难理路难行。（间奏继续）

（白）（仰天长啸，他用尽气力的呐喊）人生至此……路该往何处行？

丁　氏 （白）人生无定，诽誉由他人！（安稳地）

（唱）　茫茫一生不可知，

抚心自问是男儿。

是非功过任评说，

寄语东坡一首诗：(精神上的升华)

人生到处知何似，

应似飞鸿踏雪泥。

泥上偶然留指爪，

鸿飞那复计东西。

冼怀礼 （沉痛）夫人啊，怀礼竟为那奸商的恩惠和自己的官瘾，引来身后骂名，一失足成千古恨，我好恨啊！……不！我还是要为百姓请命！为百姓请命！李良可记得省试科期已近？

李　良 是的太爷。

冼怀礼 我写奏章一本，让石公子省城赴考之时寻机接近督抚，呈上奏章，力陈民苦！

李　良 太爷，鄙职也听闻今科主考中王来任巡抚亦有参与，那王巡抚体察民情，爱民如子……（充满希望地）

[背景音乐起。为后面的高潮开始铺垫，由抒情转激昂，到悲壮。

冼怀礼 若能将奏章送呈他的手中，解禁展界就有望了。

丁　氏 “为天地立心，为生民立命！”

众　人 （齐喊）“为天地立心，为生民立命！”

冼怀礼 （先哭后大笑……一字一字说出）“为、天、地、立、心，为、生、民、立……命”啊！

[欲倒下，众人欲向前扶，被怀礼制止，音乐推向高潮。

冼怀礼 拿笔墨来……

[此时的怀礼让我们热血沸腾，一吐为快吧！怀礼！

[李良被这氛围感染，激动地从布包里拿出笔墨，用颤抖的手，泪流满面、双脚跪地双手递上，“太爷”。

[丁氏、月华、李良、超文、香奴泪流满面。

[冼怀礼奋力举笔，朝观众、在空中书写奏章。

[吊杆慢慢放下一巨大的宣纸奏章……（音乐转合唱）

[茅棚慢慢推下，木棍吊锅却留在台上。

幕内唱 　　含悲民请愿。

良心天地间。

挥笔泪如雨，

正道是沧桑。

[毛笔甩向空中，声效“嗖、嗖嗖嗖嗖……”时空放大——

[书毕吐血而倒，（倒僵尸）众上前。

众　人　（痛哭）老爷、老爷！

冼月华　爹！（扑了前去）爹……

[此时只有丁氏站着不动，结果都在她的预料之中，反而显得冷静，大静场。

[所有的舞者从不同方向沉重地走上来，注视着他们的知县大人。

丁　氏　怀礼！

[轻轻地呼了一句，众人回头望着丁氏，慢慢的退开，可留在舞台上。

[丁氏慢慢的走到怀礼前，抱着怀礼在怀里，带着泪水的微笑……

怀礼！我们回家吧！咹！（唢呐声悲切的响起）

[音乐起《归去》。

（笑着唱）（唱）莫悔恨，不伤悲，

患难夫妻两心知。

虽说是荣华富贵人都爱，

可千金难买相亲相伴不分离。

紧依偎，相扶持，

十指紧靠走过风和雨。

过眼云烟顷刻散，

归田平淡度晚年。

君记否红海夕阳归帆晚，

一壶浊酒百阙诗；

君记否枫河渡口松萌下，

醉来小睡闲钓渔；

君记否丽江清水灌田地，

米饭香喷藕甘甜；

君记否故乡私塾窗几净，

西村弟子爱读书。

众　人　（合唱，二十人左右）归……去！归……去！

丁　氏　再不理仕途险恶人情冷暖，

众　人　（合唱）归……去！归……去！

丁　氏　再不用案牍劳形日理万机。

白发亲娘盼君返，

回乡作伴有妻儿。

从此天高地亦广，

青山绿水好定居。

[音乐停住——

丁　氏　（最后一刻爆发出来）我——的——夫——啊！（音乐大作）

[暗转——舞台上保留宣纸奏章，三木棍吊锅已移位到宣纸下面。看上去像个祭坛。

尾声

[音乐转童谣清唱：白鹭鸶，飞过篱，飞到盐町角，去衔鱼……

吴仁德　（内喊）贤弟啊！我的贤弟啊！

[几声海鸥叫声掠过……

[吴仕德上，神色悲怆，手捧海篮，望海拜祭。

[朝观众跪下。

吴仁德　（唱）　是恩是怨难说清，

鱼汤一篮祭英灵。

“为天地立心，为生民立命”

我今祭你非解脱，

沧桑江海慰前情。

［曲罢鼓声大作，瞬间嘎然而止，吴仁德惊慌。

［反身看奏章。

幕内声 （怀礼先录好的声音，最好有背景音乐）被废臣前归安县令冼怀礼奏：为遵谕沥陈迁民，恳请督抚上疏吁恩展界亟复边海。臣本一介庸流，得蒙皇恩，何敢冒陈末议，以渎圣听，然生民有苦而不入陈，是岂臣子之心？自迁海以来，百姓室庐荡废，生业沦亡，至父母兄弟不能相存，卖妻鬻子，苟活旦夕，甚且有离徙他乡，求生无计，全家仰药而死者。其呼吁无告之情，诚难一一阐述……（霹雳声响起，吴仁德、三跟跄惶而下，幕内声渐弱至无）

［吊杆景升起，吊锅撤下，沉重的晒盐舞蹈再次出现。

［内唱，江海盐场景。

［石超文、冼月华及两随从风尘仆仆上。

石超文 （内唱） 风雨兼程扬鞭催，
一路艰辛不枉费。（在舞蹈中穿梭）
朝廷终明迁海苦，
带来督命解民危。

（白）小姐，我们回到归安了。

冼月华 （唱） 重踏故地心怆然，
眼前光景仍凄凉。
岁月无改物千古，
劫重不堪话当年。

（白）大人义无反顾为民请命，如今终于能得到朝廷允许奉督令解禁展界，百姓有望安居乐业，爹爹亦可无恨无悔了。

［众舞者情景表演、议论起来。

石超文 幸得有冼大人、王巡抚等为民之官以民生为重，力奏朝廷请求展界，还民资生，百姓得以安生。各位大人，你们大德为民，请受晚辈一拜。（向天跪拜）

［众舞者有层次的一一跪下。

［一随从上。

李　良 禀报大人，已到江海。

石超文 传周总督令，即令解禁展界，拔去江海栏栅，还民捕渔资生，开垦耕种。

[众舞者议论起来……

李　良 遵命。来，传周总督令，即令解禁展界，拔去江海栏栅，还民捕渔资生，开垦耕种。

[音乐响起，众舞者欢呼雀跃，载歌载舞，迁民们第二层次冲向舞台，超文、月华和百姓们共同起舞。

[天际中飘来一声音“为——天——地——立——心——为——生——民——立——命——！”

[众人全部跪下，仰望天空。一声警钟响彻天空，哐——

[全剧完。

广东戏剧文库

优秀剧作选

1949-2019

稀有剧种卷

GUANGDONG XIJU WENKU
YOUXIU JUZUO XUAN
XIYOUJUZHONGJUAN

（第 2 册）

广东省艺术研究所
主编

中国戏剧出版社
CHINA THEATRE PRESS

目录

白字戏

西秦戏

白字戏剧本全部由海丰县白字戏艺术传承中心提供
西秦戏剧本全部由海丰县西秦戏艺术传承中心提供

放走曾荣

（根据传统提纲戏改编）

改编：蔡锦华　张坚城

人　物　表

严兰贞	严嵩孙女
曾　荣	严嵩孙女婿、曾惠清之子
赵婉贞	严兰贞表妹
海　瑞	海青天
连　珠	赵婉贞女仆
严夫人	严兰贞之母
严　嵩	丞相
严世蕃	蕃侍郎、严嵩之子
王日昇	杭州知府、严嵩门生
海　安	海瑞随从
海　宝	海瑞随从
罗公公	六部府官之一
赵千岁	六部府官之一
海夫人	海瑞夫人
家　院	严府
严　德	原严府内丁、万福寺总管
小和尚	万福寺的

六部府官、旗 牌、家 丁、太 监、小和尚等

第一场　识　破

[中幕外，四婢女，春枝手捧家法，引曾荣、严兰贞上。

曾　荣
严兰贞（唱）　只为昨日闹严府，
今日双双赔罪去。

严兰贞（唱）　但求消得公爹心头气，
争得安宁过日时。

曾　荣（唱）　但愿皇天相保庇，
不死于难报仇机。

严兰贞　官人何须愁挂！我家又不是龙潭虎穴之地，况有为妻在你身旁，俺可放心前去！

[四婢女，奉上枝引曾荣、严兰贞。

[中幕开，严府花厅，严嵩上，家院随上。

严　嵩（念）　赫赫声名在九天，
满朝文武心胆寒。
六部公卿谁敢逆，
管教全家皆遭冤。

老夫严嵩，字惟中，蒙主上宠爱，官授一品当朝宰相，一人之下万人之上，今日朝罢告驾回府，心中好不欢喜啊！

（内报）　报呀！

家　院　所报何事？

（内报）　杭州府官王日昇求见。

家　院　禀相爷，杭州知府王日昇求见。

严　嵩　老夫的好门生来了，准见，准见。

[王日昇上。

王日昇（念）　抬头识风雨，

为官与日升。

拜见恩师。

严　嵩　一旁坐下。

王日昇　谢恩师。

严　嵩　日昇，杭州事务，近况如何？

王日昇　百姓驯服，风调雨顺。

严　嵩　今日来见老夫，有何事情？

王日昇　衙门无事，备有礼物，特来探望恩师，望恩师笑纳！（奉上礼单）

严　嵩　（接过一看）都是些奇珍异宝，贤生费心了。

王日昇　全赖恩师栽培。

严　嵩　家院，礼单收下，待茶！

家　院　是（接过礼单）奉茶！（下）

严　嵩　日昇，前日老夫写信给你，查问曾家后裔之事，不知至今有何着落？

王日昇　师尊容回：

（唱）　前日恩师书信来，

学生不敢怠慢忙不开。

四处派员去查察，

八方封锁询往来。

画图绘像传各县，

又悬赏格银三千。

那曾家小子曾荣贵，

不日定可查出来。

严　嵩　尚未查到？

王日昇　一时还未归案。

严　嵩　日昇，这曾荣、曾贵，非比寻常，你是明白的，他父曾惠清，乃三边关名将，今日虽然伏法，他的旧部僚友朝野甚多，特别俺等的死对头海瑞（一槌）也在竭力找寻曾家后裔，让他找着这对孽种，唆使他出来鸣冤叫屈，事情就不好办了！

王日昇 卑职明白。卑职一定尽力而为，只要该犯待在杭州该管地方，一定要将他擒拿归案的。

严　嵩 你的才情老夫是信得过的。

王日昇 恩师过奖了！

［云板敲动。

（内报） 报呀！

家　院 所报何事！

（内报） 姑爷，姑爷小姐过府拜见！

家　院 禀相爷，姑爷小姐过府拜见！

严　嵩 啊，他们小夫妻来了，叫他们来见！

家　院 姑爷小姐有请！

王日昇 老相爷府中有事，卑职告辞！

严　嵩 慢，你乃老夫心爱门生，何须见外，贤生请暂回避。

［王日昇暗下。曾荣、兰贞手捧家法上。

曾　荣
严兰贞 拜见公公！

严　嵩 一旁。兰贞，你夫妻今日双双过府，有何事情？

曾　荣 公公呀！

（唱）　告公公，容禀启，
小孙婿罪难辞。
前日席间身不适，
故而避席去游戏，
致令小姐寻不见，
闹严府罪滔天。

曾　荣
严兰贞 （唱）　阮夫妻，今知罪，
捧家法，跪在地，

求公公，来责罚，

夫妻日后不敢妄动轻举。

严　嵩　好吧，好吧！（收起家法，交与家院）恕你无罪，起来。

严兰贞　人说宰相肚里好撑船，公公真有容人之福，难怪位极人臣，满朝钦服呀！

严　嵩　哼！兰贞，为公嘱咐你，你从今日后，恁夫妻若要过府，必须双双而来，双双而归，不可单人行动，似这等责任重大，为公可担待不了呵！

严兰贞　公公吩咐，孙女谨记。

严　嵩　罢了！你可先去见你爹娘，你夫婿随后也去。

严　嵩　是，公子，你随后就来呀！

曾　荣　我知。

[严兰贞下。

严　嵩　日昇上来！

[王日昇上。

王日昇　相爷？

严　嵩　（示意日昇坐下）鄢荣，在座的乃是杭州府官王日昇，你可向前施礼，日后同朝为官，也可有个相帮的。

曾　荣　是，尊驾就是杭州府官。

王日昇　下官王日昇，呵？（科）

曾　荣　王大人请上，学生鄢荣请见一礼。

王日昇　下官也有一礼，哎呀……（科）

曾　荣　告禀公公，孙婿学业在身，意柏堂拜辞岳父，然后就要回府攻书了。

严　嵩　好！好！“业精于勤，而荒于嬉。”文章不可疏怠也！

曾　荣　公公嘱咐，孙婿谨记，告退了！（下）

王日昇　哎呀呀……敢问恩师，此生是谁家之子？哪家之后呢？

严　嵩　乃是鄢茂卿之子。

王日昇　呵？敢问恩师，此生是鄢家亲生？还是螟蛉过继的。

严　嵩　乃是螟蛉过继的。

王日昇　恩师岂知此生是从何而来的？

严　嵩　哼！

王日昇 恕学生多言了。

严　嵩 是茂卿前日山东祭祖，途中收来的。

王日昇 哎咋！是途中收来的螟蛉过继么……？

严　嵩 日昇，你刨根究底，意为何来？

王日昇 恩师，你遭瞒昧了！

严　嵩 此话从何说起？

王日昇 这？（看家院）

严　嵩 哼哼！

[家院下。

王日昇 恩师呀！

（唱）　正是踏破铁鞋无觅处，

得来全不费功夫。

恩师呀！

俺日日思掠曾家子，

却不料仇人就在俺身边。

恩师孙婿并非鄢家后，

曾家长子他便是！

严　嵩 什么？！他是曾荣？

王日昇 惠清长子！

严　嵩 你从何而知呀？

王日昇 老相爷呀！

（唱）　曾荣自幼我抱大，

认得五官识骨骸，

卑职若是有认错，

愿把首级献上来，

仇人之子今现在，

斩草除根在眼前。

严　嵩 认得无差？

王日昇 绝不会错！

严　嵩 哼！哼！哼！

王日昇 老相爷，有道恶根无善种，望恩师从速处置。

严　嵩 唔哼，你可回杭州理事，此事老夫自有主意。

王日昇 学生告辞了。

（唱）　闲施一箭射飞鸟，

　　　　指日高官又日升。

哈哈哈……（下）

严　嵩 家院。

[家院暗上。

严　嵩 有请侍郎。

家　院 侍郎，相爷有请！

严世蕃 来了！（上）叩见爹爹。

严　嵩 一旁坐下。

严世蕃 谢过爹爹。

严　嵩 可恼也！

严世蕃 爹爹，今日为何这般恼气？

严　嵩 为父观你聪明一世，鲁笨一时呀！

严世蕃 爹爹，此话从何说起？

严　嵩 世蕃，你岂知兰贞夫婿，乃是何家之子？哪家之后呀？

严世蕃 鄢荣他么？我只知道是鄢茂卿的螟蛉过继，其他实不清楚了。

[严夫人暗。

严　嵩 哼！正是“不是冤家不聚首”呀！

严世蕃 冤家？

严　嵩 仇人！

严世蕃 他，他是……？

严　嵩 他是曾惠清之子曾荣。

严世蕃 哎咋，他是曾荣么？

严　嵩　你大意了！

严世蕃　爹，何以见得？

严　嵩　王日昇当初为他爹帐下旗牌，今日冤家路窄，仇人相见，乃被王日昇所识破的。

严世蕃　哎呀……！原来如此，岂能相容？！传下家将！

严　嵩　慢！意欲何来？

严世蕃　起动家将，围搜鄢府，把曾荣斩了。

严　嵩　唔，怎可兴兵动将呀？

严世蕃　爹爹之见？

严　嵩　兴兵动将，一者让那海瑞知晓，二者碍着俺家的兰贞呀！

严世蕃　爹爹？

严　嵩　世蕃：

（念）　要把曾荣杀死，
兰贞哪里肯依？
严家后裔稀微，
仅此掌上明珠。
要使兰贞无疑，
必须用计谋取。

严世蕃　如此有何好计？

严　嵩　分开来想。

严世蕃　高者来为。

严　嵩
严世蕃　有何计为？

严　嵩　为父有一计。

严世蕃　爹爹有何妙计？

严　嵩（念）　明日设酒备杯，
曾荣不敢不来，
暗在酒中下毒，
要他死在府内。

严世蕃 （念） 倘若兰贞同来？

严　嵩 （念） 虽然兰贞同来，

也能鲢鲤分开。

严世蕃 也好！

（念） 俺家鸳鸯酒瓶，

机关巧妙非常，

众人同席饮酒，

好酒毒酒不同，

能保兰贞无恙，

定教曾荣命亡。

严　嵩 正是如此。

严世蕃 好计！

严　嵩 速去办理。

严世蕃 是。

严　嵩 （念）恶苗连根拔。

严世蕃 （念）杀人免用刀！

严　嵩
严世蕃 嗬哈！嗬哈！嗬哈哈！

[二严下。

严夫人 哎哟……！

（唱） 家院一声报，

万箭钻心窝。

正喜招得乘龙婿，

原来却是仇家儿。

这段亲情恩正浓，

霎时翻起仇如天。

这场恩仇这场恩仇，

如何消弥？

王日昇狗官儿，
为何无端害他小夫妻？
老爷你父子怎样想怎样思。
一品严父只一女，
何忍狠心去害伊。
兰贞呵我的儿，
可怜你夫妻相爱正欢乐，
不知眼前有危机。
谁能救得我儿婿？
儿女有难母扶持，
生死要夺虎口饵，
不辞风险救女儿！（下）

第二场 放 走

［严府花厅，严世蕃上。

严世蕃 （念） 存情终误己，
养虎必伤人。

［兰贞、曾荣上。

曾 荣 叩见岳父。
严兰贞 叩见爹爹。

严世蕃 免了，一旁坐下。

曾 荣 谢过岳父。
严兰贞 谢过爹爹。

严世蕃 兰贞，为父请你夫婿过府饮酒，帖中原没你的名字，为何你也来呀？

严兰贞 告禀爹爹得知，女儿遵从公公之命，夫妻若要过府，必须双双而来，双双而回，公公严命，孙女焉敢有逆！

严世蕃 乃是你公公之命？

严兰贞 正是。

严世蕃 也好！吩咐，摆酒上来！

[放香摆酒，下。

严世蕃 贤婿请！

曾　荣 岳父请！

[三人饮酒。

严兰贞 爹爹，今日这酒为何冷冷清清，清清冷冷，单请我夫一人呢？

严世蕃 怎么？为父观你夫婿，常为功名耿耿于怀，故而备酒为他解解愁怀的。

曾　荣 岳父关怀备至，小婿铭感五内，日后定当图报！

严世蕃 贤婿请！

曾　荣 岳父请！

严兰贞 公子。自古贪杯多误事，你要少饮才是！

曾　荣 是。

严世蕃 贤婿，你虽为我严府快婿，严府富甲天下，奇珍异宝胜于当今朝廷，你未尽知，除前日为兰贞打破的玉花瓶外，还有一件稀世之宝，好让贤婿开开眼界，待我取来。（下）

曾　荣 小姐呀小姐，小生只恐今日此酒，凶多吉少了！

严兰贞 公子。你为何这等惊疑呢？

曾　日 只因前日，赔罪告别公公之时，不料王日昇亦在座中，此人本是我爹爹帐下旗牌，小生身份，一定被他识破了！

严兰贞 你呀！何不早说？

曾　荣 只恐小姐挂虑，又生枝节。

严兰贞 既然如此，回去就罢！（拉曾荣欲出）

曾　荣 回不得，回不得呀！

严兰贞 如何回不得？

曾　荣 小姐呀小姐，今日岳父发帖相请，酒还未饮，俺就不辞而别，匆匆离去，这岂不是原形毕露，原形毕露么？

严兰贞 那么！就坦坦荡荡坐下来吧！

[兰贞扶曾荣坐下。

曾　荣 这鸿门宴会，小生实在是如坐针毡呀！

严兰贞 走又不好，留又不妙，这到底要如何才好？

曾　荣 走？留？走？留？这……

严世蕃 唔哼！

曾　荣 来了来了……

严兰贞 公子呀公子，俗话说："势到万难须放胆。"事到如今，何须惊慌？只要事事在意，样样留神就是，你坐，坐，坐呀！

严世蕃 （上）贤婿，你来看……

曾　荣 这……？

严世蕃 这是何物？

曾　荣 这不是酒瓶么？

严世蕃 酒瓶，酒瓶！哈哈哈！

（念）　酒瓶是酒瓶，
　　　　此酒非寻常。
　　　　外邦来进贡，
　　　　名为鸳鸯瓶。
　　　　酒里乾坤大，
　　　　瓶中日月长。
　　　　饮下千年醉，
　　　　芬香透心肠。

（自斟一杯，一杯递出曾荣）来，来，来，贤婿满饮此一杯，祝你青云直上！干！（饮下）。

[曾荣接杯愕然，云拨鼓动。

严世蕃 贤婿，为何持杯不饮呀？

曾　荣 小婿实在是不胜其量。

严世蕃 这……云板敲动，必有上官来访，贤婿慢饮，我去去就来。（比走不出科）

唔嘛！（下）

（严夫人急上，把曾荣手中杯酒泼地，一阵烟火冲起）

曾　荣
严兰贞　哎哟！岳母，
母亲，这，这这这，这从何说起呀？

严夫人　贤婿呀！

（唱）　雷霆压顶，

可怜你大祸临头，

尚不知情。

盲人瞎马临深谷，

惊煞旁人眼睁睁，

这段恩仇怎说清？

那日杭州知府来相拜，

认你不是鄢荣是曾荣。

侍郎父子设毒计，

这鸳鸯瓶中断绝亲情！

曾　荣
严兰贞　哎咋……！（曾荣甩帽，跌倒科介）

（唱）　听罢言，急又惊，

料必此遭难逃生。

铁笼锁住飞天鸟，

空有双翼怎飞腾。

爹爹呀爹爹！你如此狠心相害，天理难容你了！奸党呀老贼！

严夫人　贤婿呀我儿，侍郎一时离开，眼看就要回来了，目前惊慌无益，恁夫妻是要寻个计策才是呀！

曾　荣　忙中无计。

严兰贞
严夫人　分开来想。

严　荣　高者来为。

曾　荣

严兰贞　有何计？有何计么？

严夫人

[荣、兰贞相对无计，转求严夫人。

严夫人　恁夫妻少待。（下，复上）贤婿呀我儿，这这，这是侍郎的手令银牌，你可拿它叫开城门，快快逃生去吧！

曾　荣　叩谢岳母救命之恩！

严夫人　哎哟，这里乃龙潭虎穴之地，生死毫发之间，你怎可高声大语，前门不能走，快快随我从后门逃走吧！

严夫人　且喜未有碰上他人，贤婿，你可快快逃生去吧！

曾　荣　岳母救命大恩，此去未知何日可报，请上受我一拜！

严夫人　不用了！

曾　荣　小姐……！

严兰贞　公子，官……人……呀！

（唱）　罢！罢了！

我的官人呀！

正喜举案齐眉，

谁料劳燕分离。

从今恩爱唯梦里，

何日夫妻再相依。

此去天涯路千里，

云山何处是君居。

祸福存亡难逆料，

提起教人悲泪啼。

嗳夫呀，

兰贞生为你曾家之人，

死为你曾家之鬼。

棒打鸳鸯分离去，

海枯石烂志不移。

曾　荣（唱）罢！罢了小姐！

我的贤妻呀，

你是人间奇女子，

出水荷花不沾泥。

我爱你聪明贤淑好妻子，

更爱你善恶分明胆识奇。

嗳妻呵，你你你莫悲啼，

苍天不负忠良裔。

俺今日，

可比作金鸡屈在牢笼里。

终有日迎朝阳，

一展雄威天下知，

夫妻总有团圆日。

妻呀妻，

何用哀哀悲切啼。

严夫人（唱）叫一声，

贤婿我的儿，

我有一言你须记：

只因侍郎父子专权柄，

顺者昌逆者亡，

以致民怨沸腾众叛亲离，

今日是作恶多端必自毙。

天眼睁睁害及亲女儿，

为岳娘存天理，

虎口夺饵不容辞，

拼将一死何足惜，

都只为你们小夫妻。

嗳贤婿呀今别后，
须留意莫谓身已离险境，
须知四处伏危机。
阮兰贞年虽少，
忠贞矢志是淑女。
贤婿你切莫做，
忘情负义贼男儿。
欲知严家荣枯事，
大厦将倾正自知。
故将爱女来相托，
严家宗祀全靠伊。
只望恁衣锦回乡同偕老，
我老身纵死九泉也心喜。
恁夫妻破境团圆日，
一炷清香告娘知。

曾　荣　岳母！

严兰贞　母亲！

严兰贞　公子！

曾　荣　娘子！

严兰贞
曾　荣　（唱）罢，罢了呵！
我共你分别离，
难割舍恩爱夫妻。
罢罢了妻（夫）呵！
我共你分别离，
未知何日相会期？

严兰贞　嗳夫呀！（三下槌）夫呀！（三下槌）
曾　荣　嗳妻呀！（三下槌）妻呀！（三下槌）

严夫人 此时无人，快快逃生去吧！

[分离科介，曾荣下。

严夫人 我儿，你夫已去，你可到你婉贞表妹房中暂避一时，看看动静如何，再来计议。

严兰贞 母亲，你呢？

严夫人 我么？（一槌）我自有应付之计，可速去。

严兰贞 我唔去！

[严夫人催兰贞下，圆场回房，闭门。

第三场　寻　郎

[赵琬贞闺房，连珠引赵琬贞上。

赵琬贞 （唱）　玉宇豪华，
都道豪门人争夸。
流水车马门若市，
锦衣玉食帝王家，
无限风光夕阳斜。

奴，赵婉贞，自从前日在沉香阁，救了曾荣，引惹起奴家的无限心事啊！

想俺严赵鄢，
朝野皆惧怕，
片言足可兴国与亡家。
夕阳再好黄昏近，
眼看大厦将倾斜，
小琬贞心愁挂。

连　珠 小姐呀！

（唱）　小姐休愁挂，
小姐莫自嗟，

你看那一池好荷花，
不染污泥出水面，
玉洁冰贞人共夸。
小姐呀，
自古女儿生外向，
哪有百岁居娘家。
鄢家公子多才貌，
你与兰小姐共嫁他，
何须心愁挂。

赵琬贞 死丫头，放肆！

连　珠 小婢说的，不是小姐的内心话吗？

赵琬贞 还敢多嘴！（追打连珠）

连　珠 小婢不敢！（作鬼脸）

严兰贞 妹……（急上）妹妹，妹妹可怜！

赵琬贞 姐姐何事惊慌？

连　珠 小姐慢慢说呀呀！

严兰贞 妹妹呀！

（唱）　我夫他，乃是三关总兵之子叫曾荣。
恶贼日昇，识破真情，
公公爹爹容不得，
鸳鸯毒酒不留情。

赵琬贞 哎呀！姐夫呀呀呀……

连　珠 哎呀！公子呀呀呀……

严兰贞 妹……

（唱）　幸得吉人自有天相，
得道多助苍天有情。
自古慈母多恩爱，
千钧一发放走曾荣。

赵琬贞 呵，给姑母放走了！真是谢天谢地呀！

严兰贞 （唱） 此去凶吉仍未卜，
十面埋伏，
可怜我那文弱的书生呀！

赵琬贞 哎呀，曾公子，你若有不测，教俺姐妹，如何是好？

连　珠 小姐你何用这等着急？严小姐她自己也说过，吉人自有天相，公子一定能转危为安的！

赵琬贞 （嗔怒）唔！（转向兰贞）姐姐，连珠说得极是，俺姐夫一定会化险为夷的！

严兰贞 妹妹可怜呀，呀，呀……（哭）

赵琬贞 姐姐……（抱头同哭）

连　珠 二位小姐呀小姐，你们休哭了，只恐怕夫人放走了公子，严老相爷若不肯罢休，此事定要累及夫人，就是小姐，也难免脱得干系呵，小婢实在放心不下，待我过府探个明白吧。

赵琬贞 连珠说得有理，速去速回！

严兰贞 难为爱婢了！

连　珠 二位小姐须要少伤心些，连珠去去就来！

严兰贞
赵琬贞 去吧！

[连珠下。

赵琬贞 （念） 漫道豪门神仙窟，
一样悲伤有奇冤！

严兰贞 （念） 但愿母亲公子皆无恙，
免得兰贞痛断肠！

[走鼓，连珠急上。

连　珠 二位小姐，事情不好了！

严兰贞
赵琬贞 何事不妙？

连　珠　夫人放走了曾荣，严老相爷大发雷霆，已命皇城四门封锁，严赵鄢三府齐搜了。

严兰贞　我母亲她！

连　珠　夫人她……

严兰贞
赵琬贞　我姑母（我母亲）她，她，她……

连　珠　夫人她……

［附连珠所指方向，三人亮相。灯光骤暗，再亮色彩光圈，严世蕃迫着严夫人，高音喇叭“赵氏呀赵氏，你私纵罪犯！放走仇人！你真真的是罪该万死！罪该万死呀！”严拔佩剑掷于严夫人眼前。严夫人持剑自杀科介，灯光再转原光。

严兰贞
赵琬贞　哎咋……！

连　珠　小姐保重，小姐保重呀！（两头奔忙）

严兰贞
赵琬贞　（唱）　平地一声雷，
顿教人心肝裂碎。
唉，母亲呀亲娘，
为善反倒遭横死，
痛哭慈娘泪纷飞。

严兰贞　（唱）　唉，母亲呵！
你平日视我如珍宝，
每为兰贞心憔悴，
今更为我担灾难，
只落得三魂渺渺，
七魄茫茫把阴归，
兰贞不敢独在世。
娘呀娘，你的小兰贞来了！

鬼门关上紧相随！（作撞死介）

赵琬贞 姐姐不可，姐姐不可呀！

连　珠 小姐不可！

赵琬贞 姐姐呀姐姐，想姑母不惜一死，义无反顾，为的望你和曾公子他有朝一日衣锦还乡，破镜重圆呵！你如今在这里撞死，谁人可怜，哪个可伤呀！

严兰贞 这，妹妹，为姐告辞了。

赵琬贞 往哪里去？

严兰贞 为我母亲伸冤，找我公爹论理。

赵琬贞 事到这等地步，还有什么可理论？

连　珠 是呀，十殿阎王，哪个有理可讲。

严兰贞 妹妹……！

赵琬贞 姐姐……！

连　珠 哎也也，二位小姐，恁怎乜老是哭呀哭呀，好像只要恁这千金小姐一哭，天下甚么大事都无相干了。

严兰贞
赵琬贞 连珠！

连　珠（唱）你岂知！

眼前已是火燃眉，

小姐怎能只顾悲哀？

公子虽走夫人虽死，

严公还要追究小姐来。

严兰贞 追究我，那等阎王殿，我死也不回去了！

连　珠 不回去，这里也非久留之地呀！

严兰贞 天呀，你教我往何处走？

赵琬贞 可恨呀，堂堂相府千金，竟也落得无家可归！

严兰贞 你等这样无情，也休怪我无义了！

赵琬贞 姐姐，你……？

连　珠　小姐，你……？

严兰贞　罢，罢，罢！

（唱）　如今烧了断头香，

离家出走寻曾郎。

赵琬贞　姐姐且慢，你意已决，虽死不辞，姐姐呀！妹愿陪姐双双去，怎甘孤女落异乡。

连　珠　（唱）　连珠愿与小姐同祸福！

保护双贞离闺房。

严兰贞　（唱）累及贤妹爱婢，离此豪门绣阁，兰贞于心何忍呵？

赵琬贞　（唱）　要生同生死同死，

千里相随寻找曾郎。

连　珠　（唱）　树倒终是猢狲散，

正该早日离此间，

待我入内收拾细软。（下）

严兰贞
赵琬贞　（念）甘为情义离闺阁。

连　珠　（念）　放开胆量出牢笼，

二位小姐走吧！

［二贞依依不舍。

连　珠　城楼起更了，小姐走吧！

（内声）　严老爷有命，朝廷走失钦犯，三府齐搜，四门封锁。

（内声）　领命。四门封锁。

［音响效果。

严兰贞
赵琬贞　哎呀，如今四门封锁，如何是好？
连　珠

严兰贞　看来天都要绝我了！（科）

连　珠　且慢！来日方长，怎可轻生。

严兰贞
赵琬贞　如今这四门封锁，如何出得去？

连　珠　这四门封锁么？

（唱）　连珠急中有妙计，

且借金钗作锁匙！（作科）

门开了，开了！

严兰贞
赵琬贞　谢天谢地！

连　珠　（探门）小姐，外面无人，俺可走吧！

严兰贞
赵琬贞　走吧！

[亮相，下。

第四场　陷　寺

[万福寺，中间一座“伏虎天尊”。二旁四尊罗汉人扮，接连底幕是十四罗汉，投影，舞台中区位一座“元宝炉”。前更，二小和尚上，引烛，“拉山”烛光闪烁。

和尚甲乙　大爷有请！

严　德　来了！

（念）　掌握万福寺，

人称土皇帝。

俺严德，原是严府一名内丁，蒙老相爷重用，在此万福寺当总管，想俺此寺名为严府善寺，皇封租石万斗，田园鸟雀飞不过，实则在此暗中设下机关，四方士女到来拜佛游赏者，但观姿色佳丽的，就禁锢起来，以供俺严赵鄢三府的老爷受用，小和尚。

和尚甲乙　大爷？

严　德　你等听着，至今还少弄到绝色的娘子，你们用心，如弄到靓靓的，老爷就重重有赏。

和尚甲乙　是，我等甘愿尽力，大爷请进！

严　德　呵哈！（打哈欠。下）

和尚甲乙　阿弥陀佛。（合十送严德下）

和尚甲　（念）　且喜和尚免吃菜，

和尚乙　（念）　诚心专等娇娘来！

和尚甲乙　阿哈！（打哈欠，比画各去睡觉的动作，分下）

[转更，三更三点。

严兰贞
赵琬贞　（内唱）黑夜茫茫，

不辨径途在何方。

[连珠上。

连　珠　小姐快来呀！

[严兰贞、赵琬贞上。

严兰贞
赵琬贞　（唱）　小连珠，催得慌，

最怕的后面人追赶，

顾不得山高水长，

钗裙絮乱莲步艰难！

何尝受此奔波苦？！

严兰贞　（唱）　都只为，

千辛万苦寻曾郎！（圆场）

严兰贞
赵琬贞　哎哟……（跌倒）

连　珠　（扶起）

（唱）　小姐莫烦忧，

心事万般付水流，

裙儿提在手高低识心头，

心猿意马有危险，

奔波不比花园游。

赵琬贞 连珠，还有心取笑呀！？

连　珠 （唱） 但愿苍天相保佑。

严兰贞

赵琬贞 （唱） 保佑俺，

连　珠 早日相从公子游，

鳖鱼脱了金钩钓，

摇头摆尾去不留！（圆场）

[庙寺音乐。

连　珠 小姐哙，前面有钟鼓之声，又有灯光，想是人家所在呀！

严兰贞

赵琬贞 连珠，俺已奔波一夜，实在是走不动了，你可带路前去借宿一下。

连　珠 我知！

[圆场，中幕开。

连　珠 “万福寺”、“万福寺”，小姐，原来是所庵寺。

严兰贞 既是行善之所，俺可叩门求宿。

赵琬贞 姐姐，不知是女庵男寺？俺等妇道人家半夜叩门，实属不便。

严兰贞 啊，如之奈何？

连　珠 不如在此庵前暂歇一时，待天亮之后，才作计议，岂不是好？

严兰贞

赵琬贞 也好。是祸是福，至此只能听天由命了。

连　珠 小姐，这里暖和些。（指“元宝炉”处）

[五更，小和尚开门扫地，发现三人。

和尚甲乙 拜佛脚无跪，原来打瞌睡。

和尚甲 却是美娇娘。

和尚乙 报讯来领赏。

和尚甲乙　大爷有请！

严　德　来了！（上）何事？

和尚甲乙　大爷恭喜！恭喜！

严　德　喜从何来？

和尚甲　喜从门外来。

和尚乙　你去看便知。

严　德　究竟是甚么事？

和尚甲乙　禀大爷，外面有三位仙女降临俺寺。

严　德　岂是真的？

[三人出门。

严　德　哎呀！不知仙女下凡，子弟严德来拜！

[跪下拜科。

和尚甲乙　（跪下）阿弥陀佛！

[三人仍沉睡。

严　德　哎嗜，真真的是美赛天仙，唤她们醒来！（入门）

和尚甲乙　施主娘同，醒来醒来！

[三人醒介，惊退，连珠扶住。

连　珠　你们是何等样人？

和尚甲乙　阿弥陀佛，施主娘，岂是到来拜佛？

连　珠　正是。

和尚甲乙　请进佛堂。

连　珠　有劳引进。

[入门。

和尚甲　他是主管爷，礼路要知行。

严兰贞
赵琬贞　大爷在上，民女有礼。

严　德　阿弥陀佛，请问三位姑娘尊姓贵名，哪里人氏？

严兰贞　民女姓陈。

赵琬贞 姓林。

严　德 你叫……？

连　珠 婢女金珠。

严　德 好个金珠，真真的好妙名呀！哈哈哈！

连　珠 名虽金贵，但是性硬过铁。

严　德 大爷不管你性硬性软？金珠钢珠，二位姑娘，既是到来拜佛，为何又沉睡门外呢？

严兰贞 这？大爷听道：

（唱）　民女家住三家村，
三人结伴拜天尊。
奉娘命起程早，
来到宝寺未开门，
因此稍歇檐廊下，
等待天明拜天尊。

严　德 呵，原来如此！可见三位虔诚之心。请问二位姑娘，可曾婚配？

连　珠 住了！佛门之人，时时莫忘七禁五戒才是，为何问起妇道人家的婚亲之事么？

严　德 这？

连　珠 你是何道理呀？

严　德 这，这，这……哈哈哈，你们听道：

（唱）　金珠话免来，
二位小姐，
请看我一表人才，
眉清又眼秀，
魁梧又够个，
若能与我来匹配，
包你受用免烦恼，
要什么有什么。

严兰贞
赵琬贞 住口！

（唱） 怒满胸膛！
贼和尚口出烂，
你等可知有王法，
调戏民女罪滔天！

严　德 王法？哈哈，恁岂知此寺乃是甚么样的寺院！

连　珠 乃是一所黑寺，二位小姐，俺可回去！

严兰贞
赵琬贞 回去！

和尚甲乙 慢！

严　德 你要回去！严赵鄢三府的侍妾婢女，我要到哪里找严老相爷不日登基的宫娥美女，我要到哪地寻？哈哈，实对你说，来时由得你，回时由不得你了！

和尚甲乙 恁是来得去不得了！

严兰贞 哎呀……

赵琬贞 （唱） 狂言生祸害，
陷人的万福寺，
万恶的狗奴才，
有道害人终害己，
天眼恢恢有安排，
欲待报道赵（严）小姐，
喝令恶徒拜尘埃，
怎奈无颜再见奸父辈，
哪甘阎殿去复回，
欲待不报真名姓，
又恐无辜遭辱害，
事到如今怎安排，
正是青龙白虎才离了，

又遇丧门吊客来。

赵琬贞 姐姐！

连　珠 小姐！

严兰贞 （唱） 走前一步看一步，

待看尾来再安排！

妹妹，俺可回去！

严　德 哪里走？小和尚，将她们拿住！

和尚甲乙 看缚！

连　珠 看打！

和尚甲乙 哎呀……！

［连珠和小和尚开打，小和尚不敌！

连　珠 二位小姐快走！

严　德 慢！

［小和尚擒住二贞，严德脱衣。

严　德 你这小女鬼，这功夫了得，看打！

［小和尚、严德围打连珠，连珠败科，至门而出，小和尚关门，连珠复打门不开。

连　珠 救命呀！救命呀！（奔下）

严　德 （念） 揭开天井盖，

好花天送来！

真是快哉！快哉！小和尚，入内摆酒庆功。

和尚甲乙 恭喜大爷！

严　德 打下地牢！

严兰贞
赵琬贞 恶贼！（示意赵琬贞掷一金钗）

［严德拨动机关，神翁下开动一门，小和尚推二贞下，神翁机关复闭。

严　德 哈哈哈！（下）

和尚甲乙 阿弥陀佛。（下）

第五场 带 索

[中幕前，海安、海保及海瑞上。

海 瑞 （唱） 举目一派荒凉，
万民涂炭心不安。
严赵鄢三家专朝政，
主上偏听江山撼。
欲为曾家一案昭雪，
乔装暗访到此间。
若能寻得忠良后，
这举国冤情要细问根源。

下官海瑞，字汝贤，号刚峰，蒙主上错爱，授为东宫侍读，今授应天府之职。朝中权贵，我敢直言，百官敬畏，黎民钦仰。可恨严赵鄢三家奸党，狼狈为奸，荼毒百姓，陷害忠良。三边关总兵曾惠清，乃当世之名将，捍卫边疆，有功于国，赤胆忠心，反遭诬陷，以致全家抄斩，冤案惊动全国。二子曾荣、曾贵，不知流落何方。为此冤案，老夫四处走访，海安、海保，到此奸党管辖之地，须要留意。

海 安
海 保 我知。

海 瑞 行上。

海 安
海 保 领命。

[圆场。

连 珠 救命！救命呀！

海 安 禀先生，前面有一少女子呼救。

海 瑞 带她来见。

海 安 领命！

海　瑞　且住，这里一带，听闻奸党设庵，诱捕良家妇女，以供府内之用，真是罪恶滔天。今有民女呼救，事中必有蹊跷，到时证据确凿，奸贼呀奸贼！老夫定不与你干休了！

［海安带连珠上。

海　安　禀先生，民女带到。

海　瑞　叫她前来答话。

海　安　这是海先生，鼎鼎大名的海青天，你有何冤屈可向前申诉。

连　珠　海—青—天呀！（跪、哭）

（唱）　幸逢青天此路行，

容小婢诉说冤情。

海　瑞　有何冤情慢慢诉来！

连　珠　（唱）　我家小姐赵琬贞，

与她表姐严兰贞，

情赛同胞亲骨肉，

为救表姐丈夫名鄢荣——

海　瑞　且慢，是严赵鄢三家之子？

连　珠　是。

海　瑞　严赵鄢三家联姻，他们家中闹事，老夫不管他们的闲事，海安、海保，我们走吧！

连　珠　海青天呀！

（唱）　鄢荣并非鄢家子，

他的真名叫曾荣。

海　瑞　曾荣，岂是三边关名将曾惠清之子？

连　珠　正是！

海　瑞　哎呀！诉来，诉来！

连　珠　（唱）　曾荣化名为鄢荣，

老天作伐匹配严兰贞。

海　瑞　真是不是冤家不聚首呀！哈哈！

连　珠　　龙潭终非藏身所，
一声雷动波浪生。
曾帅部下有个旗牌将，
狗名叫作王日昇，
此人忘恩又害主，
机关识破认曾荣。

海　瑞　起来，后来如何？

连　珠（唱）　二严设下鸳鸯毒酒计，
父子亲婿不容情，
夫人凛烈存大义，
不辞一死，放走曾荣，
兰贞坚贞寻夫婿，
走出阎殿决断父子情，
琬贞情义犹可敬，
私离闺阁，偕姐同行，
连珠见伊真情诚可感，
誓死同走护双贞，
不幸误陷万福寺，
总管严德毕露原形，
严赵鄢万恶设黑寺，
诱抢民女，待充宫廷，
诸佛面前拼死斗，
寡不敌众，我奔出门庭，
连珠呼天天不应，
呼地地不灵，
二贞无救，
我痛不欲生。
幸逢青天此路行，

请求铲平贼庵救双贞，
若待双贞遭不测，
后人谁愿效忠贞，
挥泪求告海青天，
救俺双贞速施行！

海　瑞　呵！
（唱）　小连珠，诉衷情，
有情有义，令人可敬！
莫道人生性本恶，
严赵鄢内有忠贞，
严夫人、二小姐，
暗室明珠分外明，
叫声海安海保速行起，
快到庵寺探真情！

海　保　领命。连珠带路。

连　珠　从命。

[圆场，中幕开，万福寺。

连　珠　到此便是！

海　瑞　进去！

海　安　门首闭住！

海　瑞　越墙而进！

海　安　是！

[海安、海保分下，海瑞与连珠殿中探看，海安、海保复上。

海　保　这里有一金钗！

海　瑞　金钗！

连　珠　这是阮小姐的金钗！

海　瑞　赵小姐遗下金钗于此神龛之前，想必这神龛……？
（探介）这里明明是一地牢的机门……

连　珠
海　安　地牢机门……？
海　保
海　瑞　想必机关蒙在这神殿之中，海安、海保，用心查看。
海　安
海　保　领命！

[连珠误触另一机关，四座罗汉舞动手中武器，险伤海瑞，海安、海保和罗汉对打，但不能伤罗汉，罗汉原来是钢铸的。连珠再弄原机关，罗汉停止，海瑞触动地牢门机关，门开，连珠引双贞从地牢出。

严兰贞
赵琬贞　连珠呀爱婢，想不到我们还有见面之时呵！
连　珠　小姐，这是海青天，前来相救！俺可上前谢恩！
严兰贞
赵琬贞　海——青——天呀！（跪）
海　瑞　二位小姐请起，你等衷情，连珠已代申言，二位小姐忠贞大义，令人尊敬，这里不是久留之地，海安、海保，你们可带她三人到俺府中，交与夫人，一路小心！
海　安
海　保　先生，你呢？
海　瑞　我要留在这里探个明白。
海　安　倘若贼僧到来，如何是好？
海　保　小将留下来保护先生。
海　瑞　不用，我一不是女子，二又身无财物，怕他何来？
海　安
海　保　倘若贼僧认出海先生，又将如何？
海　瑞　认出我，何须可怕，你等去吧！
海　安
海　保　领命，小姐，走吧！

[海安引兰贞、琬贞，连珠，海保下。

[严德、小和尚上。

和尚甲乙 和尚食狗肉。

严　德 乘醉会娇娘，吓！先生可是到来拜佛？

海　瑞 正是到来拜佛。

严　德 取香油簿来。

和尚甲 是。（下，复上）

严　德 请题香油。

海　瑞 啊，拜佛要先题香油的？

严　德 这是本寺的规矩，诚心不诚心，全都在这里！

和尚甲乙 合意你就来拜，不合意你就出去！

海　瑞 原来如此！果然与别寺不同，我来题。

[题好香油簿，和尚甲交与严德。

严　德 （看簿）虔诚在心里，无须多言语，有幸到贵寺，题银一文钱，真是太可恶呀！

和尚乙 （发现地牢门关不严实）大爷，不好了！（耳语）那两个娘子跑了！

严　德 吓，跑了？（看介）还不与我快追，蠢才！

[小和尚欲下。

海　瑞 慢！

严　德 慢之何来？

海　瑞 她们走远了，你们追不着了。

严　德 你，你，你，这地牢的机关门岂是你弄开的？

海　瑞 是呀！是我无意中弄开的。

严　德 那两个女子是你放走的？

海　瑞 那两个女子，从地牢里出来，哭哭啼啼，是我叫她们走的！

严　德 你真是胆大包天！

海　瑞 庵寺敢囚良家女子，老汉怎么不敢放走无辜的姑娘！

严　德 放肆，大胆！这些女子，都是我家老爷要的。

海　瑞　你家老爷何等样子？这样伤天害理，可知还有王法么？

严　德　王法？我家老爷，乃是当朝宰相老严嵩，不日将要登基做皇帝。

海　瑞　放屁！甚么将要登基的新皇帝，明明是一个大奸臣！

严　德　这个可奈，老虎不展威看作山猫槌，给我用麻绳捆起来！

和尚甲乙　捆起来！

海　瑞　捆索容易解索难啊！

严　德　难！你知难也迟了。捆紧些，先押去游街示众，然后才慢慢来铺摆他！

和尚甲乙　是，走！

海　瑞　好吧！

[小和尚打锣，海瑞，严德下。

第六场　写　约

[中幕外，四旗牌引严嵩上。

严　嵩　（念）　官极遭人妒，

树大招风摇。

老夫严嵩，今日朝罢无事，告驾回府，左右行上！

旗　牌　喳！

[圆场，内面锣声。

严　嵩　左右，前面为何鸣锣。

旗　牌　（科）前面鸣锣，乃是有人游街示众。

严　嵩　老夫辖下地方，何人游街示众？吩咐，住轿（下轿）路口看来！

[小和尚、海瑞、严德上。

旗　牌　来，老相爷在此。

严　德　你去看来，奴婢严德，叩见相爷！

严　嵩　严德，你不在万福寺理事，到此何为？

严　德　禀老爷，有一盗贼胆敢盗俺万福寺的财物，被我抓住，游街示众。（与严嵩耳语）

严　嵩　唔！何等盗贼？如此大胆，竟敢到万福寺行盗，带来见我。

严　德　是！叩见老相爷！

海　瑞　叩见老相爷！

严　嵩　呵，你是海先生！

海　瑞　不敢！

严　嵩　你是海刚瑞？

海　瑞　正是海瑞。

严　嵩　左右，快将严德与众和尚捆起来！

旗　牌　相爷……

严　嵩　可恼！快捆！

［旗牌捆严德、小和尚，押下。

严　嵩　海先生，被老夫得罪了！待老夫与你亲解其缚！

海　瑞　解不得，解不得！严相国，听说你还选美女，将要登基了，海瑞来祝贺！

严　嵩　海先生，此话是开不得玩笑的！

海　瑞　非是下官开玩笑，海瑞说的可有根据的呵！

（唱）　登基之言非儿戏，
海瑞言之有根据。
巍巍一座万福寺，
严德奉命选美女，
海瑞误入万福寺，
见二民女哭啼啼，
是我相怜放伊走，
误公大事有罪戾，
何敢烦公把索解，
带索游街不敢辞。

严　嵩（唱）　都怪老夫老糊涂，
以致小人得罪应天府，
但愿先生多海量，

待我解掉这绳子。

海　瑞　（唱）　绳子绳子解不得，

留与海瑞带去见天子。

老相爷请了！请了！（下）

严　嵩　这？此事如若惊动天子，那还得了！左右，赶快告知侍郎，叫他快快半路拦截海瑞，去！快去！

旗　牌　领命！

严　嵩　刚峰慢走，刚峰慢走！

[众下，二家丁引严世蕃上。

严世蕃　（唱）　拦截路口，

莫让海瑞见当朝，

满朝文武我不怕，

就怕海瑞这死对头，

今日冒犯这太岁，

只怕是非无尽头。

这事看来难开交，左右，快请六部府官，并同罗公公，赵千岁前来！

家　丁　领命！

[家丁二人，各引罗公公，赵千岁上。

罗公公
赵千岁　蕃侍郎，今日请我等，有何事情？

严世蕃　下官今日要烦劳各位了，只因家丁严德，有眼不识泰山，竟把海爷带索游街……

罗公公
赵千岁　甚么？甚么我等耳不好，侍郎说明白些？

严世蕃　竟把海爷带索游街……

赵千岁　哎哟，这就不好了，他是应天府，在他该管地方，将他带索游街这还了得？

罗公公　赵千岁，生米已煮成饭，赔个不是将他解了就好！

赵千岁　恐怕没这么容易！

严世蕃 如今海爷要带索上朝，故请诸位前来调停！

罗公公
赵千岁 惊动圣驾，事情闹大了，恐对侍郎不利，就是对老相国也不妙呀！

严世蕃 故请诸位调停，调停！

赵千岁 嗯，海瑞生性硬直，这事恐难了结！

罗公公 千岁爷，就看在老相爷和侍郎分上，我等搁出薄面，尽力而为吧！

严世蕃 有劳赵千岁、罗公公了！

赵千岁
罗公公 请在此等候了！

[严嵩追海瑞上。

严　嵩 刚峰慢走？（跌倒，家丁扶起）

赵千岁 海先生！

海　瑞 啊？赵千岁？

罗公公 海刚峰！

海　瑞 啊？罗公公，你们都来了！

赵千来
罗公公 都来了！

海　瑞 啊，赵千岁、罗公公，各部府官，海瑞身带草索，沾辱同僚了，恕罪恕罪！

赵千岁
罗公公 好说，我等正为此事，特来为你两家议和！
众　官

海　瑞 何敢劳动诸位，我要和他面圣！

罗公公 刚峰，冤家宜解不宜结，今日之事六部公议就好，何必惊动圣驾！

赵千岁 刚峰，就听老公公的，六部公议就好，何必惊动圣驾，（拉海瑞旁白）圣上还是偏爱老奸，今日在此解决的好。

海　瑞 也好，倘若六部公亲难做，再上金銮不迟。

严世蕃 是，是，请把索子解下。

海　瑞 慢！事还未了，怎好解索。

罗公公 好吧，好吧！往六部府堂调停吧。

众　官 就听公公主意！

［圆场，二幕开，六部府堂。

严世蕃 诸位请坐，恐先生不便，这绳子可以解掉吧！

海　瑞 免劳尊驾，等下我自己来。

严　嵩 诸位大人！

（唱）　内丁严德罪难容，

竟敢得罪海刚峰，

老夫失管责难贷，

还望先生给宽容，

今劳各官车驾到，

尚望调停在此中。

赵千岁 （唱）　无缘无故缚命官，

皇上听知也不容。

罗公公 （唱）　倘若刚峰去面圣，

龙颜动怒难通融，

休说相国难下台，

我等同僚也无地自容。

严　嵩 确是老夫过错，但望各位调停，海先生包涵！

罗公公 要解此绳子，未知海先生有何条款？

赵千岁 请海先生拟约！

严世蕃 既是诸位大人调停，学生草拟之后，请诸位大人过目。

严世蕃 家丁，溶墨侍候。

［家丁张治文房四宝科。

海　瑞 待我来写。

［海瑞写好交赵，赵让罗。

罗公公 写得好，写得好！（交赵）

赵千岁 写得妙，写得妙！（交世蕃）

严世蕃 （音介，摇头，交严嵩）……

严　嵩 （摇头，叹气）唉！……

赵千岁 （接约）此约写来合情合理呀！

罗公公 （接约）此约写来，虽有利于刚峰，也无损于相国、待郎。

海　瑞 如此，就请相国亲手书约。

赵千岁 相国左手书，天下闻名，就请相国，左手书约吧！

罗公公 好，好，好！以解一时之怨。

众　官 免结百年之仇。

严　嵩 世蕃……

严世蕃 爹爹，写就写给他吧！这也没甚么了不起的。

赵千岁
罗公公 写吧！写吧！

严　嵩 （唱）　左手提笔老严嵩，
亲手书约付刚峰，
纵容内丁非为做，
捆缚命官罪难容，
今日立约冤家解，
如有悔约，
六部同僚皆不容。

严——嵩！（收笔）请刚峰收存。

海　瑞 尚欠丞相金印。

严　嵩 还要盖印么？

海　瑞 没有金印，于理不通！

罗公公 既然写了，盖上金印，以示认约。

赵千岁 对，对！以示认约。

严世蕃 盖给他，盖给他！

严　嵩 唉！（摇盖，盖印，递与海瑞）

赵千岁 海先生，书约条款，念给诸位大人听听，日后有个凭证。

众　官　请海先生把条文念上一遍。

海　瑞　待我念来。约一：万福寺烧毁，严德及众和尚过刀而亡。

严　嵩　当然，当然！

海　瑞　约二：万岁眼前，保奏应天府兼任江南巡按。

严　嵩　照办！

海　瑞　约三：这届主考官由海瑞来当，丞相决不干预此事。

严　嵩　也好，也好！

赵千岁
罗公公　众官在场，听得明白，海先生，绳子可以解掉了！

众　官　海先生，绳子可以解掉了？

海　瑞　可以解掉！可以解掉！哈哈，哈哈！

赵千岁
罗公公
众　官　哈哈哈！

［赵与海解索。

严　嵩
严世蕃　唉！（悻悻下）

海　瑞　（念）　小小绳索功非微，
缚住恶龙显神奇。

赵千岁
罗公公
众　官　（念）　从此朝中少风浪，
好让黎庶乐业安居。

［罗公公，众官下，赵千岁喊住海瑞。

赵千岁　海先生，小王有一事未明，敢向海先生领教。

海　瑞　千岁请道其详。

赵千岁　烧毁万福寺，杀掉小和尚，自是理所当然，海先生为何又要兼任巡抚和主考呢？这又是所为何来？

海　瑞　千岁容回，这全是为了找寻曾家后裔，为昭雪曾家一案得些方便。

赵千岁　啊！难道曾荣落在这江南一带么？

海　瑞　海瑞正在访寻。

赵千岁　海先生，为国为民，有识有胆，令人钦敬！

第七场　小团圆

[中幕开，海安、海保“拉山”上。

海　安　（念）赤胆保忠烈。

海　保　（念）智勇除奸邪！

海　安　喳！海安。

海　保　海保。

海　安
海　保　兄弟奉了先王之命，在此江南一带，查访曾荣、曾贵消息，至今未有下落，兄弟走。

[海安、海保下。

曾　荣　（唱）　飘泊无家。（上）
恨奸臣迫害，
总不舍，道途少衣食，
客宿多不安，何时除奸，
复我旧家，嗳爹娘啊，
此仇不报非男子，
定要鸣冤告九泉，
嗳兰贞呵，
愿你玉体多保重，
莫为曾荣把花容损垮，
暗祷苍天暗祷苍天，
曾荣冒死寻忠烈，

愿保黎庶除奸邪。

小生曾荣，前日蒙岳母相救，放我逃走严府，只因奸贼到处悬赏缉拿，迫得我只好四处飘泊，唉！严嵩呀老贼，你如此迫害忠良，天理难容你了，来到此处，身上困倦，前面有一榕阴之地，不免稍歇一时。（作昏睡介）

［四皂隶引王日昇上。

王日昇（念）水火之势难相生，

不灭仇家睡不宁。

来，打道回府。

皂隶 喳！

［圆场。

王日昇 慢轿！（下轿，察看曾荣）哎嗜，哎嗜！这正是曾荣。来，把他锁了！

［海安、海保暗上。

曾荣（惊醒）王日昇！

王日昇 曾公子，正是下官！

曾荣 贼子！

王日昇 来！押回严府！

海安
海保 抢！

［海安、海保杀退皂隶、王日昇。

曾荣 多谢二位英雄救命之恩，二位英雄尊姓贵名？

海安
海保 这里不是言话之所，公子快随俺走！

［圆场。

海安
海保 公子稍待！

［曾荣暗下。

海安
海保 有请老爷！

海　瑞　嗯哼！（上）海安、海保，曾公子可有着落？

海　安
海　保　现在门外！

海　瑞　好！好！请他进来！

海　安
海　保　曾公子，海爷有请！

曾　荣　（入门、跪下）海青天，为俺一家伸冤呀！

海　瑞　这个老夫责无旁贷，公子请起！

曾　荣　海青天，小生一家血海沉冤，未知何日可报？

海　瑞　皇上偏听奸谗，这事一时尚难告得，需等获得严贼确凿罪证，才可题参老贼！

曾　荣　海青天可怜！

海　瑞　海安，有请夫人、小姐！

海　安　夫人、小姐有请！

［海夫人引严兰贞上。

海　瑞　女儿，你看谁来了！

严兰贞　呵！公子！夫君！

曾　荣　小姐，贤妻！

赵琬贞　表姐夫。

曾　荣　表姨！小姐恁等，为何落在这里？

赵琬贞　一言难尽！

（唱）　　姐夫（官人）容诉。（吹打牌子）

曾　荣　原来如此！

严兰贞　夫呀，那日你逃出严府，为何今日也落在此地呢？

曾　荣　事乃如此如此。

海　瑞　你夫妻今日幸得相会，来日待老夫打发公子，赴试求得功名，再来与老贼计较！

曾　荣
严兰贞　叩谢海青天！

海　瑞　何须如此多礼！海安、海保，吩咐后堂酒宴侍候！

海夫人

海　安

海　保　后堂酒宴侍候！

严赵鄢专朝政，

四海怨国不宁，

好海瑞膺民望，

怜恤忠良救曾荣。

[打牌子，幕下。

[剧终。

金叶菊

编剧：陈春淮

改编：张坚城　蔡锦华

人　物　表

马应龙　　大理寺
林汝春　　元帅、加封安国公
张武杰　　元帅、加封武国公
明神宗　　皇帝
欧延瑞　　国丈
欧文光　　国舅
严　渊　　总兵
林月娇　　林汝春之女
小　梅　　林月娇的婢女
林天义　　林家忠仆
林夫人　　林汝春夫人
张夫人　　张武杰夫人
张彦隆　　张武杰之子
马应龙四校尉、马兴、马旺、众王爷、二朝臣、众百官
内侍、众梅香、武士、校尉

序　幕

[凯旋场按二楼会城。

[二帅士兵大将趟马出。

[皇帝、王爷、廷瑞、百官、内侍出立于高处。

林汝春
张武杰　臣林汝春
张武杰参见我主万岁，万万岁！（众跪）

明神宗　众卿平身！

众　人　谢万岁！

明神宗　二卿、强虏荡平，国家大幸，汗马大功，朕不负卿！

林汝春
张武杰　此乃主上洪福，将卒用命，臣等何功之有？

明神宗　二卿，番邦献有金叶菊求降，现在哪里？

林汝春　在臣身上，待臣献上。

明神宗　哈……，二帅汗马功劳，寡人加封林汝春为安国公。

林汝春　谢万岁！

明神宗　张武杰为武国公。

张武杰　谢万岁！

明神宗　昔日林、张二家定亲，是寡人为媒，今将宝菊赐以正帅林汝春，作为女儿行嫁之宝。

林汝春　谢万岁！（内侍将宝菊递与林汝春）

众　臣　我主赏罚分明，其乃有道明君！

明神宗　强虏已降，边犯已平，朕要金殿摆宴，与众卿同享太平！

众　臣　谢万岁！（马应龙擎起二帅之手，大喜下）

欧延瑞　（看之不悦）万岁，二帅兵马进城而来，百姓欢呼，焚香载道犹胜陛下御驾出游啊！

明神宗　国丈之言，过分了吧！

欧欧瑞　万岁，今日之事，堪比昔日宋太祖陈桥之故！

明神宗　此是何意？

欧延瑞　昔日陈桥兵变，岂不是民心所向，兵权在握吗？

明神宗　这……（深沉地）国丈，有事进入内宫慢慢商量！

[灯渐暗。

第一场 失 菊

[欧文光上。

欧文光 （念） 人无伤虎心，虎有害人意。

当朝国舅欧文光，是我父子多次在皇上面前进言，皇上深恐二帅谋反，命我暗中窥探，哈哈，焉知我父子一箭双雕呢？二帅一杀，朱氏江山指日可待了！只是数月以来，无机可乘，想起实在扫兴了！（传来一阵悠扬悦耳的音乐声）

欧文光 哦！何处笙歌嘹亮？（侧耳细听，边听边朝着音乐方向走去，至台右）呀！这岂不是张武杰的花园，待我悄悄进去一看。

[放二幕，园亭，园中百花盛开，万紫千红，林月娇端坐园亭操琴，桌上放着金菊，众梅香翩翩起舞。

众梅香 （唱） 春光明媚兮，满园芬芳。
百花争妍兮，万紫千红。
宝菊灿烂兮，园亭增光。
莺歌燕舞兮，教人心荡。

[众梅香起舞时，欧文光已爬上围墙窥视，一时神往，忘其所以轻轻大笑。

[林月娇抬头见欧文光，惊羞避下，遗金叶菊和玉琴于园亭上。

[文光正在婉惜，忽见桌上的金叶菊，忙跳下去拿过手来。

欧文光 此物岂不是皇上赐给林汝春的金叶菊？

[急藏袖内欲走，小梅慌上，在园亭不见宝物，环顾周围，见欧文光欲走，急忙喝住。

小　梅 狂徒慢走，还我宝物！

欧文光 胡说！说什么国舅拿你的宝物！

小　梅 啊！你是国舅？

欧文光 谁人不识当朝国舅欧文光！

小　梅 嗳国舅呀国舅，花园又你一人，亭上宝物不见，必为国舅所拿，万望国舅将宝物还我。

欧文光 （急欲脱身，欲拔剑杀小梅，顿觉不妥，稍思）不可，不可，（对小梅）梅香，你叫何名字？

小　梅 婢女小梅。

欧文光 小梅，国舅有一事要说，未知你意中如何？

小　梅 但求还我宝物的，国舅有何金言请说。

欧文光 小梅，你终身为婢，实非长远之计，国舅爷意欲收你为妾，未知你岂愿允从！

小　梅 （羞，讨厌地）国舅，切勿戏言，请自尊重。宝物还我。

欧文光 不要扬声，快随我出府去吧！

小　梅 （惊急）哎哟，来救呀！（欧急掩小梅之口，拔剑追小梅下，静场片刻）

梅香甲 （内白）小梅姐，小梅姐呀！（梅香甲急止，发现亭上金叶菊不见）哎呀！金叶菊不见了！（着急）小梅姐，小梅姐！（发现后门洞开）哎呀，不好了呀！花园后门洞开，金叶菊不见，小梅姐不在，快快报与小姐得知。（急下）

林月娇 （唱）　听闻言，心慌乱。（众梅香引林月娇急上）。

（接唱）　宝菊若失事非常。（白）梅香，快快寻来。

众梅香 遵命！（分下，四处寻觅）

众梅香 （分上）启禀小姐，四处寻无！

林月娇 再去寻来！

众梅香 遵命！（众梅香再分下）

林月娇 不好了呀！

（唱）　无限军功宝中藏，
又是皇上亲赐赏。
宝物在家夸荣耀，
如今失却罢难当。

（众梅香分上）

林月娇 （急问）梅香，可有寻着？

众梅香 遍寻不见！

林月娇 怎么说，遍寻不见么？

众梅香 是。

林月娇 小梅呢？

众梅香 也失踪了！

林月娇 哎咋！（一时昏迷过去，梅香急扶）

众梅香 小姐，小姐！

林月娇 （唱） 祸起萏墙！（醒）此场风波不浅。

失掉金叶菊，小梅又不见，

狂徒抢物劫人为哪桩，（想计介）公爹究问何言答？

更怕从此起祸殃！

狂徒！恶贼呀！（激面介）

众梅香 小姐，小姐，事已如此，气之何益，待婢慢慢再寻就是。

林月娇 唉！此事如此蹊跷，还是禀告公爹知道才是。（众梅香引月娇下）

[幕落。

第二场 勘 敬

林汝春
张武杰 （内唱）祸从天降！

[四校尉押林汝春、张武杰上。

林汝春
张武杰 （接唱） 平地风波遭冤枉，

无端失去金叶菊，

竟成卖国罪一桩，

怎不教人泪涟涟。

林汝春 嗳！万岁呀皇上，何因金叶菊之失落，就凝俺通番卖国。

张武杰 哼！但不知哪个奸臣贼子，借机相害，公堂之上，俺必要和他办理是非。

［武士示意两帅下。

［启外幕，大理寺，吹鼓，四校尉、马兴、马旺先后上，站列唤堂，马应龙、欧廷瑞上。

马应龙 （念） 何惧凝案千万难，
定教善恶分当堂。

［校尉唤堂，马应龙、欧廷瑞入坐。

马兴，拿本府名帖，请欧国舅进公堂。

欧廷瑞 马王爷，未提案犯审问，却叫我儿进公堂，此是何故？

马应龙 此案既是国舅所破，就该向他问明其中底细，然后才好审问案犯！（马兴引欧文光上）

欧文光 王爷在上，文光见礼。

马应龙 一旁答话。

欧文光 遵命！王爷，召我进公堂而来，有何事情？

马应龙 本藩问你，那张府丫环，从来可曾与你相识？

欧文光 从来与我不相识。

马应龙 既不相识，为何此案她不向有司衙门告发，偏偏告于你呢？

欧文光 王爷容回，我同家丁闲游城外，偶遇一婢，她知我是国舅，故而向我告发。

马应龙 有这样？

欧文光 正是如此。

马应龙 本藩再来问你，奸细既已落网，理当留为人证，为何让她投水而死呢？

欧文光 奸细畏罪，挣脱家丁，飞身投河，挽之不及。

马应龙 如今尸骸可在？

欧文光 雨后水急，被急流冲去了。

马应龙 被急流冲去了？

欧文光 正是。

马应龙 这丫环叫何名字？

欧文光 名叫小梅。

马应龙 现在何处？

欧文光 被我留在府中。

马应龙 就好，你可退下。

欧文光 告退。（下）

马应龙 马旺，拿签票往欧府提叫小梅。

马　旺 遵命！（下）

马应龙 左右，传林汝春进公堂！（二校尉下，押林汝春上）

林汝春 叩见王爷。（跪）

马应龙 林汝春，你乃国家肱股，不思尽忠报国，竟敢勾结鞑靼，图谋反叛，该当何罪？

林汝春 唉！王爷呀，卑职哪有此事呵！

（唱）　若通鞑靼，哪有痛击迫他降？
若谋反叛，兵权在握早该反，
伏望王爷开明镜，莫让番盆之下有沉冤。

马应龙 你说未敢通番谋反，为何将金叶菊送还鞑靼？

林汝春 金叶菊实为我女失落，王爷详查。

欧廷瑞 马王爷，金叶菊是皇上御赐之宝，哪能轻易失落，此分明是逆臣狡辩，请速定罪。

马应龙 这是国家大事，必须详细勘问，何况出首丫环尚未进询。吩咐，林汝春带下，换张武杰上来。（校尉下，押张武杰上）

张武杰 叩见王爷。（跪）

马应龙 张武杰。

张武杰 卑职在。

马应龙 你暗藏奸细，送还宝菊，该当何罪？

张武杰 唉！王爷呀千岁，想俺张武杰一颗丹心唯天可表呵！

（唱）　武杰若有怀异志，
领受万刃来碎尸，
须防有人相陷害，
莫使忠良负屈死。

马应龙 既然如此，金叶菊何以在奸细身上搜出来呢？

张武杰 金叶菊被我媳妇失落，随后还有小梅寻菊失踪，其余武杰一概不知。

马应龙 哦！小梅是寻菊失踪的么？

张武杰 正是。

欧廷瑞 马王爷，叛国罪犯，不动大刑，他们哪肯招认？

马应龙 既是社稷大案，就该经过三审六问，目前初审未了，焉能随意动刑？

欧廷瑞 如此，你就徇私枉法了！

马应龙 徇私枉法，何以见得？

欧廷瑞 勘审不严。

马应龙 案未决断，何来徇私枉法，国丈休得乱言。左右，张武杰带下。

小　梅 （内唱） 胆战心寒。（马旺引小梅上）

（接唱） 生死存亡在眼前，

公堂已到了，审问怎回言？……

胆战心寒，

心寒胆战我怕公堂上。（进公堂）

叩见王爷。（跪）

马应龙 你就是张府丫环小梅？

小　梅 是。

马应龙 见了王爷，何不抬起头来？

小　梅 只恐有罪，不敢抬头。

马应龙 赐你无罪，只管抬头。

小　梅 谢王爷。（抬头横眼见欧廷瑞，一怔）

马应龙 小梅，你何时在张府为婢？

小　梅 （没想到没问起金叶菊之事，意外地）我原在林府为婢，后随月娇小姐于归过张府而来。

马应龙 张府待你如何？

小　梅 恩重如山。

马应龙 金叶菊可是你小姐行嫁之宝？

小　梅　（一怔）是！

马应龙　如今金叶菊哪里去了呢？

小　梅　（愕住）这，金叶菊么……？

马应龙　呃，如何呢？

小　梅　（唱）　咽喉僵硬难开言，
心急如油煎！
若从奸，忠良必遭殃，
若是说，我命难保全，
好教人，方寸乱，
左右为难唯主张！……

欧廷瑞　（不安威胁地）小梅，此案由你告发，须当从实而说，若有隐瞒，性命难保，说呀！

马应龙　是呀，金叶菊之事如何，你应从实而说，若有半句虚言，性命难保。（拍惊堂木）快说！

（众校尉吆喝，小梅惊，跌坐，亮相）

小　梅　（唱）　王爷追问紧。

欧廷瑞　（也把惊堂木一拍）（众校尉叱咤）快说！

小　梅　（又一惊，跌坐）
（唱）　国丈威吓严……

马应龙
欧廷瑞　小梅，从实的说说说！

小　梅　（唱）　迫得我，心怆惶，如油煎，
公堂犹是阎王殿，
生死决断不宽，
二位阎君一个鬼，
弱质女子两为难……

欧廷瑞　（老奸巨猾地）哈哈哈，王爷，小梅的心事，我猜透了。

马应龙　何等心事？

欧廷瑞 小梅是奴，二帅是主，她怕说出实言，以下犯上，（对梅）小梅，不用害怕，国丈做主，包你无罪，你尽管说出来！

马应龙 （冷笑）未必，未必小梅为此犹豫，恐怕内中别有蹊跷，（对梅）小梅，不用害怕，王爷做主，你只管实说。

小　梅 （唱）　到如今，要害人，要舍己？

终需言，害人舍己一时间。

马应龙 若不实说，大刑侍候！

四校尉 快说！

欧廷瑞 小梅，叫你……叫你说，你就说呀！

小　梅 （唱）　二帅待我恩非浅，

怎忍负心害他亡。

罢了！嗳，马王爷，我的老王爷，

金叶菊实被小姐遗失去。

马应龙 如何遗失？

小　梅 （唱）　园亭玩赏遇狂汉。

马应龙 狂汉是谁？

小　梅 这狂汉是谁么？……这狂汉……

马应龙 他是何人呀？

小　梅 （唱）　就是国舅欧文光！

欧廷瑞 住口，大胆贱婢，二帅反叛，是你报知国舅，如今公堂之上，竟敢反诬国舅，翻来覆去，一派胡言，真是罪该万死，左右用刑！

马应龙 且慢，请问国丈，今日公堂之上，谁是勘审官？

欧廷瑞 你是勘审官！

马应龙 既然这公堂之上，本藩乃是勘审官，国丈又如何越权？

欧廷瑞 怎见得老夫越权？……

马应龙 小梅是本藩审问之人，审问未毕，她供词未完，你竟将压住，难道这不是越权吗？

欧廷瑞 她反复无常，颠倒是非，老夫制止，便是应该的。

马应龙 是非黑白，自有本蕃审问，国丈无理干涉，只怕题参不便呵！哼，小梅，王爷做主，你可把其中底细说个明明白白，诉来，诉来！

小　梅 （唱）　国舅拿宝不肯还，
还说收我为妻房，
说后将剑迫我出花园，
皇亲府中把我骗，
要我从他计，陷害二帅亡，
若不从他计，就要我命亡，
此情此事不敢匿，
冒死谨诉王台前！

马应龙 原来如此，岂会差？

小　梅 不差。

马应龙 岂会错。

小　梅 不错。

欧廷瑞 贱婢住口，马王爷，恶婢颠倒是非，应先叛她诬告大臣之罪。

马应龙 未必，未必，未必小梅胆敢颠倒是非，诬告皇亲，欧国丈！

欧廷瑞 马王爷！

马应龙 如今案情牵涉国丈父子，国丈，你还是照实说了吧。

欧廷瑞 胡说，老夫堂堂国丈，岂有与小人同计共谋，你偏信小人之言，欺压老夫太甚了！

马应龙 小梅，本蕃召欧文光进公堂，你岂敢与他对证？

小　梅 王爷做主，小婢敢与他对。

马王爷 敢与他对就好，站在一旁。左右，召欧国舅上公堂。

校　尉 奉命，欧国舅进公堂。

欧文光 （上，见梅一愕）王爷，二次召我所为何来？

马应龙 欧国舅，你岂知罪？

欧文光 文光不知罪从何来！

马应龙 你于张府园亭，劫走金叶菊，父子诱迫小梅，陷害二帅，公堂之上，还不招来！

欧文光 王爷，此事文光不知从何说起？

马应龙 小梅，上前与他对证。

小　梅 王爷做主。

欧文光 贱婢，你敢是疯癫了？

小　梅 呸……

（唱）　非是小婢我疯癫，
乃是国舅你藏奸，
盗劫金叶菊，迫我诬忠良，
凭空造是非，黑白任倒颠。
无端害二帅，双手欲遮天。
今日公堂来对证，劝你赶快自招之。

欧文光 这婢可恼……

校　尉 禀王爷，小梅被踢死了！

马应龙 （唱）　怒发冲冠！
不由人无名火起三千丈，
骂声贼子太猖狂，
竟敢行凶公堂上，
国法纲纪今何在，
岂容贼子无法无天。

（尖白）左右！

四校尉 有！

马应龙 （唱）推出处斩莫迟延！

欧廷瑞 （离座急阻）慢！皇亲国戚，你斩不得。

马应龙 他当公堂，踢死证人，依法该斩。

欧廷瑞 你斩不得。

马应龙 斩得。

欧廷瑞 斩不得。

马应龙 欧廷瑞，你有大罪，岂知道么？

欧廷瑞 老夫亲自监审，何罪之有？你偏信小人，诬告皇亲，我要扭你上殿面圣。

马应龙 你待怎说？

欧廷瑞 上殿面圣。

马应龙 上殿面圣，难道本藩怕你不成？左右！

（唱） 速将欧文光，

押上金銮殿！

[幕下。

第三场 辞 朝

[幕启，金殿，马应龙、欧廷瑞上，鸣钟撞鼓，二朝臣上，太监甲乙引神宗上。

神 宗 马、欧二卿。

马应龙、欧廷瑞 臣在！

神 宗 二帅之案，审问如何？

马应龙 启奏万岁，二帅谋反，实无此事，全是欧廷瑞父子栽赃诬害。

神 宗 有这样？老卿，你可有秉公而断。

马应龙 老臣焉敢徇私，张府丫环小梅，原是被欧文光劫去为证的。

神 宗 呵，倒是国丈、国舅的不是了。

马应龙 小梅供出真情，当堂与国舅对证，竟被一脚踢死。

欧廷瑞 臣奏万岁，马王爷存心袒护叛臣，二帅通番谋反之事，他不审不问，然旁生枝节，致令证人小梅反复变口，我儿盛怒之下，故有错脚踢死小梅，此皆马王爷偏私所致。

神 宗 是这样？

欧廷瑞 老臣焉敢妄言？

马应龙 万岁呀君王，欧文光公堂之上，踢死证人，罪恶昭彰，欧廷瑞还敢御前狡辩，更嚣尘上，臣请万岁即刻下旨，将他父子二人处罪。

二朝臣 马王爷说得有理，陛下准奏。

神　宗 （经过一番思考）众卿毋庸定议，朕自有主意。马爱卿，国舅和二帅可有带上朝来。

马应龙 已押在午门候旨。

神　宗 传旨，将国舅同二帅押上殿来。

[武士押二帅、文光上。

林汝春
张武杰 臣见主万岁。

神　宗 松刑。（校尉与二人开缚）

神　宗 众卿听朕御判。

众　人 万岁！

神　宗 目前此案，是非未晓，黑白难分，朕恕林汝春、张武杰无罪，二家家族一概免究。

林汝春
张武杰 谢万岁！

神　宗 欧国舅。

欧文光 臣在！

神　宗 哼，对质未明，公堂之上，怎好踢死证人？如今此案，黑白难分，皆你之过了，姑念初犯，罚奉四月，以抵公堂踢死证人之罪，下殿去吧。

欧廷瑞
欧文光 谢万岁！（廷瑞、文光下殿，马应龙等愤甚）

马应龙 万岁，此案就是这等决断吗？

神　宗 此案是非未晓，黑白难分，暂时这样决断，日后慢慢查察就是。

马应龙 如今此案是非已晓，黑白已分，如此决断，朝庭之纲纪、律法何在呀……？

神　宗 老卿，此案何说是非已明，黑白已分呢？

马应龙 小梅之词，小梅之死，不是说得明明白白吗？

神　宗 此案是国家大事，小梅乃下贱之人，其言哪可为据，何足为凭？

马应龙　万岁呀！（唱）奸佞如此得轻饶，
怎教忠良恨解消，
难道两帅白白遭诬害，
难道小梅一命就这样勾销？

神　宗　这……依老卿之见呢？

马应龙　以臣之见，二帅复职，二奸问斩！

二朝臣　二帅不复职，二奸不问斩，不足以平众愤。

神　宗　爱卿，如此岂不偏私过分吧？

马应龙　扬善扼恶，何为过分？

神　宗　非也，非也，二帅若精忠无二，日后自然水落石出，堂堂皇亲，错脚踢死一婢，此乃小小事情，何足为罪？何况已将他罚奉四月，以抵此过，朕如此决断，可谓明正公断了，卿等不必再言！（马不服，欲再奏）

张武杰　启奏万岁，国家太平，天下无事，臣乃武夫之辈，在朝无用，愿意回家务农。

马应龙　（欲劝阻）

林汝春　启奏万岁，强夷拱服，国家安宁，为臣也想解甲归田。

马应龙　（急阻）哎……

神　宗　也好，如此寡人准奏，赐二卿解甲归田！

林汝春
张武杰　谢万岁！

马应龙　万岁……

神　宗　内侍，退朝！（拂袖下）

[二朝臣、林汝春、张武杰下殿，应龙随下。

[闭二幕。

马应龙　（无限感慨地挽住二帅之手）二位僚友呀，目前干戈平息，英雄无用武之地，解甲归田倒也是好。只是外夷虎视眈眈，如若干戈再起，又是英雄候命之秋了！二位深明大义，应以社稷苍生为重，此言相告。

林汝春
张武杰　王爷金言，我等谨记，只是今日这再世之恩，未知何日才能答报。

马应龙 此是国家大事，老夫责无旁贷，二位言重了。

张武杰 王爷呀，主上昏聩，谗臣当道，难为你老人家了。

马应龙 奸臣如此作为，这等嚣张，必难善终，二位归途珍重，恕老夫不远送了。

林汝春
张武杰 老王爷、二位大人请了。

马应龙
二朝臣 元帅请……

[二帅与马应龙、二朝臣作别下。

[幕下。

第四场 陷 驿

[二幕外，欧文光趟马上。

欧文光 （念） 前计不成后计成，
策马直奔济南城。

二帅回返江南，我父修书一封，命我带到济南，叫总兵严渊照机行事，打马走上！（下）

[吹打，严渊带武士引林汝春、张武杰、林夫人、张夫人、张彦隆、林月娇、林天义上，接入，严示意家将下时，被天义发觉有异。

严　渊 二位元帅驾到，失了远迎，恕罪，恕罪。

林汝春
张武杰 严总兵说哪里话来呢？路过贵地，多多打扰了，总兵勿怪、勿怪！

严　渊 不敢……

林汝春 夫人，亲家母，时已不早，您等下去安宿吧。

林夫人
张夫人 是。（林汝春又示意张彦隆下）
林月娇

严　渊　二位元帅文韬武略，将帅奇才，保国安邦，有功天下，今日虽然解甲归田，他日朝庭必然再次重用，就会东山再起的。

林汝春
张武杰　多蒙相慰，无限感激，只是打扰总兵，心甚不安。

严　渊　卑职分所当然，何说打扰，哎呀，我出来已久，只恐府衙有事，不能久陪，二位元帅请了。

[严渊出，鬼鬼祟祟下，林天义跟出发觉。

林天义　啊！（入）老爷……

林汝春　天义何事？

林天义　严渊鬼鬼祟祟，行踪可疑……

林汝春　有这样？

林天义　是。

林汝春　小心巡查。

林天义　领命。（出）

二帅有功于国，今日如此遭遇……
唉！正是伴君犹似伴猛虎，
世人何意觅封侯。（下）

张武杰　亲家，想俺二十年来，南征北战，人不离甲，马不离鞍，今日落得如此下场，想起好不苦恼呀！

林汝春　亲家，往事不堪回首，日来一路风尘，还是早点安宿吧！

张武杰　心事重重，何能入梦？

林汝春　亲家，大丈夫为人处世，能伸能屈，切莫为此介然于怀。

张武杰　（有所感触地）亲家，你可曾记得三年之前俺带兵平倭路过此驿，挑灯谈心，提起唐人的二句诗么？

林汝春　唐人的二句诗？

张武杰　是呀！

林汝春　哪二句呢？

张武杰　（唱）　　但使龙城飞将在，

不教胡马度阴山。

林汝春 是呀，这是前人给我们的榜样，给我们的意志啊！

张武杰 如今看来！

（唱） 大志未酬心先死，

长使英雄泪满襟！

林汝春 亲家，何出此言呢？外夷虎视眈眈，黎庶不安，且留有用身躯，终有报国之日呀。

张武杰 亲家呀！（唱）

从今抛却戎马志，

冷淡刀枪卫国心。

林汝春 嗳！亲家！有道“国家兴亡，匹夫有责”，要俺置社稷黎庶于不顾，实是问心不安呵！

张武杰 亲家，主上昏庸，谗臣当道，忠良遭害，路人侧目，这才是（唱）

飞鸟尽矣良弓藏，

狡兔死矣猎狗烹，

似此为国遭冤屈，

归田大胜风坡亭。（重句）

林汝春 哎哟！这风坡亭么？亲家呀！

（唱） 无限敬仰岳武穆，

万古流芳风坡亭。（重句）

主人昏聩，谗臣当道，

忠良遭害，路人侧目。

如今是忠奸善恶全颠倒，

提起教人怨恨生，

只是外夷凶悍成本性，

料必乘衅犯边廷，

那时节，你我忍看胡骑略我土，

掳我儿女杀我苍生。

张武杰 哎呀……

林汝春 亲家呀！我个好亲家！

（唱） 今虽辞朝归乡井，

一颗丹心忘不了社稷苍生。

张武杰 我好恨啊，好气呵！（捶胸，吐血）

[林夫人、张夫人、林月娇、张彦隆，从内分上，见状大惊。

众 人 亲家老爷公公爹爹……

林汝春 亲家，何须这等气愤呵！（众人扶张武杰入座）

张夫人 未到家乡，老爷患此重病，如何是好？

林夫人 真是“福无双至，祸不单行”呀！

张武杰 我好恨呀！

林汝春 哎，亲家，还须要多保重呀！

[三更，扮成哨马并带有弓弩的奸军引严渊、欧文光过场下，一阵犬吠声，林天义警惕地上。

林天义 启禀老爷。

林汝春 天义何事？

林天义 外面人影婆娑，犬吠声嘈，甚是可疑。

林汝春 有这样？或者官府追捕盗贼，不用惊慌。

[内声：杀杀杀……一家将慌忙上。

家 将 启禀老爷，大事不好了。

林汝春 何事不妙？

家 将 大队贼兵，前来围劫驿馆。

林汝春 看来……

[林天义先奔下，林汝春提剑与家将奔下。

张武杰 （唱） 何处贼兵？

竟然黑夜把凶呈！

恨我受害染重病，

不能挥剑决此生。

[张武杰欲奔出，支持不住，众急扶住。内声：杀杀杀。

众　人　（唱）　四面喊杀声，

怎不教人急又惊！

青龙白虎才离了，

又遇满门吊客来！

[林汝春中箭，家将扶上，复下，众见状大惊，张武杰急趋前与林汝春拔箭。

林汝春　痛杀我也，你们要想法杀出重围，日后伺机报仇才好。（挣扎，身亡）

林月娇　爹爹！

林夫人　老爷！

张彦隆　岳父！（林月娇、林夫人、张武杰昏倒）

张武杰　亲家！（唱）心如崩裂！

一世英雄一旦休，

将军不死沙场上，

竟然惨死贼人手，

嗳，老天呀，我的老苍天！

为何俺才离虎口又遇龙潭，

为何俺既遭奸害又遇贼人。

老天呀！苍天……

善恶到头无果报，

任恶邪好欺天，

死为厉鬼要报冤。

哎咋……（吐血，身亡）

张夫人　老爷！老爷！

张彦隆　爹爹！爹爹！

[张彦隆急林夫人、林月娇醒。

众　人　哎呀……（唱）

冤惨滔天！

心肠欲断，魂魄飞天！（大激面介）

（内声）　杀杀杀！……

哎咋……

喊杀声声声声起，

龙潭虎穴怎脱身？！

上天无路，入地无门，

林张二家一朝殆尽！

林夫人　老爷已死，在生何……（拔林汝春佩剑自杀身亡）

林月娇　哎哟！母……

［欧文光、严渊率奸军分上，过场下。

林天义　（急上，见状大恸）哎咋……姑爷，小姐，贼兵愈杀愈多，来势凶猛，兄弟难以抵挡，是要即速逃走才是。

林月娇
张彦隆　贼兵重重围住，如何得脱，如何得脱？

林天义　驿馆后面乃是池塘，小人已命几个熟悉水性的兄弟，在那里伺候，可从那里暗中逃走。

张夫人　这尸骸呢？

林天义　眼前先顾生命，伺机报仇要紧，二位老爷及夫人的尸骸是小人之事，夫人、姑爷、小姐，莫再迟延，快随我来。

［林天义挽着林月娇、张彦隆、张夫人下。奸军甲乙搜索上，林天义复上，欲背林汝春之尸，发现奸军遂之厮杀，天义杀死奸军急中生智，剥奸军衣披于身上，走出，奸军丙丁遇林天义误以天义是奸军。

［二家将带彦隆、月娇、夫人出，杀声起，一家将拦月娇、夫人下，另一家将拉张彦隆缩于一旁。严渊、文光、兵将出，天义跟随，发现张彦隆。

欧文光　嗯？你岂不是张武杰之子张彦隆？

张彦隆　严渊，欧文光你这贼！

［严、欧杀死家将，彦隆，天义一旁爱莫能助。

欧文光　哈……真乃冤家不聚首了！这正是！

得心应手施妙计，

指日要夺明江山！哈……

[切光。

第五场　哭　窑

[在凄恻的音乐气氛中，外幕徐徐下，萧条寒窑中设灵牌三副，林月娇上。

林月娇　（唱）　声声衣猿，
这场冤惨有谁怜，
为国尽忠无果报，
有冤难伸痛断肠，
嗳！爹爹呀！
我，我的公公呀！
可怜您，
征袍寒雪犹未了，
奇冤大祸紧相连，
可怜您，
万里戎机受尽苦，
未享太平落得此下场。
公公！爹爹！母亲！

张夫人　媳妇，彦隆岂有消息？

林月娇　还没……

张夫人　你要多番打听。

林月娇　媳妇知道。（出寒窑，下）

林天义　（内唱）　忙步慌慌（林天义上）
匆匆忙把小径穿。（圆场做介）
今日寒窑会小姐，
生死相诉覆盆冤。（重句）

[月娇，天义相逢。

林天义 小姐！

林月娇 你是？

林天义 仆人林天义。

林月娇 哎！恩仆呀！（相会介）

林月娇 （唱） 见恩仆，泪汪汪！

荒僻寒窑会亲人，

何期今日得相见，

几凝相会在梦间。

林天义 （唱） 见小姐，痛断肠，

形容枯槁变了样，

荒僻寒窑千般苦，

铁石人见也泪涟涟。

林月娇 天义恩仆，你一向落在哪里，今日缘何能到此寒窑？

林天义 这……一言难尽。

林月娇 济南陷驿之后，你岂有见到我夫么？

林天义 啊！姑爷么？

林月娇 莫非他……？

林天义 这……

林月娇 他如今生无踪迹，死无尸骸！

林天义 这……事到如今，瞒自不得，小姐呀小姐，前日陷驿，姑爷在驿馆水道，冤家路狭，碰上贼子欧文光，姑爷他……

林月娇 怎说！我夫他……他他他……

林天义 被杀死了！

林月娇 哎哟！（昏倒）

林天义 小姐，保重，保重呵！

林月娇 （唱） 魂消魄离！

杳杳茫茫飞九天！

彦俊，夫呀！哎呀……（激面介）
夫你一命阴司去，
放掉老母和娇妻，
娇妻老母所靠谁是？
嗳老天呵！我的老苍天！
公爹冤仇尚未报，
脉香丁又断矣。
欧文光，你这贼子呀！
欧林欧张本无恩和怨，
为何如此陷阮于绝地？
善恶到头古有报，
我要看贼子千刀万斩，
万斩千刀来碎尸！

张夫人 （内白）媳妇！（上）媳妇，为何哀哭？

林月娇 这……

张夫人 为何哀哭？

林月娇 想起俺家冤情，媳妇一时忍之不住，故而哀哭起来……

张夫人 是这样？

林天义 叩见夫人。

张夫人 你是何人？

林天义 仆人林天义。

张夫人 你就是恩仆林天义。

林天义 正是小人。

张夫人 你今日怎能到此？

林天义 这么？一言难尽。

张夫人 你与小姐，主仆两人，又为何哀哭？

林天义 仆人并未哀哭。

张夫人 并未哀哭，又为何眼中带泪。

林天义 这……（林月娇示意林天义不要说，张夫人发觉科）

张夫人 啊！媳妇，恩仆，不要再瞒我了。

林月娇
林天义 哎呀！……

林天义 小姐呀小姐，事到如今，瞒自不得，还是照实禀报夫人才是。

林月娇 要我说么？

张夫人 （两边一看）究竟是什么祸事啊？

林月娇 唉！婆婆呀婆婆，我夫在驿馆水道，遇着贼子欧文光，被杀死了！

张夫人 怎说，（拉住天义）彦隆他，他，他他他……

林天义 姑爷被奸贼杀害了。

张夫人 哎呀……

林月娇 婆婆……

林天义 夫人……

张夫人 媳妇，你，你要保重身体，生男生女誓要教他报仇呀！

[张夫人死，林月娇昏倒。

林月娇 婆婆……

林天义 夫人……

林月娇 （唱） 夫已死，婆又亡，

天地暗，日无光，

悲号声已绝，哀哭泪已干，

阵阵雷压顶，肝肠寸寸断。

世上冤情古今有，

哪有我家这凄凉，

嗳！婆婆呵！

你今饮恨黄泉去，

媳妇何望在人间？

婆婆，夫君，你等我来了！（作撞死科）

林天义 小姐且慢（拦介）小姐且慢，小姐呀小姐，如今林张二家，只存下你一人，你如今要在这里撞死，谁人可怜？你婆婆临终嘱咐，是要报仇才是呀！

林月娇 呀！要报仇才是么？欧廷瑞、欧文光你，你，你你你这天杀的奸党！

（唱）　你这在杀的老奸党！

你害得俺惨人烟，

新仇旧恨深似海，

把你万刀碎尸碎尸万刀也难偿！

（深深一跪）恩仆，我家血海深仇，望你要来相助啊！

林天义 （同时跪下）小姐！

（唱）　为国除奸党，为主雪仇冤，

大义不容辞，赴汤蹈火心也甘。

（白）小姐呀小姐，前日济南陷驿，小人不能脱身，因此混入奸群，后来严渊看我武艺高强，收我为将，得以亲近严渊，这次欧文光奉父之命，借察军情之名，到处搜罗党羽，并暗通鞑靼，准备反叛，其事仆人知得一清二楚。

林月娇 他们反叛朝庭，你都知道得清楚吗？

林天义 知得清楚，前日欧廷瑞指使严渊杀俺两家的密信，近也为我所得。

林月娇 原来如此，前日济南陷驿，也是欧奸所为？

林天义 正是，现在事不宜迟，快此掩盖夫人，即速离开此地。

林月娇 即速离开此地，往哪里去？

林天义 上京御告。

林月娇 上京御告，皇上听信奸谗，御告哪能有用？

林天义 小姐，如今证据确凿，并求马王爷做主，主上哪能不听，御告何能无用呢？

林月娇 求马王爷做主？

林天义 对，求马王爷做主。

林月娇 好啊！

（唱）　为慰两家之灵於泉下，

何辞刀斧上帝京。（重句）

[幕下。

第六场　御　告

马应龙　（内唱）　含悲忍恨上朝堂。

[马兴、马旺引林天义、林月娇、马应龙上。

痛杀二帅丧异乡！

恨杀欧家奸党，害死良将，

私通外番，阴谋反叛，

致使边庭告急，鞑靼嚣张。

义愤填膺怒冲天，

金銮殿上誓要把奸铲。

前年济南焚驿之案，老夫明知此事蹊跷，曾多次派人查察其情，总是未明真相，此遭若无月娇主仆上京鸣冤，焉能详知老贼罪情？林月娇，此去面圣御告，有本王做主，金殿之上莫须惊怕。林天义，你为见证，自有本蕃铁肩挑起，金殿之上，莫须退缩。马兴马旺，速往朝堂！

[众绕场，二幕启，金銮殿，马兴、马旺下，马应龙示意林天义、林月娇下，马应龙上殿。

马应龙　当驾官，敲钟击鼓，请主登殿。

[鸣钟击钟，欧廷瑞、欧文光，二朝臣从两厢上，太监甲乙、神宗上。

神　宗　众卿有表即奏。

马应龙　启奏陛下，臣有表要奏。

神　宗　老卿有何表奏来。

马应龙　臣顷接边报，鞑靼犯境，边庭告急。

众　官　啊！

神　宗　鞑靼犯境，边庭告急？

马应龙　告急表彰在此，请陛下龙眼御看。（呈书）

神　宗　（阅书，惊惧）哎哟，鞑靼投降不久，为何今日匆匆又起……

欧廷瑞　启奏陛下，鞑靼谋反，可命马王爷率兵平反。

神　宗　这……

马应龙　臣奏陛下，有道攘外必先安内，这次鞑靼谋反，事出有因。

神　宗　老卿家，有何原因呢？

马应龙　二帅谋反，乃是弥天大冤，目下勾结鞑靼，还有人在呵！

神　宗　此事老卿家执有何等证见？

马应龙　此案有人上京御告。

众　官　有人上京御告？

马应龙　御告之人，正在午门候旨！

神　宗　御告之人，姓甚名谁？

马应龙　这御告之人么，乃是前安国公林汝春之女林月娇。

神　宗　哦！罪臣……

欧廷瑞　臣奏万岁，既是罪臣之女，应令刑部处置。

神　宗　令刑部处置。

马应龙　臣奏万岁，事关通谋反叛大案，臣请当殿御审。

神　宗　当殿御审？

二朝臣　万岁，通虏谋反，事非小可，请准林月娇上殿御告。

欧廷瑞
欧文光　万岁，此案可下刑部处置。

马应龙　万岁呵！目下强虏攻于外，奸臣反于内，我主既不安外，又不防内，大政不自持，江山就要落入他人之手，他人之手呵！

神　宗　这？亦好！金瓜武士，金瓜戎斧与朕摆列起来。（四校尉执金瓜武士，从两旁上）

神　宗　宣林月娇上殿御告。

黄门官　领旨，传旨，林月娇上殿御告。

林月娇　（内白）领旨！

（内唱）　血海仇冤！（上）

咬碎银牙，怒满胸膛，

为报家仇除国贼，

岂惮刀林与刀山！

传上，冤妇林月娇，衔刀上绑，沥血金阶，上殿御告！（园场）

校　尉　啊！

林月娇　冤妇林月娇，见我主万岁，万万岁！

神　宗　金瓜武士，与她呈起御状，弃掉刑具。

[校尉与月娇弃刑具，呈御状。

神　宗　这！（看了瑞、光一眼，再看，思考，再看龙、娇一眼）林月娇。

林月娇　冤妇在。

神　宗　哼！大胆林月娇，朕看你是御状所告，实是栽赃捏造，诬告大臣啊！（月娇一怔，马应龙示意）

林月娇　唉！万岁啊！

（唱）　冒犯天颜，

伏望陛下，明察秋毫，

冤妇非敢说谎言，

实是遭陷冤如天。

冤妇非敢诬贵戚，

实是佞臣恶多端。

一为国家危以安，

二为林张人申冤，

不辞万死来御告，

为国为家死无憾。

二朝臣　万岁！望陛下晓谕群臣，今日林月娇状告何人？指控何事？

神　宗　这？今日林月娇指控国丈父子二人。

二朝臣　哪项罪款呢？

神　宗　林月娇指控国丈父子，罪款却有三条。

二朝臣　哪三条呢？望陛下晓谕其详。

神　宗　她一告欧国丈指使严渊，济南驿馆杀害她公爹二家。

二朝臣　呵？二呢？

神　宗　她二告欧国舅，驿馆水道杀害她夫张彦隆。

二朝臣　三呢？

神　宗　这三么……

朝　臣　她三告什么？

神　宗　她三告欧国丈父子，外通鞑靼，内罗党羽，谋夺江山。

欧廷瑞　启奏万岁，为臣乃是皇亲国戚，主上近臣，哪有通番谋反之理？

欧文光　启奏万岁，臣父子一向忠心耿耿，保我主江山，哪有通番谋反之理？这罪妇胆敢诬陷皇亲，应该罪上加罪。

马应龙　是呀！此案如属诬告皇亲，应当罪上加罪。但是，此案如属通番谋反，又当如何？

二朝臣　要以国法论处。

欧廷瑞　嘿……没有人证物证，空口白话，不是诬告是什么？

马应龙　未必，未必，未必月娇就没有人证物证。

神　宗　是呀！林月娇，你可有人证物证呢？

林月娇　万岁呀！

（唱）　人证物证均俱全，
证登午门候传宣，
物证就在证人他身上。
万岁呀！望宣证人上金銮。

神　宗　林月娇，见证人是何等样人？

林月娇　他是冤妇娘家仆人林天义。

神　宗　呵，林天义？来，宣林天义上殿。

黄门官　领旨，传旨，林天义上殿。

林天义　（内白）领旨！（上殿）蚁民见主万岁！

神　宗　你就是林汝春的仆人林天义？

林天义　正是蚁民。

神　宗　寡人问你，你告欧国丈通番谋反，有何为证。

林天义　蚁民为证。

神　宗　你怎样证实？

林天义　万岁容奏。

（唱）　前日国舅私密到太原。

神　宗　他去太原，做了些什么？

林天义　（唱）　专找严渊罗羽党。

神　宗　有何凭证？

林天义　（唱）　同党之人列名单。

神　宗　名单在哪里？

林天义　（唱）　严渊国舅各自保藏，

书名立誓结同心，

岁暮就要把位篡。

神　宗　有这样？

林天义　蚁民何敢虚言？

欧廷瑞、欧文光　臣奏万岁……

神　宗　哼！林天义，他们通番之事，后又如何？

林天义　前日国舅私到太原之时，密告严渊的。

神　宗　你何得知？

林天义　当时济南陷驿之时，蚁民混入严兵，后来严渊看我武艺高强，收我为将，得以亲近严之左右，故此才能得知。

欧文光　臣奏万岁，为臣一向并无私到太原，更没与严渊合谋反叛，明明是罪妇林月娇唆使其仆林天义，陷害为臣父子的。

神　宗　林天义，你告欧国丈指使严渊，陷杀二帅，又有何凭证呢？

林天义　有欧国丈密札为证。

神　宗　密扎在哪里？

林天义　就在蚁民身上。

神　宗　呈上来。

欧文光　哎咋！坏了，坏了呀。

马应龙　陛下，证据可实？

神　宗　这……

欧廷瑞　陛下，只恐其中有诈！

马应龙　万岁，可是国丈笔迹？

神　宗　却也是！

马应龙　可有国丈图章？

神　宗　倒也有。

马应龙　罢了，陛下呀！

（唱）　陷杀忠良！
毁君长城坏君栋梁，
密札既是真详，
足见天义非是挟私不是谎言，
可将谗臣速正法，
抑邪扶正振朝纲！

二朝臣　伏望陛下准奏。

欧廷瑞
欧文光　万岁，冤枉呀！

神　宗　（唱）　平生最忌是篡叛，
欧家父子不能不提防。
只是证据未确凿，
是是非非尚难断。

马应龙　万岁呀！如今证据确凿，就该诛戳谗臣，以伸正义，以明法典。

欧廷瑞　陛下，须防有人蓄意相陷皇亲啊！

神　宗　这么……？

（唱）　皇亲与朕心相联，
大臣嫉妒须当防。

马应龙　陛下，外番攻于外，奸臣谋于内，主人，难道你连江山都不要了。

二朝臣　万岁，皇位不能不坐啊！

神　宗　这……

（唱） 有道外侮未为虑，

内患更是要提防。

是呀！既有谋反之嫌，能可错杀，不可错放。（提笔欲写）

欧廷瑞 陛下，岂可轻凭一面之词，而屈杀皇亲，冤枉忠臣呵。

欧廷瑞
欧文光 陛下常察！（跪下）

神　宗 这….也罢，金瓜武士！

校　尉 有！

神　宗 将国舅、国丈去官囚禁天牢。

［校尉弃掉欧廷瑞、欧文光的金冠押下。

马应龙 陛下，你如此纵恶岂不是心太偏啊？

神　宗 朕如何心偏？

马应龙 万岁呀！

（唱） 二帅南征北战上沙场，

汗马功劳盖国邦，

陛下为何全不念，

二帅遭害送异乡，

负屈沉冤，家破人亡，

陛下为何全不忘。

奸贼跋扈无寸功，

毁坏长城害忠良，

陛下为他多袒护，

岂不是纵恶心偏，

老臣上为大明社稷，

下为二帅大冤，

不得不直言犯上，

只要谗臣能处置，

老臣纵死亦无憾。

神　宗　老卿，寡人明白了。

（唱）　寡人想你与国丈，
平素不睦各疏远，
今日是借此题，
图报复报私怨。

马应龙　哎咋！……

朝臣甲　马王爷一向忠心耿耿，陛下此言，实欠查详。

朝臣乙　马王爷丹心铁面，哪有效小人之行。

林月娇　（唱）　公爹含冤惨遭亡，
仇若无报恨难消。

林天义　（唱）　若得二帅冤能雪，
我愿舍命赴沙场。

神　宗　（唱）　欲杀国戚也不难，
西宫究问有何言。
也罢！众卿暂且先退班，
容朕入宫细磋商（欲下）

马应龙　万岁留驾，有什么可磋商，铲除奸佞，整肃朝纲，刻不容缓。

二朝臣　对呀！铲除奸佞，伸张正义，刻不容缓。

神　宗　商量较妥当，众卿休多言。（拂袖欲下）

马应龙　留驾！

神　宗　老卿，你敢如此胁迫寡 人吗？

马应龙　（一震）哎咋……

神　宗　人言老卿持权欺朕，人言可畏，卿当自处……（拂袖下）

马应龙　（唱）　为国除害触君王，
我为忠君变欺君。……
罢罢罢！（愤然欲下，月娇、天义急拦）

林月娇　且慢！王爷呀王爷，难道我公爹血海沉冤，就这样永远不得昭雪？

林天义　难道罪魁祸首，就可以这样逍遥法外？

二朝臣 马王爷，权奸祸国殃民，天下切齿，今日不诛，则尖众望，士气低，人心去，王业亡，王爷王爷，你忠在哪里，你忠在何处……？

马应龙 哎呀！

（唱） 一为忠良，

我不能屈服纪纲！

二为社稷，

我不能迁就君王！

问心无愧，正气浩然，

定要君王诛强奸。

［马应龙毅然撞鼓，太监引神宗上。

神　宗 何人大胆，撞击龙虎鼓？

马应龙 马应龙。

神　宗 啊！原来是老卿，若是他人，定不相饶。（欲下）

马应龙 留驾！

神　宗 有何表章？

马应龙 请主戮佞除奸！

众　人 请主戮佞除奸！

神　宗 朕意已决，休再多言！

马应龙 哎咋！（唱）

既是陛下偏执己见，

我老臣啊，哪能违抗，

我只得摘下紫金冠！（摘下金冠）

二朝臣 （唱） 我只得脱下乌纱帽！

众　人 （唱） 情愿辞官返回乡！

神　宗 哎呀！与众官连升三级！

（唱） 若不依法诛国戚，

眼前御侮无帅将，

群臣辞官朝欲撼，

好教我左右为……

老卿，诛奸不难，这外患……

马应龙 臣愿戍兵前往！

林天义 我愿随军征战！

神　宗 卿等忠心，以江山为重，也罢，金瓜武士！

校　尉 有！

神　宗 （唱）推出廷瑞同文光，

午门正法莫迟延！

［校尉推欧廷瑞、欧文光过场下。

校　尉 （内声）杀！

众　人 哈……

［剧终。

稀有剧种卷·白字戏

龙宫奇缘

（根据马思聪芭蕾舞剧《晚霞》改编）

编剧：李向钦　梦　哲

人　物　表

晚　霞　渔家少女，后为南海龙宫女领舞者

阿　端　渔家子弟，后为南海龙宫领舞者

龙太子　龙王之子

解　姥　龙宫舞蹈教习

端　母　阿端母亲

龙　王　南海龙君

龟　精　龙太子内侍

虎头鲨　龙太子护卫

蚌　女　晚霞女伴

斑　弟　解姥随从

长　老　渔村长老

男女乡民若干人、渔家少年若干

竹马队、渔歌队、麒麟舞队

虾兵蟹将若干、南海龙宫大臣若干

妈　祖（不出形象，只出画外音）

序幕　渔村恋歌

[南海边，傍晚。

[一群孩子手持渔灯在海边追逐嬉戏，欢快地跳起了渔灯舞。

[民谣声起：

长竹篙、短竹筒，
心有灵犀俺俩人。
渔灯亮、亮渔灯，
扑扑心跳脸红红。

晚　霞　哎哟……[少年晚霞眼看少年阿端走近，故意摔倒，阿端见状急忙上前扶起，细心的帮晚霞擦拭。

晚　霞　（深情而羞涩地）阿端哥，你……你真好！

阿　端　（闻言心动）晚霞妹妹，我……

[晚霞冷不防在阿端面颊上轻轻地亲了一下，转身欲跑，被激动的阿端一把抓住，晚霞就势偎依在了阿端的怀里。

[歌声中——阿端、晚霞画外音：

阿　端　（气喘吁吁）晚霞妹妹，长大了嫁给我，好吗？

晚　霞　（羞涩地）我……我不嫁……

阿　端　（着急）晚霞妹妹，这是为什么啊？

晚　霞　（扑哧一笑）阿端哥，你……你真傻！（紧紧抱住了阿端）

众孩子　你真傻！嘻嘻嘻。

晚　霞
阿　端　你们……

[幕后海丰童谣声起：

长竹篙，短竹筒，
红心姐，做媒人。
做哪里，做大房，
大房人刣猪，
细房人刣羊，
打锣打鼓等新娘！

[在远处偷窥的众小伙伴突然一拥而上，一同举起小渔灯照亮了偎依在一起的阿端与晚霞。

[孩子们在爽朗的笑声和调侃声中，开心地在沙滩上嬉追。

[突然，宁静的大海传来海啸声声，一时，海面波涛汹涌。

[龙太子画外音："嘿嘿嘿，霞女如此美丽，岂能嫁凡夫俗子……"

[阿端、晚霞和众伙伴闻言惊愕，面面相觑。

[龙太子率龟精、虎头鲨及虾兵蟹将海面现身。

龙太子 （骄狂地）龟大人、鲨将军？

龟、鲨 小的在！

龙太子 将晚霞接入龙宫。

龟、鲨 遵命！

[龟精、虎头鲨及众虾兵蟹将舞动波涛，顿时海面恶浪滔天。

[阿端、晚霞及众伙伴见此情状，一时惊惶失措。

[晚霞为保护同伴欲上前辩理，阿端欲阻不及，见一股巨浪瞬间将晚霞卷入海中。

[阿端及众伙伴欲抗无力，眼睁睁见晚霞坠海，大声哭喊。

阿　端 （哭喊）晚霞！晚——霞……

龙太子 （得意狂笑）哈哈哈，晚霞已属龙宫，你们死了心吧，回宫！

[龙太子率龟精、虎头鲨及众虾兵蟹将遁入大海。

众伙伴 晚霞，晚霞，晚——霞！

[幕后合唱：啊……

　　天降横祸风云变，

　　美丽晚霞坠海间……

[灯光渐收。

第一场　庙会遇难

[数年后。

[南海边，十里银滩，晴空万里。

[妈祖寿诞，天后宫前花炮彩台高搭，一派热闹非凡的景象，幕后“抢炮头”的声音频传。

[幕后合唱：妈祖神恩庇众生，
海晏河清乐升平，
花炮彩台高搭起，
焚香祈福万事兴。

[歌声中——竹马队、渔歌队、金龙舞队竞相起舞助兴。

[阿端母亲与乡亲们纷纷往妈祖庙前汇聚。阿端母亲在人丛中寻找阿端：“端儿，端儿……”

[阿端放下龙头跳出：“母亲，端儿在这儿呢。”

端　母　（疼爱地替阿端擦汗）看看你这满头大汗。

阿　端　（憨厚地一笑）母亲，一年一度的抢炮头就要开始，一会端儿一定为母亲抢得头彩。

端　母　（高兴地）好，好，好啊！
（唱）　眼望着花炮彩台高三层，
天后宫前焚香忙，
摆供品，鸣炮竹，
诚心祈福求平安。

阿　端　（唱）　平平安安娘所愿，
祈盼天后赐吉祥。
莫让昔日惨景重再现，
喜见人间庆团圆。

[鼓声响起，震耳欲聋。

[长老走上高台，台下霎时安静了下来。

长　老　（提高调式，宣诵）今日喜逢妈祖寿诞，后德配天，鼓乐齐鸣，花炮竞放，请各村社歌舞献寿，以祈妈祖赐福，合境平安。

众　人　（齐声高呼）好！歌舞献寿，妈祖赐福！

长　老　擂鼓点炮，歌舞起来！

[震天的鼓声响起。众欢呼雀跃。

[阿端早已按耐不住，一跃而出，振臂高呼。

麒麟舞者 嗨！（高呼）舞——起——来——啊！

[在鼓声、欢呼声中，阿端领金龙舞队欢快起舞。

阿 端 （领唱） 舞起来！

麒麟舞者（唱和）舞起来啊！舞起来！

阿 端 （唱） 三月廿三妈祖生，

万民同庆享太平，

渔歌竹马歌舞起，

麒麟献瑞百业兴。

麒麟舞者 （接唱）百业兴，乐升平，

海宴河清万民庆。

万民庆，天后赐福四海清！

好好好啊！

[阿端与麒麟舞者的高超舞技，博得众人的阵阵喝彩。

[突然，天昏地暗，狂风大作，众人见状，顿时议论纷纷。

长 老 （疑惑）这天怎么说变就变？

阿 端 （暗惊）这情势与卷走晚霞的那诡谲天气极似，莫非……

[话音未落，龙太子率龟精、虎头鲨等虾兵蟹将现身。

龙太子 （狂躁地）嘿嘿嘿！何来贱民，鼓噪声啸，扰了本爷清静，小的们与我掀浪啸波，舞起来！

[龟精、虎头鲨等虾兵蟹将，顿时叫嚣狂舞，顷刻间巨涛汹涌、横流空际。

阿 端 不好，又是龙太子捣乱，大家快跑！

[一个巨浪打来，人群受惊逃散，一时险象环生。

端 母 （惊喊）端儿，端儿……

[阿端急忙冲过，护住母亲。

阿 端 母亲，快随乡亲躲避。

金龙舞者 好！（分头招呼众乡亲躲避）乡亲们快快躲避！

[阿端与金龙舞者合力保护乡亲躲避，奋勇抗争。

龙太子 （狂笑）

阿　端 （眼见大海扬波，气愤）可气！可恼也！

（唱）　怒海无情，

瞬息万变，

明明碧波万里，

转眼间恶浪滔天。

恨只恨！

冷血残暴龙太子，

掀波起浪祸人间。

旧恨尚未消，

又把新仇添。

（白）　罢！罢！罢！今天我要为晚霞讨回公道！

新仇旧恨一起算，

舍身搏海挥长鞭。

众乡亲，我们与他拼了！

众　人 拼了！

[阿端纵身入海，欲与龙太子搏斗。

龙太子 （不屑）哼！不自量力，待我将你沉入深海。

[龙太子说罢掀起巨浪，阿端无力反抗，瞬间被卷入海中。

龙太子 （得意狂笑）哈哈哈……

[突然天边闪现一道亮丽的霞光，龙太子顿感不妙。

[妈祖画外音：龙太子，住手！

龙太子 （惊）你！你是谁？我为何要住手！

[妈祖画外音：我乃妈祖是也！民众一心祈福，只求天下太平，你又岂能兴风作浪，祸害生灵。

龙太子 这个……哼，本爷高兴，由不得你管。

[妈祖画外音：本座奉天承命，在此安海护航，又岂能不管！

龙太子 （震怒）你……

龟　精　（连忙耳语）太子，妈祖在天颇有威望，老龙王尚且敬她几分，太子还是忍一忍吧。

龙太子　（强压怒火）这……（极不情愿地）哼！小的们，回宫！

[龙太子率龟精、虎头鲨等虾兵蟹将下。

[大海渐渐恢复了原来的平静，波澜不再。

[端母、长老及众乡亲复上，跪拜！

众　（长呼）多谢妈祖护佑！多谢妈祖护佑！

[端母起身奔向海边，捶胸顿足，呼唤。

端　母　（痛哭）端儿……你在哪里……在哪里啊！端儿……

[众人上前劝慰。

[灯光渐收。

第二场　海底重逢

[同前一场时间，不同的空间。

[南海龙宫，习舞坊。

[龙宫五彩斑斓，流波萦绕，珊瑚摇动，海草飘飞。

[解姥携众姝丽习舞，斑弟在一旁摹仿。

[幕后合唱：

三月艳阳天，
水府舞翩跹，
人间虽仙境，
海底有洞天，
龙庭金碧兮，
粼粼闪波光，
起舞流波兮，
习习清风漾。

[歌舞中解姥发现晚霞不在舞列，忙四处寻找，斑弟见状忙上前问话。

斑　弟　姥姥，是不是在找晚霞姐姐？

解　姥　是啊！斑弟，怎么不见霞女习舞？

斑　弟　回姥姥，今天一早就不见了晚霞姐姐踪影。

蚌　女　（忙上前）姥姥，可能是佳节临近，近来晚霞姐姐总是一人，在龙门外望海思乡。

斑　弟　我去把她找回来。（欲下）

解　姥　（制止）算了。算了。唉，这孩子都过去这么多年了，她还……

[幕后传来晚霞的清唱：

晚　霞　（内唱）　时光流转又经年，

奴心恰似慢火煎。

[晚霞心事沉沉地上。

晚　霞　（唱）　心惶惶，脚步乱，

每逢佳节我更添思乡念。

解　姥　（上前斥责）霞女，不好好在教坊习舞，又跑哪里去了？

晚　霞　（醒转，忙擦泪）姥姥见谅！我……

解　姥　（见状不忍，劝慰）算了！算了！霞女啊，人海两界，再说已经过去多年，你就死了那份心吧！

（唱）　命中事遭遇随缘，

欲换身千年修炼。

度时日教坊习舞，

才能够年复一年。

蚌　女　（上前相劝）晚霞姐姐，姥姥说得对啊！

（唱）　快快忘却伤心事，

学姥姥快乐习舞似神仙。

解　姥　嘻嘻嘻！还是蚌女想得明巧，霞女你该好好学学了。

晚　霞　（行礼）多谢姥姥教诲，晚霞记下了！

解　姥　好啦！好啦！来，老龙王寿诞将近，大家再将歌舞预习一遍！

[众人正欲起舞，海面突然传来涛声阵阵，嘶吼声声。

[众姝丽闻声惊呆，忙躲在解姥背后，窃望。

晚　霞　（惊恐）姥姥，听那涛声嘶吼，恰如当年我坠海时之情状，莫非龙太子他又……

[龙太子幕内狂笑："哈哈哈……好一个聪明伶俐的晚霞！"

[龟公、虎头鲨率先上。

解　姥　哎哟！以为是谁，原来是龟大人和鲨将军啊！

[龟精色眯眯走近解姥。

龟　精　解姥姥，想不到你越老皮越嫩。

解　姥　站远点！清静的海水，被搞得乌烟瘴气，鬼都吓跑了。

龙太子　（边上边说）是谁不懂规矩胡乱说话。

[解姥忙迎上前，行礼。

解　姥　哎哟！太子殿下驾到，老奴未曾相迎，得罪，得罪了。

龙太子　（傲慢不理）哼！（举手示意）抬上来！

[虾兵蟹将抬昏迷不醒的阿端上。

[晚霞与众姝丽好奇地围上前观看，见昏迷不醒者像自己儿时伙伴阿端，不由暗暗吃惊，情不自禁地扒开众人施救。

晚　霞　（呼唤）大哥醒来！大哥快醒来！

[昏迷的阿端在恍恍惚惚中醒转。

阿　端　（唱）　昏沉沉，

凄冷冷，

恍惚惚，

陌生生。（环顾四周）

周遭景，

晃幽幽，

眼前人，

似曾识，

莫非我已归幽冥。

（白）我这是在哪里？难道是阎王地府……（拉住晚霞）姐姐，你……你又是何人？

晚　霞　（强抑泪水）我……

［阿端与晚霞眼光对视的瞬间愣住，一时心有灵犀，不觉怦然心动。

阿　端　（自言自语）此人好生面熟。

晚　霞　（暗惊，背身自语）他就是儿时的阿端哥。

阿　端　（唱）　这眼光，

我似曾见过千遍，

晚　霞　（唱）　这眼光，

我日夜梦萦魂牵，

阿　端　（唱）　是幻觉，

我仿佛身处梦境，

晚　霞　（唱）　暗中喜，

却难掩心中悲凉。

阿　端　（唱）　欲上前，求明证，

却又恐逾越冒失，

晚　霞　（唱）　破戒律，惹杀祸，

只能强忍情感相顾无言。

端、霞　（合唱）　眼前人好似（就是）那梦中人，

近在身边却又远在天边。

［二人痴痴对望。

龙太子　（醋意顿起）你们……来啊！将这凡夫俗子绑了。

［虾兵蟹将应声上前捆绑阿端。

龙太子　（逼视晚霞，眼露杀机）晚霞，你们可是相识？

晚　霞　（忙掩饰）我……我和他又怎能相识。

龙太子　（警觉地）可你刚才……

解　姥　（忙上前解围）哎呀，太子，龙宫谁都知道，晚霞乃是一个心地良善之人，施救生人，理当自然，又何必生疑。

龙太子　这……

晚　霞　（为转移太子视线，壮胆质问）殿下，今日民间节庆，四海歌舞升平，适才海面惊涛骇浪，莫非是殿下又罔顾百姓安危，率虾兵蟹将兴风作浪？

龟　精　大胆！怎敢如此对太子殿下说话！

龙太子　（挥手制止，骄狂地）晚霞，别仗着本太子宠你几分，就如此放肆。

晚　霞　霞女不敢。

龙太子　（狂笑）嘿嘿嘿！谅你也不敢。你们都给我好好听着！

（唱）　我本骄贵一东宫，
身为太子父王宠，
若惹本宫龙心怒，
有你们的难受与苦痛。

晚　霞　（唱）　太子殿下居高位，
更应体恤民安危，
怎可凭一时心血来潮，
踏海弄浪妄作为。

龙太子　（震怒）住口，本宫手掌海权，难道兴风作浪不得。

[晚霞还欲争辩，解姥忙上前岔开。

解　姥　（假意奉承）作得！谁说作不得！（口气一转）不过，太子殿下，如今老龙王体恤民情，三令五申，不可轻易出海骚扰百姓，今日之事若让老龙王知道，只怕……

龙太子　（语塞）你……

龟　精　（忙上前为太子解围）解姥啊，依我看这都是你们的错，你若肯劝晚霞过东宫教习歌舞，晚霞也愿为太子侍舞解闷，太子自然会在宫中赏舞自娱，又何必踏海闲逛呢。

虎头鲨　（起哄）是啊，是啊，呵呵，美人起舞，俺兄弟也可过过目瘾。

龙太子　（酸溜溜的）哼哼！晚霞，总有一日本太子要你自愿为我起舞！（厉声）来啊！将这凡夫俗子抛入海底黑洞。

解　姥　（一惊）抛入黑洞就永世不得超生啦，殿下不可呀！

龙太子　（不予理会）哼！动手！

虎头鲨遵命！

晚　霞　（大惊，出面阻止）殿下不可！

龙太子　哈哈，有何不可？难道你要为他求情？

晚　霞　求殿下放过他。

龙太子　凭什么？凭什么？

晚　霞　（跪下）晚霞求你了。

龙太子　求我，（放肆的大笑）哈哈，你终于求我了！晚霞，本太子屡屡求你为我而舞，你答应过吗？

晚　霞　都是晚霞不好，只要太子肯放他一条生路，晚霞愿意起舞！

龙太子　好！只要愿为本宫而舞，就放他一条生路，晚霞，舞起来！

舞起来！

晚　霞　晚霞遵命！（起身含泪而舞，舞姿曼妙）

（唱）　入不言兮出不辞，

乘回风兮载云旗，

悲莫悲兮生别离，

乐莫乐兮新相知。

龙太子　（击掌）妙！妙极了。本宫贵为太子对你千求万劝，你却不予答应，今日竟为一陌生男子跪求于我，（酸溜溜地）好你一个霞美人！本太子喜欢！喜欢！哈！哈！哈！（说着拂袖扬长而去）

[龟公、虎头鲨及虾兵蟹将带阿端随下。

[晚霞心牵阿端，欲追又止，欲喊无语，唯有暗泣。

解　姥　晚霞，晚霞！[解姥上前安慰。

晚　霞　（终控制不住情感）姥姥，他……他就是我常说起的儿时伙伴阿端哥。

解　姥　（点头）姥姥已经看出来了！

晚　霞　（哭求）姥姥，太子虽然暂时免阿端哥一死，可只怕以后……

解　姥　（宽慰）孩子放心，姥姥一定找机会，求老龙王将阿端归于本部，教习歌舞，以求万全。

晚　霞　（感动而泣，跪）多谢姥姥！

[姥姥拖起晚霞，众姝丽涌上相贺。

[灯光渐灭。

第三场　月夜定情

[数月后。

[龙宫外，一望无际的深海，海面映出月影一轮。

[阿端面海呆坐，引颈长望，陷入深深的思乡中……

阿　端　（自言自语）看海面明月一轮，屈指数来应近中秋了，中秋乃团圆之日，可我一人独遗深海，与母亲人海两隔，不能侍奉膝前……我不孝！不孝啊！

（唱）　月影婆娑海茫茫，

星光幽幽愁更长，

身沉海底离乡背井已一月，

常思亲人欲断肠！

娘亲啊！你定是沿海奔波将儿唤，

你定是望穿双眼泪千行。

低头思亲亲何在，

抬头望月问月娘——

（白）月娘啊，前日里为救我而委屈起舞的小女子，似是六年前坠海的晚霞模样，莫非她……

是我心里思念的梦中人，

是我青梅竹马的小姑娘，

月娘啊，

求你月光引我去寻找，

千般险阻也要与她重相见。

[阿端暗暗的擦泪，叹息。

［蚌女、斑弟手持渔尾灯悄悄地上。

蚌　女　（唱）　晚霞姐日夜思亲想阿端，

蚌女我看在眼里也心酸。

斑　弟　（唱）　阿端哥日夜思想念女伴，

谁忍心苦命鸳鸯不成双。

蚌　女　（唱）多亏了姥姥暗中牵红线，

斑　弟　（念）牵红线，鹊桥渡，你共我，当红娘。

蚌　女
斑　弟　（同唱）　有道是有情人终成眷属，

盼只盼成全这段美满姻缘。

［蚌女发现了在龙宫外面海发呆的阿端，高兴。

蚌　女　斑弟，阿端哥果然在此面海，记住姥姥说的，一定要将他带到珊瑚园。

斑　弟　知道了！放心吧，保证带到。

蚌　女　好，那我就去找晚霞姐了！（下）

［斑弟上前拉起阿端就走。

阿　端　（愕，着急）哎哎，斑弟，拉拉扯扯为的何事？

斑　弟　（心急地）一会再和你解释，先随我走吧！

阿　端　斑弟，我心中苦闷，就让我一人待一会儿吧。

斑　弟　你……我说你真傻呀！（一拉）走吧！

［斑弟不由分说拖阿端下。

［龙宫，珊瑚园，海面月影婆娑。

［幕内蚌女：晚霞姐姐，快走！快走呀！

［蚌女拖晚霞上。

晚　霞　蚌妹，咱们这是要往哪里去啊？

蚌　女　月色这般好，就到珊瑚树下坐坐吧。

晚　霞　也罢。

蚌　女　霞姐，你看这珊瑚树，五光十色的，委实好看。

晚　霞　虽是好看，可长在这黑沉沉海底，有谁识得欣赏呀。

蚌　女　霞姐，其实这珊瑚树就是海底的姻缘树。

晚　霞　是姻缘树么……

蚌　女　是啊，你不如对它许个愿，求个美满姻缘。

晚　霞　唉！如此境况，还求什么姻缘来，蚌妹啊！

（唱）　每逢海面月光亮，
遥望故乡泪涟涟，
龙宫岁月太凄冷，
家乡一别六年长。

蚌　女　霞姐你到底是想家还是想人了啊？

晚　霞　我有什么人可想呀，真的是想家了！

（唱）　忘不了海鸥飞舞渔舟晚唱，
忘不了赛龙夺锦竹马飞扬，
忘不了大榕树荫编织渔网，
忘不了小溪流水洗漱衣裳。

蚌　女（唱）　更忘不了牵肠挂肚的心上人啊，
他英俊潇洒多情心善良。

晚　霞　（害羞）蚌妹，你又胡言了。

蚌　女　好好好，算我胡言（背语）哼，还嘴硬，一会儿有好戏看。

［晚霞抚摸珊瑚树，触景生情，不免心事沉沉。

［幕内阿端："斑弟，你这是要带我到哪里去呀？"［斑弟手拉阿端上。

斑　弟　到了，这不就到了嘛。

［阿端被眼前的珊瑚美景吸引，情不自禁地赞叹。

阿　端　（惊叹）哇，如此美景！

［阿端上前抚摸珊瑚，正好与晚霞相面，二人一时惊呆。

［斑弟正欲上前被蚌女拖过一旁。

蚌　女　（与斑弟耳语）让他俩倾诉倾诉，我们呀……（故意地）非礼勿视。

斑　弟　（会心一笑）对！非礼勿视。（两人悄悄遛下）

阿　端　（激动不已）你……

晚　霞　（激动不已）你……

[两人几次启口又止，阿端终鼓起勇气。

阿　端　你……你可是六年前坠海的晚霞？

[晚霞见阿端已认出自己，顿时百感交集。

晚　霞　（声音微颤）我……

阿　端　是你，一定是你！

晚　霞　阿端哥！

阿　端　霞——妹！

晚　霞　（再难自抑，颤声）阿端哥……（霎那间泪如雨下）

阿　端　（泣声）霞妹！是你！是你啊！

（唱）可还记得小溪池塘野翠竹，

晚　霞　（唱）又怎能忘酷暑晌午纳凉风。

阿　端　（唱）可还记得红海湾畔归帆晚，

晚　霞　（唱）又怎能忘绿树遍野荔枝红。

阿　端　（唱）可还记得碧波戏水拾贝壳，

晚　霞　（唱）又怎能忘对唱渔歌情意浓。

阿　端　（唱）可还记得船屋油灯婆娑影，

晚　霞　（唱）又怎能忘慈母针线密密缝。

阿　端　（唱）常思忆！

晚　霞　（唱）永难忘！

端　霞　（合唱）　人生还是儿时好，

童年光景记心中。

晚　霞　阿端哥……

阿　端　果真是晚霞妹妹。

晚　霞　阿端哥……

阿　端　霞妹……

[两人相拥而泣。

阿　端　想不到我们竟会在海底相见。

晚　霞　阿端哥，我们的命好苦啊！

(唱)　　恨太子，兴风浪，
害我俩，沉海间，
归途茫茫何处是，
留亦难来返亦难。

阿　端　(怒) 天杀的龙太子，晚霞，有阿端哥在，你不用怕。

(唱)　　任它狂涛与恶涌，
任它巨雷震耳聋。
心相连，手相握，
风雨同舟紧相拥。

阿　端
晚　霞　(合唱)　心相连，手相握，
风雨同舟紧相拥。

[两人紧紧相拥。

[蚌女、斑弟一旁窥视已久，被他俩的真情所感，情不自禁的哭出声来。

[阿端、晚霞闻声急忙分开。

晚　霞　(上前询问) 蚌妹、斑弟你们这是怎么了？

蚌　女　(抽泣着) 太感动了，你们太感动了。

斑　弟　是啊！惹得我都哭了！你们看姥姥也来了。

[姥姥笑着上。

姥　姥　哈哈哈，成了！成了！

晚　霞　(羞涩，明知故问) 姥姥，什么成了呀？

解　姥　好哇，臭丫头，跟姥姥装糊涂，你那点心事我早就明白。

斑　弟　还不谢谢姥姥，今日相会，是姥姥命我和蚌女撮合的。

阿　端
晚　霞　(异口同声) 姥姥大恩大德，没齿难忘。(作揖)

解　姥　哪来大恩大德，我呀就是心肠软，见不得人伤心落泪。

[晚霞走过去，依偎解姥。

晚　霞　姥姥，还是你最疼我。

斑　弟　姥姥说了，你像她年轻时，所以才最疼爱你。

解　姥　说得也是，姥姥年轻时啊……也就跟晚霞差不多吧。

蚌　女　我看啊……比霞姐还要美，还要多情。

解　姥　嘻嘻嘻！小妖精，这话姥姥爱听。晚霞、阿端啊！

（唱）　天有不测风云，

人有不期缘分，

宜将苦难抛河海，

且为伊人披红裙。

阿　端　阿端愚笨，请姥姥点明。

解　姥　（唱）　儿时相好前世修，

异域重逢更难求，

解姥为恁牵红线，

订约定情到白头。

阿　端　（又羞又喜）阿端在此无亲无故，听凭姥姥做主，只是晚霞妹妹……

晚　霞　（羞得低下头）晚霞一直听姥姥的。

解　姥　来来来，今晚姥姥为你们订下婚约，待龙王寿庆过后，姥姥再禀明老龙王，择日为你们行礼拜天地来。

阿　端
晚　霞　多谢姥姥成全！（叩首）

解　姥　起来，起来。

斑　弟　姥姥，今晚是端哥霞姐定情之夜，可大家一时没有贺礼相送啊？

解　姥　（开怀大笑）哈哈哈哈，我呀早有准备，（向幕后拍手）孩子们！

［众姝丽手持彩带悄然而出，阿端、晚霞惊喜不已。

端、霞　姥姥，这是……

解　姥　歌舞一曲，就是最好贺礼，祝百年好合，白头偕老！

端、霞　（感动，热泪盈眶）谢姥姥！

解　姥　孩子们歌舞起来！

众姝丽 是！歌舞起来啊！

[众姝丽簇拥一对有情人翩然起舞。

(唱) 秋月之夜情深长，

南海龙宫结奇缘，

说悲欢来道离合，

苦涩尝尽是甘甜。

[歌舞声中龟精、虎头鲨溜上，远远偷窥，见此情景暗惊。

[灯光渐收。

[一束聚光下。

龟　精 (大惊失色)不好！想不到太子垂涎晚霞美色多年却未能如愿，今日倒被这傻小子捷足先登了。

虎头鲨 (着急)只怕她俩生米煮成熟饭，那一切就晚了！我们快快禀报太子知道！

龟　精 对！事不宜迟，走……

[龟精、虎头鲨边走边喊：太子！太子！

[龙太子上。

龙太子 龟大人、鲨将军何事？

[龟精和龙太子耳语，龙太子闻言恼羞成怒。

龙太子 (大怒)可恼！可恼也！

(唱) 臭小子吃了豹子胆，

竟敢本宫头上来罗搅！

叫龟精、鲨将军！

龟、鲨 (应声)小的在！

龙太子 (唱) 随我前去将他杀……

虎头鲨 (张扬地高喊)我杀、杀、杀！

龟　精 (阻止)且慢！且慢！

(唱) 太子暂且慢兴兵，

三思好事方能成。

龙太子 (不解)三思？这是为何？

龟　精　（献计）太子，你想想，过两天就是老龙王寿诞，若此时生事，只怕龙心不悦啊！

龙太子　（一愣，余怒未消）难道你要本宫善罢甘休不成？

虎头鲨　（气愤）哇呀呀！就是太子愿意放过他们，本将军也要为太子讨个不平！

龟　精　（着急）鲨将军，你就别添乱了。（转对太子）太子，凡事别急在一时，何不趁老龙王寿诞开心之时，借势恳求将晚霞送入太子宫中，那时，晚霞岂不是任由太子宰割。

虎头鲨　（欣喜若狂）高！高！高！实在是高！晚霞可任由太子宰割！

龙太子　（会意，狡黠地笑）嘿嘿嘿，好！那就见机行事。

龟　精　遵命！太子放心，到时定会马到功成！

虎头鲨　对！马到功成！

［龙太子、龟精相视而笑，虎头鲨凑兴傻笑。

［灯光渐收。

第四场　龙宫生变

［前场的第二天。

［龙宫内殿，金碧辉煌，张灯结彩。

［龙王喜披寿诞红衣端坐龙庭，龙太子侍候一旁，龟精、虎头鲨跟随。

［幕后高喧：今日喜逢吉日，龙王大寿，岁享太平。特备歌舞，四海同庆。祝龙王万寿无疆！万寿无疆啊！

［众齐呼：万寿无疆！万寿无疆！万寿无疆！

解　姥　各班各部歌舞献寿来！

［顿时，音乐锣鼓声起，众歌舞班交合起舞为龙王庆寿。

［阿端领起“英歌舞”。

阿　端　（领唱）　庆龙王，贺龙王，

龙王寿诞福绵长。

众 （和唱） 福绵长，福如苍海波光耀。

寿比天齐寿无疆。

阿 端 （领唱） 寿无疆！寿无疆！

手执海柳齐敲打，

八音锣鼓震南天。

众 （和唱）震呀么震南天！龙王英名天下扬。

[龙王见此异类歌舞高声喝彩，众随龙王齐声欢呼。

龙 王 （兴奋）好！好！好哇！

（唱） 好歌舞，歌舞好。

健壮狂野把心撩。

今日寿诞有此舞，

满殿喜庆乐逍遥。

（开怀大笑）哈哈哈！解姥过来。

[解姥急忙上前见礼。

解 姥 见过龙王，不知有何吩咐？

龙 王 解姥，这歌舞好生狂野，本王怎么从未见过，这歌舞又从何而来？

解 姥 回龙王，此乃凡间南海民俗歌舞，故而龙王没有见过。

龙 王 （好奇）哦，今日得此一见，凡间还有如此曼妙歌舞。

解 姥 禀龙王，领舞者乃近日坠海的阿端，他在凡间是民俗歌舞高手，故将此舞带入龙庭。

龙 王 怎么新近又有人坠海么？

解 姥 这……（面露难色，眼睛询龙太子）

龙太子 （狠狠瞪了解姥一眼，躬身上前）回父王，偶有凡人坠海乃平常之事，何必在意。再说这狂野之舞，乃凡间雕虫小技，难登大雅之堂。晚霞之舞才是真正精品，何不传其一舞。

老龙王 对呀！晚霞之舞确实美妙绝伦，龙庭无出其右者，解姥，不知晚霞新近有何新舞。

解 姥 回龙王，晚霞与阿端近日编排了一段凡间钱鼓舞，煞是好看，定合龙王之意。

龙太子 （闻言醋意顿生，欲阻）又是凡间俚曲俗舞，有何新奇。解姥不可多事，就传晚霞一人独舞即可。

龙　王 （制止）龙儿，不可偏执，就是凡间俚曲俗舞，看看又有何妨，解姥传舞起来。

解　姥 遵命！阿端、晚霞，歌舞起来。

[乐起，阿端、晚霞踏曲起舞，众姝丽伴舞。

[龙太子面露妒忌之色，不时举杯闷饮。

晚　霞 （唱）　兄妹相惜过秋池
池中生有五色鱼。

阿　端 （唱）　平地飞来英雄鸟，
高山日出金鸡啼。

晚　霞 （唱）　兄妹相惜过北溟，
溟中生有五色龙。

阿　端 （唱）　平地飞来英雄鸟，
高山日出金鸡鸣。

[晚霞、阿端极之默契的尽情演绎着钱鼓舞，曲入人心，二人竟忘情的依舞相依。

[龙太子见状难抑心中醋意，借喝彩故意打断了二人舞蹈。

龙太子 （高呼）　好！好哇！晚霞之舞愈发的出神入化，父王何不赐晚霞入儿之宫寝教习歌舞。

龙　王 龙儿，你该好好潜心治海之策，怎可沉迷歌舞。

龙太子 孩儿这也是跟父王学来的雅好啊。

龙　王 （无语）这……

解　姥 （有心阻止）回龙王，晚霞入东宫教习歌舞，我看不妥。

龙太子 （气恼，呵斥）有何不妥？请解姥不要横生事端。

龟　精 （趋前附和）是啊，禀龙王，自龙王颁谕，无事不可出海，以免骚扰百姓。太子就日日闷坐东宫，这样会闷出病来的。

虎头鲨 （附和）是啊！是啊！太子太可怜了（假意嚎啕）呜呜呜……

龙　王 （斥责）住了！没你俩的事。（转对太子，关切）龙儿，这、这可是真的？

龙太子 （装可怜）父王，千真万确！宫寝孤寂，儿无法静心修读，日后又如何承继父王大统，我……我这心中有怨啊。

龙　王 （惊讶） 龙儿贵为东宫，何来有怨？

龙太子 父王啊！

（唱） 都言太子多高贵，

父王只是疼在嘴。

龙　王 龙儿乱讲。

（唱） 你可是，父王心头之宝贝，

不疼爱你来疼爱谁。

含在嘴里怕融化，

捧在手心怕风雷。

龙太子 （唱） 父王若真疼爱我，

就该让儿心陶醉。

龙　王 （唱） 如何让儿心陶醉？

如何让儿免郁气？

龟　精 （趋前奉承）回禀老龙王，这容易，容易啊！

（唱） 龙王下诏令，

东宫晚霞归。

日日勤教习，

太子心儿醉。

虎头鲨 （手舞足蹈）对对对！只要晚霞归了东宫，太子就不闷了！

龙　王 （犹豫）这……

龙太子 （夸张地撒气）父王若是不准，龙儿就……就……

（唱） 倾心美人求不得，

生不如死肝胆碎。

龙　王 哎呀呀，我的龙儿，不可胡言乱语啊！

（唱） 欲成王者顾大局，

怎可一贱破九贵。

龙太子 （冷笑）嘿嘿嘿！成王者顾大局么，若要龙儿安心在宫中研习治海之策，那就请父王让晚霞到东宫教习歌舞。不然，孩儿就要离宫出走，遨游远洋去了。

龙　王 （惊）龙儿怎可开此玩笑。

龙太子 父王面前龙儿没有戏言。

龙　王 （无可奈何）你……你呀！

（唱）　只怪当初太溺爱，
　　　方有今日之无奈，
　　　为保大统有后继，
　　　只好放任由他来。

（白）龙儿，稍安莫躁。解姥，就让晚霞过东宫教习歌舞吧。

解　姥 龙王，不可啊！

龙　王 （不悦）有何不可？孤王后继无人那才不可，难道你要孤王眼看龙儿离宫出走吗。

解　姥 这……（一时无语，转念）禀龙王，只是晚霞正率姝丽准备中秋大典之舞，这一入东宫，只怕……

龙　王 哦，这中秋大典之舞么……

龙太子 （撒娇）父王，中秋大典时日尚远，晚霞东宫教习歌舞不碍事的。

龟、虎 对对对！不碍事！

龙　王 （无奈点头）好吧！那就恩准晚霞东宫教习歌舞，百日后重返习舞坊准备中秋大典。

[解姥闻言不敢再作声，忙暗示晚霞向龙王求情。

晚　霞 （出列，跪）禀龙王，奴婢我……

老龙王 （制止）好了！好了！本王知道你的心事。去吧，东宫也非什么虎狼之地。龙儿，晚霞去到东宫，你不可枉生事端。

龙太子 （兴奋莫名）谢父王！

阿　端 （见状，忙上前跪求）禀龙王，阿端愿随晚霞前往。

龙太子 （恼怒）放肆！龙宫殿上轮不到你说话，滚一边去！

龟·虎 （驱赶阿端）滚！滚一边去！

解　姥　太子，那就让老奴跟随过去吧，遇事也好指点。

龙太子　（不悦）解姥，你……你怎么越老越糊涂，东宫要你何用？

龟　精　（喜上眉梢，不识趣地）太子，我看解姥过去倒是好事，霞美人不懂的舞技，她可指点一二，（色眯眯瞄解姥一眼）再说，老臣也有个念想。

龙太子　（暗自生气，猛敲龟背）就你花花肠子多，好不识事。

［龟精意识到自己失嘴，沮丧地扇自己耳光。

龟　精　（赔罪）太子都是我不好，都是我不好……（转对龙王）

禀龙王，那解姥还是不去的好。

老龙王　（不耐烦地）好了！好了！本王已经决定，解姥就陪晚霞暂住东宫，教习歌舞。

龙太子　（还欲见奏）父王，何不让解姥……

解　姥　（借机接过话语）遵太子命！（趁机高喧）各班各部，歌舞献寿啊！

龙　王　（开怀大笑）哈哈哈！

［龙太子恼羞成怒，欲责怨解姥，龟精忙暗中劝止。

［音乐锣鼓声再起，众歌舞欢庆，歌舞声中。灯光渐收。

第五场　东宫拒封

［前场百日后。

［东宫，太子洞府内。

［幕内合唱：度日如年东宫里。

锦衣玉食无滋味，

晚霞苦苦勤教习，

捱足百日到归期。

［晚霞拉解姥高兴上。

晚　霞　姥姥快来，姥姥快来看啊。

解　姥　这太子洞府你早已厌恶之极，有什么可看的呀？

晚　霞　姥姥你看，今天的海水多蓝呀。

解　姥　傻丫头，还不是跟往常一个样。

晚　霞　姥姥啊！

（唱）　今日里海水分外清洌，
鱼儿自在游走嬉戏，
晚霞我屈指数一数，
教约已满是归期。

解　姥（唱）　晚霞难掩心中喜，
归心似箭意恐迟，
但愿太子守承诺，
放鸟还巢不逾期。

晚　霞（唱）　恨不得身添双翼飞彩凤，
速速回到端郎身边。
从今后相依相伴相厮守，
鸾凤和鸣不分离！

［晚霞以水作镜，整装理鬓。

解　姥（欣慰地看着，感叹）有道人逢喜事精神爽，你看你，百日愁眉懒梳妆，今日为见阿端，臭美起来了。

晚　霞（娇羞地）姥姥，你……

［龙太子幕内爽笑着“哈哈哈”上、龟精、虎头鲨随上。

龙太子　美得好，美得好，美得好哇！

解　姥　参见太子。

晚　霞　拜见太子殿下。

龙太子（痴痴地紧盯晚霞）无须多礼！晚霞，今日你梳装打扮，更显娇艳，想必是已习惯东宫了。

晚　霞（不卑不亢）殿下不要误会，奴婢乃贫贱之人，习惯不了这龙宫宝殿。

龙太子　喔！岂是宫内款待不周？

晚　霞　不是！只是奴婢心有牵挂，今百日教期已满，望殿下放奴婢回去。

解　姥　是啊，当初老龙王有令：教习百日便回，今日期满，老奴也该带晚霞回去复命。

龙太子　那是父王一时酒话，不必当真。

晚　霞　殿下，王命岂是戏言，只求殿下信守承诺，恩准回去。

龙太子　回去？（动情地）晚霞，百日来本宫百般殷勤，待你不薄，就此也知本宫良苦用心，难道你真的不明白本宫心事吗？

（唱）　本宫有时虽莽撞，
内心却如水般柔，
情有独钟只为你，
一往情深无他求。

晚　霞　奴婢不敢。

（唱）　奴婢命贱如草芥，
身卑不配绫罗绸。

龟　精　姑娘言重了。

（唱）　太子矜贵你貌美，
窈窕淑女君子逑。

解　姥　（唱）　龙宫美女有千万，
何必要这臭丫头。

龙太子　解姥放肆！本宫中意的美人，怎可说是臭丫头。

（唱）　龙宫姝丽皆不爱，
晚霞早已占心头。
我今有意封霞女，
君荣妃贵乐无忧。

晚　霞　（闻言惊愣）殿下不可，不可啊！

龙太子　（蛮横地）本宫心有所属，爱有所求，有何不可？

晚　霞　（唱）奴婢早已订婚约。

龙太子　（闻言惊咤，恼怒）什么！你跟谁订有婚约？

晚　霞　（唱）舞伴端哥是我鸾凤友。

龟　精　（斥责）胡说！

（唱） 无媒无聘哪能成婚配？

明媒正娶才能牵绣球。

解　姥 （趋前化解）太子息怒，晚霞真的已和阿端有婚约在先。

龟　精 解姥，你就别再胡说添乱了。

解　姥 老身是他们的媒证，怎敢胡说！

（唱） 老身牵红为媒证，

珊瑚树前结鸾俦。

龙太子 住口！这里是龙宫世界，岂能由你们任意胡来。晚霞听封！

（唱） 东宫贵妃将你封，

凤冠霞帔你来受。

晚　霞 （唱） 晚霞已订三生约，

恳请殿下莫强求。

龟　精 晚霞姑娘，劝你莫敬酒不吃吃罚酒！

晚　霞 （唱） 敬酒罚酒都不吃，

只求与端郎贫贱夫妻相守到白头。

龙太子 （恼羞成怒）住口！一句一声端郎，气死我也！气死我也！晚霞，本宫再来问你，这太子妃你当还是不当？

晚　霞 （毅然拒绝）晚霞难以受命，请殿下恕罪！

龙太子 （大怒）可恼！可恼也！

（唱） 心中惜花遭辱羞，

恨她暗中另追求。

君心有意随春水，

奈何春水不领情意向东流。

（白）来、来、来！

（唱） 将贱人打入无情洞，

暗无天日牢中囚。

虎头鲨 遵命！（张狂的上前抓住晚霞）

解　姥 （焦急欲阻）太子万万不可啊！

龙太子 哼！解姥劝你莫多管闲事。（咬牙切齿）晚霞呀晚霞！无情洞中暗无天日，我看你从还是不从！

解　姥 晚霞，晚霞……不好！晚霞恐遭不测，待我报与龙王知道！

［切光。

［黑暗中传来晚霞悲怨的呼叫：放我出去！放我出去！

［幕后合唱：啊……

无情洞，无情洞，
棒打鸳鸯各西东。
身虽被囚情难断，
痴爱一心恸神公。

［幕后合唱声中，时空转换。

［无情洞，暗无天日，天昏地暗，电闪雷鸣。

［晚霞黑暗中欲逃，却四处碰壁，无以挣脱这无形的牢笼。

晚　霞 （筋疲力尽地哭喊）放——我——出——去……

（唱） 心烦乱，如麻丝，
孤身被囚泪沾衣。
眼前一片暗无天日，
牢笼紧锁如何逃出去。
望断秋水思亲人，
回首半生独唏嘘。
当年被卷落海本绝望，
重逢端郎再现生机。
但愿得时空能倒转，
双双回到天真无邪的少年时。
原指望有情人终成眷属，
岂料想，
太子夺爱苦苦相逼仗权势。
端郎啊！

荣华富贵我不爱，
只想和你相亲相爱结连理。
端郎呵，
我多想老天开开眼，
莫让苦命的鸳鸯再分离。

[龟精、虎头鲨皮笑肉不笑地上。

龟　精　（讪笑）晚霞姑娘，这无情洞日子肯定不好受。

虎头鲨　（轻狂地笑）是啊！嫩嫩肉被关到皮皱皱。

晚　霞　（求情）龟大人，行行好，求你跟太子说说，放我出去吧。

龟　精　唉，其实出去很容易，

虎头鲨　从了太子便是。

龟　精　跟太子可尽享荣华富贵，

虎头鲨　哪用被囚在牢里来受气。

晚　霞　不！我已经有心上人了，求求你们成全我们。

龟　精　（阴冷冷地笑）嘿，嘿，嘿……晚霞啊晚霞！我看你是真蠢啊。（恶狠狠地）心上人！你觉得太子会放过那凡夫俗子？

虎头鲨　是啊！我一出手那傻子就命不久。

晚　霞　（惊诧）你们要对阿端哥怎么样？

龟　精　怎么样？晚霞，你给我听好了！

（数板）　太子威权震龙宫，
一切尽在掌控中。

虎头鲨　（数板）　若是顺从太子意，
皆大欢喜乐无穷。

龟　精　（数板）　讨得还阳牌，
阿端能活命，

虎头鲨　（数板）　送返凡间乐融融来，
乐融融。

龟　精　（数板）　你若执迷不依从，

打入海底那黑洞，

虎头鲨 （数板） 此身永世难超生。

世上阴间不重逢来不重逢！

晚　霞 （大惊，哭祈）不！你们不能如此无情！不能啊！

（唱） 听一言天旋地转，

阵阵晕眩，

龟精毒计如利爪，

一时间撕裂了晚霞的肝肠，

我若求死守贞节，

端郎必被抛黑洞，

我若屈从当王妃，

端郎情烈何以堪。

（哭喊着）我该怎么办？谁来救救阿端哥啊？

龟　精 （阴阳怪气）谁来救阿端？晚霞你能救啊！

（唱） 生杀大权交你手。

生死只在一念间。

（白）晚霞，你可要想好了，别一念之差，误了阿端性命，那时，你就成了杀害心上人的刽子手。

虎头鲨 （加重语气）是啊！杀害心上人！到时可别后悔莫及喔！

晚　霞 （震惊，呐喊）不！不！

[晚霞情何以堪，顿觉天旋地转，不支倒地。

[幕后合唱：啊……

天旋地转，

情何以堪。

狠毒计谋如魔掌，

进退无路，

生死两难。

虎头鲨 （着急）我母啊！别让她晕过去了，待我弄醒她！（朝晚霞喷海水）

晚　霞　（缓缓醒转，泣不成声）阿端哥！我的阿端哥！我……

（唱）难！难！难！

难坏我这孤立无助的小女子。

上天无路入地无门，

却恍如苦海浮沉一孤帆。

（左右为难，痛苦思忖）罢！罢了！（自言自语）阿端哥，阿端哥！为了你能重返人间，就让我独自承受这痛苦的磨难吧！

（唱）罢！罢！罢！

晚霞安危何所惧，

生生死死有轮还，

但求留下真情在，

要送端郎回人间。

（痛苦而决然地）龟大人，请转告龙太子，只要他送阿端哥还阳，晚霞愿受册封。

［龙太子幕后得意地笑着上。

龙太子　哈哈哈……晚霞，早答应本宫不就少受此痛苦了吗。来！

快快放人！

［龟精欲上前放开晚霞。

晚　霞　（制止）慢！要我应允，必须答应条件。

龙太子　说，一定满足你之所愿。

晚　霞　我问太子，讨得还阳牌，送阿端哥重返人间可是真的？

龙太子　绝无戏言！

龟　精　（不屑地）晚霞你就放心吧，不送走那凡夫俗子，你的心又怎么会归附太子。

龙太子　（冲动地欲上前拥抱）晚霞，我的小美人……

晚　霞　（闪开，拒绝）太子且慢！

龙太子　（不悦）又怎么了？

晚　霞　（强忍悲痛）晚霞迟早是太子的人，请念在我和阿端哥从小青梅竹马，在人海两隔之前，让我们再见上一面，我要目送阿端哥还阳……（话语未落，却已

泣不成声）

龙太子 （嫉妒难抑，气恼）你……你不可得寸进尺。

晚　霞 （毅然地）太子若是不允，即便婚庆之时，我也会撞死在婚庆殿前。

龙太子 （闻言气结）你……

[龟精忙上前解围。

龟　精 （劝解）太子，晚霞已是太子囊中之物，再说那傻小子也要打还凡间，许她二人见上一面又有何妨。

龙太子 （强忍恼怒）龟大人、鲨将军你两人与本宫好生看管，就让她二人见上最后一面，立即送那凡夫俗子还阳。

龟、虎 遵命！

龙太子 晚霞，凡夫俗子送还人间之日，就是你我洞房之时，你要记住了！（得意骄狂的笑）哈哈哈！

晚　霞 （哭泣，呼喊）阿端哥……我的端郎！

[切光。

第六场　珊瑚园殉情

[前场第二日。

[龙宫，珊瑚园，海面隐约可见月影幽幽。

[幕后合唱：啊……啊……

横空降下无情剑，
斩断挚爱好姻缘，
杜鹃啼血声声唤，
生死离别哭断肠。

[幕后合唱声中，晚霞手持还阳牌，步履蹒跚地上，龟精、虎头鲨随上。

[晚霞又见珊瑚园，扑向前抚摸珊瑚，不免触景生情，眼见手中还阳牌，悲喜交集，顿时，泪水喷涌而出。

晚　霞　（哭泣着）珊瑚园……珊瑚园……想当初，我和端郎在你这里重逢，在这里相约定情到白头。可如今这小小的还阳牌就要让我和端郎生死离别、人海两隔了，你……你就说句话吧！你为什么不作声啊！（泣不成声）

（唱）　珊瑚园啊珊瑚园！

昨日相亲相惜情景又重现，

梦里依稀爱缠绵。

可如今梦尚未醒情将断，

还阳牌让我悲喜两重天！

真爱犹在生离别，

血泪难诉心中怨。

我恨呀恨！

恨太子仗势横刀来夺爱，

生生刺我无情剑，

我怨呀怨！

怨老天你为何不开眼，

偏要将有情人推入这无底的深渊。

我要喊！

喊一句天地为之动容，时光倒转。

我要喊！

喊一句四海翻腾，山河色变！

我喊！喊！喊！

可怜我声声泣血呼喊无回应，

海水茫茫冷无言。

（悲泣的白）老天啊！老天！你就睁睁眼吧！

怎忍心！

看着相爱人儿匆匆聚又散，

怎忍心！

看着俺真情一片化云烟。

可怜我啊！
欲抗却无助，
独力难回天！

（白，痛苦思衬，暗下决心）罢！罢！罢了！

为深爱的人儿求生路，
唯有忍痛断爱送我端郎去还阳，
从此后，海底深渊独留我——
孤苦伶仃、度日如年，声声悲泣、苦受熬煎，
人海分割梦魂牵！

（情难自禁的失声哭喊）阿端哥！我的端郎！

[晚霞撕心裂肺的哭喊声在深邃无边的海洋回鸣。

[隐隐约约中传来阿端的回应：“晚霞！我的霞妹，我来了……我来了……”阿端循声而上。

晚　霞　（闻声追寻）是阿端哥！是我的阿端哥！

[阿端、晚霞这一对苦命的有情人终再次见面，二人情难自控的欲扑入对方怀中……

[龟精、虎头鲨却无情的横断二人之间。

龟　精　（蛮横地）哎，慢来！慢来！

端、霞　你们这是何意？

龟　精　何意？（狡诘地示意还阳牌）晚霞，可别忘了对太子的承诺。

虎头鲨　（催促）是啊，哪由得你们卿卿我我，快些道别，速速还阳去吧！

阿　端　（疑惑）道别？还阳？（顿感不妙，一把抓住晚霞手中的还阳牌，急迫地）霞妹，这究竟是怎么回事？你说……你快说啊！

晚　霞　（欲语难言，悲上心头）我……我……我（背身掩泪）……

阿　端　（急，顿感不妙，声音颤抖）霞妹，你一定有事瞒着我，你说！你说啊！

虎头鲨　（不耐烦地）啰啰嗦嗦，她不说，本将军告诉你，晚霞已答应太子婚事，可她不忘前情，为你讨得还阳牌，少时，时辰一到，就送你返回人间。

阿　端　（震惊）不！这不是真的！（抓住晚霞摇晃）霞妹，他们是在骗我的，他们一

定是在骗我的。

晚　霞　（泪流满面）阿端哥……（欲语又止，痛苦地）这……这是真的！这……是还阳牌，（递过还阳牌）少时，海路天窗一开，你速速还阳，千万别错过时辰！我……阿端哥，你就忘了我吧！

［阿端闻言惊呆、语塞，一时空气仿佛凝滞，少顷，响起晚霞暗暗的悲泣。气涌胸膛的阿端终于爆发。

阿　端　（情绪失控地）不！我不还阳！我不还阳！没有霞妹，我怎能一人独活！

（唱）　听闻言晴空霹雳，
霎时间肝肠寸断，
本以为，携手共舞月影下，
谁料想，棒打鸳鸯各西东！
霞妹啊！
你用心听一听，
哥哥心头血泪淌。
情爱早已铭刻咱心中。
今日里却要我舍情弃爱还阳去，
可是无爱的偷生苟活我怎能心安。
霞妹啊霞妹！
生要为爱生，
亡要为情亡。
你可知生生死死一把连心锁，
早已锁住了两颗心、一份爱，
早已锁住了永不离分的咱两人。

（深情地）晚霞妹妹！我的心上人儿啊！
只要阿端还有一口气，
气存人在，
人在心在，
心在情在，

情在爱在，

生生死死寻常事，

要留真情至爱在人间！

[晚霞感动得哭喊着："阿端哥！" 扑向了阿端怀中，二人紧紧搂抱在一起。痛苦的哭泣。

[幕后合唱：啊……

情切切，爱绵长，情爱绝唱。

泣鬼神，恸天地，痛断肝肠。

[龟精、虎头鲨被眼前情景感染，竟也中了邪似的流下泪来。

龟　精　（嘟囔）没想到晚霞痴情一片，这傻小子也一片情痴啊。

虎头鲨　（讪讪）太感人了，似这般情景龙宫少见，你睇，这都有泪水了。

龟　精　死鲨头，良心发现？哭了？

虎头鲨　哭了！

[二人下意识地搭肩哭泣。少顷，龟精触电似的弹开。

龟　精　（醒悟）慢慢慢！鲨将军，我们岂不是癫了！今日可不是来看苦情戏的，我们是奉龙太子之命，送那傻小子还阳去的呀。

虎头鲨　（一拍脑袋）哎呀！差点耽误大事！

龟　精　（变脸，催促晚霞）好了！好了！晚霞，你们情也诉了，爱也表了，快快跟那傻小子道声别，送他还阳去吧！

阿　端　（紧紧抱住晚霞）不，我绝不独自还阳！

虎头鲨　嘿，你这小子，若不还阳，太子可是要将你抛入海底黑洞，永世不得超生的喔！

龟　精　是啊！永世不得超生，来世想再做夫妻都不可能了！（发现自己口误，打自己耳光）衰嘴！衰嘴！

晚　霞　（闻言醒悟，哭求）是啊，阿端哥，我们今生有缘无分，来世再做夫妻，你就勿以晚霞为念，速速还阳去吧！（将还阳牌塞入阿端的手里，哭着跑开）

[阿端一愣，转而欲追，被龟精、虎头鲨一把抓住。

阿　端　不！霞妹，我不能只顾自己抛下你啊！

龟　精　阿端小子，再如此胡闹，惹恼了龙太子，收回还阳牌，你连来世做什么梦都没了！

阿　端　（执拗地）我只要今生，只要今生，（说着使劲将龟精、虎头鲨摔开，扑向晚霞）霞妹，今生今世谁也不要想再将我们分开。（将晚霞抱在怀里）

龟、虎　（恼羞成怒）臭小子真的是不要命了！好，待本将军成全你……（上前欲对阿端下狠手）

[晚霞见状，忙用身体护住阿端。

晚　霞　（求恳）龟大人，鲨将军，俺两人将天各一方，从此人海两隔，就让我再劝劝他吧。

龟　精　（不耐烦地）哼，看你将是龙太子的人，也罢，闲话少说，速速劝傻小子还阳去吧！

晚　霞　谢过龟太人！（转对阿端）阿端哥，今日你我无力抗命，你若还阳，来世你我或许能圆夫妻梦，你……你就依从了吧！（说着在自己和阿端的胳膊上各咬了一口）

阿　端　（惊愣，不解地）霞妹，你这是何意？

晚　霞　（深情的望着阿端，哭诉）阿端哥！

（唱）　咬个伤疤留个印，
唇齿刻骨表寸心。
就当晚霞远行去，
还阳回家奉娘亲。

（白）阿端哥，你要好好记住我，留个印记，我们来世好相认！

阿　端　（深深的感动）霞妹，我的好霞妹！

（唱）　咬个伤疤留个印，
唇齿刻骨证真情。
宁死决不独离去，
与妹厮守求永恒。

晚　霞　（唱）　求永恒？

阿　端　（唱）　求永恒！

晚　霞　（唱）　　端郎至爱惊云梦，

　　　　　　　　　　梦醒何必独偷生。

阿　端　（白）对！晚霞，与其舍爱偷生，不如抱爱同死……

　　　　　（唱）　　为爱——死就一起死，

　　　　　　　　　　为情——生就一起生。

晚　霞　（自语）舍爱偷生，不如抱爱同死？为爱而死，胜过无爱偷生。对！对呀！

　　　　　（唱）　　一语惊醒梦中人，

　　　　　　　　　　愿化海鸟飞南庭，

阿　端　（唱）　　比翼飞，寻梦去！

端、霞　（合唱）　珊瑚作伴月为证，

　　　　　　　　　　双双殉情求永恒！

［晚霞、阿端二人深情的望着对方，心领神会。少顷，泪中带笑的点头，双双携手转身毅然地向珊瑚礁撞去。霎那间，海空轰然炸响，顷刻霞光万道。

［龟精、虎头鲨欲阻不及，见此情此景，不禁目瞪口呆。

［幕后合唱：啊……

　　　　　　寻梦……寻梦……

　　　　　　爱是经，情是纬，

　　　　　　经纬编织惊世情。

　　　　　　比翼双飞寻梦去，

　　　　　　碧海情魂求永生。

［幕后合唱声中，解姥与众殊丽喊着“晚霞”上。

［解姥见眼前情景，忙指挥众姝丽施救。龟精、虎头鲨欲阻。

龟　精　解姥，你想干什么？

解　姥　干什么？龟大人，龙王已知晓逼婚之事，龙颜大怒，要处罚始作俑者，你呀助纣为虐，也等着受处罚吧。

龟　精　（慌）你……你胡说！

解　姥　胡说？实话告诉你吧，你等所为，妈祖实在看不下眼，故将龙宫告上了天庭，玉皇大帝已然下旨，让有情人终成眷属，特恩准晚霞、阿端二人双双还阳。

众姝丽　（惊喜）醒了！

蚌　女　（高兴地）他们终于醒过来了！

晚　霞
阿　端　（恍惚地）霞妹，
阿端哥　我们这是在哪里呀？

解　姥　（惊喜交加，哽咽）晚霞你醒了，醒了就好！

晚　霞　（扑入姥姥怀中）姥姥，是你吗？我……我这是在哪呀？我不是在做梦吧？

解　姥　（哭着）不是梦！晚霞，这不是梦！妈祖被你两人相爱至诚之事所感动，报知玉皇大帝，得玉皇大帝恩准，特许你俩还阳成亲。

端、霞　（惊喜不已）这……这是真的？

解　姥　（举起还阳牌）千真万确！时辰已到，不可错过，望你两人珍惜这来之不易的缘分。

端、霞　（感激的跪）谢姥姥成全！

解　姥　（扶起）快快起来，要谢就谢天后娘娘，时间紧迫，你们快快还阳去吧！孩子们，海柳搭桥，送有情人还阳啊！

众姝丽　（齐声回应）是！送有情人还阳！

[众姝丽用婀娜的水袖舞姿，挥开了万顷碧波，一道七彩的虹桥霎时从深海通向了凡间。

[远处点点渔灯闪烁，仿佛天上星辰，在为一对有情人照亮了爱情的路。

[晚霞、阿端依依不舍的向解姥及众姝丽挥手告别。

[时空转换。

尾声　终成眷属

[紧接前场。

[同一时间，不同空间，天后宫前。

[长老、端母与众乡亲正礼拜妈祖天后娘娘。

（白）多谢妈祖庇佑，妈祖万福，妈祖万福。

[突然一声巨响，海面顿时紫气弥漫，霞光万道。

[众人惊奇的纷纷起身涌向海边，议论纷纷。解到。

男乡民 （惊奇大喊）大家快看！海面有奇景呀！

长　老 （惊奇不已）海上霞光异彩，定是妈祖显灵了。

端　母 （激动）是啊！是啊！天降七彩霞光，定是妈祖显灵降福百姓（说着跪下朝拜）天后娘娘万福！

[众乡亲见此纷纷下跪朝拜："天后娘娘万福！"

[空中传来晚霞、阿端的呼唤："阿妈！阿爷！"

[长老、端母闻声惊讶莫名，忙起身寻找。

长　老 端母，听，听见没有……

端　母 （不敢相信地）是……是端儿的声音。

长　老 （颤栗着）对！还有霞女……我……我那乖孙女的声音。

[只见海边晚霞、阿端双双踏波而来。

阿　端
晚　霞 阿公、母亲；

长　老
端　母 晚霞、端儿。

[长老、端母激动的迎上前去，阿端、晚霞呼喊着扑入二老怀中，众乡亲惊奇中纷纷上前嘘寒问暖。

长　老 （抚摸着晚霞的脸，老泪纵横）晚霞，我的乖孙女啊，你……你这么长时间，你……你都到哪里去了啊！

端　母 （喜极而泣）端儿，真的是我的端儿回来了。

阿　端 母亲……

端　母 端儿，你去哪里了？为母以为再也见不到你了。

阿　端 母亲，孩儿跌落海底，历尽风波，幸得妈祖搭救，今日平安回来了。

端　母 感谢妈祖庇佑。

阿　端 晚霞阿公，我是在南海龙宫遇见晚霞的，且与她定下百年姻缘了。

长　老 （惊喜）喔！晚霞，这是真的吗？

晚 霞 （含羞点头）还望阿爷做主！端婶应允！

端 母
长 老 （异口同声）好、好、好哇！

端 母 端儿，晚霞，你俩青梅竹马，又有妈祖成全，我高兴还来不及呢。

长 老 今日正值中秋佳节，我们正好借此感恩还愿之日，为阿端、晚霞庆贺生还并结百年之好。

乡 民 长老，一对新人历尽劫难，玉成美事，理应庆贺啊！各村社歌舞队已齐聚天后宫。

长 老 好！酬神庆贺，祈求风调雨顺，国泰民安！大家舞起来！

乡 民 舞起来！舞起来！

众 人 舞起来！舞起来！舞起来！

[顿时，锣鼓齐鸣，鞭炮炸响，众舞队齐齐涌上。

[晚霞、阿端各归舞队，一时，全民起舞。

[幕后合唱：

南粤渔家传佳话，
人间真爱永不渝，
四海同唱思乡曲，
今日再谱新传奇。

[灯光渐收。

[剧终。

稀有剧种卷·西秦戏

辕门罪子

海丰县西秦戏艺术传承中心整理

人 物 表

杨宗保	北宋名将杨继业之孙，杨延昭之子，娶穆桂英为妻
杨延昭	北宋名将杨继业之子、亦称杨六郎，北宋名将
穆桂英	穆柯寨主之女、杨宗保之妻
佘太君	北宋名将杨继业之妻、杨延昭之母
孟　良	追随杨延昭的猛将、北宋名将
焦　赞	追随杨延昭的猛将、北宋名将
八贤王	宋太祖的儿子
穆　瓜	穆桂英的婢女

[升帐。

延　昭　（念）　穆柯山上败了仗，
难洗今朝满脸羞。
孟良、焦赞!

孟　良
焦　赞　在!

延　昭　宗保奴才若有回来，报本帅知道。

孟　良
焦　赞　知道了，辕门打探!

宗　保　（念）　穆柯山寨鸾交凤，
拆散鸳鸯转回归。

孟　良
焦　赞　宗保侄儿回了。

宗　保　叩见二位叔爹。

孟　良
焦　赞　免礼了，侄儿哪里归回？

宗　保　穆柯寨招亲归回。

焦　赞　你父亲早已知道，你回来要杀你人头落地。

宗　保　当真？

焦　赞　当真。

宗　保　果然？

焦　赞　果然。

宗　保　那我就……走了罢。

焦　赞　慢！你要哪里去？

宗　保　走回穆柯寨。

焦　赞　你走得一时，难逃一世，随俺们进去，二位叔爹保你无事。

宗　保　这样，要保就要保得稳？

焦　赞　保得稳保得稳。

宗　保　传上，宗保回营交令！（进辕门）宗保回来见父帅。

延　昭　奴才，你回来了？

宗　保　回来了。

延　昭　孟良、焦赞！

孟　良
焦　赞　在！

延　昭　将奴才捆住！

孟　良
焦　赞　知道了！

延　昭（唱）　杨延昭怒满怀，

骂一声宗保你不孝奴才。

三六九父命你巡查营寨，
谁知你往山东私配裙钗。
论王法挖你一双眼，
论家法将你生葬活埋。
孟良、焦赞！
将奴才捆出辕门外，
午时三刻砍下头来。

孟　良
焦　赞 遵命。

焦　赞 孟二哥呀！今日宗保侄儿犯罪回来，此事情从你我身上所起，眼前岂可白白无救。

孟　良 依老焦你怎样？

焦　赞 有了。你我兄弟在哥帅台前，立有汗马功劳，不如将俺们的功劳赎宗保免死之罪，你看如何？

孟　良 说得有理，咱们讲情去。

孟　良
焦　赞 哥帅在上，俺们兄弟有禀。

延　昭 禀何来？

焦　赞 禀哥帅得知，今日宗保侄儿犯法，想俺们哥弟皆在哥帅台前得下汗马功劳，不如将俺们功劳赎宗保免死之罪，哥帅要准保。

延　昭 你待怎讲？

孟　良
焦　赞 讲情恕饶。

延　昭 喂哈……

焦　赞 哥帅准了，咱们去放。

延　昭 住口！斩宗保事从你红黑二头身上所起，先斩宗保，后再取你红黑二头，家将！与我赶出去。

孟　良
焦　赞　啊呀！好不利害！

孟　良　老焦，你看如何？

焦　赞　何如啊，这岂可白白无救不成……罢了，待我去请老太君。

孟　良　有理，母在子面前有话可讲，我在此看住宗保，你快去请。

焦　赞　老太君有请！（焦扶太君出）

太　君　焦赞，何事？

焦　赞　老太君，不好了，小本官从山东穆柯寨招亲归来，哥帅怒冲冲，辕门要斩宗保。

太　君　快去，快去呀！

（唱）　听得焦赞一声讲，
吓得太君魂魄散。
来在辕门高声叫，
宗保，孙儿。
我的孙儿呀。
为什么绑辕门要把刀开，
你就对婆说来。

宗　保（唱）　杨宗保泪滔滔，
抬头只见年迈人到。
只因穆柯寨招亲事，
回来我父亲定斩不饶。

太　君（唱）　早知你身犯何条令，
原来穆柯寨被招亲。
你在辕门且忍耐，
为婆进帐讲情来。
回头就把孟良叫，
焦赞一旁听我言。
有谁敢斩小宗保，

太君要他命一条。

焦　赞　可用通传？

太　君　（唱）　不用通传进宝帐，

骂一声杨延昭不孝奴才。

焦　赞　孟二哥，老太君我去请到，你去禀哥帅知道。

孟　良　你包下就好。

焦　赞　做不得！一人一件，我去请，你去禀。

孟　良　也好，禀哥帅得知，老太君到！

延　昭　知道了。

（唱）　杨延昭绑奴才怒气咆吼，

猛抬头又只见娘亲到来。

杨延昭离公案拱手下拜，

太　君　我儿不用，起来。

焦　赞　（学太君口气）我儿不用，起来。

延　昭　哼！

（唱）　老娘亲发慈悲儿敢起来。

问娘亲你不在宝帐之内，

来到此白虎堂所为何来。

太　君　（唱）　为娘亲进宝帐不该不睬，

再骂声杨延昭不孝奴才。

小孙儿他犯了何条军令，

为什么绑辕门要把刀开。

延　昭　（唱）　三六九儿命他巡察营寨，

小奴才往山东私配裙钗。

临阵上招亲事王法何在，

问娘亲儿斩他该也不该？

太　君　（唱）　小孙儿犯军令理当处斩，

延　昭　斩！

太　君　慢！

（唱）　且看他年纪小讲情恕饶。

延　君　唉，娘亲啊！

（唱）　老娘亲你说道宗保孩童气慨，
待孩儿将古人细说原来。
小甘罗十二岁身为太宰，
石敬棠十三岁拜将登台。
三国中周公瑾名扬四海，
十岁上学兵法人称将才。
十五岁高升为东吴元帅，
曹孟德耻笑他小小婴孩。
三江口用火攻神鬼难料，
烧曹兵八十万无处可埋。
这几个皆娘生非是鬼怪，
难道说小宗保禽兽投胎。

太　君（唱）　怒冲冲稳坐在宝帐之内，
骂一声杨延昭不孝奴才。
俺杨家单存这一点后代，
斩宗保靠何人祭扫坟台。

延　昭（唱）　曾记得斩八将头挂营外，
不见你老娘亲进帐而来。
今日里斩宗保娘把儿怪，
小奴才要性命二次投胎。

太　君（唱）　曾记得那萧营番兵过界，
杀得俺宋营中闭门不开。
儿好汉你就该战个胜败，
为什么天波府要娘到来。

延　昭（唱）　曾记得萧银宗番兵过界，

杀得俺宋营中闭门不开。
老娘亲上金殿挂为元帅，
俺爹爹当先行把路来开。
兵行到两狼山安营扎寨，
头一阵我爹爹兵败归来。
老娘亲怒冲冲坐在宝帐之内，
叫一声刀斧手砍下头来。
吓得俺众儿郎魂飞天外，
带八姐和九妹跪在尘埃。
老娘亲准了保王法还在，
将爹爹打八十赶出营外。
老娘亲全不念夫妻恩爱，
难道说我六郎哪有念着父子情怀。
孟良、焦赞！
宝剑挂在辕门外，
有人敢保砍下头来。

孟　良
焦　赞 是。

焦　赞 禀太君，宝剑挂在辕门外，午时三刻要开刀了。

太　君 怎说？不好了。

（唱）　一见宝剑挂在辕门外，
吓得太君魂魄消。
回头就把孙儿叫，
宗保我的孙儿。
为婆眼睁睁难保你命一条，
辕门外哭坏了佘氏太太。（入）

焦　赞 老太君你慢走，你慢慢走呀！
老孟呀，看此事不好，待我再去请八贤王到来。

孟　良　说得有理，君在臣面前有话可讲，你快快去请。

焦　赞　八贤王，有请！

贤　王　（上）焦赞，有何事情？

焦　赞　八贤王，不好了。小本官穆柯寨招亲回来，哥帅怒冲冲要斩他人头，要快些去保。

贤　王　走呵！

（唱）　青纱帐又来了八主贤王，
听得焦赞一声讲。
往到辕门看端详，
叫声焦赞马来带上。
辕门绑的御外郎，
你今犯了何条令。
为什么绑辕门要把刀开，
你就对孤说来。

宗　保（唱）　杨宗保泪汪汪，
抬头只见龙舅王。
只因穆柯寨招亲事，
回来我父亲定斩不饶。

贤　王（唱）　早知你身犯何条罪，
原来穆柯山被招亲。
你今辕门来忍耐，
孤王进帐讲情来。
回头就把孟良叫，
焦赞一旁听孤言。
有人敢斩杨宗保，
孤王与他问律条。

焦　赞　可用通传？

贤　王（唱）　不用通传宝帐进，

抬头只见杨延昭。

孤王进帐不行君臣礼，

八贤主稳坐在白虎节堂。

焦　赞　孟二哥，八贤君我已请到，你去禀哥帅知道。

孟　良　你包下就好了。

焦　赞　方才已讲过了，一人一件，我去请你去禀。

孟　良　这样，好，我去禀。禀哥帅得知，八贤君到！

延　昭　知道了！

（唱）　适才间得罪了年迈妈妈，

猛抬头又只见八主贤王。

孟良！

叫孟良与本帅孔雀屏高挂，

孔雀屏遮住了小小冤家。

焦赞！

叫焦赞与本帅铺毡结彩，

待本帅向前去见过贤王。

杨延昭离公案拱手下拜，

见贤王！

贤　王　平身，起来！

延　昭　谢千岁！

（唱）　八千岁传旨意臣当起来。

问千岁你不在青纱宝帐，

来到此白虎堂所为何来。

贤　王　（唱）　小宗保他犯了何条战令，

为什么绑辕门要把刀开？

延　昭　（唱）　三六九臣命他巡察营寨，

小奴才往山东私配裙钗。

临阵上招亲事王法何在，

问千岁臣斩他该也不该。

贤　王　（唱）　小宗保犯战令理该处斩，

延　昭　斩！

贤　王　慢！

（唱）　为孤王讲人情将他恕饶。

延　昭　（唱）　八千岁讲人情臣当准保，

焦　赞　准了，放！

延　昭　慢！

（唱）　宋天子降罪来何人承担？

贤　王　（唱）　倘若是我叔王把罪来降，

天大事为孤王向前承担。

延　昭　（唱）　斩则斩，斩的是杨家宗保，

犯着你那赵家何等根苗。

贤　王　（唱）　斩虽斩，斩的是杨家宗保，

姑念他是孤一名外郎。

曾记得你七弟打死潘保，

潘仁美上金殿哭奏当朝。

我叔王准他本降旨一道，

绑杨家一个个法场开刀。

多只因为孤王金锏保奏，

才有你杨延昭头戴乌纱身穿蟒袍。

延　昭　（唱）　曾记得宋天子传旨一道，

命文武五台山把香来烧。

臣大哥替宋主銮驾身丧，

臣二哥在阵上断剑身亡。

臣三哥在阵上马踏肉酱，

臣四哥失辽邦未见回朝。

臣五哥五台山削发出家，

臣七弟被仁美乱箭射死在芭蕉。
幸存我杨六郎南征北讨，
才换了杨家将头戴乌纱身穿蟒袍。

贤　王 （唱） 曾记得你一声哭奏御状，
遇逢了那胡俩狗奸谗。
将你头发来打散，
满脸盖的是乌烟。
南清宫假扮森罗殿，
日断阴来夜断阳。
遇逢孤王回朝转，
金锏压住你口能言。
黑风岭上假响马，
杀了潘洪报仇冤。
早知道你是奇男儿，
原来你是忘情背义之人。

延　昭 （唱） 韩阳光来韩阳寿
贼子双双摆战场，
两兵沙场曾交战，
贤王跌倒在马前，
口口声声叫我杨六子，
才有舍命搭救你回朝。

贤　王 可恼了！
（唱） 杨延昭你不必絮絮叨叨，
为臣子在孤前讨功说劳。
你行兵哪一个助你粮草，
你斩将哪一个记你功劳。
自古道臣有功君行赏，替天行道，
哪一桩，哪一件忘你杨家功劳。

延　昭　千岁呀！

（唱）　我行兵蒙千岁助我粮草，

我斩将蒙贤王记我功劳。

我一向亲王看大你。

贤　王　孤王不大谁人大？

延　昭　（唱）　你把我这挂印元帅，

看不上眼中的毫毛。

贤　王　你好大的元帅。

延　昭　论起国法理当处！

贤　王　住口，你知道当今天子是孤何人？

延　昭　哎咋！

（唱）　看在了宋天子饶住赵德芳。

延　昭　八贤王！

贤　王　杨元帅！

延　昭　龙舅王！

贤　王　御妹夫！

延　昭　赵德芳！

贤　王　住口！不忠臣子，胆敢叫孤御名该当何罪？

延　昭　你可知道这里是什么所在？

贤　王　岂不是小小白虎节堂。

延　昭　既晓得白虎节堂，你就不该行来摆去。

贤　王　呸！金銮宝殿且容孤三摇四摆，何况你这白虎节堂。

延　昭　金銮宝殿是赵家所创，容你摆得，这里白虎节堂，是本帅提兵调将的位所，论起你就摆不得。

贤　王　孤王是不高兴，孤王若是高兴么，我摆上而摆下，你怎奈孤何？

延　昭　论国法理当处斩！

贤　王　住口！只可惜孤王今日没带龙头金锏，若有带来么，打死你不忠臣子杨延昭。

延　昭　动不动就倚你龙头金锏压住本帅，本帅不展个利害，谅你不惊。孟良，焦赞！

孟　良
焦　赞　在。

延　昭　贤王是马来轿来？

焦　赞　轿来！

孟　良　马来，马来！

延　昭　呔！轿来轿杆砍断，马来分为四腿，免得贤王一死。

孟　良
焦　赞　遵命。（牵马出，杀马科）

焦　赞　八贤君呀，白龙马被分为四腿了。

贤　王　怎讲？

焦　赞　白龙马被斩了！

贤　王　（唱）　一见白龙马把命丧，
不由孤王痛肝肠。
难舍就把马来叫，
白龙马呀，宝驹。
我的白龙马呀……
为孤王难保你命一条。
回头就把孟良叫，
焦赞一旁叫我言。
我今上殿把本奏，
定参杨延昭出朝廊。（入）

焦　赞　八贤王你慢走，八贤君，你慢走啊！

孟　良　老焦，八贤君走远了。

焦　赞　唉！老孟好笨呵。

孟　良　我笨何来？

焦　赞　方才哥帅问道，贤王是马来还是轿来，我讲轿来你说是马来。

孟　良　明明是马来呀。

焦　赞　蓬隆松！你这一句话，把八贤君的宝马害了呵，如今人也走了，马也死了，说也无用，不如将白龙马扛到后营，煮了马肉，开了老红酒。

孟 良 饮酒送马肉？

焦 赞 唏！走罢！

桂 英 （唱） 叫穆瓜与姑娘把山来下，
穆柯寨下来了女将娇娃。
耳旁厢忽听得辕门鼓响，
但不知宋营中哪个犯了王章？
回头来叫一声马前穆瓜，
与姑娘进辕门看一看。
斩何兵来斩何将？
何兵何将细看分明。

穆 瓜 奴婢遵命。
（唱） 小穆瓜奉着了姑娘之命，
来到那辕门外细看分明。
将身儿奴就把辕门来进，
只见姑爷绑一旁。
难猜难想姑爷叫，
姑爷，将军！
我的姑爷呀！
为什么绑辕门要把刀开，
你就对奴说来。
姑爷好醒！将军好醒！哎，不好了！
只见姑爷昏迷去，
不由小奴心猜疑。
将身出了辕门去，
再与姑娘说分明。
姑娘呀！
你知道辕门绑得哪一个？

桂　英　是哪一个？

穆　瓜　（唱）　　这就这一个。

桂　英　这一个是何人？

穆　瓜　（唱）　　那就那一个。

桂　英　这一个那一个是何人？快快讲明。

穆　瓜　（唱）　　这一个来那一个，

　　　　　　　　　是姑娘日思夜想恩爱人。

桂　英　哎咋！

　　　　（唱）　　听一言吓得奴抛鞍下马，

　　　　　　　　　待姑娘进辕门细看分明。

　　　　　　　　　叫声穆瓜辕门来去，

　　　　哎，不好了！

　　　　　　　　　只见奴夫绑一旁。

　　　　　　　　　难舍难分夫来叫？

　　　　夫呀官人，

　　　　　　　　　我的夫郎呀。

　　　　　　　　　为什么绑辕门要把刀开？

　　　　　　　　　你就对妻说来。

　　　　将军好醒！

宗　保　穆小姐你可来了。

桂　英　是为妻到来。

宗　保　穆小姐，我被你害死了。

桂　英　你何曾被我害死？

宗　保　当日在穆柯寨，我不肯招亲你偏要招亲，今日回来，父帅怒冲冲要斩我，算将起来，岂不是被你害死。

桂　英　我被你害死，你可知道？

宗　保　为何说被我害死？

桂　英　为着你这冤家，当日我爹爹被你父亲一箭射死，今日奴千山万水到这里，算

将起来，岂不是被你害死，

宗 保 我被你害死。

桂 英 这还了得，看打！

穆 瓜 哎呀！降龙木呀，我被你害死！

桂 英 （唱） 小将军休得要心中害怕，

待为妻把言语细说分明。

我公台若把人情做下，

待为妻将宝贝献上皇家。

我公台不把人情做下，

待为妻带宝剑进辕门，

左一杀，右一杀。

杀得他宋营中寸草不留，

奴这里做了个乌云遮盖。

回头叫声穆瓜听我言，

穆 瓜 （唱） 三千担……

桂 英 （唱） 三千担那粮草命人押下。

穆 瓜 （唱） 五百个……

桂 英 （唱） 五百个勇家丁四路暗藏。

穆 瓜 （唱） 降龙木……

桂 英 （唱） 降龙木本是姑娘随身宝贝，你无事退下。

穆 瓜 是。

孟 良 啊！

桂 英 哦！岂不是叔公？

孟 良 叔公叔公，哦，岂不是穆小姐？

桂 英 是奴到来。

孟 良 穆小姐呀，事情不好了。

桂 英 哪事不好呀？

孟 良 小本官招亲回来，哥帅怒冲冲要斩他人头。

桂 英 奴早知道了，今到来讨保，谅是无妨。

孟 良 你早早就好来啦。

桂 英 今到来还未迟。

孟 良 还未迟，你来呀……

焦 赞 哎呀！好面熟，这岂不是穆小姐？

桂 英 叔公，是奴到来。

焦 赞 穆小姐，事情不好了。

桂 英 哪事不好？

焦 赞 小本官招亲回来，哥帅怒冲冲要斩他人头，论将起来被你害死了。

桂 英 奴今到来讨保，谅是无妨。

焦 赞 穆小姐，你早早来就好了。

桂 英 今到来还未迟。

焦 赞 还未迟，你来呀……

桂 英 （唱） 穆柯寨又来了女将裙钗。（入帅堂跪下）

孟 良
焦 赞 启禀哥帅，有女将到。

延 昭 知道了。

（唱） 杨延昭得罪了贤王御驾，

猛抬头又只见女将来到。

问一声女将军，

家住在哪一州哪一府哪一县？

哪州？哪府？哪县？

谁家女？哪家娃？

谁家女来哪家娃？

叫孟良和焦赞，

向前去你问她再问她，

问她可有爹妈？

焦赞问她。

焦　赞　是，女将，俺家哥帅问你家住哪里？谁家女来哪家娃？快快禀上。

桂　英　老公台容禀。

焦　赞　（学桂英口气）老公台容禀。

桂　英　（唱）　老公台请坐在帅堂之上，
待媳妇把从头细说分明。
家住在山东地穆柯山寨，
宗保妻穆桂英到此宋营。

焦　赞　哥帅呀，女将是山东穆柯寨穆桂英小姐到来。

延　昭　（唱）　听说道穆小姐心中害怕。
孟良，提枪！焦赞，带马！

孟　良
焦　赞　提枪带马何事？

延　昭　与女将交战。

焦　赞　不用交战了，女将是来“相送”。

孟　良　是来降宋。

焦　赞　降宋，降宋。

延　昭　（唱）　问一声穆小姐你不在山东地，
到本帅宋营中所为何来？
焦赞问她。

焦　赞　穆小姐，俺家哥帅问你不在山东穆柯寨，到宋营何事？

桂　英　老公台再容禀。

焦　赞　（学桂英口气）老公台再容禀。

桂　英　（唱）　三千担那粮草命人押下，
五百个勇家丁归降宋营。
降龙木是姑娘随身宝贝，
为此事带此宝献上皇家。

延　昭　（唱）　一见宝贝哈哈笑，
叫焦赞传上来本帅一观。

焦　赞　是。

延　昭　（唱）　为此宝得罪了贤王御驾，
为此宝得罪了年迈妈妈。
为此宝往山东兵败而下，
为此宝斩宗保小小冤家。

焦　赞　（唱）　为此宝将我老焦打了四十板，

延　昭　（唱）　大胆焦赞埋怨谁家。

焦　赞　（唱）　不敢埋怨你不敢埋怨他，
埋怨我老焦屁股该衰。

延　昭　焦赞！
（唱）　宝贝打在宝仓库，
等一等五哥下山而来。

孟　良　三千担？

延　昭　（唱）　三千担那粮食命人押下，

焦　赞　五百个？

延　昭　（唱）　五百个勇家丁四营安扎。

焦　赞　（唱）　安扎不安扎这就这一个，

延　昭　这一个是什么？

焦　赞　那就那一个。

延　昭　那一个是什么？

焦　赞　（唱）　这一个来那一个，
哥帅今晚打发住所。

延　昭　哦，穆小姐带宝归宋有功，打发住所给她驻扎。

焦　赞　好，哥帅呀，穆小姐带去归库。

延　昭　枪刀才好归库，人怎好归库？

焦　赞　不好归库？哦，有了！穆小姐带去归仓。

延　昭　呸！粮草才好归仓，人怎好归仓？

焦　赞　不好归仓？好，待我再想来……有了。

延　昭　讲来！

焦　赞　哎呀哥帅，我东想西想想了出来，被你这一声喊，出了气，消消了。

延　昭　呔，草包！

（唱）　回头就把孟良叫，

焦赞一旁听我言。

你今向前对她讲，

待破了天门阵，

奏宋王，再迎她来。

焦　赞　知道了，穆小姐，俺家哥帅传下话来，俺宋营中有事，待破了天门大阵，再奏明宋王迎接你来。

桂　英　如此，待我回去。

孟　良　不可，不可。

焦　赞　你要回去？你真乖巧，待叔公打锣打鼓送你回去。

桂　英　叔公不用客气啰。

焦　赞　应该的。

桂　英　叔公哙！

焦　赞　还有什么事？

桂　英　奴本当要回去，只是还有一件未曾禀明，有请叔公再通禀一声，然后我才回去。

焦　赞　我晓得穆小姐不会甘心回去的，穆小姐哙，我不会去，你自己去禀就好。

桂　英　这……有了，叔公。

焦　赞　什么事？

桂　英　与我再多禀一遭，我回转山中，我去绣呀……

焦　赞　绣什么？

桂　英　绣一条腰带给你。

焦　赞　我这腰带还是新的，我不要。

桂　英　你不要，有了！待我去扎呀……

焦　赞　扎什么？

桂　英　扎双乌牛靴给你。

焦　赞　后营盘有的是乌牛靴，我也不要。

桂　英　你都不要？

孟　良　穆小姐，这个……

桂　英　有了，叔公呛。

焦　赞　嗯，还有什么事？

桂　英　待我回转山中，我去开呀……

焦　赞　开什么？

桂　英　开了十三年的老红酒呀！

焦　赞　浑身骨头咯咯响。

桂　英　叔公呀，你可要？

焦　赞　唉呀，穆小姐，你真乖巧，讲到千万项不中叔公之意，讲到酒嘻嘻！叔公的命根给你牵着啦！穆小姐，你有讲有准？

桂　英　有讲有准。

焦　赞　如此我与你禀上，禀哥帅，女将还有禀。

延　昭　快快禀来。

焦　赞　穆小姐你快禀上。

桂　英　老公台再容禀。

焦　赞　（学桂英口气）老公台再容禀。

桂　英　（唱）　小将军身犯何条令，
　　　　　　　　为什么绑辕门要问斩刑？

延　昭　（唱）　假作佯装不知情，
　　　　　　　　花言巧语哄延昭。
　　　　　　　　我为你才斩杨宗保，
　　　　　　　　我为你才斩杨家根苗。

桂　英　（唱）　小将军犯将令理当处斩，

延　昭　斩了！

桂　英　慢！

（唱） 看在媳妇进宝功劳将他恕饶。

延 昭 （唱） 女将说话不知羞，
敢到辕门道风流。
不看你进宝功劳大，
将你一齐把头杀。

桂 英 哎，不好了！
（唱） 听说公台不肯人情做下，
不由奴家无主张。
低下头来忙思想，
猛然想起计一条。
忙将宝剑拿在手，
我左一杀，右一杀！
杀得他宋营中寸草不留。

孟 良
焦 赞 啊！

延 昭 （唱） 穆小姐宝剑来收下，
收了宝剑把话谈。
我今要斩杨宗保，
山东来了穆桂英。
我今不斩杨宗保，
天门大阵谁敢承担？

桂 英 （唱） 莫说天门一百单八阵，
千阵万阵奴担承。

延 昭 （唱） 南天门一百单八阵，
阵阵难道你敢去杀。

桂 英 （唱） 公台若是不相信，
兵书战册看分明。

延 昭 （唱） 任你讲来我不信，

兵书战册看分明。
叫焦赞取过兵书战册，
字字行行看分明。
红罗阵本是孟良破，
黑煞阵本是焦克明。
御王阵本是宋天子，
老人阵本是佘太君。
青龙阵本是贤王破，
白虎阵不离杨总兵。
罗汉阵本是五哥破，
马克阵不离马夫人。
南天门一百单八阵，
阵阵不离九狸星。
若问九狸在何处，
出在山东穆桂英。
焦赞问她是何人？

焦　赞（唱）　哥帅休要巧问真，
她是山东穆桂英，
女将军，杀人精，
哥帅要小心。

延　昭　你怎晓得？

焦　赞（唱）　哥帅休要巧问咱，
当初出马去擒她。
被她撩下马，
好比乌龟去爬沙。

延　昭　哎咋！
（唱）　穆小姐你不该真不该，
不该将为公台……（羞愧入）

焦　赞　（唱）　穆小姐你不该真不该，
不该将为公台哗啦啦撩下马来。

延　昭　（出）呸！
（唱）　穆小姐你不该真不该，
不该将为公台撩下马来。
我这里若不把人情来做，

孟　良
焦　赞　哥帅要做情。

桂　英　老公台要做情。

延　昭　哎，是了，
（唱）　看一看穆小姐带宝降宋有功，
饶住了宗保小小冤家。

孟　良
焦　赞　辕门放出宗保。

桂　英　（唱）　叩头就把公公谢，

孟　良
焦　赞　喂哈喂哈！

桂　英　呀呀啐！
（唱）　何用你黑红二头假小心。

孟　良
焦　赞　哈哈哈！

焦　赞　孟二哥你可有看见穆小姐的好观目，好动作？

孟　良　没有看见。

焦　赞　我比两下给你看。
（唱）　叩头就把公公谢，
呀呀啐！
何用你红黑二头假小心。

孟　良　哈哈哈，你比穆小姐还好看。

焦　赞　哈哈！唉，依我看来，哥帅今日这样做，有四字不周全。

孟　良　为何四字不周全？

焦　赞　不忠不孝，不仁不义，四字不周全。

孟　良　为何叫不忠？

焦　赞　话不从别处说起，哥帅辕门斩子，八贤君慌慌忙忙来到这里白虎节堂，君在臣面前无话可讲，又将白龙马斩了，论起岂不是不忠。

孟　良　为何叫不孝呢？

焦　赞　老太君到此讲情，母在子面前无情可讲，还气得老人家捶胸顿足，老人家年纪这么大了，若有不测，岂不是不孝。

孟　良　不仁在哪里？

焦　赞　辕门斩子叫不仁。

孟　良　不义呢？

焦　赞　讲到不义，非但老焦着恼，连你老孟也会生气，我们哥弟前去讲情，依不依任凭了他，动不动就提起先斩宗保，后取你红黑二头，难道你的头是萝卜头，老弟的头是韭菜头，割了会生生了可割不成？休管他事，斩是斩他杨家子，杀是杀他杨家儿郎，非干己，莫劳心，后营盘还有许多马肉，你我喝酒送马肉，你一杯我一杯，休管那个糊涂元帅。

延　昭　哎咋，焦赞！

（唱）　焦赞做事太不该，
调弄本帅为何来。
恨不得一足来踢，

贤　王　圣旨到！

延　昭　（唱）　忽听圣旨到此来。

起鼓接旨！

贤　王　圣旨到，下跪。奉天承运皇帝诏曰：杨延昭性情傲慢，挂不得帅，特封杨宗保为协天元帅，午时交印，叩头三呼。

延　昭

孟　良　万万岁！

焦　赞

延　昭　（唱）　杨延昭接圣旨好比砍我头落地，

本帅我今日身犯王法千刀万割。

孟良圣旨来高挂，

早点灯晚烧香答谢皇家。

叫焦赞红披椅来放下，

红旗下放出了宗保冤家。

焦　赞　有请小本官。

宗　保　（唱）　这一绑得我魂飞天外，

好一比枯树儿重新发芽。

走上前见过了贤王御驾，

见贤王！

贤　王　平身，起来！

宗　保　（唱）　那一旁哭坏了年迈婆婆。

见婆婆！

太　君　孙儿孝道起来！

宗　保　（唱）　杨宗保见爹爹心中害怕，

望爹爹发慈悲莫把儿杀。

延　昭　唉，奴才呀！

（唱）　开言就把奴才骂，

骂声奴才听端详。

为父在朝为郡马，

你是外郎保中华。

父子辕门高声叫，

宗保，我的孩儿啊！

焦　赞　哈哈哈！

延　昭　哎咋！

（唱）　那一旁站的是杀人冤家。

我恨不得一足来踢下，

桂　英　（唱）　公公你不爱他媳妇爱他。

焦　赞　喂哈哈！

延　昭　（唱）　焦赞做事理不当，

耻笑哥帅为何来？

走上前见过了贤王御驾，

贤　王　哼！（拂袖入）

延　昭　（唱）　那一旁哭坏了年迈妈妈。

走上前来忙跪下，

望娘亲发慈悲莫把儿杀。

太　君　哎，奴才呀！

（唱）　开言就把奴才骂，

骂声杨延昭不孝奴才。

宗保孙儿年纪有多大，

叫六郎你要慢慢教导他。（入）

焦　赞　（唱，学太君模样戏弄延昭）

开言就把奴才骂，

骂声杨延昭不孝奴才。

宗保孙儿年纪有多大，

叫六郎你要慢慢教导他。

抬起头见过你胡须妈妈。

延　昭　哎咋！

（唱）　焦赞做事理不该，

调弄哥帅为何来？

恨不得一足来踢下，

内　声　时辰到！

延　昭　（唱）　午时三刻交印时。

起鼓交印，为父尽忠心！（拜印、交印）

宗　保　孩儿当报国！

[剧终。

稀有剧种卷·西秦戏

薛仁贵回窑

海丰县西秦戏艺术传承中心整理

人　物　表

薛仁贵	从军一十八载，累积功高官授平辽王
柳迎春	薛仁贵之妻
薛丁山	薛仁贵、柳迎春之子，17 岁

薛丁山　（唱）　寒窑奉了娘亲命，往到汾河打雁生。

来在汾河抬头看，只见鸿雁当头飞。

弹打，弹打南来开口雁，

枪镖，枪镖鱼儿水面游。

阳光大道忙观看，那边来了一长官。

薛仁贵　（唱）　适才离了张家店，不觉到此是汾河。

勒住丝缰往前看，只见镖鱼打雁一小哥。

薛丁山　弹打。

薛仁贵　（唱）　我看他弹打南来开口雁，

薛丁山　枪镖。

薛仁贵　（唱）　枪镖鱼儿水面游。

将身下了白龙马，

再把小哥问一声。

小哥请了。

薛丁山　客官请了。

薛仁贵　小哥，你莫非在此镖鱼打雁么？

薛丁山 正是在此镖鱼打雁。

薛仁贵 请问小哥，你一弹能打几只？

薛丁山 我一弹能打一只。

薛仁贵 一镖呢？

薛丁山 我这么一镖，水面之鱼。

薛仁贵 这何算技巧。

薛丁山 你呢？

薛仁贵 我一弹能打双雁下地。

薛丁山 你一镖呢？

薛仁贵 我这么一镖，水底之鱼。

薛丁山 说出无凭。

薛仁贵 做出便见。

薛丁山 那你就展来看。

薛仁贵 这个……缺少弓弹。

薛丁山 弓弹相借。

薛仁贵 好。

薛丁山 好妙手呀！

薛仁贵 （唱） 左手接弓右手弹，
看看平辽王展手强。
来在这里忙观看，
只见猛虎当了头。
放下弓弹哎呀用手镖，
误伤小哥一命亡。

不好了，猛虎当头，要镖猛虎，误伤小哥，倘若他爹娘闻知，怎能与我干休罢了，人命关天，国法难容，走为上策，离开此地打马走吧！

（唱） 仁贵做了亏心事，
误伤小哥一命亡。（上马入场）

柳迎春 （唱） 柳迎春在寒窑心愁闷，

丁山儿，你好回来呀！

望得我柳迎春两眼昏花。
丁山儿往汾河镖鱼打雁，
至今未回心不安。
自从奴夫从军十八秋，
丢下母子受饥寒。
若得我夫回窑转，
合家团圆谢苍天。
取出麻箩窑门外，
等待我儿返回来。
耳边听得马铃响，
那旁来了一长官。

丁山儿，你好回来啊！

薛仁贵（唱）适才间打马汾河过，
谁知误伤一小哥。
勒住丝缰来观看，
又见一娘行在那旁。
看前面，看前面好一比柳家女，
看后面，看后面好似我妻迎春。
将身下了白龙马，
再把娘行问一声。

娘行请了。

柳迎春 客官请了，相请两字莫非远方所来，迷失路途么？

薛仁贵 正是到来问路。

柳迎春 请问客官，你要去哪一处？

薛仁贵 要问仁贵大哥的家下，柳氏迎春。

柳迎春 你和她可有亲？

薛仁贵 无亲。

柳迎春 可有眷？

薛仁贵 无眷。

柳迎春 无亲无眷问她则甚？

薛仁贵 大嫂有所不知，我和仁贵大哥同营立功，今与他顺带家书回来。

柳迎春 客官所言，仁贵托你带家书回来么？客官，你来得不凑巧了。

薛仁贵 怎么不凑巧？

柳迎春 柳大嫂三日前，回她娘家去了。

薛仁贵 既是不凑巧，打马回归。

柳迎春 请慢。

薛仁贵 何来？

柳迎春 为何回得这样紧急呢？何不听我相告，将书信交代与我，等柳氏回来，我原书交还与她，岂不是好哉。

薛仁贵 这样做不得，我临起程之时，薛大哥有言交代，须柳大嫂亲自接书，如大嫂不在，叫我原书带回。

柳迎春 听客官所言，若无柳氏接书，原书便要带回么？客官请。稍待，本当向前接书，无奈衣衫褴褛，如何见得这位客官。唉！夫呀，为妻顾不得你的面皮了。

薛仁贵 大嫂，为何转身不语？

柳迎春 客官，实不相瞒，我就是仁贵寒妻，柳氏迎春。

薛仁贵 你便是薛大嫂，我来再见一礼。

柳迎春 方才见过礼来了。

薛仁贵 礼多人不怪。

柳迎春 好个礼多人不怪。客官，书在哪里为何不拿来？

薛仁贵 书么……稍待，想我薛仁贵投军十八载，不知柳氏在家是否节烈，不免用两句语言，试探她心。

柳迎春 客官，书信为何不拿来？

薛仁贵 大嫂，我非是来下家书，乃是仁贵欠我银子二百两，将你转嫁给我，我是来搬家眷的。

柳迎春 你待怎讲？

薛仁贵 搬家眷的。

柳迎春 呀啐！呀呀啐！

（唱） 实指望我夫鸿雁有书至，

哪知无故起祸端。

薛仁贵 大嫂，请随我回转。

柳迎春 客官，我来问你，官凭什么？

薛仁贵 官凭印。

柳迎春 人凭什么？

薛仁贵 人凭书约。

柳迎春 书约在哪里，何不拿来？

薛仁贵 书约么……也好，那旁无人你我同拆同看。

柳迎春 你等怎讲？

薛仁贵 同拆同看。

柳迎春 呀啐！呀呀啐！

（唱） 客官说话太啰嗦，

平地无故起风波。

薛仁贵 大嫂，请随我回转。

柳迎春 那旁有人来了。

薛仁贵 在哪里？

柳迎春 （唱） 手拿沙土哎呀打你眼，（迎春圆场入窑）

紧闭窑门永不开。

薛仁贵 贤德妻呀！

柳迎春 啐！拿强徒，我好险呀！

薛仁贵 （唱） 贤德妻你休要怕来休要慌，

待为夫把从前一桩桩一件件说你听。

为丈夫家住在绛州府龙门县，

薛礼仁贵我的名。

想当初时不亨来运不通，

流落在你家做小工。
我在花园朦胧打睡，
多亏了贤德妻红绣袄遮在我身。
你父亲不知其中意，
倒说道你我有私情。
前面走的薛仁贵，
后面赶的柳迎春。
你我双双寒窑去，
多蒙王妈指引结成双。
贤德妻若还不相信，
弹指光阴十八春。

柳迎春 （唱） 我夫本是书生样，
哪有三绺长须表胸前？

薛仁贵 （唱） 镇国将军将疲老，
红粉佳人白了头。

柳迎春 你讲我不信。

薛仁贵 妻呀！
（唱） 贤妻既然都不信，菱花镜里照分明。

柳迎春 （唱） 我寒窑哪有菱花镜，

薛仁贵 （唱） 取水一盆照形容。

柳迎春 （唱） 听他一言对我讲，取水一盆照分明。
忙将容颜水影映，
哎呀！我老了呀！
颜容难比少年时。
双手开了窑门哎呀夫来会，

薛仁贵 妻呀！

柳迎春 慢。
（唱） 险险中了强徒的计谋。

薛仁贵 妻呀！休要惊怕，夫妻情分，快开窑门相会。

柳迎春 既是我夫，你可站远些，待我出窑来认。

薛仁贵 你快些。

柳迎春 （认科）对呀！

（唱） 只愁你我难见面，

哪知相会在窑门。

薛郎今日回来，谢天谢地，我夫请进寒窑。

薛仁贵 待为夫进来。

柳迎春 头上碰了一个包了。

薛仁贵 年长月久，连低头进窑也忘怀去了。

柳迎春 可会痛？

薛仁贵 不会痛。

柳迎春 如此我夫请进。

薛仁贵 知道。贤妻，进窑来黑暗暗看不见。

柳迎春 夫呀，你眼在外被太阳晒花了，站久就会看得清。夫呀，如今可看见？

薛仁贵 看得见了。方才眼被你沙土打着，请取一盆水来，被为夫洗面。

柳迎春 妻忘怀了，待我取来。（仁贵洗脸关目）冤家爱新不爱旧，还你。

薛仁贵 （念） 仁贵从军十八秋，

柳迎春 （念） 好教柳氏泪双流。

薛仁贵 （念） 夫妻今日重相会，

柳迎春 夫呀。

（念） 万般愁烦一笔勾。

薛仁贵 好个万般愁烦一笔勾。

柳迎春 薛郎当日离家曾讲过，有做官才归家，今日回窑官拜何职？

薛仁贵 妻呀，为夫从军一十八载，累积功高官授平辽王。

柳迎春 你讲我不信。

薛仁贵 我有宝贝一件你可看来。

柳迎春 宝贝在哪里？拿与为妻观看。

薛仁贵 好待我取来。

柳迎春 为何这样重?

薛仁贵 好宝就重。

柳迎春 死冤家，却去哪里偷来的师公印和尚印，累我空等十八年，好不可恨。

薛仁贵 妻呀，这是平辽王的印信。

柳迎春 我不信。

薛仁贵 上面金字铸得清楚，你可看个明白。

柳迎春 待为妻再看来。平辽王，好呀!

薛仁贵 此话怎讲?

柳迎春 我夫有了十八两黄金印，为妻就不怕饿了。

薛仁贵 印信难道可吞下腹内不成?

柳迎春 妻在此寒窑饿怕了。

薛仁贵 你提起饿来我也饿了，寒窑可有水饭?

柳迎春 寒窑没有水饭。

薛仁贵 没有水饭，你三餐吃什么?

柳迎春 妻三餐吃的是芋羹饭。

薛仁贵 芋羹饭也好，拿一碗被我来吃。

柳迎春 夫呀恐你吃不下。

薛仁贵 贤妻你吃得下，我就吃得下。

柳迎春 如此，待为妻取来。

（唱） 奴夫前窑稍等待，

待为妻取出芋羹饭夫充饥。

薛仁贵 （唱） 平辽王享不尽荣华富贵，

可怜了柳氏迎春受尽了饥寒。

回头来就把贤妻叫，

贤妻来。

柳迎春 来了。

（唱） 取出芋羹饭夫充饥。

夫呀你吃完再叫我。

薛仁贵 好，下去。

（唱） 她说到三餐难得过，
只有芋羹饭可充饥。
忙将芋羹饭来吃下，
芋羹臭涩难下咽。
将身出了窑门外，
芋羹饭倒在地尘埃。
忙将沙土来埋住，
瞒过了柳氏不知情。

柳迎春 夫呀多吃一碗。

薛仁贵 一碗够了。

柳迎春 当初在家时，你吃的那样多，如今回来，为何吃的这样少？

薛仁贵 妻呀，为夫当年无做官就大吃，如今做官回来就少吃。

柳迎春 是这样，夫呀你早就好去做官。

薛仁贵 做官非等容易，俺热热肚皮，挽人家冷冷枪头，才有一顶纱帽可戴，闲话少说，丈夫远方归回身体困倦，打扫住所，待为夫休息一时。

柳迎春 薛郎请坐，为妻下去打扫。

（唱） 妻子寒窑苦等待，
奴夫回来我就做……

薛仁贵 做什么？

柳迎春 （唱）做夫人。

薛仁贵 夫人是你做的，下去打扫。

（唱） 见柳氏眉来眼去必有故，
莫不是他有了私情。
出了窑门忙观看，
只见白龙马在眼前。
白龙马带进了窑中去，

马高门矮难进窑。
将马鞍解落门前地，
白龙马赶到后山林。
回头取马鞍放在床底下，
只见男鞋有一双。

稍待，这双男鞋是何人所穿呢？是了，方才见柳氏眉来眼去，莫不是私通情人是真，柳氏你来。

柳迎春 （唱）我在后窑忙打扫，
忽听我夫叫奴身。

薛仁贵 看杀。

柳迎春 且慢。

薛仁贵 你放不放手？

柳迎春 不放。

薛仁贵 当初尉迟恭暗访白袍将，尚且抱我不住，何况你一妇人，好不可恼！

柳迎春 这就奇怪，刚才回来好好，此刻为何提刀舞剑，必定有个缘故，待我向前问来。冤家今日回来，提刀舞剑杀我何来？

薛仁贵 自己做的好事，还假装不知。

柳迎春 这死冤家，疑我做不正是真，待我向前问来。冤家呀！听你的口气，莫非疑我做不正之事？来，我来盘你一盘。

薛仁贵 任你盘。

柳迎春 拿贼？

薛仁贵 拿赃。

柳迎春 拿奸？

薛仁贵 拿双。

柳迎春 赃证在哪里？

薛仁贵 你还讨赃证，若有赃证你等怎样？

柳迎春 既有赃证，免你动手，我自己死给你看。

薛仁贵 死你当该。

柳迎春 未必。

薛仁贵 来，这双男鞋是何人所穿，是你的还是我的？好不可恼！

柳迎春 吓得我好心惊。哈哈哈！

薛仁贵 临死刀锋还敢在笑，看杀。

柳迎春 你来呀！原以为这死冤家有什么赃证，原来是我丁山儿这双鞋。若还不对他讲，恐怕气坏了他，向前说明来罢。冤家呀我问你，当日从军之时，为妻送你到哪里分别？

薛仁贵 丁山脚下。

柳迎春 妻肚内可有怀孕？

薛仁贵 有。

柳迎春 有，有就不会差错。

薛仁贵 妻呀，为夫年长月久忘记了，你将情由讲来听。

柳迎春 当日妻在丁山脚下与你分别，我说道肚内已十月怀孕，生男生女安何名字，冤家你说道，若是生男可取名丁山，若是生女任我主意。好呀好，十月足满双胎下地，男名丁山女唤金莲，丁山今年一十七岁，穿这鞋可会大？

薛仁贵 不会大。

柳迎春 可会小？

薛仁贵 不会小，刚刚合穿。

柳迎春 刚刚合穿，好不可恼！

薛仁贵 妻呀你不贤了，丁山我儿，待为父替你收起。

柳迎春 我在寒窑受了几多饥寒之苦，平白无故赖我身起风波，这样做人何益，不如死了干净。

薛仁贵 且慢。

柳迎春 苦呀！

薛仁贵 稍待，倒是我之错，回窑来无分皂白赖着我妻，家要和老公陪老婆，家要好大陪小。妻呀，丈夫有些言语得罪，今来赔个不是，望勿见怪。

柳迎春 为妻不敢，薛郎请坐。

薛仁贵 同坐。妻呀，为夫回来得这样久，该叫儿女出来相会才是。

柳迎春 夫啊，一双儿女不在。

薛仁贵 往哪里去？

柳迎春 女的往年伯家借粮，男的往汾河镖鱼打雁。

薛仁贵 （急惊疑）妻呀我来问你，丁山儿汾河镖鱼打雁，头戴什么？

柳迎春 头戴草帽。

薛仁贵 身穿什么？

柳迎春 身穿烂衣。

薛仁贵 手拿什么？

柳迎春 手拿弓弹。

薛仁贵 这里窑前窑后，可有别家子弟镖鱼打雁？

柳迎春 别家儿子不晓镖鱼打雁，只有丁山我儿才晓得镖鱼打雁。

薛仁贵 （唱） 听一言吓得我魂飞天外，

呀我的天呀！

柳迎春 夫呀这是何故？

薛仁贵 （唱） 待为夫把情由说你知。

方才打马汾河过，

只见镖鱼射雁一小哥。

柳迎春 正是俺的丁山儿。

薛仁贵 我不晓得他。

柳迎春 父子未相逢这是难怪。

薛仁贵 （唱） 看他弹打南来开口雁，

枪镖呀，枪镖鱼儿水面游。

柳迎春 丁山儿武艺高强，故有此技。

薛仁贵 （唱） 呀我的天呀！

本当情由对她讲，

恐怕气坏柳迎春。

忍耐不得丁山叫，

丁山，我儿！

柳迎春 冤家你呀!

薛仁贵 （唱） 事到如今不说不知情。

事到如今，不得不说不得不讲了。妻呀，丁山儿在汾河镖鱼打雁，被我镖虎误镖死了。

柳迎春 （唱） 听一言吓得我魂飞天外，

丁山呀！我的丁山儿呀！

好叫你母两泪流。

难舍丁山高声叫，

丁山我儿，我的丁山儿呀！

好叫娘亲断肝肠。

忍耐不得与你拼命，

再把冤家问一声。

冤家丁山尸骸在哪里？

薛仁贵 在汾河。

柳迎春 快快带我去寻尸骸。（扫场亮相）

[剧终。

稀有剧种卷·西秦戏

红鬃烈马

整理：吕维平

人　物　表

薛平贵	娶王宝钏住在寒窑，西征十八年后称王
王宝钏	王允第三女
王　允	官居一品相位
老夫人	王允妻、王宝钏妈
苏　龙	苏侍郎、王允大女婿、征西副帅
魏　虎	征西元帅、王允二女婿
唐　王	唐朝皇帝
玳瓒公主	喜欢上薛仁贵，番地招亲十八年
王　三	薛平贵的结拜兄弟
薛　雄	薛平贵的结拜兄弟
丫　环	王宝钏的女仆
马　达	玳瓒公主的随从
江　海	玳瓒公主的随从
雅的里	玳瓒公主的随从

众才郎、家院、探子、军士、兵士女卒、侍卫、使臣、雁仙等

上　本

第一场　约　婚

[王相府花园。

薛平贵　（唱）　薛平贵时乖舛飘泊天涯。（作饿科上）

饥寒交迫不可言。

在下薛平贵，乃山西平顶州人氏，不幸爹娘早逝，家道穷窘，蒙宾朋相赠多少川费，进京赴考，谁料半途寒病打倒，多少盘缠用尽，只落得乞丐之中，唉！古道天困英雄，怎不令人愁恨呀！

（唱）　人穷失了三分志，见着宾朋把头低。

穷在街上无人问，富居深山有远亲。

忍饥挨饿把路赶，何时才能上云梯。（下）

[音乐起，宝钏带丫环捧香炉上，

王宝钏　（念）　孝子数王祥，烈女仰孟光。

（唱）　闺中少女不知愁，梳妆打扮上彩楼。

钦羡牡丹花富贵，愿教夫婿觅封侯。

奴家王宝钏，父亲王允，官居一品首相，只因母亲染病在床，奴许下在花园祈祷上苍百日，原以身代。不意三宫主母闻知，洪钧娘娘念奴孝心可嘉，赐来五色彩球，着到二月二日，以在十字街头，高搭彩楼，抛彩择婿。花园祈祷，尚未完毕。丫环，看了香盘，随姑娘走上。

（唱）　昨晚梦中真奇异，斗大红星坠房里。

一觉南柯梦惊起，多是凶来少是吉。

丫环带路花园去，双脚跪地把神祈。

叩罢头来抽身起，打坐湖山整鬓衣。

[薛平贵上。

薛平贵 （唱）　衣单身寒步难迈，腹内空空心惊慌。

强睁双目往前走，谁家高楼大门墙。

来此不知谁家花园门首，一时身体困倦，不免在此打盹片时。

（唱）　山穷水尽无路走，两眼昏灰黑焦焦。（昏睡）

王宝钏 丫环，你我独坐花园，甚觉无趣，随姑娘到门外消散消散。

（唱）　独坐花园好无趣，迈步且把金莲移。

主仆门外遣兴去，呀！教人又惊又加疑。

丫环你远看。

丫　环 无有。

王宝钏 近取。

丫　环 是一花郎。

王宝钏 丫环，你将花郎唤醒，带进园来，姑娘我要问话。

丫　环 呔！花郎醒来。

薛平贵 （唱）　昏沉沉正睡石板上，忽听得耳边有人唤。

猛然睁开双目望，是谁家一位小梅香。

丫环姐唤我为何？

丫　环 我家姑娘唤你进去有话讲说。

薛平贵 如此丫环姐前边带路了！

（唱）　听说姑娘将唤我，迈步向前把礼施。

小姐请上，贫生有礼了！

王宝钏 呀！

（唱）　见得花郎相貌异，两耳坠肩手过膝。

今虽贫穷把膳乞，日后非比寻常的。

宝钏心内有主意，再叫花郎听仔细。

这一花郎，我且问你，家乡哪里？姓甚名谁？对姑娘讲说一遍，我好周济与你。

薛平贵 一言难尽呀！

（唱）　未曾开言心酸疼，姑娘一旁听我言。

家住山西平顶州，薛平贵本是我姓名。
并无兄弟共手足，父母双亡身伶仃。
生为男儿望得志，离乡别井上帝京。
谁料途中身染病，盘缠用尽难回程。
此处无亲又无戚，饥寒交迫惨伤情。

王宝钏 啊！

（唱） 听他言柔肠暗转，不由人替他可怜。
低下头来忙细想，是了！此人生来貌非凡。
当日太公曾垂钓，张良进履在圯桥。
先朝古人有避难，穷人焉无出头天。

（唱） 我有心把彩楼之事对他讲，只觉得难以开口羞煞人。

丫环，取来些银子，姑娘要周济于他。

丫　环 是！

[会意下。

王宝钏 客官，是你方才言道，父母双亡，伶仃孤苦，想来也无有妻室吧？

薛平贵 呵，姑娘你看我穷成这般光景，哪里还有银钱娶妻呀。

王宝钏 （背）这就是了。我父亲为我终身大事，在十字街头，高搭彩棚，抛彩择婿。你若肯前来，或者姻缘有分。

薛平贵 这……姑娘，彩楼之下尽是王孙公子，举生监员，哪有我这花子之份？

王宝钏 不是那样说呀！

（唱） 二月二日龙出现，莫要错过这机缘。
月老谱上把名点，便有蟾宫折桂男。

[丫环上。

丫　环 小姐，银子到。

王宝钏 赠与花郎。

薛平贵 谢过姑娘了。

（唱） 谢罢姑娘往外转，

王宝钏 回来。

薛平贵 （唱） 姑娘唤我为哪端？

王宝钏 （唱） 来与不来你细思忖，莫学那忘恩负义人。

薛平贵 （唱） 姑娘放心莫再云，薛平贵岂能忘你恩。（下）

王宝钏 （唱） 见得花郎出园门，不由宝钏喜心中。

但愿赤绳早牵稳，二月二日定终身。（下）

第二场 抛 球

[彩楼。

[二道幕外，甲、乙、丙、丁四人上。

才 甲 （念） 春景桃花满山红，

才 乙 （念） 夏日荷花映池中。

才 丙 （念） 秋风丹桂香千里，

才 丁 （念） 冬雪寒梅伴老松。

众才郎 请了，今乃二月二日，王三姑娘高搭彩楼，抛彩择婿，你我前去接彩便了。

才 甲 （唱） 二月二日龙抬头，

才 乙 （唱） 王三姐梳妆上彩楼。

才 丙 （唱） 但愿绣球到我手，

才 丁 （唱） 我要和三姑娘花开并头。（下）

[家丁带苏龙上。

苏 龙 （唱） 为官须把黎民爱，方算男儿丹志强。

三姨抛球择佳婿，迈步打坐彩楼下。

下官苏龙，今早奉岳丈之命，保护三姨彩楼择婿，众人役，两厢侍候。

王宝钏 （唱） 奉了高堂命彩楼择偶，（众婢女引上）

离闺闱到大街瑞气盈新。

看彩楼高搭着果然景致，今日里正是奴择婚佳期。

在花园奴也曾婚姻约定，约薛郎在今日鸳鸯绵齐。

都只为这情丝牵连不断，效梁鸿与孟光举案齐眉。

奴家今年十八春，抛球择婿喜事闻。

但愿莲花开并蒂，凤凰同栖连理枝。

下车辆忙把彩楼去，（下车上楼，苏龙出）

丫环与姑娘把话传。

丫环，传话苏姐丈，众才郎接绣球时，不可纷乱，不可持强凌弱，若有此等，定责不饶。

丫　环　苏大人，小姐吩咐，众才郎接绣球时，不可纷乱，不可持强凌弱，若有此等，定责不饶。

苏　龙　众才郎请了，大家接绣球时，不可恃强凌弱，若有此等，定责不饶。大家请来接球啊！

［众才郎上。

王宝钏　（唱）　手执绣球往下望，不见薛郎心内慌。（平贵上）

楼下人儿纷纷嚷，呀！那旁站的是薛郎。

忙把绣球来掷下，［平贵接球。

薛平贵　（唱）　接到绣球喜洋洋。

王宝钏　（唱）　手扶栏杆往下望，彩球打中薛平郎。

丫环扶我把楼下，西蓬堂里禀爹娘。（下）

众才郎　哪个把绣球接了？

薛平贵　在我这里。

才　甲　给我。

薛平贵　我的岂能与你。岂有此理。

苏　龙　新贵人，请随我来！

［苏龙带平贵下。

才　甲　王孙公子，

才　乙　不如花子。

才　丙　命里有来终须有，

才　丁　命里无有莫强求。

众才郎 无望无望，回去回去。

[众同下。

第三场　击　掌

[相府西蓬。

王　允 （唱）　老夫在朝为元宰，去了当君第一人。
闲无事府堂坐定，宝钏回来才安心。
（引）　两鬓白发赛银飘，临崖古树怕风摇。
纵有黄金千百斗，膝下无男也枉然。
老夫王允，在唐驾下为臣，官居一品相位，这也少言，只是膝下无男，只生三女，大二女与苏龙魏虎婚配，唯三女宝钏未定，今早往彩楼抛球择婿，但不知打中哪家公子王侯？
（唱）　大女配给苏侍郎，二女配与魏左参。
三女彩楼择佳婿，但不知哪家子传我后裔？

苏　龙 （唱）　离了彩楼回复命，岳丈台前说分明。

王　允 贤婿，命尔保护尔小姨，彩楼之事何如呢？

苏　龙 启禀岳丈，接球人我带回来了，今在府外，请岳丈亲问。

王　允 为岳自有主意，不知此人什么出身？家院，请接球之人进见。

家　院 遵命。请了，你可是接绣球之人？

薛平贵 是我接着。

家　院 新贵人，请随我进去。

薛平贵 好，你去我来。尊位就是老相爷，小人请礼。

王　允 （一见是贫苦，其心起憎）噢，是你接着绣球？（想）哼，你姓甚名谁？家乡哪里？

薛平贵 在下薛平贵，乃山西平顶州人氏，自幼双亲早亡，并无兄弟手足。

王　允 今住何处？何等为业？

薛平贵 这个么……无行为业，现居城南破寒窑。

王　允 哎这……现居城南破寒窑。

魏　虎 岳丈，这穷小子乃是一个街上行乞的花子，相府门第要顾。

王　允 贤婿未讲，为岳心内有账了，更加明白过你了。

魏　虎 岳丈此意，咱俩真可二心相印了，要毁呀！

王　允 为岳定毁。

苏　龙 慢着，岳丈大人，官高极品，万事该通，小姨择婿乃奉洪钧娘娘旨意，况岳丈言无虚讲，如今若毁他的亲事，恐有人后议论啊！

王　允 为岳自有主意，二位贤婿请坐一旁。薛平贵，你妄想为王府一名佳婿了，自古朱门哪有配寒门，老夫多给你些银两，拿上权便出府去吧。

薛平贵 慢着，相爷恐有用酒了？

王　允 哼，哪有酒呢？

薛平贵 没有用酒，此话差矣，相爷命小姐往彩楼抛球择婿，榜上写明：不论王孙公子，举生监员，贫穷富贵能接绣球，俱是同等看待。堂堂相府，出尔反尔，藐视寒士，岂有此理。

王　允 呀呸！大胆小子，敢在老夫台前谈三论四，有道，一言不中，千语无用，快些出府，免得皮肉受累。

薛平贵 怎么讲，相爷如此行为，枉为当朝极品，如今有口无信如车无轴，你乃以女招婿为名，实则把女当作买卖是真。

王　允 可恼！大胆乞丐，竟敢讽刺当朝宰相。

薛平贵 尸位素餐伴食无耻享。

王　允 哎呀！岂容耐得，家丁，将这小子重打四十板，赶将出去！（贵被打出门）

魏　虎 哈哈，公事明白，即刻告回。

王　允 留宴。

苏　龙
魏　虎 不便打搅，拜别。

王　允 今天之事，把薛平贵毁亲，我看今科状元李应魁才貌双全，不如将女招他为婿，岂不是好。今穷小子被我打将出去，不如叫三女儿出来，对她说明。家院，请三小姐出堂。

家　院　遵命。三小姐有请。

王宝钏　来了。

（唱）　但望莲花开并蒂，又愿椿萱白发齐。

海棠蔷薇芝兰味，未知凤落牡丹墀。

轻盈莲步厅堂去，爹爹叫我为何如。

爹爹叫我有何指教？

王　允（唱）　今日彩楼去择婿，富贵不取为哪的？

堂堂豪门深似海，一人之下谁不知。

宝钏为何眼无珠，绣球抛中乞丐儿。

王宝钏（唱）　严亲开口甚跷蹊，使奴心内有惊疑。

回头禀对高堂问，有事理应对儿提。

王　允（唱）　宝钏一旁听说起，为父言词对你提。

女儿，为父命你抛球择婿，是为着俺家后裔，实指望对着王侯子宰相儿，却原来抛中一个穷花子，成什么相府门中贵呢？门风既受污，我女终身亦受误，为父把这亲事毁弃。

王宝钏　唉爹爹，做事宜要三思，女儿今日绣球抛中薛平贵，此人家下虽贫，而志高崇，爹爹要悔他亲事岂不是一口两词，尤恐外人耻笑，爹爹你要想想啊。

王　允　唉，女儿，这是你有眼无珠，若配他岂不是有误。宝钏，不要在为父面前辩论了。我看新科状元李应魁，文才堪夸，不如将你另嫁他人，我女莫违。

王宝钏　唉，爹爹年迈，女儿未去彩楼时，爹爹卷帖如何出呢？榜上写着如何讲呢？不论官民贫富能执绣球，一样看待。爹爹要将女儿另嫁他人，今日女儿与爹爹劝解，你偏不允，恐有爱……

［王允怒目瞪之。

王　允　爱你呀。

王宝钏　非爱我。

王　允　爱谁呢？

王宝钏　是爱富嫌贫。

王　允　蠢才，父乃天也，说话理当然，父母做事难道被你拦阻么……忤逆啊！

（唱）　忤逆出口把父伤，全不知父亲是小天。

王宝钏　（唱）　人以信用为根本，人而无信车无轴。

爹爹呀爹爹！昔日孔圣贤绝粮于陈蔡之间在城困饿，周朝姜太公为避纣乱垂钓磻溪，二大古贤尚有如此，何况那平贵乎！

王　允　蠢才，谈古论今，如此不孝，看你意儿，敢与为父打斗不成。

王宝钏　不敢，不敢，古道富贵贤愚世上有，若有万端教训，女儿无不听从，唯这重婚姻，难以顺从不得更改也。

王　允　你待怎讲？

王宝钏　风雨难以更改。

王　允　蠢才呀！

（唱）　小蠢才站厅堂一旁之上，待年迈把从头细说其详。

王宝钏　（唱）　劝爹爹休得要如此模样，只是儿坚执志万难转移。

王　允　（唱）　你大姐配苏龙户部执掌，你二姐配魏虎兵部左参。

王宝钏　（唱）　小甘罗十二岁身为丞相，姜太公八十岁才遇文王。

王　允　（唱）　薛平贵原本是乞丐之样，千金女配花郎好不羞惭。

王宝钏　（唱）　虽然是薛平贵贫窘失相，你休笑蛇化龙直上青霄。

王　允　唉，蠢才呀！

（唱）　小子本是花郎样，每日街坊去行乞。

身穿衣裳难遮掩，遮得东来漏了西。

王宝钏　（唱）　昔日有个孟姜女，曾与范郎送寒衣。

哭倒长城八百里，留下芳名万古题。

王　允　（唱）　蠢才既晓先贤古，可知韩信张良魏苏秦。

王宝钏　（唱）　韩信张良魏苏秦，乃是先朝有名人。

烈国奸雄是庞涓，齐邦孙膑第一贤。

孙膑有难膝被斩，自愧难救故乡亲。

商鞅不取苏秦子，后来得志封相侯。

王　允　（唱）　登台拜将韩元帅，未央宫死的是何人？

王宝钏 （唱） 未央宫死韩信子，负恩帝子杀功臣。

王　允 （唱） 董永卖身来葬父，仙女下凡配何人。

王宝钏 （唱） 仙姬配者董永子，爹爹难退这头亲。

王　允 唉，蠢才呀！

（唱） 蠢才为父要你定把亲来退。

王宝钏 （唱） 女儿不能不能万不能。

王　允 唉，蠢才。

（唱） 不孝坚执拒严命，凤衣罗裙宽下来。

王宝钏 请问严尊，这日月龙凤袄，八宝绣罗裙是哪里来的？

王　允 这就是西凉下国，缺少我朝三年贡奉，进来两件宝衣，圣上赐与为父，作为君臣之念，你大姐二姐无福消受，穿之不得，唯有三蠢才你，才有些些穿得。

王宝钏 穿得怎么要脱下呢？

王　允 蠢才，为父不过看你不听家教，方有压你性情。你将这头亲事斩断，转嫁状元，莫说宝衣，府内金帛凭你所宜。

王宝钏 唉，爹爹，这场婚姻儿不退悔，万难更改。

王　允 怎说！唉，蠢才呀！

（唱） 若还是嫁平贵这个穷鬼，旧罗裙破衫裤被过与你。

你若还嫁与状元及第，黄金珠宝任搬移。

两端姻缘由在你，哪条高处哪条而为。

王宝钏 （唱） 志男儿何用祖宗田地，好女儿免带嫁妆衣。

王　允 （唱） 不孝说话好胆志，与父作对太顽皮。

快将宝衣宽还我，

王宝钏 （唱） 爹爹做事黑了心。

王　允 住口，为父怎样黑了心呢？

王宝钏 想我大二姐出嫁有妆奁金帛，宝钏出嫁连一件宝衣就没有，你就黑了心。

王　允 余言免讲，若不听从家规，父女一绝也。

王宝钏 唉，不好呀！

（唱） 上宽日月龙凤袄，下解八宝绣罗裙，

大堂不必来多讲，（交还宝衣要入内）

王　允　去哪里？

王宝钏　（唱）　往到后堂见娘亲。

王　允　（唱）　前堂没有父女义，后堂何曾有你娘。

蠢才，既无天哪有地呢？不容进去，若违我命，脚骨打断。

王宝钏　唉，不好呀！

（唱）　爹爹便把良心丧，好叫宝钏恨难消。

王　允　真是害羞。

王宝钏　还是羞父不羞儿。

王　允　羞儿不羞父的。

王宝钏　正是羞父不羞儿。

王　允　羞父哪件呢？

王宝钏　父亲身居当朝元宰，今做出爱富嫌贫，欲将一女嫁两夫体面何在？

王　允　为父做出此事是为哪个？

王宝钏　但不知道为着哪个？

王　允　岂不是为着你的荣华富贵呀。

王宝钏　爹爹呀！

（唱）　富贵二字受不起，女儿甘做贫寒妻。

宝钏今日无改志，铁石心肠不愿移。

割断父女出门去。

王　允　转来！

王宝钏　转来就转来。

王　允　蠢才，为父对你讲，准出不准归，你要想定。

王宝钏　这……爹爹有命，女儿不敢逆抗。

王　允　怎说，哎呀！生男莫生女，生女枉费心。蠢才呀！

（唱）　乌鸦自有反哺义，羔羊跪乳还母恩。

不忠不孝小蠢才，养你成人忘本根。

王宝钏　（唱）　爹你手摸胸口思一思，百年归世哪个送终儿。

王　允　（唱）　膝下无男我命鄙，归终也免你这不孝儿。

千言万语讲无用，眼前招你击掌可敢的？

王宝钏　恕罪，恕罪。

王　允　站前来。

[父女击掌昏倒。

王宝钏　（唱）　三掌击得昏迷了，父女之情一旦抛。

望着后堂将娘拜，再拜过嫌贫爱富老年迈。

含悲忍泪出府门，

丫　环
家　院　三姑娘哪里去？

王宝钏　（唱）　找我那乞儿丈夫薛平郎！

丫　环
家　院　我们舍不得三姑娘。

王宝钏　三姑娘怎舍得你们，说是你们站起来。爹爹，将儿再望得一眼，孩儿就此去了！为何不语？为何不言？这么……罢罢罢！（下）

丫　环　三姑娘转来！

王宝钏　我不不不来了！

家　院　相爷醒得！相爷醒来！

王　允　（唱）　梦里我正和女儿争辩，忽听得耳边有人言。

挣扎扎睁开昏迷眼，面前不见王宝钏。

家院，怎么不见你家三姑娘？

家　院　奔上城南，找她乞儿丈夫去了！

王　允　哪个让她去的？

家　院　相爷让她去的。

王　允　噢，怎么说，是相爷让她去的？你们快快赶她回来。

丫　环　走得远了。

王　允　怎么说走得远了？

家　院　快到城南了。

王　允　哎呀！

（唱）　我一见三女奔城南，

三女儿呀，哎呀宝钏儿呀！

不由老夫心痛酸。

进得西蓬用目看，两件宝衣在面前。

你家三姑娘走去，怎么未穿这两件宝衣？

丫　环　相爷你命她宽下的。

王　允　怎么？也是相爷命她宽下的。你们呈宝衣来。

（唱）　栽松栽柏休栽花，穿绸穿缎休穿纱。

膝下若有一子孝，不要你蠢才身披麻。

[扶下。

第四场　投　窑

[城南破窑。

薛平贵　（唱）　离相府不由人气涌心头，受人辱男儿汉理当自强。

[内声：薛郎慢走。

正行走忽听得人声高喊，远望见好像是王三姑娘。

王宝钏　（唱）　怒冲冲离了西蓬里，要和薛郎结伉俪。

说什么闺中千金体，女儿家总是贵从一。

行来当道用目举，那厢好像薛郎夫。

顾不得羞来施一礼，夫妻话儿然后提。

薛平贵　三姑娘为何这般光景？

王宝钏　（唱）　彩楼上绣球打中你，这姻缘算是天造的。

只为贫穷不嫌弃，故来城南结夫妻。

薛平贵　这……哎呀小姐，贫生我一人自顾不暇，怎敢连累小姐。况且你父势力甚大，岂能容你奔我。三姑娘，还是请你回去吧。

王宝钏 哎呀，我叫了一声薛郎薛郎，是奴和我那爹爹在西蓬击掌，言说今生今世永不回上相府，要与世上嫌贫爱富之人做个榜样。薛郎既然不能依从，也是奴命该如此了！

（唱） 叫薛郎你不必相劝于我，王宝钏真乃是红颜命薄。

纵然是你今日不肯允诺，奴只有扑鸿沟命见阎罗。

薛平贵 （唱） 三姑娘莫轻生且自斟酌，听贫生把言语细对你言。

非是我今日里不肯允诺，你的父差人到又起风波。

小姐既愿随我同甘共苦，望日后受饥寒切勿反悔。

王宝钏 要悔奴便不来了。薛郎，今晚哪里安歇？

薛平贵 前面不远有一破窑，就在那里住下。

王宝钏 如此薛郎前面带路了。（圆场）

薛平贵 到了。三姑娘请稍等片刻，我还有两位结拜兄弟，王三，薛雄，待我进去与他俩说过。（入窑）二位贤弟可在？

王　三
薛　雄 来了，大哥回来了。

薛平贵 二位贤弟，为兄回来了！

王　三
薛　雄 大哥，王相府高搭彩楼，王三小姐抛球择婿，大哥前去接球事情如何？

薛平贵 绣球却被为兄接着，可恨王相爷嫌贫爱富，毁亲不认。还把为兄打将出来，王三小姐有情有义，与父西蓬击掌，追随为兄回转寒窑。

王　三
薛　雄 哎呀！大哥，王三小姐实是贤德，今随你回来啊，嫂嫂现在哪里？快快请她进来。

薛平贵 待为兄来。（出门带宝钏入窑，钏初看不见，拉平贵手，小姐请坐）

王宝钏 薛郎请坐。

王　三
薛　雄 尊位就是嫂嫂，俺们请见一礼。

薛平贵 他俩是我结拜兄弟王三、薛雄。

王宝钏　噢，两位叔叔，为嫂回礼了。

王　三　嘘……（示意薛雄出窑）

薛　雄　阿哥，什么事啊？

王　三　弟呀，今时非比往日啦，寒窑多了一个嫂嫂，你我兄弟住在一起，诸多不便呀。

薛　雄　是啊，哥啊，不如你我兄弟搬了出去。

王　三　进去与哥嫂说明。

王　三
薛　雄　阿哥阿嫂，今日嫂嫂来了，寒窑浅薄，我们兄弟要搬将出去了。

薛平贵　这样也好，劳烦二位贤弟了。

[二人入内各取乞丐行头，出窑。

薛平贵　乞儿身配女千金，算是奇遇巧婚姻。

王宝钏　佳偶都由天注定，理应百年谐朱陈。薛郎请。

薛平贵　小姐请。

[宝钏、平贵同下。

第五场　伏　马

[西安城。

[二道幕外，兵士上。

使　臣　（唱）　某今奉了狼主命，红鬃烈马赫中原。

某，西凉国使臣雅的里，奉狼主之命带红鬃烈马，进贡天朝，此马凶恶无比，看看中原可有能人降伏，否则，定夺唐室江山不难。小番们，带路便了。

（唱）　西凉水冷草孤地，要谋中原锦华夷。（下）

[金銮殿，众臣上。

众　臣　（唱）　朝臣待漏五更寒，铁甲将军夜度关。

王　允　众公请呀！今有西凉国进贡红鬃烈马，打探俺朝军情，一同上奏。

唐　王（唱）　承先皇孤执掌锦绣河山，众功臣无异意保定唐朝。

内侍臣摆御驾金銮殿上，众卿家何本章来奏为王。

众　臣（唱）　我王端坐龙书案，为臣本章奏君王。

西凉遣使到俺邦，贡单在此看端详。

唐　王（唱）　内臣官传上孤看定，从头至尾看端详。

上写拜上多拜上，明帝台前进一言。

我国进贡红鬃马，有能降伏尊你朝。

无能降伏红鬃马，四百州郡归我邦。

旌旗闪烁摧山岳，剑戟锋芒射斗牛。

百万雄兵威似虎，三千猛将勇如貅。

投降献国归孤统，免使生灵涂炭忧。

看罢表章龙心怒，骂声蛮主腾势威。

王　允　万岁，蛮王相欺天朝，依臣本章斩了来使，出兵问罪。

苏　龙　慢着，钢刀虽利，不杀来使，听为臣举本命魏虎将军前去降伏烈马。

魏　虎　慢着，襟兄此本差矣，想我哪有这么大的本领？切莫误了朝中大事。

朝　臣　万岁，依臣本章出榜招募贤能之人，把红鬃烈马降伏，免得蛮夷藐视岂不是好？

唐　王　纳卿表章，听孤定夺。

（唱）　蛮王今日好胆量，敢欺我国无贤良。

苏卿上前听圣旨，带领榜文出朝房。

苏　龙（唱）　红鬃烈马狼虎样，打探我朝怎行藏。

辞皇别驾金陛下，（众入）自有英雄保家邦（下）

[二道幕外，王三、薛雄出。

王　三　弟呀，今日皇榜高挂，外邦进有红鬃烈马，若有能人降伏，高官任职，我兄武艺超群，不如叫他前往得功。

薛　雄　阿哥说的有理，即刻走吧。（同下）

[寒窑，平贵、宝钏上。

薛平贵（唱）　夫妻平日捱饥寒，

王宝钏 （唱） 清茶淡饭度时光。

薛平贵 （唱） 闲暇无事窑中坐，

王宝钏 （唱） 薛郎免用把心操。

薛平贵 （唱） 贤妻好比汉孟光，

王宝钏 （唱） 夫似梁鸿比得堪。

［王三、薛雄上。

王　三 （唱） 皇榜街头曾高挂，

薛　雄 （唱） 哥嫂台前说因由。（入窑）

王　三
薛　雄 哥嫂在上，为弟请礼。

薛平贵 二位贤弟，今天为何如此欢喜呢？

王　三 哥嫂容回，西凉国进来红鬃烈马，满朝无人能伏，当今四出皇榜，招募英雄降伏烈马，高官任职啊！

王宝钏 薛郎，西凉不法天朝已久，岂可坐视袖手呀！

薛平贵 唉！妻呀，人情冷暖，世态炎凉。

王宝钏 此话如何说起？

薛平贵 世人皆羡富嫌贫，趋炎附势，冷落贫贱，最为可憎可恶。想要求官，说也枉然了。

（唱） 妄臣在朝势强仗，想要求官也枉然。

王宝钏 （唱） 薛郎说话欠思量，说什么求官也枉然。

男子志气在四方，哪有甘受久贫寒。

薛　雄 （唱） 大哥需怀鸿鹄志，只望一手攀桂枝。

王宝钏 薛郎再思再想啊。

薛平贵 妻你贤德，丈夫哪有不去呢，若是前去，妻单人在此，为夫放心不下呀。

王宝钏 薛郎，大丈夫志在四方，今有机会投身为国，为妻绝无挽留之理。

薛平贵 贤妻深明大义，如此二位贤弟即刻随兄前往。

［宝钏送入。

［五凤楼，校场，唐王内唱。

唐　王　（内唱）　御林军摆龙驾五凤楼往，（众文武上）。

招军榜招来了伏马英豪。

都只为西凉国不法天朝，探军情献烈马威赫中原。

只可叹满朝中无人解围，寡人我出皇榜招纳英贤。

适才间苏侍郎上殿禀告，薛平贵拆榜文为国排难。

率文武离金殿五凤楼上，速传那拆榜的伏马英豪。

苏爱卿，宣拆榜杰士薛平贵见驾。

苏　龙　领旨，万岁有旨，薛平贵上城楼见驾。

薛平贵　领旨。

（唱）　校场听得君王宣，要为国家报效劳。

迈步就把城楼上，（上楼，允见是贵拒怒）

王　允　（唱）　庶民难近帝王边，卫士与我将他赶。

苏　龙　（唱）　岳丈不必怒冲天，须念今天国有难。

红鬃烈马有谁挡。

岳丈息怒，国难当头，为国排忧，方为正理。

薛平贵　草民薛平贵见主万岁。

唐　王　杰士拆下皇榜，有何本领？

薛平贵　万岁啊！

（唱）　君王稳坐城楼上，小民斗胆进一言。

闻说外夷进烈马，我有武艺将它降。

唐　王　杰士铁志高巍，寡人之喜了。魏卿，速唤使臣将烈马放出。

魏　虎　领旨。西凉使臣，把红鬃烈马放出。

使　臣　奉命。（牵马出）

唐　王　薛平贵，向前伏马去吧。

薛平贵　草民领旨。（下楼做科）孽畜，堂堂中国哪容你这蛮兽耀武扬威，看某家薛平贵将你所伏。（伏马做科）烈马已伏，请主圣裁。

唐　王　果然不错，盖世英雄，为王之喜，薛平贵听封。

薛平贵　领封。

唐　王　封你后营都督。

魏　虎　慢着，臣奏我王，薛平贵是一介村夫，不过一时侥幸，怎能受此重任。

王　允　万岁，不如依臣之见，封他前营先锋，趁其西凉无备，命魏虎为帅，苏龙为副帅，平贵军中听调，若得战功再论嘉赏。

唐　王　老卿奏本有理，寡人准奏，薛平贵听封。

薛平贵　领封。

唐　王　西凉不法天朝已久，烈马被伏宜恐生变，挂你为前营先锋，征西得胜回来，论功嘉赏。

薛平贵　领旨谢恩！

唐　王　魏卿听旨，挂你为征西元帅，苏龙为副帅，来早兴师，不得违旨。

魏　虎　领旨。

唐　王　两班退朝。

众　臣　万岁！（众下）

［二道幕外，薛平贵出。

薛平贵　唉不好呀！

（唱）　金殿上奸妄权当道，后营都督改为先行官。

可恨魏虎王允拦本，主上朦胧，将我后营都督改为军中先行，魏虎为帅，随军西征，此去凶多吉少。不免回转寒窑与贤妻说明是了。

（唱）　打点行程归家往，再与三姐说端详。

［平贵下。

第六场　别　窑

［寒窑。

［王宝钏上。

王宝钏　（唱）　王宝钏在寒窑自思自叹，思想起前后事好不心酸。

自幼儿奴生在相国府院，我父母待奴家珠宝一般。

为薛郎父女俩失情破面，与严亲三击掌西蓬内边。
虽然是受贫穷相亲相敬，效梁鸿与孟光举案齐眉。
薛郎夫拆皇榜不见回转，倒叫奴王宝钏心中不安。
将身儿且在那寒窑立站，等薛郎他回来细问一番。

薛平贵 （唱） 唐王朦胧听奸哄，好叫英雄气难消。
一路行来一心想，三姐面前说根苗。（进窑）

王宝钏 薛郎，拆榜伏马事情如何？

薛平贵 贤妻哪里知道，为夫感蒙苏龙姐丈，带我进朝伏了红鬃烈马，主上大喜，封我后营都督。

王宝钏 如此谢天谢地，贺喜奴夫有了今日。

薛平贵 慢着。我与你个先喜后忧。

王宝钏 （失色）怎样个先喜后忧呢？

薛平贵 贤妻啊！
（唱） 魏虎你父把本上，君王听从改封章，
都督变为先锋将，跟随魏虎征西凉。

王宝钏 哎咋！爹爹你……太狠心！（昏迷）

薛平贵 贤妻醒来。

王宝钏 （唱） 听一言不由人魂飞魄散，眼看着俺夫妻就要分离。
恼恨着爹爹他居心不良，你害我薛郎夫所为何端。
改都督为先行且不待讲，魏虎他为主帅岂把你宽。
此去前路多风险，为妻怎不痛悲伤。

薛平贵 （唱） 贤妻且把愁眉放，我有主意在身旁，
但愿此去旗开胜，扫平蛮夷安家邦。
妻阿，国家兴亡匹夫有责，男儿献身国家，理所当然。

王宝钏 夫啊，男儿志气，为妻焉敢阻拦，未知夫你几时动身呢？

薛平贵 将令一出森严，为夫即刻就要启程了。

王宝钏 即刻就要启程么……待妻以茶代酒与夫饯别。

薛平贵 好，如此贤妻请呀！

王宝钏 请呀！

（唱） 古道贫贱之交不可忘，糟糠夫妻不下堂。

薛平贵 （唱） 先朝宗弘都有义，张敞为妻来画眉。

[王三急上。

王　三 不好了，不好了，大哥啊，魏虎校场点兵，传下将令，一卯不到，按军令示刑，重打四十大板啊。

薛平贵 呀咋！不好了！魏虎以权谋私，将令森严，妻啊，为夫即刻就要走了。

（唱） 魏虎残暴狼虎样，于公谋私害忠良。

夫妻此别何时会，好比杜鹃开口血泪流。

王宝钏 （唱） 只为权奸仗恶势，活活拆断连理枝。

前朝有个李陵将，为国献身去平番。

先贤榜样夫学好，为妻一死心也甘。

[薛雄急上。

薛　雄 不好了，不好了，大哥啊，魏虎校场点兵，传下将令，二卯不到，按军令示刑，重打八十铜棍啊。

薛平贵 呀咋！

（唱） 奸党无端发严令，明欺暗害豺狼性。

将身且出窑门去，

王宝钏 （唱） 为妻与你送一程。

薛平贵 （唱） 贤妻不必泪如雨，丈夫把话说心里。

你本是相府千金女，我原是大街乞讨的。

配我不称你父意，父女西蓬把掌击。

伏马实为争口气，哪料夫妻即分离。

寒窑之外强作别，夫带人马去征西。

王宝钏 （唱） 千留恋来万留恋，留恋不住也枉然。

既然薛郎你要去，为妻把你送一番。

来日西凉回家转，切莫忘却王宝钏。

寒窑与妻烧张纸，不枉夫妻结发缘。

[王三急上。

王　三　不好了，不好了，大哥啊，魏虎校场点兵，传下将令，三卯不到，依军法处斩啊。

薛平贵　哎咋……

王宝钏　哎呀薛郎，魏奸动不动要斩要杀，如此豺狼当了头，何必如此呢？就此辞职岂不是好？

薛平贵　妻呀妻，古道家贫出孝子，国难见忠臣，于今西凉无理，藐视俺朝，正是英雄出头之日，未必为夫此去有不测之事，但望贤妻为夫坚志，分则分，离则离，妻啊我就此去了……（宝钏拉住薛平贵）

王宝钏　夫啊……

（唱）　呀……我的夫呀……

薛平贵　（唱）　贤妻不必泪满面，为夫一样痛肝肠。

一步去得迟慢了，魏虎要斩先行官。

王宝钏　（唱）　宝钏不舍薛平贵，

薛平贵　（唱）　平贵怎舍王宝钏，鸾凤拆散苦难禁。

铭心刻骨也难忘，舍不得娇妻高声叫。

妻啊……

王宝钏　夫啊……

薛平贵
王宝钏　（唱）　呀……我的妻
夫呀。

薛平贵　（唱）　忙将马缰来砍断，放大声哭奔西凉川。（钏昏倒）

贤妻醒来，为夫不不不去了……（唤醒王宝钏）

王宝钏　说是你去去去。（平贵下）

（唱）　我见得薛郎登阳关，不由宝钏痛悲伤。

蓝桥无路哪得团圆日，正是落花流水两徒然。

[宝钏下。

[上本完。

下　本

第一场　征　西

［帅堂。

［升帐，众兵士引魏虎苏龙上。

魏　虎　威风凛凛坐大堂，亚赛鬼面活阎王。

三军性命吾执掌，要叫谁死立地亡。

征西元帅魏虎，我和岳丈大人要害平贵小子，今日校场点兵，连点三卯不到，嘿……薛平贵啊！你命落我之手了。

［薛平贵上。

薛平贵　将军一箭定天山，壮士长歌入汉吴。传上，薛平贵告进！元帅在上，末将叩拜。

魏　虎　薛平贵，你可知罪乎？

薛平贵　末将知罪了，望元帅爷宽恕。

魏　虎　误我点兵，违犯将令，岂能饶你，传令三军，薛平贵拿下斩了。

军　士　遵命。

苏　龙　慢着，正帅，薛平贵犯令，论军法当斩，看他乃是初犯，又恐未曾发兵，先斩大将，出师不利，本官讨保，将他恕饶。

魏　虎　这……唔，看副帅金脸，则管饶他，死罪免了，活罪难饶，传下三军，将薛平贵拖下重打四十大板。

军　士　遵命。（把贵押下）

探　子　报！

魏　虎　所报何来？

探　子　西凉国出兵，攻俺大朝。

魏　虎　再探回报！（探子出门）副帅，今西凉带兵侵犯，军兵未动，粮草为先，命你四处追押粮草，意下为何？

苏　龙　粮草乃是三军要命之物，有命当从。

魏　虎　副帅听令。

苏　龙　奉令。

魏　虎　四处押解粮草，不得有误。

苏　龙　遵命。（下）

魏　虎　薛平贵，西凉起兵讨战，本帅如今要你出征，戴罪立功，你可愿往？

薛平贵　有命当从。

魏　虎　上前听令。

薛平贵　奉令。

魏　虎　赐你单枪匹马，前去拒敌！

薛平贵　这……得令！（下）

魏　虎　薛平贵啊薛平贵，如今单枪匹马前去应敌，我将你好有一比，比作长江放下金钩钓，哪怕鳌鱼不上钩。退堂。（下）

[马达、江海上双拉山。

马　达　领了公主命，

江　海　校场点大兵。

马　达　马达！

江　海　江海！领了公主之命，校场点兵，公主来矣。

[兵士女兵引雅的里、玳瓒公主上。

马　达
江　海　接见公主！

玳　瓒　马达、江海校场点兵，将兵可曾到齐？

马　达
江　海　齐备多时，等候公主传令！

玳　瓒　将军听令，赐你将令一支，带领马达、江海先打头阵。

雅的里　得令！

[杀介，薛平贵上遇马达、江海开打，雅的里截角三人合战平贵。雅的里被平贵刺死，马达江海回报公主，公主与平贵会战，平贵被擒押下，公主扫场。

[玳瓒公主带众上。

玳　瓒　来呀，将唐朝大将与我押上来。（卒押薛平贵上）好一薛平贵，见了哀家，为何立而不跪？

薛平贵　你大爷上知跪天，下知跪地，岂能与你个蛮女下跪！

玳　瓒　将军莫发雷霆大怒，暂收虎狼之威。哀看你少年英勇，相貌不凡，你若允了哀家姻亲，西凉大事，托你执掌。倘若不从，将你杀坏，你的忠在哪里？孝在何地？何不再思再想，三思而后行可乎！

薛平贵　这个……稍待，想我若不招赘西凉，逗恼蛮女性子，将我杀坏，魏虎之仇，何日得报。罢了，我不免暂且招赘西凉也就是了。我可莫说王宝钏贤德妻啊，休怪平贵忘情负义，这……出于无奈了。公主，要我允从不难，还要依我三件大事。

玳　瓒　哪三件大事？先说头一件。

薛平贵　头一件，不准侵扰中华。

玳　瓒　第二件？

薛平贵　大朝还有原配王宝钏，来日相会，公主可愿居偏？

玳　瓒　这个……请问第三件？

薛平贵　第三件么，兵权帅印，交我执掌。

玳　瓒　三件尽都依从。将军，待我奏请父王，来日脱袍退位让你登基，你我同掌西凉也就是了。（与平贵解缚）驸马请。

薛平贵　公主请。

[同下。

第二场　探　窑

[丫环引老夫人上。

老夫人　（唱）　平贵征西遭落马，生死未卜恨悠悠。

女儿寒窑惊闻讯，如今染病晕沉沉。

家院前边把路引，奔上寒窑探儿身。

家　院　禀老夫人，到了三姑娘寒窑。

老夫人　（唱）　家院上前去叩门，就说来了年迈人。

家　院　三姑娘开门来！老夫人到了！三姑娘开门来！老夫人到了！

王宝钏　（唱）　夫失西凉无音讯，寒窑里哭坏女钗裙。

耳听窑外有人叫，莫非是邻居来串门。

家　院　三姑娘开门来！老夫人到了！

王宝钏　（唱）　听说老娘到寒窑，倒叫宝钏疼烂心。

我这里开门把娘见，

（白）高堂母！老娘！娘啊！

老夫人　（唱）　王宝钏！三女儿！儿啊！

王宝钏　（唱）　穷光景怎见老娘亲！

老夫人　（唱）　我一见娇儿珠泪滚，

三女儿！娘的儿啊！儿啊！

（唱）　好似钢刀刺娘心。

儿在相府如花俊，今日面貌认不真。

我儿本是千金体，叫为娘怎不疼烂心。

王宝钏　（唱）娘啊！

老娘不必泪纷纷，听儿把话说原因。

只怨命苦宝钏女，绣球单打讨膳人。

贫寒凄凉儿甘守，娘亲不必费操心。

老夫人　我儿站起来。

王宝钏　母亲恩宽。母亲，孩儿不孝，离府之后，母亲贵体可好？

老夫人　为娘还好，儿啊！家院言道：我儿身染重病，不知我儿病体如何？

王宝钏　母亲有所不知。自从魏虎征西回来，言说我那薛郎丈夫西征落马，孩儿忧虑成疾，忽然……

老夫人　忽然什么？

王宝钏 忽然我父差人前来逼儿另行改嫁。儿的疾病越发沉重了，今日见得母亲……

老夫人 怎么样了?

王宝钏 儿的疾病只觉好了大半。

老夫人 哼，哼，好一个老天杀的，此番回上相府，恩！我和你势不两立，势不两立！

王宝钏 哎呀，母亲，为了孩儿千万莫要失却二老和气。

老夫人 我儿放心，为娘岂能和他一般见识。儿啊！搀娘进窑，看看我儿光景如何。

王宝钏 寒窑窄小，母亲如何进得！

老夫人 我儿住得，为娘也就进得。

王宝钏 母亲！不进的好。

老夫人 为娘一定要进。

王宝钏 既然如此，待儿打扫。

老夫人 儿啊！不必打扫，宝钏，搀娘来！

（唱） 我进得寒窑用目看，

王宝钏！三女儿！儿啊！

（唱） 寒窑光景实可怜。

来来来随娘回相府，任儿吃来任儿穿。

玉宝钏 母亲啊！

（唱） 母亲请坐容儿禀，

丫环家院你们就地坐了。

丫　环
家　院 是。

王宝钏 （唱） 满腹心事诉娘听。

非是儿不听老娘命，无一日不念母女情。

皆因为儿把那志向拿定，和我父三击掌永不回程。

奴的夫征西落马无踪影，你的儿甘守寒窑受苦情。

今日里寒窑母女见一面，孩儿我纵死黄泉心安宁。

回府去娘亲且对我父禀，你就说宝钏不幸丧性命。

老夫人（唱） 我儿不必那样讲，为娘把话说心上。
金钏银钏娘不爱，惟有我儿称娘怀。
有一日为娘死故了，还要儿披麻戴孝送坟茔。

王宝钏（唱） 老娘不必泪如涌，宝钏不是不孝人。
有一日我父丧了命，儿绝不回府哭半声！
若还老娘赴冥灵，儿披麻戴孝送坟茔。
儿苦守寒窑把夫等，死要见尸活见人。
儿的主意已拿定，不到黄河不死心。
假若薛郎真丧命，儿落发为尼修来生。

老夫人（唱） 我儿讲话礼仪重，句句话打动娘心中。
等夫的主意要拿定，你父的言语全莫听。
丫环、家院！

丫　环 老夫人！

家　院 老夫人！

老夫人 将银米交与你家三姑娘。

王宝钏 慢着！母亲！孩儿对天盟誓，相府之物孩儿一概不用。

老夫人 那是为娘的私房，难道你也不要吗？

王宝钏 这……既然如此，待儿收下。

老夫人 丫环、家院，你们打轿回府，老身要在寒窑陪伴你家三姑娘，我……不回去了！

丫　环
家　院 老夫人！

王宝钏 哎呀！母亲！寒窑窄小，母亲如何住得。

老夫人 我儿住得，为娘我也就住得。我不回去了！

王宝钏 这，母亲执意不肯回府，这……却怎处。这……唉！我自有主意，母亲！孩儿情愿跟随母亲一同回转相府。

老夫人 怎么？你情愿随母亲一同回府。

王宝钏 正是。

老夫人 丫环、家院，打轿回府。

（唱） 听我儿回相府欢喜不尽，（出门，宝钏关门介）

王宝钏 （唱） 儿宁死不进你相府家门。

老夫人 哎呀！儿啊！

（唱） 你蒙骗为娘你心何忍，

王宝钏 （唱） 王宝钏跪倒送娘亲。

老夫人 （唱） 娘哭儿来天地动，

王宝钏 （唱） 儿哭娘来泪纷纷。

老夫人 罢了，三女儿！宝钏！儿啊！

丫 环
家 院 老夫人上轿！

老夫人 不孝的蠢材！

王宝钏 （开门，出窑）母亲，老娘，娘啊！

（唱） 我一见母亲她去远，

我的老娘！母亲！娘！

（唱） 好似钢剑把心剜。

若要我把相府转，除非是薛郎回窑园！

娘啊——

[宝钏掩脸哭下。

第三场 射 雁

[薛平贵上。

薛平贵 （引） 招赘西凉，想贤妻愁闷心肠。

（诗） 番地招亲十八年，好似孤雁落沙滩。

思想三姐不能见，何日才能回中原。

本番薛平贵。自从西凉招亲，多蒙公主厚爱，倒也逍遥自在。如今贵有一国大权，只是想起我妻王宝钏，好不愁闷人也。

（唱） 珠泪暗洒情丝牵，肃肃金风响彻畔。

望断清波无双鲤，笙箫声绝沉孤雁。

[雁叫声。

侍 卫 启禀大王，殿角落一鸿雁。

薛平贵 鸿雁落降殿角，必是国家不祥之兆。侍臣拿过银弓金弹，待孤打它一弹。（取弓弹打雁）

[落下血书。

侍 卫 启禀大王，鸿雁飞去，掉下血书一片。

薛平贵 捡起待孤一观。哎呀！原是我妻宝钏在寒窑修下血书。宝钏，妻呀！是了，我还是将此事对公主说明才是，哎呀不妥，我若将此事说明，公主绝难放我回国，是了！我不免留下一封书信，单人匹马乔装打扮回转中原，寒窑探妻也就是了。

（唱） 手执龙毫来写上，玳瓒公主看端详。

为王今日登银安，宾鸿大雁把信传。

手执银弓金弹打，打下半幅血罗衫。

常随官捧上王观看，原是我妻盼我还。

薛平贵征西十八载，王宝钏受苦十八年。

为王心急如火焚，欲回大朝探寒窑。

不辞而别请莫怪，危难飞书速救援。（入场）

第四场 回 窑

王宝钏 （唱） 前番分别泪抛垂，那道罡风意外吹。

思想薛郎心惆怅，红颜命薄茂重霜。

杜鹃枝头泣，血泪暗悲啼，王宝钏是也，当年我夫薛平郎遭奸陷害，失落西凉一向无踪，生死不知，想起令人好不愁也！

（唱） 可恨着不良父爱富嫌贫，父女们如冰炭绝了门闾。
魏虎贼施奸计甚是凶狠，害奴夫陷西凉生死未知。
是奴家为薛郎矢志坚贞，守寒窑十八载甘愿受贫。
出窑门我且把菜园来进，这蔬菜实可人分外芳菲。

薛平贵 （内唱） 披星戴月奔长安，（上）不分昼夜回家园。
去时此处富饶地，今日归来成焦污。
古道桃花年年开相似，人面年年不相同。
无心来看荒郊景，一心匆匆会宝钏。
勒住马头忙观看，只见布衣一娘行。
前面好比王氏女，后面如似王宝钏。
上前与她来相会，认错人妻理不当。
将身下了红鬃马，再把大嫂问一言。
娘行请了。

王宝钏 客官请了，莫不是远路来的？

薛平贵 正是远方来的。

王宝钏 敢是问路？

薛平贵 要来问路。

王宝钏 请问客官，你要问哪一家？

薛平贵 大嫂听道呀！
（唱） 大嫂一旁听我讲，俾人言来说一桩，
若问我身访何家，薛平贵他妻王宝钏。

王宝钏 噢！这就来呀。
（唱） 这位客官问宝钏，不由妾身心着慌，
请问你访她何事，何亲何戚何事端？

薛平贵 （唱） 娘行有所你不知，我今情由说因依，
鄙人本是薛平贵，西凉转回会娇妻。

王宝钏 噢！你……是薛平贵。

薛平贵 正是薛平贵。

你既是薛平贵者，怎么不晓自己家门呢？

薛平贵 娘行有所不知，离家太久，忘怀去了，如今回来山移路改，故才认不出自己家门。

王宝钏 既是如此，莫若待我带你去到她家寒窑指引你们夫妻相会可好？

薛平贵 劳烦大嫂指引相会，来日重恩当报。

王宝钏 小事何说重报，随我来，（圆场）客官到了。

薛平贵 何不叫她出来相会？

王宝钏 待我来……（想）宝钏，王三姐，哎呀，连叫几声都没有答应，噢，我想着了，敢是回转娘家去。

薛平贵 噢，她回娘家去了，（想）再烦大嫂快速与我前去一趟叫她转来，说她丈夫回来与她相会。

王宝钏 客官何必那样着急。你要会妻，可会打谜吗？

薛平贵 略知一二。

王宝钏 客官听道呀！

（唱） 客官且站一旁上，我把言语说端详。

若问她远在天边，

薛平贵 （唱） 远在天边不能见，

大嫂，可有近呢？

王宝钏 这近……么……听道呀！

（唱） 王宝钏近在你眼前。

薛平贵 噢……两旁无人，你就是王三姐王宝钏。

王宝钏 我……正是王宝钏。

薛平贵 唉，妻啊！

王宝钏 啐！（慌忙入窑关门）

薛平贵 妻啊！不用惊怕，正是丈夫回转，快些出来相会。

（唱） 宝钏不必心惊慌，且听平贵说一言。

寒窑一别十八载，荆棘斩断会荆人。

王宝钏 （唱） 非怪奴不来相会，男女各别理当然。

哪里来的狂徒汉，戏弄民妇理不当。

既是我夫薛郎，我来盘你一盘。

薛平贵 任盘。

王宝钏 你……何不从头说来？

薛平贵 妻呀！

（唱） 二月二日龙抬头，王三姐打扮上彩楼。

王孙公子有千万，彩球单打薛平郎。

怀抱彩球相府转，你父一见怒冲冠。

前面赶出薛平贵，后面又赶王宝钏。

夫妻二人无投处，破瓦寒窑把身安。

西凉夏国进烈马，唐主出榜招英贤。

揭榜降伏红鬃马，唐王驾前讨封官。

封我殿前都督府，你父奏本征西凉。

苏龙魏虎为元帅，平贵倒作先行官。

号炮三声催令紧，平贵寒窑别宝钏。

马缰绳，剑砍断，妻守寒窑夫奔西凉川。

三姐不信屈指算，连来带去十八年。

王宝钏 （唱） 桩桩件件无错讲，正是我夫薛平郎。

既是奴夫回家转，前日可有书信传？

薛平贵 （唱） 水流千遭还相见，原物交还王宝钏。

王宝钏 （唱） 用手接过血罗衫，果然薛郎转家园。

开了窑门夫妻见，慢！奴夫哪有五绺髯？

薛平贵 （唱） 春夏秋冬容易过，荏苒韶光转复初。

少年子弟江湖老，红粉佳人白了头。

三姐不信菱花看，不像当年彩楼前。

王宝钏 （唱） 寒窑内哪有菱花镜，

薛平贵 （唱） 水盆里面照容颜。（做科）

王宝钏 （唱） 水盆里面容颜照，

老了老了。

（唱） 十八年老了王宝钏。

薛平贵 话已说明，开了窑门，夫妻相会。

王宝钏 要我开门，倒也不难，要你依我一件。

薛平贵 哪一件？

王宝钏 你往后退上一步。

薛平贵 我退上一步。

王宝钏 你再退上一步。

薛平贵 再退上一步。

王宝钏 还要退上一步。

薛平贵 哎呀，妻呀，后面无有路了。

王宝钏 后面有路你还不回来呢！

（唱） 打开窑门夫妻见，

也罢，

（唱） 倒不如碰死在寒窑前。

薛平贵 （唱） 三姐不必寻短见，为夫跪在寒窑前。

王宝钏 （唱） 用手搀起无义汉，十八年做的什么官？

薛平贵 妻啊，为夫千里而回，不问我茶饭二字，就问我做的什么官，难道你吃官穿官不成？

王宝钏 你不问我，哪个问你？

薛平贵 三姐，你且看了！

在头上整整掩毡帽，身上抖抖滚龙袍。

怀内取出番王宝，三姐拿去仔细瞧。

王宝钏 （唱） 用手接过番王宝，宝钏用目仔细瞧。

迈步撩衣忙跪倒，君王面前讨封诰。

薛平贵 （唱） 三姐莫急讨封诰，有个缘故在其中，

西凉国有一个女玳……

王宝钏 你与我带了什么好东西来？

薛平贵 你且听了。

（唱） 西凉国有一个女玳瓒，她保孤王坐银安。

王宝钏 （唱） 西凉国有一个女玳瓒，她为正来奴为偏。

薛平贵 （唱） 说什么她为正来你为偏，你我夫妻还在先。

孤王有日登宝殿，封你昭阳掌正权。

王宝钏 （唱） 谢罢大王隆恩典，今日才得凤衣穿。

薛平贵 （唱） 平贵离家十八年，

王宝钏 （唱） 受苦受难王宝钏。

薛平贵 （唱） 今日夫妻重相见，

王宝钏 （唱） 只怕相逢在梦间。

薛平贵 三姐，你看红日当空，非是做梦。

王宝钏 此乃当真？

薛平贵 当真。

王宝钏 果然？

薛平贵 果然。

王宝钏 哈哈哈……

薛平贵 三姐随我来呀！

[薛平贵、王宝钏同下。

第五场　除　奸

[内侍上。

内　侍 迈步朝廊里，会见文武臣。内宫总监是也，老王宴驾，待我击动金钟。

[击介。王允、魏虎上。

王　允 击钟为何？

内　侍　老王宴驾了。

王　允　哎！老王呀。

内　侍　众位大人请了！老王宴驾，国太传下旨意，命你们选出一位大臣执掌万里江山。太子长大，原业归宗。这是尚方宝剑，赐与王丞相。我还要与老王守灵办丧。请了请了！［下。

王　允　请了请了，列位啊，国太赐来尚方宝剑，该命哪家大臣执掌万里山河？

魏　虎　家有长子，国有大臣，轮来轮去，轮到岳父你的头上。

王　允　怎么说轮到老夫头上了？

魏　虎　正是。

王　允　哈哈……

魏　虎　哎呀岳父，那薛平贵乔装打扮回转中原，欲与唐室交好，今日若闻此事，西凉国必反无疑，不如小婿带领人马前去截杀平贵，杀他个措手不及，你看如何？

王　允　此计甚妙！正是，先下手为强，

魏　虎　后下手遭殃。（同下）

［马达、江海带兵上。

马　达　领了公主命。

江　海　急忙点大兵。

马　达
江　海　领了公主之命，将兵点齐，公主来也。（玳瓒公主带兵将、女兵上）参见公主。

玳　瓒　将兵可曾来齐？

马　达
江　海　倒也来齐。

玳　瓒　传令兵发长安。

（唱）　金翎鸽子把信传，大王必定有磨难。

马大江海催前站，一马奔杀到长安。

［带人马下。薛平贵上。

薛平贵（唱）　金翎鸽子把信传，等候公主把兵搬。

催马来到鸿沟岸，背后追兵杀号声。

魏　虎　（内喊）薛平贵哪里走！

薛平贵　仇人见面岂能相容，看杀！（开打）

［玳瓒公主带人马上，迎战杀魏虎。

马　达
江　海　禀大王公主，魏虎已除。

玳　瓒　大王，为妻保你杀进长安，接掌唐室江山可好？

薛平贵　本王正有此意，马达，江海！

（唱）　马达江海一声唤，进城先拿王相官。

黎民百姓莫伤害，三马连环进长安。

［众同下。

第六场　大登殿

薛平贵　（唱）　龙凤阁里把衣换，十八年王才有这一天。

［侍卫、宫娥上，马达、江海上，薛平贵皇帝行头上。

内侍臣扶为王上金殿，（坐）忽然想起王宝钏。

马达江海把旨传，快宣受苦的王宝钏。

马　达　遵旨。万岁有旨，王宝钏上殿哪！

王宝钏　领旨！

（唱）　金牌调来银牌宣，金殿下来了王宝钏。

九龙口我用目观，只见平郎丈夫头戴王帽，

身穿蟒袍，腰系玉带，足蹬朝靴，

端端正正，正正端端，打坐在金銮。

大摇大摆我就上金殿，参王的驾来问王安。

［王宝钏跪。

薛平贵　梓童！

（唱）　为王金殿用目看，殿上跪着王宝钏。

你为王受苦十八载，朝阳正宫你应当。

王宝钏 谢万岁！（王宝钏起）

（唱） 叩罢头来谢龙恩，十八年守来龙一盘。（坐）

薛平贵 （唱） 马达江海一声唤，快把王允绑殿前。

马　达 遵旨。（下）

［马达、江海入，押王允上殿跪下。

薛平贵 （唱） 一见王允跪殿前，不由孤王我恼心间。

当年你把为王害，今日杀你报仇冤。

马达江海一声唤，绑出午门用刀餐。

马　达
江　海 遵旨。

王宝钏 且慢，万岁呀！

（唱） 我父犯罪本该斩，念为妻饶他的活命还。

薛平贵 当年你父定计陷害孤王，今日定斩不赦。

王宝钏 万岁呀！

（唱） 宝钏舍命跪殿前，尊声万岁听我言。

今日不饶我的父，不如碰死在金銮。

［欲撞龙柱。

薛平贵 慢着，梓童啊。

（唱） 梓童她要寻短见，不由孤王我痛心间。

你为王来王为你，你为王受苦十八年。

金殿孤王准你本，赦放你父养天年。

王宝钏 谢万岁恩典！

王　允 谢万岁不杀之恩。

（唱） 大喝一声就要斩，我命险些被刀餐。

我儿救下父不死，落一个忠孝两双全。

王宝钏 （唱） 说什么忠孝两双全，儿救爹爹理当然。

来来来随孩儿上前去，（走至薛平贵前，王允跪）

不斩我父还要封官。

薛平贵 （唱） 岳丈且退金殿上，朝事完毕再封官。

王　允 谢万岁！（下）

薛平贵 梓童啊。

（唱） 为王赐你旨一道，王相府去把岳母搬。

[王宝钏接旨。

王宝钏 （唱） 在金殿领圣旨忙上车辇，王相府去把老娘搬。（下）

[马达、江海、王宝钏入。掺王夫人上。

王夫人 （唱） 日月穿梭光似箭，苦尽甜来功告成。

来在金阙用目睁。

王宝钏 娘啊！

（唱） 你看那讨饭的花郎坐龙庭。

王夫人 （唱） 叫三女掺为娘上金殿。

[王宝钏掺王夫人转身上殿，王夫人跪。

王宝钏 （唱） 你把我这年迈老娘封一封。

[薛平贵走出桌案，王宝钏掺起王夫人朝外站立，薛平贵行跪拜礼。

薛平贵 （唱） 叫梓童你掺定岳母老娘，待王我三拜九叩九叩三拜。

一步一拜把娘参，拜岳母如同拜泰山。（拜毕入座）

王宝钏坐了昭阳院，封岳母养老宫中乐安然。

叫梓童你将岳母掺下殿，等朝事完毕再问安。

[薛平贵回案后，王允暗上，王夫人回身谢恩。

王夫人 谢万岁。

（唱） 龙头拐点三点忙谢恩典，多谢万岁把我封。

三女儿掺为娘下龙庭。

[回头看见王允。

再叫老相听分明。

你说平贵花儿样，到如今打坐九龙庭。

你说三女受苦命，万岁封她坐正宫。

龙的龙来凤的凤，老身封在养老宫。

养老宫内乐安宁，荣华富贵受王封。

老相你呀……你是万万不能的哟。

[对王允一甩袖子。

王宝钏 （唱） 娘休要把父他埋怨，到如今埋怨也枉然。

急急忙忙将老娘掺下金殿。

[王宝钏掺王夫人下，回转王允面前。

（唱） 再叫声老爹爹细听儿言。

想当年若听父相劝，你看着龙凤衣衫翡翠珠冠，

何人把它戴，何人把它穿。

[王宝钏回座位。

薛平贵 老相听封。（王允跪）

（唱） 你女儿坐了昭阳院，王封你当朝太师有职无权。

王　允 谢万岁！

（唱） 叩罢头来谢恩典，老夫我作的是受气的官。（下）

薛平贵 （唱） 马达江海一声唤，快宣玳瓒公主上金銮。

马　达 万岁有旨，玳瓒公主上殿。

玳　瓒 领旨。（上）

（唱） 离了西凉到长安，他国我国不一般。

来在殿前用目看，那厢打坐一天仙。

这是？马达、江海。

马　达
江　海 公主！

玳　瓒 那厢打坐的是什么人呀？

马　达
江　海 就是天朝那个王宝钏王娘娘。

玳　瓒 怎么说，那就是王宝钏。

马　达
江　海　正是。

玳　瓒　皇姑见她，该怎么样？

马　达
江　海　公主见她，施个礼呀。

玳　瓒　知道了。

（唱）　走上前来把礼见。

马达、江海，皇姑与她见礼，她怎么搂起那个肚肚来了。

马　达
江　海　公主是你不知，咱们国施礼，便是那个狮子大张口。他们天朝施礼，就是这个怀中抱月，搂肚肚。

玳　瓒　怎么说咱们国施礼，便是那个狮子大张口。他们天朝施礼，就是这个怀中抱月，这么个搂肚肚。

马　达
江　海　正是。

玳　瓒　皇姑二次见她呢？

马　达
江　海　也是那么个搂肚肚。

玳　瓒　你们下去。（下）

（唱）　走上前来忙跪下，问君王宣我为哪般？

薛平贵　（唱）　你姐姐坐了昭阳院，封你东宫莫嫌偏。

玳　瓒　（唱）　玳瓒女听一言将心悔烂，离我国到天朝反来做偏。

思一思想一想恶气难咽，先杀那薛平贵二反长安。（拔剑）

薛平贵　不可！

王宝钏　慢着！

薛平贵　不可！

王宝钏　慢着，我的妹妹呀！

（唱）　妹妹莫要使龙泉，姐姐把话说心间。

说什么正来论什么偏，咱二人同心保江山。

姐姐只掌昭阳院，妹妹在朝掌兵权。

你我此间莫久站，随姐姐后宫把酒餐。

薛平贵 （唱） 咱三人同饮庆功宴，

但愿得风调雨顺，国泰民安。

[同下。

[剧终。

稀有剧种卷·西秦戏

刘锡训子

整理：吕 匹　吕维平

人　物　表

刘　锡　　字彦昌

王桂英　　刘锡之妻

沉　香　　刘锡长子，圣母所生

秋　儿　　刘锡次子，桂英所生

刘锡训子

[幕启、二堂客厅。

刘　锡　[上引。

鹊叫未为喜，

鸦叫便是凶。

若问凶吉事，（鸟叫）

出在鸟音中。

[沉香与秋儿背书包惊慌上。

沉　香　（念）曾在书堂祸来闯，

秋　儿　（念）打死人命见椿堂。

[沉香、秋儿进，将书包放桌上。

沉　香
秋　儿　爹爹在上，儿回来拜！

刘　锡　两个小奴才这等慌忙，莫不是招灾惹祸回来？叫家将！

[内喊：唷！

刘　锡　将奴才给我打。

沉　香
秋　儿　慢！孩儿在书堂打死人命归回。

刘　锡　怎讲，打死何人？

沉　香
秋　儿　国舅之子，秦郎官保。

刘　锡　怎说！哪个将他打死？

沉　香　是我打死！

刘　锡　是你打死？

秋　儿　是我打亡！

刘　锡　是你打亡，哎咋！

[昏倒。

（唱导板）

听一言似晴天霹雳当头轰，

（唱流水）

吓得我三魂七魄上九霄。

这才是祸不寻人人寻祸，

小畜生真是个惹祸根。

沉　香
秋　儿　爹爹做主。

刘　锡　奴才起来！（唱中流）

打死百姓皆有罪，

打死秦郎官保罪非轻。

回头再把奴才问，

哪个行凶打死人？

我儿啊，秦郎官保若是兄打死就未可连累弟，弟打亡就未可连累兄，你们兄弟谁把官保打死，在为父面前快讲个明白。

沉　香　爹爹，此事与我贤弟无关，官保辱骂孩儿，是我将他打死。

刘　锡　奴才，打死人是要偿命的。

沉　香　儿愿往秦府抵命。

刘　锡　你愿往秦府抵命？

沉　香　愿往秦府抵命。

刘　锡　瞧打！

秋　儿　爹爹，官保并非我兄打死，是我将他打亡。

刘　锡　是你……你打亡？

秋　儿　是我将他打亡，儿愿往秦府抵命。

刘　锡　怎说！你愿往秦府抵命？

秋　儿　儿愿往秦抵命。

刘　锡　瞧打！

沉　香　爹爹，官保是我打死。

刘　锡　你打死？

秋　儿　爹爹，官保是我打亡。

刘　锡　你打亡？

沉　香　我打死！

秋　儿　我打亡！

刘　锡　哎呀！（唱导板）

他兄弟情义重互争偿命，

（接哭句）

呀……我的儿啊！

（唱紧板）

好叫我悲泪难忍两为难。

沉　香　父亲！

刘　锡　（唱紧板）

倘若我带沉香秦府抵命，

岂不是忘却了圣母大恩情。

秋　儿　爹爹！

刘　锡　（唱紧板）

若带秋儿去抵罪，

怎奈后堂还有王夫人！

左难右难难住我。

沉　香　娘呀！

刘　锡　（猛醒）哎着着着，

（唱紧板）

后堂请出你娘亲。

沉　香
秋　儿　娘亲有请。

桂　英　来了！

[出场。

（唱平板）

两孩儿堂前齐声请，

他父子因何放悲声？

走上前老爷台前忙施礼。

老爷，有礼！

刘　锡　哪样多礼。

桂　英　呵呵呵！（唱紧板）

老爷你教子不正经？

刘　锡　正经不正经，你养得两个好儿子啊！

桂　英　两个儿郎平高平大，养的可会错？

刘　锡　不会错？怎会打死人命回来！

桂　英　怎说，打死何人？

刘　锡　国舅之子，秦郎官保。

桂　英　唉呀！

[昏倒。

（唱导板）

听一言吓得我魂飞魄散，

（唱紧板）

一霎时冷汗淋漓如抱冰。

大祸临头怎能解？

老爷台前说一声。

老爷呀相公，是哪一个将官保打死，绑一个前去偿命也就是了。

刘 锡 我问沉香，沉香说道是他打死。

桂 英 就该绑沉香。

刘 锡 慢。

桂 英 慢何来？

刘 锡 我问秋儿，秋儿也说道，官保是他打亡。

桂 英 就该绑——

刘 锡 绑秋儿？

桂 英 慢！老爷，打死一人，难道要两个儿郎都去偿命不成？

刘 锡 为夫也是这样想，我问之不明，才请夫人出堂问个明白。

桂 英 如此老爷请进，待妾身问来。

刘 锡 如此夫人请！我儿过来，（指沉香）你们兄弟哪个将官保打死，该在你母亲面前（暗示不可招认，桂英有所察觉）说个明白。

桂 英 老爷请进。

刘 锡 夫人请。（指沉香）奴才，看你如何了得呀。

沉 香 爹呀！

桂 英 奴才呀！（唱慢二方）

你们兄弟哪一个将官保来打死？

在为娘面前细说分明。

沉 香 （唱慢二方）

孩儿书堂攻书学礼义，

恼恨秦郎官保把儿欺。

桂　英　他怎样欺你？

沉　香　娘亲啊！（唱中流）

他骂我有父生来无娘养，

无娘之子鬼怪精，

怒恼孩儿将他打。

桂　英　奴才，打死人岂不是要偿命？

沉　香　（唱紧板）

孩儿愿到秦府把命偿。

桂　英　奴才瞧打！

[打沉香一巴掌。

秋　儿　娘亲，莫打我兄，官保是我打死的。

桂　英　怎讲？儿呀，打死人岂不是要偿命？

秋　儿　儿愿往秦府偿命。

桂　英　怎说，你愿往秦府偿命，一双爹娘你可舍得？

秋　儿　这个？（沉香暗示不可舍）不得不舍呀。

桂　英　不得不舍么！想一想我一巴掌。

[欲打又止，刘锡出现。

刘　锡　夫人！

桂　英　奴才呀！

[不得不打秋儿一巴掌。

（唱紧板）

为娘本当饶住你，

后堂走出你父亲。

王桂英问事不分明，

此事交还刘相公。

[见刘锡坐下作打睡状。

老爷啊相公，老爷，哎！事到如今，你还睡得着吗？

刘　锡　下官焉有睡，我是在这里寻情啊！

桂　英　这里哪有情可寻，要寻该到秦府去寻。

刘　锡　秦府哪有情可寻，除非五殿阎罗才有人情可寻。

桂　英　此话怎道？

刘　锡　夫人，是哪一个奴才将官保打死？

桂　英　我问沉香，沉香说道官保是他打死。

刘　锡　就该绑沉香。

桂　英　慢！后来我问秋儿，秋儿说是他打亡。

刘　锡　夫人，哎！我问话不明，才请你出堂问个明白，谁知你问来问去，问出一盆糨糊来啊！

桂　英　此是何说？

刘　锡　糊里糊涂。

桂　英　老爷，哎，你身为五马太守，每与百姓分忧解难，自己两个奴才闯出祸来，为何审之不明？好啊，好个清官刘太守。

刘　锡　清官难断家内事。

桂　英　一口难问两稚童。

刘　锡　夫人你好似有彼此？

桂　英　一样的！

刘　锡　这个！

[指秋儿。

桂　英　那个！

[指沉香。

刘　锡　这个！

桂　英　那个！

刘　锡　夫人，你我何用闹口，这条命案下官想出来了。

桂　英　想出什么？

刘　锡　沉香年纪大懂得事务；秋儿年少不懂什么。依下官察看起来，官保该是秋儿打死！

桂　英　老爷，沉香高大有力气，秋儿哪有力气打人呢。依我看来该是沉香打亡。

刘　锡　是秋儿打死。

桂　英　是沉香打亡。

刘　锡　秋儿打死。

桂　英　沉香打亡。

［刘锡、桂英争吵不息。

刘　锡　夫人呀，官保既不是沉香打死，也不是秋儿打亡，该是我刘彦昌打死的！叫家将！

家　丁　（出）喳，老爷！

刘　锡　绑我到秦府抵命。

桂　英　慢！（沉香、秋儿将家丁推下）老爷呀相公，这桩大祸非你所闯，该是我王桂英惹来。叫丫环！

丫　环　（出）在，夫人！

桂　英　将夫人绑到秦府抵命。

刘　锡　谁敢动手，谁敢动手，（沉香、秋儿将丫环推下）夫人呀夫人！这条人命是沉香打死也好，是秋儿打亡也罢，我看绑沉香前去抵命，万事皆休了。

桂　英　却是为何？

刘　锡　秋儿打死人命归回，他叫了一声娘。

桂　英　妾身在。

刘　锡　他叫了一声爹。

桂　英　老爷在。

刘　锡　可怜沉香！打死人命回来，叫了一声娘，娘在何处？叫了一声爹，下官难以做主！唉，沉香儿呀！

［沉香、秋儿齐跪。

（唱紧板）

可怜你有父生来无娘养，
无娘之子怎成人。
休怪为父心肠狠，

带你到秦府把命偿。

桂　英　老爷转来，你带沉香去哪里？

刘　锡　秦府抵命。

桂　英　老爷忘了！

刘　锡　忘了什么？

桂　英　忘了当年圣母赠红灯之恩么？

刘　锡　你不提起圣母犹之则可，提起圣母我好恨啊！

桂　英　莫不是恨到妾身来？

刘　锡　岂敢！想当年走马上任，硭山遇着白蛇挡道，幸得圣母坠红灯将你我夫妻搭救，若无有往事，就没有今天之祸，夫人，你说我恨也不恨呢？

桂　英　这……我舍了就罢。

刘　锡　夫人舍了什么？

桂　英　老爷，秦郎官保不管是秋儿打死，还是沉香打亡，绑秋儿去偿命就是了。

刘　锡　夫人，你睡着讲话。

桂　英　妾身哪有睡？

刘　锡　为何满口梦话？

桂　英　若有假我愿对天——

刘　锡　盟誓！

[拉沉香跪下。

桂　英　这……唉，不得不舍了！

（唱紧板）

王桂英一言出了口，
断送秋儿一命亡。
罢了！

[跪下。

（唱紧板）

王桂英舍子若有假，
天上五雷击我身。

刘　锡　夫人请起，受我一拜！

（唱紧板）

好一个贤德的王氏女，

上得书来表得名。

老　院　（急上）老爷！秦府官兵前来捉拿沉香公子前去抵命。

［内喊：呵——

刘　锡　哎咋！这？

桂　英　老爷，沉香哪里得来的？

刘　锡　后花园。

桂　英　做个麟行旧趾。

刘　锡　（猛醒）哎着着着！

（唱中流）

夫人一言来提醒，

唤起南柯梦里人。

一手挽住沉香子，

带到花园去逃生。

桂　英　老爷转来！

刘　锡　夫人，你？

桂　英　老爷，沉香虽非我所生，却是我抚养，妻保有圣母当年血书在此，交还你父子，有什么知心语儿，也好对沉香讲个明白。

刘　锡　（接血书）夫人言之有理。秋儿，搀扶你娘亲下去。

秋　儿　是。

［桂英、秋儿下。落二道幕，摆椅子，花园景。

刘　锡　（唱紧板）

只见夫人后堂去，

（唱慢二方）

难得她舍却亲生恩义高。

［刘锡坐交椅、训子

我儿啊!

沉　香　爹爹啊!

刘　锡　沉香呀!

沉　香　父亲呀!

刘　锡　（唱慢二方）

小沉香跪倒在尘埃地，
听为父一桩桩一件件说你听。
为父亲家住在杨州府海门县，
姓刘名锡字彦昌，
都只为圣天子开皇榜招贤纳士，
为父亲披星戴月去求名。
路途打在华山过，
又只见众百姓男和女老和少，
一个个头顶香盘闹洋洋，
言说道华山圣母多灵显，
为父亲进庙去求签。
连求三签签不准，
连筊三下筊不灵。
气得我怒冲冲火从心上起，
手拿着木兆儿掷金身。
粉墙壁上题诗句，
一字字一行行写分明。

上写着!　（唱三股分）

绝色天香芙蓉面，
泥胎雕成美天仙。
人称圣母威灵显，
我道神验亦非然。
咽喉若有三分气，

愿移金身到长安。
礼拜焚香朝夕伴，
同娱欢乐到百年。
圣母回转华岳庙，
一见诗句怒生嗔。
命得四海龙王到，
吓煞为父魂魄消。
多亏月老从天降，
化成茅庵结姻亲。
成亲不过三几月，
二郎神舅知此情。
圣母被压黑风洞，
黑风洞里产娇生。
圣母悲泪写血书。
命得土地送来临。
为父花园去观花，
忽听娇儿哭高声。
将你悄悄抱回家，
后堂王氏产秋儿。

（唱紧板）

后堂王氏不是你亲——

[欲言又止。

刘　锡　唉儿啊！（唱紧板）

后堂王氏不是你的亲生母，
华岳圣母你亲娘。
我儿若还不相信，
现有血书见真情。

沉　香　哎呀！（唱紧板）

只见血书不见亲生母，
好教沉香痛肝肠。
含悲就把娘亲叫。
娘亲啊！

（接哭句）

呀……我的亲娘呀，
定要救母出华山。

桂　英　［拿包袱带秋儿上。

沉香，我儿啊！

沉　香　母亲，娘啊！

［沉香跪下，桂英将包袱缠在沉香身上。

（接哭句）

啊……我的娘亲呀！

（唱紧板）

娘亲请受儿一拜，
大恩大德不敢忘。
贤弟请受兄一礼，
替兄偿命情义深。
难舍难分好兄弟！

贤弟……

秋　儿　兄长啊……

沉　香　（接哭句）呀……我的贤弟啊！

老　院　（急上）老爷，秦府官兵冲进府衙，捉拿沉香公子来了。

［内喊：拿沉香啊——

刘　锡　哎咋！（唱紧板）

人马汹汹拿沉香，
忙将衣裳来扯破，
乔装花郎去逃生。

黄土擦在娇儿脸，

瞒过奸臣认不清。

沉　香　爹娘，（唱紧板）

难舍爹娘双膝跪，

定有来日重团圆。

誓上华山把母救，

再报爹娘养育恩。

[沉香跃墙逃去，刘锡手拉秋儿，王桂英百般无奈。

[幕下。

[剧终。

审郭槐

整理：吕维平

人　物　表

包　拯　开封府青天大老爷

王　朝　包拯护卫

宋仁宗　宋朝皇帝

郭　槐　郭公公

陈　琳　陈公公

刘　后　国太、奸妃

李辰妃　宋仁宗之母

寇　珠　被奸妃和陈公公迫害而死的寇承御

秦　凤　陈公公放火烧死的秦凤，宫人

校尉、太监等

郭　槐（上，自言自语）

（念）　包黑子重审焚宫案，

请我去做陪审官。

唯恐当年大事犯，

太后宫中坐不安。

命我来此探深浅，

主仆再设巧机关。

倘若陈琳被赦免，

不再纠缠两相安。

即使陈琳反咬俺，

一人单证好周旋。（入场）

陈 琳 （二道幕开，开封府衙）

（唱） 开封府得见娘娘面，

主仆们痛哭泪不干。

包大人一心断明案，

才设下巧计揭奇案。

明知刘妃是首犯，

先审郭槐再周旋。

他教我公堂把冤喊，

理真气壮斗权奸。

冤枉！冤枉！

郭 槐 陈公公久违了，嘿……

包 拯 陈琳，本府今日重审焚宫一案，你若有冤，就该大胆从实地讲。

郭 槐 慢着，包大人，当年陈公公也赶去救火，因当场别无他人，我以为是陈公公放火，是咱家之误害他蒙冤，这八载光景该由咱家赔偿，即日上奏万岁，晓喻全城，今日咱家当堂先行告罪。

陈 琳 郭公公，你今日与咱家赔罪，恐怕是醉翁之意吧！

包 拯 陈琳，起在一旁。

陈 琳 谢大人！

王 朝 画供。（对郭槐）

郭 槐 应该。包大人，你就该速速开释陈琳，咱家就在后宫设宴，为陈公公压惊。咱家先行告退。

包 拯 哈……

郭 槐 包大人，你这是何意？

包 拯 郭槐，你可知罪？

郭 槐 既保陈琳，有何意哉，这咱家还有何罪呀？

包 拯 陈公公，向前指证。

陈 琳 郭槐呀狗奸贼！是你与刘娘娘密谋用狸猫换太子陷害李娘娘，寇承御早已将此事与我讲明。包大人台前，你就快快的招认了吧。

郭　槐　胡说，一派胡言。

包　拯　郭槐，还不快招？

郭　槐　包大人，包拯！万岁命你重审焚宫一案，你却与陈琳勾结诬陷太后，陷害咱家。谁不知寇珠已死，陈琳一人难于立案，国太万岁闻知，小心你的黑脑袋。

包　拯　郭槐，狗奴才！俺包拯执法当朝，森严不过，伸张正义神鬼皆知，此案纵有千难万险，即便丢了这个黑头，也要揭开这狸猫换太子之谜。

（唱）　狸猫换太子休称妙，
主仆同谋罪难逃。
寇珠虽死仇未报，
要偿秦凤命一条。
李妃冤苦应知晓，
陈琳岂能白坐牢。
莫道后宫正义少，
审案官儿是老包。
任凭你主是国太，
罪恶满盈实难逃。

郭槐！死罪已定，你若有悔意，道出狸猫换太子一幕，本府免你身首两断之灾，保你一个全尸。

郭　槐　呸！可笑你这个黑小子，枉为龙图大学士，弄不明是非真假。什么狸猫换太子？单凭陈琳一口之词，说什么听寇珠讲的，寇珠已死，死难对证，真乃无稽之谈。

包　拯　这……郭槐狗贼！以为对证无人难于决断，本府就要你与寇珠秦凤对证，看你如何狡辩多端。

（唱）　死到临头还狡辩，
难逃法网在今朝。
人来扯下官袍戴，
打死狗贼赴泉台。

与我重重地打！

校　尉　遵命！（打科，郭槐昏倒，包拯入，复出用黑纱盖脸）

郭　槐　唉！

（唱）　阴风阵阵魂魄荡，
昏昏沉沉暗无光。
哎呀！
牛头马面来推命，
莫非已死落阴曹。
黑影重重多怪状，
面目狰狞使人慌。

包　拯　郭槐，你生在阳间，今日死落阴曹，也难逃法网。快讲明二十年前你与刘妃酿造之宫廷惨剧，免得酆都受苦，身处极刑。

郭　槐　阎君！我郭槐自问无愧于心，切莫叫我蒙受不白之冤。

包　拯　郭槐！你的所作所为本阎君已记在阴阳簿上，条条俱是罪恶滔天，你与刘妃用狸猫换太子，苦迫陈琳打死寇珠，火焚冷宫，谋害李娘娘，烧死秦凤，本阎君面前，寇珠、秦凤阴魂已将你们控告，须知善恶因果，血债血偿。

寇珠、秦凤　郭槐，还我命来……（扮寇珠、秦凤鬼魂出）

郭　槐　你……是？

寇　珠　我就是你与那奸妃迫害而死的寇承御。

郭　槐　哎呀 你……是？

秦　凤　我就是你放火烧死的秦凤宫人。

郭　槐　哎呀！

寇　珠　恶贼子！

（唱）　骂声恶贼太猖狂，
你与奸妃起祸端。
狸猫偷换小太子，
迫我同谋害新皇。
为怕东窗事败露，

杀我灭口杖下亡。

秦　凤　狗宦官！

（唱）　你与主子谋后位，

狼狈为奸害李妃。

火焚冷宫手段狠，

赶尽杀绝丧天良。

我舍身救主存大义，

你毒如蛇蝎枉为人。

秦　凤
寇　珠　郭槐！你快偿我命来。

包　拯　郭槐！寇珠秦凤对证已完，今日将这冤情了结，寇珠秦凤即可超生，算你积点阴德。本阎君已查过，你阳寿未尽，还有十五年人间富贵可享，你若招供，即刻放你还阳。

郭　槐　阎君！念咱家为奴作婢，忠心事主，一片苦心。请求阎君网开一面送我还阳，我……我愿招了。

包　拯　你愿招了？

郭　槐　愿招了。

包　拯　叫他招供画押。哈……郭槐你抬头看看，这是什么地方？

郭　槐　包黑头你……唉！完了。

包　拯　押下去。

刘　后　（内唱“导板”，众武士、太监、宫娥引仁宗、刘后上）

惊闻郭槐遭凶诳，

（唱）　顿觉不妙心神慌。

皇儿！

包拯做事太狂妄，

审问郭槐不应当。

将包拯免去绶诰，速来晋见。

宋仁宗　母后！

太　监　万岁有旨，免去包拯绶诰，速速来见。

包　拯　臣领旨！

（唱）　开封府内正审案，

万岁驾临公堂前。

国太果然心慌乱，

搬来圣驾挽狂澜。

任凭君威如山重，

大宋律典重如山。

要为陛下除隐患，

要雪娘娘覆盆冤。

身带着法绳把主见，

臣包拯请罪来叩安。

宋仁宗　爱卿为何自绑法绳？

包　拯　万岁，为臣重审焚宫一案，刑讯后宫重臣多有冒犯，故此自带法绳。

宋仁宗　爱卿啊！

（唱）　孤将爱卿法绳取。

包　拯　谢主隆恩。

宋仁宗　（唱）　龙母请把懿旨传。

刘　后　（唱）　先释放郭槐回宫院，

将陈琳加罪锁牢监。

从此休问焚宫案，

贬包拯帘外去为官。

宋仁宗　（唱）　龙母息怒且从缓，

容皇儿慎重来转圈。

焚宫案不审罢……

开封府少不了包青天。

刘　后　来！带郭槐回宫。

包　拯　且慢！

（唱） 审郭槐非为焚宫案，
另有疑案惊地天。

刘　后（唱） 絮絮叨叨惹人厌，
君王不是审问官。

宋仁宗（唱） 既是疑案理当审，
包爱卿当讲莫讳言。

包　拯 万岁呀！
（唱） 有一村妇瞎双眼，
曾在寒窑呼屈冤。
自称知晓焚宫案，
含冤受屈二十年。
未能及时奏当殿，
今日请罪报君前。

刘　后 嘟！
（唱） 你危言耸听好大胆，
寻来贼妇起事端。
欺蒙新主初登殿，
罪应削首警群奸。

包　拯 哈……

宋仁宗 包爱卿大笑为何？

包　拯 万岁，如此重案不审不问岂能冤明，国太一再庇护郭槐，阻挠问案，莫非这其中……

刘　后 万岁，包拯竟敢诬陷哀家，该当何罪？御林军！将包拯与我……

李　后 慢着，冤枉啊！（陈琳、范中华扶李后上）

刘　后 嘟！大胆贼妇，胆敢私闯公堂。御林军，与我轰了出去。

李　后 慢！你可知我是何人？

刘　后 你是？

李　妃　哈……我就是二十年前未曾被你害死的李辰妃。

宋仁宗　呵！难道你就是当年冷宫中的李娘娘？

李　后　正是！

刘　后　她还活着，呔！李娘娘当年早已烧死，你竟敢冒认宫眷。御林军，与我轰了出去。

宋仁宗　慢！母后，她既喊冤，容她诉说。

包　拯　万岁容你诉说，你就该快快的讲来。

李　后　冤枉啊！（朝外跪下）

（唱）　提起往事心伤感，
历历在目二十年。
恨你做事实罕见，
祸心包藏心底奸。
我与你刘妃皆有孕，
万岁闻言心喜欢。
望春亭题诗作证鉴，
盼咱二人早生男。
先生龙子为皇后，
后生龙子位居偏。
你刘妃照料我临产，
将宫女全部赶外边。
说我把那怪胎产，
昏迷之下难分辨。
亲耳聆听婴儿喊，
诬为狸猫生疑团。
原是你把我儿换，
心比蛇蝎毒万千。
万岁一见龙颜怒，

打入冷宫十二年。

寻吃讨饭八年整，

范中华供我吃和穿。

肝肠痛断哭瞎眼，

含辛茹苦整八年。

日日想来夜夜盼，

才盼来为国除奸、刚正不阿、

忠心耿耿的包青天。

机关算尽罪恶满，

笑见你死到临头求生难。

宋仁宗 难道她讲得全是实情？

陈　琳 万岁呀！奴才愿以性命担保，娘娘讲得句句属实，你就是李娘娘的亲生子呀。那刘妃命郭槐火焚冷宫，若无秦凤舍身救主，奴婢救出娘娘，万岁！你还能见上你这受苦二十年的亲娘吗？

刘　后 满口胡道。你说她是李辰妃有何为证？

李　后 现有先帝所赠素帕为证。

宋仁宗 果然是先皇的墨迹，母后！这？

刘　后 即便她是李辰妃，有何证物，万岁是她亲生之子？分明是无稽之谈，混淆圣听。

陈　琳 万岁！当年太子是我抱到莲花庵去的，为了来日相见，在左膊之上刺有朱砂红痣，倘若不信可当堂辨认。

宋仁宗 陈琳所言极是，孤王左膊确有朱砂红痣。母后，这？

刘　后 万岁左膊有朱砂痣为证，李妃有先皇所赠素帕为凭，诬陷哀家狸猫换太子，这可是陈琳单口之证，了结此案哀家不服。还有何人？你还有何证？

包　拯 有！现有郭槐供词为凭，万岁请看，慢！万岁请听，用狸猫换替李妃之子是真，苦迫陈琳打死寇珠是实，是我放火焚烧冷宫谋害李娘娘不假，奴婢所犯之罪俱是国太主使，奴婢供词句句是实。

刘　后　严刑迫供，岂有实情可招。

包　拯　铁证如山你还能狡辩。来！带尤氏，你来看！

宋仁宗　（唱）　恶梦方醒明冤案，

错认奸妃二十年。

忙将御林军一声唤，

将奸妃打冷宫与娘报冤。

御林军！将郭槐这个为虎作伥的奴才，立即处死。

刘　后　（刘妃瘫坐在地）皇儿……（仁宗有所不忍，欲扶起）

陈　琳　万岁……（仁宗回过神来，拂袖而下）

内　声　奸妃，我乃秦凤，还我命来。奸妃，你用狸猫换太子害死我寇珠，还我命来。

幕后唱

恶贯满盈终须报，

任你诡计千万条，

开封府衙存公道，

洗雪沉冤日昭昭。

［剧终。

广东戏剧文库

优秀剧作选

1949-2019

稀有剧种卷

GUANGDONG XIJU WENKU
YOUXIU JUZUO XUAN
XIYOUJUZHONGJUAN

（第3册）

广东省艺术研究所
主编

中国戏剧出版社
CHINA THEATRE PRESS

目录

西秦戏

花朝戏

西秦戏剧本全部由海丰县西秦戏艺术传承中心提供

花朝戏剧本全部由紫金县花朝戏传承发展中心提供

稀有剧种卷·西秦戏

留取丹心照汗青

编剧：陈中秋

人　物　表

文天祥	宋末丞相，43 岁	张弘范	元军元帅，40 岁
魏国夫人	文天祥之母，65 岁	李　恒	元将，40 多岁
赵时赏	宋将，40 多岁	唆　都	元将，30 多岁
杜　浒	宋将，30 多岁	陈　懿	潮阳都统，30 多岁
邹　凤	宋将，30 多岁	元将甲、元将乙	
刘子俊	宋将，40 多岁	元兵若干、旗牌校尉、报子、中军	
陈龙复	宋将，70 多岁		
肖　资	宋将，30 多岁		
郑复翁	疍民首领，50 多岁		
李　嫂	疍民女，30 多岁		
黎贵达	宋将，40 多岁		
文监娘	文天祥之女，12 岁		
文奉娘	文天祥之女，13 岁		
宋兵校尉若干、中军报子、乡民若干			

《正气歌》

文天祥作：

天地有正气，杂然赋流形。

下则为河岳，上则为日星。

于人曰“浩然”，沛乎塞苍冥。
皇路当清夷，含和吐明庭。
时穷节乃见，一一垂丹青。

第一场　元军南侵

[南宋景炎三年（公元 1277 年）。

[五岭南麓，张弘范大营。

[众校尉，元兵引张弘范、李恒、唆都上。

张弘范（念）　奉旨南征灭宋帝，
横扫岭南谁敢敌。
前方抓了文天祥，
旗开得胜逞军威。

张弘范　众位将军请了。

众　将　元帅请了。

张弘范　众位将军，想俺张弘范自归顺大元以来，深受恩宠。这次奉了元帝旨意，率水陆大军南下，往广东沿海追杀宋帝，征讨文天祥。空坑一战，宋军大败，活抓了文天祥。

（唱）　文天祥一书生力不自量，
君已降臣不降另立二王。
战江西下闽广烽烟四起，
岂容他挽危局阻挡宋亡。

唆都将军。

唆　都　在。

张弘范　那文天祥是否带到？

唆　都　末将已命人将文天祥带来。

张弘范　那文天祥虽是一介书生，却敢只身闯入元营谈判，被扣后，又在镇江逃脱，南下起兵勤王，八方响应，出生入死，毫不畏惧。这样的人才，若能归顺大元，大有用处，你我还要以礼相待。

唆　都　遵命。

张弘范　有请文丞相——

唆　都　是。带——

张弘范　用请。

唆　都　（忙改口）有请文丞相——

［元兵押赵时赏上。

赵时赏　（唱）　舍生忘死保宋廷，

八方军民齐响应。

克梅州收江西捷报频传，

那元兵心发慌上下震惊。

派大军下岭南四处追杀，

只担心众义士下落不明。

唆　都　还不赶快跪下，拜见元帅。

［赵时赏不跪不语。

唆　都　手下败将，还不赶快跪下！

众　将　跪下！

［众元兵架起刀枪，大声呐喊，杀气腾腾。

［赵时赏依然不跪不语，从容面对。

张弘范　（离座，转变态度）哎，统统退下。还不赶快与丞相松绑！

［唆都为赵时赏松绑。

张弘范　啊，文丞相受惊了，请坐下。

赵时赏　要杀便杀，不必多言。

张弘范　文丞相，我们好久没见面了。（打量赵时赏，有点怀疑）你……你真是文丞相——文天祥吗？

［赵时赏不语。

张弘范　李将军。

李　恒　在。

张弘范　你来认认，他们抓来的真是文天祥吗？

李　恒　是。（打量赵时赏）不对，你……你不是文天祥。启禀元帅，每次我们追杀文天祥时，都有人为他冒名替死，看样子，我们这一次又受骗了。

张弘范　（大怒）你好大的狗胆！竟敢冒充文天祥，赶快从实招来，你是何人？

赵时赏　哼哼！张弘范呀，你这叛逆、贼子！

（唱）　我本是丞相部下赵时赏，
抗元敌保国家血洒疆场。
乱军中遭围困丞相遇险，
愿冒名顶替他救下忠良。

张弘范　真的文天祥现在何处？

赵时赏　（唱）　要问丞相在何方？
抗敌救国百世流芳。

张弘范　（大怒）赶快推出去，斩了。

[元兵押赵时赏下。

[报子内喊：报——上。

报　子　启禀元帅，探得文天祥正联络旧部，往广东南岭一带集结。

张弘范　再探。众将官听令！

众　将　在。

张弘范　唆都将军听令！

唆　都　在。

张弘范　文天祥不灭，大元永无宁日，命你率领大军，火速往南岭一带追剿文天祥。

唆　都　遵命！

张弘范　李将军听令！

李　恒　在。

张弘范　命你率领舟师，火速往海丰沿海一带搜寻南宋行朝下落，防止文天祥残部南下会合。

李　恒　遵命！

张弘范 众将官听令！

众　将 在。

张弘范 此次元帝命我等率水陆两路大军合击宋庭，大家务必齐心协力，奋勇杀敌。我这里有元帝亲授的尚方宝剑，若有违令者，当场问斩。

众　将 不获全胜，决不收兵！

张弘范 发兵南岭！

众　将 啊！（呐喊）

[众圆场下。

第二场　再举义旗

[南宋景炎三年（公元 1277 年）冬。

[南岭山区。山高林密，地势险峻。

文天祥 （内唱）　九死一生脱虎口，

孤军突围走粤东。

[两宋兵引文天祥、杜浒上。

爱国乡民把路引，

高山险川护我行。

最可敬——

壮士忠烈抗顽敌，

浴血奋战不惜身。

最可恨——

朝中又出奸佞臣，

为保自身不增兵。

抗元大计受重挫，

江南百姓遭蹂躏。

山河破碎家国恨，

老母家人受艰辛。
海上行朝行踪杳，
宋帝安危无音讯。
联络旧部报国仇，
重整河山再聚兵。

文天祥 杜将军，来此已是什么地方？

杜　浒 启禀丞相，我们已经来到粤东南岭山脚。

文天祥 肖将军和老夫人为何还未到来呢？（远望）

杜　浒 启禀丞相，后面有人来了。

［肖资护送文母、女儿监娘、奉娘上。

肖　资 丞相！

文天祥 母亲啊！

文　母 儿啊！

文监娘
文奉娘 爹爹！

文天祥 母亲患病在身，伴随孩儿颠沛流离，恕儿不孝。

文　母 （唱） 多谢将军情义重，
舍生忘死护老身。

文监娘
文奉娘 （跪谢）多谢肖将军。

文天祥 （唱） 都怪天祥不孝人，
连累全家与娘亲。
毁家勤王三年整，
梅州相聚祸又临。

文　母 （唱） 国难当头当报国，
岂能安心享天伦。
抛家弃舍娘情愿，
做个尽忠报国人。

文天祥 （唱） 尚有夫人与爱子，

为何未见一同行？

肖 资 （痛苦地）夫人她……她……

文天祥 （焦急地）她……她怎么样啦？

肖 资 （唱） 为救高堂先脱险，

夫人拒敌身被擒。

杜 浒 （大惊）啊！夫人和公子都被敌军带走啦！

肖 资 元兵发现是夫人和公子，团团围住，难以脱身呀。

文天祥 （唱） 一听亲人遭厄运，

热泪双流心如焚。

患难夫妻骨肉情，

生死不明两离分……

文 母 儿啊，不要悲伤，只要我们不投降，他们就不会善罢甘休呀！

（唱） 事到如今——

大军压境，后有追兵，

只有另寻良策，

才能免更多亲人遭不幸。

[邹凤、刘子俊从另一方向上。

邹 凤
刘子俊 拜见丞相和老夫人，一路受惊了。

文天祥 二位将军出生入死，今日还能重逢，真是天佑大宋呀。

邹 凤 先请老夫人和小姐安顿歇息吧，我们已安排妥当。

文 母 多谢二位将军。

[宋兵送文母、监娘、奉娘下。

邹 凤 启禀丞相，兵败之后，我们一面联络义军旧部，一面寻找重新集结扎营之所。

杜 浒 启禀丞相，这南岭一带，山高林密，地势险要，易守难攻。依末将之见，我们不如先在此据险扎营，再作打算。

文天祥 （察看地势）果然是天然屏障，易守难攻呀。

宋　兵　报！启禀丞相，陈龙复将军来了。

文天祥　（一惊）老将军来了？

［陈龙复与疍民打扮的郑复翁、李嫂上。

陈龙复　陈龙复叩见丞相！

文天祥　老将军也赶到这里来啦！

陈龙复　末将奉命去东南沿海招募义军，却在途中得知空坑兵败，丞相遇险南下，我连夜赶来会合。

文天祥　老将军忠心报国，文某钦佩之至，但不知招募义军之事，进展如何？

陈龙复　岭南沿海百姓听说丞相高举义旗抗敌，无不景仰，纷纷响应。你来看——

郑复翁
李　嫂　拜见丞相！

陈龙复　这是疍民首领郑复翁和李嫂，是海丰的渔民，听说丞相要找熟悉海上行船之人，就跟我一路跑到这里来了。

文天祥　二位舍身报国，其志可嘉。

郑复翁　丞相呀——

（唱）　我虽是海上打渔疍家人，
也应为天下兴亡担责任。
众乡亲都盼义军打胜仗，
随丞相报国杀敌不惜身。

李　嫂　丞相呀——

（唱）　自古家贫盼孝子，
国家有难靠忠臣。
愿投义军上战场，
保家卫国一片心。

文天祥　好，欢迎你们投军保家卫国。

报　子　报！启禀丞相，黎贵达将军来了。

［黎贵达上。

黎贵达　启禀丞相，赵时赏赵将军他……他……

文天祥 （预感不妙）赵将军他，他怎么样啦？

黎贵达 他假扮丞相把敌人引开后，被抓到敌营识破身份，拒不投降，还破口大骂张弘范，结果惨遭杀害了。

文天祥 （痛哭）好个忠义的赵将军，他，他是替我而死的呀。

［众人闻讯，皆悲痛不已。

黎贵达 丞相呀——

（念） 这一仗伤亡重令人心寒！
文丞相遇强敌势孤力单。
众守臣顺大势纷纷降元，
这义军向何方前路茫然。

文天祥 那，依你之见呢？

黎贵达 （见众人悲伤无语）依我之见嘛……唉，这空坑一战，我们也败得太惨了。死的死，伤的伤，散的散，看来这宋王朝气数已尽，无力回天啦。

［众人听到这里，警觉地瞪大了眼睛。

陈龙复 你、你是来劝我们投降的吗？

黎贵达 张弘范已经放出话来，只要归顺大元一律官复原职。

刘子俊 你想学张弘范？

黎贵达 哎呀，我算什么呀。要是文丞相领着我们归顺大元，还可照样当丞相。

文天祥 （怒斥）你住口！

（唱） 说什么学张贼归顺大元，
说什么气数尽无力回天。
分明是遇强敌贪生怕死，
灭志气劝投降一派胡言。

众　将 （齐声）丞相，我们决不投降。

黎贵达 （畏怯地）启禀丞相，既然你们不听我劝，我黎贵达上有老，下有小，只好先告辞啦。

刘子俊 你，你要去哪里？

黎贵达 我回老家。

刘子俊 慢，那你要卖身求荣喽？

黎贵达 你走你的路，我过我的桥，你们的事我管不了。

［黎贵达趁机溜走，下。

刘子俊 （见状，拔飞镖欲射杀）不能留下他害人！

文天祥 （拦住子俊）子俊，让他走吧！各位将军，既然大家愿意随文某再举义旗，趁今日各路人马重聚，就此安营扎寨设坛点兵，且待来年开春，南下海丰，屯兵勤王。

文天祥 （唱） 征途岂能无艰险，
兵家胜败本常见。
愈挫愈勇显忠烈，
再举义旗擎南天。

众　将 愿随丞相，誓死保国！

［众祭旗，兴师祭纛。

文天祥 祭纛兴师！
（念） 誓死保国斩凶顽，
正气在胸鬼亦雄。

文天祥 杜将军。

杜　浒 末将在。

文天祥 命你火速下山，沿海岸寻找行朝下落。我要修书一封，禀报二王。说空坑虽败，但我们志气未没，正在招募人马，随时准备前往行朝勤王护驾。

杜　浒 遵命。

文天祥 邹将军——

邹　凤 末将在。

文天祥 你也火速下山，联络失散的将士前来，我与子俊在这里迎候大家。

邹　凤 遵命。

文天祥 陈老将军——

陈龙复 末将在。

文天祥 既然岭南百姓如此忠勇，我们更要不负众望。派你继续下山，招募义军，就说大宋没亡，文某还在坚守。

陈龙复 遵命。

郑复翁
李　嫂 丞相，我们愿随同前往海丰，发动更多乡亲投奔义军，准备迎接丞相下山。

文天祥 好。众将官，兵收大营。

[造型。

第三场　屯兵丽江

[南宋祥兴元年（公元 1278 年）夏秋。

[海丰丽江浦。依山临海，水陆通达，风景秀丽。

[李嫂与众青年女子上。

李　嫂 （唱）　抗元义军传捷报，
海丰儿女喜洋洋。
女子耕耘织渔网，
男子投军练兵忙。
丞相爱民如父母，
开渠打井情意长。
姐妹劳军笑吟吟，
保国就是保家乡。

[众下。

[郑复翁率众青年男子上。

郑复翁 （唱）　海边坪平好练枪，
练硬本领保海疆。
丞相命我当都统，
一心报国斗志昂。

众青年 （唱）　渔村青年水性好，

定教元军海底亡。
来日扬帆战南海，
旗开得胜威名扬。

[众练武。

[陈龙复指挥伐木造船的队伍上。

陈龙复 郑都统，你的水军操练得怎么样啦？

郑复翁 老将军放心。只等你们把大船造好，我们个个都可跨海出征。

陈龙复 （欣喜地）这么快就能出海打仗啦？

一青年 老将军，你看看我们的武艺吧。

[众练武。

陈龙复 （观看）好！一个个身手不凡！

众青年 请老将军多多指教。

陈龙复 好！

众青年 好！（鼓掌）老将军这把年纪了，还在为国操劳，我们年青人岂能落后？

[李嫂与众村民上。

李　嫂 老将军，郑都统，大家辛苦啦。你们看，乡亲们带了这么多食品水果来慰劳大家。

众青年 （兴奋地）好啊！多谢李嫂，多谢众位乡亲。

一青年 （拎起一块"咕噜肉"）哎，李嫂，这是什么肉呀？

李　嫂 这呀，是我们海丰有名的"咕噜肉"，我也叫它"胡虏肉"。大家不是都在背颂岳武穆的诗句吗？"壮志饥餐胡虏肉——"

众　人 （齐颂）"笑谈渴饮匈奴血"。

陈龙复 对，我们都学岳飞做抗敌保国的铮铮铁汉。继续操练吧。

[众下。

[陈懿垂头丧气上。

陈　懿 （唱）　南宋行朝正逃亡，
不料丞相到丽江。
屯兵筹粮图再起，

收复失地杀叛将。
我刚归宋享太平，
遇到元军又遭殃。
翻云复雨细思量，
再投元军保安康。

唉，想我陈懿，本靠海上打劫为生，受宋朝招安，当上了都统，元军杀来，我投靠了元军，不料元军走啦，宋军又回来了，我只好再投宋军，没想到张弘范又率元军南下杀来啦，我只好再投元军保命啰。唉，这世界变来变去的，要做人哪，也太难了。

[陈懿下。

[天色转暗，夜幕降临，月色溶溶……

[二校尉持桨摇橹，引文天祥巡营上。

文天祥 （唱） 趁月色驾轻舟夜巡丽江，
极目望江海连天渔火点点万顷波光。
长沙湾归帆涌动秋汛旺，
丽江浦树影婆娑稻花香。（弃舟登岸）
岭海山川锦绣一样，
岂容那敌军铁骑逞凶狂。
数月来屯兵积粮枕戈待旦，
都只为勤王护驾保江山。
我也曾派员将行朝寻访，
音讯杳然我寝食难安。
壮士们练兵习武士气旺，
众百姓造船筹物齐支援。
众志成城同征战，
力砥中流志益坚。
文天祥正气在胸丹心一片，
驱顽敌匡扶社稷国泰民安。

宋　兵　（上）启禀丞相，杜将军回来了！

文天祥　（惊喜）啊，快快有请！

宋　兵　是。有请。

[宋兵引杜浒上。

杜　浒　杜浒拜见丞相。

文天祥　将军一路辛苦了。可曾寻找到行朝的下落？

杜　浒　找到了。

文天祥　我的奏折呈上去了吗？

杜　浒　呈上去了。

文天祥　皇上有何旨意？

杜　浒　丞相啊——

（唱）　宋行朝沿海漂泊到硇州，
　　　　却不料景炎帝一病驾崩。
　　　　杨太后与群臣心慌意乱，
　　　　危急中立卫王庙号端宗。
　　　　见奏章为嘉奖丞相忠义，
　　　　加封你少保衔授信国公。
　　　　太夫人也加封魏国夫人，
　　　　赏黄金三百两犒劳义军。

文天祥　那海上行朝现在何处？

杜　浒　因硇州粮草无法保障，行朝已往新会厓山一带转移。

文天祥　你有无禀报，我文天祥已在海丰筹粮屯兵，请求尽快移师入朝，勤王护驾。共商抗元复国大计。

杜　浒　禀报了，左丞相陆秀夫深表赞同。只是太傅张世杰执意阻挠，要丞相留在海丰。继续筹粮屯兵，等候行朝旨令。

文天祥　（沉思良久，仰天长叹）啊，我明白了！

（唱）　我本是忠心耿耿为大宋，
　　　　竟有人疑虑重重不放心。

说什么原地待命待来日，

分明是阻止义军向前行。

文天祥毁家勤王舍生死，

岂是为加官进爵图功名。

为大局稳住军心最要紧，

强忍住满腹委屈自担承。

杜将军，你辛苦了，先回营歇息，待明早行府开营，接旨谢恩。

杜　浒　是，夜深了，丞相也很辛苦，早点歇息。（下）

[肖资上。

肖　资　丞相！启禀丞相，太夫人病危！

文天祥　（一惊）太夫人病危？怎么没有及时禀报？

肖　资　太夫人吩咐，丞相为国事操劳，不到万不得已，不可惊动丞相。

文天祥　赶快带我前去。（下）

[文母病榻。奉娘、监娘侍立两旁。

[文母奋力挣扎，欲倒。

文奉娘
文监娘　（急扶）奶奶！奶奶！你醒醒！你醒醒啊！（哭）

[肖资引文天祥匆匆上。

文天祥　（拜见母亲）母亲，孩儿夜巡军营，刚得知母亲病重，侍奉来迟，望恕儿不孝。

文奉娘
文监娘　（急扶）奶奶！奶奶！你醒醒！你醒醒啊！（哭）

文　母　忠在前，孝在后。国难当头，不要管我。哎，杜将军已经走了好几个月了，他打听到行朝的下落了吗？

文天祥　找到了，皇上还表彰了您，封您为魏国夫人。

文　母　封我为魏国夫人？（欲起身）谢皇恩。

文天祥　母亲。孩儿也有封赏，授少保衔，信国公。

文　母　信国公？哈哈！多谢皇恩，更要精忠报国啊。

文天祥　孩儿谨遵母训。

文　母　（唱）　随军征战三年整，
历尽艰辛为宋廷
家毁人亡终不悔，
只恨病魔不留情。
身死魂飞朝天阙，
血荐轩辕报君恩。

文　母　儿呀，你还记得当年你外公去世时说的话吗？

文天祥　记得。外公弥留之际，语重心长。让孩儿记下了他的遗嘱："形神合则为人，吾形惫久矣。今腰足如断，心火益燥，神且游散。居常谓不识死，死则如是。"

文　母　还说了什么？

文天祥　"生死如昼夜，不足多憾。"

文　母　儿呀，为娘就要去见你外公了，不要悲伤，抗元事大。

文天祥　（痛苦地）母亲……

文奉娘
文监娘　奶奶！奶奶！（哭）

文　母　奉娘，你拿酒来！

奉　娘　遵命。（递酒）

文　母　（一饮而尽）
（唱）　常言道形神相合生命在，
形损神游赴蓬莱。
生死存殁寻常事，
浩气长存莫悲哀。
为娘此去无遗憾，
文家世代忠良才。
愿我儿学武穆精忠报国，
重整河山再祭泉台。（闭目而逝）

文奉娘
文监娘　奶奶！奶奶！（哭）

文天祥 母亲——（双膝跪下）

（唱） 霎时间天旋地又转，

想不到母子分隔竟在眼前。

孝养未尽逢大故，

百死难赎儿罪愆。

亲曾抚我夜枕戈，

自古忠孝难两全。

精忠报国承母训，

生荣死哀遗爱长留满人间。

报　子 报——启禀丞相，潮阳都统陈懿已叛宋降元。

文天祥 再探！

[报子下。

肖　资 报——启禀丞相，张弘范乘我朝景炎帝驾崩国丧之际，增派兵马，命陈懿为先锋，追杀行朝，围堵丞相。

刘子俊 丞相，元军分水陆两路，直奔潮阳而来。

文天祥 （对校尉）尔等尽速召集各位将军，前往帐中议事，兵发潮阳，征讨叛贼。

刘子俊
肖　资 遵命！

文天祥 肖将军，军情紧急，你与奉娘、监娘将太夫人灵柩送到惠州我弟弟那里。

肖　资 太夫人！

文天祥 母亲啊！

[文天祥率众人跪别文母。

第四场　血战五坡

[数月后，南宋祥兴元年（公元 1278 年）12 月 6 日。

[海丰五坡岭。

[张弘范、李恒、唆都、陈懿率元兵上。

张弘范 （念） 重兵征讨到潮阳，
宋军转移无去向。
先锋陈懿把路引，
定要活捉文天祥。

哎，我军正在追杀行朝之时，文天祥的人马从天而降，杀的我军慌忙逃窜，正在紧急关头，我军大部赶到，此时宋军突然下落不明。幸喜陈懿探得文天祥正往海丰城外五坡岭方向移动，真乃天助我也。众将官！兵发五坡岭。

陈　懿 元帅，擒贼先擒王，只要把文天祥抓了，这抗元的宋军也就散啦。

李　恒 依我之见，我们人马太多，容易被他发现逃脱。倒不如派轻骑偷袭，打他个措手不及。

张弘范 好！就依先锋之计。命你率五百轻骑先行，搜寻宋军。

陈　懿 遵命。

张弘范 慢。发现文天祥先不要惊动他，待大军到后再动手。

陈　懿 遵命。（下）

[众随下。

[海丰城外五坡岭。

[众将士引文天祥上。

文天祥 （唱） 领义军脱险境昼夜兼程，
众将士舍生死奋勇争先。
张弘范倚仗着兵强马壮，
用逆贼作先锋诡计多端。
连日来与顽敌转战周旋，
兵行至海丰城外五坡岭前。

邹　凤 丞相，我看这里地势偏远，敌军一时赶不过来，让大家先在这里停下来歇息吧。

刘子俊 是呀，将士们已经十分疲惫，再不歇息，就无力再战了。

陈龙复 丞相，大家好多天没有好好吃饭了，肚子也快顶不住了。

文天祥 好，就此造饭。

[李嫂上。

陈龙复 李嫂，丞相决定在这里停留歇息，也好好吃餐饭。你速去垒锅造饭。

李　嫂 得令。（欲下）

郑复翁 李嫂，别忘了做你的拿手菜“胡虏肉”呀！

李　嫂 现在哪里找“胡虏肉”哇？放心，我给你们做“护国菜”吧。（下）

文天祥 有劳李嫂了。郑都统，这次潮阳之战，你立了大功，海丰有你这样的渔民，真是大宋之幸。

郑复翁 丞相过奖了，国家兴亡，匹夫有责。

陈龙复 好，说得好。

文天祥 陈老将军，偌大年纪，本当在家颐养天年，却跟随文某为国操劳。潮阳一战，你可立了汗马功劳，壮心不老。

陈龙复 丞相说哪里话来，你高举义旗，老朽深感敬佩。丞相你好好休息一下，待我前去瞭望放哨。

文天祥 子俊，你我一起长大，随我从江西转战岭南，舍生忘死，奋勇杀敌。但不知你家中近况如何？

刘子俊 丞相，男儿志在四方，为了保卫国家，就顾不得这些了。丞相，你太累了，抓紧休息一会，这里由我们几位轮流守候就是。

文天祥 多谢子俊关心，尔等也要多加小心啊！

杜　浒 丞相放心歇息吧，我们多加小心就是。

[众疲惫不已，就地休息。

[一元军打扮成宋军模样，上前窥探，见状，急下。

[李嫂与众妇女抬饭菜上。

李　嫂 饭菜来啦——

（唱）　疍家女子手艺强，

备好暖茶饭菜香。

赤米饭，护国菜，

奉送义军表衷肠。

［突然，幕后鼓声、呐喊声大作。

［众人惊起。

陈龙复 报——不好！定是敌人偷袭来了！丞相快走！

［刘子俊保护文天祥下，众应战。

［陈懿率元兵冲上。

陈　懿 （大喊）抓文天祥——

［两军开打，混战。

［郑复翁率宋兵与陈懿混战，相持不下，下。

［邹凤率兵马与唆都混战，唆都败下。

［陈龙复率宋军与李恒混战，陈龙复战死。下。

［郑复翁率宋兵与元将混战，刘子俊赶到，夹攻元军。唆都率元兵赶到，双方激战，伤亡惨重，郑复翁战死，刘子俊逃脱。

［李嫂持炊具迎战元军，被元军射杀。宋军伤亡遍地。

［元将甲率大队人马上。

元将甲 （大喊）活捉文天祥——（追杀宋军。下）

［刘子俊扮成文天祥模样，故意吸引元军过场。

元将乙 文天祥，你跑不了啦！（追下）

元将甲 宋军已灭，活捉文天祥——（追下）

刘子俊 放开他。

元将乙 （押刘子俊上）这回真的抓到文天祥啦，正好邀功领赏。

元将甲 （押文天祥上）总算抓到你啦，文天祥。这回算我立大功了。

元将乙 （指刘子俊）是我抓的文天祥。

元将甲 （指文天祥）我抓的才是文天祥。

［真假文天祥相遇，双方对视，百感交集。

刘子俊 放开他，我才是真的文天祥！

文天祥 放开他，子俊，我就是文天祥啊——

刘子俊 千刀万剐，我也是文天祥。

文天祥 他们要杀要斩的，是我这个文天祥！

刘子俊 我早有准备你不必再争，我是文天祥！

文天祥 子俊，我主意已定，你就不必再争了！

[双方争执不下，两元兵也深受感动。

[李恒、唆都、陈懿上。

元兵甲 启禀李将军，这一回我们抓了两个文天祥。

元兵乙 两人都争说自己是真的文天祥。

陈 懿 （上前，对文天祥）这是真的文天祥。你骗得了别人，骗不了我啦。

刘子俊 放开他，我才是真的文天祥！

陈 懿 （对刘子俊）这个嘛，就肯定是假的啦，是又一个想替文天祥送死的啦！

李 恒 押回大营！

刘子俊 （痛哭）丞相，你，你为何不让我去替你死呀。

（唱） 丞相你热血腔中只有宋，

子俊我甘愿献身护国魂。

今日痛失擎天柱，

孤忠岭外更何人。

文天祥 （痛哭）子俊保重啊！

（唱） 男儿流血莫流泪，

愿求一死报国恩。

身为大臣当尽义，

留得正气人间存。

刘子俊 （痛哭）丞相啊！

李 恒 押下去！

刘子俊 （斥敌）你们这些叛臣逆贼，食君之禄，却不为国效命，无耻之极，都不得好死！

唆 都 （大喝）那就成全他吧。来——丢进油锅，把他烹了。

刘子俊 忠良不怕死，怕死非忠良，我刘子俊视死如归，哈哈哈！

唆 都 押下去，丢进油锅。收兵。

[元将分别押文天祥、刘子俊下。

第五场　元营斥敌

[祥兴元年（公元 1278 年）12 月 17 日。

[元军张弘范大营。到处张灯结彩，一派庆功景象。

[唆都与元军喜气洋洋上。

唆　都（念）　五坡岭上打胜仗，
更喜活捉文天祥。
元帅要摆庆功宴，
全军上下喜洋洋。

军士们，把备好的庆功酒筵抬上来！

[起乐。众士兵抬庆功酒筵过场。

[众校尉，元兵引张弘范、李恒、唆都、陈懿上。

众　将　有请元帅。

张弘范（唱）　水陆两军传捷报，
宋室江山难久长。
大局已定难逆转，
招降再劝文天祥。

众位将军请了。

众　将　元帅请了。

张弘范　这一仗文天祥兵败五坡岭，大元从此得安宁。各位竭尽全力，立了大功，要好好地庆贺一番。

众　将　多亏元帅运筹帷幄，指挥有方。

张弘范　各位，元帝有密旨到来，对文天祥只可劝降，不要杀害，留下来对我朝平定天下，安抚人心，大有用处。

众　将　明白。听候元帅安排。

张弘范　请唆都将军先把文天祥请来。（下）

唆　都　是。带文天祥——

[众将士威风凛凛，站立两旁，气氛突变。

校　尉　（传令）带文天祥——

文天祥　（内唱）身陷囹圄恨满腔——

[元兵押文天祥上。

文天祥　（唱）　叛贼引狼害忠良。

虽败犹荣忠魂在，

顶天立地正气扬。

岭海军民赤子情，

壮士殉国在疆场。

生死存亡何足惧，

慷慨前行对虎狼。

[文天祥昂首走进元营，傲视众元将。

李　恒　还不赶快跪下，拜见唆都将军。

众　将　跪下！

文天祥　我堂堂大宋丞相，怎能跪倒在敌人面前。

唆　都　分明是手下败将，还称什么大宋丞相，赶快跪下。

众　将　跪下！

文天祥　我从来没在敌人面前跪过。

众　将　杀了他！

[两旁元兵架起刀枪，大声呐喊。

文天祥　哈哈哈！死有什么可怕？我都死了好多回了。

[两旁元兵施刑。

唆　都　只要你跪下，就可以不杀你。

文天祥　我可以死，但不能跪。

张弘范　（上，见状沉思）哎，他不肯跪，也就算了。刀枪放下，先给文丞相松绑。

[元军给文天祥松绑。

张弘范　文丞相，两军交战，各为其主，过去的事情我也不怪你。不过事到如今，我们还是坐下来好好谈谈吧。

文天祥 要杀便杀，没什么可谈的了。

张弘范 哎，当年在临安城外皋亭山上，我们毕竟有过一面之缘，所以也不忍心杀你。只是后来你在镇江逃跑后，我们就四年没见过面了。

文天祥 是呀。当年我们见面时，你还是我朝一个小小千户，没想到四年不见，就成了元军大元帅了。你，你投敌叛国，灭宋有功呀。

张弘范 不说这些啦！大势所趋，识时务者为俊杰嘛。

文天祥 可惜呀，我文天祥永远也成不了这样的俊杰。

张弘范 也不说这些啦。尽忠报国，也是一种美德。只是如今，大势已去，你再坚持下去，就救得了大宋吗？

文天祥 我知道很难了。

张弘范 为什么？

文天祥 因为你们这种人太多了。

张弘范 （尴尬地）唉，明知道不可为而为之。那又何必呢？

文天祥 我还能救自己呀。

张弘范 （欣喜）对啦！救不了大宋就救自己。只要你归顺大元，元帝说了，让你照样当丞相。

文天祥 （仰天大笑）哈哈哈！

张弘范 （满意地）哈哈哈！我就知道你是个明白人嘛。

文天祥 可惜呀，可惜！你不明白。

张弘范 （不解地）我不明白？

文天祥 是呀。“孔曰成仁，孟曰取义。唯其义尽，所以仁至。读圣贤书所学何事？而今而后，庶几无愧。”这才叫作救自己。

张弘范 噢，我明白了。文丞相是要杀身成仁，舍身取义，想百世流芳？

文天祥 要杀便杀，不必多言。

张弘范 宋朝灭亡，忠孝之事已尽，你即使杀身成仁，又有谁把这事写在国史上。文丞相，若愿转而效力大元，一定会受到重用的。

文天祥 国亡不能救，作为臣子死有余罪，怎能再怀二心。

张弘范 呀你、你、你……

（唱） 宋人灭宋不知耻，
祸国殃民一豺狼。
留下骂名千年臭，
天地不容罪难偿。

张弘范 （唱） 好言相劝你不领情，
明日让你目睹宋亡！

事到如今，由不得你了。来人——

[校尉上。

张弘范 把文丞相带到船上，让他明天和我们一起去海上见宋帝。

校　尉 遵命。

文天祥 慢。既然要见宋帝，我必须穿上大宋丞相衣冠，才能前往。

张弘范 好！那就依了你。真是不到黄河心不死呀，就让你目睹宋亡再回心转意吧。来人——押下去。（校尉带文天祥下）

众将官——

众将官 在。

张弘范 备好船只火炮，明日兵发厓山。

众　将 遵令！

第六场　过零丁洋

[祥兴二年（1279年）正月。

[滔滔南海，波涛汹涌。

[幕后合唱 滔滔南海波浪翻，
天下兴亡空嗟叹。
莫道成败不由人，
苍天有眼辨忠奸。

[张弘范乘帅船，率元军水师浩浩荡荡而来。

［文天祥乘囚船随行。

张弘范 （唱） 旌旗猎猎气昂昂，
亲率舟师战海疆。
宋室江山要易主，
乘风破浪谁敢挡。

文天祥 （唱） 心随潮涌故国望，
沧海横流水茫茫。
昔年单舸走维扬，
万死逃生辅宋皇。
竭心尽力思匡扶，
驱驰岭海为勤王。
二帝从海求苟安，
邦家无主失忠良。
天地不容兴社稷，
孤臣血泪空流淌。
地老天荒英雄散，
国破家亡恨满腔。
唯有一身忠烈气，
寄予山河万年长。

［张弘范在帅船瞭望前方。

元　兵 启禀元帅，前面已是零丁洋了，离厓山不远啦！

张弘范 零丁洋？不要让他跳海哟！赶快过吧。

［文天祥在囚船上。

文天祥 （思绪万千）要过零丁洋了……

［船队前行过场。

［波涛汹涌，天色转暗。

张弘范（改变主意）哎，你们还是把文大人请到我的船上来吧。

元军甲 是。请文大人到帅船上来——

元军乙 遵命。

[元军乙押文天祥到帅船。

张弘范 丞相，快到厓山了，你也很快能见到你的宋帝了。

文天祥 （沉思）噢。

张弘范 其实，小朝廷孤儿寡母的，也怪可怜的，我也不忍心要杀他们。只要丞相愿意，你还可以救下他们。

文天祥 （不解）怎么救啊？

张弘范 你写一封劝降信，我派人马上送给他们，不就双方都不用打啦。

文天祥 要我写封劝降信送给他们？

张弘范 是呀，你是丞相，他们会听你的。

文天祥 哈哈。刚才我过零丁洋，吟得一首诗，元帅如果乐意，倒可送给他们。

张弘范 （意外地）噢？就请丞相写来。笔墨伺候——

[元军递过笔墨，文天祥写诗。

文天祥 元帅愿意听吗？

张弘范 文丞相乃宋朝大文人，状元公，既有佳作，当然恭听。

文天祥 作（吟诗）《过零丁洋》

辛苦遭逢起一经，
干戈落落四周星。
山河破碎风抛絮，
身世飘摇雨打萍。
惶恐滩头说惶恐，
零丁洋里叹零丁。
人生自古谁无死，
留取丹心照汗青。

张弘范 （惊叹）好！好诗，好诗！（对文天祥鞠躬）好人！好人！

文天祥 你愿派人送去吗？

张弘范 您还是自己留着吧。众将官——

众　将 在。

张弘范 直奔厓山。

众　将 遵命！

幕后伴唱 （唱） 人生自古谁无死，

留取丹心照汗青。

[船队加快速度，向厓山进发。

[《过零丁洋》不断在空中回响，吟唱……

[海面上出现新会厓门景致：海天之间，矗立着两座对立的高山，就像打开的两扇门板。一座山上高挂着“宋”字大旗。山下四周，隐约可见宋军无数战船连接成排，横在厓门海面上。

[李恒率水兵上。抓宋帝——

[宋军应战，双方水斗。箭如飞雨，火炮齐发。

[宋军大败。舞台上满是尸体。寂静无声。

[时近黄昏。

[突然，海面上乌云翻滚，天色昏暗，阴风怒号，风雨交加。

[张弘范带文天祥乘帅船上。

张弘范 文大人，看到了吧，两军交战，各为其主啊！

张弘范 （指着远处）你再往前看。

[远处，陆秀夫抱宋帝赵昺跳入大海。厓山上的“宋”字旗缓缓落入海中。

文天祥 宋帝啊！

《哭厓山》文天祥作：

（唱） 宝藏如山席六宗，楼船千垒水晶宫。

吴儿进退寻常事，汉室存亡顷刻中。

诸老丹心付流水，孤臣血泪洒南风。

早来朝市今何处，始悟人间万法空。

[文天祥心情沉痛地朝厓山方向三跪九叩，拜别宋朝。

遗韵

[朗诵：

公元 1279 年农历二月初六，宋元两军大战于厓山海上。陆秀夫抱祥兴帝赵昺投海殉国，南宋败亡。

四月二十二日，张弘范奉旨派人押送文天祥去元大都燕京。

文天祥在狱中度过了三年，坚贞不屈，始终不降，写下千古传颂的《正气歌》。

公元 1282 年农历十二月初九，文天祥在大都柴市刑场从容就义。

文天祥 我宋列圣在天之灵，愿使天祥早生中原，遇圣明主，以伸今日之恨。

[文天祥从容就义场景。大雪纷飞。

《正气歌》文天祥作：

天地有正气，杂然赋流形。
下则为河岳，上则为日星。
于人曰浩然，沛乎塞苍冥。
皇路当清夷，含和吐明庭。
时穷节乃见，一一垂丹青。

[碧波万顷，滚滚向前。一轮红日冉冉升起，山河壮丽……

[剧终。

稀有剧种卷·花朝戏

卖杂货

编剧：苛 非

人　物　表

董阿兴　　男，卖货郎

贤　姑　　女，董阿兴妻子

珠　妹　　女，贤姑结识的妹妹

[幕启。董阿兴挑一担杂货上。

董阿兴　卖杂货呵！

（唱）　离别家乡十多春，

一担杂货随身行，

穿州过府卖杂货，

笑买笑卖度光阴。

在下董亚兴，永安人氏。想当年，跟随父亲在南门街，开设丝绸店铺。谁料想，好景不长、父母病死，又失火烧了店铺，无奈只好离家别妻，出门去学点手艺。

（板）　讲起学，

学过补碗补木杓，

修补功夫艰难多，

不如破篾学织箩。

织箩难起笃，

不如学做屋，

做屋上墙又怕跌，

不如学打铁，
打铁无力气，
不如唧格唧格弹棉被，
弹棉难脱弓，
不如学裁缝，
裁缝锤桌角，
不如牵猪公，
牵着猪公人见贱，
还是阉鸡过赚钱，
阉鸡阉出肠，
不如舞蛇卖药方，
卖药又怕医烂脚，
算来算去无件好来学。

唉！百般业艺百般难。挑来拣去，最后就挑起了这副货郎担。此处无生意，还是到别处去。一来赶早，二来赶天气好，走啊！（圆场）

（唱）　日用杂货挑一担，
千村万户笑相迎，
一针一线莫看小，
也能让人解烦难。

[贤姑挽篮子上。

贤　姑　珠妹，姐到河边洗蕨去，你要看好家门呀！

珠　妹　好哩！

贤　姑　生杂客人，不要随便让他走进家门，记住了吗？

珠　妹　记住了！

董阿兴　（唱）　姑娘好似一枝春，
可惜面容未看清。
似曾相识旧身影，
一时又难辨分明。

这个女人到底是谁？我不妨打探打探再说，有了，待我把货郎鼓摇起来，卖杂货啊！

[珠妹闻声上。

珠　妹　财主，你是卖杂货的？

董阿兴　是呀！

珠　妹　财主你是哪里人呀？

董阿兴　我是永安人。

珠　妹　你也是永安人？

董阿兴　怎么，你也是永安人？

珠　妹　不是我，我说的是我姐。

董阿兴　哦，小妹子，你姐是从永安嫁到这里是不是？

珠　妹　才不是呢，是我娘半路上捡来的。

董阿兴　小姑娘真会开玩笑，一个大姑娘怎么会从半路上捡来的呢？我不信！

珠　妹　你不信？我告诉你吧，去年我姐流落到此大病一场，我娘看她可怜便收留在家为她治好病认为养女，改名贤姑。

董阿兴　贤姑，小妹子你叫贤姑回来好吗？

珠　妹　叫她回来做什么呀？

董阿兴　买东西。

珠　妹　她不买你的东西。

董阿兴　买的，她说过要跟我买线。

珠　妹　你骗人，线她自己会纺。

董阿兴　对，她还说过跟我买针。

珠　妹　我给她买。

董阿兴　她自己的才中意。

珠　妹　那你改天再来。

董阿兴　小姑娘，上是石壁下是潭，道路十分不好行，来了一次才一次，烦你前往喊一声。

珠　妹　我不去。

董阿兴 你真的不去?

珠 妹 当真不去。

董阿兴 你不去，我就坐在你家里等。

珠 妹 不行！我姐说了，生杂客人不能留在屋里。

董阿兴 不留?

珠 妹 不留，不留，不留！这位货郎好生奇怪，说起我姐他就刨根问底问个不停，他到底安的什么心？对，我叫我姐去。（下）

董阿兴 这位贤姑好面熟，又说是从永安流落过来，莫非？对，我一定要等她回来。（放下货担，坐在板凳上打瞌睡）

［贤姑、珠妹上。

珠 妹 姐，你看，就是他，油嘴滑舌硬是不肯走，我看他不像是个正经人。

贤 姑 珠妹，你可曾问他家在何方?

珠 妹 问了，他说是永安人。

贤 姑 啊！珠妹，你先晒蔴去。

珠 妹 好。（下）

贤 姑 果然是他！

（唱） 是幻影？是梦乡？
还是心乱神迷认错郎。
不错，一点不错。

（接唱） 想当年家遭劫难无路走，
送郎学艺出外乡，
谁知他一别十年无音信，
不问为妻受凄凉，
无奈奔走天涯路，
千里寻夫路茫茫，
今日得见亲人面，
不由人心头绞痛泪双行，
有心上前将他唤，

却为何珠妹面前他要轻狂，
为什么满口谎言将人骗，
莫不是已变成，
寻花问柳的负心郎。

[珠妹挽篮子上。

珠　妹　姐。

贤　姑　珠妹，你先叫醒他，待我慢慢问来。（接过篮子入内）

珠　妹　好哩，财主醒来。（地上拣起头发弄捉弄董阿兴的鼻子）

董阿兴　（打喷嚏）啊！是小妹子，小妹子，贤姑回来了吗？

珠　妹　回来了。

董阿兴　在哪里？

珠　妹　你看。

董阿兴　贤姑！在下这厢有礼。

贤　姑　还礼。

董阿兴　小姑娘去倒杯茶喝好吗？

珠　妹　白水。

董阿兴　白水也好。

贤　姑　珠妹，你去端来。

珠　妹　好。（入内）

董阿兴　贤姑，在下还有一礼。

贤　姑　不用多礼。

董阿兴　礼不可少。

贤　姑　请问财主高姓大名？

董阿兴　在下姓董。

贤　姑　你是姓董？

董阿兴　正是，贤姑啊！

（唱）　在下姓董名亚兴，
世世代代永安人，

靠着这担圆头笼，

闯荡江湖十多春。

贤　姑　（唱）　可叹冤家董亚兴，

相逢不识枕边人，

他葫芦里卖的什么药，

还应从旁问分明，

财主哥，请问问，

我何时说过要买针？

董阿兴　这个么？这叫我怎么说？

［珠妹上。

珠　妹　财主喝茶。

董阿兴　多谢了，贤姑，方才你是问？

贤　姑　我几时说过要买针？

董阿兴　这买针么，怎么会给我忘记了。

珠　妹　你心肝给狗吃了。

董阿兴　嘿嘿，贤姑说过也罢，没说过也罢，既然天远水路来到，不买多也买少，不买大也买小，总得做点交易嘛。你看看，左一箱，右一箱，带有硬饼姜糖，上一托，下一托，带有胡椒八角，丫丫叉叉，珠子头花，滴滴答答，纸牌宝盒。

珠　妹　好了好了，我们无钱不买东西。

董阿兴　今日无钱另日有钱，赊赊欠欠到明年。

贤　姑　肯赊。

董阿兴　肯赊，贤姑呀！（从货担拿布）

（唱）　花布上蜜蜂采花粉，

只因为娘忙不停，

花有心来蜜有意，

赊给阿贤姑做衣裙。

（量布）一尺，二尺，三尺，四尺（乘机想偷看贤姑的真容），（白）这位贤姑好像在哪里见过。

珠　妹　财主，量布。

董阿兴　本来这布九尺有多，就九尺算数好啦！

珠　妹　财主，你真好！

董阿兴　就是送给贤姑也无要紧。

贤　姑　财主肯送。

董阿兴　说送就送！（旁白）我一定要设法看清她的真容。

贤　姑　（旁白）好呀，我就看他怎么送法。

董阿兴　送呀！（拿出梳妆镜子）

（唱）　菱花宝镜闪闪光，

朝晨照着好梳妆，

送给阿贤姑，

你爱唔爱呀。

贤　姑　（接过镜子，唱）

爱！你肯送来我敢爱，

财呀财主哥多谢你送来。

董阿兴　（拿出胭脂，唱）

手拿胭脂红彤彤，

胭脂打扮嫩娇容，

送给阿贤姑，

你爱唔爱呀？

贤　姑　（接过，唱）

爱！你肯送来我敢爱，

财呀财主哥，

多蒙你过爱呀。

董阿兴　（拿出线，唱）

红丝线，青丝线，

挑花绣朵锁鞋面，

送给阿贤姑，

你爱唔爱呀？

贤　姑　（接过线，唱）

爱！你肯送来我敢爱，

财呀财主哥，

莫说我爱财呀。

董阿兴　（拿出腰间货郎鼓，唱）

送呀又送，

还有一只货郎鼓，

也好拿去逐老鼠，

送给阿贤姑，

你爱唔爱呀？

贤　姑　（唱）　爱！你肯送来我敢爱，

财呀财主哥，

还有再送来呀。

[珠妹从货担中拿出宝盒。

珠　妹　（唱）　送呀再送，

还有这只小古董，

漂亮精致又玲珑，

请问财主哥，

你送唔送呀？

董阿兴　（抢过宝盒，唱）

唉呀呀，唉呀呀，

小妹呀，

别样东西冇要紧，

唯有这匣子不能送。

贤　姑　（生气）好呀，别闹了！你这个忘情负义的东西（拎起董的耳朵转一圈，将其推倒在地），你睁开眼睛仔细看看，我到底是谁人。

董阿兴 （上前一看，愕然）你是？

贤　姑 冤家呀！

董阿兴 她果然是贤妻。

珠　妹 他是姐夫。

董阿兴 贤妻。

贤　姑 珠妹，快拿扫把来。

珠　妹 这个。（入内拿扫把）

贤　姑 去呀，给我打。

珠　妹 这。

［贤姑拿过扫把追打董，董躲避几次后抱头蹲在地上，贤姑举起扫把却下不了手。

董阿兴 贤妻息怒，贤妻息怒。（跪倒在地）

贤　姑 冤家呀！

（唱） 想当年，

横祸飞来家不幸，

含泪送你出远门，

那时节，我手捧盘川细叮咛，

在外好好学做人，

谁知你十年不回家乡路，

不顾糟糠夫妻情，

见了女人就自作贱，

变着法子献殷勤。

冤家呀！

你手抚心肝问一问，

有何面目见亲人。

珠　妹 说！是不是见到女人就送东西？

董阿兴 冤枉我了，哪有这种事。刚才还不是为了想看清贤妻的面容，我才这样做的。

贤　姑 这十年你都到哪里去了，你把我害得好苦啊！

董阿兴 唉！四处漂泊实艰难，夜夜都把妻子念，回家未见你身影，害得我人去楼空空悲叹！

珠　妹 你骗人！

董阿兴 （拿出宝盒）你不信，不信你问它。

珠　妹 刚才不送，现在舍得了。

董阿兴 这是我的心肝宝贝啊！（拿到贤姑面前）

贤　姑 珠妹，打开看看，看他还要要什么花招。

珠　妹 好哩。（拿过宝盒，打开）凤钗？好漂亮的凤钗呀！阿姐，你来看这上面还镂刻有你以前的名字呢？

［贤姑拿过凤钗看。

董阿兴 这是我十年积攒，专为贤妻置下的凤钗，它随我走南闯北从不离身，也算是我对贤妻的一份念想。

贤　姑 （唱）　见凤钗五味杂陈涌心上，

错怪了董郎一片苦心肠，

难为他，一担杂货谋生计，

一顶草帽挡风霜，

一双草鞋坎坷路，

一条扁担挑炎凉。

再难再苦还把妻念，

不枉我千里寻夫受凄惶。

［董阿兴帮贤姑戴凤钗，珠妹忙拿出镜子。

（幕后歌）这才是苍天不负苦心人。

（贤姑接唱）苦尽甘来恩爱长。

贤　姑 董郎。

董阿兴 贤妻。

董阿兴 贤妻。

贤　姑 董郎。

［两人拥抱。造型。

［幕落。

红石岭

编剧：简佛权

人 物 表

杨铁英　　二十九岁　红石岭大队党支部书记
洪　山　　四十三岁，红石岭大队队长
钟　坚　　六十多岁，老石匠，老支书
洪子梅　　十七岁，共青团员，洪山之女
钟石林　　二十五岁，复员军人，突击队长
洪山妻　　三十多岁，养猪场饲养员
阿　强　　二十多岁，突击队员
阿　胜　　二十多岁，突击队员
纯　妹　　十九岁，突击队员
洪土运　　四十八岁，上中农社员
万　德　　四十多岁，投机倒把分子
社员若干人

序歌：
山外河水白白淌，
村中年年汗浇秧；
红石岭人立壮志，
要牵“银龙”游山梁。

第一场

［1964年冬的一个上午。

［南方山区红石岭大队燕子岩下。奇石嶙峋，枫叶似火。

［幕启：钟石林在测量引水工程的走向。阿强、纯妹分别持斧头、镰刀上。

纯　妹　石林哥！

钟石林　嗳！纯妹，阿强，你们把工棚搭得差不多了吧？

阿　强　正在加油干呢，保证不会落在你们测量组的后面。

钟石林　好呀。

纯　妹　走，我们割茅草搭工棚去。（与阿强下）

钟石林　（继续测量，向内）子梅！高一点，再高一点，……好！
（取水壶欲喝水，水没有了）

［洪山妻和几个妇女挑水上。

钟石林　大婶，你们又到山后挑水啦。

洪山妻　没法子，养猪场的饲料地都快晒成铁板啦。

钟石林　大婶，等一等，你们来得真及时啊。（灌了一壶水，接着大口大口地喝起来）好甜的水。

洪山妻　咳！我们红石岭用水真困难啊！（对妇女们）休息一会吧！

钟石林　大婶，水再困难也就今年了，等到工程一完工，红石岭人的肩膀也得解放解放啦。

一姑娘　石林哥，怎么引水工程还没有测量好啊？

钟石林 快啦，就是怎么通过这燕子岩还得费点心思。

洪山妻 是呀，前几年我们大队的引水工程就是在这个燕子岩下吃了个败仗。至今提起来，你洪山大叔还在摇头呢！

一姑娘 嗐，当时那个水利技术员也不走走群众路线，不然就不会带来那样的损失。

钟石林 告诉你们，这两天我们的支部书记杨铁英同志在燕子岩上转了又转，还三番五次请老坚伯一起商量。看样子，支书她是胸有成竹啦。

洪山妻 那好呀！我们回村去啦。

[洪山妻领妇女们挑水下，钟石林下。

[洪山匆匆上。

洪　山 （唱）　外出半年把乡返，

匆忙赶路就上山；

引水工程还需再考虑，

来迟了只怕是米已成饭。（*抬头看，一怔*）

是谁吃了豹子胆，

妇女敢上燕子岩？

喂！那燕子岩上的是谁，掉下来会粉身碎骨的啊！

[洪子梅与阿强突然出现在一旁的岩石上，咯咯地笑。

洪子梅 爸爸，你猜她是谁？

洪　山 （*仍向燕子岩上喊话*）赶快给我下来！简直是胡闹。

阿　胜 大队长，你放心好了，那是铁英姐！

洪　山 铁英？

洪子梅 爸爸，铁英姐已经是第三次登上燕子岩了。

洪　山 要去也得男子汉去。你们忘啦？“燕子岩，燕子岩，鸟飞要低头，兽过把路弯”。为什么让支书去冒险？出了事叫我这个大队长怎么交代？

阿　胜 我们也是这样说的。可支书就是不肯让。她还说什么——

洪子梅 “不入虎穴，焉得虎子”！

洪　山 阿胜，你赶快告诉岩上的人，要绝对保证支书的安全。

阿　胜 是。（*奔下*）

洪　山　嗐！这样干会出问题的。

洪子梅　不会的，不会的。爸爸，你外出半月了，到工棚里去听我们好好向你汇报。

洪　山　我找支书有事。

洪子梅　支书还在燕子岩上。走吧，走吧！

[洪山无可奈何地被子梅推着下。

[山谷中又传来一阵喊话声。阿强扛木头，纯妹背茅草有说有笑上。

纯　妹　你看，铁英姐从燕子岩上下来了。铁英姐！

阿　强　（向岩上）喂！再放一点，再放，好！

[杨铁英身系安全绳从悬崖上下来踏落在红石上。

纯　妹
阿　强　铁英姐！

杨铁英　纯妹，阿强！

纯　妹　铁英姐，这燕子岩到底怎么解决？

杨铁英　看样子非要给它穿个窟窿不可！

钟石林　穿就穿，莫说是穿个燕子岩，就是老虎咀也敢把它搬掉！

杨铁英　对！你们抓紧时间把工棚搭好。准备迎接水利大军进山。

阿　强　保证完成任务！（与纯妹下）

杨铁英　（取出草图，果断而有力地划了一笔。唱）

金色的太阳照山岗，
大地添秀色，万木披红装，
山区一派好风光。
千古荒山岂能再沉睡，
要唤醒你为革命献食粮。
半月来，
露宿风餐在峻岭上，
把工程去向反复来测量。
难关一道一道被攻破，
方案一次更比一次强。

只待那水利大军来上阵，
定叫它，河水翻山荒地献宝，
龙腾虎跃干一场。

[洪子梅上。

洪子梅 铁英姐，我爹回来啦。

杨铁英 老洪回来了，好呀！

洪子梅 还好呢，刚才我们一股热情把工程方案向他汇报，谁知他……

杨铁英 他怎么啦？

[洪山上。

洪子梅 哼！

洪　山 铁英！

杨铁英 老洪，你回来得真及时啊！

洪　山 可不是。我真担心赶不上呢！（发现洪子梅不高兴的样子）啃，告状啦？

洪子梅 还要斗争呢！

杨铁英 子梅，你先回村去，把这几天来的测量情况详细给坚伯讲讲，请我们的老顾问再参谋参谋。

洪子梅 是。（向洪山挑战似地看了一眼，下）

洪　山 铁英，你们都辛苦了，刚才看见你在燕子岩上荡来荡去像打秋千一样，真为你捏把汗啊。

杨铁英 没什么。老洪，副上队的同志在外面都好吧？

洪　山 都很好。没想到我这次出去还得了个意外的收获。

杨铁英 意外的收获？

洪　山 对，这回我想就用不着担心再在燕子岩下吃败仗啦。

杨铁英 看你是带来什么经验啦。那好呀，为了啃掉燕子岩这块硬骨头，我有个想法，正好与你商量商量，燕子岩这个难关一攻破，其它就好办了。

洪　山 我说的不是这个。

杨铁英 呵！我们想的不是一码事？

洪　山 叫我怎么说？咳，都怪我当初在支委会上不该多举了这只手。

杨铁英 老洪，你怎么啦？

洪　山 （将一张订货单交给杨铁英）我在城里碰上一位外地家俬公司的采购员，弄来了这张定货单。

杨铁英 （看订货单）木箱三百个，大床八十张，还有板凳、桌子……

洪　山 对，他们需要一批家俬半成品，我想我们红石岭有的是木材，我就承领下来了。

杨铁英 原来这样。

洪　山 铁英，眼下群众生活有困难，工程又实在艰巨，所以我想支部的决定要重新考虑。工程测量就先停下来吧。

杨铁英 不！我们要好好研究研究。

洪　山 我知道一下子不能说服你，那好，你先考虑考虑，我们回头再谈。

杨铁英 老洪！

洪　山 铁英，别忘了，这引水工程我是曾经失败过一回的啊！（下）

杨铁英 （唱）　老洪他今天行为费思量，
　　话虽不多有文章。
　　是什么缠住了他的心，
　　刚迈开步又彷徨？

[钟石林、纯妹、阿强、阿胜上。

纯　妹 铁英姐！

钟石林 大队长他怎么啦？

杨铁英 （接唱）　解疑难要依靠群众依靠党，
　　走大寨的道路不改航。

[幕闭。

第二场

[第二天早晨。

[钟坚伯家门前。

[幕启，钟坚伯正给一把铁锤换上新柄。

钟坚伯 （满怀喜悦地唱）

引水工程要破土兴建，
山村上下热气腾腾，
千年夙愿将实现，
怎不叫老汉喜心田，
多少夜，
我梦见清凌凌的渠水穿山来，
几次笑醒心犹甜。
恨不得一锤打开燕子岩，
红石岭引来千秋幸福泉。

[杨铁英挑柴上。

杨铁英 坚伯！

钟坚伯 铁英，又给我送柴来了。

杨铁英 从山上下来顺便捎带点。（放下柴担）

钟坚伯 （从柴担上取下一把草药）看，还送来草药。

杨铁英 冬天一来，你老人家的肩膀又不好受啦。

钟坚伯 那是老毛病啦。你那么忙，总是惦记着我，叫我怎么受得了啊！

杨铁英 坚伯，你老人家在旧社会给地主打了大半辈子石，担了老疾，我们一定要想办法给你治疗。（发现修好的铁锤）哟！坚伯，你倒先干起来啦！

钟坚伯 哈哈哈，村子里个个都待不住啦，恨不得水利工程立即就上马。铁英啊，听子梅说，洪山又不想干啦，他是怎么回事？

杨铁英 他在外面为一个什么家俬公司的采购员承包了一批山货来加工。

钟坚伯 哦，洪山这个人啊！……那你是怎么看法的？

杨铁英 我？

钟坚伯 唔。

杨铁英 洪山大叔说，他这样做是为了关心群众生活。我想群众有困难我们是要想办法解决。但是，要是只顾眼前，不想从根本上去改变红石岭的面貌，我看这样不是真正关心群众。

钟坚伯 对。我们贫下中农就是要脚踏实地，一步一个脚印的干。洪山那种想法就是缺少个雄心壮志。

杨铁英 是呀，坚伯，你是红石岭的老支书，今后你要多指点指点我这个新兵啊！

钟坚伯 我……这两年你干得不错嘛。铁英，上山前你要好好找洪山指点。

杨铁英 我等会就去。坚伯，工程方案的事，子梅都跟你说了吗？

钟坚伯 说啦。听说你三上燕子岩，这回是把握在手啦？

杨铁英 要听听你的意见。

钟坚伯 我看其它都很好。就是燕子岩那一段怎么搞法，还得琢磨琢磨。

杨铁英 是呀，要是工程绕开它走，起码要远八里，在燕子岩下开个环山渠道，那里陡壁悬崖，作业又很困难。

钟　坚 所以，就要给燕子岩穿个窟窿。

杨铁英 坚伯，我们想到一块啦！

钟　坚 哈哈哈！铁英呐，在工程上马的同时，抽出一部分劳力把砖瓦窑、石灰窑都烧起来，既支援了水利工程，又能解决群众的生活困难。

杨铁英 坚伯，你想得真周到啊。就这么干！

钟　坚 （感慨地）这引水工程，我想了多少年啦。解放后有很多事要做，我是来不及搞，如今就落在你的肩上啦。这副担子重啊！

杨铁英 坚伯！（唱）涓涓细流可汇成千顷波澜，

一锄一镐能筑起万里长城，

斗争之中出智慧，

革命何惧创业难，

只要我们跟党朝前走，

海能填，山能搬，

我们这一代，

要给穷山恶水换新颜。

钟　坚 好。我早就说了，是棵好苗，哈哈哈！

杨铁英 坚伯！工程方案的事你去找些老贫农商量一下，再征求征求他们的意见。

钟　坚　好，我这就去。

杨铁英　等一会，我给你敷上这服药再去。

钟　坚　这就用不着你再操心了。

杨铁英　现在我是医生，你是病人，听我的。

钟　坚　啊……好，我听医生的。

[杨铁英与钟坚进屋。

[洪子梅与洪土运分上。

洪子梅　（唱）　心中欢喜走快步。

洪土运　（唱）　斧头一响钱落兜；

洪子梅　（唱）　中午要开团员会，

洪子梅　（唱）　工程方案 下功夫。

洪土运　　　　　发家致富 下功夫。

[洪子梅把洪土运的工具篮碰落在地。

洪土运　你怎么走路不带眼？

洪子梅　土运大叔！（连忙帮着收拾散落在地上的木匠工具）

洪土运　子梅，什么事这么高兴？

洪子梅　你猜哩。

洪土运　唔，找了个好对象啦？

洪子梅　去，还早着呢！大叔，告诉你，我们的引水工程就要动工啦。

洪土运　原来这个。你大叔可没耳朵装。

洪子梅　为什么？

洪土运　前几年，水利专家来搞都没搞成功。哼，你们吃了粒黄豆就想上天。

洪子梅　你说些什么话？

洪土运　什么话。要是能成功，大叔就被你们牵着鼻子当牛牵。

洪子梅　那你等着瞧！（下）

[洪土运欲下，洪山上。

洪土运　大队长，我回来了。

洪　山　回来了好。今后心要向着点集体，可不要再去搞你那一套副业单干啦。

洪土运 什么单干不单干，反正我按月给生产队交副业款，一文不少。

洪　山 算了吧，你以为我不知道，开个空头支票给生产队当预支。

洪土运 这个……

洪　山 好啦。这回你这个木匠行家可要为集体立点功啦。

洪土运 我？

洪　山 对。我在外面领了加工任务，请你当个技术指导，怎么样？

洪土运 好呀。大队长，刚才我在村头碰上一个采购员，说要找你，莫非就是为了这件事？

洪　山 他来啦？

［万德上。

洪土运 你看，就是他。

万　德 大队长，你可真不好找呀。

洪　山 万德，你来啦，坐坐。

万　德 （取香烟）抽一支。

洪　山 （指旱烟）我这有。

万　德 大队长，你真行呀，干起来啦。

洪　山 什么干起来了？

万　德 刚才我看见你们有人往大队部送木材啦。

洪　山 是吗？

洪土运 唉呀，大队长你说干就干。

万　德 看，那边又来了一个。

［阿胜扛一根杉木上。

洪　山 阿胜，扛到哪里去？

阿　胜 坚伯不是说，杉木扛到大队部集中吗？

万　德 （上前摸了摸杉木）好木料，做家私最合适啦。

阿　胜 对不起，这是准备水利工程上用的。（下）

万　德 大队长，这是怎么回事？

洪　山 嘿嘿，没什么，你不要着急嘛。

万　德　唉呀，你不知道，我们公司正等着这批木材急用啊，哪能不急。

洪　山　你放心好了。我一定尽快办。

万　德　越快越好。大队长，要是谈妥了，价钱还可以格外优待，比方说，国家收购每立方木材是八十块，我给你一百块。

洪土运　一百块？哟，看你还真够朋友哩。

万　德　还有，你们种田需要化肥，我帮你们代购，我们来个大协作，互返有无。

洪　山　那这样你就帮了我的大忙。

万　德　哪里。大队长，就这样一言为定啦。

洪　山　那好。等我们干部商量好后就开始干。

洪土运　还有什么好商量的，难道你放着快到嘴的肥肉不要，情愿跟铁英到深山沟里啃石头吗？

万　德　是呀，水利水利，那是镜子里的钱，看得见摸不着的。

洪土运　大队长，你要赶快拿定主意。

万　德　对对对，只要按照我说的路子走下去，到时管保你们割下蚊帐做荷包。

[钟坚与铁英上。

钟　坚　是谁在这里念生意经？是你们。

洪　山　我来介绍一下。他是钟坚，这是我们的支部书记。

万　德　哟，还是个女同志，不简单呀。我叫万德，是城里来的采购员。

洪土运　对对，他是上门来订山货的。

杨铁英　（略有所思）呵，你的工作做得还真深入呀。

万　德　嘿嘿，支援农业嘛，是我们的本分。

杨铁英　那该落在你啦。

万　德　哪里，哪里。大队长，你们有事，我们改日再谈。大队长，我等你回音。（下）

[洪土运下。

杨铁英　大叔，订货单就是从他那里来的？

洪　山　他这是真心实意来帮忙的。

钟　坚　（望着万德的背影）帮忙？听他念的什么经——发财经，一听就不是味道，铁英，你们好好谈。我找几个老伙伴聊聊。

杨铁英 好，慢点走。

［钟坚下。

洪　山 铁英，昨天跟你说的你考虑得怎么样？

杨铁英 有些意见我们来商量商量吧。

洪　山 对，我的想法也没跟你说清楚。

杨铁英 那就先听听你的想法。

洪　山 我想，水利工程还是不能上马。根据我们红石岭的实际情况，“靠山吃山”这条路子比搞水利保险又解决问题。

杨铁英 要是不闯过水利关，不彻底解除红石岭的旱患，农业得不到发展，这样能解决什么根本问题吗？

洪　山 唉，这片片“望天田”每亩能长千斤粮我当然高兴，红石岭能变成花果山我更赞成，可是水呢？要知道，前面那个是燕子岩，石头山，又不是小孩玩的泥伯公。铁英啊！

（唱）此工程困难大举足千斤，
要观前顾后切莫乱闯；
做工作哪能够过分死板，
算盘子不够打要灵活移行。
“靠山吃山”倒是个合适门路，
既省力又赚钱稳稳当当。
有了钱就有粮万事好办，
搞发电办工厂再盖礼堂。
穷山沟要变成小城市，
更何愁小饭碗没有米粮。

杨铁英 （唱）大叔你算盘子倒拨了一行，
你忘了搞农业以粮为纲。
倘若是各个队眼光短浅，
只图钱不种粮何等荒唐？

我问你二人的粮食谁人打？
又如何谈得上备战备荒？
纲不举，目难张，
群众生活靠什么来保障？
到时候就算你有金饭碗，
没有粮仍然是金碗不香。

洪　山　（唱）　红石岭山又高地又瘦，
食水用水贵如油。
纵然费尽吃奶力，
上山无路也难走。

杨铁英　（唱）　山高好造林，
地瘦潜力足，
水缺我们动手引，
道路要靠人来走。

洪　山　（唱）　走水路走陆路一样到广州，
为什么硬要去深山啃石头？

杨铁英　（唱）　为革命就要乐于吃苦，
图眼前贪捷径会走歪路。

洪　山　反正我是为了集体。

杨铁英　为了集体就要自觉服从国家和人民的需要。

洪　山　我是大队长，这一千几百口人就够我考虑的了，哪还有精力管那么宽的事？

杨铁英　不！我们是人民公社的社员，新中国的主人，我们爱自己的集体，可更要热爱自己的国家。毛泽东教导说："我们作计划、办事、想问题，都要从我国有六亿人口这一点出发，千万不要忘记这一点。"（唱）

我们是新时代的中国农民，
要知道咱肩上分量有多重。
切莫被几个钱迷了方向，
只看到眼前几座小山峰，

全中国就像那棋一盘，
每一步都要靠红旗指引；
莫小看一锄一镐平凡劳动，
它紧连着祖国前途世界风云。
新中国农民要胸怀大志。
为革命为人民勇于挑起重任。

洪　山　那么这订货单……

杨铁英　副业生产各队已做了合理安排，要是再把强劳力和技工拉走，势必影响水利工程的进行。再说，万德以前我们不认识，哪能凭一面之交就决定这样的事情。

洪　山　照你这么说——

杨铁英　大叔，我的意见是把它辞掉。

洪　山　把它辞掉？

杨铁英　是呀，晚上我们开个支委会，再听听同志们的意见，你看好不好。

洪　山　那好吧！

［钟石林、洪子梅、钟坚和群众陆续赶来。

钟石林　支书，大队长，我们测量小组详细讨论了工程方案，再与老坚伯他们一汇合，嘿！一致同意。

钟　坚　对，对，我们几个老伙伴认真琢磨过啦，没意见，就这么干！

阿　强　我们青年民兵还纷纷报名组成了突击队。

洪子梅　还有我们铁姑娘战斗队，正准备向支部请战呢！

［洪山妻与两个妇女急上。

洪山妻　嗦嗦，子梅，把我们三个也算进去。

洪子梅　妈！

洪　山　你来凑什么热闹，回去养你的猪。

洪山妻　回去？你这个人呀，还蒙在鼓里，是养猪场派我们来的，你还不知道？

杨铁英　大婶，你们走得开吗？

洪山妻　阿英，你放心吧！养猪场的事都安排好啦。我们还准备把小猪养到山上去。

洪　山　（苦笑）我看养到树上去差不多。

洪山妻　啊……

洪　山　你这个人真奇怪。

洪山妻　我奇怪？我看你才奇怪。放着正业不管，成天只想在木箱、板凳、树头瘩上打主意，哼！

洪　山　你……

［众笑。

洪　山　好啦，我问你们，打石洞、开渠道、架渡槽，技工在哪里？钢筋水泥又在哪里？

钟石林　大队长，我在部队是个工程兵，我们组织个小组摸索着干。

阿　强　没有钢筋水泥我们用石灰石来代替。

洪　山　要打那么多的石头，石工在哪里？

钟坚伯　我算一个！

洪　山　你？

钟坚伯　对！

洪　山　坚伯，你老啦！

钟坚伯　我老？（挥锤砸碎一块大石头）

［众拍手叫好。

杨铁英　大叔，你看大家的劲头多大啊。

钟坚伯　（对洪山）给你这把铁锤是你爹爹当年用过的，前几年工程失败时你把它扔啦，现在你应该重新把它拿起来！

［洪山犹豫不接。

洪山妻　你还想些什么？

杨铁英　（恳切地）大叔！

洪　山　（勉强接过铁锤，咬了咬牙）干。

洪子梅　（高兴地）爸爸！

杨铁英　大叔，你再把劳动力好好安排一下，一部分人把砖瓦窑、石灰窑和其它副业搞起来，一部分人在家管好冬种作物，其余的集中全力上水利，兵分三路，一齐干起来！

众　人　好！

杨铁英　石妹，工程图绘好了吗？

钟石妹　好啦。

杨铁英　（亮出彩色蓝图）社员们，我们决心干一冬春，把河水从燕子岩下乖乖地牵过来。到时定叫它——（唱）

河水翻山村前过，
满坑遍坡稻谷香。

洪子梅　（唱）　南山松，北山杉，
芳林果树绕村庄；

钟石林　（唱）　燕子岩下机声隆，

纯　妹　（唱）　水库里养鱼肥又壮。

众　人　（唱）　艰苦奋斗三五载，
红石岭，
农村收割渔百业兴旺。

[幕闭。

第三场

[一个月后的一个下午。

[水利工地的奈水站。阴雨绵绵，寒风凛冽。

[幕启，远近一片凿石声。突击队员抬大石头过场。

[劳动号子：同志们哪嗨哟！
加油干哪嗨哟！
人心齐哪嗨哟！
泰山移哪嗨哟！
艰苦奋斗创大业哪嗨哟！

百斤上肩不觉重哪嗨哟！嗨哟！嗨哟！嗨哟！

[钟石林扛木头上。洪子梅挑石上。

洪子梅 石林哥，扛木材干什么？

钟石林 石洞里遇到麻石层，要木头来支撑。

洪子梅 咳！真是越急越打岔。石林哥，你看见铁英姐了吗？

钟石林 看见啦。

洪子梅 在哪里？

钟石林 这可是个秘密，铁英姐叫我不要告诉你。（欲走）

洪子梅 （忙拉住木头）石林哥，你快告诉我。

钟石林 她呀，在石洞里面。（下）

洪子梅 铁英姐又打石去了？对，我得设法跟她换个班。（下）

[洪山妻抱柴上，阿胜和几个社员挑石上。

洪山妻 阿胜，你们辛苦了，等会来喝碗热水啊！

阿　胜 好呀，大婶！（下）

[洪山妻往篝火上添柴，烧开水。幕后劳动号子阵阵。

洪山妻 （唱）　自从水利大军进山岗，

社员们争分夺秒抢时光，

关心群众生活是大事，

铁英叫我把后勤组长当。

烧烧水，编编筐，

还把那大白猪养得圆圆滚滚。

肥头大耳，腿粗腰又壮。

亲人们冷时进来烧烧火，

喝一碗热茶浑身添力量。

[中年男、阿强和几个社员上。

中年男 （深深地吸了口新鲜空气）咳，石洞里干活又闷又黑，真够受。

洪山妻 来来，大家进来烧烧火，喝碗热水吧！

阿　强 嗳，大婶。

中年男 （不小心踩到泥泞里）唉哟！这个鬼天气，又是风，又是雨的。（发现鞋子开了口）你看……

一青年 哟，大叔你的鞋子还会张口说话哩。

[众人中有的烧火抽烟，有的编畚箕。

洪山妻 快脱下来吧，我跟你补一补。

中年男 （把鞋脱给洪山妻）大嫂，谢谢你了。

洪山妻 谢什么。这两天又刮风，又下雨，大家辛苦了。支书说了，准备宰头大白猪给大家改善改善生活。

阿　强 太好啦。

洪山妻 这两天石洞又进去好多啦？

中年男 别提了。刚打进去时石头硬过铁，如今又碰上麻沙石，前面一锤下去，后面啪的一声掉下来一大块，真要命。唉！现在炸药又快用完了，这几百米的石洞要打到什么年月？

阿　强 大叔，石洞长我们一口一口地啃，总有个完的时候嘛。

中年男 我看越往里面打就更难了。

中年女 是呀，天寒地冻，那边又遇上遍地顽石，锄头都打缺牙啦，渠道也不好开呀。

一妇女 刚才我找大队长问他怎么办。他说，我也没有办法呀，说完他就……

[洪山上。

洪　山 你们又在这里说我什么啦？

洪山妻 说你什么，我只听过别人说见困难就上，就不像你……

洪　山 我怎么啦？

洪山妻 见困难就走。

洪　山 你知道什么 。我是大队长，要是像你妇道人家一般见识，那就麻烦了。

洪山妻 嗬，还摆架子。妇女又怎么样？铁英就比你强，所以你得由她来领导，也就是说妇女领导你。（把补好的鞋交给中年男）

一妇女 依我看，这些年来，大队长也是为集体操尽心哪。

洪　山 这才是公道话。

洪山妻 什么公道话，我还不了解他。（收拾畚箕，准备送走）

阿　强　我们干活去吧！

[杨铁英暗上。众陆续下。冷风飕飕，中年男叹了口气跟下。洪山欲下时，旁边传来猪叫声。

洪山妻　来啦，来啦。这大白猪真贪吃。（对洪山）喂，我把畚箕送到水渠组去，你代我喂猪。

洪　山　唔。

洪山妻　（欲走又回）喂，刚才群众对你的反映听到了吧。还是个大队长嘿，也要注点意。

洪　山　去吧，去吧！

[洪山妻下，洪山拿饲料桶下。

杨铁英　（唱）　往日里一个个有说有笑，
近日来已有人情绪不高；
眼前寒风阵阵紧，
顽石层层来挡道。
立春将至季节紧，
怎不叫人心里焦。
困难中更要记住党的教导，
思想工作最重要，
发动群众献计策，
千难万难无阻挠。

[洪子梅上。

洪子梅　铁英姐。

杨铁英　子梅。

洪子梅　你到石洞里打石，也不跟铁姑娘队请个假，还保密。

杨铁英　有意见啦？

洪子梅　给我！

杨铁英　什么给你？

洪子梅　明天起不准你再进石洞。（顺手扯下杨铁英的手套，惊讶地）唉呀，十只指头都肿成大油条了，还滴着血呐，铁英姐，你怎能这样瞒着大家干！

[洪山上。

洪　山　怎么，手磨破啦？铁英，凿石打炮眼有他们青年小伙子，你干干别的就不行吗？

杨铁英　（编畚箕）掌掌钢筋有什么大不了的事。皮肉受点苦不要紧，心里甜啊。大叔，这两天寒潮要来，防寒工作还要进一步做好。

洪　山　我都安排好了。今天中午休息时，又发动社员每人割一把茅草，把工棚盖得严严实实的。

杨铁英　大叔，你干在前面啦！

洪　山　我？（苦笑）我是在咬着牙干哪。近来工程一天天慢下来，眼下立春快到，季节迫人哪。寒潮一到，这遍地顽石……唁！

洪子梅　爸爸，近来群众对你有反映啦，说你的情绪不对。

洪　山　我？

杨铁英　大叔，越是在这个时候，我们越要提高勇气。现在群众都在看我们干部。如果我们不注意，把悲观情绪传染给群众，那就不好了。

洪　山　我担心要是明春引不出水来……

杨铁英　困难是事实。正因为这样，我们更应该依靠群众，坚定信心，改进施工条件，加快工程进度。大叔，等会突击队和各小组开战地诸葛亮会，我们分头去参加吧。

洪　山　好，我去听听。

洪子梅　铁英姐，我们走吧。

杨铁英　我的手套……

洪子梅　那不行。

[杨铁英趁洪子梅不备抢过手套，下。

洪子梅　铁英姐！（追下）

洪　山　（唱）　她那里精神抖擞不畏艰难，
　　　　　　　　　我却是思前想后意乱心烦；
　　　　　　　　　一月前随大势我勉强上阵，

如所料果然是奇峰难攀。
到如今马入夹道难行走，
我进也难来退也难，
幸得我有预见留条后路，
那订货单没辞掉还留在身边；
倘若是工程夭折人下山，
我再把这张底牌往外摊。

［洪土运上。

洪土运 大队长，你等等。

洪　山 什么事？

洪土运 万德找你要货来啦。

洪　山 呵！

洪土运 你叫他帮我们代购的化肥也准备运来了，你看怎么办呢？

洪　山 你不会跟他说说，我们还来不及搞嘛。

洪土运 还说呢。人家等了一个多月，如今人来了，还要运来化肥。难道能够叫人家空手回去？

洪　山 唉呀！我有什么办法？

洪土运 万德说，你耽误了他的大事，现在加工来不及啦，他要先把一批木材运走急用，加工的事以后我们还可以组织人力接着搞。

洪　山 现在哪里有木材给他运？

洪土运 大队部门口不是有一堆现成的木材吗？

洪　山 那是水利工地上用的。

洪土运 这样说，你是想把订货单辞掉啦？

洪　山 那不能辞。

洪土运 唉呀！那你可要赶快拿定主意，不然万德要另找主顾啦。到时要是水利搞不成，货又给别人订了，这就驼背摔跤两头空。大队长！

洪　山 让我再考虑考虑。（下）

洪土运 订货单不辞，木材又不给人家……他葫芦里到底装的什么药？（一阵冷风呼

啸而过）唉哟，真是冷风利过刀。（把衣领往脸上一遮，下）

[阿胜内喊：“支书！”急上。杨铁英、洪山和几个群众闻声上。

阿　胜　支书。大队长！石洞里要出问题啦。

洪　山　什么？

阿　胜　有几段麻石层，桌面大的石头一块一块掉下来。石林哥带领几个人支撑前面又顾不上后面，看样子石洞有危险啊！

洪　山　搞水利，搞水利，搞成这个样子……

[众欲下时，突然一声巨响。阿强和两个青年急上。

阿　强　支书！石洞里出现塌方，石林被堵在里面出不来啦！

杨铁英　立即抢救！

[幕闭。

第四场

[第二天早晨。

[工棚指挥部。

[幕启，杨铁英与洪子梅在马灯下共读毛主席著作《愚公移山》。

[伴唱：　工棚灯火彻夜明，

灯下读书豪情涌。

莫道山间寒雾重，

心中太阳红彤彤。

[天渐明。

杨铁英
洪子梅　下定决心，不怕牺牲，排除万难，去争取胜利。

[纯妹和两个姑娘上。

纯　妹　铁英姐！

杨铁英　纯妹，你们怎么不多睡一会儿？

纯　妹　睡不着啊！石林哥的伤怎么样啦？

杨铁英　好些了。医生说是脑震荡，会好过来的。

一姑娘　铁英姐，告诉你一个情况，听土运说，万德又到我们村来了。

纯　妹　还运来了一批化肥，说是跟大队长换山货的。

杨铁英　知道了。我们正在调查万德的情况。

洪子梅　他不是说是城里家私公司的采购员吗？哪来的化肥？

纯　妹　是呀。

杨铁英　所以说值得我们仔细深思啊。

[传来一声声清脆的凿石声。

纯　妹　铁英姐，你听，是谁这么早就打起石来啦？

洪子梅　（走出门一看）唉呀，原来是老坚伯啊！

杨铁英　我们看看去。

[杨铁英把补好的棉衣给洪子梅披上，与她们同下。

[洪山上，看着杨铁英的背影。

洪　山　铁英这倔脾气……

[中年女上。

中年女　大队长，你这么早就起来了。

洪　山　又是塌方，又是伤人，我还能睡！

中年女　大队长，我家里孩子没人照看，我想回家看看。

洪　山　回就回，你自己看着办吧。

中年女　那好，什么时候再干，你就通知我一声，我再来。

洪　山　唔，去吧！

[中年女下。

[阿强、阿胜和几个突击队员拿工具上。

阿　强　大队长你早啊！

洪　山　你们要干什么？

阿　胜　清理石洞，准备恢复施工嘛。

洪　山　恢复施工？别去啦，回去休息。

队员们 休息？

洪　山 对，把工具收起来。

阿　强 大队长，这样干不妥吧？

一队员 是呀，你这不是压制群众的积极性吗？

洪　山 捅娄子的积极性。

阿　强 你这话什么意思？

洪　山 什么意思以后再说，回去吧。

阿　胜 大队长，现在大家都心急火燎，哪还坐得住！如果不及时恢复施工，耽误了明年春耕，那损失就大了！

一队员 走，我们干活去！

[众欲下。

洪　山 你们还有没有一点组织纪律性？

阿　强 你这样的纪律性，我们不能服从。

[众下。

洪　山 对，我不能让他们这样胡闹下去。（欲下）

[杨铁英上。

杨铁英 大叔，我到处找你呀！

洪　山 我们是应该好好谈谈。

杨铁英 大叔，有些社员要下山是你同意的？

洪　山 他们跟我说过。铁英，水利工程是支部决定要干的，如今搞成这个样子，不怪你也不怪我，责任我们一起来负。

杨铁英 你说这些话干什么，我们还是先想办法解决问题。

洪　山 问题也不难解决。我想，要把水利工程的损失，从那张订货单上捞回来，现在还来得及啊。

杨铁英 大叔，你想到哪里去了。工程是遇到一些困难，但是说什么也不能让它半途而废，水利是农业的命脉啊！

洪　山 你不知道，现在群众有意见啦。要是再干下去，你考虑过后果吗？

（唱）　　想当初只因你不听劝告，

才招致今日里麻烦不少；
洞塌人伤损失重，
哪能怪有人怨声高？
初上阵就闹成如此地步，
可以想往下干后果更糟。
如今天寒地冻石头硬，
又缺劳力又缺料，
左思右想无路走，
只有下马路一条。

杨铁英 （唱） 依我看情况不是一团糟，
“一分为二”要记牢，
站在高山往远眺，
多少壮志留山腰；
石炮响处顽石舞，
新开水渠一道道；
红石砌的坝，
红石垒渡槽，
红石岭今日更妖娆。
虽然是眼前问题还不少，
有了人世间奇迹能创造。

洪　山 （唱） 眼前高山重重把路挡，
这道道关口实难闯。

杨铁英 （唱） 革命本无平坦路，
过了高山是平川。

洪　山 （唱） 这道理不用多讲，
我不能打了砂锅再洒汤。

杨铁英 （唱） 有意见我们再讨论，
甩手不干理不当。

[洪子梅、阿强与洪土运争论上。

洪子梅 铁英姐，土运大叔到处说我们的工程迟早要下马，不如趁早回家去。

杨铁英 土运，你有什么困难就明说好了，到处放冷空气这可不好。

洪子梅 我看他是存心拆台。

洪土运 你厉害，有勇气跟你爹说啊！（下）

洪子梅 （激动）爸爸！

洪　山 不管怎么说，冒险的事我是不干。事情明摆着，我们明明只能挑五十斤，怎能勉强硬气挑一百斤。

杨铁英 我们能挑一千斤，就决不会只挑八百斤。

洪　山 我们不能头脑发热。

阿　强 这就是革命干劲！

洪　山 我看是胡闹。

杨铁英 不，这叫作“发奋图强”！

洪　山 给万德的加工订货我是干定了。

阿　强 你不能一个人说了算。

杨铁英 大叔，你千万不要受万德花言巧语的迷惑。

洪　山 铁英，我心里明白，主意是我自己拿。

杨铁英 同志，这样下去危险！

洪　山 是你错还是我错，等将来让事实说话吧！（欲下）

杨铁英 大叔！

洪　山 别忘了我还是你的入党介绍人！（愤出下）

洪子梅 爸爸！（追下）

阿　强 别干啦！（下）

杨铁英 （唱）　山风阵阵扑胸间，
心似峡谷松涛翻。
近日来挥锤凿石在深山，
岂料到遇事故工程险，
大叔他失信心满腹惆怅。

那万德暗地里推波助澜，
耳听得布谷声声催人紧，
倘若是引不出水要耽误春耕，
千头万绪抓什么？
毛主席教导是力量的源泉，
紧抓住阶级斗争主动进攻，
把社会主义阵地牢固占领。
愚公尚有移山志，
更何畏区区困难把路挡，
大寨之路走到底，
纵有那千回百折、雄关万道，
定要勇往直前破难关。

[钟坚伯上。

钟坚伯 铁英！

杨铁英 坚伯！洪山大叔他……

钟坚伯 我知道了。铁英，这又是一场考验啊！

杨铁英 坚伯，每当困难的时候，你总是帮助我克服困难，继续前进。今天的事……

钟坚伯 （拿起桌上的毛主席著作）《愚公移山》，好啊！铁英，你能这样时刻牢记毛主席的教导，我就放心了。

杨铁英 坚伯，我在想一个问题，万德为什么没有通过县里有关部门，就一个人跑到红石岭来订货，货还没订成，又匆匆运来了化肥……

钟坚伯 是呀，我也在琢磨这个事。

杨铁英 这里面会不会有别的什么原因。

钟坚伯 我也是这样想的，铁英，我们碰到任何事情都要记住用阶级斗争的观点来分析问题啊。

杨铁英 对。

[洪子梅拿一把铁锤上。

杨铁英 子梅，你怎么了？

洪子梅 （带着哭意）我爸爸丢下这把铁锤，卷起铺盖下山去了！

[钟坚伯手拿铁锤，略有所思。

杨铁英 子梅，你爸会回来的。

[钟石林内喊“支书”上，阿强、阿胜跟上。

钟石林 支书，听说有人说水利搞不成要下山了，是谁？

洪子梅 是我爸爸。

杨铁英 石林，坐下。你的伤……

钟石林 不要紧。支书，同志们，干这水利工程是我们贫下中农听毛主席的话，走大寨道路的决心，就是用手扒也要把石洞扒穿！

众　人 对！

阿　强 走几个人天塌不下来，我们照样干！

阿　胜 对，只要支部说一声干，刀山火海我们闯，水在银河也要把它牵回来！

阿　强 说干就干，走！

钟坚伯 不要急躁，现在工程出了事故，有些社员丧失了信心，单靠几个人能解决问题吗？

杨铁英 同志们，毛主席教导我们：政治工作是一切经济工作的生命线。现在我们是不是先别忙着干。党、团员，积极分子都到群众中去，做深入细致的思想工作，安定大家的情绪，然后，我们再开个支委扩大会议。大家看怎么样？

钟坚伯 好。

钟石林 我同意。

众　人 同意。

杨铁英 阿强，你到公社去，把我们的情况详细向公社党委王书记汇报。

阿　强 好，我就去。（下）

[一老农领着中年女上。中年女还提着背包。

杨铁英 大伯，大婶，你们进来坐吧。

一老农 （对中年女）来，你还有什么话，就对阿英讲讲吧。

杨铁英 大婶，你走了家里有困难吗？

中年女 困难倒没什么，孩子有他婆婆照料，生活嘛，队里也安排得很好。

洪子梅 （抱怨地）那你为什么还要下山？

杨铁英 大婶，那你对我们支部还有什么意见吗？

中年女 意见嘛，没有什么，就是这个工程能搞得成吗？

钟坚伯 大嫂，你想想吧！解放前我们祖祖辈辈喝水，那时连打口井地主阶级都不让。解放了，今天毛主席给了我们这样好的条件，如果我们不好好干，还要吃国家的返销粮，要是有人问我们，这是为什么？这是为什么？难道我们能说，因为我们红石岭山高地瘦，人穷志短？不！我们永不会说这样的话。燕子岩下不见清流过，我们死不合眼。

［社员们陆续上，其中有中年男。

一老农 老坚哥，你的话说到我们心里去啦。

中年女 （惭愧地）我也知道下山不好，可是眼下这一大堆困难能够解决吗？

一妇女 偏偏在这个时候大队长他……唉！

杨铁英 社员们，来，你们坐下。我给大家讲个大寨人的故事。

洪子梅 大寨人的故事？好啊，铁英姐，你讲吧。

纯　妹 是呀，铁英姐，你快讲吧！

［音乐声起：在讲大寨过程中，群众越来越多，工程指挥部里外挤满人。

杨铁英 （唱）　在那巍巍太行山，

有一杆红旗红艳艳，

大寨本是穷山沟，

旱时地着火，涝时水成灾，

大寨人民听党话，

为共创业不怕难。

双手送走贫和困，

两肩挑来粮万担，

正当他们大步朝前走，

有一场考验重如山。

一　众 他们碰到什么事了？

杨铁英 那是 1963 年，大寨一连降了七天七夜大雨，把他们苦心经营的土地一下子给冲了。百分之九十以上的土地和房屋都受了灾。怎么办？难道这样就低头了吗？不！大寨人说，地是人修的，房是人盖的，在共产党领导下，只要有了人，什么人间奇迹都能创造。

一老农 这话说得好！

杨铁英 大寨人在困难面前，不改……他们冒着零下几十度严寒开山凿石，修地建房，家里送来的饭菜都冻成冰渣啦，可他们都乐呵呵地说：冰渣饭儿甜，冰渣饭儿香，吃了冰渣饭不忘本，干起活来有力量。

[众人拍手叫好。

杨铁英 就这样，大寨党支部用毛泽东思想教育群众，团结群众，没有要国家一分钱、一粒粮，硬是用一锤一锤消灭了灾害，又重建起一个新大寨。

洪子梅 如今变得更好了！

（唱） 层层梯田绕青山，
栋栋新房金灿灿，
五谷丰收牛羊壮，
瓜果压得枝头弯。
余粮源源运不尽，
对国家贡献没有完，
这真是毛主席彩笔绘蓝图，
祖国山河红烂漫。

钟坚伯 大寨人英雄啊！

钟石林 大寨人那样的困难都不怕，我们这点困难算什么？工程不完工绝不下山！

众　人 对！

钟坚伯 现在第一步就要回村扛木头支撑石洞，防止塌方继续蔓延，造成更大的损失。

阿　胜 制服塌方后，我们突击队准备分两头打洞！

钟石林 石洞里点灯油烟重，我建议用镜子把太阳光反射进去，大家看行不行？

众　人 行啊！

一　众 目前炸药缺少，我领几个人自制土炸药去。

[阿强高兴地喊着“铁英姐”上。

阿　强　铁英姐，社员们！公社党委听到我们工程出了事故很关心，我刚才走到半路，就碰见王书记领着各大队贫下中农志愿队赶来啦。

[群情振奋。

钟石林　好呀，我们干起来！

众　人　干！干！干！

杨铁英　同志们！（领唱，众伴唱）真金不怕炉火烧，
困难磨人志更高；
高举红旗学大寨，
狂风吹不散，
暴雨打不倒，
泰山压顶不弯腰！

阿　强　突击队跟我回去扛木头！

中青年　走！

[一青年上。

一青年　支书，不好啦！

杨铁英　什么事？

一青年　万德说我们耽误了他的家俬加工任务，他正与大队长商量，主办把大队部门口的木材先运走。

杨铁英　把它全部截回来！

[幕闭。

第五场

[当天下午。

[红石岭大队部门前。

[幕启。万德焦急地四下张望。洪山上。

万　德　大队长，怎么还没人来搬木材？

洪　山　我已叫土运组织人力去了。

万　德　那好，大队长，我把这批木材先运走急用，家俬加工任务你照样组织人力赶，有多少货我们要多少。

洪　山　哦。水利工程亏了老本，红石岭人就指望这一点了。

万　德　（掏出一张证明书）是呀是呀，大队长，请你在上面盖个大印。

洪　山　盖印？

万　德　说明上有要处，下有出处，我好通行无阻呀。

洪　山　（拿起证明书）那好。（欲进大队部）这笔木材款……

万　德　除了我那批化肥抵销一部分，其余的我已打了电话，马上就汇来。

洪　山　别耽误了。

万　德　你放心！

［洪山进大队部。

万　德　嘿嘿。（念）大队长你哪知道，

我订货是假，为的是要这批木料。

只待那木料搬过坳，

顺水漂流我逃之夭夭。

洪　山　万德！

万　德　人来了？

洪　山　嗨！不用我叫，他们倒先干起来了，木材扛到哪里去？

万　德　往那边，快点搬，快点搬。

洪　山　好呀。（顺万德指的方向下）

［两社员扛木头上。

万　德　来来来，往那里。（见两社员走的方向不对）哎，你们怎么啦？往那边走。

一社员　你哪里来的？乱指挥！（下）

［洪山上。

万　德　（着急）大队长，你是怎么搞的？你看，这木材到底往哪里搬？

洪　山　（意外地）呵……（把证明书给万德）我看看去。（下）

［杨铁英扛木头上。

万　德　那边走，那边走！（大声地）听到了没有？往那条路走！

杨铁英　（放下木头）你指的是哪一条路？

[一青年上。把杨铁英的木头扛走。

万　德　（一怔）啊？嘿嘿，原来是杨支书。对不起，对不起。

杨铁英　你来干什么？

万　德　我是来找大队长有点事。听说你在水利工地挺忙，就没去打扰你了。

杨铁英　倒是我来打扰你了。有证明吗？

万　德　有有。（慌忙掏出一张证明给杨铁英）

杨铁英　（看证明）你是来探亲的？

万　德　（意识到拿错证明）不不，我是给你们送化肥来的，顺便和大队长协商加工订货的事。

杨铁英　那你太关心了。

万　德　有什么，该帮忙的就帮点忙嘛。

杨铁英　帮忙可不能帮倒忙啊！

万　德　书记你说到哪里去了？现在我们是同走一条路，都在搞社会主义嘛。

杨铁英　不！有人还在暗地里挖社会主义的墙脚！

万　德　是的，是的。书记，你忙你的，我找大队长去。（欲下）

杨铁英　慢点！你用不着再白费工夫了。

万　德　你这话是什么意思？（掏出证明书）要知道，这上面有我们公司的大印，也有你们大队长的大印，你负得起这个责任吗？

杨铁英　（一把拿过证明，看到红石岭大队的印章，气极了）万德，告诉你，你的任务永远也完不成了！

万　德　你……（狼狈下）

[阿胜上。

杨铁英　注意他。

[阿胜下。

[两社员扛木头上。

[洪山气冲冲上。

洪　山　快，给我往那边搬！往那边搬！

杨铁英　往这边搬！

洪　山　往那边！

杨铁英　不，往水利工地上搬！

二社员　是。（扛木头下）

洪　山　（一步一步走向杨铁英）到底是听你的还是听我的？

杨铁英　听党的！

洪　山　你……（愤出大队部）

［钟坚伯拿铁锤上。

杨铁英　大叔！坚伯，洪山大叔……

钟坚伯　他是越来越不像话了。

杨铁英　坚伯，你先跟他谈谈，我把工地上的事安排好了就来。

钟坚伯　好，你去吧。

［杨铁英下。

［还是从大队部出。

钟坚伯　你要去哪里？

洪　山　我找万德去！

钟坚伯　还找万德？给我坐下。

洪　山　坚伯，你不知道，铁英她……

钟坚伯　铁英她做得对，洪山，你倒是应该好好想一想啊！

洪　山　坚伯，我的可以掏出来给你看，我难道是为了自己？你是老支书，说话有分量，你应该支持我。

钟坚伯　你对的大家就支持。可是你今天的行为跟贫下中农想的不一样啊！要知道，搞这引水工程是我们红石岭人祖祖辈辈的愿望啊！你怎能轻易把这铁锤丢掉？

洪　山　我就不相信，离开这把铁锤，红石岭人就不用活了。（把铁锤一扔）

［洪子梅扛木头上，把铁锤拾起。

［钟坚伯接过铁锤，触动心事。

洪子梅 坚伯……

钟坚伯 （唱） 抚铁锤把往事回想，
旧社会的辛酸你知详。
[伴唱： 红石岭啊苦难一桩桩，
往事翻滚涌心上。

洪子梅 坚伯。

钟坚伯 孩子，我又想起你公公，我的穷兄弟……
（唱） 解放前，苦难当，
三座大山压头上，
红石岭村多一害，
旱患如虎逞凶狂。
穷苦人，日夜望，
做梦也把水来想，
难忘那一九四三年三大旱年，
你公领众凿井度旱荒。
有谁知刚刚打出清泉水，
狗地主一纸禁令贴井旁。
说什么村中凿井伤“龙筋”，
派捐派粮祭“龙王”。
乡亲们据理斗豺狼，
狠心地主搬石往下砸……
我的穷兄弟啊！
（接唱） 壮志未酬井下把命丧，
[伴唱： 红石岭刻下血泪账，
阶级仇恨永不忘。

[杨铁英在坚伯唱时暗上。

洪　山 （唱） 听坚伯讲村史旧景又现，
不由我血拌泪咽入心肠。

杨铁英 （唱） 解放后，翻身把家当，
共产党为咱铺下遍地春光；
理想的道路已开辟，
幸福还靠双手创。
为群众就要想在根本上，
学大寨创新业奋发图强；
倘若是舍本逐末迷方向，
怕只怕误上贼船上大当。

洪 山 上当？

杨铁英 你有没有想过，万德这个人为什么那么热心，又是上门订货，又送化肥？

洪 山 万德不是说，他是家私公司的采购员吗？

杨铁英 他很可能是一个投机倒把分子。

洪子梅 爸爸，听见了吧？成天想着走捷径，贪便宜，小心好坏不分，有路看不见。

钟坚伯 洪山，你要丢掉的不是一把铁锤，而是丢掉了贫下中农的志气！

杨铁英 大叔，你想想看，如果按万德说的去做，“靠山吃山”，今年你可以卖木材，明年也许可以卖，但是再过几年呢……

钟坚伯 难道你还要把红石岭卖掉来解决问题？

杨铁英 要是照万德指的路走，大利大干，小利小干，无利不干，就必然会导致破坏生产，投机买卖，国家计划受破坏，集体经济就要被瓦解，资本主义势力就乘空而入。（掏出证明）看，你这个大印就给资本主义开了放行条。

洪 山 这……

杨铁英 （唱） 虽然是我们手中掌大权，
敌人还时刻梦想要变天，
回头看，十五年征程风雷激，
烟云翻滚犹犹在眼前。

想当初，合作化，亿万农民走上集体化的道路，到处锣鼓喧天，热气腾腾，有人却在阴沟里煽妖风，放暗箭，说什么“鸡毛不能飞上天”；五八年公社擂响了跃进鼓，有人却在背后恶意攻击党的总路线；前两年，正当我们克服

困难大步向前，又有人借原因煽动包产到户闹分田；再看看今天，我们要走大寨的路，有人又妄图把我们往邪路上牵。这一桩桩，一件件，并非偶然，都离不开阶级斗争这根弦。

（唱）　想从前，看今天，
更觉重任在双肩，
党对我们寄重托，
要把这“权”字的分量掂一掂。
万里征途才迈步，
还有关山重重在面前，
怎能够少学习，不思权，
只认钱，不看线，
遇着困难绕路走，
小心掉进那资本主义万丈深渊。
大叔啊，同志啊，
要牢记阶级苦，
时时防演变，
革命到底志不改，
心明眼亮掌好权，
沿着大寨的道路永远向前。

洪　山　我怎么就没想到这一层？……

[阿胜上。

阿　胜　支书，刚才我们当面检查了万德的化肥，发现全是假的。

洪　山　什么？全是假的？（拿过假化肥，悔恨交加）

阿　胜　这是从他身上搜出来的证明书。（把一叠证明书交给杨铁英）

洪子梅　他哪里来的那么多证明书？

阿　胜　全是伪造的。开始他不承认，经过我们再三盘问，原来他根本就不是什么家俬公司的采购员。

杨铁英　大叔，这就是社会主义时期尖锐复杂的阶级斗争。

[洪山妻上。洪土运扛木头随上。

洪山妻 阿英，下山来的社员都回工地去啦。（对洪山）你这个老糊涂，结识了个不三不四的人，现在好啦，犯了个大错误，你怎么在社员面前交代？

洪　山 我错了！

洪土运 都怪我瞎了眼，才被万德牵着鼻子走。支书、坚伯，现在我该怎么办？

钟坚伯 有什么怎么办，知错能改，我们就欢迎。

杨铁英 对，今后要记住，穿着“私”字的鞋，走不了社会主义的路。

洪土运 我一定记住。那我把木头先扛到工地上去。

杨铁英 好，你去吧，以后我们再谈。

[洪土运下。

洪山妻 （对洪山）你还在这里耷着脑袋干什么？还不快回工地去！

钟坚伯 洪山，记住这个教训，把头抬起来！

洪　山 铁英，坚伯，我……

杨铁英 大叔，我们在建设社会主义时期，要牢记毛主席的教导，阶级斗争要年年讲，月月讲，天天讲。只有这样，我们才能永远立于不败之地。

洪　山 （唱）　亲人话似春风暖我心房，
只觉得眼前天也高来地也广，
我不该辜负了先辈期望党的培养，
我不该埋头拉车不看方向……
千言万语归一句，
从今后，立志向，紧跟党，
永走大寨路，迎着困难上，
风吹浪打不迷航。

洪子梅 爸爸！

阿　强 大队长！

钟坚伯 能这样做，就好！

杨铁英 大叔，我永远难忘，你介绍我入党时常说一句话：要为全世界实现共产主义而贡献自己的力量。

（唱） 抬头看，天外有天紧紧相连，

五洲风云掠过咱燕子岩，

世界人民闹革命，

人类解放要互相支援。

胸怀天下事，干好眼前活，

要为那万山红旗舞，

做一个战斗不止的共产党员。

[一青年上。

一青年 支书，汇款通知书。

[燕子岩上的炮石声。

钟坚伯 石炮声？

洪子梅
阿　胜 对，我们的工程又打响了！

洪　山 （拿起铁锤）我们上山去！

杨铁英 走！

[幕闭。

第六场

[第二年初春的一个午夜。

[燕子岩下。

[幕启。松明火下，社员们在热血夜战，男青年在挥镐挖渠。

男青年 （唱）满心欢喜浑身劲，

洪土运 （唱）心向集体朝前奔；

合 （唱）认定目标不转向，社会主义好前程。

[钟坚伯上。

钟坚伯 土运，你们干得不错呀！

洪土运 还不是支书和你们贫农带领的结果。

中年男 老坚哥，今晚打通燕子岩有把握吗？

钟坚伯 有。你们渠道那边？

洪土运 没问题，只等突击队排炮一响，保险水到渠成。（与中年男下）

[杨铁英上。

杨铁英 坚伯，你怎么还不到工棚休息？

钟坚伯 这个时候想睡也睡不着呀，千年夙愿就要实现了。我要给燕子岩装上最后一排炮。

杨铁英 坚伯，你要注意安全。

钟坚伯 放心吧，我是老石匠了。（下）

[洪子梅和几个姑娘舞彩旗上。

洪子梅 铁英姐，彩旗准备好了。

杨铁英 好，你们沿渠道检查一遍，保证天亮放水，万无一失。

洪子梅 是！（与众姑娘下）

[幕后劳动号子彼伏此起，杨铁英往松明火上添柴，松明火更旺。

杨铁英 （唱） 松明火把遍山岗，
山前山后歌声亮；
沸腾的工地看不尽，
一个个就像那猛虎下山岗。
两年来，
顶风冒雨勤奋斗，
朝披星晚戴月昼夜奔忙。
换来了大寨精神结硕果，
不由我豪情满怀放眼望。
我看到——
水渠纵横织成网，
白云深处稻花香，
赤岭荒坡披苍翠，

电站明珠闪银光。
大地四时春常在，
永远沐浴红太阳，
毛主席创下幸福路，
直通向共产主义前方。
直通向共产主义前方。

[洪山，阿强上。

洪　山　铁英！

杨铁英　大叔，阿强！机器运回来啦？

洪　山　运回来了，水轮机，碾米机，粉碎机都运回来了。

杨铁英　万德的事呢？

洪　山　有关部门已经查明，那个投机倒把集团是反革命分子操纵，万德是其中的首要分子，已给扣起来了。

阿　强　在斗争会上，大队长还亲自揭发了万德的罪恶事实呢！

洪　山　教训深啊！

杨铁英　大叔，记住山河好走路，吃一堑长一智，坏事就可以变成好事。

洪　山　对。

[钟石林、钟坚伯上，众陆续上。

钟石林　支书，燕子岩最后一排炮已安装完毕。

杨铁英　准备放炮！

洪　山　我上！（拿过钟石林手中的香火与钟石林奔上燕子岩）

杨铁英　社员们注意了！燕子岩最后一排炮就要打响啦。大叔！放炮！

[数声巨响，众欢腾。洪山上。

洪　山　燕子岩被炸开啦。

众　人　（欢呼）毛主席万岁！毛主席万岁！

杨铁英　放水！

[暗转。

[秋收时节的一个早晨，远近稻浪滚滚，蔗林成行。杨铁英与钟石林仍在测量。

钟石林 大队长，再高一点……再高一点……好！

［歌声：迭迭梯田翻金浪，五谷丰登牛羊壮；十年九旱成过去，大寨红花分外香。

［钟坚伯与洪子梅、土运分别拿一束稻穗和两根精壮的甘蔗上。众逐涌着上。

钟坚伯 铁英，刚才我们在燕子岩下开镰试割，亩产比去年翻了一番，红石岭粮食已经跨纲要，超千斤。

洪子梅 （举甘蔗）大家看，甘蔗也在我们红石岭安家落户了。

洪土运 辛苦一年了，发电站，加工厂也办起来了，今年又是大丰收，保证分红比去年多。咳！该松口气了！

杨铁英 不！今后的路子还长呢！我们已把第二个战役的方案向上级汇报了，更大的硬仗还在后头！

钟石林 你们看见那个山头上的红旗没有？

洪土运 哟，插得那么高呀！谁插的？

钟石林 是我们大队长插的。

洪子梅 我们要把水从这里引到那里去。

［土运伸伸舌头。

钟坚伯 （笑）土运，又在想什么？

洪土运 不不。我一定紧跟，一定紧跟！

［洪山满头大汗拿着标杆上，举目远望。

洪　山 铁英，只要上级党委批准我们的方案，我们就朝着红旗指引的方向战斗吧！（拿起铁锤）我要为红石岭再立新功。

杨铁英 对，我们要牢记毛主席的教导，继续向生产的深度和广度进军，把红石岭变成米粮仓、花果山，争取对人类有较大贡献。

众　人 创造优异成绩，向毛主席报喜！

杨铁英 （唱）　红日高照山河壮，
大寨之路宽又广。

众　人 （唱）　毛主席给咱引来幸福水，
山欢水笑人歌唱；

你为我好事做了一件件，我为你跟着时代往前跑。

冯石榴 （唱） 一颗星辰将我照，照亮我心底旮旯开花了。

修桥摘掉“铁”帽子，锦上添花多荣耀。

张小磊 （感激地）石榴！刚才我和天乐打赌，不修起石拱桥不结婚。

冯石榴 （兴奋而妩媚地）小磊，告诉公公婆婆，好事办成之日，就是我俩成亲之时。

陈金箩 （复上，伸出头来）后生妹子，谈了半天，口水也谈干了。

[陈金箩示意饮果子露，张小磊会意。

张小磊 （递上果子露）石榴，能解渴。

冯石榴 谁叫你买这个？

张小磊 这是爸爸破例为你买的，喝吧！

冯石榴 （欲喝）小磊，你怎么不喝？

张小磊 （吞吞吐吐地）我……我等着你。

冯石榴 你的吸管呢？

张小磊 被爸爸推掉了。

冯石榴 （哭笑不得）大伯真是铁——

张小磊 铁什么？

冯石榴 （忙改口）笑口笑面的铁罗汉！

[冯石榴买吸管与张小磊相视而吸。陈天乐拿一卷纸悄悄地上

[幕后伴唱：果子露，甜蜜蜜。小两口，多欢喜。

多少情意多少爱，写就一首无言诗。

陈天乐 小磊！石榴！

冯石榴 （不好意思地）天乐哥，你——

陈天乐 我刚来，什么都没看见……

张小磊 天乐哥，打赌文书写好了？

陈天乐 写是写好了，不过——

张小磊 不过什么，快给我看看。

[张小磊一把接过陈天乐手中的纸卷，展开，画面背向小磊，面向观众。画的是一幅小公鸡给铁公鸡呷毛，铁公鸡滴血的漫画。

贫下中农心向党，

奋发图强斗志昂。

高举红旗，向着前方，

彻底革命，再谱新章。

杨铁英（唱） 永远前进在革命的航道上！

众　人（唱） 前进！前进！永远前进在革命的航道上！

[落幕。

[剧终。

稀有剧种卷·花朝戏

铁公鸡新传

编剧：黄日青　邱金贝

人　物　表

张木佳　男，五十多岁，河东大队泥水匠，人称铁公鸡
张小磊　男，二十多岁，张木佳的儿子，泥水匠
张大婶　女，五十多岁，张木佳之妻
陈金箩　男，四十多岁，张大婶的远房表弟，人称铁算盘
陈天乐　男，三十多岁，河东大队种菜专业户
张惠容　女，三十岁上下，河东大队新任党支部书记
冯国旺　男，六十岁上下，退役司机，河西大队砖厂顾问
冯石榴　女，二十多岁，冯国旺的女儿，张小磊的未婚妻
肖　丽　女，二十多岁，石榴的同学，县委新闻秘书
群　众

第一场

[1982 年，初冬的早晨。南方某山村。

[断桥边上。

[这是一处临时渡口，但不见舟船。台右设有一间“金记”小店铺，台左是半截断桥。

[幕前伴唱：

山外青山接青山，河里沙滩连沙滩，
脚板代舟桥下过，哎呀哎呀行路难。

[歌声中幕启。陈金箩手持鸡扫整理铺子，陈天乐肩扛一袋化肥，与群众赤足过河。

[众上岸，边与陈金箩做买卖边议论纷纷。

陈天乐 （冷得发抖）天寒地冻，河水咬脚，真要命，金箩叔，来四两烧酒。（与陈金箩买酒喝）

群众甲 天乐哥，你说这座桥什么时候才能建起来呀？

陈天乐 建个屁，早两年捐的钱，都被偷油老鼠吃光了。

群众乙 老书记下了台，这回就看惠容姐的了。

陈天乐 现在大队是个空架子，巧媳妇难为无米之炊啊！

[群众陆续下。一老人提一包草药艰难地过河。

[张小磊拿竹竿测量上，见状，忙帮老人扶上岸。

张小磊 三叔公，你一早上圩做什么？

老　人 孙女病了，我去捡一剂中药，河上没有桥真冤枉呀

张小磊 大队准备建桥啦，阿容姐叫我先来测量测量。

老　人 （高兴地）好啊，这座桥早就该建了。（下）

张小磊 （唱）　河上无桥众遭殃，就医捡药急断肠。

买卖难得赶早市，男子汉成了裹脚娘。

山中百宝飞不出，城里时货下不了乡。

寒露冰冷银河隔，难为织女盼牛郎。

（不停地向河对岸张望）

陈天乐 小磊师傅今天又是七月七啦？

张小磊 天乐哥，别开玩笑了，我……

陈金箩 小磊，你和石榴快成了吧，办喜酒可别忘了我哟！

张小磊 舅舅，八字还没一撇哩。

陈天乐 小磊兄弟，来，喝一杯。（给小磊倒酒）

张小磊 不啦，我还有事。

陈天乐 什么事用得着这么焦急呀，来，喝！

张小磊 （喝酒）阿容姐叫我来这里测量测量。

陈金箩 （冷笑）嘿嘿，大队开会连茶水费都出不起，还想建桥？

张小磊 我考虑过了，大队经济上暂时有困难，我想联合几户先富起来的人家，在这里修一座能过拖拉机的石拱桥。

陈天乐 怎么，你想擎这修桥的“狮头”？不是我瞧不起你，我敢说，你家再富也修不起这座石拱桥。

张小磊 为什么？

陈天乐 你姓张，你爸姓“铁”，谁不知道他是一毛不拔的铁公鸡。

张小磊 你别隔着门缝看人，时代不同了，我爸他也会进步的。

陈天乐 口说莲花也是，你爸爸的为人我知道。

张小磊 天乐哥，要是我将石拱桥修起来，你敢赌什么？

陈天乐 我杀鸡杀鸭，请你喝东江糯米酒。要是修不起来——

张小磊 我杀鸡杀鹅，请你饮白兰地。

（旁唱） 人争一口气，佛争一炉香。

修桥铺路为群众，张小磊愿做带头羊。

陈天乐 （旁唱） 木鱼摆殿堂，不敲声不响。

请将不将激将快，陈天乐按理喜洋洋。

（白）小磊，中国人说话要算数。

张小磊 空口无凭，愿立字为据。

陈天乐 好，金箩叔，给我一张纸，

陈金箩 做什么？

陈天乐 写打赌文书。

[陈天乐与张小磊欲写打赌文书。

[张木佳挑着手提袋和一个大布包上。

张木佳 （唱） 鲁班先师前头领，我肩挑行李出远门。

谁不知我手艺巧，谁不夸我功夫精。

今日出门喜鹊唱，准能包到新工程。

（张大婶急追边喊上）

张大婶 小磊他爹！老家伙！等一等！

张木佳 小磊他娘，不用你送，不用你送。

张大婶 （一把抓住布袋）给回我，给回我。

张木佳 （夺过布袋）家里有的是，这点先给我。

张小磊 爸爸妈妈，你们抢什么呀？

张大婶 他不声不响，把我晒着的白菜干都收走了，老家伙，你拿我的白菜干做什么？

张木佳 如今干什么都兴请客送礼走后门，我拿这去送人。

张大婶 老家伙，不是我不舍得，这些老家小菜谁要你的。

张木佳 你懂个屁，这东西城里人才喜欢呢！你看，又体统又便宜。

张大婶 那……我再给你多装一点。

张木佳 够了，够了，物轻情意重嘛，多了就不金贵了。（突然想起）家里锁了门没有？

张大婶 我来不及锁了。

张木佳 回去，回去，房子里的东西你不要啦？

张大婶 我去，我去。（下）

众　人 （笑）……

陈天乐 木佳叔，来饮一杯。

张木佳 （见小磊与陈天乐一起饮酒，怒不可遏）你——（一把将小磊拉开）

张小磊 爸爸，人家天乐哥好心好意请你喝。

张木佳 我说过，张家拉屎都将和他隔十二条岭岗。

陈天乐 （不以为然）木佳叔，过去的事情就算了吧！

张木佳 你滚开！

陈天乐 （悄悄地）小磊，这打赌文书还写不写？

张小磊 天乐哥，你别理他，写！

陈天乐 拜拜！

[陈天乐佯装下。

张木佳 （看着陈天乐的背影，吐了一口唾沫）呸！十年前的老账还没跟你算呢！

张小磊 爸爸，你要去哪里？

张木佳 走，我们一起去特区，包一个建筑工程。

[陈天乐偷听。

张小磊　不。现在大队领导想在这里修桥，我想联合几户社员把这包下来。

张木佳　多少钱承包？

张小磊　大约三五千元。

张木佳　修桥？钱在哪里？

张小磊　人工自己出，费用自己掏，做一件方便群众的大好事。

张木佳　怎么，喝了一点黄牛尿就晕啦？特区有钱不去挣，还要挖我的老本？

陈天乐　（偷笑）嘻嘻……

张小磊　爸爸，我已经说出去了。

张木佳　这不是你的事，跟我走！

陈天乐　（旁白）铁公鸡！（下）

[张小磊苦恼的一旁蹲下。

张木佳　走呀！

张小磊　我不去！

张木佳　你做什么？

张小磊　我要去找石榴。

张木佳　也罢，听说冯大伯退休回来了，你跟他商量商量，定个日子把亲事办了吧，他正为你们焦急着呢！

张小磊　给我一点钱。

张木佳　要钱干什么？

张小磊　要去，也不能两手空空去呀？

陈金箩　对，表姐夫，河东河西十几年未通婚了。你是河东大队的首富，又是有名的泥水匠，可不能丢了面子哟，这里有各种各样的酒，给小磊买几瓶去吧？

张木佳　果汁露多少钱一瓶？

陈金箩　别处卖八角五分，我卖八角四分。

张木佳　便宜一分钱。（下决心地）好，买两瓶。

陈金箩　（交货）二八一十六，二四得八，一元六角八。

[张木佳欲下。

陈金箩　小磊，这吸管要不要？

张木佳 要，来两支。

陈金箩 两支三分钱。

张木佳 这不是配搭来的吗？怎么也收钱？

陈金箩 不收钱，我不是白亏了一分吗？

张木佳 老弟呀！

（唱） 一节肠子九道弯，难怪人人叫你铁算盘。

论关系你我是亲戚，怎能凭白多收我三分钱？

陈金箩 （唱） 小本生意度日难，只有蚀本没有赚。

老牛不少一根毛，你何必装穷又叫寒。

张小磊 算了，算了，三分就三分吧！

张木佳 你懂个屁，退掉一支。

陈金箩 好，四舍五入，一支两分。

张小磊 两瓶果子露，一只吸管，怎么吸呀！

张木佳 蠢货，不会一瓶一瓶地吸，用了洗干净下回还能用哩。

张小磊 （无可奈何地）这……

［张木佳下。

［冯石榴匆匆上。

冯石榴 （唱） 情切切，步匆匆，跑出河西奔河东，

婚姻大事有变故，父亲举起了无情棒。

陈金箩 小磊，你看谁来了。

张小磊 （惊讶地）石榴？！（喊）石——榴！

冯石榴 （闻声，喜出望外地）小——磊！

（唱） 心里想哥哥就来，石灰见水心花开！

张小磊 （唱） 心里想妹妹就到，船儿和桨分不开。

冯石榴 （唱） 分不开，做一堆，小磊你过来。

张小磊 （唱） 石榴石榴，半月不见情难舍，梦中惊醒好几回。

陈金箩 （旁白）你看，你看，比我们老夫老妻还亲热哩！

［张小磊与冯石榴同时下河，冯石榴脚下一滑，险些被水冲倒。张小磊忙将冯

石榴扶上岸来。

张小磊 石榴，露寒冰冷，你一早跑来有什么事呀？

冯石榴 大事不好了，爸爸反对我们……

张小磊 （大吃一惊）你爸爸真的不喜欢我？

冯石榴 他不喜欢你爸爸。

冯小磊 我爸爸怎么啦？

冯石榴 （吞吞吐吐）他说你爸爸是铁……

张小磊 他搞错了，我爸爸不是打铁的，是有名的泥水匠。

冯石榴 不，是铁……（比比画画）。

陈金箩 （从柜台伸出头来）铁公鸡，是吗？

[由于第三者介入谈话终止了。

张小磊 （突然机灵地）舅舅，铺子后面好像有个人影，鬼鬼祟祟的……

陈金箩 吓！（急入）

[两人偷笑。

张小磊 石榴，我爸他是有点吝啬，一向勤俭惯了，这不要紧，你是嫁给我又不是嫁给……

冯石榴 家庭是个整体，可不能像一张缺腿的凳子。我爸爸说现在政策放宽了，不愁吃，不愁穿，家有万贯不出奇，要找就找个有文明家风的人家。

张小磊 你的意思——

冯石榴 爸爸说的有道理，我……

张小磊 （突然想起地）石榴，我正想为河东河西两个大队的乡亲办一件大好事。

冯石榴 什么大好事？

张小磊 在这里修一座石拱桥。

冯石榴 （惊奇地）真的？

张小磊 石榴呀！

（唱） 你我相爱无月老，蚕儿作茧自己包。
记不清何时点起火一把，说不清何时搭起友谊桥。
你为我下海擒龙不知险，我为你上天摘星不怕高。

张小磊 怎么，你没写，你怕输？

陈天乐 写在后面。

张小磊 （接过漫画一看，难堪地）啊！？“铁公鸡拔毛，谈何容易”

陈天乐 （取回漫画）小磊，拔毛会出血的，现在怕赌还来得及。

冯石榴 小磊，我爸爸有一笔退休金，如你修桥有困难，我家会全力支持你。

张小磊 （一把夺过漫画）天乐哥，打赌文书，我来写！

［幕闭。

第二场

［前场两天后的晚上。

［二道幕前。张大婶提潲水上。

张大婶 （唱） 乌知天黑牛知归，小磊出门还未回。

莫非又找石榴去，刚刚谈心又约会。

这孩子，早几年温顺不出门，像闺女前脚后脚将我随。

喂猪他替我提潲桶，煮饭他帮我去挑水。

都说道独子独女娇又懒，我小磊勤俭朴实不是吹。

万元存款他挣过半，满房家财他背驮归。

常言道子大女大娘牵挂，喜鹊做巢要成双对。

小磊爹常年在外做泥水，儿女我若不理还靠谁。

盼只盼早日娶回好儿媳，叫孩儿双双对对比翼飞。（下）

［二道幕开，张木佳家，厅堂连着卧室，陈设简朴。墙上挂着一把自制的二胡。张木佳在数着一叠人民币，数着数着，乱翻口袋。

张木佳 （唱） 稀奇稀奇真稀奇，整整少了一角一。

我一不抽烟，二不喝酒，

丢钱实在没道理。

车票四块整，宿费一块二。

饭钱一块六，菜干自带的。

（从袋角里找出一分硬币）哟！

这里暗藏一分钱，还有一角哪里去。

（踱步沉思，突然想起并找到收据）过桥交了一角钱，换来这张小收据。

[张木佳取下二胡欲拉，张大婶提潲桶上。

张大婶 小磊他爹，你回来了！

张木佳 回来了。

张大婶 工程包到了吗？

张木佳 包个屁。

张大婶 去晚了？

张木佳 晚倒不晚。

张大婶 那你怎么包不到？

张木佳 别说了，有人搞不正之风，把我的生意夺去了。喇，白菜干还给你。

张大婶 你不是说物轻情意重嘛吗？他们嫌你送的不高级？

张木佳 还嫌他们的牙齿不够硬哩。

[张大婶提布袋下。

[张木佳摇头晃脑地拉起花朝小调来。

[张小磊用口琴吹奏着《在希望的田野》上。两种音调格格不入。

张小磊 爸爸，你回来啦！

张木佳 （点点头，扔拉着二胡）

张小磊 工程包到了没有？

张木佳 （摇摇头，扔拉着二胡）

张小磊 没包到？好！（吹起口琴来）

张木佳 你见过石榴了吧？

张小磊 （点点头，仍吹奏着）

张木佳 她答应了没有？

张小磊 （摇摇头，仍吹奏着）

张木佳 （不高兴地）你哑了？

张小磊 （放下口琴）你刚才不是也这样？

张木佳 我是拉上瘾了。

张小磊 我是吹入迷了。

［大婶上。

张大婶 小磊，你一出去就不知道回头转颈。

张小磊 妈，我有事情。

张木佳 昨天你和石榴他们到底谈得怎么样？

张小磊 爸爸！

（唱） 昨天出访去会谈，三国四方费周旋。

当场就把条约订，不办好事不团圆。

张木佳 （唱） 乡里乡规不违反，彩礼嫁妆应照办。

黄花闺女礼一千，二婚妇人要减半。

张小磊 妈妈，我说的好事是要花钱的。

张大婶 一辈子就这一次，花它一千两千不要紧。

张小雷 我说得好事是要花时间的。

张大婶 一天准备，一天摆酒，花不了多少时间。

张小磊 我说得好事是要做出贡献的。

张大婶 只要你和石榴结了婚，你就贡……贡什么？

张小磊 学雷锋做好事呀。

张木佳 （意外地）你……你这个蠢货，谁叫你去订这样的合同。

张小磊 石榴说了，不办好事不结婚，我这是为了石榴，也为了你呀！

张木佳 为了我？

张小磊 冯大伯反对石榴跟我结婚。他说，如今政策放宽，不愁吃，不愁穿，家有万贯的人不奇怪，石榴要找的是有文明家风的人家。

张木佳 我不嫌他米碎，他倒嫌我箩疏。

张小磊 爸爸！

（唱） 爸爸有个老外号，不说你自己也知道。

方圆百里都传遍，人人笑了把头摇。

为了给你来正名，我大胆订下这一条。
这一回，你要摘掉“铁”帽子，
重新做人立功劳。（下）

张木佳 （唱） 一席话听得我昏头又昏脑，张木佳犯了国法哪一条？
只因想添个劳动力，却招来风千尺高。
如今不是那“文化大革命”，不兴挂牌游街戴高帽。
高山打鼓我名声远，家有梧桐何愁招不来凤凰鸟。
讨媳妇就像拣苹果，大的小的挨着个儿任我挑。

张大婶 你别老王卖瓜——自卖自夸了。小磊找了三次对象，吹了三个，我哭了三次，你还……（欲哭）

张木佳 女人眼泪就是贱。

张大婶 石榴身高体壮，心灵手巧，这样的媳妇打着灯笼也难找。

张木佳 这一点你倒说对了。俗话说，十大九不输，像石榴这样的体魄，一年起码能挣一二千元，不过他提的好事……

[张小磊取漫画上。

张小磊 爸爸，你看。（递漫画）

张大婶 这上面画了分明骂你爸大铁公鸡嘛。

张木佳 我是铁公鸡，你也不成了公鸡崽了。

张小磊 可不是吗，看了这张画，我的脸足足红了三天。

张大婶 小磊，千万别让石榴看见了。

张小磊 她呀，已经看过了。

张大婶 （惊慌地）冤枉，这回又要吹了！

张木佳 这个该死的陈天乐——
（唱） 见漫画恼羞成怒气难受，陈天乐是我的死对头。
十年前他将我绰号起，到如今仍在群众口中留。
风言风语我原不怕，就怕石榴反了口。
下狠心我把那钱财丢，娶石榴致富更上一层楼！

张小磊 爸爸，石榴表态了，好事办成之日，就是我俩成亲之时。

张木佳 好，石榴说要办什么好事？

张小磊 （高兴地）为河东河西建一座能过拖拉机的石拱桥。

张木佳 修桥？

张小磊 爸爸，人生的价值不仅在于向自然索取，而在于对社会的贡献。

张木佳 这也是石榴说的？

张小磊 这是我在报纸上读到的。

张木佳 （突然想起地）小磊他娘，你去生产队把《广东农民报》借回来。

张小磊 我去！

张木佳 不，你给我造个计划，看看修这座桥要多少钱。

张小磊 哎！（下）

张大婶 老家伙，你真想修桥呀！

张木佳 你把报纸借来，我再跟你说。

张大婶 哎！（下）

张木佳 （唱） 年轻人就爱出风头，样样事情都要赶潮流。
他哪知当家才晓柴米贵，他哪知光勤不俭财难守。
这一回承包落了空，花了盘缠我心中忧。
想办法堤外损失堤内补，借母鸡孵鸡崽名利双收。

（张大婶取一叠报纸上，张木佳戴起老花眼镜，急忙翻阅）

张大婶 你要新的还是旧的？我帮你找。

张木佳 我要那张不新不旧的。

张大婶 （翻到一张报纸）是不是这张？

张木佳 （一看）不是的。

张大婶 （又翻到一张报纸）是不是这张？

张木佳 （一看）不是的，不是的。哎，你越帮越忙了。

张大婶 你到底要找哪一天的？

张木佳 我没记住。

张大婶 听说人家老师讲课，哪一本，哪一页，哪一行，第几个字都记得清清楚楚，你呀，连这点都记不住。

张木佳 人家知识分子看书像孩子拾稻穗，一粒不漏，我们看书就像猴子摘苞米，一边摘一边丢，哪能相比。

张大婶 老家伙，这么多报低，你查到什么时候？

张木佳 别急，别急，查不到今晚不睡觉。

张大婶 吓！

［幕后伴唱：伸脖子，背驼驼，眼睛亮着灯盏火。

张木佳灯下查信息，好比鸡公绕谷箩。

［歌声中，张木佳围着桌子旋转看报。累了伸伸脖子，张大婶帮他捶背解乏。

张木佳 小磊他娘，你看，你看！

［张木佳突然对一则消息特感兴趣，取报靠近电灯观看，电灯熄灭。舞台只留下一个光圈。

张大婶 停电！

张木佳 快擦火柴！

张大婶 （摸到火柴，擦亮一根）快看，快看！

张木佳 （借火观报）再擦，再擦。

张大婶 （连擦两根火柴）看完没有？

张木佳 （借火剪报）再擦一根就够了。

［张大婶擦火柴电灯同时复明。

张木佳 又多浪费了一根火柴。

张大婶 老家伙，你到底干什么？

张木佳 这一回出去，虽然没有包到建筑工程，却遇到了一件新鲜事。

张大婶 什么新鲜事？

张木佳 小磊他娘呀！

（唱） 昨天出门去承包，半途路过一座桥。

桥头坐着修桥者，收下路费投腰包。

我交了整整一角钱，带回这票据来报销。（亮出收据）

有样学样我放大胆，再创致富路一条。

张大婶 （唱） 你别一喜飒飒，只顾荷包不顾腰。

张家无稠喝稀点，违反政策不得了。

张木佳 小磊他娘，我有这红头文件，你别怕。（将剪下来的信息交与张大婶）

张大婶 怎么，你把人家的报纸都剪下来了？

张木佳 我昨天路过的是陈村大桥，这消息登的就是这回事，你看上面还有照片哩。来，给我找一个玻璃纸袋。

张大婶 （找到一个玻璃纸袋交给张木佳）你又要做什么？

张木佳 （唱） 收费消息剪下来，藏进透明的保险袋。

往后若有官司打，请他跟我同登台。

张大婶 这么说，修桥不亏本？

张木佳 （胸有成竹地）拖拉机过桥收一块，单车载人收一角，一天能收三十元以上。

张大婶 十天能收一头大猪？

张木佳 三一得三，三三归九，一个月能收千把元，一年就是一万多。.

张大婶 （唱） 此桥一通喜心怀，一年一万数不过来，

娶了媳妇还有赚，这回真要发洋财。

张木佳 嘘，小声点，注意保密，别让小磊听见了。年轻人爱出风头，如果被他知道了传出去，就不好了。待生米煮成熟饭，你就坐在桥头收钱。喏，车来了，你就打出红旗“停”，交了钱，你就打出绿旗“开”。

张大婶 （胆怯地）不行，不行，我没那个能耐，还是让石榴来收钱吧！

张木佳 到时候，我们还得好好感谢老旺头亲家嘿！

[张小磊手拿图纸上。

张小磊 爸爸，图纸画好了。

张木佳 （满意地）不错，不错，像我的儿子！

张小磊 我们在这里修石拱桥，大队原来准备了部分石料。大石山上有，沙子河里掏，水泥、木料家里有，青年民工由你叫。估计花上一个月，花上四五十元就行了。

张木佳 只要能建起来，花它五千六千没问题。

张小磊 爸爸，我已经联合了五户富裕户一起干，家家掏上一千元就足够了。

张木佳 要修，我们一家全包了。

张小磊 我们一家全包？

张大婶 包？你爸刚才算过了，有钱……

张木佳 （制止）论钱有钱，论技术有技术，你怕什么？

张小磊 劳力呢？

张木佳 爸爸不是带着一支工程队吗？

张小磊 （意外地）好呀！爸爸，你进步真快呀，没想到你出去两三天，就来了个一百八十度的大转变。

张木佳 你爸不转就不转，一转就是三百六十度。

张小磊 你这个包工头包到自己头上来了。

张木佳 那叫近水楼台先得月。哈哈……

张大婶 （观图欢笑）哈哈……

张小磊 妈妈，你笑什么？

张大婶 你看，石榴笑嘻嘻地从桥上过来啰！

张小磊 （莫名其妙地）石榴？哈哈……

[三人相视而笑。

[收光。

[幕闭。

第三场

[前场两天后，上午。

[二道幕前。陈金箩上。

陈金箩 （唱） 咸鱼返生石长草，铁公鸡这回要拔毛。
人来车往茶水缺，我的饮料真好销。
沙示汽水竹壳茶，鲜宝橙计可口乐。
原以为大桥一修生意淡，
有谁知银钱流进我腰包。

莫说我袖手旁观顾自己，

我这就目标工地走一遭。（下）

[二道幕开。修桥工地热气腾腾。

[伴唱：　众人捡柴火焰高，建桥工地真热闹。

人人伸出支援的手，倒把佳叔难住了。

[伴唱声中，群众扛的扛，挑的挑，前来支援，张木佳头戴竹帽，婉言谢绝，但无济于事。

[众人下。

[冯石榴与张大婶抬石头上。

冯石榴　大伯，你看这些石头好不好？

张大婶　还看什么？能砌就行。

张木佳　（挑了块石头敲了敲）这是哪里捡来的猪肝石？

冯石榴　这……这是从大寨堤上拆下来的。

张木佳　（一掌将石头劈碎）你看看！

张大婶　（将木佳扯到一边，小声地）人家石榴新来乍到，你——

张木佳　我怎么啦？修桥是百年大计，质量第一。

（唱）　起屋全靠大栋梁，造桥全靠石质量。

只要根基打得好，不怕暴雨和大浪。

倘若是工夫不精名声败，

致富的计划全泡汤！

冯石榴　（不好意思地）大伯，我……

张大婶　好了，好了，少说两句哑不了你。石榴，别听他的。

[张惠容扛一块石头上。

张惠容　哟，石榴，你也过来帮手？

冯石榴　惠容姐！（帮卸石头）

张惠容　大婶，现在石榴还是客人，要好好招待招待，可别太节约了。

张大婶　一餐一对荷包蛋，行了吧？

张惠容　行。还有木佳叔，也得加强加强营养。

张大婶 这要等以后收了钱——（已知失言，改口）以后有了钱，再说。石榴，抬石头去。

[张大婶与石榴下。

张木佳 阿容妹，你又来了。

张惠容 你这么老都能带头干，我怎么能不来呢！

张木佳 你……你和我不一样。你是支部书记，全大队的最高领导，我是泥水匠。

张惠容 你能主动为群众做好事，干部更不能袖手旁观呀！

张木佳 我是说你工作忙，分不开身。

张惠容 （激动地）木佳叔！

（唱） 自从石桥被冲断，运输不通行路难。
无奈大队企业刚兴办，抽不出资金把道建。
眼看着乡亲受苦累，心里急似滚油煎。
如今你带头学雷锋，山村里飘起旗一面。
对比你我又喜又惭愧，
大叔呀，我出不起资金愿流汗！

张木佳 阿容妹，你来了就算你有心了，千万不要把其他群众也引来……

张惠容 大叔，人多进度快，有什么不好呀？

张木佳 （无言以对）这……总之，大家别眼红，这好事我一家包到底。

张惠容 不会眼红的，又不是发洋财。

张木佳 对。等一会儿有人来了，请你帮我挡挡驾。

张惠容 好，我想法安排一下。（下）

张木佳 坏了，坏了，这么多人来帮工，还送了物资，将来怎么算呢？（沉思）对，我把它一笔一笔记下来，以后还清就是了。

[张木佳找不到纸张，把送物资的人名写在竹笠上。

[张小磊持泥水刀高兴地上。

张小磊 爸爸，你在干什么？

张木佳 我……人多竹笠多，我在自己的灯笠上做个记号。

张小磊 爸爸，你看——

张木佳 （惊慌地）怎么，又来了这么多人。

张小磊　好嘛，大桥早修好，新娘早进门！

张木佳　去去去！别光想着娶老婆。

[群众甲乙扛水泥上。

甲、乙　大叔！

张木佳　（不高兴地）你们也来……

甲、乙　我们帮不了大忙，送点水泥……

张木佳　不用，你们扛回去，留着打灶砌鸡窝用吧。

甲、乙　大叔，这也是我们的一点心意呀！（扛下）

张小磊　爸爸，群众这么热心帮忙建桥，出乎我们意料之外呀！

张木佳　（心烦地）热心帮忙？帮倒忙！小磊，大家今天来了就算了，明天无论如何别让他们来！！（坐下，在竹笠上“记账”）

张小磊　（旁白）爸爸他怎么啦？

[陈金萝胸前挂着一个“L”字形的牌子，挑尿桶上。

陈金箩　表姐夫！小磊，辛苦了！

张木佳　金箩老弟，你来做什么？

陈金萝　我看这里人多就来了。

张小磊　算了，算了，别凑热闹了。

陈金箩　我是出点微力，解人之难哪。

张木佳　好，有茶倒一碗来喝喝。

陈金箩　对不起。（翻过牌子，露出“小便请→”字样）

张木佳　（哭笑不得地）这……

[陈金箩挑尿桶下。

张木佳　唉？大半天一块石头都没彻好。小磊，你在这守着，皇帝老子也不能插手！我砌石去。（下）

[望着木佳背影，百思不得其解。

张小磊　（唱）　爸爸的态度太出奇，拒绝帮工没道理。

难道说好事只该我一家做，

莫非他心中另有一着棋。

爸爸的底子摸不透，

叫我小磊莫猜疑。

［石榴上。

张小磊 石榴，你觉得爸爸的为人怎么样？

冯石榴 我觉得……大叔是个好人。

张小磊 好在哪里？

冯石榴 刚才我捡了一块质量不好的石头，被大叔批了一顿，我觉得他为人正直，对工程的质量要求很严格。

张小磊 他为什么不喜欢别人来插手？

冯石榴 这……他怕人多手脚多，管理不善，质量难以保证。

张小磊 如果是这样，就是我多心了。

冯石榴 你呀，往后要多看大叔的长处，别自己往自己脸上抹黑！

张小磊 是，夫人！（鞠躬）

［陈天乐、肖丽搭相机上。

肖　丽 别动，多好的镜头！

磊、榴 肖丽！

陈天乐 你们认识？

肖　丽 老同学了。

张小磊 肖丽，什么风把你吹到这里来了？

肖　丽 春风吹！我到隔壁大队采访，听说你们这里出了一桩个人投资建桥梁的大新闻，陈天乐同志就带我赶来了。

张小磊 肖秘书确是眼观六路、耳叫八方呀！

肖　丽 你们快说说，建桥的铁公鸡是谁？

冯石榴 就是小磊的爸爸。

陈天乐 怎么，你没份啦？

肖　丽 也是石榴家公，对吧？

冯石榴 铁公鸡是外号，原名叫张木佳。

肖　丽 我想找你爸谈一谈。

张小磊 肖丽同学，我们办点小事算得了什么，值得你——

肖　丽　我现在是记者，请协助。

张小磊　这……

陈天乐　（对内喊）木佳叔，木佳大叔。

［张木佳上，见陈天乐，转身欲走。

陈天乐　木佳大叔，这位女同志想向你要点材料。

张木佳　要材料？不不，我建这座桥，材料还不够用呢！

［肖丽恶笑。

肖　丽　大叔，你误会了。

张小磊　爸爸，她是肖记者。

张木佳　管你消极者、积极者，我没材料。

陈天乐　木佳大叔，你怎么一想就是那几块石头呢？

陈木佳　几块石头又怎么样？我抢来的？偷来的？陈天乐，有本领你再给我画一个铁公鸡吧！

冯石榴　（笑着）好啦，天乐哥，你不要惹大叔生气了。

［冯石榴推陈天乐下。

张小磊　爸爸，肖同志不是要你什么材料，是来给你写文章、拍照片，登报表扬你。

陈木佳　登报？

肖　丽　对，大叔，请你谈谈为什么会想起修这座桥的？

张木佳　这，没什么好谈的。肖同志，我还有事……

肖　丽　大叔，你做了好事还不愿说，这就是雷锋精神，这就可写文章。来，我给你照一张全家福。

张木佳　不不不，我照相不好看。（欲下）

张小磊　（拉住木佳）我们一家从来没照过相，照吧！妈，快来！

［张大婶上。

冯石榴　大婶，来，照张相。

张大婶　呵，这位是照相师傅？

冯石榴　不，她是记者。

肖　丽　来，你们准备好！

［肖丽把木佳、大婶拉到中间，小磊和石榴站旁边，对准镜头。

肖　丽　大伯，把竹笠取下。肌肉放松。笑，笑！

张木佳　我笑不起来。

肖　丽　大伯，这照片拍好了就能登报，你的事迹很快会在全省传开，你应该高兴，笑呀！

张木佳　登报！（突然跳出）

肖　丽　大伯，还没拍呢！

张木佳　我不拍，我不拍！

张大婶　他不好意思拍，我们拍！

张木佳　你——（一把将大婶也拉了出来）

冯石榴　大叔，你——

张木佳　你妈长得比我还难看，算了，你们拍张订婚照吧！

肖　丽　越谦虚越可敬。大伯，你一定要拍一张。

张木佳　我一辈子不照相！（拿起竹签、泥刀欲下，石榴与小磊拉着，肖丽迅速按下快门，三人定格）

肖　丽　好！（三人恢复活动）

张木佳　拍下啦？

肖　丽　拍下啦。小磊，咱们到工地那边再拍几张。

［肖丽、小磊、石榴边谈边下。

张大婶　（哭）孤寒种！吝啬鬼！

张木佳　（莫名其妙地）你，你哭什么？

张大婶　（唱）　你说我难看我不记恨，其实是你怕多掏四角半。

去年里照相师傅上门来，我本想照张遗像你保管。

岂料到梳好头发换新衣，你却为出言不逊将我赶。

这一回没哼一声你不许照，人称你铁公鸡实在不冤。

到往后子孙认错骨灰盒，做死鬼我也跟你没个完。

张木佳　看你想到哪里去了。

张大婶　我跟你活了几十年，生儿育女，做牛做马，连相也不给我照一张，我死了也不合眼。

[陈金箩暗上。

张木佳 我问你，这桥还修不修？

张大婶 修。

张木佳 路费还要不要?

张大婶 要！

张木佳 你知道她是谁?

张大婶 她姓记。

张木佳 小磊她娘，她是专门写文事登报的记者呀！人们拿报纸回家里一看，就会说这是自费修桥的铁公鸡，那时还有什么脸面去收钱?

陈金箩 （旁白）收钱?!

张大婶 （庆辛地）幸亏没照啊？

（唱） 朦胧中听你依依啼，大梦初醒喜心怀。

别人说你孤寒种，我说你是七分美丽。

八分玲珑，九分醒目，十分可爱的五更鸡！

张木佳 老夫老妻说这些有什么用？千万注意，切莫把建桥收钱的事说漏了嘴!

张大婶 从今后我把嘴锁起来，放心了吧？

张木佳 放心放心。走，砌石去。（两人下）

陈金箩 （出）我早说了，铁公鸡肯拔毛，除非咸鱼返生石长草。铁公鸡呀铁公鸡，这份油水你不能独吞呦……

[切光。

[幕闭。

第四场

[前场数天后，傍晚。

[二道幕前。

[冯石榴上。

冯石榴 （唱） 今晚大队放电影，公社慰问修桥人。

小磊出门上哪去，为避误场把前寻。（张望）

[张小磊拿一张新报纸上。

张小磊 石榴，好消息，肖丽拍的照片在报上登出来了！

冯石榴 我看看！（拿过报纸）看，爸爸头戴草帽手拿泥刀多神气！

张小磊 你也不错嘛，身材苗条，满面笑容，就像演《庐山恋》的女主角张瑜。（见左右无人，欲吻石榴）

冯石榴 （不好意思地）你——神经病。（欲下）

张小磊 （怜惜地拉住石榴）石榴，这些天可把你累坏了。

冯石榴 你，你比我还辛苦哩。

张小磊 石榴呀！（唱）

自从大桥动工后，你朝迎日出晚披星。

石块拣着大的扛，水头挑着重的运。

肩膀压肿脚磨损，我看在眼里疼在心。

有心叫你歇一歇，你当众不领我的情。

他日岳父怪下来，小磊我有口说不清。

冯石榴 （唱） 不是石榴不领情，阵阵春风暖我心。

爸爸修桥众人助，人不催马马催人。

时间是金钱，健康是生命。

架座致富桥，造福众乡亲。

携手同奔幸福路，再苦再累甜在心。

（白）走，快将好消息告诉爸爸妈妈，让他们高兴高兴。

张小磊 别急，惠容姐打算在放映厅宣读，到时候让爸爸高兴得一蹦三尺高。

[小磊与石榴唱《在希望的田野上》，下。

[二道幕开。张木佳的家门前，木瓜树下有石桌石凳。

[张木佳坐在石凳上，手持二胡自拉自唱。

张木佳 （唱） 手拉二胡心花放，我与这宝贝交情长。

愁闷时它与我同悲泣，高兴时它与我同欢唱。

村里演戏放电影，一次省下票一张。

张木佳一不抽烟二不喝酒，凭勤俭精打细算度时光。

想今后收不尽那买路钱，乐的我把花朝小调轻轻唱。

[张木佳得意忘形，小磊与石榴悄悄地上。

冯石榴 爸爸，看电影啦！

张木佳 现在的电影没什么好看，倒不如听我拉胡琴。不花钱又好听。

张小磊 像杀鸡一样，有什么好听哟！

张木佳 我不是跟你说，你说句公道话，我拉的好听不好听？

冯石榴 好，好，和阿炳拉的差不多。

张木佳 到底差多少？

冯石榴 只差一点点。

张木佳 一点点，哈……

张小磊 失之厘毫，差之千里。

张木佳 （失望地）你这小子！

冯石榴 大伯，今晚上的电影是惠容姐来慰劳我们的，不用买票。

张木佳 是吗？那就走吧！！（放下二胡，搬起凳子，欲下）

冯石榴 爸爸，放映前要宣读重大新闻。

张木佳 怎么，又发表最高指示了？

张小磊 爸爸，哪来这么多最高指示呀，这回是大大表扬你。

张木佳 （莫名其妙地）我有什么值得表扬的？

广播声 喂，喂喂，请肃静！

[此刻电影开场，传来广播声。

冯石榴 大伯，你听！

广播声 各位观众，电影就要放映了，现在告诉大家一个好消息，张木佳同志自费建桥的事迹登上《农民报》了！

张小磊
冯石榴 （欢呼雀跃）爸，你听，广播了，广播了！

广播声 学雷锋，做好事，张木佳自费建桥梁。三中全会的春风吹遍河东大队，一向被人称为铁公鸡的张木佳，首先富起来，他急群众所急，主动拿出五千元现金，带领全家建造石拱桥，被群众誉为老雷锋……

张木佳 （惊慌失措地）这……（倒在石凳上）

张小磊 爸爸，我们说的没错吧！(不见张木佳身影）

[张小磊、冯石榴四处寻找张木佳，发现张木佳目瞪口呆。

张小磊
冯石榴 （呼喊）爸爸，爸爸！你怎么啦？

[张大婶闻声上。

张大婶 （哭）孩子他爸，你怎么啦？（用手试木佳的鼻子）

张木佳 ……

张大婶 小磊，石榴，刚才发生了什么事啦？

张小磊 刚才爸爸听广播，听着听着就……

冯石榴 （唱） 大伯大伯你为什么？

张小磊 （唱） 莫非把广播来听错。

张大婶 （唱） 你大伯原有高血压，公社医院他住过。

张小磊 （唱） 爸爸爸爸你为什么？

冯石榴 （唱） 莫非表扬过了火？

张大婶 （唱） 你爸爸受尽牛马苦，表扬的滋味他未尝过。

[张木佳从凳上跳起来。众惊愕。

张木佳 （唱）我躺在地上竖耳朵，声声句句批判我，报纸不识张木佳，都是小磊闯的祸。

张小磊 （递过报纸））爸爸，你看，上面还有照片哩！

冯石榴 大伯，别害怕，报上不是批判你，是表扬你。

张小磊 表扬你学雷锋做好事，精神可嘉！

张木佳 不用你翻译，我心里明白，这表扬比批判还更不好受啊！（扔掉报纸）

冯石榴 （拾起报纸）这有什么不好受的？多少人做梦都想着表扬哩！

张大婶 （取过报纸）可惜，我一点没照着。

张木佳 实话告诉你们，这次答应修桥，第一是想将石榴早日娶过来，第二是收路费。

冯石榴 （惊奇地）收路费？

张小磊 爸爸，你太不讲信用了。

张木佳 我怎么不讲信用？

张小磊 当初你是答应做好事的。

张木佳 我从没讲过不收钱。

冯石榴 大伯，你是什么时候改变主意的？

张木佳 就在答应修桥的同一个时候。

冯石榴 这……大伯呀！

（唱） 今日老女少在一道，石榴把话说明了。

要人要财由你选，路费媳妇任你挑。

张木佳 （唱） 不用选，不用挑。两样宝贝我都要。

好容易找到一条生财路，你们却拿银钱去换高帽。

冯石榴 大伯，你——

张木佳 别说我铁公鸡难讲，修这座石拱桥，材料加人工，不要五千，也要四千八，你以为我的人工是喂狗的？我的银钱是天上掉下来的？（向大婶示意帮忙）

张大婶 石榴，小磊！

（唱） 百斤肥水为棵蕉，一担心血为颗苗，

我俩是半截入土人，为来为去为哪一条？

还不是为了你们腰杆硬，还不是为了后代日子好。

冯石榴 （唱） 如今是八十年代春光照，再不用腹空衣单日夜愁。

青年人不吃前辈现成饭，幸福生活要靠自己来创造。

张小磊 爸爸，现在报上登了，广播播了，谁不知道咱们自费修桥做好事，怎能口是心非又收钱呀？

张木佳 谁口是心非？我是符合政策的。（掏出剪报）你们看，人家还走在我的前面呢！

张小磊 人家是人家，我们本来是做好事的，再说你本来名声又不好……

张木佳 名声？

（唱）　提起“名声”我心火烧，张木佳牢。

平生没摘过人家一皮菜，别家人也别想要我一根毛……

冯石榴（唱）　你只扫自己门前雪，过分刻薄惹别人来取笑……

张木佳（唱）　我抠抠俭俭屈做人，只因过去穷怕了。

六〇年不是我“手指密”，水肿病早把你们命勾销。

张小磊　爸，我不反对勤俭，但过分省俭就成孤寒了！

（唱）　那一年村里修学校，你有钱不捐捐木条。

三条杂木没有碗口粗，气得老师只好当柴烧。

那一年天乐陪你交副业，分明收入也不少。

可是你铜钱串在肋骨上，一盒烟钱借不到。

天乐哥实在气不过，漫画贴上咱家门楼。

从此后铁公鸡名声传天下，

害我娶不来媳妇直不起腰……

张木佳　甲鱼有肉屈在肚子里，那时要是露了富，路线教育工作队非把你打成暴发户不可，你懂什么。

张小磊　爸，三中全会以后，我们家突然富裕起来了，一无人偷，二无人抢，三无工作队打你暴发户，你为什么还把铜钱看成磨盘大？

张木佳　这……

张小磊　肖记者夸你学雷锋做好事，你口口声声说应该，应该……

张木佳　那是打打马虎仗。

张小磊　记者问你为什么想起修桥，你说“人家能做好事我怎么不能？”这是什么意思？

张木佳　那是假话真说。

冯石榴　到如今这么多人来支援，献策献料，你敢自己厚着脸皮去收钱？

张木佳　这个你们别担心，（取出竹笠）我把大家送的东西记起来了，到时候一个个还账！

张小磊　惠容姐已向上级做了汇报。肖记者为我们拍了照片写了文章，你也得顾着他们的面子。

张木佳　火烧眉毛顾眼下，我顾不了那么多。

冯石榴　（恍然地）既然如此，我也顾不了那么多了！

［石榴扭头跑下。

张小磊　（生气地）爸爸，你——

张大婶　（慌张地）小磊，快，快去看看石榴。

张木佳　让她先看一场电影再说。

张小磊　（喊）石榴，石榴！（跑下）

张大婶　（欲哭）老头子，现在怎么办？

张木佳　哼！（心烦地拿起二胡欲拉）

张大婶　（一把夺过二胡）你还有心弹琴吹唱！

张木佳　（爆发地）走吧，走吧，都给我走吧。（跟跑下）

张大婶　畚箕装泥鳅，走的走溜的溜了！（擦泪）

［陈金箩上。见大婶手中拿着二胡。

金　箩　老表姐，你也偷偷学拉弦。

张大婶　（掩饰地）哎，刚刚学。

金　箩　拉两首曲子听听。

张大婶　来来来，我们一起拉。

金　箩　你以为锯木头。（有所发现地）老表姐，你的眼睛——

张大婶　（掩饰地）生赤眼！

金　箩　（回避）早上还好好的。

张大婶　刚生的。

金　箩　表姐夫呢？

张大婶　上厕所去了。

金　箩　小磊，石榴呢？

张大婶　走——（改口）去看电影了。（捡起二胡入内）

金　箩　（唱）　表姐家里静悄悄，

不是吵嘴就打架，

表姐有事藏不住，

我寻根问底把话掏。

[张木佳上。

金　箩　表姐夫，老表姐说你上厕所，怎么从厨房里走出来呀！

张木佳　你别听她的。

金　箩　忙了几天，辛苦了。

张木佳　怎么，你也来表扬我啦！

金　箩　决不敢称表扬，老弟心里头非常佩服你就是了。

张木佳　我也不需要人家佩服。

金　箩　和你相比，我非常惭愧。

张木佳　你千万别跟我相比。

金　箩　那我只好自己骂自己了。

（唱）　陈金箩，实在傻，
眼前的好事不会做；
如今样样都讲钱，
再不怕游街示众敲铜锣。
若是我将大桥建，
老子天天笑呵呵。
谁过桥，谁交钱，
少一分车子别想过。
都怨我心里磨盘少几梗，
陈金箩今日成了穿底箩！

张木佳　老弟，你刚才听到什么没有？

金　箩　我从店里刚出来，什么也没听着。

张木佳　老弟，眼下现金不足，你能否帮帮忙。

金　箩　怎么样？

张木佳　拿三百元现金来，我给你入一股，怎么样？

金　箩　怎么样？

张木佳　拿三百元现金来，我给你入一股，怎么样？

金　箩　你舍得？

张木佳 舍得。往后由你出面修桥。

金　箩 没问题。要是你家孩子面皮薄，收钱的任务就交给我。

张木佳 你怎么知道我要收钱？

金　箩 谁修桥，谁收费，天公地道嘛。

张木佳 那我们想到一块儿了。喂，要是别人表扬我说是学雷锋做好事，还收不收？

金　箩 照收。以前那个雷锋是没效责任制的。再说，你我一不是党员，二不是干部，三不是一咬就断的水豆腐。

张木佳 要是小磊和石榴反对我们收钱呢？

金　箩 你离职退居，叫他来找我。（掏出三百元现金）表姐夫，拿着。

张木佳 老弟，原来你早就准备好了，真是精过鬼哟！

金　箩 嘿嘿，你姓“铁”我姓“铁”，彼此彼此。（交钱）

张木佳 哎呀，不成，将来要是事情有变，可不好办。

金　箩 不要紧，你是大头，我是小头，我随着你，你要擎狮头，我就光狮尾，行了吧？

张木佳 行！（接钱）

［张小磊匆匆喊着上。

小　磊 爸爸，石榴她过河告状去了！

张木佳 吓？！（钱掉地上）

［切光。

［幕闭。

第五场

［前场两天后的上午。

［二道幕前，张惠容手提鸡蛋、牛奶、水果、麦乳精等慰问品上。

惠　容（唱）　高山打鼓四山应，

木佳建桥扬美名，

盼只盼早日竣工庆剪彩，
岂料到大伯中途累出病。
全村老少心牵挂，
感激的泪珠落满襟。
众人选我当代表，
慰问大伯表寸心。（下）

[二道幕开。张木佳的家，景同第二场。张木佳躺在竹椅上，张小磊正在与张木佳争辩着。

小　磊　爸爸，你昨天休息了一天，今天得上工地去了。

张木佳　（默不作声）

小　磊　金箩叔瞎指挥，把工地搞得一团糟，你放得心下？

木　佳　（默不作声）

小　磊　当初我说联合几户社员一起建桥，你硬要自家全包下来，干不到几天，你却丢下不管，你——

张木佳　（没好气地）我病了！难道你看不出来？

小　磊　生病是假，打退堂鼓是真。

张木佳　你——你在外面千万不要这样讲，实话对你说，我这是退兵之计。

小　磊　爸爸，我的话你怎么一句也听不进去？

张木佳　你还小，这事你管不着。

小　磊　爸爸！

（唱）　小磊如今已长大，
两把泥刀我操一把，
你挑大梁我擎柱，
你擒蛟龙我收虎打。
银行存款我有一半，
为何我有份挣钱没份在？

张木佳　（唱）　锅里饭粥任你掏，
碗里豆豉任你扒，

涤卡新衣任你穿，
硬币碎票任你花，
那天刚买果子露，
一刀剜我块七八。
我管家的政策已开放，
你尽可衣食住行“现代化”！

小　磊　（唱）　得意不在衣食住，
幸福不在风月花，
我是八十年代新青年，
成长在五星红旗下，
当不成英雄与豪杰，
做不出伟业跃中华。
穷时愿为一抔土，
富了愿作石和沙，
铺路造桥献微力，
一颗心紧连人民和国家。

张木佳　你讲出口血我当你苋菜水。这个家我当，家里的钱粮我抓，谁也别想我一分一粒。

小　磊　你还要当你那个铁公鸡？告诉你，我可不再当公鸡仔！

张木佳　你——

小　磊　存折给我！（欲拉抽屉）

张木佳　（拦住小磊）你滚开！

小　磊　好！别以为没有你地球就不转了。（欲下，突然想起地）这是河西大队砖厂请你饮开工酒的请柬，去不去由你！

［小磊下，取铺盖上，大婶追下。

大　婶　小磊，小磊，你去那里？

张木佳　他想掌权，他想分家！

大　婶　小磊，女大当嫁，男大分家。要分也得娶回石榴再说！

小　磊　妈，那么多材料放在工地上，晚上要去守夜。（下）

大　婶　（看了看请柬）老家伙哪里来的请柬？

张木佳　河西大队砖厂。

大　婶　好，你就借机会把石榴请回来。

张木佳　凭什么去饮人家的开工酒？要去你自己去。

大　婶　我去？石榴是谁气跑的？告诉你，要是我丢了媳妇，我跟你没完。

张木佳　（烦闷地）别吵，别吵，让我考虑考虑。

大　婶　（唱）　石榴一走我心虚口，
　　吃肉喝汤不知味，
　　钱财再多变死宝，
　　不会唤我“娘”一句。

张木佳　（唱）　提起石榴我看仔细，
　　确是一个壮劳力，
　　都怪登报闹风波，
　　有脚不敢走河西。

大　婶　怎么，你也怕丢面子？

张木佳　不，我是怕他不给我进大门。

大　婶　为什么？

张木佳　他看了报纸，一定会骂我口是心非。

大　婶　那怎么办？

张木佳　（进退两难地）这……（沉思片刻）哎，你叫阿容妹打个电话给石榴，就说我病了。

大　婶　她刚和你吵了嘴，她能来？

张木佳　就说我最后要见她一面。

大　婶　大吉大利！

张木佳　唉呀，算了，算了，我头晕死了。（不断擦着眼睛）

大　婶　怎么，你的高血压又犯啦？

张木佳　不！

（唱）　造桥收费伤脑筋，
我两夜睁眼到天明，
一辈子没吃过失眠苦，
草席磨烂衣磨损，
如今百事都不管，
只想睡它一觉提提神！

大　婶　要睡还不容易，上回我吃了小磊买回来的药丸子，甜甜地睡了一觉，天亮白日都不知醒。

张木佳　现在还有没有？

大　婶　有几粒，放在抽屉里，要吃晚上才能吃。你实在累了，就先在竹椅上躺一下。（下）

[大婶闩好大门。下。

[木佳见大婶不在，偷偷地打开抽屉，吃下安眠药，在竹椅上躺下。

张木佳　（唱）　小药丸，吃下了，
怎么两眼睁开睡不着觉，
莫非保管不好失了效？
莫非吃的分量太过少？
这点药钱我掏得起，（吃药丸）
多吃几片，我也脸不变色心不跳。

[木佳将另一份安眠药吃下。

[张惠容提一大网袋慰问品上。

惠　容　（敲门）大伯！

张木佳　（惊慌地）不好了，有人来了！

惠　容　（又敲门）大伯！大伯！

张木佳　（对内悄声地）孩子他娘，孩子他娘！

大　婶　（上）叫什么魂呀？

张木佳　外面有人敲门，准是叫我去工地的。

大　婶　快躺下，赶快病！

[大婶将木佳按在竹床上，然后取出一张红色毛毯盖上。不见动静。

惠　容（旁唱）　听说大伯生了病，

为何白日闩着门？

（白）大伯！

大　婶（旁唱）　听声亲切又热情，

莫非石榴回家门！

张木佳 听声好像石榴，快开门。

惠　容（又敲门）大婶，大婶！

大　婶 来了，来了！（开门）

惠　容 大婶！（进屋）

大　婶 阿容妹，是你——

张木佳（赶快盖好毯子，呻吟状）嗯——

惠　容（走到木佳跟前）听金箩叔说你病了。大伯，你病得不轻呀！

大　婶（掩饰地）都两天啦，一直起不来床。

张木佳（旁白）起不来床，怎么爬到这里来了？

惠　容 请医生看过了吗？

大　婶 看过了，刚吃过药片。

惠　容 大伯，吃得下饭粥吗？

大　婶 餐餐三碗（忙改口）餐餐三匙粥水。

张木佳（旁白）那我不饿死了！

惠　容（抖开网袋）大伯，大婶，这里有牛奶、鸡蛋、水果、麦乳精、可口可乐……

大　婶 阿容妹，你把百货商店都搬来了。

张木佳 阿容妹，你拿回去，我从不吃这些金贵东西。

惠　容 大伯，这些都是乡亲们托我送给你的。李大婶听说你病了，把准备孵鸡仔的十个鸡蛋都拿来了。

张木佳（感动得忘形地站起）什么，都是送给我的？（感到失态，赶忙坐下）

惠　容（冲了一碗牛奶）大伯，躺下，我来喂你。

张木佳 不不不，我自己会喝。（打呵欠）

惠　容 大伯，现在你是个病号。将嘴巴张开！对，就是这样。（将一匙牛奶送进木佳的嘴巴）再来！

张木佳 阿容妹，你是支部书记，一队之长，我怎能麻烦你呀！还是我自己来吧！（捧起牛奶，一口气喝完。）

惠　容 大伯，快别说这些。大伙听说你病了，心里那个急呀就别提了。村里人都盼着你早日恢复健康哪！

[大婶翻网袋，发现一个纸包，打开一看，奇怪地。

大　婶 老家伙，你看，这还有两条番茨干哩！

张木佳 阿容妹，这两条番茨干我收下了，其它东西，你就拿回去吧！

惠　容 大伯，这是两支吉林红参，送给你补身体用的？

张木佳 这是谁送的？

惠　容 管它是谁送的，你收下就是了。

大　婶 做了好事不留名，这是雷锋精神啊！

张木佳 （感动地坐起）这……这值好多钱啊！

惠　容 大家都说，这是一份小小的心意。

大　婶 阿容妹，这够粗心大意了。

张木佳 不，这是盛情愿意！（打呵欠，昏昏欲睡）

惠　容 大伯，有个社员生了个小宝贝，硬要我请你给他起个吉利的好名字哩！

张木佳 起名？我的名声不好，还要我给他起名字？

（唱）　张木佳一身臭汗酸，
一非英雄二非官，
支书来访送厚礼，
起名还得走后门。
一样的祖宗一样的坟，
一样的手艺一样的汗，
左思右想猜不透，
为何人人将我另眼看？

惠　容　大伯呀！

（唱）　三中全会春风暖，
政策开放道路宽，
老树新花添春色，
花香飘送河两岸，
你富了惦着众乡亲，
带头修桥树立旗一杆。
念你敬你心一颗，
同建富裕文明的新农村！

张木佳　过奖了，过奖了，其实我……

惠　容　大伯，这几天大家都看见了，你既是师傅又是施工员，站在寒冷的河水里，一干就是几小时，人心都是肉长的，大家能不感动么。

张木佳　（药性发作，站立不稳）哪里，哪里？

惠　容　大伯，你身体不好，快坐下，快坐下。

张木佳　阿容，实话告诉你，我……

惠　容　大伯，你安心养病，我走了，那孩子的名字想好了没有？

张木佳　那孩子是男的还是女的？

惠　容　男的。

张木佳　就叫全富吧！

大　婶　全裤？那不如叫长裤。

张木佳　叫长衫更好哩。

惠　容　全富？大伯，这名字起得好，我赶快告诉孩子的父母。

大　婶　阿容，那孩子的父母是谁？

惠　容　父亲是全富爸，母亲是全富妈，哈哈……（惠容笑着下）

张木佳　哎哎，这礼物——

大　婶　老家伙，我来帮你收拾收拾。

木　佳　（睁着眼睛）孩子他娘，把门关上，我，我实在挺不住了。（躺在竹椅上）

大　婶　（不觉好笑）哈哈……你在我面前装什么蒜？

（唱） 老家伙往日病在床，
三日没人问短长；
今日假病惊乡里，
送来礼品满斤堂；
要是真病不得了，
礼物要用船来装。

（闩上门，收拾好礼物，下）

[天乐持一画卷上。敲门。

天　乐 阿佳叔！阿佳叔！

张木佳 孩子他娘，又来人了！

[张大婶复上。

大　婶 老家伙，你胡说什么？

张木佳 又有人敲门。

大　婶 说不定是送礼来的。

张木佳 要是送礼来的，就装听不见；要是有事相求的，就说我在病中。

天　乐 （敲门）大婶，大婶。

大　婶 （靠近大门）你是谁呀？

天　乐 我是全富的爸爸。

木　佳 全富的爸爸？村里没有这个人。

大　婶 （突然想起地）你刚才不是安了名字叫全富吗？说不定就是他的……

张木佳 开门，开门！（刚站起，但四肢无力）

[大婶开门，天乐入。

天　乐 大叔，大婶，你们给我的宝宝起了个好名字，我过来感谢感谢你们。

张木佳 （意外地）陈天乐，我是铁公鸡，你还敢上我的门来！

[大婶不高兴地入内。

天　乐 大叔呀！

（唱） 今日里上门致谢心难过，
有桩事梗在喉头话难说，

想往日政策多变走无路，
我无奈好食懒做混生活。
那一回借不到烟钱我报复，
门楼上贴漫画我将你骂错。

[木佳入睡。

到如今风调雨顺政策好，
天乐我专业种菜收入多。
大叔你建桥为我添财富，
画一幅老雷锋祝你康乐！

[木佳慢慢从椅上滑倒，仍熟睡。陈天乐惊慌失措。

天　乐　大叔！大叔！你怎么啦？（向内喊）大婶，大婶！

大　婶　（上）天乐，你又气你大叔啦。

天　乐　我向他检讨，他听着听着就倒下去了。会不会——

大　婶　（哭）冤枉，高血压病又复发了！

天　乐　高血压？这可不是一般的病呵！（站在门口喊）喂，来人哪！来人哪！

[众急上。

青　年　天乐，出了什么事？

天　乐　（自作聪明地）大叔不行了，血压病又加昏倒！

青　年　大婶，快送医院！

众　人　对对对，越快越好！

大　婶　你们准备准备，我去拿钱来！（下）

[天乐与青年将竹扛穿上竹椅上，抬起。

[幕闭。

第六场

[紧接前场。

[二道幕前。陈天乐与青年以竹椅作轿，抬张木佳上。

天　乐　（唱）　过小河，穿捷径，
竹椅作轿送病人，
医院设在河西北，
大桥不通气煞人。（园场）
汗滴口，轿沉口，
我送佳伯去急诊，
走快谨防脑震荡，
走慢又怕误时辰。

［陈天乐鞋绳脱了，走路不便。

青　年　天乐哥，你的鞋子快脱了，放下穿好才走吧！

天　乐　时间要紧，走吧！（将鞋甩掉）

青　年　天乐哥，怎么越抬越沉呀？

天　乐　大概你走累了吧！

青　年　刚才好像听到佳叔打呼噜，怎么现在却没了动静？

天　乐　病重呼吸粗，现在可能好受了点。

［张大婶提行李，背胡弦急上。

大　婶　（唱）　提行李，背胡琴，
追得我两眼冒金星，
天乐兄弟等一等，
老家伙可曾醒一醒？

天　乐　大婶，别怕，大叔连哼都没哼一声。

大　婶　（惊慌地）坏了，坏了，让我看看。（用手试木佳的呼吸）好在还有气。（给张木佳打伞）

张木佳　（旁白）　似驾雾，如腾云，
这一回称了我的心，
大红寿字墙上贴，
满堂亲朋齐欢饮，
木佳今时胜往日，

贺喜的红色数不清。
石榴石榴叫声爹，
叫声爹爹才把闹房进。

大　婶　天乐，你大叔张口不知做什么？

天　乐　大婶，我们都不是医生，还是到了医院再说吧！

大　婶　（哭）冤枉，老家伙，小磊和石榴都没见上，半路上你千万别去哟！

（三人护送张木佳下）

[二道幕开。河西大队榕树头下。冯国旺挥头张望。

国　旺　（唱）大红请帖早上发，
冯国旺我村头接亲家，
左等右盼不见影，
站得我腰酸腿发麻。
莫非修桥工夫紧？
莫非有事丢不下？
莫非立功逞骄傲？
莫非瞧不起我这穷亲家？

（深思片刻）不会的，不会的！

我且耐着性子乖乖等，
大喜的日子不能没有他。

[群众甲用竹竿挑着一串爆竹上。

群众甲　冯顾问，张大伯怎么还不来呀？

国　旺　快了，快了。阿旺，酒菜准备得怎么样啦？

群众甲　一切准备好了。

（唱）收狗肉，顶呱呱，
烘炉烧鹅甜酸鸭，
清蒸皖鱼燉黄精，
梅菜剁肉炒龙虾，
还有东江盐焗鸡，

九菜一汤迎贵客。

国　旺　好。哎，鼓乐手到齐了吗？

群众甲　都到齐了，只要木佳大叔一到，我们就鸣炮击乐欢迎！（下）

[石榴搭一个皮革袋匆匆上。

国　旺　石榴，你上哪去？

石　榴　爸爸，我回河东去。

国　旺　你大伯就要来了，这么急回去做什么？

石　榴　（心神不定地）我……

国　旺　你不是说，大伯怕你累坏了，要你回来休息吗？

石　榴　不，我……

国　旺　石榴，我到砖厂工地看一看，你在这里等候你大伯。（下）

石　榴　（唱）　前天一走为激将，

回家没敢把真情讲，

听说大伯退了阵，

忙得小磊走四方，

吃不下饭睡不好觉，

咬着手根挑大梁。

万一小磊累病了，

石榴我犯下罪一桩！（欲下）

[大婶内喊“石榴”上。

石　榴　（紧张地迎上）大婶，出什么事啦？

大　婶　（结结巴巴地）他……他为造桥病倒了，没想到你没过门，他就上……

[陈天乐与青年扛张木佳上。木佳用毯子盖着头。

石　榴　（旁白）没想到我走了两天，小磊就病成这样！

大　婶　天乐，放下，让他们见上一面吧！

[天乐与青年放轿，石榴扑向张木佳。

石　榴　（哭）我的小磊呀！……

大　婶　大吉利市！

天　乐　石榴，这是你大伯！（掀开毯子）

石　榴　（惊奇地）吓？这……怎么啦？

大　婶　你大伯旧病复发，送他上医院。

石　榴　（呼喊）爸爸！张大伯，他……他来了！

［群众敲锣鼓，放鞭炮上。

［大婶、天乐等惊奇。

［木佳被惊醒，弹坐而起。

石　榴　大伯，你的病好些了吧？

木　佳　我吃了几片安眠药睡了一觉，好多了。

群　众　张大伯，欢迎欢迎！

木　佳　（自语）我怎么跑到河西来了？

石　榴　（机灵地）大伯，河西砖厂请你喝开工酒来了！（对群众）乡亲们，大伯建桥太累了，特地坐着轿子来。

张木佳　对对对，桥没建好没办法。

天　乐　这是我们河东大队的老雷锋——木佳大叔！

木　佳　（惊奇地）陈天乐，你——

大　婶　（将木佳拉到一边）天乐以为你旧病复发，急忙扛你上医院，一路上小心翼翼，你该好好感谢才行。

张木佳　（感激地拍了拍天乐的肩膀，百感交集）天乐……

群　众　向老雷锋学习！向老雷锋致敬！

（唱）　山也笑，水也欢，
英雄今日喜临门，
开工敬你一杯酒，
光荣事迹万代传。

［歌声中，张木佳拉起二胡伴奏。

［冯国旺上。

大　婶　亲家！

国　旺　张木佳同志，总算把你盼来了！

张木佳 冯大哥，你们太客气了，我……

国　旺 你是河东河西有功之臣，没有你我们就没法实现建厂计划。社员们，没你们的事了，快回工地准备干活去吧！

[群众陆续下。冯石榴引大婶下。

国　旺 对不起，怪我想得不周到，没派人去接你。

张木佳 （指指竹椅）你看，我这不是挺舒服吗？

青　年 （旁白）你舒服，我们可受罪了！

[青年拉天乐下。

张木佳 前天石榴回来没告我的状？

国　旺 告状？哈哈……

张木佳 石榴真的没说我什么？

国　旺 说了，说了！

（唱）　我听了广播鼓舞大，
石榴回来又把你夸，
说你是高山泉一眼，
说你是老树开新花。
邻居们听了心头暖，
早年的积雪全融化。
都说向你来学习，
劳动致富把家发，
富了不忘作贡献，
为党为民为国家。
当场拍板建砖厂，
我捐出退休金九百八。
同志呀！
你造的是连心桥，
你筑的是团结欢，
你铺的是富裕路，

你栽的是幸福花。

张木佳 亲家，我得向你学习呀！

国　旺 你自费修桥要花几千元，我的全部积蓄还没不及你的零头数哩。

张木佳 钱我比你多一些，可是我的思想……

国　旺 乡亲们叫你老雷锋，我只能算算个小蜜蜂。老张，你准备准备，酒席上大家请你介绍经验。

张木佳 不行，不行，我没什么好讲的。

国　旺 别客气，就讲你修桥的事。

张木佳 这……这怎么讲？

国　旺 怎么想就怎么讲。

张木佳 我实在讲不了。

国　旺 你还怕羞？

张木佳 不，我怕……牙痛。

国　旺 你牙痛？我给你找点牙痛水来。（下）

张木佳 （掏出一张大红请帖，百感交集）张木佳呀张木佳，你今日得道成仙了！哈哈……

（唱）　张木佳自幼穷叮当，
全靠寡母来抚养。
五八年吃上大锅饭，
六零年不幸死了娘。
眼看家穷学手艺，
勤劳省俭度时光。
运动不断受尽苦，
政策多变遭祸殃。
有时穷得无毛拔，
拿不出钱粮把人帮，
有时富了遭请莫，
有钱不敢再声张。

一辈子被人瞧不起，
“铁公鸡”被唤了十年长。
乾坤转，春花放，
今日富了造桥梁。
刚刚迈出第一步，
领导三番来表扬，
未病乡亲来慰问，
睡觉搭桥将我扛，
摆酒请我坐上席，
“老雷锋”叫得我甜似糖。
这信任，这敬重，
这名誉，这荣光，
万两黄金买不到，
花掉几千又何妨。

[石榴与大婶上。

石　榴　大伯！

木　佳　石榴！

大　婶　老家伙，刚才你真不怕吓死人啊！

张木佳　谁晓得几粒小药片，药力这么厉害呀！石榴，都怪我……

石　榴　大伯，我前天惹你生气了。

木　佳　不不不，是你鼓了我的气。石榴，前两天我一直担心你会告我的状，没想到……

大　婶　没想到的还多着哩。

石　榴　大伯！

（唱）　常言道家丑不外扬，
我人姓冯字心姓张，
你带头修桥了不起，
闹点矛盾也正常。

真金就应炉火炼，

越磨越擦越闪光。

张木佳 （欢笑）哈哈……

大　婶 （唱）　　好歌一曲响耳旁，

好花一朵满庭香，

石榴心灵手也巧，

一笑漫天出太阳。

石　榴 （不好意思地）大婶！

大　婶 老家伙，你看那桥——

张木佳 （坚决地）建！

大　婶 那路费——

张木佳 商量商量。

大　婶 商量什么？

张木佳 那天我悄悄地收入陈金箩三百元，让他入了股，还征求一下人家的意见。

［*张小磊匆匆上。*

众　人 小磊，你也来啦！

小　磊 （见张木佳毫无病态）爸爸，你病到这里就不病啦？

大　婶 到了阎王桥就回头了，再病下去还能见到你？

张木佳 （难堪地）嘿嘿，一百多斤的石头我能举过头，没想到被几粒安眠药按得起不来。

小　磊 爸爸，你不建桥拦不倒我，我和几个青年商量好了，先跟银行贷款建桥，以后到特区挣钱偿还。

石　榴 （制止地）小磊！

张木佳 （大笑）哈哈……

小　磊 严肃点！我不是跟你开玩笑。

［*石榴将小磊拉到一边，耳语。*

小　磊 （喜出望外地）爸爸，你——

张木佳 （焦急地）我两天没到工地去，情况怎么样？

小　磊　有我在，你尽可放心！（与石榴嘀咕）

张木佳　（有所发现地，旁白）糟了，亲家他来了！（一把拉过张大婶）走，这开工酒我不能饮。

大　婶　那谁饮？

张木佳　让小磊顶当，免得我又出洋相。

大　婶　也好，让小磊和石榴粘在一起。（对石榴）石榴，这是我准备你爹入院的三百元现金。现在就当彩礼吧！（将钱塞给石榴）

石　榴　不，我爸不要彩礼。

大　婶　黄花闺女一千，二婚妇人五百，这是规矩。不够的下回再补。

石　榴　不要，不要，建桥已花了家里不少钱了。

张木佳　拿着，拿着，钱我不缺。（将钱塞给石榴）小磊，石榴，我们到那边解个手。

[木佳，大婶下。

石　榴　这彩礼，我不要，还是交给你吧！

小　磊　请夫人笑纳！（作揖）

[国旺拿牙痛水领青年上。

国　旺　亲家，牙痛水！

小　磊　爸爸！

国　旺　小磊，你好。哎，大哥，大嫂呢！

[天乐与青年上。

天　乐　不好了，木佳叔和大婶跑了！

小　磊　不，上……厕所去了。

天　乐　你们上当了，他们回河东去了！

国　旺　这……这开工酒谁喝？

天　乐　小磊是建桥的发起人，最有资格。

国　旺　对，小磊你代表你父亲介绍经验。

小　磊　我不行，我不行。

石　榴　既然爸爸留你，你就开怀地喝吧，喝醉了我给你解酒。

小　磊　石榴，你——

国　旺　走，大家去入席！

［小磊欲逃，被冯国旺等捉住，按在轿子上，抬起。

小　磊　（难堪地）我…… 我这算什么？

天　乐　提前报到的新郎官！

［幕后伴唱：

笑声起，歌声稠，
张小磊代父喝喜酒，
请帖原是石榴写，
哎哟哟，哥妹有缘巧碰头！

［歌声中，众扛小磊下，石榴为小磊打伞。

［幕闭。

第七场

［前场半月后。

［二道幕前。

［姑娘们全新打扮，嘻嘻哈哈拥着石榴上。

姑娘甲　小柳，拖拉机打扮好没有？

［内声“好啰！”传来拖拉机发动声。

［姑娘们给石榴戴上红花。

姑娘们　（唱）　拖拉机，轰隆隆，
牛皮鼓，咚不咚，
轰隆隆，咚不咚，
咚不咚，轰隆隆。

［国旺满面春风地上。

国　旺　（唱）　今日开车送闺女，
送女成亲到河东。

（白）姑娘们，上车！

[众姑娘们喜下。

[拖拉机声远去。

[二道幕开。桥头新装上一条红绿相间的“拦车木”，陈金箩手持红绿三角旗，俨如守桥卫士，站在桥头，不住张望。

[舞台的另一边露出“金记”小店的一角。

[隐隐传来拖拉机声。

金　箩　车声？！（耳贴桥栏静听，跳起）没错，拖拉机来了！财神爷来了！

（唱）　隔远听到机车声，
一身松爽心都生；
铁公鸡不敢来收费，
金箩我认钱不认名。
拦车木，桥头横，
红绿旗，手中擎。
一声令下留下过路钱，
天王老子没得谈！
但顾天天车辆不断线，
就像蚂蚁搬家过岗行；
只生赶线公路被水淹，
绕口绕道这里上县城……

[拖拉机声愈来愈响。

[陈金箩忙整了整今日特意穿上的干部服，正了正洗得发白的旧军服，肃然于桥头。

金　箩　（拼命摇旗）停车！停车！

内　声　干什么？

金　箩　收路费！

[内声更响，似乎要冲过来，金箩急忙放下拦车木。

[机声熄。

金　箩　司机你来！（嘟嘟地）真是瞎了眼啦，竟敢无视我的红绿旗。告诉你，强行通过，加倍罚款！

［国旺父女及姑娘们上。

石　榴　金箩叔！

金　箩　石榴，这是你大队的车？

国　旺　要留下过路钱？

金　箩　嘻嘻，我陈金箩不喜欢走人情……路线！

国　旺　我是送女儿过河东成亲的！

金　箩　石榴，他是……

石　榴　我父亲，退休司机。

众姑娘　桥西砖厂的顾问。

金　箩　嘻嘻，顾问同志，送女送货都一样，车从桥上过就得收钱。

国　旺　（胸有成竹地）我不反对收钱，我也不在乎那一元几角的。（掏红包，被石榴制止）

石　榴　爸，谜底还没揭开……

金　箩　（眼盯着红包）石榴，多少不要紧，交一点吧！俗话说万事开头难，这好比赌纸牌，开局要顺，一顺准能赢钱。你就为以后过桥的司机带个好头，这收入也有你家一份啊！

［群众陆续上。

石　榴　什么？我爸早几天说，桥修好后一律不收费……

金　箩　他？你信他？哈……（唱）

并非我嘴贱贬你爸，
铁公鸡不是翻毛鸭；
几千根羽毛要拔下，
他受得了痛也给不起老婆骂；
他修桥原本为赚钱，
世上没有不要钱的大傻瓜。

群　众　铁算盘，你说的都是实话？

金　箩（唱）　若说谎你咒我今日死，
今日不死活到八十八。

［这时好比油锅里撒了一把盐，炸开了，群众议论纷纷。

甲　我说呢，眼睛一眨，铁公鸡变鸭，怪呀！

乙　又出名，又得利，亏他想得出！

丙　你们这是少见多怪，见了骆驼当驼背，造桥收钱有人早就这样做了。

丁　人家出了钱，流了汗，收回钱天公地道，你小子眼红什么？有本事你修？

甲　他不许骗人呀！……

国　旺　别争了，撕破脸皮扭歪嘴多不好。今天是石榴的大喜日子，这笔钱我给了！（递红包）

金　箩（接掂了掂）嘻嘻，真是新事新办，三中全会后的红包比面包还大？（拉开木条）顾问同志，开车！

惠　容（上）金箩叔，石榴，桥还未贴收，你们一个要成亲，一个要收钱，都这么性急呀！

［众大笑。

姑娘甲　阿容妹，你说这收钱对不对呀？

惠　容　凡是自费修桥铺路的，收回工本费，应该允许！

金　箩　就是嘛，到底是书记政策水平高！

惠　容　不过，得先去县里备个案，定个收费标准。

金　箩　嘿嘿……是。

惠　容　大叔，有一事我不明白，造桥的是张木佳，收钱的为什么是你？

金　箩　这……

［传来小磊的口琴声，众张望。

快看，接亲的新郎来了！

群众甲　一路琴声一路歌，全村最幸福的人就是小磊了！

［小磊、木佳上。

小　磊　石榴，爸爸！

国　旺（热情地）哎！（不无讽刺地）老亲家，拦车木做得那么漂亮，你的手艺名不虚传呀！

张木佳　（明白了）呵，金箩老弟……

金　箩　嘿嘿……

群众甲　这里还有红绿旗呢。

张木佳　（取出红绿旗）亏你想得出，这三角旗是你孙子的红领巾做的吧？

金　箩　临时代用，你别见笑。

张木佳　金箩老弟，你说的话怎么不算数呢？

金　箩　我说话不算数？

张木佳　前天，我把你请到家里，我说，我们过去穷，一辈子没做过多少好事，这回无论如何把桥建好，不要政府半文钱，也不收群众半文钱，我是这样说的吧？

金　箩　是。

张木佳　你说，一切听我的，我愿捐，你也捐，我要是收钱，不能少你一分，你是这样说的吧？

金　箩　说归说，做归做，大哥，这么重大的事，你还是再慎重考虑吧！

张木佳　我……

金　箩　先别说，考虑十分钟！

张木佳　前三后二我考虑几十天了。小磊，把那光荣榜排起来！

众　光荣榜？

张木佳　造桥以来，有力的出力，有物的出物，我把他们的名字都写在光荣榜上了，如有遗漏，当场补上。小磊，念一念。

小　磊　（念，众围观）“张大山石料五担，张惠容水泥五袋；马二婶搬土三天；刘队长挑土十天；陈九叔送来汤圆两包；三二婆送来茶水十八担；陈金箩捐款三百元……”

金　箩　啊……（五雷轰顶，摇摇欲坠）你们赶快……把那名字涂掉……

甲　（扶住）大叔，哪个名字呀？

金　箩　那个……我的名字呀！

[众偷笑。

[小磊把光荣榜贴在“金记”墙壁上。

金　箩　（唱，哭脸）铁算盘我运不通，
卖瓜瓜烂肚，
卖盐盐生虫；
修桥想赚钱，
遇上老雷锋，
竹篮打水一场空……

国　旺　老弟别哭丧着脸，你既然不愿上光荣榜，我们一点不勉强，“那个”名字我给你抹了。（涂掉陈金箩的名字）

金　箩　（破涕为笑）是……吗？你可真是实实在在的，助人为乐的，不折不扣的老雷锋啊！（伸手）钱呢？

国　旺　刚才已经交给你了，你细心点一点。

金　箩　红包！（忙掏出红包点数，又笑了）我说红包为什么这么大。

国　旺　够粗吧？

金　箩　一分不少，一分不多。

国　旺　是吗？你再数一遍！

金　箩　嘻嘻，多了一元钱。

国　旺　那是给你的利息钱。

张木佳　亲家，这事你是怎么知道的？

国　旺　这一切都是由石榴导演的，那三百元钱还是你给她的彩礼呢。

惠　容　大叔，修桥的费用问题，我们党支部讨论了，目前大队企业刚刚办起，还拿不出这笑钱，我们给你们立下借据，日后一定还清，一定！

张木佳　（欲辩）容妹……

惠　容　大叔，今日新桥通车，小磊成亲，喜上加喜，大队送你一件小小的礼物。

众　礼物？

惠　容　（对内招手）天乐，把礼物抬到这里来！

[鞭炮响，鼓乐齐鸣，陈天乐与肖丽抬匾上，上盖大红绸。

小　磊　老同学，你又来了！

肖　丽　哪里有香花，我就往哪里飞吹！

小　磊　我们这里有什么香花呀？

肖　丽　有！它虽然不是天姿国色的牡丹，它只是一朵小小的小茶花，但它香，香就香在——（揭开匾上的红绸，上刻涂上金粉的四个大字）

众　（念）文旺家风！

［众欢呼雀跃。

天　乐　嘻嘻……双喜临门，机会难得，记者同志，何不拍张照片，当作永远纪念！

肖　丽　对，这样的题材实在难得，来，同志们，各就各位，不拘一格，预备——

［灯光一闪，定格，众人造型。

［伴唱起。

［定格后的造型是：

木佳叔手抚木匾，乐不可支。

铁算盘从柜台上伸出头来，似笑非笑。

陈天乐正想把小磊和石榴拉在一起。

小磊憨厚地笑。

石榴悲喜交加，两手搓着辫子。

青年乙正在拾地上的红绿旗。

冯国旺手拍亲家的肩膀欢笑。

……

［伴唱：你在笑，我在笑，

甜蜜的生活多美妙，

山也乐，水也乐，

文明幸福的时代来到了！

［大幕徐徐闭。

［全剧终。

稀有剧种卷·花朝戏

双花缘

编剧：钟斗祥　杨增兰

人　物　表

翠　莲
瑞　莲
保　郎
阿　顺
舅　父
舅　母

第一场　茶山双订约

[清末秋天。

[南方某客家地区茶山。

[苍绿的茶山上，高山流水，行行茶树披上嫩绿新芽。晴空万里，秋高气爽。好一幅山村茶园景色。

[音乐声中大幕徐徐拉开。

（幕后歌）　今日茶山美如画，
皆因阿妹会种茶，
更有多情双胞女，
并蒂姻缘传佳话。

[翠莲、瑞莲内喊“姑娘们！采茶去啰！”众姑娘“好哩！”采茶姑娘挽篮鱼贯而上。采茶歌舞。

众姑娘（唱）翠莲瑞莲早当家，
种出绿茶满山崖，
采茶制茶赶季节，
姐妹热心帮采茶。
春季采茶暖融融，
茶发新枝笑春风。
片片春茶叶叶嫩，
口口芳甘口口浓。
秋季采茶秋风凉，
白露浓茶味芬芳。
勤采秋茶早上市，
茶姑姊妹做衣裳。

翠　莲（唱）感谢姐妹来帮工，

瑞　莲　恩重如山记心中。

（众姑娘采茶下）

翠　莲（唱）我叫翠莲，

瑞　莲　我是翠莲妹瑞莲，

（合唱）家住河塘碧池边。
一胎生我俩姊妹，
人称我俩并蒂莲。
堂上双亲身早故，
年轻当家办茶园。
姐妹好比蜂蝶样，
四季采茶不偷闲。

［伴唱：到如今，年芳十八春心动，
都盼望，早日成婚双花缘。

翠　莲　我们采茶吧！

瑞　莲　好呀！

[姐妹分头采茶。翠莲被悦耳的鸟雀声迷住，不时抬头细听；瑞莲并无感觉，专心采茶下。

翠　莲　（唱）　百鸟啼唱百般音，
夫唱妇随好欢心。
可惜翠莲无歌伴，
不是知音枉弹琴。

（白）唱歌无歌伴，好比白水淘净饭，有什么味道呢？听说有个叫保郎的，常来这山上打柴，人称他唱歌好似井泉水，聪明胜过读书郎，我早就想寻他对歌，试试他的歌才，但是，偏偏就遇不上他，莫非真是无缘对面不相逢么？真是罂头里面栽莲藕，屈坏我翠莲了。

[保郎带扁担、板斧上。

保　郎　（唱）　唱条山歌顺口溜，
绿竹做箫爱风流。
细茶能解口中渴，
山歌能解心上愁。

翠　莲　（喜听山歌，顿时活跃）啊！莫非唱歌的就是保郎？让我试试来！

（唱）　越愁越要唱山歌，
百事丢落九霄河。
哥系胡弦打好线，
妹系笛子会来和。

保　郎　啊！听她的口气，就好像艾叶粄——练过来的。好哇！

（唱）　对面飘来笛子声，
旱禾见水我心生。
若有真心对歌子，
当天来搭对歌棚。

翠　莲　（唱）　当天来搭对歌棚，
唱歌先得通姓名。
真名实姓对妹讲，

让妹传记你名声。

保　郎（唱）　妹要传记我名声，

妹子救夫系我名。

今日能得妹情意，

请问大名并贵庚。

翠　莲（翠莲思悟，兴奋地）

（唱）　妹子救夫你保郎，

保郎哥哥听分详。

绿色荷叶我名字，

七五三三我年房。

保　郎（保郎思悟，甚觉惊奇）哎呀！妙啊！

（喜唱）　绿色荷叶妹翠莲，

七五三三十八年。

十八排来丁亥岁，

二人巧合宝莲灯。

翠　莲　宝莲灯，宝莲灯，比喻恰切，真不愧聪明胜过读书郎啊！

（唱）　对面传来好声音，

可惜人貌看吾清。

你系有心过来嬲，

切莫当作路边人。

保　郎　好歌才！好歌才！近段时间来，跟人对过好几回山歌，还从未遇上歌声清甜、对答如流的好歌手。好，这回我要亲自上前去看看她的娇容。走哇！

[幕后唱：听得鸟媒咕咕啼，

寻双鹧鸪展翅飞。

吾怕山高路艰险，

有缘千里来相会。

（保郎、翠莲相遇，羞怯，然后相互窥视，各伸拇指称赞）

翠　莲　你，你就是妹子救夫——保郎哥吗？

保　郎　正是。你就是绿色荷叶——翠莲吗?

翠　莲　正是。保郎哥请坐，我拿茶去!

保　郎　坐?拿茶去?这里是你的家吗?哈哈哈……

翠　莲　(恍悟)这……

保　郎　你呀!我好有一比哟。

翠　莲　比什么?

保　郎　断截伯公——脱神了。

翠　莲　(羞怯掩面)你!(追打保郎)

(保郎躲闪，有意跌地。翠莲上前扶，突又松手，走至一旁。保郎上前抓住翠莲的手。翠莲如同触电一般。保郎把翠莲拉至一土墩坐下)

保　郎　你看，秋高气爽，晴空万里，今天天气真好啊!

(两人会意地欢笑)

翠　莲　保郎哥啊!

(唱)　阿哥巧妙又聪明，
唱歌联起古时人。
古时人物千千万，
你话谁人最多情。

保　郎　(唱)　古代传说有情人，
屈着手指数不清。
多情算是梁山伯，
死后南山等情人。

翠　莲　(唱)　山伯死后等英台，
都怪生前太痴呆。
只有金贞高文举，
生生死死不分开。

保　郎　(唱)　自古多情惜多情，
何止文举并金贞。
古人毕竟古人事，

如今哪有梁四珍。

翠 莲 （沉思片刻）

（唱） 莫说难寻梁四珍，

织女都还在凡尘。

哥是能学牛郎样，

请来会我鹊桥人。（暗自偷笑）

保 郎 （暗喜）鹊桥人？织女星？

翠 莲 正是！（打趣地）莫非保郎哥哥，真的有意做个牛郎，叫我来作架桥的人么？

保 郎 这……啊，我也是为我朋友来问问你那个“织女”是谁家的姑娘，为人怎样？

翠 莲 （天真地）她么？与我一样，是个采茶姑娘，她的双亲早故，无兄无弟，家道穷得如水洗，岁数正好与我同庚，人貌也与我一样丑陋，好像共一个模子印出来的……（羞笑）不知你那个朋友又是怎样的人？

保 郎 这个……嗯……对对！他也是跟我一样，家中上无双亲，下无兄弟，无依无靠，家徒四壁，也靠打柴为生，其余一切都与我没有二样。

[两人亲切地相视一笑。

翠 莲 这样说来……

保 郎 他们正是。（两人起舞）

（唱） 杨梅蘸醋酸对酸，

翠 莲 （唱） 糯饭夹糍软对软。

翠 莲 （唱） 阿哥形单妹影只，

保 郎 两人孤寒对孤寒。

（加伴唱）落山看见藤缠树，

出山看见树缠藤。

树死藤生缠到死，

两人有命就爱缠。

[瑞莲内声：姐姐呀！

翠 莲 （闻声一惊）噢，有人来了！（取下头上金钗递给保郎）中秋夜，你到荷塘后

花园来，我自有话与你相商。（下）

保　郎（喜看金钗，笑望翠莲背影，韵白）正是：花引蝴蝶恋，歌引凤凰来。（高兴地下）

[瑞莲匆匆上。

瑞　莲（唱）　今日采茶进茶园，
失落金钗寻不见？
一路走来一路找，
实实急坏我瑞莲。
金钗是娘随嫁物，
临终嘱咐说遗言。
给你姊妹各一个，
日后凭它定良缘。
贵重信物今丢失，
真叫我心急火燎难安宁。

（白）哎！真是急死人了！（寻钗匆匆下）

阿　顺（背药篮上）

（唱）　采药来到茶山岗，
山清水秀郁苍苍。
秋天美景胜春色，
绿茶吐茵喷喷香。
牵生樟，采茴香，
采药之人不嫌忙。
各种药材取不尽，
一采就满一篮筐。
山上草药能治病，
药到病除人健康。（圆场）
突见茶树叶底下，
一串珠宝闪金光。

（从地上捡起金钗细看，找人。白）这金钗不知是哪家小姐的，我定要双手还她，将心比心，失了物定会心疼的呀！

[瑞莲匆匆复上。

（瑞莲、阿顺各怀心事）

瑞　莲　（唱）　失落金钗心里慌，

阿　顺　（唱）　捡来金钗难安详，

瑞　莲　（唱）　枉费母亲好心意，

阿　顺　（唱）　急坏闺中女红妆，

翠　莲　（唱）　前面来个男子汉，且把话语问分详。

阿　顺　（唱）　前面来个嫩小姐。且把话语问分详。

[各走圆场，瑞莲匆忙中失足跌倒，崴了脚，茶叶倒撒满地，阿顺急上前，欲扶小姐，瑞莲害羞奋力自起。

瑞　莲　哎哟，我脚崴了，好痛哟。

阿　顺　别慌，别慌。采药之人，跌打损伤，被蛇咬伤药酒都随身带在身上。来，你坐下，让我帮俏擦擦伤痛，很快就会好的。

瑞　莲　好。

阿　顺　（为瑞莲擦脚）好些了吗？

瑞　莲　好多了。

阿　顺　（热情相助，收拾地上茶叶，关心地问）你是谁家小姐？为何心慌慌，步忙忙？莫非有急事么？

瑞　莲　（犹豫半刻，伤心地）阿哥呀！

（唱）　小妹我，住荷塘，

今日采茶进山岗。

失落金钗心慌乱，

因此走路急忙忙。

阿　顺　（唱）　小姐呀，你莫慌。

请问金钗怎模样？

若能讲出相对符，

我定双手还姑娘。

瑞　莲　（高兴地）啊！你捡到了？

阿　顺　是呀！

瑞　莲　（唱）　金钗呀，金凤凰，

一串珍珠闪闪光。

哥是好心还给妹，

你的恩情永不忘！

阿　顺　（取出金钗）这是你的么？

瑞　莲　（一见喜极）是呀！

阿　顺　既是你的，理该还你。（还钗后施礼道歉）刚才我不该来迟几步，害得小姐着急，请莫见怪！

瑞　莲　（感激得有话难说，急急还礼）不……

阿　顺　告辞了！

瑞　莲　（更急）慢……慢……

［阿顺不解地停步。

瑞　莲　（旁白）这人确实老实忠厚，大方可敬，人说黄金落地外人财，他却送还金钗还要道歉。先日母亲讲过，日后婚事凭此金钗作定。莫非……（害羞掩脸笑）阿哥呀！

阿　顺　小姐，还有什么吩咐呀？

瑞　莲　不敢。我是要你留下姓名，以便日后报答你。

阿　顺　不用了！

瑞　莲　本分嘛！

阿　顺　我叫阿顺。

瑞　莲　家住哪里呀？

阿　顺　小姐呀！

（唱）　我家住在山茶坪，

人单姓小无田耕。

全靠那祖传医术来安家，
救死扶伤留名声。
家中开间小药铺，
无兄无妹自经营。
经常上山去采药，
备足药材为谋生。

瑞 莲 家中父母健在么？

阿 顺 不要说了！
（唱） 父亲采药去上山，
不慎失足把跤翻。
一命哀哉归地府，
母亲郁病丧黄泉。

瑞 莲 （同情地）家中还有嫂子么？

阿 顺 这样贫寒的人，还能娶到女人吗？

瑞 莲 这……（伤心落泪）

阿 顺 小姐为何伤心？

瑞 莲 我……

阿 顺 是我太失礼了，还未请告小姐大名呢？

瑞 莲 我叫瑞莲，我的身世与你一样苦呀！
（唱） 老妹同样孤寒侪，
狂风吹落一枝花。
父母早死无兄弟，
度日只有靠采茶。
今日山中失金钗，
幸得顺哥送回来。
母亲在世曾交代，
要凭此物作良媒。

阿 顺 （难为情地，唱）

天上纺棉透下地，

妹子长情哥自知。

可惜我家贫如洗，

苦人怎敢拖累你。

瑞　莲（唱）　阿哥贫苦妹唔嫌，

老实忠厚妹就贪。

没耳锅头当天煮，

没鱼没肉也清甜。

（取出金钗，正经地）我应该听从母亲的遗嘱，你就收下吧！

阿　顺　如此，我真不知怎样，答谢你的深情了。（收起金钗）

瑞　莲　今后一切事情，就待中秋月夜，来我荷塘后花园商议吧！

（唱）　叫一声情哥哥，（阿顺：哎！）

中秋月夜到荷塘。（阿顺：好！）

花园再相会，

相会拜月光。

阿　顺（唱）　叫一声情妹妹，（瑞莲：哎！）

中秋月夜我会来。（瑞莲：好！）

千里共婵娟，

好花共树开。

[幕落。

第二场　月夜错逢情

[中秋晚上。

[荷塘后花园。

[花园的一棵榕树下，摆有石桌、石凳。

[幕启。

[女声独唱：

中秋月夜月儿圆，
妹约阿哥到花园，
对对恋人同相约，
处处情歌紧相连。

[瑞莲在园中绣花，不时向外盼望。

瑞　莲（唱）　新做药袋方又长，
一朵白莲绣中央；
送给阿顺采药去，
瑞莲终日伴身旁。

（白）若有别人进来，被他看见，多不好意思。（急去闩门）

[保郎上。

保　郎（唱）　中秋夜，月华华，
池中清水映莲花。
鹊桥横架银河岸，
渡桥引妹嬲月华。
同跳花朝开心花。

保　郎　她为何闩门闭户？莫非她忘记了？（沉思片刻）有了！待我唱首山歌，通风报信吧！

（唱）　拿篮摘菜我寻缘，
落塘采藕我寻莲。
云掩月光难见面，
请收云雾见青天。

瑞　莲（惊喜地）他来了！（近门欲开又不敢）

保　郎（敲门，轻声地）里面有人吗？快开门来！

瑞　莲　外面谁人？先通姓名！

保　郎（戏弄地）哟！我是没有名的呀！

瑞　莲　真是发马瘀——骑（奇）死了！满月孩儿还有乳名，你为何没有名的？

保　郎　名是有的，不过刚才过河漏掉了呀！

瑞　莲　名不是木做的，也不是纸糊的，为什么会漏了呀？

保　郎　漏就没漏，不过，我忘记了，还是你猜吧！

瑞　莲　我猜，谁能猜得了呀！

保　郎　别说笑话了，快开门吧！

瑞　莲　好，我开门去！（开门）你是……

保　郎　妹子救夫。

瑞　莲　卤水豆腐？什么叫卤水豆腐？

保　郎　你不要装模作样了，我是保郎。

瑞　莲　（发怒）保郎？谁认识你！

保　郎　（不解）先日茶山相约，今晚花园商议。你不要石板压豆腐——炸坚（诈问）了！

瑞　莲　（严正地）老实告诉你，男有男行，女有女行，你三更半夜走到这里来干什么？快走！

保　郎　什么，你约我来，又逐我走，你到底要怎样戏弄我呢？

瑞　莲　谁人约过你，你是谁家的疯子？快点走开！

保　郎　我们在茶山还对过山歌，又拉过手，你都不记得了？

瑞　莲　（气急败坏地）呸！唔晓羞！你屙堆尿照照自己看是什么货色吧？我做什么要跟你对歌？我有什么理由要跟你拉手？你说，你说呀！

保　郎　你是火烧斗篷——不认账呢？

瑞　莲　你讲话不带算盘，我怎能认账呢？

保　郎　（激怒）哎，可恼！可恼！真可恼啊！

（唱）　你爱反情想过来，
我有金钗作聘媒。
劝你莫学风吹竹，
反复无常理不该。

（取出金钗，神气地一晃）这就是铁证！

瑞　莲　哎呀，冤枉了！（痛哭）你哪里偷来我的金钗？

保　郎　偷的？这还是你亲手送给我的呢！

瑞　莲　你骗人，你冒认，把金钗还给我！

保　郎　（唱）　十五两称假正经，

柑子刻像激死人。

打狗绊断棉车线，

是我上当绝条情。

（气愤地走出园门，白）留得青山在，吾怕无柴烧。男人有志在四方，誓不纠缠这臭婆娘。（急下）

瑞　莲　（疑团莫释，伤心地）天哪！

（唱）　先日交情没露风，

蜘蛛牵丝在肚中。

为何金钗落人手，

多节竹筒想唔通。

约定顺哥今夜会，

为何不见他影踪。

莫非金钗被丢失，

唔敢再来见娇容。

（沉思，摇头）哎呀！

（唱）　莫非有人来阻隔，

莫非家里事重重。

莫非使人来试妹，

莫非有病躺家中。

莫非恶人施毒计，

夺钗害命来争风。

瑞莲越想越难解，

千万疑团在心中。

（白）莫非此人是我姐姐的情人？对，找姐姐去！（下）

翠　莲　（喜悦地挽篮上）

（韵白）约定中秋月圆会，单望月圆人更圆。（高兴闩门）

（唱）　闩紧门，拜月忙，

桂花含羞月夜香。

施计使个脱身法，

避开妹妹会情郎。

[从篮内取出东西，供于石桌上。

翠　莲　（摆好香案，燃香祷告）

（唱）　拜天拜地拜月光，

妹子今夜会情郎。

狗莫狂吠欺新客，

鸡莫乱啼报天光。

[阿顺从旁上。

阿　顺　（唱）　中秋月色分外光，

月夜桂花四处香。

蝴蝶飞过千里路，

采花唔怕路途长。

阿　顺　（走近门边）里面有人吗？请你开门吧！

翠　莲　他来了！（欲开门又止）

（唱）　妹爱开门没泔该，

预先订个合同来。

装个谜语你猜透，

出水莲花向君开。

阿　顺　哎呀！要我猜谜？好，来吧。

翠　莲　（唱）　你知乜计口阔脑四方，

你知乜计挨打不叫娘。

你知乜计有齿又无口，

你知乜计肚里刀一张。

阿　顺　（唱）　偃知斧头口阔脑四方，

偓知凿子挨打不叫娘。
偓知锯子有齿又无口，
偓知刨子肚里刀一张。

翠　莲　对了，再来一个吧！

（唱）　你知乜计名义两公婆？
从来唔曾共堆坐。
老公见嫌老婆嘴阔声又响，
老婆见嫌老公须多背又驼。

阿　顺　这……有了。

（唱）　我知虾公蛤蟆两公婆，
从来也没共堆坐。
虾公见嫌蛤蟆嘴阔声又响，
蛤蟆见嫌虾公须多背又驼。

翠　莲　也猜对了！

阿　顺　猜对就开门吧！

翠　莲　慢来！苏小妹还要三难新郎呢！

（唱）　你知乜计双双共树栖，
你知乜计双双梁上企。
你知乜计双双花前舞，
你知乜计双双交颈两相依。

阿　顺　（听明有把握地）这个好猜了！

（唱）　偓知凤凰双双树上栖，
偓知紫燕双双梁上企。
偓知蝴蝶双双花前舞，
偓知鸳鸯双双交颈两相依。

（白）开门了么？

翠　莲　竹篙晒衫——就（袖）来！（开门见顺，一怔）你……你是谁？

阿　顺　（误认是瑞）我叫阿顺。

翠　莲　阿顺？你来干什么？

阿　顺　你忘了前日茶山上相约的事了吗？

翠　莲　我……这个……那个……

阿　顺　你不要这个那个了！你约我到荷塘后花园商议，商议什么呢？

翠　莲　呸！

（唱）　你今唔讲妹唔知，
试问谁人约过你。
当时讲过乜计话，
有无送你乜东西。

阿　顺　你要我讲出先日的事实么？好！

（唱）　先日茶山遇情妹，
是妹亲口约涯来。
送我金钗为凭证，
约我今夜拜月台。

翠　莲　（旁白）这人一定偷听了我与保郎的事！

阿　顺　（取出金钗）这就是小姐送给我的，请你过目吧！

翠　莲　（拿过金钗辨认）他到底从哪里弄来金钗？

阿　顺　这金钗你丢失了，是我捡到又亲手送回给你。这么大的事，你怎就忘记了呢？

翠　莲　（怒气斥骂）呸，你好大的胆！

（唱）　猴猴狗狗不知礼，
我在几时约过你。
纸画笠麻你假冒，
阎王撑船鬼搭你。

阿　顺　坏了，坏了。莫非我昨天遇上鬼了。（偷看翠莲）

翠　莲　（怒目相视，吓顺一跳）快走！

瑞　莲　（暗上。见状手足无措）唉，错了。真是多指猜马——出六了。（隐退）

阿　顺　我走，我走。（叹气）唉，自行医以来，还从未遇过这么寡情薄意的女子，真是灯盏有油——枉费芯了。

（唱）　先日茶山来约涯，
　　　　假情假意送金钗。
　　　　今日反情不认账，
　　　　凤凰变作乌鸦啼。

翠　莲　（旁白）看这个人又不像野汉子啊！莫非是我老妹瑞莲约来的？喂！你把当初约你的详情再说一遍吧。

阿　顺　好啦，你别猫哭老鼠——假慈悲了！

翠　莲　（打趣地）你不把真情对我说，我就叫人来了！

阿　顺　（误会）叫人来？你还想赖我做贼吗？你别欺人太甚了！

（唱）　明是铜钱我当金，
　　　　假意我作真情寻。
　　　　灯草跌落砒霜水，
　　　　今下正知妹毒心。

小姐既然如此，我就无话可说了。（急下）

翠　莲　阿顺！你不该走！

瑞　莲　（复上）阿顺、阿顺！

翠　莲　别追了，人已走远了。别哭了，我问你，三更半夜约人到后花园来，干那不正经的勾当，该当何罪？

瑞　莲　我不正经，你才正经！

翠　莲　我当然正经！一不动春色，二不送金钗，三不私自约会，四不说谎骗人，五不……

［瑞莲大笑。

翠　莲　你笑什么？

瑞　莲　狐狸不用话猫，我问你，你的金钗呢？

翠　莲　这……？我拿起了。

瑞　莲　是有人拿起了，刚才那人说是妹子救夫的，谁约他来的？

翠　莲　啊！他，他人呢？

瑞　莲　他早已发怒走了，你自己在这里等到天光吧！

姐妹俩　你！你…… 你你……（相互责怨之中）

[落幕。

第三场　酒中齐误会

[紧接上场。

[酒店门口。

[店门口摆着几张桌椅，天上月白风清，四处景物宜人。

[幕启。舅父、舅母在店中忙着打整。

舅　父　（韵白）不望东成西就银堆栋，

舅　母　（韵白）但愿南和北合客常临！

舅　父　（板）本人姓李！

舅　母　（板）偓姓张！

舅　父　（板）你接杓猪嘴头长！

舅　母　（板）人人叫你劳碌鬼！

舅　父　（板）个个喊你唠叨娘。

舅　母　（板）俩侪还系半斤对八两！

舅　父　（板）夫妻齐眉偓俩老，

舅　母　（板）有子有孙福满堂。

舅　父　（板）路边开间小酒店，

舅　母　（板）两个老鬼辛辛苦苦度时光。

舅　父　（板）近年兵荒马乱闹饥馑，

舅　母　（板）小小生意本亏光。

舅　父　（板）度日如年实无法，

舅　母　（板）好得偓养猪卖菜畜鸡来补帮。

舅　父　（板）现在似黄蜂作薮从头起，

舅　母　（板）小小生意又开张。

舅　父　（板）摆卖黄烟火柴并烧酒，

舅　母　（板）还有油条、花生、月饼、香糕、薄荷糖。

舅　父　（板）唯望开张捷发财源广，

舅　母　（板）不如摆好家当，等待顾客把门上。

舅　父　（白）今日秋高气爽，看来我们定有好生意做的。（笑入内）

[舅母兴致勃勃地摆设茶杯等物。

[保郎上。

保　郎　（唱）　有针无线枉我连，

烂参无唇枉我缠。

池藕浸了砒霜水，

如今正知毒心莲。

中秋月圆人不圆，不如到酒店买碗酒喝，一来解闷，二作消灾。老板娘，有酒吗？

舅　母　有！有！客人请坐。

（唱）　小店设在大路边，

又卖烧酒又卖烟。

相公来饮酒，

过客来买烟，

小本生意要现钱。

保　郎　不赊欠。

舅　母　（唱）　各种酒类摆在店中，

五加皮呀！状元红，

玫瑰竹叶青，

双烧特别浓，

任君慢慢饮多盅！

保　郎　来一碗双烧酒吧！

舅　母　好！双烧就来！

[舅母打酒下。保郎叹气，阿顺丧气地上。

阿　顺（韵白）　人衰矛路，鬼衰上树，

白盐发虫，磁碗生鲁。

（转身见店）老板，有烧酒么？

舅　母（内应）有！客人请坐。

（边上边韵白）今日开市真热闹，

贵客源源上门来。

（对内喊）老鬼！顾客都涌涌哩来了，你还屈在里面生蛋？

舅　父（露出房门口，探头环视，发怒地）你这唠叨鬼，大喊大叫做乜计，人家阿二古赊去半盒火柴都还没记簿呢！（回内）

舅　母（气中又喜，转对顺）小阿哥买酒是么？

阿　顺　是。

舅　母（旁白）这人好面善，好像见过的呀！（对顺）请问小阿哥，尊姓大名，何方人氏？

阿　顺　小人姓刘名阿顺，家住山茶坪。

舅　母　山茶坪？

阿　顺　大娘去过？

舅　母　还是我的老家呢！令尊是哪个？

阿　顺　先父刘松已死五年了。

舅　母　刘松哥？

阿　顺　你认识？

舅　母　认识，认识，我以前还经常到刘松哥药店去嬲呢，都算是个好熟悉的人了。你父去世早，真可惜，家中娶老婆了吗？

阿　顺　不要谈这些了，请舀碗酒来吧。

舅　母　好，让我舀碗状元红来吧！

阿　顺　不，舀碗烧酒就可以了。

舅　母　中秋月夜饮几盅好酒，也不算过分呀。

阿　顺　俗话说："用药不可过量，用钱不用大方"，穷人家挣二分钱，是不容易

的呀！

舅　母　你处世为人真像你的父亲呀。好，我去舀碗烧酒来。（舀酒给顺）

[保郎、阿顺饮过一阵，各有醉意，两人猜码。

舅　母　（走至保郎前，看其脸色）哈哈……真是个——三杯白酒穿喉过，二朵桃花上脸来。（笑下）

保　郎　（醉起，激动，取金钗，细端详）金钗啊金钗！

（唱）　金钗是个铁媒证，
　　　　是你亲口许婚姻。
　　　　有理不怕你反齿，
　　　　铁证不怕你反亲。

阿　顺　（见金钗大吃一惊）金钗！（近前细认）

保　郎　你看什么？

阿　顺　我想看看你的金钗！

[保郎神气地将金钗装入袋中。

阿　顺　（旁白）这金钗明明是瑞莲的，为何又到了他手里？（猜测）哦！我明白了！

（唱）　瑞莲反目不认郎，
　　　　原来与他有交往。
　　　　一马不能双鞍配，
　　　　一女岂能恋两郎。

（韵白）真是人性多过药性，
　　　　厚情遇上薄情呀！

保　郎　（细听顺言，猛然抬头）你……

阿　顺　（自怨）千不该万不该！不该信她鬼话和她约会了！

保　郎　（追问）什么？你说什么？

阿　顺　（唱）　反心姑娘难捉摸，
　　　　茶山赠钗约情哥。
　　　　昨夜花园月下会，
　　　　竟敢反目起风波。

保　郎　（旁唱）　此人行动实难猜，

冷言冷语嘲笑涯。

獐头鼠目怀鬼意，

看他还想夺金钗。

（对顺）老兄！你到底来干什么的？

阿　顺　千怪万怪，只怪女人心坏。先日茶山说得甜过蜜糖，昨夜做出毒过砒霜，约了人来，又逐人走，真是好狠哪！

保　郎　（旁唱）　越听他话面越烧，

心中好似插把刀。

冷嘲热讽话难听，

秆扎蛤蟆气难消。

（对顺）喂！你为何当众扯我面皮，莫非你是赖孵鸡——寻斗么？

阿　顺　我怎么寻斗？她确实是爱上我的，曾讲过永结同心，想不到……

保　郎　（耳不忍听，接声斥责）别说了！

（唱）　柑子煮酒激气多，

你今不要再啰嗦。

你俩既然有暗约，

为何同谋气弄我？

阿　顺　（旁白）你这个人真是不大讲理，确是人无害虎意，虎有伤人心，女人反心向你我不计较，你还敢反口伤人，看来不同他讲明道理，还会惹来是非。（对保郎）老弟呀！

保　郎　呸！俗话讲："饶人不是痴汉，痴汉不会饶人。"

（唱）　你呀你，太无理，过分把人欺。

阿　顺　（唱）　不讲理，还是你！

保　郎　（唱）　我问你，是否她真爱上你？

阿　顺　（唱）　表示过，永不离。

保　郎　（唱）　既爱你，我不提，为何搞鬼约我去？

阿　顺　（唱）　这件事，我不知，

保　郎（唱）　完全是你搞把戏。

阿　顺（唱）　你这话，何根据！

保　郎（唱）　刚才你话不善意。

阿　顺（唱）　我有哪句得罪你，

保　郎（唱）　当场想扯我面皮。

阿　顺（唱）　我是诉说我的苦遭遇。

保　郎（唱）　你乱讲！

阿　顺（唱）　你无理！

保　郎（唱）　你不是！

阿　顺（唱）　你生非！

阿　顺
保　郎（唱）　那就请人评评理，看看谁是非！

［舅母端食品上。

舅　母　你们猜码猜到打架呀？

阿　顺
保　郎（同时拉住舅母）大娘！你来评评理吧！

舅　母　什么事？

保　郎（拉着舅母一旁）老板娘！

他与人同谋戏弄我，

这人做事太猖狂。

阿　顺（拉过舅母）老板娘！

他挖墙脚我不怪，

还敢恶人先告状。

保　郎　你！

阿　顺　你！

［两人追打。

舅　母　你——（对内喊）老鬼快来呀！两个打起来了！

［舅父闻声急上。看见两人东拉西扯。

舅　父　你们东拉西扯，到底为了何事？赶快说来！

[两人住手。

保　郎　（唱）　二老板，听分详，

听我慢慢道端详。

一日上山打柴，

遇上一个女红妆。

她因慕我歌才好，

钟情订约许鸳鸯。

拨下金钗作媒证，

约定中秋去相商。

谁知道，反复人心难预测，

昨夜里，她竟反面无情不认郎。

良心话头她不讲，

还敢受她指责，

赶我走院墙！

这事我且不计较，

他不该，赶来店里尽扫我面光！

自古道，馊饭好吃气难受，

似这样，欺人太甚理不当！

舅　父　（厌烦，旁白）这样的衰事也叫我判，真是柚子贴年红——大吉利是了。

舅　母　（对顺）看你长得和刘松哥一样，我认为你忠厚老实人，谁知你敢这样欺负人。

保　郎　（仗势地）他就是腋下生疮阴毒！

阿　顺　（有话难说，摇头）不……这不……

舅　母　还不是吃了人家饭，还要打碗吗？太过分了！

[舅父越听越怒气地背站着。

阿　顺　老板娘，你不要听人家片面之词，你硬逼我食生牛肉！

保　郎　什么？逼你食生牛肉？

阿　顺　当然呀！

（念）　老板呀！你且慢！

听我细细说呀莫嫌烦。

采药之人你知道，

日日提篮去上山。

一天我到茶山去，

遇上一个女红颜哪！

她因金钗失落地，

二面青青泪斑斑。

幸得我采药来捡起，

问明之后双手还哪！

约我今夜月下会，

谁知竟敢把脸翻。

刚才我因酒醉心激动，

自己叹息做人难，

谁知他，竟要寻人来作对，

冤枉诬我搞鬼逞刁奸。

实在使我难说话，

请你公道评一番。

舅　母　哎呀！这样说来，是我错怪好人了。

舅　父　（旁白）嘿！都是社官透七娘，邪神引野鬼，非用三枝香二张纸请出去不可！

舅　母　（好奇地对保郎、阿顺）

（唱）　怪中又怪奇中奇，

各人说出一条理，

包公难办这奇案，

到底约你还是约他。

保　郎
阿　顺　约我本是真的！

舅　母　这……（一笑）我知了！（转身对舅父）你听明白了吗？原来他们是猫抢肉——争婚哩！

舅　父　这些都是伤风败俗之事，你就不要唠唠叨叨了！

舅　母　（同情对顺）千错万错，都是那女人贱货，易反易复，约了你又约他，现在嘛！又要约第三只了。

舅　父　这是谁家的臭婆娘呀？

保　郎
阿　顺　就是荷塘边叫翠莲
瑞莲的！

舅　父　（吃一惊）吓！

舅　母　（追问）谁？

保　郎　翠莲！

阿　顺　瑞莲！

舅　父　（更恼，旁白）想不到自己的外甥女，敢做这等羞人的丑事。真恼呀！

舅　母　你们呀！是床底下破柴——撞板了！她们明明是两个人，你们怎么认为是一个？

保　郎
阿　顺　两个人？

舅　母　是！她们确实两个人，两姊妹，这是我的外甥女呢！

保　郎
阿　顺　是你的外甥女？

［舅父在旁气得直跺脚，暗中埋怨舅母。

舅　母　是呀！她们是一对双生女，长得一模一样，有时连我都辨认不出呢！何况你们！真是八月地草无人铲——闲昏了。

保　郎　（韵白）说来笑破千人口，

阿　顺　听明方觉脸上羞！

舅　母　这真是城隍庙里脱裤——笑死鬼了。你俩先回去，这事就包在我们身上了。

［保郎、阿顺分头下。

［翠莲、瑞莲上。

翠　莲
瑞　莲　（念）中秋月圆人不圆，约来情哥无面见。

害苦瑞莲/翠莲无且紧，惹怒保郎/阿顺不自然。

茶山顶上等一日，难见情哥苦心田。

姊妹回家来商议，找舅娘再把红线牵。

（两人喊）阿舅，舅娘！

舅　父
舅　母　（上）哗，是你们俩姐妹呀？

翠　莲
瑞　莲　是。

舅　母　我俩也正要找你们呢！

翠　莲
瑞　莲　可巧了，我俩也正要找你们呢！

舅　母　真是火烧碓尖——对着了。哈哈……

翠　莲
瑞　莲　阿舅、舅娘找我们何事？

舅　父　我问你们，前几天你们做了哪些见不得人的羞事？

翠　莲
瑞　莲　没有呀？

舅　父　还不承认，赶快从实招来。

翠　莲
瑞　莲　这……

舅　母　还不说！今日保郎、阿顺在我店里饮酒饮醉了打起架来，他们把事情都讲了。

舅　父　你们呀！真是猪大把门风，女大羞祖公。三从四德你不顾，自家招婿寻老公。搞乱纲常，败坏门风，今日我替你先父来做主，训逆女家法难容！他娘，拿两个猪笼来，把她俩装进笼内，抬到秋江河去浸一浸！（偷笑）

翠　莲
瑞　莲　舅父饶恕，舅父饶恕！

舅　母　哈哈……好了好了，别把我的外甥女吓坏了，你们这是……你舅父是跟你们开玩笑的。

翠　莲
瑞　莲　舅父真坏！

舅　母　翠莲。

瑞　莲　我是瑞莲。

舅　母　哈哈……你看连我都分不出来，翠莲瑞莲你们的婚事，我与你舅父商量过了，也跟保郎阿顺讲了，你们的婚事就由我们做主了。

翠　莲
瑞　莲　好呀！（下）

舅　母　你看她俩，两条毛辫子像线车一样啊！

［舅父、舅母下。

第四场　堂上喜合婚

［红烛高烧，双喜高挂，喜气洋洋。

舅　母　（端礼物上）

（唱）　舅娘今日乐开怀，

既是主婚又作媒。

双鸳鸯，同戏水，

二朵莲花并蒂开。

［瑞莲、翠莲上。

姐妹俩　舅母。

舅　母　你们不在房里梳妆打扮，来此作甚。

姐妹俩　保郎（阿顺）来了吗？

舅　母　来了！被你舅父叫去了，正准备拜堂呢？

姐妹俩　我真想见见他。

舅　母　等多一阵不行吗？

[保郎、阿顺上。

保　郎　翠莲小姐，

阿　顺　瑞莲小姐。

姐妹俩　哈……你们认错了。我才是翠莲（瑞莲），保郎哥（阿顺哥），害苦你了！还礼！

舅　母　今天好事好头，不要闹出笑话，你看，我都给你们准备好了，翠莲披红色的，瑞莲披粉红色的，拜堂不能儿儿戏戏，拜了堂，入了洞房，就成了夫妇了。看清楚，千万不要再弄错了，知道吗？

舅　父　（上）你们还在这里啰嗦什么？客人来齐，时辰快到，快准备拜堂去吧！你们快点准备去吧！

众　好！

舅　父　拜堂啰！

[翠莲、瑞莲、保郎、阿顺下。

[众姑娘舞上。唱：

银烛双辉照堂前，
鼓乐喧天喜连连。
金钗成双人成对，
四家合一庆团圆。

[两对新人上。

舅　父　日吉时良，
天地开张，
玉成佳偶，
喜配鸳鸯，
鸾凤和鸣，
富贵花香，
龙腾凤舞，
地久天长。
一拜天地显圣光，

二拜祖公万吉昌，
夫妻对拜恩义重，
百年偕老福寿长。
夫妻拜完堂，
双双入洞房。
今日娶转红粉女，
明朝手抱白衣郎。
送入洞房。

舅　母　慢！为了避免差错，新郎当场挑开罗帕，夫妻双方辨认清楚。

舅　父　你这唠叨鬼真唠叨！

姐妹俩　错了，错了！

舅　母　错了？看来我唠唠叨叨还有好处哩！如果入了洞房又出来会被人笑脱牙的。老鬼，起过势吧！

舅　父　不用了，为了保险起见女方做新郎，男方做新娘，罗帕披在男方头上，红绸扎在女方腰间。送入洞房！

众　（唱）　喜洋洋，乐洋洋，
两对鸳鸯舞莲塘。
四条灯草共下扎，
两对鸳鸯情义长。

[剧终。

稀有剧种卷·花朝戏

风流才子

编剧：张新秋

整理：简佛权

人　物　表

唐伯虎　江南才子
秋　香　华府丫环
华鸿山　隐退朝廷太师
华夫人　华之妻
华　聪　华之子
冯玉兰　唐之表妹
祝枝山　江南才子
王　俊　华府家仆
船　家
春　香　华府丫环
夏　香　华府丫环
冬　香　华府丫环
众美女

第一场

[幕启。虎丘山半塘寺。

[春日之下，湖光山色，如诗如画。唐伯虎与祝枝山结伴春游。

(幕后歌) 江南三月景色秀，
　　游人恍如入画楼。

自古江南多才子，
几多佳话世间留。
唐伯虎，祝枝山，
好友结伴游虎丘。
一个是风流才子，
一个是才子风流。
今日相聚又有戏，
绝妙传奇说从头。

祝枝山 （唱） 贤弟乡试中榜首，
何日去把功名受。

唐伯虎 （唱） 我视功名如草莠，
怎比我吟歌四海游。

祝枝山 （唱） 纱帽好比金箍咒，
官场衙门皆俗流。

唐伯虎 （唱） 人逢知己当对酒，

祝枝山 （唱） 人逢知己当对酒，
有请为弟到杏花楼。

唐伯虎 （唱） 有请为兄到杏花楼。

唐伯虎 哎唉哎！贤弟，这对酒当歌，能有几何？人生苦短，能有几回花好月圆哪。贤弟该交个情投意合的伴侣啰！

唐伯虎 天地虽大知音少哇。

祝枝山 什么天地虽大知音少，分明是你才高气傲挑花了眼。据我所知，追你的淑女真可谓是车载斗量呀。别的不说，就你表妹冯玉兰吧……

唐伯虎 我表妹冯玉兰？

祝枝山 出身名门，知书明礼，对你可是一往情深。可是你……

唐伯虎 可是我对她只有兄妹情，没有男女情，只有相亲难于相爱。

祝枝山 你看你……

唐伯虎 何况她也已嫁人了。

祝枝山 难道你就决心当一辈子光棍了？

唐伯虎 我唐伯虎就是走遍天下也要找一个情投意合的淑女为妻。

祝枝山 这就对啦，看来你的婚姻大事还少不了我祝大爷为你牵线搭桥。走吧！我们到杏花楼边吃边谈，让我好好开导开导你。

[唐、祝相偕下。

[华府丫环们进香过场。

[秋香引华夫人与冬香等上。

华夫人 （唱） 日丽风和精神爽，
斋戒沐浴来进香。
善男信女皆祈望，
慈光普照保安康。
春夏秋冬添福禄，
东西南北纳祯祥。

冬香！

冬　香 在。

华夫人 你去雇条船来。

冬　香 是。

华夫人 秋香。

秋　香 在。

华夫人 你去涌泉寺打些圣水带回府去。

秋　香 是。

[华夫人等下，秋香欲下。

[祝枝山内声：贤弟你醉了，你醉了。

[唐伯虎上，恰与秋香照面，相互对视打量片刻，唐隐下。

秋　香 （唱） 半塘寺前放眼望，
虎丘山果然好风光。
处处山明水又亮，
花丛柳絮吐芬芳。

湖上画舟轻荡桨，
蓝天紫燕任飞翔。
太师府里虽华丽，（唐暗上）
哪有山野自然香。
世上多少能工匠，
难比春风巧梳妆。（观景戏要）

唐伯虎 （唱） 好一个风流艳丽俏佳人
九天仙女降世尘。
丰姿美态称绝代，
一颦一笑令人倾。
行如春风拂杨柳，
静似荷花映湖亭。
盈盈秋水映眉黛，
隐隐春心似可闻。
莫不是嫦娥欠下风流债，
特来慰我寂寞心。
天赐良机不可失，
找个法子诉怀情。

[秋香祈福，唐趋前偷听。秋香起身欲走，发现丝带被踩住。

秋　香 公子，公子！

[唐伯虎装呆。

秋　香 公子！

唐伯虎 哦，何事？

秋　香 你踩着我的带子。

唐伯虎 啊？（仍不动）

秋　香 （上前推唐，抽回丝带）你看看，你看看！

唐伯虎 唉哟！把姐姐的丝带踩脏了，真是该死，该死。

秋　香 算了算了，拿回去洗洗也就是了。

[秋香打量唐，不觉好笑。

[唐茫然无所措手足。

[秋香示意唐帽子歪了。

[唐找秋香所指整左整右，越理越出错。

秋　香　（更觉好笑）哈哈哈……

[春香上。

春　香　秋香，老夫人叫你呢。

秋　香　嗯！

唐伯虎　秋香！秋香！

[秋香引华夫人等登船而去。

[幕后声：开船啰！

唐伯虎　（唱）　一声开船齐撑篙，
眼看画舟起了锚。
一泓碧水通万里，
帆影渐远浪滔滔。（寻思刚才情景）
蒙她殿前赐一笑，
分明对我耍痴娇。
如今美人已远去，
一腔情丝怎能消。（思索，顿有所悟）
为求同心比翼鸟，
怕什么水远与山遥。
我决意买舟去追笑，
船家！
详情顺便问渔樵。

[船家摇船上。

船　家　客官要去何处？

唐伯虎　看，快追上那条船！

船　家　那是华府的官船。你是何人？

唐伯虎 请看扇！

船　家 （接扇一看）啊！原来是唐大才子，快请！

[切光。

第二场

[数日后。

[幕启。华鸿山太师府第门前。

[王俊上。

王　俊 （念白）　小人名字叫王俊，

太师府上来把门。

吃喝嫖赌上了瘾，

可惜腰里少白银。

[冬香上，推开王俊顾自走路。

王　俊 喂！香妹妹，看你风风火火，往哪里去呀？

冬　香 给大公子买书僮。

王　俊 买书僮？

冬　香 哎。老爷夫人怕大公子不好好读书，少夫人跟大公子又合不来，买个书僮好伴大公子读书呀。（欲走）

王　俊 （拦住）香妹妹，你知道，老爷夫人要出多少银子？

冬　香 五十两白银。

王　俊 五十两呀？

冬　香 咳！要是人品长得俊哪，还要再多加呢！（欲走）

王　俊 （又拦住）请等等，请等等。（旁白）我要是能把我的外甥引荐给大公子当书僮，这五十两银子我至少能赚四十五两五！（跟冬香亲热起来）香妹妹，我想，我想……香妹妹，哥哥平日对你怎样呀？（动手动脚）

冬　香 站远点！你也不看看，这是什么地方！

王　俊　哎呀呀！去年八月十五那天晚上，我不是还亲了你一口嘛。

冬　香　我不是也还了你一口嘛，我可没有欠你的。

王　俊　得得得，香妹妹，我想……

冬　香　哎呀，回来再说。（又欲下）

王　俊　（知对方误会）哎哟，我不是那个意思。来来来（牵回冬香）我有个外甥，今年十八岁，想请你跟老爷夫人说说，给大公子当书僮。事成之后，我给你买两盒苏州妆粉。

冬　香　老夫人说啦，这回买书僮呀，一要长得俊，二要知书达礼，三要手勤脚快……唉哟！就你王家那园子地里还能长出什么好菜？想得美（下）

[王俊拉冬香跟下。

冬　香　你不要拉我！

[唐伯虎上。

唐伯虎　哎呀呀，适才听他们一番言语，我何不趁机到华府中当一书僮，也好见机行事，以偿夙愿。对！

[船家内喊：唐公子——

船　家　（上）唐公子，你给我画的那把扇子，大家都抢着要呀。这是一百两银子，二一添作五，你五十，我五十，我走啦。

唐伯虎　等等。

船　家　（误会）那，就都给你吧。（递银子）

唐伯虎　不！这银子都归你！（递上银子）

船　家　哎呀！都归我啦！

唐伯虎　我想跟你借件东西。

船　家　借什么？

唐伯虎　衣服。

船　家　别说借衣服了，就是借脑袋，我也给你呀。

唐伯虎　那好。

[两人互换衣服，船家离去，王俊上。

唐伯虎　（对王俊）大哥！

王　俊　呀呸！大哥？你也配叫我大哥？

唐伯虎　那就叫大叔，大叔！

王　俊　去去！你知道我是谁吗？我乃堂堂太师府侍通官！侍通，你懂吗？

唐伯虎　哦，原来是只看门狗。一个看大门的就有这样大的架子，咳！我稍后就叫你趴在我的脚下。（入戏）哎呀，我的银子，我的银子呀……

王　俊　你说什么？

唐伯虎　我的银子丢啦！

王　俊　什么时候丢的？

唐伯虎　就是刚才。

王　俊　丢了多少？

唐伯虎　五两。

王　俊　在什么地方？

唐伯虎　（指脚下）就在这里。

王　俊　（赶紧趴地下周围寻找）哎哟，我的小祖宗哎，我的小爷爷哎，你怎不早说哎。

唐伯虎　（捉弄够了）快起来吧，我还有话跟你说呢。

王　俊　你说吧，我听着呢。

唐伯虎　小生康宣，祖籍苏州人氏，自幼父母双亡，多蒙亲友相助，特来杭州投亲。不料我那舅父暴病身亡，舅母又不肯收留。哎，我……我好命苦哇！

王　俊　（起身）哎哟，别……别哭啦！

唐伯虎　大叔呀，我一看就知道你是个好心人。求大叔给我出个糊口之计吧。

王　俊　模样长得还不错，（对唐）康宣，你认识字吗？

唐伯虎　识字，我从小就念《五经》、《念四书》。

王　俊　好。康宣，我有心把你引荐华府，给大公子当书僮，你可愿意？

唐伯虎　愿意愿意，只要有碗饭吃就行啊！

王　俊　那回扣多少？

唐伯虎　（愕然）……

王　俊　回扣！

唐伯虎　回扣？

王　俊　连回扣都不懂，现在做引荐的，哪有不要钱的？

唐伯虎　啊，卖身的银子给你吧。

王　俊　都给我？

唐伯虎　都给你。

王　俊　好，康宣，进得府去，你一口咬定要身价五十两！

唐伯虎　五十两？

王　俊　对对对，你要记住这个五、五、五！

唐伯虎　我记下了：唔、唔、唔！

王　俊　康宣，想进府去，得把你这称呼改过来，你就当我是你死去的舅舅。

唐伯虎　哎，谢谢死去的舅舅。

王　俊　哦，外甥！

唐伯虎　舅舅！

王　俊　随我来吧。

［冬香上。

冬　香　喂喂喂！又把亲戚领来啦？

王　俊　哎！来来来，我给你介绍介绍，这就是我外甥。（指冬香对唐）她是你舅妈。

冬　香　呸！（见唐）哎哟哟！好俊哦，这园子地里还真长出好菜来了。嘻嘻嘻！兄弟，我一看见你呀，就忍不住……（上前欲亲热）

唐伯虎　（回避）走开！

冬　香　（没趣地）一会见了老爷，你可要小心回话呀！随姐姐来吧！

［冬香下，王俊随上，冬香以为是唐，执其手下。王俊乐滋滋随下。待冬香发觉，一下甩开王俊手径下。王俊下。

唐伯虎　（上前打量大门）哎呀！这可是华鸿山的府第呀，这华太师在朝多有劣迹，我曾多次作诗，讥讽于他，他对我是早就怀恨在心，我此时进他府里，岂不是自投罗网吗！哎呀，还有我的表妹冯玉兰她……

（唱）　　进华府，如进虎穴叫人犹豫。

［冬香内声：兄弟，快来呀！

唐伯虎 （接唱）为秋香哪管它祸福凶吉。

[切光。

第三场

[光启。

[紧接前场，华府客厅。

[华鸿山习书法。华夫人陪伴一旁。

华鸿山 （唱）　治理朝政二十秋，
为贪斗禄雪盈头。
如今隐退归林下，
虽无官职胜王侯。
与家人共享天伦趣，
唯有聪儿令人忧。

[冬香上。

冬　香 给老爷、夫人请安！

华鸿山
华夫人 罢啦！

华夫人 冬香，命你买的书僮可曾买到？

冬　香 启禀老夫人，侍通倌有个外甥，年方十八，长得俊秀，知书达礼，只因家境贫寒，有意卖身为奴……

华夫人 老爷，你看……

华鸿山 嗯，命王俊领其外甥到客厅回话。

冬　香 遵命。（出门）兄弟，老爷夫人命你到客厅回话。

[王俊领唐伯虎上。

王　俊 去吧，去吧！

[唐伯虎欲进。

王　俊　（拉住）来来来，（比“五”的手势，示意记住）

唐伯虎　（进内，施礼）小生康宣拜见老爷夫人。

华鸿山　罢了。康宣，你今年多大啦？

唐伯虎　已经十八岁了。

华鸿山　你一向在哪里谋生？因何来到此地呀？

唐伯虎　（唱）　未曾开言泪先流，

康宣祖籍在苏州。

皆为家贫难糊口，

特来东亭把亲投。

多亏好心的我大舅，

荐我华府把生谋。

［唐欲坐下，王俊赶紧拉开。

华夫人　（唱）　我观他面如满月人清秀

破衣衫遮不住体态风流

我问你能识多少字？

唐伯虎　（接唱）自幼随父读《春秋》

华鸿山　哈哈……一个山野童子他读的什么《春秋》？真不知天高地厚也！

华夫人　老爷，想是他谋生心切，说些大话，也是情有可原的。

华鸿山　小小年纪，不要狂妄！

华夫人　康宣，老爷有意把你买进府来做一书僮，你可愿意？

唐伯虎　愿愿，愿意。

华夫人　你的身价？

唐伯虎　身价么？

［王俊赶忙暗示。

唐伯虎　哦，五两银子。

王　俊　哎呀！五十两变成五两了！这……

［唐暗笑。

华夫人　王俊！

王　俊　有！

华夫人　带他到账房领取！

王　俊　是！（自语）五两就五两吧，捞一个是一个。

唐伯虎　且慢！启禀夫人，想我康宣家境贫寒，至今尚未完婚。这五两银子么暂存账房，日后成亲之时才用。

华夫人　好，那就暂存账房。

王　俊　（叹息）五两也没捞到！

华鸿山　王俊。

王　俊　有！

华鸿山　你要做他的保人，出了差错，我拿你是问！

王　俊　是！

华夫人　王俊，按照华府的规矩，你还要交保银十两，快到账房办理。

王　俊　（哭笑不得）是。（对唐）小子，还要我倒贴你十两！

唐伯虎　活该。

华鸿山　夫人，就叫康宣在此写下“卖身契”，也好看看他的文墨到底如何。

华夫人　好。正合我意。康宣，你就在此写下“卖身契”。

唐伯虎　遵命。

华夫人　王俊！

王　俊　有！

华夫人　笔砚伺候！

王　俊　是！（整理笔砚，递笔给唐）伺候，伺候！伺候我十两银子买来的小祖宗！

唐伯虎　（接笔唱）见笔砚，神焕发，

多日未把紫毫拿。

未曾落笔暗谋划，

华鸿山是一个书画行家

我若纵情来挥洒，

他定然生疑来盘查。

何不笔下做个假，

横七竖八乱涂鸦！

（唐信手一挥而就，掷笔。）

华鸿山 （拿过“卖身契”一看，惊诧地）

（唱） 手捧契约暗吃惊，

这康宣非是一凡童。

文字通顺且不讲，

更有灵气暗藏笔端中。

若不是天赋奇才有悟性，

焉能够龙飞凤舞亮高风。

夫人，你看哪！康宣的字潇洒奔放，点墨生辉虽然尚欠章法，亦不失大家风范！依老夫看来，日后定不在唐伯虎之下。哼！想那唐伯虎老夫多次抬举于他，怎奈他不识人情，反而作诗讥讽老夫！如今得此良才，我们要用心栽培，待日后与唐伯虎比个高低！

华夫人 老爷，我看做书僮太屈了他，改作伴读，你看如何？

华鸿山 啊，正合我意，正合我意！哈……康宣，老夫看你文墨颇有根底，就命你做大公子的伴读如何呀？

唐伯虎 多谢老爷提携！

王　俊 刚进府就提拔，比我这十年的侍通官可强多啰！

华鸿山 王俊！

王　俊 有！

华鸿山 唤大公子、少夫人前来！

王　俊 是。

华夫人 慢！先命秋香送茶上来！

王　俊 是啰！秋香！

[秋香内应“嗳！”

王　俊 送茶来！

[唐伯虎一听秋香，忘情上前。

华夫人 康宣，你是渴坏了？

唐伯虎 （忙收敛）是，是，（自语）是渴望得很哪？

[秋香送茶上。先送老爷夫人茶。待送唐时，唐赶忙与之交流，多方暗示，只苦于不敢明说。

秋　香 （不明所以）此人是哑巴？

华夫人 康宣，请用茶呀。

唐伯虎 遵命。（唱）这杯秋茶香又香

可惜茶中无有“唐”。

华夫人 秋香，去加些糖来。

唐伯虎 哦？不，不，不！

（接唱）　你莫要慌，莫要忙，

这个唐不是那个糖。

笑，笑，笑！

华夫人 笑是什么？

唐伯虎 （接唱）　小小年纪你好健忘！

华夫人 康宣，你讲些什么？

唐伯虎 （接唱）　茶香更比糖茶强。

[喝茶毕，杯子放回秋香茶盘，重重一按。

秋　香 这人真难伺候！（下）

[冯玉兰、华聪上。

冯玉兰 （念）春色溶溶无心赏，柳丝悠悠结愁肠。

华　聪 你赔我蟋蟀！你赔！

冯玉兰 拜见公公、婆婆！

华鸿山
华夫人 罢啦！

华　聪 你赔！你赔我蟋蟀！赔赔赔！

华鸿山 聪儿，休要无礼！

华　聪 有理！

华鸿山 聪儿，这是为父给你请来的伴读，从今以后，你要好好的跟他读书写字，不

得无礼。

华　聪　这……

华鸿山　还不快快见过先生!

华　聪　我见他?哼!不见!

[玉兰上前欲拜。

唐伯虎　(抢着先拜)小生康宣,拜见公子、少夫人!

冯玉兰　康宣?

唐伯虎　(暗示)请少夫人多多关照。

华　聪　(发觉唐与冯的眼神不对)哎哟!坏了!坏了!他们二人对眼线了!

[切光。

第四场

[光启。

[紧接前场。

[华聪书房。

冯玉兰　(满腹心事在徘徊)

(唱)　冯玉兰出身在书香门户,

十岁上结识表兄唐伯虎,

多年来表兄表妹常相处,

青梅竹马情意稠。

那一日,我大着胆子把心曲吐,

全不料,他冷淡敷衍装糊涂。

我热情似火将他问,

他一盆冷水泼红炉。

到那时我方知情有误,

从此后心灰意冷无所图。

婚姻事任凭着父母做主，
哪料想走错了一步路万劫不复。
才女嫁了个弱智汉，
面对痴傻把春秋度。
昨日里，表兄突然进华府，
乔装改扮作伴读。
莫非是，韩湘子来把林英度，
引我玉兰出迷途。
我神不守舍书房坐，
等表兄揭开这个闷葫芦。

[冬香引唐伯虎上。

冬　香　兄弟，这就是大公子的书房。哎哟，少夫人也在里边，快快进去回话啊！

[唐伯虎一见冯玉兰，心愧不敢上前，欲走撞在冬香身上。

冬　香　哎……看你这意思，好像是离不开我。（下）

[夏香上。

夏　香　康先生，请！少夫人，康先生来啦。

冯玉兰　夏香，去寻找大公子前来攻读。

夏　香　是。（下）

冯玉兰　表兄！

唐伯虎　表妹！

冯玉兰　表兄请坐。

唐伯虎　表妹请坐。

唐伯虎　表妹，你，你可好吗？

冯玉兰　好不好都与你无关了，还问我作什么？

唐伯虎　表妹，你受委屈了。

冯玉兰　命中如此，不提也罢。

唐伯虎　表妹莫非就这样……

冯玉兰　唉！表兄，你卖身华府，到底是为了何事呀？

唐伯虎 表妹，我有一事想求表妹相助。

冯玉兰 要我相助？表兄，你就明说了吧。

唐伯虎 我好心的表妹呀！

（唱） 先向表妹赔个罪，
心平气静再商议。
往日之事休再提起，
空怀往事徒伤悲。
我今进府非别事，
说出来还望表妹助臂力，
那日虎丘游佛寺，
偶见一女情依依。
此女并非千金体，
却令我寂寞之心顿生辉，
我爱她丽质天然无矫饰，
好像那山野清风扑面吹。
她一动一静皆花趣，
一言一语都是诗。
更蒙她一笑传情意，
苦煞为兄害相思。
唐寅我发誓非她永不娶，
我的表妹呀，
莫笑我做事荒唐情太痴。

冯玉兰 （唱） 表兄他坦诚把隐秘泄，
我心中复燃之火又泯灭，
实指望与表兄重把青春写，
却原来他与爱侣已挽同心结。
我满腹悲凉难排解，
只有把酸甜苦辣心底埋。

问表兄意中人她是哪一位，
华府中哪有你倾慕的好裙衩。

唐伯虎 她就是华府的丫环，名叫秋香。

冯玉兰 秋香？丫环？伺候人的婢女？哈……我还以为表兄不娶一个天上的凤凰，也要娶上一个水晶的龙女！要不然，怎么能同我们的大才子相配呢？

唐伯虎 表妹，你，你小声点。

冯玉兰 你好大的胆子！你可知道，我的公爹对你最记恨，倘若此事露了马脚，恐怕你好事不成，反遭祸害！这些，你都想过吗？

唐伯虎 为了秋香，我，我也顾不得许多。要是没有秋香，我也是难于活命了。

冯玉兰 原来你是如此痴情啊！我还以为你的心不是肉长的！（欲走）

唐伯虎 表妹，你到哪里去？

[冯玉兰不理。

唐伯虎 表妹，这件事可千万不要对外人讲啊！

冯玉兰 唐伯虎，你也太小看人了！（下）

唐伯虎 表妹，表妹……

[华聪上。

华　聪 康宣，我的老婆……

唐伯虎 她刚刚出去了。

华　聪 唔？我不在这，你们两个在一块。我来了，她走了！（欲打唐）

唐伯虎 （递书）快快读书，读书！

华　聪 读书！都跟我爸一样管我！

唐伯虎 少壮不努力，老大徒伤悲。你懂吗？

华　聪 这个谁不懂？少壮不努力，就是他弟弟不用功；老大徒伤悲，他哥哥就哭了。他老弟不努力，他哥就哭啦？要是我才不哭呢！有个好阿爸，钱财任我花；有个好阿娘，日日睡懒床！

唐伯虎 快快写字，写字！

华　聪 写字，写字……（乱写一通）

唐伯虎 （拿过聪的字纸）这是什么？

华　聪　蟋蟀呀，好多好多的蟋蟀。

唐伯虎　好，我出个上联：华嘟嘟华，华嘟华。对好了，你就可以玩蟋蟀了。

华　聪　华嘟嘟华……

唐伯虎　唔！华嘟嘟华，华嘟华。

[唐反复教，华聪反复念，唐下。

[秋香上，见状暗笑出声。

华　聪　哎！秋香，你来做什么？

秋　香　奉少夫人之命，为新来的康先生磨墨。

华　聪　那好，那我就帮你磨墨（想轻薄秋香）

秋　香　大公子，你可要自重啊！这动手动脚的，像什么样子！

华　聪　啊！秋香靓，靓秋香。（做鬼脸，秋香一笑，乘机欲亲秋香，秋香用脸盆挡住）哎！秋香你的脸怎这么凉呢？

秋　香　大公子，那是脸盆！

华　聪　啊？（抢过脸盆欲摔向秋香）咳！

秋　香　（忙制止）大公子，大公子！你真是笨的，有事要找我，今晚月上柳梢时，你不会在后花园牡丹亭等我？

华　聪　说话算话？

秋　香　说话算话。

华　聪　好，这盆你收好。（击掌）这是约定的暗号。月上柳梢……（傻笑下）

[唐伯虎复上。

唐伯虎　秋香姐！

秋　香　你别这样叫，我才十七岁。

唐伯虎　十七岁，那是秋香妹。

秋　香　哎呀不好听，你就叫我秋香吧。

唐伯虎　秋香，秋香，快快请坐。

秋　香　不坐不坐。奉少夫人之命，叫我给你磨墨。

唐伯虎　哎呀呀！我的表妹，她可真是善解人意呀！（上前）秋香，你让我思念得好苦哇！

秋　香　你都说些什么？

唐伯虎　哎，秋香，你不认识我了？

秋　香　我为何要认识你？

唐伯虎　那天，你不是这样对我一笑吗？

秋　香　谁跟你笑啦？我从来就不认识你！哼！（欲下）

唐伯虎　（左拦）秋香！（右拦）秋香！你让我把话说完再走嘛。

秋　香　我倒想听听了，这到底是怎么回事呢？

唐伯虎　是这么回事……（欲上前）

秋　香　（在地上划一界线）说好啦，说归说，不许越过这条线，要不，我抬腿就走。

唐伯虎　秋香！（欲上前）

秋　香　（指着界线）退后！退后点！说吧！

唐伯虎　（唱）我的秋香姐呀！

［唐欲上前，秋香赶其回原位。

唐伯虎　（接唱）　你不叫越界我遵命，
只求姐姐你耐心听。
这件事关系着两条人命，（秋香一惊，细听）
仅提防墙外有耳露风声。

［秋香信以为真，自动放弃界线。

唐伯虎　（接唱）　那一日在虎丘观赏春景，
正遇上华夫人去诵佛经，
路有千条都不走，
你我殿前巧相逢。
你祈福声声诉衷隐，
我在一旁听得清。
更蒙你妩媚一笑把秋波送，
才知你对我也有情。
我为你千里买舟追倩影，
我为你愿当书僮自卖身，

我为你食不甘味魂无定，
我为你夜不成寐到天明。
我见过多少名门千金女，
从没有如此全情向你倾，
既然是你有情来我有意，
却为何还遮遮掩掩不露真。

秋　香（唱）　听他言来我差点笑出声，
却原来他就是梵门内，
佛殿中，那个歪戴帽子的呆书生。
我那一笑啊！
笑得他得了相思病，
哎呀呀，你看他眼惶惶面青青，
嘟嘟囔囔带哭声，
可怜样子讨人嫌。
看起来那天踩我丝罗带，
就是存心不正经。
暗骂狂徒瞎了眼，
把我丫环太看轻。
秋香我从来知自重，
为人不能落贱名。
我定要编个圈套将他教训，
似这等浪荡子就该让他碰碰钉。
公子呀！（缓过口气）
殿前之事我记得清，
至今想起脸犹红。
我对公子多敬重，
风流潇洒又多情。
此处非是谈情地，

被人撞见毁君名。

今夜晚月上柳梢人声静

与君幽会在那牡丹亭。

唐伯虎 哎呀！秋香姐姐！

[秋香制止。

唐伯虎 秋香姐姐，我还有好多话要对你说呢。

秋　香 记住了，击掌为号。（击掌）

唐伯虎 好，我记下了，我记下了！哈哈……

秋　香 （旁白）这就好了，别高兴得太早，今天晚上我叫你们狗咬狗！

唐伯虎 啊？你说什么？

秋　香 我是说，叫你早点走。

[切光。

第五场

[光启。当晚。

[华府牡丹亭。

[冯玉兰独自一人对月长叹。

冯玉兰 （唱）日落西山黄昏到，

月色溶溶映树梢。

枝头双栖归巢鸟，

谁人与我慰寂寥。

心上人我偏偏得不到，

陌路人强让我朝夕相交。

问苍天你为何不讲公道，

无情霜专打我痴情弱苗，

年复年不忍看春花秋草，

日复日泪暗咽怕对良宵。
表兄事倘若让公爹知晓，
转眼他就会把祸招。
我怨苍天不公道，
冯玉兰我可得心存厚道。
愿天下有情人都幸福欢笑，
成人美德地阔天高。

[秋香上。

秋　香　少夫人？（上前见礼）少夫人，少夫人，天都到这时候啦，你独自一人还在这里！

冯玉兰　精神不爽，特来观赏牡丹。

秋　香　少夫人，夜风这么凉，夏香姐又不在你身旁，我送你回去吧。

[夏香喊“少夫人”上。

夏　香　少夫人，老夫人要来牡丹亭赏花，请你作陪。

秋　香　糟啦！

冯玉兰　什么糟啦？

秋　香　我是说，这地还没打扫呢！

冯玉兰　那你就留在此打扫吧。

秋　香　是。（目送冯玉兰、夏香下后）这可怎么办哪？两个小祖宗可千万别来啦，别来啦！

[猛听得击掌声，秋香急忙躲一旁。

[唐伯虎上，击掌。

[一声猫叫。

唐伯虎　猫！去，去去！

[又传来击掌声。

唐伯虎　秋香！（上前查看）

[华聪一旁击掌上。

[唐亦击掌呼应。

华　聪　（华聪循掌声寻去，一把抱住唐）心肝、宝贝！

［唐一巴掌将华聪打在地上。

华　聪　打我？（爬起）等下饶不了你！

［老夫人与春香上。

［华聪一见，以为是秋香，上前抱住老夫人。

华　聪　秋香！

华夫人　畜生！

华　聪　哎哟！我的妈呀！

华夫人　畜生，你不在书房读书，到此做什么？

华　聪　这……

华夫人　嗯？

华　聪　准你来，就不准我来？

华夫人　我看你鬼鬼祟祟，定不干好事。

华　聪　那你也是干坏事来啦？

华夫人　住口！我今天定不饶你！

华　聪　糟了！要挨家法了！

［华夫人举起棍子打不下去。

华　聪　（得意）嘿嘿……

华夫人　你！给我过来！

华　聪　你，给我过来。

华夫人　我叫你过来！

华　聪　我叫你过来！

华夫人　过来！

华　聪　过来！

华夫人　（气得一把将棍子丢到聪身上）你这个畜生！

华　聪　（屁股被捅痛，忙捂住）哎哟，你瞄准我这里呀（大骂秋香）小妖精！我饶不了你！

华夫人　你！竟敢骂起你老娘来啦！我今日非打死你不可！

华　聪　妈！我真的不是骂你。你都那么大岁数了，怎么会是小妖精呢。

华夫人　你还说！还说！（骂一句，打一下）

［冯玉兰“婆母”！上。

冯玉兰　别打啦！

华　聪　（误抱住玉兰腿）我的亲妈呀！别打啦！你生我多不容易啊！

冯玉兰　（哭）婆母！（闪开）

华　聪　啊？又抱错了？

华夫人　你再要胡说八道，看我不打死你！（聪逃开）你给我站住、站住！（转着圈子追聪）气死我啦！你站住！站住！你这个畜生！

［华聪逃下，老夫人把手中的棍子用力扔过去。

华夫人　华门不幸，华门不幸！把园门给我锁了！

［华夫人与春香下。

［冯玉兰锁上园门后随下。

秋　香　（出）哈哈……真开心，真开心！（一想）那个小康宣，不知藏在什么地方，若被撞见就坏了。（四处寻找）他要是有个三长两短，闹出人命来……

［唐伯虎出现在秋香背后。

唐伯虎　我就是变鬼也饶不了你！秋香呀秋香！我是一片真心待你呀，你竟忍心这样戏弄于我，我……

秋　香　（仍发笑）好啦好啦！别冒傻气啦，快回书房吧！

［秋香欲开园门，发觉上了锁。

秋　香　哎呀！是谁把园门给锁上啦？（招呼唐想办法）哎哎……

［唐伯虎上前看。

秋　香　这可怎么办哪，这可怎么办哪！

唐伯虎　这就好啦！

秋　香　还好哪！

唐伯虎　真是谢天谢地！

秋　香　（急退一旁）哎，你别过来，别过来！你要过来，我可喊人啦！

唐伯虎　好，你喊哪，喊哪，喊来了人我就说，是你秋香约我到这里来的！

秋　香　哎呀！你……（欲打唐）我……你……真把我害苦啦！（推唐）

唐伯虎　秋香妹呀！

（唱）　久旱巧逢甘露雨，
天时地利送良机。（欲与秋香同坐，秋香不让）
面对明月话隐秘，
真言诚语当面提。
我不图官宦门第千金女，
更不求万贯家财富贵妻。
心中只有你一个，
但求莲花开并蒂。
我非纨绔浪荡子，
也非恋花一时把你欺。
小生本是唐伯虎，
玉兰是我表亲戚。
华鸿山若知晓此事底细，
我不死也要脱层皮。
我的秋香妹呀！
真情实话全掏给你，
这纯情挚爱难转移。
若是我唐寅，
不中你的意中意，
我也只好离华府，
走江南，逝江北，
你西我东，我东你西，
抱恨终生痛别离。

秋　香　（唱）　听说来了唐才子，
我又惊又喜又生疑。
久闻大名无缘会，

今夜相对在咫尺。
听人说，文人才子放荡无羁，
就喜欢拈花弄草生是非。
见一个爱一个朝三暮四，
甜言蜜语把人欺。
既然你是唐伯虎，
读书人就应该守规矩。
男女间，一言一行要识大礼，
你这样做事可是不相宜。

唐伯虎 （唱） 秋香说话欠道理，
尘世上有许多是歪规矩。
男爱女女爱男天经地义，
有什么相宜不相宜。

秋　香 （唱） 我是山村一贫女，
出身蓬门我自知。
笨鸟常栖荒草地，
秋香不愿攀高枝。

唐伯虎 （唱） 莫叹息，莫自悲，
唐寅从来不媚俗。
我视功名如粪土，
为姐姐世俗偏见全抛弃。

秋　香 （唱） 我说一句他回两句，
句句话儿暖心扉。
只见情真意切切，
不见船动帆影移。
才子呀，
我今日就是将心许，
太师知晓怎肯依？

他若动怒来处治，
你我人前怎站立？
到那时，
你害了我，我也害了你，
事与愿违后悔不及。

唐伯虎 （唱） 只要姐姐将心许，
今夜三更就远走高飞！
我挥毫，你卖字，
恩爱夫妻甜如蜜。

秋　香 （唱） 才子呀，
终身大事非儿戏，
容我秋香再三思。

[内喊：老爷回府啰！

秋　香 老爷回府啦，这可怎么办？怎么办哪……哎呀，有人来啦！快！快！（与唐东躲西藏）

[冯玉兰上，打开园门，敲两下，隐去。唐、秋下。

[切光。

第六场

[次日。

[光启。二幕前。

[祝枝山上。

祝枝山 （唱） 酒醒来唐贤弟不见踪影，
偶然间得画扇访到吴兴。
多蒙船家指路径，
扬帆催舟到东亭。（下）

[幕启，华府大厅内。

[华鸿山与华夫人议事。

华鸿山 夫人，此次姑苏访友，问及唐伯虎，说他已经中了举人，可是左等右等，不见他去领受功名，至今不知去向。唐伯虎失踪，康宣进府，实在是可疑呀。

华夫人 老爷，你说那康宣就是唐伯虎？

华鸿山 对！那康宣文墨出众，丰姿不俗，他绝不是那王俊家仆之流啊！

华夫人 不会的，不会的。想那唐伯虎恃才倨傲，素来与老爷有过节，他怎会卖身华府愿作书僮呢？

华鸿山 夫人不要忘了，我们的儿媳可是与唐伯虎青梅竹马的表妹呀！

华夫人 哎呀，要是闹出那种事来，华府体面可就丧尽了！

华鸿山 哼！我定要查个明白！

[王俊上。

王　俊 禀老爷。

华鸿山 讲。

王　俊 门外有一客人自称是祝枝山要见老爷。

华鸿山 老爷，那祝枝山可是唐伯虎的好友哇！

华鸿山 好！正好要他辨认。来呀！

王　俊 有！

华鸿山 快快有请！

王　俊 是！（对外）有请祝才子！

[王俊送老夫人进内回避。

[祝枝山上。

华鸿山 啊！祝才子！

祝枝山 老太师！

华鸿山 有请了，有请了！

祝枝山 请，请，请！

华鸿山 久闻祝才子大名，只是无缘拜会，今日相见，实在令人高兴啊！

祝枝山 岂敢，岂敢啊！

华鸿山 祝才子。

祝枝山 嗯。

华鸿山 来到敝府有何贵干?

祝枝山 为一位老友，专程来到杭州，特拜访老太师来了。

华鸿山 啊，原来是寻找好友而来。

祝枝山 是呀，听说贵府收留了一个从苏州来的书僮，可有此事呀?

华鸿山 有此事。不过，小小书僮，怎么会是你这个大才子的好友呢?

祝枝山 华大人呀，我这位好友生性放荡，今天装道士，明天装和尚，真真假假，以此为乐，说不定府上那个书僮就是我的那位好友啊!

华鸿山 好！正要祝才子辨认。王俊!

王　俊 有!

华鸿山 唤你外甥来见!

王　俊 是！（对内）外甥快来!

[唐伯虎上。

唐伯虎 拜见老爷!

华鸿山 罢了。

祝枝山 哎哟！你让我找得好苦哇，我的唐贤弟!

华鸿山 唐贤弟?

唐伯虎 哎，是呀，那唐贤弟他怎么样了？你怎么不跟唐伯虎一起前来?

祝枝山 怎么？我跟唐伯虎一起前来?

唐伯虎 是呀，是呀！小弟康宣，可是想他得很呀！（踩祝）

华鸿山 哈哈……是呀，祝才子，那唐伯虎他哪里去了?

祝枝山 啊，他，他失踪了!

唐伯虎 那你还不快快找去!

祝枝山 我现在不是来找了么!

华鸿山 祝才子，依你看，那唐伯虎会到哪里去呢?

祝枝山 说来也奇怪，那天我俩在杏花楼喝完酒后，他就不知去向，下落不明了。呀！莫不是他酒后失足落水……

唐伯虎 唉哟！我的唐贤弟呀！你可不能有三长两短哟！

华鸿山 可惜呀可惜，这都怪他桀骜不驯，早晚会没有好下场。祝才子，来来别提那个唐伯虎了。我问你，这位康宣到底是何许人也？

祝枝山 你问的是他？

华鸿山 嗯。

祝枝山 华大人啊，你家这位书僮可不是平凡之辈呀，他也是江南的才子呀。

华鸿山 啊？他也是江南才子？

祝枝山 是呀。如今江南不是四大才子，而是五大才子。第一唐伯虎，第二周文宾，第三文征明，第四不才……

华鸿山 祝才子嘛！哈哈……

祝枝山 第五么，乃康宣康大才子。

华鸿山 怎么老夫未曾耳闻呀，啊？

祝枝山 那是因为文坛新秀呗！

华鸿山 啊！康才子，失敬了，失敬了！请坐，请坐！

祝枝山 坐，坐。

华鸿山 老夫久居仕途，十分喜欢字画。今日相见，实在难得，何不请康才子当场作画一幅，以助雅兴呀？

祝枝山 是呀，你就画他一幅，让华大人指点才是呀。

唐伯虎 使不得，使不得！

华鸿山 来来来，笔砚伺候。

[秋香与两丫环搬纸笔砚上，摆好。

唐伯虎 （暗示秋香）秋香，你要好好伺候。

[秋香表示明白。

[唐伯虎提笔当场作画，边画边唱。

唐伯虎 （唱） 我画兰江水悠悠，
爱晚亭上枫叶稠。
秋月溶溶照佛寺，
香烟袅袅绕经楼。

祝枝山 （念） 我画兰江水悠悠，

华鸿山 （接念） 爱晚亭上枫叶稠。

祝枝山 （接念） 秋月溶溶照佛寺，

华鸿山 （接念） 香烟袅袅绕经楼。

祝枝山 分明是一首藏头诗：“我爱秋香”。

[秋香闻之，羞涩一笑，下。

华鸿山 好诗，好诗呀！

祝枝山 好诗呀！

华鸿山 点墨成趣，浓淡相宜，跟唐伯虎的手迹可是一模一样呀！

祝枝山 我贤弟素有“赛伯虎”之称呀。

华鸿山 这就可以以假乱真了！哈哈……

唐伯虎 祝兄，你来找小弟何事啊？

祝枝山 （有意高声地）贤弟呀，我是为你的婚姻大事而来呀！

唐伯虎 你是为我的婚姻大事而来？

祝枝山 是呀是呀。

华鸿山 不知康才子看中了哪家名门闺秀呀？

祝枝山 华大人呀，这四处寻觅尚未找到一个知音。

华鸿山 啊，原来如此。老夫倒有一言，不知当讲不当讲？

唐伯虎
祝枝山 愿听赐教。

华鸿山 老夫的府下，佳丽无数，请康才子任意挑选。

唐伯虎 使不得，使不得！

祝枝山 好好好，华大人，就请把贵府的美女全部召来，让我贤弟好好地挑选一番才是呀。

华鸿山 好好好！此事老夫亲自办理。失陪了，失陪了！

[华鸿山下。

唐伯虎 祝兄！

祝枝山 怎了？

唐伯虎 我只要秋香一个，你召集这么多美女作甚？

祝枝山 我的唐贤弟呀唐贤弟，今日你怎么就傻起来了？你就不会来一个当场点“秋”？这叫作将计就计，等华鸿山明白过来也就怨之无悔了。

[切光。

第七场

[紧接前场。

[光启。华府花厅。

[众美女列队而立。玉兰、秋香上。

冯玉兰 秋香！

秋　香 少夫人。

冯玉兰 今日康先生花厅选美，你要好好的伺候了！

秋　香 多谢少夫人。（从玉兰手上接过绣球放到架上）

[华夫人上，华聪哭闹着跟上。

华　聪 妈，妈！不能，不能！谁都可以点，就是不许点秋香！

华夫人 聪儿！

华　聪 人家都有两个老婆，就不准我有两个老婆？

华夫人 聪儿！

华　聪 我不，我不！

华夫人 秋香，随我回转西花厅，随我来。

[秋香跟随老夫人下。玉兰随下。

[华鸿山、祝枝山上。

华鸿山 祝才子，请，请。

祝枝山 请，请！

[两人入座。

华鸿山 有请康才子！

唐伯虎 （内唱） 祝老兄妙计将美选，（上）
为我成全好姻缘。
眼前花厅如宫殿，
华灯彩带当头悬。
莺声燕语满堂室，
美女如云立两边。
明知是秋香将我盼，
也只好装腔作势点一遍。（环顾一遍）
我一点芳龄十七岁，

[伴唱：十七岁的姑娘且上前。

美女甲 （唱） 我的名字叫翠莺，

唐伯虎 （唱） 久翔老林善歌鸣，
曲高和寡难为伴，
小生我不善弄弦笙。

[美女甲羞愤离去。

美女乙 （唱） 我的名字叫玉燕，

唐伯虎 （唱） 体态轻盈飞云天，
该去画阁寻香梦，
小生足拙难高攀。

[美女乙失望退后。

美女丙 （唱） 谁人不知我雪蕉，

唐伯虎 （唱） 雪里争妍分外娇。
可惜小生是火命，
八字不合难渡鹊桥。
得罪了，得罪了！

[丙退，春鸠上前。

唐伯虎 请问大姐芳名。

春　鸠 我叫春鸠，是春天的春，斑鸠的鸠。

唐伯虎 春鸠姐芳龄几何呀?

春　鸠 (小声)二十七了。

唐伯虎 (伸前耳朵)啊?

春　鸠 (大声)二十七啦!你懂不懂?女大三,抱金砖;女大九,当太守;现在都兴大媳妇,小丈夫,大几岁能心疼人呢!(献殷勤)

唐伯虎 (赶紧闪开,唱)名符其实的灰斑鸠,

腰粗如斗壮如牛。

"二九"书生配"三九",

宁肯等白少年头!

春　鸠 怎么啦?相不中?你要仔细地看看我,上上下下,前前后后,左左右右。哎,你再看看我的风度,(走几步)你再看看我的线条,(扭几下腰)怎么样?

唐伯虎 哎呀,大姐请便吧,请便吧!

春　鸠 怎啦?你还相不中?告诉你,过了这个村,没这个店,你不想要,我可走了。那边哪,还有人等着我约会呢!哼!(退后)

[众笑。

唐伯虎 (唱)　我二点芳名不离香……

[春、夏、冬香上前。

春夏冬 (唱)　春夏冬香站一旁。

唐伯虎 (唱)　夏香敦厚心良善,

春香姿色冠群芳,

冬香姐……

冬　香 快说,我怎么样啊?

唐伯虎 (唱)　五官齐全位不乱。

冬　香 哟,评价不低。

唐伯虎 (唱)　愿你们都找个如意郎。

春夏冬 哎,哎……

祝枝山 得罪了,得罪了,(示意三香离开)贤弟点呀,点呀!

[唐伯虎遂将在场美女逐一检视,摇头走至华鸿山前。

华鸿山 康才子，点嘛，点呀！

唐伯虎 遵命了。（唱）

我三点……

[西厅传来华夫人声：秋香，送茶来！

唐伯虎 （闻声喜出望外，唱）

我三点西花厅那位天姿国色的女花容！

华鸿山 这是哪位呀？

[华聪闻声趋前。

华　聪 点不得，点不得，别让她过来！

华鸿山 蠢才！下站！

华　聪 （往里一看）啊？点的是我妈，点的是我妈！

华鸿山 混账！

祝枝山 华大人，且看他点的是哪一位呀？

[秋香露出身影。

众　人 秋香？秋香！

唐伯虎 （唱）　她就是我朝思暮想的小秋香。

[秋香上前，唐送上绣球。

华鸿山 （大笑）华府上下听了！从此以后，秋香就是老夫的义女，康才子就是华府的金龟婿了！

众　人 恭喜老爷！

华鸿山 快！交换信物成亲！

唐伯虎 且慢！

华鸿山 嗯？

唐伯虎 多谢华大人美意，我唐伯虎……

华鸿山 啊？唐伯虎？

唐伯虎 受之有愧了！

华鸿山 你……

祝枝山 华大人可不得反悔哟！

华鸿山 祝才子呀，你不是说那唐伯虎他失踪了么！

祝枝山 华大人啊！我那位贤弟善于装神弄鬼，通晓变身术。这唐寅即康宣，康宣即唐寅也！

华鸿山 老夫又被你们给戏弄了！

唐伯虎 华大人，常言道：将相头上堪走马，公侯肚里好撑船。你大人有大量，唐伯虎就此告辞了！

华鸿山 不送！（拂袖而去）

[华聪、王俊随下。

祝枝山 速速启程！

[船家上。

[华夫人、冯玉兰、夏香，送别唐、秋造型。

[剧终。